瓦松庵余稿

Gasyouan yokou

瓦松庵余稿

目次

瓦松庵余稿

ソクラテスの言葉にこういうのがあるそうである。「大切なのは生きることではなく、善く生きることだ」。まったくそのとおりである。だが、問題は「善く生きる」の「善く」とはいったいどういうことを指しているのか、ということだ。なにをもって「善く生きる」というのか。古今東西の迷い、悩みはすべてここに由来すると言ってよい。私もまた一生の間この問いの前に幾度立ち止まっただろう。

一　不良少女の涙

人間について考えるとき、私にはいつも思い浮かべるイメージがある。もう三十年ほど前になるだろうか。新聞で読んだ話である。細部は忘れてしまったが、核心だけははっきりと心に残っている。ニュースではなく、連載記事だったか、レポート的な記事だったか。不良少女を担当した保護司の報告だったように思う。彼女が少年院で向き合った一人の少女。確か中学か高校の低学年ぐらいであったと思う。札付きのというか手のつけられない悪《わる》の少女だった。万引き、窃盗、脅し、不純性交、ありとあらゆる悪いことをやり、指導者に反抗し、白い目をむき、再三補導されながらまったく改める気配がない。補導所や少年院でも匙を投げていた。そんな彼女が少年院に入所中のあるとき一冊のノートを手渡された。誰が見つけて、何を思って手渡したのかはわからない。古い、薄汚れたノート。それはどこから出てきたのか、彼女の母親がつけていた赤ん坊の育児日記だった。彼女の母親は彼女が一歳だったか二つだったかの時に死んでしまった。以来彼女は養母に育てられたのである。さて、その日記。彼女の母親であったその若い娘はどうやら貧しい生まれで小学校か中学校しか出ておらず、よき後見者もおらず、相当に可哀想な境遇にある女人らしかった。多分、人の良さゆえに男に欺されて身ごもったまま一人で子どもを産み育てる羽目になったのだろう。そんなでありながらその若い娘は毎日、育児日記をつけるような娘であったらしい。そこには彼女が赤ん坊をどんなにかわいがって懸命に育てていたかが一つ一つ書いてあった。たいして勉強できたわけではない娘、拙い字で、表現も稚さ丸出しで、赤ん坊が今日泣いた、夜中に寝てくれなかった、笑った、お乳をいっぱい飲んだ、下痢をしたと書いてあった。たどたどしい日記である。だが、そこには彼女がどんなに赤ん坊をかわいがって、大事にして一生懸命に育てていたかが疑いもなく現れていた。母親である若い娘はどうやら病気で亡くなったようである。読みながら不良少女は――どんなひどい目にあっても涙一滴もこぼさず、いつも白い目をむき続けていた娘は――ボロボロと涙をこぼし続けたのだという。日記の字は涙でにじみ、日記帳はぐしょぐしょになってしまった。そしてこの不良少女はその日から、母親の日記を読んだ日から、がらっと変わってしまったのだそうだ。寡黙でしっかりした見事な少女になったのだ。あまりの変わりように信じられなかったと、確か記事は書いていた。

読んで私は実によくわかる話だと思って胸が詰まった。ここには人間の基本的なありようが目一杯現れている。要するに人間とはこういうものなのに違いない。私がそのとき確信したのはそのことである。つまり人とは誰かから必要とされなければ生きていけないのである。誰からも無視され、排撃されては、やっていけないのだ。その不良少女は不幸な生い立ちの結果、どういう人か知らないが養母に育てられた。養母がとりわけ無慈悲な人だったかどうかはわからない。あるいはそうだったのかもしれない。とにかく少女は自分が養母にかわいがられて大事に育てられたとはまったく感じる機会がなかったのであろう。それどころか彼女は自分が養母を含む周囲にとって不必要な者、不必要な存在だと感じ続けて生きていたようだ。自分が誰にも必要とされていないどころか余計者、みんなにとって邪魔な存在だと思われていると思い続けて大きくなる人間はどう育つだろう。明らかなことだ。白い目をむき、反抗し、突っ張って生きていくに違いない。その結果が彼女がそうであったような手のつけられない不良少女になる。そういう少女だから周囲は彼女に厳しく、叱責するように接する。面白くないから余計に彼女は突っぱね、反抗し、いやがられ、というサイクルを突き進むことになる。可哀想にそういう人生だったのに違いない。そういうとき人はどうして優しくまともに生きていけよう？　ふて腐れるほかあるまい。

その彼女がある日一冊の手帳と出会ったのである。そこには稚拙ではあるがそれゆえにごまかしのない気持ちが、一人の若いおそらくはまだ少女と言ってよい純真な、真心のむき出しな母親になったばかりの娘の心情が赤裸々に綴られていた。赤ん坊が笑った、泣いた、と言っては微笑み、心配し、たくさんうんちをしたと言っては喜び、お乳を吐いたとか少ししか飲まなかったと言っては心細くなる、そんな程度の日記だったろう。そんな幼さの内に、しかしその母親が赤ん坊をどんなに可愛がって、一生懸命大事に育てていたかはありありと浮かび上がっていたのである。彼女は——ずっと白い目で周囲に反抗ばかりして生きていた悪の不良少女は、その日記帳に初めて自分を何よりも大事にしてくれた人がいたこと、自分を可愛がって、自分を生き甲斐にして一喜一憂して生きていた人間がいたことを知ったのである。こんな私をも大事だと思い、私を喜ばせ、私に期待して生きていた人がいたのだ！　彼女はそう思ったのに違いない。彼女に寄り添ったその年若い、女の心情に思い至ったとき彼女の気持ちは解きほぐれ、涙が止めどなく流れたのだ。泣けて泣けて仕方なかった。ずっと昔ではあるがこんな自分にも少なくとも一度は自分を何者よりもかけがえなく大事と思い、可愛がってくれた人がいたのだという発見は彼女の世界を一変してしまった。彼女はもう誰にも不必要な見向きもされない人間なのではない。たった一人にせよ、記憶もない昔のことにせよ、彼女を必要とし、彼女をかけがえのない者として可愛がって何よりも大事にしてくれた人間がいたのである。その思いだけでいまや彼女は生きていける。いつでもそこへかえっていける。

そういうことである。その日から彼女は自分で立って、自分の力で生きていけることになる。自分の足で踏ん張って。だから彼女はその日から背筋を伸ばして生きていくことにしたのだ。もう白い目をむくことはない。むやみに反抗することもない。それよりも一人のしっかりした、多分は母親が期待したような人間として生きていく。そう彼女は決心したに違いない。

さて、私はこういうのが人間だと思う。人間とは所詮こういうものなのだ。要するに誰かに必要とされ、期待され、愛され、大事にされなければならない。そのときだけ生きていける。これが人間の基本である。そういう体験、あるいは思いを抱ける者だけが立ち上がっていける。この思いがない人間は自分を自分で支えることができない。

性善説とか性悪説とかある。生まれながらの善人、あるいは生まれつきの悪人というわけである。だが、私はそのどちらも間違っていると思う。そんなものはないのだ。人は生まれつき善人としても、生まれつき悪人としても生まれてくることはない。生まれた後の状況によって善人にも悪人にも育つ。その結果、まるで生まれつきの悪人や生まれつきのいい人のように見える人間になるにすぎまい。人は期待され、必要とされ、大事にされるとき、いつでも気をよくして頑張る。よく考えてほしい、その逆、自分は誰からも好かれず、期待されず、必要ともされていないと心底から感じるとき、誰が物事をまともにやろうという気になるものか。彼にはどこからも自分を大事にする気持ちが生じてはこない。自分を大事にしようという気になれない人間は周囲すべてはどうでもよいという気にしかなるまい。せいぜい相手に突き当たり、反抗し、いやがられて、そこに生じる激烈な嫌悪と戦いのエネルギーだけが心を高揚させるものとなる。初めから彼を軽視し、いや冷たい目で見ている人間は彼のその反抗的な、とまではいかないにしても投げやりな非協力的な様子を見て余計に冷たくなる。つっけんどんになる。かくて負のサイクルが回り始め、事態は悪い方へ悪い方へと進む。あれは悪だという定まった評価は彼を固定し、彼自身もその固定化に合った役回りを演じることになる。極めつけの悪だといわれる人物のほとんどはこうしてできあがっていると考えてよいだろう。生まれつきなどではないのだ。

人は誰かに必要とされなければならない。誰かに愛されなければならない。自分を誇りに思えなければならない。それが多分すべてである。

二　投下エネルギーに見合う見返りしか帰ってはこない

この年になって、というのはあれこれあがき続けることを止めずに齢七十前後になってということだが、ようやく、「この人生では要するに人が投下したエネルギーに見合う見返りしか帰ってはこない」ということを確信するようになった。うすうすそうらしいとは少年時から感じてはいた。人から、ということは人生の先輩たちからしばしばそうだと教えられてもいた。だが、心からそうとは思ってはこなかった。何かうまい方法があるのではないか、手抜きして楽をして確実な成果を手に入れる方法があるのではないかと思い続けてきた。だから浅はかにもそういう方法に行き当たらないかと、真摯に地道な努力を重ねる傍ら右顧左眄し続けてきた。しかしそういう方法はついになかったのである。この人生にはそんなうまい方法はない、すべてはお前が投下したエネルギーに見合った見返りしか、それ以上でも以下でもないものしか、帰ってはこない、と確信するようになった。七十何年間かあがき、あれこれやってみて、人のそれも知ってみて得た確信である。

投下エネルギーに見合ったものしか帰ってこない、とはどういうことか。下世話に言えば、楽をして得をするということはありえない、手抜きをしてうまいことをするということはない、ということである。そんなことはないだろう、現に上手に立ち回り、狡をしてうまい汁を吸って生きている奴はいくらでもいる、という声が聞こえる。なるほどそれもこの世によく見られる事実に違いない。だが、私がここでいう人生の見返りというのはそのような狭い意味でのことではない。ある局面に限れば得をしたということはある。しかしそのようなとき人は広い人生で、いまと限らずもっと長い死までの人生――人生全般において考えれば、そのときのあなたの得は損なのである。例えばそういう得をしてあなたはうれしいだろうが、それがあなたの自信に、あるいは誇りになっているか。同じ時に手抜きをせず地道に辛い努力をしていながら報われなかった者はそのときは確かに損をしたように見えるがその努力はいつか生きるであろうし、努力をしたという思いは彼の誇り、自信を支えるかもしれない。そのように広い目で見れば（そして人生は広い広い舞台なのだ）つぎ込んだ努力は決して無駄に終わることはない。少なくとも努力しなかったときと同じということはない。反してしなかった努力はなにものでもない。なかったことはなかったことなのだ。三のエネルギーしか注がなかった者には三の見返りしか帰ってこない。一〇のエネルギーを注いだ者には一〇の見返りが帰ってくる。私はそう思う。そうに違いないといまになって、この年になって確言できる。

「学問に王道なし」というのはこのことを別様に言っているのである。王様にだけ許された楽な学問の方法などというものはない。なるほど王様だから臣下である先生は優しい点数をつけ、上出来ですとほめあげて早々と博士号を授与するかもしれない。×であっても〇を与えるかもしれない。それによって人よりも早く学問的栄達をするかもしれない。栄誉が早々と訪れる。それはそのとおりだろう。だがそれで王様に、わからなかったことが本当に人より早くわかるようになったとは言えまい。外国語がひとよりはやく習得できるようになったとは言えまい。

「若いときの苦労は買ってでもせよ」ともいう。これも今となってはそのとおりだと認めるほかない。若いときはそんなものかとしか思えなかった。たいていは目の前にある苦労やしんどいことは避けたくなった。選択はたいてい楽な方を、そんなに辛くはない方を選ぶことになりがちであった。しかしこれは人を育てない。しんどい思いをしなくていいのだから、そのときは確かに楽である。だがこうして辛い立場や修羅場から逃げてばかりいる人間には自信がつくことはないのである。人によってはいやな辛い立場に立ち、縁の下の力持ちのような役回りばかりさせられる者がいる。いわば運の悪い、立ちまわりの下手な者もいる。矢傷刀傷を数多く負うほかない者と言ってよい。しばしば格好が悪いし、日も当たらない。しかしこういう人間はいつの間にかある種の落ち着きと静かな自信を秘めるに至っている。さんざん踏んだ修羅場が彼に、こういう時はこう、ああいうときはああと対処法を教えていて、たいていのことにうろたえることはない。それが静かな自信をもたらすのである。ところが逃げて楽ばかりしてきた人間にはそのような落ち着きも自信も備わりはしない。いや、大事な局面で責任を引き受けず楽な方を選んできた人間は、いつでも第三者的に偉そうに言っておればよいだけで傷つくことも失敗することもなく格好良いばかりだっただろうが、顔貌に深みが加わることはまず滅多にない。本当に自信が加わることがないからである。うわべの自信はやたらに示す、いや誇示しようが、本当の自信は持ってはいない。だから人間に厚みも落ち着きもない。そのように考えれば目先の損とか得はそのときのことでしかないことになる。真剣にまともに生きて、いっぱいエネルギーを注いで努力した者には人生の終わりまでには必ずそれだけのものが帰ってくる。すなわち誰にとっても人生には投下エネルギーに見合った見返りしか帰ってはこないのである。私はいまそう思っている。

三　日本語の視点、西欧語の視点

金谷武洋という人はカナダで日本語を教えている日本語教師である。すると、現行の学校で学ぶ日本語文法がひどく役に立たない文法であること、つまりそれに沿って日本語を外国人に教えようとすると実に具合が悪い文法でしかないことに気づかざるをえないという。何故だろうと考えた末、現行の日本語文法は英語文法の引き写しであって、日本語そのものに沿った文法ではないからだと思い至った。で、日本語の姿をよくよく見て、これに沿った形で教えると、つまり現行の日本語文法にとらわれずに教えるとうまくいく。そこで彼は日本語に即した新しい文法の創設を提案するのである。その中心になる一つが、日本語から主語という概念をなくしてしまおうということである。主語なんかなくても成り立つのが日本語であると主張する。その根拠をいろいろと述べる中に、日本語と英語の違いを強調する箇所がある。両語における話者の立場、話者のいる場所の違いをいう。英語話者は神々の視点、空を飛ぶ鳥の視点に立って発話する。英語とはそういう言語だが、日本語話者は地面を這う虫の立場、虫の視点に立って発話する言語だと。英語は「鳥（ないし神）の目」から述べられる言語であり、日本語は「虫の目」から述べられる言語だというのである。

どういうことか。つまり英語は、話者が自分をも含めて会話が成り立っている場面を遥か上空から、いわば神の視点から見下ろして語る言語だというのである。場面を神の目から見れば、話者をも含めて全体を見下ろし、そこで展開する事柄の全部を、いわば起承転結まですべてを見通して語ることになる。話者も登場人物の一人であって、だから「I」と必ず主語（人称代名詞、名詞）を述べて誰がそこでの主体であるかを明示したうえで話をしなければならない。またそういう視点で述べられるのだから、因果関係もはっきりする。要するに神の目で見た状態が英語文には見て取れるのである。このことは日本語の視点と比べてみればよくわかる。日本語話者は虫の立場から発話する。虫は地面を這って進んでいく。彼は虫的立場なので自分の姿は見えない。彼の進行につれて辺りの様子が変わっていくという事態が展開するだけである。いま目に見えることははっきりしているが、次の瞬間に何が生じるか、曲がり角の向こうには何があるか、また自分が全体の中でどういうところにいるかはわからない。まして因果関係などわからない。這いゆく虫にとって語りは当然自分の目で見たとおりにしかならないのだから語り手は自分だということは当たり前で、強いて「私」というには及ばない。こういう人間に他者から隔離された主体とか主語はありえない。英語と日本語は言葉そのものだけでなく、語りを支えている状況が以上のごとく違うのだと述べて、こんなに違う言語に同じ文法を押しつけるのが間違っているというのが金谷氏の主張である。まったくそのとおりだと私も思う。

ところで最近知ったほかの識者の考えを併記したい。まず人工知能学者月本洋氏の『日本人の脳に主語はいらない』から。氏は言う。イギリス人（つまり英語の使い手）の脳では自他の分離は抽象的で非社会的非状況的だが、日本人にあっては具体的で社会的状況的であると。英語にあっては自他は常に「Ｉ」と「ｙｏｕ」だが、日本語では「わたし」は私、僕、自分、おれ、わい、拙者、あたし……であるし、「あなた」は、君、お前、貴様、貴殿、自分、貴女、われ、そこもと……である。つまり、日本人にあっては「わたし」も「あなた」もその都度の状況に合わせて決まってくる。具体的であり、社会的である。どんなときにも私は「Ｉ」であり、あなたは「ｙｏｕ」である英語ではあなたも私も抽象的で、したがって状況に左右されない、社会の状況に応じて変わるということがないというのである。なぜそうかといえば、金谷氏の「鳥の目」と「虫の目」という比喩で明らかだろう。虫にとっては今いる状況がすべてである。今いる状況はつねに具体的である。目の前にいる者によって自分が何であるかがその都度決まる。僕であったり、拙者になったりする。反して神の目から見れば私はいつも私、同じ私だ。私以外のものでありようがない。

　分子生物学者の福岡伸一氏はマップラバーとマップヘイターということを持ち出す。マップラバーは地図愛好者、マップヘイターは地図嫌悪者である。何処かへ行くときマップラバーは地図を頼りにする。が、マップヘイターは地図には頼らず、あそこに〇〇スーパーがあった、大きな看板があったなどとつねにその場その場の具体的なものの記憶に頼る。事柄は地理に限らない、なんであれ事柄を決めるときこの両者の違いは鮮明になるという。例えばはめ込みパズルを大勢で一斉に完成するとき。マップラバーのチームは完成図を点検してどの破片の右隣はどれと調べ、適応する破片を探して置いていくという方法をとる。マップヘイターチームは違う。完成図など念頭になく、とにかく一つの破片を手にしてそれに合う破片を手当たり次第に探していくという方法をとる。前者の方が合理的に見えるが、後者だって誰もがてんでんばらばらに手にした破片に合うものを探して合わせている内に結構全体が完成する。しかもどちらが早く完成するかは必ずしも言えないのだという。

　このマップラバーとマップヘイターは完全に「鳥の目」と「虫の目」に重なる。マップヘイターの場合、このチームには初めから最終的にどういう図柄を作りあげるのかという意図もなしに仕事をして、だからやり方としては手元のものに合うものをとにかく探すというだけの方法で仕事をして、それでいてあたかも初めから意図があったかのようにちゃんと完成した図柄が同じようにできあがっているという点に注目したい。同じことがこの自然においてどれだけ通用するのかは知らないが、意図せずしてでもいまここで必要的で確かなことだけをやっていってもちゃんと事柄はできあがっている、というのはたいへんなことである。この世の中は、というか自然はそのようにできているらしい。

さて、以上が西洋人あるいは西洋近代と日本人である。この「鳥の目」「虫の目」ほど西洋人と日本人の違い、特徴を際立たせるものはないだろう。日本人の視線は常に虫のように地上を這って進む。したがって物事は虫の進み行き同様に、私の進行に従ってのみ次々と姿を現し、こうして出現する周囲の様相に合わせてこちらも対応することになる。それ以外のことは時間的にも空間的にも目には入らず、したがって考慮することもしない。典型的な状況対応型にならざるをえない。当然、現場の状況にきめ細かく、きちんとした対応ができる。その代わり長期的展望に立って計画性を以て事柄に対応するということができない。これらの反対が西洋人である。彼らは鳥の目から物事、事態、舞台を見る。したがって上空から舞台全体を眺め渡すようにあれとこれはこう関係する、こうしたらやがてはこうなると全体の構造と成り行きを見て取り、予想することができる。当然、物事を一定の意図、計画の下に構成し、予定を立て、その予定されたプログラムに添って事柄を進めることになる。戦略を立て、戦力にそって事柄を行う。その代わり彼らは現場のきめ細かい事情に疎く、あるいはそれはどうでもよく、機械的にプログラムにそった対応をすることになる。合理的であり、効率がよく、事態はよくはかどるだろう。これが西洋の強みであり、十九〜二十世紀にわたって世界を支配した理由である。

だがここで私は一つの重要なことを指摘し、仮説を立てたい。全体主義の起源についてである。全体主義については ハンナ・アレントの考察他重要な考察が数多くあっていまさら新たに論じることはなさそうに思えるかもしれないが、そうではない。私の考えでは全体主義の起源については核心に触れることはまだ解かれていないように思われる。前置きはいいだろう。私の言いたいことは簡単かつ単純なことである。西洋人の「神（鳥）の目」の視点こそ全体主義の温床であり始原である、西洋人は本質的にあるいは本来的に全体主義に至らざるをえない人種であるということだ。「神の目」の持ち主はどうしたって計画性や意図を持たざるをえない。時間的にも空間的にも目にする広い舞台を眺め渡し、事柄や物事の関連を探り、最も良さそうな最終目標を立て、それに向かって生きていく。「鳥の目」の下の生き方ではどうしたってそうならざるをえない。こういう生き方の本質は最良と思われる目標目的を設定し、それへ向けて最良と思われる方法で突き進んでいくということにならざるをえない。その過程で、現場で少々のことがあっても目標へ向けての最良の、ということは効率のよい方法を選んで当初の計画どおり進むことが優先される。現場での思いもよらない障害や要求はどうしても軽視される。その場その場で生じる人間的な欲求に対応している余裕がない。さて、以上のことはまさに全体主義的な、という以外にないことではないか。以上のような傾向が西洋人の思考と気質を支配しているのだとすると、西洋人は本質的に、いや原理的に全体主義に至らざるをえない思考方法を埋め込まれているというほかない。つまりナチズムやマルクス主義的ソ連的全体主義は西洋の鬼子、どこかが間違って生じた例外で、ある一点をただしさえすれば生じることのない病気だったのだとみなすのは間違いなのである。西洋の行く末はどうしても最後は全体主義的傾向を帯びやすいのだ。

なるほど日本人的な生き方には戦略性が欠ける。時間スパンの長い、大きな計画性に欠ける。自分が今進んでいる方向はどういう方向なのか見極めるのに弱い。効率的でもない。したがって短期的には西洋に負ける。戦略を持って事柄に当たる連中には決定的に劣ることになるだろう。

では日本人は西洋人に負けると思わざるをえないのか。そうではないと思う。幸い日本は明治維新以来、西洋近代の思考法を受け入れてきた。一方、日本本来の「虫の目」的思考法、生き方をも維持してきた。つまり「虫の目」の持つ弱みを「鳥の目」の強い導入によって補ってきたのである。その導入だって「虫の目」独特の対応の一つだろう。進行する虫の目の前に展開してきた新しい状況が西洋近代の圧力だったのだから。「鳥の目」をある程度持ち、全体的思考と計画性を持ちつつ、その目標に向かって進む進み行きの過程は「虫の目」で行う。これがこれからの、いや現にやっている日本人の行き方、やり方であろう、またそうでなければならない。

ここで一番問題になるのは、こういう洋の東西の違いは何によるのか、何に発しているのかという問題である。互いの言葉、とするのは、論点先取りの気配がある。なぜ西洋は「神の目」のような非人間的な視点を獲得するに至ったのか。意識の働きは「神の目」的であるから、西洋の方が動物から人間への飛躍を遂げたのだという見方もできるが。類人猿的動物から人類が出てきたようなもの、多神教から一神教が出てきたようなものである。いずれも元のものから発展飛躍して、つまり進歩して出てきた、したがって出てきたものは元のものよりよりよい高級なものだとみなすことになる。西洋人の自信である。いまひとつ加えると、科学は「神の視点」からのみ生まれたであろうことである。さらに言えば人類に備わった意識はその働きから言えば明らかに「神の目」と同じである。すなわち意識によって人類は神の視点を得たのだ。もし神の目を否定するなら意識も否定しなければならない。

しかしなぜ彼らは「神の目」を持つことになったのだろう。日本人はなぜ「神の目」を必要としなかったのだろう。一つ考えられるのはやはり風土である。片や砂漠、片や盆地と山。砂漠では人は己を広大な地平線まで広がる砂地と天空に取り巻かれた一点と意識する以外にないであろう。いきおい壮大な広がりの中の一点として自分を見ることになる。視点は己を抜け出てどこか遙か向こう、例えば天の高みから見ることになりやすかろう。キリスト教に代表される一神教はこうした風土を背負って生まれてきたのだと考えたい。一神教の信者たちはキリストに象徴される唯一絶対神としての焦点的正しさを信じ、その神の目からこの世の一切の出来事を解釈する日々を送った。キリストの立場、神の視点にいつも立って物事をうけとめる日々を暮らして死んでいった。つまり神はどう見るか、いま私がしていることは神の目から見たらどう見えるだろうか、と無意識に常に考えていただろう。あたかも自分がキリストの立場に立ったように物事を受け止めるのを習いせいにして。そのように内言を使い続けておれば、言語が次第に次第に「神の目」から見た言葉に移行していくのは自然なことだ。「神の目」からみれば行為者は誰かということは必ず明らかである。必然的に主語が誕生し、前面へせり出てくることになる。

反して日本では人々は山々や森、丈高い草々に視界を遮られ、緑の中に埋没して周りを見ることになる。虫の視点にならざるをえまい。虫の視点から見る世界は、いつも話者の視点から周りを見ることで成立する世界である。話者の語りによってのみ成立する世界にならざるをえない。

金谷武洋著『英語にも主語はなかった』にはさらにこういうことが紹介されている。言語学者J・ゴンダの言葉。「主語は多くの場合、問題とならない。作者の意識にないのだ。ある出来事が行為者によってもたらされたのではなく、自ずから出来したのだ。出来事として生じたのである」と。

どうだろう、まるで日本語について述べられているようではないか。だが、これは英語の古形、もっと言えば西欧諸語の最も古い形について述べているのである。驚くべきことではないか。西欧諸語も昔は今の日本語と同じだったというのである。

日本語話者にとっては事柄は基本的に「自ずから生じる」のだし、英語話者にとっては基本的に「行為者によってもたらされる」、つまり人間が意図して行為することによってもたらされるものだというのは定説だろう。日本人にとって、自分の周囲に生じる事々は自然に、自ずと生じるのであり、自分（人間）のコントロールが及ばない事々である。こちらから操作できる範囲はごく限られている。なにしろこちらは虫なのだから、事柄は虫が進み行くにつれて初めて生じ展開する。つまり時間と共に新しい事態が次々と生じる。時間的に長い先のことが予想されて、ある事態を設定してそこへいかにして至るかという未来計画を持つことは生じにくい。どのようなこともあくまで自分はそのような状況の中に「ある」としか捉えられまい。だが、遙かな上空から全体を俯瞰的に見下ろす「鳥（神）の目」にとっては、事柄は過去現在未来と見渡せていて原因結果が見て取れ、したがってどうすればこうなるかがわかって行為者（人）が周囲をある意図の下に操作することが可能となる。ここに自然や社会を操作するという発想が出てくることになる。ここでは「ある」より「する」という意識と発想の方がごく自然だろう。言語が洋の東西の決定的な違いをここまで内蔵しているというのは驚くべき事柄である。そこまで日本人と西欧人は違うのかと深く思う。

しかしゴンダに言わせれば大昔は西欧人も日本人も等しくこの世の事柄は「自ずから成る」と理解されていたのだ。私はだから日本語のあり方の方が根源的であると主張したいのだが、西欧人は決してそうは見るまい。どう見るか。彼らの時間はいつも直線的で、進歩の観念にとりつかれている。つまり、西洋語は進歩したのだ、劣悪な状態から飛躍して一段と高級な言語に進歩したのだと考える。そうだろうか。確かにある意味で進歩したのではあろう。一つの方向へ特化した。私は特化＝進化とは見ない。そうではなく、最初の姿こそがそのものの一番基本的な、一番普遍的な、一番根源的な姿を明示していると考える。とは私に言わせれば事物、事柄は自ずから成る、出来するとみるのが、人間の本来的普遍的な受け取り方だったはずである。その基本のところを日本語は最も素直に、鮮やかに保っている言語なのだ。西欧語はある方向に特化した、それ故ある強みは非常に強く持ったかもしれないが、その代わり言語が最初に持っていた言語の基本的機能を忘れてしまったと言えるだろう。

四　言葉、ああ言葉！

日本語は「ある」言語、西洋語は「する」言語だという。それぞれの言葉の発想というかそれぞれの言葉が体現している世界観の違いを表しているうまい定義である。日本語は基本的に状態を述べる文（状態叙述文）であり、西洋語は行為を述べる文だというのである。強力に主張しているのは先ほどから登場してもらっている金谷武洋氏である。氏の主張はなるほどと強く思われるのでそれをなぞりながら、どういうことか考えてみたい。

日本語は主語なしで文になるし立派に通じる、なぜかというと日本語は基本的に状態を述べる文だからだ、というのが状態叙述文の骨子である。誰が何をしたということを述べるのではない。こうこうこういう事態や状態があったということを述べる文なのだ。西洋語は基本的に誰が何をした、どうしたということを述べる文である。そこでは行為者の意図と意図に基づいて行った行為が語られる。そういうことを明確に述べるように構成された文だというのである。

日本人も当然ながら意図して、意図に沿って何かをする。日本人だって行為者でもありうる。だが、日本語ではそういうときも誰かが何かをした状態がある、あるいはそういう状態が出来した（出で来たった）という表現法をとるというのである。人が何かをした、というのではない。西洋語があくまで「I」と主語をたてて、そのIが意図してこれこれのことをした、と表現する形式の言語になっているのとは大違いである。主語はない。「〜は」と助詞をたてて出す名詞は日本語の場合主語ではなく主題の提示なのだという。「これからこれこれのことについて話しますよ」という話題の提示ないし舞台設定なのだと。「私は」というのは「私について話しますよ」ということであって、決して主語ではないのである。そして語られる全体は「~という状態があります（ありました）」という形になっている。これが日本語の基本的な形なのだというのである。なーるほどと思う。だから日本語の基本語は「ある」で、西洋語の基本語は「する」なのである。

さてこれは日本人と西洋人とを比較考察するときに実に有益な観点を提供しないか。西洋人は人間を（自分を）なによりもまず何かをする存在として捉えているのだ。言い換えれば、この世界は彼らにとって彼らが何かをする対象と捉えられているのである。自分があり、その向こうに世界があって、彼らはその世界に向かって働きかける、何かをする、これが西洋人にとっての己の基本的な存在形式なのだ。日本人だとそうはならない。自分（人間）は外に向かって働きかける存在ではない。自分も全体の中の一部であり、全体とともに流動し、動き、ある状態からある状態に移り変わって存在するものだと捉える。外界とともにその場の状態を構成するもの。自分を含めてこれこれの状態である、あるいはそういう状態になった、そして今そういう状態である、というのが日本語表現なのである。当人の意図など重視されない。自ずとなるもの、自然となるものこそがこの世の実態だと思っている。だから物事はそのようにならなければいけない。それが一番いいのだと。下手に人為を加えるなどとんでもない話。要するに無理をしないことである。無理にするから争いが生じる。争いが生じそうになると避けて余所へいく。余所へいっても少し努力すればなんなくやっていける風土だったのだろう。故に長い目で見れば、自然になるようになる、自ずとなるようになるのが一番だと思い始めた。西洋人とのなんという違いであるか。

これを言い換えれば西洋語は対象を操作する、コントロールする言語であるが、日本語にはそんな気持ちも意図もないとみなすことができるだろう。物事はすべて自ずからの成り行きでそうなってしまい、私たちの前にはそうなってしまったことがあるだけだからどうしようもない、ということになる。自ずからそうなることのうちには私たちの計らいや意図を超えた何かの働きがある。いや自分のコントロールを受けつけないものの力の方が遙かに大きいと考えている。私たちはそういうものに取り巻かれている。八百万の神々の世界である。西洋人は自分を放棄することが怖くて仕方がない。日本人が無私になるというとき、彼らは自己を放棄する、自分を放棄すると考える。自己を放棄するのならこれは恐ろしいことだろう。何が起こり、どうなるかわからないことだ。しかし私たちが無私になるというとき、私たちは自己を放棄するとは決して考えていない。自分はあくまである、自己放棄ではなく自分を超えたものの力を信じるだけなのである。自分の能力や力を超えた目に見えない大きな力が何かを私にやらせてくれる、それを信じて力の限りやってみるだけなのだ。なにも恐ろしいことはない。

以上、西洋語話者と日本語話者のこの世界と人間というものに対する見方、捉え方のとてつもない違いが明らかになった。次の問題はでは両者どうして言葉を発してこんな違いができたのか、なにゆえにこんなに物事の捉え方に違いが生じたのかということになる。日本人（この場合は縄文人ということにしよう）と西洋人（この場合は原始ゲルマン人か中東に住んだユダヤ人その他の西洋語を生んだ者たちということになる）の生きた自然の違い、環境の違いしか思いつかない。縄文人の生きたこの日本列島は当時の人口に比例して豊かな自然だったのだ。縄文人ぐらいはいくらでも受け入れて食べさせてくれた。ただ、そのためには（動植物をおいしいときに楽に手に入れようとすれば）自然の移りゆきを、動植物の動きをよく観察しなければならなかった。落とし穴を作るには動物の習性や通り道をよく知っていなければならなかった。季節の移り変わり、風の様子、空の模様、気温の変化、木々の色の移りゆき、その他微妙な変化をいち早く正確に見て取る必要があった。それさえちゃんとできればおいしい食べ物をそう苦労なく手にすることができたのだと思う。必要なことは見て取り感じることである。そうした自然の移り変わりは受け入れるほかなく、人間の手でどうこうできることではない。生じた事態をただ受け入れ、これに上手に身を添わせることができるだけだった。次第にこれが日本人の生き方の基本姿勢になっていったのである。たとえ地震や火山の噴火、台風、山津波であろうと、生じるときは生じるのだし、生じれば逃れようがない。その代わりそうそう起こることでもない。すべては人間がコントロールできない出来事なのである。自ずと生じたことなのだ。こうして「ある」言語の人生観世界観ができあがる。

このように日本語の世界観を見れば日本人の多くの事柄が解けてくる。私たちは事柄を無理にどうこうしようとはしない。自然になるようになるのを待つ。よって物事を決めるのが遅くなるのは当然である。この辺のことを丸山真男は論考「歴史意識の『古層』」で、日本人の歴史観を探る形で詳しく論じている。すなわち日本人は歴史を「つぎつぎとなるもの」と受け止めているという。自ずと自然に成り行くのが歴史だと。そこには目的意識など存在せず、時の勢いによって事柄が生じるだけだというのが日本人の古来一貫した歴史意識だと。したがって日本人には「いま」しかないとも述べている。まさに「虫の目」である。

同じことだが、したがって日本人にあっては責任の観念はきわめて希薄になる。当たり前だ。すべては時の勢いに基づいて自然になるようになるのである。どうしようもないではないか。責任を感じようがない。ただそのときその場にたまたまいる運があっただけである。

では西洋語の世界はどうしてか。多分、自然は日本列島ほど優しくはなかったのだろう。過酷で、生きていくためにはどうにかしなければならなかったのだ。自分で工夫し、努力し、戦い、なんとしてでも生存を勝ち取らなければならなかったのだ。こういうところでは「自ずからなった状態がある」などとは言っておれなかったはずである。考え、意図し、自らが何か手を打たねばならなかった。西洋語の背後にはそういう世界があったとしか思えない。西洋語もそもそもの大昔には「ある」言語だった。それなら言葉はごく自然な形態では「ある」言語であるのが本来の姿なのである。人類はもともとは自然をそのようなものとみなしていたのだ。それが西洋人の歴史過程で彼らの前に立ちふさがった特殊事情のために「する」言語的形態に特殊化して発達した。言語的適応である。言語的適応とは認識適応である。

こうも言えるかもしれない。与えられるもので十分に生きていける世界と与えられるものの乏しさになんとしてでも自分で生むか奪い取らねば生きていけなかった世界との違いと。

五　否定の力

私の孫はいま一歳三ヶ月になる。最近、こんなことを始めたと遠方に住む息子から報告があった。孫はこれまでは手にしたなにか、箱でも菓子でも構わない、これを彼の前に並んで坐った両親に渡そうとする。このとき両親のどちらでも先に手を出して「ちょうだい」をした方に渡していたそうである。どちらでもよかったわけだ。ところが最近、例えば母親が手を出して「ありがとう」といっても、時によれば首を振るようにして「ううん」だかなんだかを言って怒り、手渡さない。で、父親が手を出すと安心したふうに父親に渡す。もちろん父親、母親はそのときそのときで入れ替わる。つまり彼にはあらかじめ手渡そうと思う人間がいるわけである。思いと違えば怒るわけだ。

これは私にはたいへん面白い。やっと彼に自分の気持ちというか意志が生まれたわけである。自分は父親に渡したいというはっきりした気持ちが生じたわけだ。それまではどちらでもよかった。ただ渡したいという気持ちだけがあった。①ここに自分の明確な選択が生じた。明確な意図が生まれた②そして、自分の意図と違うということが生じた。相手の反応は自分の目指したこととは違う。違うとわかって怒った。違うとわかるようになったのだし、違えば怒るというのは、自分の意図を貫こうとし始めた、つまり自分の意図、気持ちがしっかりと生まれ始めたことを意味する。ということはここに自我が生じ始めたことにならないか。「自分」というものは人間にこのようにして生じるのであろう。

敷延する。もし赤ん坊がすべて満足するならこうはならない。そんなことはありえないからもちろん思考実験にすぎないが。そうと知ったうえで考えてみるのである。もし赤ん坊が自分の要求をすべて満たされて生きているとする。何もかも満足である。すると彼には意識というような意識は生じないであろう。すべて思いどおりになる。身体が欲求することがすべて欲求と同時に満たされる。それならなにひとつ彼には考える必要もなく、考えるということも生じない。自分がこれを欲しているということすら知る必要がない。このとき「自分」も生じないに違いない。自分というもの、意識や考え、欲求が生じるのは、それがすぐにはかなえられず、求めなければならない時、求めるものとやってくるものが違う時、である。母乳が欲しいのにやってこない、あやしてほしいのに誰もいなくてあやしてもらえない。こういう時、赤ん坊は泣く。自分の思いがあって、しかしそれが満たされない時、自分の思いというものが彼の感性を刺激し、いわば感性を覚醒する。違うのだ、こうしてほしい(何かわからないがとにかくそれとは違うことをしてほしい)のだという感覚が動く。その感覚はさらに重なり、時が経ちするうちには、一種の抵抗感として彼の身体にある手応えを造るだろう。自分の思いと違うことがよくある、という思いを積み重ねるうちには、違うという感覚を支柱に自己の感覚が育ってくるに違いない。先ほどの孫の、父親へのものの手渡しでは、もはやそれは明確な気持ちとなっている。ぼくはお父ちゃんに渡したいのだ、そっち（母親）の手ではないと。こういうことの繰り返しの内に明確に自分の思いというものを彼は感じ始めるだろう。感じ自覚したとき自分というものができたのである。

こういうことはすべて否定が契機となっているのは注目してよい。思いどおりにならないこと、あえて言えば自分の感覚と違うということが出発点になっている。違うという時に生じる抵抗感こそが原点であろう。否定されるから人はなんとかしようとする。抵抗感を前に考える。そういうものがなければ、人は何も意識しない、考えない、工夫しない。したがって自分というものが生じないであろうというのは、十分、考慮されてよい。

六　意志、意識と目覚め

人の意識や意志について考えるとき、目覚めというものは実に興味深いものがある。

私たちは朝になると目覚める。どのようにしてか。どのようしてかはわからない。ただ、朝になるとふと目が覚める。眠っていた私たちは、なぜか不意に目を開け、最初は何が起こったのかわからないようなぼんやりした状態にいる。そして不意に「あ、目が覚めたのだ」と知る。どこでどのようにしていたのか知ろうとして、周囲を見回し、耳を澄ませ、匂いもしていないかさぐる。手も動かしてみるかもしれない。そうして、昨夜、確かにここで眠りについたのだと思いだし、それならいま朝になってここで目が覚めたのは不思議でも何でもない、ごく自然なことだと納得する。さて、起きあがろうか。なんだか物憂いな、もう少し横になっていようか、急ぐことはないのだし。そんなことをぼんやりと考える。

こういったことが目覚めである。目が覚めるまでは何一つ考えてはいない。意識も意図もしていない。ひょっとすると夢を見ているかもしれないが夢はたいてい、今自分が眠っていることやそろそろ起きなければいけないという内容とは無縁である。したがって夢のなかで無意識に「起きる」ことを意図しているわけではないし、起きようとしているわけでもない。一切意識せず、また意図せずに、なぜかある瞬間に目覚めるのである。もっとも、目覚めが小便をしたくなってとか、眠り過ぎて寝るのが嫌になってとか、人体生理的な理由によるとみなすことはできる。いや、なぜ目が覚めるかというとそのほとんどは、その種の人体生理的な理由によるだろう。〝脳は電気刺激と化学刺激によって身体の各細胞の様相を逐一把握していて、それら全情報に応じて活動する〟という趣旨の神経学者ダマシオの脳科学説を参考にすれば、睡眠中も無論それは行われていて、意識が介入しないそれら身体の諸情報に反応する形で脳がどうするべきか指示する、それが例えば「小便がたまったから起きなければならない」「朝になった。今日はあれとこれをしなければならない日だ。起きなければならない」と身体に(このときはまだ覚醒状態にはないのだから、もちろん意識を経由せずに)指示を出す。だから私たちは目覚めるのではないか。

眠りから目覚めへ。この大きな事柄が意図や意識なしに行われるのだ。すると、意識しようという意識なしに意識にスイッチが入ることになる。意識や意図はこれ以上ないぐらい意識的なことである。それなのに意識しようという気がなくて意識が始まることになる。これはまったく不思議なことではなかろうか。

目が覚めるという脳の指令は何によって行われるのか。身体の外部あるいは内部からの一定の刺激というか情報が脳に届き、関係するニューロン群が活性化する。この活性化によってであろう。それ以外に考えようがない。繰り返しになるがここにはどうみても意識や意図は働いていない。ただ、生命体としての生きるための動物的な反応があるだけである。このレベルはすべての生命体、原始動物の反応、行動と同じことである。

そういうこと、つまり目覚めと同じようなことは私たちの行動でいっぱいあるに違いない。目覚めよりもいま少し微妙な事例として便所へ行くことをあげることができる。小便をしたくなって便所へ行くとする。もちろんこの場合、私たちは「小便がしたい。便所へ行こう」と思って便所へ行くわけだ。「便所へ行く」という意志を持つ。だから便所へ行く。だが、この場合は便所へ行くという意識を持つ前に当該部署のニューロンの活性化が起こっていて不思議ではない。意識よりも先に、小便が溜まった、排出しなければならない、という衝動が生じているはずだ。ダマシオのいう全身の細胞からの刻々と脳へはいる情報が膀胱部分の状態を知らせ、満杯になったと知らせているはずである。これによって脳は排出行為に動き出す。つまり彼のいう情動が起こっている。この部分は意識に先行して生じている可能性が高い。あるいは少なくとも、満杯情報を受けて排出という反応に向かうには、そう意識して始めて生じることだと考える必要はなさそうだ。ほとんど生理的な反応として理解してよいかもしれない。

七　終戦のとき私は幼稚園児だった

先のアメリカとの戦争の後のことについて私にはどうしてもわからないこと、いや納得いかないことがある。戦後左翼と進歩的と称する文化人たちの考え、態度である。彼らは、アメリカとの戦争に突き進んだ昭和の日本を、他国を侵略し征服しようとした野蛮な恥ずべき軍国であった、として完全否定し、まったく新しい日本、つねにどんなことがあっても平和を追求し、他国と仲良くし世界中から好かれる日本を作るべきだと主張し、主張を実現するべく一貫して言動してきた。これが私には理解しにくいのである。なぜそんなことをするのか、いやできるのか。彼らのやってきたことは早く言えば、自分の親やお祖父さん、先祖を悪者として罵り、彼らの努力や目指したところ、彼らの悲しみや思いを頭から否定し無視してなんの価値も認めず、口を極めて罵倒することであった。戦後六十年を越えるいまもってそれが続いている。

自分の親や祖父たち（ここが大事なところだ。抽象的な親や祖父ではない。自分の実の親、あなたがよく知っている自分の親である）の懸命の努力をそんなふうに評価し、それに泥を塗るようなことは普通人間はしないし、できないものである。自分自身のよって立つ地盤を掘り崩すようなもの、自分が生きていく根拠をなくしていくようなものだから。自分を否定するような行動といってよい。それだけ異常なこと無理なことをするにはよほどのことがなければならない。いったいそれはなんだろう。尋常でないことが戦後のこの国ではずっと行われてきたのだ。一般に言われている見解では、痛切な反省ということになる。日本は本当に悪い国だった、平和と民主主義に反し、自分の私利私欲で外国へ攻め入り、その国の人々を塗炭の苦しみに遭わせた野蛮で無知で残酷で、どこにも顔向けのできないほどのひどい国だった、大昔からだという反省からである。

ところで私は終戦の時、幼稚園児だった。六歳である。その私がその後、小学校から中学、高校時代を通じて、先の闘いの相手アメリカについて年少の身でずっと考えていたことがある。アメリカとは必ず第二回戦がある。復讐戦である。事柄の成り行き上、必ずそれはあるだろう。今度の闘いは年齢からいって私たちの出番になるに違いない。そのときは特攻でもなんでも絶対に志願しよう。今度は負けられない。

誰に言われたのでもない。母一人子一人の私の家がことさら好戦的な家だったわけがない。あの当時の山陰の田舎町、一度も空襲にも遭わなかったほどの小さな田舎町に育った子どもとしてごく自然にそのように思ったのである。したがって次のようなことはまったく自然に受け入れることができた。

なにをか。勝ったアメリカは勝ちはしたが日本の手強さを思い知らされただけに、日本が仕かけるであろう復讐を恐れた。復讐戦を仕かけさせてはならない。こう考えて日本国を二度と戦争のできない国しよう。軍事的、産業的に弱体化させることはむろん、それよりも復讐はおろか戦争そのものをできない国にしてしまおう。いや、そもそも戦争をしようという気にさえならない民族にしてしまえばもっと安心だ。これが日本占領にのぞんだアメリカの考えだった——このように考える事態の受け止め方が戦後の日本の一部にあった。長い間大きな声とはならなかったが、細々と確かにあった。

少年の私にはこれが実によくわかったのである。復讐の念に燃えていた私はアメリカは当然そう考えるだろうと思った。アメリカの立場にしてみれば当然のことである。だから、アメリカがその狙いの下に日本に臨んでくるのもまた当然であろう。そしてそう考えてアメリカが占領中に日本に押しつけ、命じてきたことをみればことごとくがその狙いに発したことであることがはっきりしていた。

日本を二度とアメリカに戦いを挑むことのない国、復讐戦など絶対に仕かけない国にするため、永遠に弱小国にしておくにはどうしたらよいか。まず国力を削いでしまうこと。軍事力を全廃するのを手始めに軍事力につながる産業力も国民が生きていける最低限レベルのみを認めるだけにする。まして航空機生産などは許さない。もともと石油その他資源のない国だからこうしておけばまずアメリカを脅かすような国にはなるまい。しかし、もっと安全な策は日本人から戦う気力そのものをなくしてしまうことである。そのためには戦争はおろか暴力そのものを嫌い、否定する心理状態を作りあげよう。それに何より太平洋戦争そのものが日本人の邪悪な野心による非人間的な、してはいけない戦争だったと日本人をして思わせ、自己否定させ、心理的に二度と頭を上げ得ないようにしよう。ゆめゆめ自国に誇りを持ち、自分たちの力と能力に自信を持ち、その結果、再び戦おうという気力を持つに至るようなことには絶対にさせまい。以上を要するに日本人からすべての自信と誇りを奪い取り、彼らが心理的な奴隷の身に甘んじて、立ち上がろうという気持ちも生じないようにしてしまおう。私ならそのような手を打つだろう。そして事実アメリカがやったことはそうだった。

具体的に言えば①あの戦争を卑劣で汚い戦争としてそのような犯罪行為を引き起こし、そこら中に多大な被害を与えたひどい民族として反省させ、心理的に打ちのめし、立ち上がれないようにする②なにより日本人から自信を奪い取ってしまうこと。自信のない国は決して他国を脅かすほどに力をつけたり、能力を発揮することはないのだから。自信は過去の立派な歴史、業績、輩出した偉人たちから生まれる。それ故日本の歴史から日本人が誇りとするようなことをことごとく無視し、ないことにし、否定的なこと、情けないことばかりを浮き彫りにすること。このようにして彼らが大事にしていたことを放棄させよう。そうすれば日本人を骨抜きできるに違いない③日本人の強みとして団結力、集団力をあげうる。だからこれを奪い取ろう。日本人をかつてないほどばらばらにしてしまおう。そのためには天皇制の下に統制のとれた日本人意識をたたき壊そう。そして彼らの団結力の根幹を成している家族制度をなくしてしまうために民法を改正し、家の制度を崩壊させよう。ばらばらの個人に分断してしまおう。のみならず日本の至る所に分裂と対立の種を埋め込もう。日本史は支配者と庶民の対立抗争の歴史として描かせよう。人の一番大事なのは己の命であり、個の確立こそが何よりも大事とする人間観を徹底させよう。権威や権力は敵として必ず反抗するという心性を育てよう。

以上が取られるべき方策である。私が日本民族弱体化の方針の下に政策を実施するアメリカ人だとするなら、これらのことを推進するだろう。占領軍としては当然のことである。そうして実際に行われたことはことごとく前記の方針に添ったものであった。いや、彼らは自分たちのやることがうまくいくように、江藤淳が暴いたごとき厳密かつ狡猾な検閲による「閉ざされた言語空間」を築きあげて、事態を正義と民主主義教育の名の下に行ったのである。

もちろんこれは戦後とアメリカの占領軍行政についての一つの見方である。だが、私には以上は実にありそうな、「そうだろう、そうだろう」と納得のいく、リアルな解釈だった。それなのに現実に世を覆った見解はまったく違った。占領軍が押しつけた精神、施策のすべてを肯定し、いいことをやってくれるとばかり受け入れ、これで日本は生まれ変わるのだ、生まれ変わって世界中に認められ受け入れられるよい国になるのだと信じ込む風潮だった。これは言い換えれば、まったくアメリカ占領軍の思惑どおりになるということとしか思えなかった。よく恥ずかしくも馬鹿馬鹿しくもないものだと私には思えた。なぜそんな信じがたいことが。それほど敗戦の衝撃はひどかったのだと思える。敗戦ショックで一時的に異常な状態に陥ることはありえよう。心理的打撃のあまり己を持ちこたえるためにはとんでもないことまで考えて平衡をとろうとする。そういうことはありうる。敗戦トラウマという奴である。しかし、戦後六十年たっても依然そのままというのは尋常ではない。これはもう異常である。

アメリカ占領軍のそのような方針、そのような施策であったとしても、われわれの戦後の歩みはそんなに悪くはなかった。いや、相当の成功、人によっては大成功とみる者もいるかもしれない。私もそう思わぬでもない。それなら問題ないじゃないか、いいではないか、という見方もあるだろう。しかし本当にそうだろうか。

私はやはりそれでは気持ちが落ち着かない。悔しい。アメリカに一時的な戦争の勝利によってそこまで見下げ果てられ、馬鹿にされ、いいように国を作り替えられてそれを喜んでありがたがっているのは実に馬鹿馬鹿しい。悔しい。あれだけ国を壊されながら戦後の日本の見事な復興再生があったのはさまざまな幸運のせいではあろうが、また日本人の高い能力と努力のせいである。日本の二千年弱の歴史はそれだけの底力をもっていたのだ。オーストリアの大生化学者シャルガフに「ウィーンの公衆便所よりも浅い歴史の国」と揶揄されたアメリカ程度の若造国にいかに操作されようとも不死身のごとく蘇る底力があるのだ。だからここまでこれたのだが、いかにも悔しい。もしもっと早く国としての独立に立ち返り、ここまで壊れることなく来ていたら（というのもやはり日本はその本来から見れば大きく壊されているのには違いないから）もっと早く、立ち直っていただろうと思う。

さてそうだとして私にずっとわからないのはいまだに占領軍の施策に見事に乗せられたとしか思えない言論界、世論の動きである。私の見て取ったアメリカの狙いと策謀は見え見えだと思う。年少の私にでも見て取れたのだ。それなのに知識人、文化人、リーダーたちがいまだに彼らの思惑どおりに動き、日本復興の足を引っ張り続けるのはいったいなぜなのか。なぜ彼らはああも執拗に日本を貶めるのか。先祖を誹謗し、自立しようとする日本人をたたくのか。いったい何のために。普通は自分の親や爺さんたち、いやもっと遡って自分の先祖たちの名誉と誇りとを人は守るものである。チャーチルは数十年も前の先祖のモールバラ公の名誉を回復する著書を刊行して公の汚名をそそいだ。執念である。それは自分の誇りを守ることと一緒である。先祖を貶めることは自分のよって立つ足下を掘り崩すことと一緒である。だからチャーチルは必死に祖先の名誉を回復したのだが、彼ら日本の戦後の知識人やリーダーたちは執拗にいつまでもいつまでも祖先と自分たちの国を誹謗してやまないのである。いったいなぜだろう。中国や韓国に共感して日本に謝罪を声高に要求する。それどころか日本人が日本を誇りに思おうとすればすかさず、その足を引っ張り、反対することに走る。一体なぜなのか。こんな不自然な奇態なことはないではないか。いったい自分で自分を否定し、泥を塗り、周囲に謝ってばかりいるようなことがいつまでも続けられるわけがないのである。それでは人は生きてはいけない。それをあえて続けるのはなぜか。私に理解できるのは意地によることでしかない。若いときに時代風潮に乗せられて自己形成して、信じ込んで生きてきた、戦後三十年たって（というのは時代は三十年もたてばたいていのことは沈静化し、時代が変わるのだから）自分の間違いに気がついても意地があっていまさら路線変更できない、それでは負けになってしまう、ということなのだろうか。

それなら世代が変わればそのような異常事態は消えるだろうが、現状を見れば執拗な再生産が行われ消滅するということはなさそうである。物事の見解だからどこまでいっても日本人の間に丁度キリスト教徒がそうであるように一定程度の戦後左翼は残り続けるだろうことは不思議でも何でもない。だが今現在のようにかくも大きな勢力として大きな顔をして残り続ける理由がわからないのである（典型的には朝日新聞とその追従勢力）。いったいどういうことだろう。彼らは何を考えているのだろう。

彼らとて今となっては、アメリカの占領政策に乗せられたという見解のありうることは知っているのであろう。日本の弱体化政策にまんまとはまったという考え方である。しかしおそらく彼らはそのような見解にはまったく同調しないのだろう。それどころか彼らは自分たちの信念をきわめて正しいもの、世界でも最先端を行くものと思っているのだろう。では、アメリカが日本を二度とアメリカに向かって戦争を仕かける力のない四流国五流国におとしめようとして占領時代に強いた施策が彼らの戦後民主主義平和主義思想の根底にあるものだということについてはどう思っているのだろう。そんな事実ないし見解がありうるなどということがないことにしているのである。そうでない限り彼らのありようは持ちこたえられないと思う。再度問うがそうしてまでなぜ戦後左翼的思想を、わかりやすく言えば目隠し平和主義を固持しなければならないのだろう。若い日にいったん忠誠を誓った思想の旗を降ろすのはそれほどにも辛いということだろうか。意地もある。自分のそれまでの全人生を否定することになる。負けを認めることは確かに辛い。そういったすべてが彼らをしてああまでむちゃくちゃに頑張らせる理由だろうか。そうかもしれない。だとすれば同情できないでもないが、己一個を守るために周囲を、子々孫々にまでわたる日本人全体を巻き添えにして沈めてしまうのはあまりに勝手ではないか。我が儘ではないか。そんなに多くを苦しめずに、自分一人苦しむことになるのを甘受するべきではないか。私はそう思う。

しかし、彼らがどう思おうと、初めから勝負は決まっているのである。所詮無理筋は長くは持たない。百年、二百年とたつ内には、つまり歴史に閲する限りではかならず、否定され、それこそそういう馬鹿なこともあった、だから戦争には負けてはならないのだ、という教訓にされるぐらいだろう。

八　どうして西洋人は真実とか真理とかにあれだけこだわるのか

西洋人の思考に特徴的なものに唯一の真実や事実、つまりは真理が存在するという考えがある。彼らは放っておくとどうしても、唯一の正しさを、真理を、求めようとする。科学の誕生はそこに由来する。哲学もそうだ。つまり、近年に至る思想的営為も突き詰めればそうなる。つまり、彼らはどうしても焦点、一点の中心点を求めたがる。

私には理由ははっきりしていると思われる。加地伸行氏が言っている、「キリスト教のような、絶対の真、絶対の善、絶対の美、すなわち完全無欠な存在などというものをわれわれ東北アジア人は持たなかった」。キリスト教信仰にあっては、神の下に絶対的なものがあるに決まっている。完全無欠の神が差配するこの世には唯一の正しいものがあるに決まっているし、なければならない。神つまり正しき者が差配する世界は当然のことにどこかに正義や正しさ、本当のこと、正解があるに決まっている。ないように見えるとすればそれは人間の迷妄のゆえである。真理もなければならない。いまは私たちに知られていないにしても、かならずどこかにあるのだ。こういう信仰があるから彼らは真理への渇仰から逃れられないのであろう。放っておけばついつい自ずと真理の存在を前提に物事を考え、究明することになる。これが西洋人だと思う。その揚げ句がこんにちの反真理学派、つまりポストモダン思想の跳梁であろう。やけくそ、真理が見つからないことから来る絶望感ゆえの。

この世に絶対的に唯一正しいものがある、真理がある、すべてがそこへ収斂する焦点のようなものがある——東洋には、少なくとも日本人の間にはそのような考えは生じなかったように思われる。なぜだろう。私の知る限り日本の古代の文献に、人生の意味とか真理はどこにあるか、といった問いは出てこない。万葉集にも古事記にも日本書紀にも風土記、古今集、源氏物語、竹取物語、その他知る限りの文献にその種の疑問は出てこない（と思う）。ここは重要なところではないか。くだって平家物語にも愚管抄や神皇正統記にも。そしておそらく空海や最澄、源信をふくむ仏教書にも正面きっては出てこないのではなかろうか。この世の無常や空しさをいう言辞はあるだろうが、そこから真理を強く希求するという道は取らなかったように見える。おそらく同じことになるのだろうが、したがって日本には明治になって西洋が侵入してくるまではニヒリズムもなかったのではないか。仏教は無常を強調したが、ニヒリズムにはならなかった。少なくとも日本の古代にニヒリズムはなかった。古代日本人は人生の意味など問いもしなかった。生きることになんの意味があるのかという疑問にとらわれた気配がない。なぜだろう。

西洋を横目にして考えるならこの国では、なぜ生きるのか、と問う必要がなかったように思われる。いったい、なぜ人は生きるのか、生きることになんの意味があるのかと人が問うとき、それはなぜ問うのか。生きることが極端に難しいからである。こんな辛い、しんどい思い、屈辱的な思いをしてそれでも生きなければならないのかと深刻に悩むとき、人は生きることにはなんの意味があるのかという疑問にとらわれる。それでも生きるに値するのかと。

もし、生きることになんの支障もなく障りもないなら、人は人生の意味を問うことはないはずだ。わざわざそんなことを考える必要はない。疑問すら起こってはこない。人は仕事をする。順調にいっていて充実しておれば、それをただ続行するだけである。もっとうまくと工夫することはあっても、こんなことになんの意味があるのだろう、無駄ではないだろうかなどと考えはしない。人生を無意味だと思えばこそ、生きることに深刻な疑問を感じればこそ、価値を、意味を、必死に探す。ヨーロッパ人は二千年も前から（ヨーロッパ人とはいうが、本当はユダヤ人だろう。バビロニア人やローマ人やその他の周りの強国に侵されてさんざん悲惨な目に遭い、亡国の憂き目を見たユダヤ人は深刻に生きる意味を考えざるをえなかったはずだ。そのユダヤ人から出たキリスト教の世界観がヨーロッパ人を覆った）ニヒリズムに侵され、必死でニヒリズムと闘ってきたのである。ニヒリズムとの闘いがヨーロッパ人の歴史と言ってよい。

では、西洋人はなぜ生きることに深刻な疑問を感じたのか。生きることが極端に難しかったからなのに違いない。食糧事情が悪く、敵も多く、悲しみと苦労と屈辱に瀕した。なんとかしたいという強烈な思いにとらわれた。克服へ闘志を燃やした者もいたろうが、この辛さをなんとか納得したいと思った者もいただろう。こういう者たちは納得するために、生きることの意味を求める道に走った。それも必死に。

日本にももちろん苦しみはあった。生きるか死ぬかの辛い事態もなんどかあった。だが、西洋のそれ程深刻ではなかったのではないか。自然災害は人を襲い、一切を粉砕した。だが、この世にはそういうことも時にはある、と受け止め、再起を期して復興に立ち向かった。死んだ者は帰って来ないがそれだけのことであって、自然はよそへ移れば食べていけるものぐらいは恵んでくれた。くよくよしても始まらない。そんなふうに思える国土だった。目の前に広がる国土を前に、すぐにやるべき仕事が次々にあり、やれば応えてくれる。やるべき仕事に専念しておれば、意味を問うなどということは生じてこない。むしろある種の充実感があるだけであったろう。

九　クオリアはいかに生まれるか

二十世紀の後半以後の急展開と言ってよい科学の進展によって科学者たちが非常な自信を持つようになった。その結果、いろいろなことで「これこれのことはやがてわかるだろう」と言い始めた。典型的なのは脳科学とコンピューターの進展によって、心や精神や意識について、それがどういうものか、何であるかが、そう遠くない将来に確実にわかるようになるだろう、といった言いぐさである。私はこのような学者の自信にあふれた発言に接するたびに非常な違和感を覚える。違和感の寄ってくるところをさぐれば、彼らはいったい「わかる」ということで、どういうことを意味しているのだろう、という強い疑いに行き当たる。彼らのいう「わかる」はどういうことをいうのだろう。彼らの「わかる」と私の考える「わかる」はどうも違うようである。

彼らは、ある事柄の原因と、原因から結果に至るプロセスが判明すれば、わかったことになると考えているらしい。例えば、水。水とはなんであるかと尋ねられて、科学者は水素原子二個と酸素原子一個が結合したものだと言い、その結合の仕方も明示してくれる。なるほどそうに違いない。しかしそれで水がわかったというのはおかしくはないか。それは水素と酸素を二対一の割合で、ある一定のかたちに結合すれば水が生じるということは明かしてくれるだろう。しかし、なぜ水素と酸素を二対一の割合で結合すれば、あのような決まった形を持たない流動性のある物質（つまり水）になるのかは説明してくれないし、なによりあの水独特の感じ、われわれにいろいろな形で助けになり、時には脅威になる水の特質すべてをひっくるめて水とは何であるか、水が水である所以はどこにあるのかを説明したことにはならない。しかし、科学者は水素原子と酸素原子の結合で水の正体を説明したことになると思っているようである。水は何からできているかを要素分解して、その要素がどのように結合して水になるのかを明らかにすれば、それで水とは何かがわかったことになるというのはおかしいのではないか。

同様にして、脳の構造が明らかになり、そのどの部分がどのように作用すれば、こころのどのような動きが生じるかがくまなくわかったとしよう。それで、心とは何かや脳がわかったことになるのだろうか。脳の構造もその部分部分の働きも相互に連結した働きもわかるとしよう。それらを総合したものが脳である。いかにもそうである。しかし、それで私が感じている脳の姿、一〇〇〇億の神経細胞と各神経細胞から出ている平均数千の軸索が構成するシナプス連結からなるという脳の驚くべき姿への驚嘆の思いを説明してくれるのだろうか。私たちの頭のなかという小さい領域のなかに全宇宙の原子（全宇宙の星ではない）の数以上のシナプスによる編み目があるのだ。この宇宙に存在するもののなかで最大数のものが一人一人に脳のなかにあるのだ。これを驚かずにいられようか。原始哺乳類以来の進化の歴史のなかで自然はそのようなものを作りあげたのである。どのようにしてと私は目眩く思いをする。この脳に対する私の心の底からの驚嘆の思いに、脳科学は納得いく答えを与えてくれるのか。脳の構造と個々のニューロンの働きの仕組みを解明したからといって、この脳の不思議を説明できるのか。説明できるときはこの驚異の思いは消えるはずだが、本当に脳に対する私たちの感嘆の思い、感動的なほどの不思議の思いは消えるのだろうか。科学者はどうも私には死体を解剖して、それで人間がわかった気になるのと同じことを主張しているように思える。「わかる」というのはそんなことではないと思うのだが。

高名な神経科学者ラマチャンドランは、科学者はもはや「生命」とは何かという問いを立てなくなったと言い、それはいまでは「生命とは、多数のプロセス——ＤＮＡの複製および転写、クレブス回路、乳酸回路などなど——の集合に対して、大まかに用いられる言葉であると認識されて」いるからだ、という。しかし、「生命」はともかく、私たちが「いのち」という言葉に託している意味はとうていラマチャンドランのいう科学の記述では汲み尽くせるものとは思えない。「いのち」という言葉に私たちが託している感じは、右記の科学的記述にはほとんどまったく乗らないと言ってよい。そしてこの乗らないところが「いのち」の本質なのである。それが説明されないと、「いのち」をわかったことにはならないだろう。

同じことだが、事例として追加しよう。ラマチャンドランは『脳のなかの幽霊、ふたたび』で、こんなことをいう。「脳のなかにある小さなゼリー状のもの（ニューロン）のなかのイオンの流れが、いったいどうして赤の赤さや、スープや……ワインの風味を生み出せるのだろうか」。ラマチャンドランによればこれがクオリア問題なのだが、彼はこれを「物質と精神は、実は世界を記述する別々の方法で、どちらもそれぞれ完結している」と考えることによって解決できるのではないか、としている。光子が粒子と波動の両方を同時に表現しているように、脳は物質と精神を同時に表しているのだというのである。しかし、こんなことで脳のなかで一群のニューロンが活動すれば「燃えるような赤なら赤」の感触が私たちの心に浮かぶ、あるいは感銘を呼びおこす不思議さを理解できたことになるのだろうか。心がわかったことになるのだろうか。ある心が生じるとき、例えば雨音を聞いてしみじみとわびしい思いを抱くとき、あるニューロン群が活動している。だから、このニューロン群が活動すれば「しみじみわびしくなる」と公式を立てることができるかもしれない。だがそれでは、AならばBという因果関係を認めることができるだけで、なぜAならばBなのかがわかったことにはならないだろう。AからBへなぜ移るのか、どうしてAならBが生じるのかを説明したことにはならない。「なるほどなあ、Aからこういうふうにして必然的にBが生じるのだから、AだからBになって当然だなあ」と腑に落ちないことにはわかったことにはならない。

以上は科学者たちの考え方についての疑問である。しかし、これについては私はじつは一つの仮説を持つのである。大それたことだが、以下それを述べてみたい。

脳はある現象に直面したとき、あるニューロン群の活性化という体験をする。進化上、どれかのニューロン群が必ず活性化する形で当の状況に対応することになっている。だから、そのニューロン群が活性化すれば、はじめにそのニューロン群が活性化したとき感じていたことやイメージを再現するだけのことだと。これは映像とフィルムの関係を思い出せばわかりやすい。フィルムは光を当てるとそこに写っている光景を映し出す（再現する）。だが、フィルム自体はそれが映し出す光景とはまるで似たところがない。フィルムとそれが映し出す光景とはまったく別ものである。ただ、はじめにある光景があってそれをフィルムは当の光景に対応して、焼き付けただけである。より詳しく言えば、その光景に対応してフィルム内の燐酸を一定のパターンに変化させただけである。それは丁度、脳がある現象を前にしてあるニューロン群を一定パターンで活性化させたの同じことだ。そしてフィルムは光を透過させると、必ずそのフィルムが持つ燐酸の変化パターンにのみ対応する映像を生み出す。脳もそうなのに違いない。ある特定のパターンのニューロン群が活性化すれば、はじめにそのパターンを形作った現象のイメージや感情が再現されるのだと。この場合も、脳と（あるいは脳のニューロン群と）現象との間にはなんの似たところもない。脳は物質でありニューロン群の活性化が生むものは精神である。フィルムは物質であり、フィルムが映し出す映像は映像ないしイメージであって物質ではない。

このアナロジーが適応できるなら、AからBが生じるのは当然で、何も驚異的なものはない。脳はフィルムであり、ニューロン群は燐酸粒子である。ある光景に向けてシャッターをきれば、あるパターンを構成する燐酸粒子群が変化する。変化した燐酸粒子群は永久にそのままであって、フィルムに光が当てられるといつでも同じ対象となった光景が再現される形で映し出される。この光が当たるというところが脳においてはニューロン群が活性化することに相当する。あるパターンを形成するニューロン群が活性化すれば、そのパターンを形成することになったもとの現象のイメージが再現される。そうなるほかはない。物質にすぎない神経細胞群の活動は確かに物質の活動以外のなにものでもないが、その活動はイメージという精神の働きを生むのである。フィルムという物質が光を当てられれば映像という非物質的なものを映し出すように。こうした成り行きになんら不思議なところはない。なぜなら、もともとの一定のパターンのニューロン群の活性化は、その現象、例えば「バナナがある。手にとって食べよう」という状況によって（印画紙に焼き付けられるように）生じたのだから。それなら、そのニューロン群が活性化すれば、脳内で「バナナがある。手にとって食べよう」が生じる、あるいは再現するのはごく当然のことではないか。BはAによって発現したのだから。それならAが生じればBが出てくるだろう。それ以外にないのではないか。少なくとも不思議ではないだろう。

　ここのところはもう一つ鋳型の比喩を使えばさらにわかりやすいだろう。例えばデスマスク。著名人Cの死に顔の形相を永久に残そうと、死に顔に粘土ようのものをかぶせると、死に顔の凹型ができる。鋳型に相当するものである。これに石膏なり溶液性のプラスチックを流し込めば、確実に死に顔を再現したもの、デスマスクができる。なぜ必ずCのデスマスクができるかと言えば、その鋳型はCの死に顔に粘土を押し当てて作ったものだからだ。これはばかばかしいほど当然のことである。さて、このCの死に顔に相当するのが脳が直面している状況である、その状況に反応してできる活性ニューロン群のパターンはまさに鋳型に相当するだろう。それならその鋳型＝一定のパターンのニューロン群が活性化すれば、そのパターンを形成する元になった状況が脳内に再現されるる（これが心的イメージ、つまりクオリアである）ことになるのは少しも不思議ではないだろう。むしろ当然そうなるほかないことというほかない。脳とクオリアの問題はこれで解消するはずだ。

　こうした言い方にはもちろん次のように指摘する人がいるだろう。「それは少し違うのではないか。なぜなら、問題はいま私がある赤い花を目の前にして、なんときれいな赤い花だろうと思う。このとき脳のなかで起こっていることは、あるニューロン群が花からの視覚刺激を受けていま活動していることだけである。赤い花の、フィルム上の化学変化に相当することが事前にあって、いま視覚刺激がそれを再活性化しているのではない。したがってフィルムのアナロジーは適当ではない」と。

　それはそのとおりだ。私たちがある赤い花に感じる独特の赤い色あるいは赤の感じは、その花から受け取る感覚刺激を視覚から脳の視覚野に受け取って生じる（しかしここが難しいところだ。確かに今目の前にしている赤い花を見て視覚刺激があるニューロン群を活性化しているのだが、そのニューロン群が活性化するのは以前に同じような状況で、つまり赤い花を見てそのニューロン群が活性化した痕跡が残っているからに違いない。だからたときに感じた同じ感じ、感動、喜びが再現される、という形にならないか）。このとき脳では一定のパターンのニューロン群が活動している。ここではじめて私たちは「ああ、これは赤い花だ。なんと美しい赤だろう」と感じる。この「感じる」はニューロン群の活動から来ている。このときあるのはただ、ある一定のパターンのニューロン群が活動しているだけである。それなのに、なぜその活動が「ああ、これは赤い花だ。なんと美しい赤だろう」という感じを生みだすのか、というのが問題なのだというのはそのとおりである。しかし、「ここではフィルムのように事前に焼き付けがあるのではない」というのは本当だろうか。生まれてから私たちは少しずつ少しずつ、経験し、蓄え、学び、このニューロン群のパターンはこうと学習してきたのではないか。そもそも脳内の神経細胞群のシナプスによる連結結合は（出生時にすでに先天的にいくつかできあがっているにしても、ほとんどは）生後の有形無形の体験によって形成されるものだという。だからこそ、脳の構造は一人一人違うのだ。つまり、生まれてからの一刻一刻に私たちの脳はフィルムの焼き付けを行っているのである。ただ、脳がフィルムと違うのは、フィルムの焼き付けが一回きりの限定性をもち、しかも固定的であるのに対して、脳は無数の焼き付けが重複して生じ、しかもそれらが相互に影響しあい、変化し、また創造的でありうることである。

したがって、（内容的にという意味ではなく時間的に）新しい感覚刺激を入力すれば脳は生まれて以来焼き付けたニューロン群パターンのなかの、その感覚刺激に相当する、あるいは近いパターンの活性化で応じる。内容的に新しい刺激であれば、過去の刺激パターンのなかからそれに近いものを活性化するか、それに相当するとみられるニューロン群の組み合わせを作り出して活性化する。いずれにしても、生まれて以来の無数の焼き付けによっていくつかのパターンの「ああ、これは赤い花だ。なんと美しい赤だろう」というクオリアを生むニューロンパターンの活性化なのだから、当のクオリアが生じるのは当然である。

問題はこういうことだろう。なぜ外から入ってくる感覚刺激を私たちがニューロン群の活性化という形で受け止めるのか。ここには変換とも翻訳とも言えることが行われているのだ。外から入ってくるものは視覚に関する限り光波の形を取る。これが網膜にいたり、電気刺激に変換されて神経細胞に至る。電気刺激を受けて神経細胞のあるものが活動する。それは目の前にある赤い花がニューロン群の活動に翻訳されていると言ってよかろうが、しかし不思議なことにそれが同時に「赤い花」と認識されるだけでなく、「ああ、これは赤い花だ。なんと美しい赤だろう」として私たちの心に受け取られるのである。ここで生じていることはなんだろう。言葉と同じことではなかろうか。言葉は音波である。山という言葉がある。「やま」と言えば、山を指し、私たちは山を思い浮かべる。しかし、「や」という音波と「ま」という音波は山とは似ても似つかない。土と岩石と木々からなるあのうずたかい堆積物（山）を暗示するものは何もない。にもかかわらず私たちは「や」と「ま」という一続きの音波が山を意味すると承知し、山が表す一連のイメージを思い浮かべる。山を表現する際に（手で指さすのでなければ）、私たちは山自体を持ち運びできるわけではないから山そのものではないなにかで山を代理させる必要に迫られる。よって一定の規則を持つ音波（音声）を使って山を代理させるわけである。シンボル化ないし表象変換と言われるものである。同じようなことがニューロン群の活動に言えるのではないか。外から来る感覚刺激をそのまま頭のなかに再現することはできない。したがって音声に頼る言葉と同じように、私たちに可能な脳細胞の活動パターン（ここが音声に相当する）という形に翻訳して、感覚刺激の発現元つまり対象を脳内に再現しているのではないか。ニューロン群の活動は確かに物質的活動にすぎない。それがなぜイメージを、クオリアを生むのかという問題は、音波にすぎない言葉がシンボルないし表象変換によって感覚刺激の発現元を生き生きと生み出し指すように、ゼリー状の物質にすぎないニューロンがシンボルないし表象変換によって感覚刺激の発現元を生き生きと生み出し指すのだと考えれば納得いくのではないか。そうとでも考えなければ、なぜ脳という物質がこころや精神という非物質的なものを生むのかということはとうてい理解できない。

ラマチャンドランの、脳とクオリアは同じひとつのものの二つの違う現れと考えればよいのではないかという言い方では、私は脳とクオリアの問題に新しい何かを持ち込んだことにはならないと思う。したがって何も言っていないのと同じことだと思う。

私の考えで問題が生じるとすれば、なぜ進化は感覚刺激のシンボルないし表象変換に神経細胞のパターン的活性化という手を使うことにしたのか、なぜそのようなものを使うことにしたのかということだろう。これは神経から脳ができてくる過程を見ればほかに選択するのは非経済的だということで片づくだろう。

一〇　懐疑哲学と正義

経済学者安冨歩氏の『生きるための経済学』にこういうマイケル・ポランニーの考えが要約紹介されている。なかなか面白い考えで参考になる。一つは、西洋は近世に頻発したあまりにも血なまぐさい宗教戦争に嫌気がさして、そこから「反権威主義」と「哲学的懐疑」を生みだした。「反権威主義」はよくわかる。字のとおりである。どのような権威にも盲目的には従わない、権威は疑う、という基本姿勢である。「哲学的懐疑」は「反権威主義」と似たようなものだが、どのようなことも疑う姿勢である。ともに一見、理由の有効な、立派な、あるべき姿勢のように見える。事実、その利点だけを見るならそのとおりである。だが、この二つは共に歯止めを持たない。とかく極端にまで走りやすく、行き着くところへいけば必ずニヒリズムへ到達する。かくて「反権威主義」と「哲学的懐疑」を基本姿勢として信奉して始まった西洋近代は必然的にニヒリズムへ行き着く。

以上はまあそんなところだろう。異論はない。が、次の点は相当に面白い。ポランニーによれば、西洋はギリシャの懐疑哲学とキリスト教の正義への狂信の混合物と考えてよい。問題はキリスト教に由来する正義の渇望と狂信(「われわれの文明がキリスト教の遺産として血の中に持っている、けっして癒されることのない正義への飢えと渇き」とポランニーは述べている)である。これによって西洋はすべてを疑いつつ、一方で絶対正義を渇望し、絶対正義があるに違いないと信じ、それらしいものを狂信する精神的傾向を伏在させていることになる。そのようにいうのだ。私はこれは西洋を理解するために特別注目してよいことと思う。おそらくはユダヤ人に発するキリスト教はユダヤ人の宗教である故にの特徴を持つ。すなわち、彼ら悲惨の極みの民族が救われるためにはこれこそが唯一の正しさだという絶対的な正義、正しさを必要とした。でなければ彼らは救われようがなかったからだ。したがってユダヤ人にあっては唯一の正しさ、つまり唯一神の出現は必然である。日本人や東洋人を考えれば到底そのようなものが要請されるとは思えない。そこから出てきたキリスト教もしたがって骨の髄から絶対的正義、絶対的真理を必然としている。つまり「けっして癒されることのない正義への飢えと渇き」に浸されているのである。この道は狂信の道である。だから彼ら西洋人は(あるいは一神教の徒は)真理や正義やを背景とするイデオロギーに絡め取られ、正義の旗を押し立てて突っ走るのである。神が揺らいで正義が持ち堪えられないとなると、真理とか普遍性とか、いずれにせよ絶対的なものを求めて狂奔する。この道に歯止めはない。彼らは一種の強迫観念に捉えられているのだ。彼らのものの考え方、議論の仕方、暮らし方、みんなそうだ。そう思ってよい。おそろしいことである。西洋近代のみならず、西洋から発するものはすべてそういう目で見よう。憧れるなどとんでもないことである。

一一　無について

考えるということはなんであれ要するにイメージするということではないか。言語で考える、絵で考える、音で考える、つまり何で考えるにせよ考えるということはイメージするということであるに違いない。イメージできないものは考えられない。少なくともわからない、理解できない。考えるということをそのように正確に定義できるなら、以下のことが確かになる。ないものについて私たちは考えることはできない。ない、つまり無のことについては原理的に考え得ない。原理的ということは絶対に、というのと同じことである。ないのだからそれを思い浮かべようがない。知らない状態にあることさえ知らない。

しかし人はいうだろう。ないということ、無はある、存在すると。あるモノがないことはありうるのだから無はあるはずだ。実際また人は「ない」ということ、つまり「ない」という状態はあると思っている。ここにあったお菓子がなくなった、あるいはここにはお菓子がない、という発言は成立する。つまり「ない」ということがあるのだ。しかしこの「ない」と初めに述べた「ない」は同じではない。お菓子がないのは必ずあるとき、あるところでないのである。言い換えれば一定の条件の中での「ない」である。初めの「ない」はないことさえ知られない「ない」だ。本当にないのなら人はないことさえ知らないし、知りようがないし、気づかないはずである。これこそ本当の「ない」であり無だ。そのような「ない」ものについては人は考えることはできない。

だから私たちが哲学的に無について思考するとき私たちが対象にしているのは、条件付きの「ない」でしかない。そういう無は在る無だから存在するのであって、いわばたとえ比喩的にしろ隠喩的にしろ存在物なのだ。存在物ならイメージできる。考え得る。ないものについては考えることはできない。当たり前だ。しかし私たちはしばしばここのところを混同している。「無」、「ない」には二種類あるとおさえておくべきだ。ひとつを「ないA」と仮に名付けておこう。「ないA」は存在する無である。ないという状態で存在する無、実在する無である。もう一つは「ないB」。こちらは純粋の無、ないということすらないという妙な言い方でしか語れない無。概念でしか存在しえない無である。あるともないとも言えない無。あえて言えば「ない」ですらない無である。つまりない状態ですらない無なのだ。

「ないA」と「ないB」、この二つは厳密に違うものであり、区別されなければならない。同じ「無」ないし「ない」という言葉なので私たちはつい混同して一緒に使ってしまいがちである。しかも混同して使っていることに気づかない。そこに「無」つまり「ない」問題のややこしい事態が生じる。はなはだ不合理なパラドックスが生じるのである。仏教でいう無の難解な問答も哲学的袋小路も同じことである。

くどいようだが大事なことなので繰り返しておくと、私たちが考えの対象にしている無は「ある（存在する）」無なのである。すなわち「ないA」なのだ。この無は明らかに無ということが、つまりないという状態が存在する無である。この無については考えることができる。本当の無、仏教でいう絶対無は無ですらない無をいうのであろう。したがってこの無は概念上でしか存在しえない無だというほかない。本来で言えば、無なのか無でないのかさえ判明しようがない、あるのかないのかそれもわからない無。有無以前というか有無さえない事態であろう。

以上を要約すればこの世には「ある」「存在する」ということがあるだけである。「ない」ということはないのだ。存在がすべてで無は存在しない。無は「ないという状態あるいは事態」が「ある」ことだと知るべきだ。

一二　人間の正体とか本音とかいうもの

人間について考えていると、いったい私とは何を指すのだろうという疑いにつくづく追いやられる。精神分析に尋ねると、自我がありエスがあり超自我があり、また意識と無意識という考え方もある。自己ともいう。心に対して身体を持ち出す言い方もできる。私の心というが、どれが私の心なのか。本当の自分はどれなのか。

あるときある感情に突き動かされてある行動を取ろうとするが、理性がそれを押しとどめる。もう少し穏やかな解決法を選ぶとする。この場合、このどの段階が本当の自分なのか。本音というがどれが本音なのか。対人関係を考慮して怒りを抑えたのが本当の私なのか、それともそれはうわべだけで本当の私はとっさに抱いて圧し殺した怒りにあるのか。自我とエスと超自我の三者があるとしてそのどれが本当の私なのか。普通で考えるならば、最後に選んで実際に表に現れた行動が私ということになるはずだが、それは他人や社会を気にしてうわべを繕っただけの私で本当は怒り心頭に発した私が私なのではなかろうか。

人間を考えるとき、こうしたさまざまな自分が混同されて考えられ、混乱していることが多い。いったいそもそもこのような区別に意味があるのだろうか。確かに自分の中で様々な要素が葛藤を起こすことがある。葛藤をもたらす対立に目を据えれば様々な要素を設定したくなるのはよくわかる。

しかし、一番ありそうなことは結局最後に選ばれた選択が私であるということになりそうだが、これだとて偽装やうわべの取り繕いということを考えればどうなることだろう。身体も無意識もみんな含めて葛藤状態が生じ、しかし最後には一つの決断が下される。こうして実際に現れた態度、様子、姿が本当の自分だと言ってよいのだろうか。いや、いっそその過程の悩みと悩みの内実も含めてその全体が自分だと言った方がよいのだろうか。

「本当の自分」とはなんだろう。あるいは本当の自分などというものはあるのだろうか。あいつの本音がついにでた、などという。だがそれが本音だろうか。たんに感情的になって、かっとなって口に出しただけのことではないか。そのどこが本音なのか。感情が本音か。では人間とは感情なのか、感情的生きものなのか。そうではあるまい。人は感情（レベル）では生きられない。人間はあくまで社会的動物である。他人を引き込んだ段階で人間は人になる。人は初めから他人を引き込んでいる。そうなら感情が激発したのちに他者が登場して、そこで考え直し自制して述べる言葉こそ本音ではないか。どのレベルでの意識が本当のその人間の思いであるか決めようがないはずだ。

そう考えれば本音とはなにか、たいへん難しいことになる。無意識の自分が本当の自分だなどとも言えまい。意識レベルの自分ともなればこれはもうどれが、どの段階が本当の自分なのかは決してわからない。だいたいが人間は赤ん坊として生まれてきて、遺伝子にすり込まれた本能のレベル（不快なら泣く、おっぱいが現れれば吸い付く）で生き始め、手足を動かし、寝返りを打ち、はいはいをし、歩き、喃語を言い、言葉を覚え、自分を知り、一人遊びをし、集団遊びができるようになり、こうして人になっていく。こうした段階で、本能レベルから、自己意識を持ち、他人を知り、社会規範を覚え、他者おおくは親を真似て親と同様な脳神経回路を形成して、自分を作りあげていく。このどの段階でもその当人である。だが本音とか本当の自分という考え方はこのどこか、どの段階かの人間をこそ当人だとみなすに等しい。本音が出たというとき私たちが指しているのは要するに本能レベルの自分のことではないか。そんなものはみんな一緒である。彼自身というものはそこにはない。たんに動物レベルの欲望、本能が現れたというだけのことで面白くもなんにもない（本能の現れ方にも個性があるかもしれないが）。

心と脳という場合、どちらが自分なのか。あるいは意識と無意識という場合はどうか。両者が対立するとする。ではどちらが本当の当人なのか。最終的に選び決断するのは意識だと考えられている。だから意識こそ当人だと一応は思う。意識ではもう飲んだら駄目だと思っている。だが、疲労のあまり身体が酒を欲している。えーいと飲んでしまう。あくまで意識としては飲んだら駄目だと思っているのである。この場合はどうなのか。選択したのはなんだかだと言っても結局意識ではないのか。とはいえ、意識の背後にあって意識を突き動かしている無意識を想定できる。実際にコントロールしているのは無意識だが、意識はそれを事後的に認定しているのにすぎないのに、自分が決めたのだと思っているというのが事実であることがあるとすれば（私は大いにあると思うのだが）この場合はどうなるのか。この辺は確かにそうだとひとつに決めつけることは不可能である気がする。

「ついにやつの正体が現れた」と思ったとする。しかし当人はあれこれ考え、逡巡し、微妙な差で実際にすることになった行動を選び取っているのかもしれない。決定的に選んでいるのでは必ずしもない。それでも、ある行動を選び取ったときにはそれがその人間の正体、本音ということになるのだろうか。選択はいわば流れ、勢い、弾みで行われたのにすぎないかもしれない。傍目には決して見えない彼の逡巡、内心の葛藤があるし、その葛藤にだって強弱がある。が、人目に見えるのは最終的な決断の結果としての外部に現れた行動でしかない。それでもそれは本音なのか。

私が思うに、ぎりぎり人の本音と言いうるものは結局のところ本能の示すところに他なるまい。なんとしても生きる、欲を満たす、といった本能の達成が本音とならざるをえまい。それならそれは誰にもあると決まっているることでその人間固有の姿ではない。そんなものは正体でも何でもない。たんに彼もまた生き物である、動物のひとつであるということにすぎまい。だれにでもある本能的な願い、欲望の上に立って結局彼がなにをするか、本能的な欲望をどのように現すか、自制するとしてどこまで自制するのか、自制した結果実際に行う行動の品位がどの程度であるか、がその人間のらしさ、その人間の姿ということになるほかないであろう。したがって結局人は彼が行った行為自体によって測られるほかないと私は思う。行為に際して彼が内心何を考えていたとしても。そうすると結局、人には本心とか本音とか正体というものはないと言ってもよいのではなかろうか。外に現れたことがすべてだとするほかない。もちろん当人に言い分はあるだろう。だが、すくなくとも外からの目には外に現れた姿と行為によって判断するほかないのだし、外に現れたもの以外に正体などはないと思うべきである。

だが、以上の事情にもかかわらず、次のことだけは確かだと思われる。卑怯な人間は決断にあたって概ねはやはり卑怯である。

一三　モムゼンの言葉

長部日出雄著、マックス・ウェーバーの伝記『二十世紀を見抜いた男』にこんなことが紹介されている。ウェーバーの博士論文取得のために行われた口頭試問のときに審査官だった大歴史学者モムゼンが述べたという言葉。ちなみにウェーバーの論文はモムゼンの学問を鋭く批判したものだったようである。

「老人がすぐ結びついていけないような新しい考えを若い世代はしばしば持つものだ。恐らく今の場合もその一例であろう。しかし私がやがて墓場に急がねばならぬとき、『槍はすでに我が腕に重すぎる、われにかわりて、わが子、汝この槍をもて』と呼びかける相手は、わが敬愛するマックス・ウェーバー以外にない」

実に見事な言葉で感心するが、いまはそれは横に置くことにして——

『槍はすでに我が腕に重すぎる、われにかわりて、わが子、汝この槍をもて』。なんという壮重な、世代交代の内実を現した言葉だろう。私は自分の息子にもそう言いたい。言えるようでありたいと切に思う。少なくともそういう人生を歩みたい。

一四　見えない世界の存在——そういう存在はありうるか

見えない世界というものには二通りがある。一つは質量があり実体があるが、小さ過ぎて人間の目には見えないもの、それに大気のように決まった形も色も持たないもののこと。もう一つは質量ともなく、したがって実体のない世界。

見えるものは要するに姿があるもののことである。物理的存在、言い換えれば場所を取る存在である。二つのものが同時に同一の場を占めることはできない。これが見えるものである。では、風はどうか。目には見えない。空気の動きが風だが、風自体は見えない。風の結果が感知できるだけである。草木のそよぎ、もののはためき、皮膚に感じられる圧感。こうした空気の現象によって、風そのものを見ることはできないが風の実在は確かめられる。では、匂いはどうか。匂いも確かに目には見えない。だが匂いは匂いの分子があって、これが空中を移動し、鼻の中の匂い感受細胞に接着して感じ取られる。すなわち匂い分子という質量を持つ物理的実体が存在するのだ。ただ、匂い分子は小さ過ぎて人間の目には見えないだけのことである。以上の様態を認めることができればほぼ見える存在についてはカバーできるだろう。

では、以上の様態には入らない見えない世界の存在とはどんなものか。意識や心。しかしこれらは、はたして目には見えないと言ってよいものかどうか。なるほど質も量も持たない。場所もとらない。匂いの分子的なものを持つとも思えない。強いて言えば風的なありかたが一番近いだろうか。私たちにわかるのは人があることをする、その行動であり、考えであり、思いであるだけである。にもかかわらず私たちは意識や心をいちおう存在するとみなす。そういうものを想定した方が納得いきやすい。では、魂はどうか。魂による現象というものは考えにくい。どの現象は魂によるということもできない。心や意識はそうではない。それは心の現れである、意識のやったこと、意識的現象であるということができる。魂ではそれが無理だ。では魂とはなんなのか。どうして魂があると言えるのか。魂とはそういう存在だとしてその場合の「ある」「存在する」はどういう意味になるのか。はたしてそれでも存在すると言えるのか。

まずここでは魂のようなそういう存在をも存在と言えるとするとどうなるのかを問うてみよう。質量を持たない。場所を取らない。となると魂はいくら重なっても重なるということがない。あの世があるなら古来死んだ人はどれだけ膨大な数になるか。それがみんな集まって場所があるのだろうかという心配が起こりそうだが、そんな心配は要らないことになる。なにしろ姿も形もないのである。場所を取るということがない。そしてどこにいる、ある、ということもない。どこにもいないし、どこにでもいることになる。

それでも「ある」と言えるのだろうか。「ある」とはどういうことか。形がないとする。それでも「ある」ということにできるのか。匂いは匂い分子の形で存在する。水も空気も形を持たない。しかし質量はある。どんな意味でも、どんな形態にしろ形がない場合、それは「ない」ということではないか。そして魂は正にそういう存在ではないか（存在するとして）。では魂とはいったいなんであるか。魂などというものはないのではないか。もしないのなら魂という言葉はなぜあるのか。魂というものを想定した方が話がわかりやすいからである。ある事柄を上手く説明できるのだ。例えば重力とか引力というものを考えてみよう。重力は目には見えない。形もない。しかしものとものとが引き合う現象は確かにある。なぜものとものとが引き合うのかを説明するためには重力を持ち出せば便利であり、わかりやすいということにすぎまい。そしてそれ以外にものとものとが引き合う現象を説明できないのだ。それ以外に説明できないのである以上、それ（重力）は存在するのではないか。しかし目には見えないし、感じられもしない。現象以外にあるのかないのか確かめようがない。もっとも魂には重力における確かな現象すらない。しかしある事態、ある事柄を説明するのに便利なことは間違いない。でなければ魂などという言葉が生まれてくるはずがない。たんに便利だというのとそれ以外に考えようがないということの違いだろうか。引力や重力はそれしか考えようがないのだ。

意識や心もある程度魂と似ている。心や意識も場所を取るとも思えない。ただどこにもない代わりにどこにもあるとは言えまい。やはり太郎の意識や心は太郎ないし太郎の周辺に存在するとしか言えまい。それに心や意識の現象は特定できそうだ。そういうところは魂と心や意識は違うが、両者は極めて似ていることは言えそうである。

一五　なければ作る

「人生になんの意味があるか」「この人生の意味はなんであろうか」というのは、おそらく一番普遍的な、一番肝心な、誰もが生涯に一度は遭遇する問いであろう。究極の問い、一番大事な問いである。「この世はなぜあるのか」「人はどこから来てどこへ行くのか」「死ねば我々はどうなるのか」という問いもすべては右記の問いから派生する。そしてこんにち、多分はこの問いに対する答えは「なんの意味もない。私たちはこの宇宙に意味もなく、目的もなく、ただ物理的物質が物理法則に沿って自動的に展開する内に、必然的に偶然に出現しただけのものである」ということになっている。「生きて死するもなんの意味もなし」と。

しかし、よく考えよう。そもそも「人生にはなんの意味があるのか」という問いはどういう問いであるか。この場合の「なんの意味」には二通りの意味がある。これまでその点を無視してきたからすっきりした答えが出てこなかったように思われる。「なんの意味があるか」という問いは、一つには「なんの意味が与えられているか」という問いと受け止められ得る。意味を与える主体は人間にではなく、人間の外部にある。神でもいい、宇宙意志でもいい、人間を作ったと思われる主体が考えていると想定できる意味である。もし、人類がなにものかによって造られたとするならその造ったものの意図、意志があるはずである。なにも目的も意図もないのに何かを造るということはありえない。したがってもし人類が自分自身で創発的自発的に出現したという立場をとるのでない限り、人類の造り主がある、その造り主の意図が人類が出現した意味である、と考えるのはまったく理屈に合っているだろう。この場合は私たちはその造り主の意図を忖度するという形で人生の意味を見抜こうとする、探り出そうとする。これが人類史のほとんど、近世まで哲学的に人間がやってきたことである。神話や宗教がそうだ。しかし、この考えは十八世紀の半ば科学的世界観の成立以降、リアリティを失ってきた。こんにちではほとんど人を納得させない。私たちはもはや人類を造った意志を持つ造り主を想定することはできない。そんなものはないと思っている。

「人生になんの意味があるか」という「意味」を与える主体はもう一つ想定できる。外部から与えられるものとしてではなく、自分自身で与えるものとしての「意味」である。与えるというから妙なことに思えるが、自分で発見する、造る、と考えればよい。外から与えられないのであれば、自分で造り出せばよい。自分で造りだす「意味」だってありうるだろう。

つまり私たちはこれまで「人生の意味」という場合、これを外部から与えられているものを見つける、知る、という形でしか考えていなかった。したがって私たちはそのものの意図を探り出すのに懸命だった。これがこんにちまでの思想的、哲学的、宗教的営みの内実であった。今も多分にそうである。

しかしこの道はおそらく挫折したのだ。「造り主などいない。私たちは何かのために造られたという形で存在しているのではない。私たちの存在にはなんの意味もないのだ。ただ偶発的に、偶然いるにすぎない」と考えている。私たちはこのニヒリズムに耐えられるだろうか。私は耐えられないと思う。自分の存在にはなんの意味もない、と思って生きていくことは、意識のあるものにはできまい。そんなことで生き生きと、前向きに生きていけるわけがない。どうしたって、意識をもつ以上自分の存在にはなにかの意味を、価値を求めざるをえないだろう。ここが大事なところだ。

だが、私たちは何かのために造られたのでもなく、なんの目的で造られたのでもない、というのは、さまで私たちを意気消沈させる事柄であろうか。ニヒリズムに陥るほかない事柄であろうか。そうではないだろう。別の考え方がある。むしろもう一つの可能性、もう一つの機会が出てくることになろう。なんであるか。ほかならぬ自分自身で自分の存在の意味を造り出す機会である。「人生の意味」を私たちは自分で造り出す、見つけ出す機会を手にしていることになる。外から与えられた答えがないのなら自分で造ればいいのだ。必要なものは造り出せばよい。問題はそれが納得いく答えになるかどうかだけである。だから逆に言えば、勝負の鍵は私たちの手中にあることになる。

もちろん、易しい話ではない。自分自身だけで自分を支えることほど難しいことはないのと同じことで、自分を支える意味を見つけ出すことは至難のことだろう。考えてみればこれまでの人類の哲学的、思想的営みのすべてはこのことをやっていたのだ、それとは知らずに。

これからの私たちの哲学的営みはここに集中することになるだろう。すべての人間とはいうまい。すべてではなく、多くの人々に納得のいく「人生の意味」、私たちが「存在している意味」を考え出そう。大いなる物語が必要なのだ。それを考え出そう。これがこれからやるべき思想的哲学的な営為となるだろう。ごまかしを考えつくのではなく、人類全部が、いや大方が信奉できる人類の物語を構築すること、人間についての考え方を構築すること。これこそこれからの哲学の仕事、知識人の仕事である。

楽観できることではない。そんなことが可能ならこんにちまでにもできているのだ。まず無理だろうとは思われる。しかし、一点だけ期待できることがある。事態が明確になったことである。問題の所在がはっきりしたことだ。つまり、「人生の意味」はないこと、ないというのは外から与えられるそれはないという意味だということ、したがって仮に私たちが気にくわない意味であってもそれを受け入れるほかないようなことではないということ。その意味で私たちは自由であること。よって、しんどいことではあるが自分で考えればよいということ。こうしたことが明らかになった点がこれまでとは違う。事態がこのようにはっきりしたことによってなにかがこれまでとは違ってこないかと期待したい。

ここで一つ示唆的なことを述べておくのも無駄ではないだろう。ほかでもない。前著『瓦松庵残稿』で述べた「非合理故に我信ず」である。もし、上記の解答を誰もが認める合理的普遍的な理論的理屈の形で、つまり哲学的言論の形で作り出すなら、当座は多くの納得を得て力をもっても、早晩砕けてしまうだろう。理屈で構築したものは理屈で砕ける。どこかで理屈に反故を来せば一挙に力を失う。必ずしも合理的ではなく明晰ではなくても、不思議な力を持つ物語の形なら、不合理故にいつまでも持ち堪えてあるリアリティを発揮し続けることもあろう。したがって、「人生の意味」の解答は哲学より物語の形を取る方が可能性があると私は考える。科学的裏付けとしては必ずしも明確ではなく、なぜそうなるのかはっきりしないところがあるが、なぜか非常な説得力のある物語。不思議議と人の心を捉える物語。そしてよくできた、時宜に適した物語はそういう不思議な力を持つものである。私にはとてもそんな物語を考え、創出する力はない。しかし世界は広い。かつ後世は恐るべし。そのうち誰かもの凄い天才が出てきてそのような物語を作り出さないとも限るまい。

一六　形容詞一つとってもこれだけ違う

熊倉千之『日本語の深層』は日本語について非常に注目するべき見解を述べているとみなしてよい論著のように思える。日本語学者の見解を知りたいが、それはともかくいろいろと創見と思われることを説いている中で、私に最も腑に落ちたのは次の事柄である。形容詞。例えば「冷たい」とか「大きい」「強い」とかいうのは西洋語ではものの属性を指すという。「アイスクリームが冷たい」という場合、この冷たいはアイスクリームの属性、そのアイスクリームに本来備わっている性質だという意味らしい。それに対して日本語の形容詞、この場合は、「冷たい」は、そのアイスクリームを見ている話者の感性・感覚が感じ取ったものを指す。つまりあくまで話者の感性がつかみ取り見て取った感じであって、そのアイスクリームに本来固定的本質的に備わっている性質をいうのではないというのである。なるほどと思う。両言語のこの違いは明確だし、はっきりしている。西洋語と日本語はそのように違う言語だというのである。

この比較、この違いの指摘は実に興味深い。この違いによってはっきりしてくるのは、西洋人にとって外部、つまり環境というか私たちを取り巻く自然は、はっきりと私たちとは対立して独自に存在するもの、客観的実在であるということである。したがって彼らにとってはこの世は客観と主観にくっきり分けられることになる。自然は外部であり、したがって私たちに対立するもの、操作し外科手術をするもの、利用するものということになるだろう。では、日本人にとってはどうか。どうやら日本人にとって外部（自然）は私たちに対立するものではなく、私たちと一体になったもの、自他同一のものと感じ取られているようである。もっとわかりやすく言えば、私たちも猿やイノシシや鹿のように自然の中に生きているもの、自然にくるまれて自然を構成する一つの要素として存在するものと考えているようである。自然は私たちと対立して存在するものではなく、まして私たちとは独立にそれ自体で別のものとして存在していて、だから私たちが好きなように手を入れ、取り扱ってよいものではない。盲人にとって、いや盲人だけではなく杖を常時使う人にとって杖の先端は自分の身体の感覚の範囲に入っているように、自然も私たちの身体の一部と受け止められているとみなしてよい。あくまで西洋人との比較でだが、この自然観は日本人のいろいろなことを説明してくれる。

日本語の特性から明らかになるこの一点は熊倉千之氏の論著の明確な功績である。

おそらくこの日本人の自然観は日本人にとって自然がどういうものであったのかを暗示してくれる。草や葉や小枝で作った小鳥の巣は小鳥にとって自分を守ってくれる暖かい、安心できる場所であり、自分と一体になったものであろう。到底自分と対立するものでも、自分とは独立に勝手にあるものでもない。同じことが日本人にとっての自然なのだろう。私たちは自然の懐の中でぬくぬくと生きているのだ。自然は自分の延長なのである。だから形容詞で明らかなように、自然は人それぞれの感受によって決まってくる。人とは独立に、決定したものとして、アイスクリームは冷たいもの、としてあるのではない。厳寒にはむしろ暖かい食べものなのかもしれない。状況次第でどうにでも感じられるだろう。そして大事なのはそのときその人にとっては「暖かい」と感じられたということである。そこを日本人は大事にするのだ。西洋人はどんなとき、どんな状況であろうとアイスクリームは冷たいものだということを譲らない。それは彼らにとって客観的事実なのである。なぜなら冷たいのはアイスクリーム特有の性質なのだから。人によって、あるいは時と場合によって冷たかったり暖かかったりするものではありえない。私たちの外部に対する態度の、外部の受け止め方の、洋の東西のこの違いは非常に大きいと思う。

ちなみに熊倉氏は、日本人のこの対処の仕方が日本人の物作りの強みの根幹になっている、と述べている。例えば、料理。西洋人の料理人は他国の料理を学びにいっても、ある料理Aを冷たいと学んだとする。彼はその冷たさをAに固有の特質と受け止める。しかし日本人の料理人はAの固定的な特質とは受け止めず、あくまで自分の舌で感じ取った冷たい感じ、あるいは独特の感じをもって国へ帰る。だから、そのときの気候の条件や料理場の条件によって、自分の舌の感覚を大事にして料理する。西洋人の料理人は大げさに言えば、どんなときにもAの固定的な特質を前提に料理すればよいと思うだろう。湿気や気温など周囲の条件との違い、つまりその場そのときの状況などあまり考慮するまい。日本人の方がきめ細かな、その場に適した料理を作りあげることは明らかだろう。形容詞の違いが示すことは以上のような事柄にまで及ぶのである。

一七　母音言語の特性

黒川伊保子『日本語はなぜ美しいのか』も日本語について強く考えさせる報告である。黒川さんは私より二十歳年下。奈良女子大の物理学科を卒業してコンピューター会社へ入り、人工知能の開発に携わって脳と言葉を研究した。そして「音素一つ一つの口腔内物理効果を精査して、言葉の音素並びを入力すると、発音体感のイメージ・グラフが出てくるプログラムを完成させ」るという業績を上げた。つまり日本語の音韻が呼び起こす発音体感を調べあげ、音韻と言葉が表す意味との関連を追及した人である。こうして日本語の特性を明らかにした。その成果と成果の示すところが見事である。

さて、その最も重要と思われる部分を引用しよう。その前に黒川さんは角田忠信氏の研究を受けて、日本語はポリネシア語とともに世界でもたった二つしかない母音主体の言語であることを強調する。両言語とも話し手たちは母音を言語脳（左脳）で聞いている。反してこの二つの言語以外の言語はすべて子音主体の言語であり、人々は母音を右脳で雑音として聞き流している。そして子音と母音の特徴を次のように述べる。「ことばの音を構成する音素は、大きく子音と母音の二つに分類することができる。実は、この子音と母音では、潜在的な印象を作りあげる際の役割が違うのである」「子音は、息を制御して出す音。すなわち、息の流れを邪魔することによって出すのが特徴の音素群である。（中略）ことばの発音体感の質、すなわち、口腔内で起こる力の質は、『息の邪魔のしかた』によって作られる。つまり、子音が、その主な担い手だ」「これに対して、その力が、前に向かって強く出るのか、奥に退くのか、開放感を伴うのか、こもるのか、包み込むのかなど、三次元的なイメージを作り出すのが母音である」

こうした予備知識のうえで、母音とは「息を制御せずに、声帯振動だけで出す、自然体の発声音」であり、「また、自然体で発声される母音は、音響波形的にも自然の音に似ている」と言い、人が一番初めにごく自然に出す音だという。驚いたときに思わず出す「あ」、痛いときに出す「う」、びっくりしたときには「え」、子どもが初めて象を見たときに出すのは「おー」という具合だ。つまり「自然体で素朴、ドメスティック（私的、内的、家庭的）な印象があり、ふと心を開かせる音、これが母音の感性的な特徴になる」。これは要するに母音は人間が最も最初に出すことを覚えた音、最も自然な音ということになる。言い換えれば人類がまだ言語を知らず、動物的な発声でコミュニケーションをとっていた頃からの発声、いや言語的な音声を発し初めに口に出した音ということになろう。つまりは音声の基本にほかならない。子音は何かの事情で母音のスムーズな発声が妨げられ、あるいは母音を越える必要が生じて生まれた音声、いわば一種の無理な音声なのだ（本当だろうか。赤ん坊の発声――アー、バブバブ、ブーなどを考えれば、必ずしも母音が最初の発声音とは言えないように思うのだが）。「心を無防備にする母音」とも黒川さんはいう。こうした特徴を持つ母音言語は言葉全体に親近感を漂わせる。

したがって「潜在意識で母音骨格をつかむ私たち日本人は、話している内に、意識レベルで相手と融合してしまう。意味的な合意を得られなくても、一定時間話し合えば、なんとなくわかり合えた気になる」という重要な指摘をする。日本語会話の実際を見ればこれは見事な指摘だと思う。このとおりだというほかない。

では子音言語はどうか。「一方、相手の音声の中から、機械音に近い、威嚇効果のある子音だけをつかみとる人たちは、話しているうちに、相手との境界線がしっかり見えてくる。この境界線を越えるための権利と義務について話し合わなければ……彼らの潜在意識は、そんなふうに感じているはずだ」「境界線が融和してしまう母音語族の恋人たちは、打ち解けた恋人を褒めることはしない。自分の身体の一部を、今さら褒める必要がないように。つまり、母音語の使い手たちは、自我の内側に、恋人を招き入れるのである」「というわけで、母音の使い手による対話と、子音の使い手による対話は、潜在的な意味において、まったく異なる行為なのである。前者は、融和するための手段として言葉を使う。仲良くなる方法を探るのが、対話の目的なのだ。話せば話すほど、意識は融和していくので、意味的な合意はさほど重要ではない。（中略）後者は、境界線を決める手段として言葉を使う。境界線のせめぎ合いが、対話の目的なのだ。意味的な合意と、権利と義務の提示、絶え間ない行為の表明が必要不可欠となる」

またこうもいう、「先に述べたとおり、母音語の使い手は、話し合っているうちに意識が融和してしまう。このため、合意はうやむやにして、境界線を譲り合う」

これは日本人の会話はなぜああなのか私に初めて得心いく解釈を示してくれたものと言える。そうか、そういうことかという思いである。西欧人の会話が議論なのに対して日本人のそれはなにかを明らかにするとか何が正しいのかを決める会話ではなく、ただ話したということだけに意味があるように見える理由はそういうところにあるのか。「私たち日本人は、話している内に、意識レベルで相手と融合してしまう」のだ。本当にそうである。相手と融合し、するとなんとなく満ち足りた幸せな気分になる。この気分だけで十分なのである。日本人にとって事実とか真実とかはどうでもよいのだ。それよりも話してなんとなくわかり合い、気があったような気がすればそれでよいのだ。あとはだいたい共通の思いはこんなところだったただろうと察しておけば、たいてい上手くいく。あうんの呼吸である。厳密に詰めておく必要などないのだ。それが日本人の会話である。一方で子音の響きは威嚇的で機械音的、到底他者を受け入れる音声ではないと言われれば、そうかもしれないと思う。私がことに納得するのは、日本人の会話はなにかを、例えば自他の領域を明確にし、その範囲内での権利と義務を明らかにし、事実は何か、何が正しいかを決めるためにするのではなく、「仲良くなる方法を探るのが、対話の目的なのだ。話せば話すほど、意識は融和していくので、意味的な合意はさほど重要ではない」という件《くだり》である。「母音語の使い手は、話し合っているうちに意識が融和してしまう。このため、合意はうやむやにして、境界線を譲り合う」。まったくそのとおりというほかない。日本人のする会話はこのとおりだろう。

ではなぜ母音語を話す人間は対話相手と癒合してしまうのか。黒川さんは言う「母音は（中略）ヴァイオリンやチェロの開放弦のように、音源が最も自然な状態で出す音だ。押さえたり弾いたりしないので、弦は全方位に震えて、丸く伸びやかな音になる。声も同じだ」（『怪獣の名はなぜガギグゲゴなのか』）、「開音節語を喋る民族は、音節の終わりに母音を付けるので、語の区切りごとに自然な状態になる。話す方も聞く方もどんどん自然体になって気持ちがよいのが、開音節語の会話の特徴なのである。そうでない言語の会話は、威喝音である子音を並べて、言葉を重ねるほど緊張してゆく「相手と融合するために使う裸（自然体）のことばと、相手との差別化のための武装のことば」（『怪獣の名はなぜガギグゲゴなのか』）とも言う。

そしてさらに黒川さんは二つの重要なことを述べている。一つは日本的民主主義はなぜ全体主義的になるのかについて。「意識が融和して、話し合っている他者を自我の一部に取り込んでしまうために、『この人は自分とは違う』ということを、どうにも認められなくなってくるのである。このため、大勢ができあがって、強い連帯感が形成されると、大勢に合意できない者を激しく排除してしまうことがある。民主主義の精神とはほど遠い、思想統制が勝手に働いてしまう国なのだ」。この指摘は鋭い。まったくそのとおりだろう。戦時中に生じたことも、戦後左翼に生じたこともすべてこうした事態だった。日本人の集団では常にこの危険がある。日本語のせいなら、自制しても難しいところがあるのだ。ことに「大勢ができあがって、強い連帯感が形成されると、大勢に合意できない者を激しく排除してしまう」ことになるのは、大勢に合意できないものは他人になってしまうからである。自分ではないのだから「激しく排除する」ことになる。

もう一点は自然の受け取り方。「日本人は、母音と音響波形の似ている自然音もまた言語脳で聴き取っている。いわば自然は、私たちの脳に〝語りかけて〟くるのである。当然、母音の親密感を、自然音にも感じている」「母音を右脳で聞き流す脳は、自然音もまた聞き流す。彼らの脳に、自然は語りかけてはこない。おそらく、自然は、彼らに対峙しているはずである。そうであるならば、闘って支配するというスタンスの取り方しかありえないだろう。統制を取る、というかたちの調和しか思いつかないはずだ」。すでに早く角田忠信氏が明らかにしたことだが、再度強調してもし過ぎることはない。自然が日本語話者と西欧語話者とではまるで違うものなのだ。西欧人にとって自然は親和性をもたない。親しみを感じられないとすれば、無機質な無関係なものと見えているか、冷たいと見えているか、どちらかだろう。それどころか敵対するものと見えているかもしれない。いずれにしても、そうならこちら（人間）は自然を自分のために利用するもの、利用できて初めて役に立つもの、存在価値を認めうるものというふうに扱って不思議ではない。そして事実西欧人にとって自然とはそういうものなのだろう。日本人にとって自然は母音話者らしく自然に親和感を覚える対象、融和してしまう対象、自分の中に取り込んでしまう対象なのであれば、これと対峙するとか、利用するとかという冷たい扱いはできない。おまけにここへ金谷氏の「虫の目」を持ち込めばどうなるか。彼（虫）を取り巻く周りは暖かい親和的な状況ということになる。虫の目も自ずと優しくなるだろう。そういう目で周囲を見回し、周囲に溶け込んで前進してゆく。「神の目」的な視線の必要性などつゆほども感じずに。虫の周囲はいつの間にか虫自身と融和し一体になり、自分だか自然だかわからなくなる。

一八　日本語では客観文を述べることが不可能であるという信じがたいことについて

このことは熊倉千之『日本語の深層』で教えられたことである。当初信じられず、何度読んでも理解できなかった。当たり前である。現在私たちが使っている日本語文章では客観文はいくらでもある。ありふれている。小説など客観文が書けなければ成り立たない。それなのに「日本語では客観文が書けない」と言われて納得いくわけがない。しかし日本語というものをよくよく考えれば確かに日本語で客観文を述べることは不可能なのである。

　私が理解したところを述べてみよう。先の節で、形容詞一つとっても日本語と西欧語ではまるっきり違うのだと述べた。日本語では「暑い」とか「寒い」「甘い」といった形容詞は物に固有の特質ではなく、その時々によって人が感じる感じであるが、西欧人にとっては物の属性、そのものに固有の性質であるということだった。日本人にとって雪は冷たいときもあればほの温かい時もある。しかるに西洋人にとっては雪はいつでもどこでも冷たいものに決まっている。この違いの寄ってくるところは、日本人にとってはものは（この場合雪）それに向かい合っている語り手との関係でそのつどどんなものであるかが決まってくる。氷の部屋から出てきたとき雪はむしろ温かいかもしれない。固定したものではないのである。が、西欧人にとっては雪は冷たいのに決まっている。なぜなら雪は冷たいものだからである。雪というものが存在して、その存在物は冷たいものであるなら、それは雪に向かい合う語り手の感覚にかかわらず冷たいのに決まっている。語り手のそのときの感覚や状況によって冷たかったり温かったりするわけがない。

このことはなにを意味しているか。英語は、何度も言うように、私たちの外に客観的事実（物質）があるとする言語だということである。私たち（つまり語り手）の外に客観物がある、したがって主観（私）があって客観があるという構造になる。外にあるものは西洋人にとっては「私」とは別に、独立し自立して存在するものにほかならない。したがって人によってまた同一人物であっても時によって受け止め方が違うなどということはありえない。ここから彼らは真実とか科学的実在とか普遍性とかいうものを信じ、そういう世界観、認識観の上に立って物事に対処することになる。彼らはものは人間とは関係なく実在するのがものの存在の実相だと考える。

日本人にとっては「もの」はそれを見るあるいはそれに対処する人に受け取られる形でしか姿を現さない。言い換えれば人間とは別に、関係なく存在するものは意味がないのだ。確かにそういうものは（カントのいう「もの自体」として）存在するだろう。だが、何かはわからないがあるだけで、人にとって何であるかという意味がない。人に現れる以上、人にとって意味がある形でしかものは「ある」とは言い難い。

確かに人がいなくなってもものはそのまま存在するだろう。人間がいなくてもものは残る、即ちある。あることは確かだろうが、このあるはいったいどういう「ある」か。一切人がいない、つまり見る者がいないとき、ものはものでしかないだろう。意味はないだろう。もの自体でしかない。それをしも「ある」と言えるのか。日本人はそんなものは無意味だ、あるとは言えないと心の底で考えているらしい。

なぜ西洋人は人間とは別に自律し独立したものの存在を考えるのだろうか。私はここに彼らの神を持ち出したい。一神教とは言うまい。一神教以前の彼らの神観念。正義の神、正しい神、すべての創造神としての神（日本人の神は正しさや正義とは何の関係もない。人力を超えたもの凄い力をふるうものであって、善悪どちらでもある存在にすぎない）。厳しい生存環境の中で異民族との抗争、せめぎ合いに終始した中近東、そして西洋の人間たちは自らの神を強い神、正しい神と思い、信じ、これを奉じて生き抜いていかなければならなかった。自分たちの奉じる神はどの神よりも強く、正しくなければならなかった。この世界はそういう神が差配している世界であるはず。人間はそういう神が統べる世界へあとからやって来て、住まうことを許された存在である。人間以前に神の世界、神が統べる世界があったのだ。さてそうなるとこの世は私たちとは独立に成立していることになるだろう。だとすれば事物やものが私たちとは独自に独立して存在すると考えるのは当然である。こういう世界観の上に彼らのものの受け止め方、したがって言葉ができあがっているのに違いない。この世には真実や客観的事物や普遍性が存在すると。科学はここから出てきた。

熊倉氏は日本語には客観文がない、あるいは客観表現ができないという。つまり「私は寒い」とは言えても「彼は寒い」とか「太郎は寒かった」というのは言えない、そういうのは自然な日本語ではないと。そんな馬鹿なと思う。しかし素晴らしい翻訳論の研究家柳父章氏(『比較日本語論』)に教わるならば日本文に立派に成立しているやに見える客観文はみんな明治開国以来に無理矢理できた翻訳調の日本語なのであるという。西洋文明を摂取するために西欧文をなにがなんでも日本語に取り入れる必要があった。このために少々日本語として違和感があろうとなかろうと西欧文の客観文を日本語に移し替える必要があった。このためにつくられたのがこんにち私たちが日常的に使って怪しまない日本語による客観文の由来であるという。本来の日本語としてはやはりおかしいのだと、柳父氏は論じている。なるほどそう言われれば確かにそうだ。「彼は寒い」などということはどうして言えるのか。彼が寒いと今感じているかどうかは私には(自分の感覚として)わかるわけがない。にもかかわらず、当人(彼)がそう感じていると断言する発言である。日本人にとって自然に成立する発言ではない。では、どうしてこういう文が西欧には存在していたのかというと、西欧人は客観物の存在を当然視ししているからである。英語では「TARO is cold」という文が成立する。彼らにあっては人間つまり発話者とは無関係に他者(事物)が存在しているからである。話者のあるなしにかかわらず「TARO is cold」という事態が成立して、存在している。だから「TARO is cold」はその事態を述べているだけなのだ。話者が直接 TARO の感覚、感じを確認しなければ成立しないという事態ではなく、話者が確認してもしなくてもそういう事態は成立しているのだ。しかるに日本人にとってはなんどもいうが客観的な事態というものはなく、事態は話者の確認ないし感性の中で初めて成立する。だから「太郎は寒い」は「太郎は寒いように見える（寒がっているようだ）」ということでしか本来は成立しない。これが日本人の世界であり、日本語の世界なのである。事実、古来、日本語の物語も歴史もみんな語り手の語りでしか成り立たなかった。

もう一つ日本語に関して考察したいことがある。岩谷宏氏が『にっぽん再鎖国論』で一貫して強調していることと。西洋語はモノを表現するが日本語はコト（事）を表現する、あるいは西洋人にはモノしか存在しないが日本人にはモノはなくてコトしか存在しない、と述べていることの意味内容である。いったいどういう意味か。

岩谷氏はここで「モノとは〝ある〟〝ない〟があるもの、コトとは〝ある〟しかないもののこと」と定義している。これわかりやすくはない。モノとはなにをいうのだろう。この世に存在するものでわかりやすいのは物質、物体である。質量のある物体と言っておこうか。そういうものがこの世にはあることは間違いない。これがまずモノ。ではコトとは何か。コトは事で、物体ではなく物事などの事態をいうのだろう。少なくともそう理解しておきたい。岩谷氏は「少年」と「少年ということ」を使い分ける形でモノとコトを明示している。「少年」はいわば物体（肉体）である。一方、「少年ということ」になると少年という事態あるいは状態である。モノとコトとはこれでほぼ違いを理解できる。ただし日本語で「少年」というのは岩谷説によれば物体としてのモノを表すことはなく、必ず「少年ということ」を表現しているということになる。一方、英語で「BOY」と言えば「少年ということ」は表さず、肉体としての、つまり少年の身体をしている物体そのものを表現していることになる。

ところで人間の外にある物のあり方を考えると二通りしかないように思われる。先に述べたことと同じことになるが、一つは人間とは関係なくその物自身として独立していて独自の形質を持ち誰にとっても同じ、同一の物としてあるあり方。もう一つは確かに何かがそこにはあるのだが、それが人間に立ち現れてくるときは当の人間との関係の中でしか現れてはこないという現れ方。人間がいて例えば彼が必要とするその必要性に応じて異なる姿を現すというあり方。この二つしかないだろう。そして西洋語は前者、日本語は後者なのである。

さて、ある物が人の外部に人とは独立して存在するとするならそれは誰にとっても同一の物としてあるだろう。人によって違う物として存在するはずがない。だが、ある物が人との関係の中で初めてその姿（意味、機能）を現すのであれば、人によって違う物として立ち現れてきても不思議ではない。事態として出現するとはそういうことである。

ここで私は昔何かで読んだことを思い出す。もう細部はうろ覚えで確かではないが、おおざっぱに言えばこんなことだった。中近東か地中海沿岸でのこと。日本人調査隊によるなにかの発掘調査での出来事である。調査隊は膨大な人骨の山に行き当たった。目的物を発掘するには人骨の山を取りのけなければならない。そこで調査隊員は骸骨の山を動かすことにとりかかった。すると外国人の調査隊員はポイポイと無造作に放り投げるように骸骨を移動させたが、日本人隊員はやがて青い顔をしてふらふらになり、仕事にならなくなった。彼らは骸骨の山に心理的に参ってしまったのである。しかし外国人隊員は相手を単なる物質としての骨の群れとしか考えず無造作に投げ捨てて平気なのだ——というような話だった。ここには物を物体、物質としか見ない外国人と、大昔の骨にしろ骨を単なる骨とは考えられず、人間の骨、骸骨と受け取って、物質以上の物、かつて生きていた人との関わりを考えざるをえない、すなわち骨を物体以上のモノ、つまり事態として受け止めてしまう日本人の特性が如実に表れている事例として興味を持ったことを覚えている。

西洋人にはモノしかなく、日本人にはコトしかないのが正しいとして、ではなぜそうなるのだろう。日本人の場合はものが私たちに現れる内実がそのようである、モノと私たちの間に関係として現れるというのはよくわかる。しかし西洋の場合はどうだろう。何かしらモノが外部に、私たちとは別にある（存在する）ことは疑いない。それらのものは私たちとは無関係にあるモノとして、例えば石としてそこにデンとしてある、というのが西洋人の見方である。そのようなあり方をしているモノは人がいようといまいと同じ石であり、同じ存在であるだろう。stone がある、それは誰にとってもいつでも同じ stone である。これが西洋人にとってのものの存在の仕方であり、世界だ。彼らは世界はそういうモノによって成り立っていると考える。しかしなぜだろうと考えると、先に述べたように彼らはこの世を神が創ったと考えているからではないかということに行き当たる。この世は神が創り、こうしてできあがった世界に私たちは登場した。したがって私たちより前に、あるいは私たちとは別にモノたちがあった。当然そのものたちはそれぞれ姿形が決まっていて、自分自身の姿形・性質があった。あるものXはあるものXと決まっていた。XはどこまでいってもXである。これが彼らの世界なのだろう。すると人間はそういう客観的に存在しているモノたちの中に登場し、それらのモノたちと交渉するもう一つのモノとなる。客観的に存在するものたちの世界つまり舞台があってそこでモノたちと交渉する姿が見えてくるだろう。いわば神々の視点から見ることになる。客観文になるのは当然ではないだろうか。

日本はどうだろう。世界は神が作ったのではない。神々もまた混沌とした中から姿を現し始めた世界の中に萌え出る葦かびのごとく自ずと生まれ出た。なにもかもが生々流転する世界である。西洋世界とは違うのだ。

もう一点、岩谷宏氏が一貫して強調していることで注目してよいと思われることは、西洋世界はこの世はモノによってできているのに対して日本人の世界はコトによって、物質ではなく事態によって、できているとみなしている点である。西洋人の言語が構成しているこの世はブツ（モノ）によって構成されている。彼らの名詞は物質を表している。日本語の名詞はコトつまり事態を表している。西洋人の物質はもとより個物であり、独立し自律して存在している物である。したがってどこへ出ても、どういう状態であっても、変わりのない同一物である（当然このことは人間にも当てはまる。だから彼らは自分は常にどこでもいつでも変わりのない同一の自分だとみなす。相手によって、すなわち事態によって違う自分になる日本人とのこの違い。こういう人間観の上に立って彼らの他者というものは存在する。日本人にとっての他者とは違うのは当然である）。しかも自立し孤立した存在物であるから、それだけを取り出してどう移動しどこに置いても構わない。変わりはない。だからそれをパーツとして扱い、何とどう組み合わせることもできる。こういうことの結果、西欧の文では文を単独で取り出し、他の文とどう組み合わせても構わない。だから彼らの文は煉瓦を積み上げるように組み合わせ積み上げ、論理的に構成することができるわけだ。三段論法文はその典型である。名詞からして事態をしか表現しない日本語ではこうはいかない。名詞も事態を表現するのだからそれとつながる主語や文脈によって意味が変わってくる。とは、一つの文を取り出して他の文と組み合わせたりすれば同じ名詞や動詞、形容詞であっても意味内容が変わってくる。パーツ扱いして、ある文や名詞を取り出して他の何かと組み合わせるなどとんでもないことになる。かくして日本語の文は積み重ねや展開ではなく、叙事の並列、描写の連続にしかならないと言われることになるのだ。ここは金谷武洋氏のいう「虫の目」の陳述、すなわち尺取り虫のような虫が地面を這いながら目に入ってくる移りゆく光景を次々と述べてゆく形を思い浮かべればよいだろう。論理の展開にはならないのである。西欧人の「鳥の目」の立場になれば全体が見渡せ、部分部分が、つまりパーツがパーツとして見えるからこれをあれこれ自在に組み合わせることができるだろう。こうして西洋人にとってはこの世はというかこの世のことは自分たちが構成できるもの、自分たちが自由にいじり作りあげてゆくものと観念される。日本人にとってはこの世は自分の移動によって次々と光景が移り変わり、しかもその移り変わる光景を自分でどうこうすることはできず、ただ現れる光景に合わせてこちらが自分の願いを実現するべく対応していくほかない、出現する事態に対応してしていくほかないものと観念されることになる。

一九　高貴ということ

高貴な人などと人はいうが、どういうのを高貴というのか。生まれの高い品性のある人間というのは確かに一つの答えではある。だが品性のあるというのが印象批評的で抽象的だ。いまひとつ漠然としていてわかりにくい。「名家出身（生まれの高い）」というのは具体的でわかりやすいが、必ずしも高い身分の生まれでなくても高貴とみなされる人間はいくらでもいる。したがって生まれで定義するのは適当ではないし、間違いになる場合だってある。そこで私はこれを要するに「損をすることを厭わないこと、あるいは損をすることを厭わない人」とみなすことにしたいがどうだろう。

世の中には損をすることを非常にいやがる人間がいっぱいいる。損をするまい、割を食うようなことはするまいと考えるのはごく普通のことだろう。人間同じことなら損をしない方に、得をする方に回りたいと思うのは無理もないことだ。で、人はあらゆることにおいて少しでもよい方へ、損をしない方へ就きたいと右往左往することになる。そしてそこそこそれに成功したと思えば賢い生き方をしたと満足するのである。

高貴な人間、少なくとも精神において高貴な人間はいささか違う。彼もまた損をしたいとは思わぬし、損より得をした方がよいとは心得ているが、損をするまいとして右往左往することはない。場合によっては損をしても仕方がないと思っている。その場合とは例えば友人を守るとか儲けより信用を大事にするとか約束を守るとかの場合である。彼は要するに損をすることをそんなにいやがらないのだ。というより得をするより大事なことがあると思っている。だからその大事なことを守るために損をすることになっても仕方がないと考える。この点で多分首尾一貫しているから見やすいし、安心できる。つまり彼は右往左往しない。泰然自若としている。少しでもよい方へ、損をしない方へ就きたいと念じている人間はきょろきょろし、一喜一憂し、一貫せず、安定感がない。損をしようが得をしようが自分の信念に即して生きる人間は落ち着いている。そしてこういう人間が抱く信念はたいてい筋の通った、人と人を繋ぐ信頼感に裏付けられたものと決まっているから自ずと高貴の香りがする。他人は「あれは偉い」と思う。信頼でき、尊敬して構わないと受け止める。人によっては「馬鹿やなあ」と思いはしても、軽蔑はしない。そして当人は後ろめたさがまったくないから卑屈さがみじんもない。自ずと立ち居振るまいに静かな誇りが現れよう。当人は誇りとか自信とかを感知していなくともである。その結果であるか生まれつきであるかは問わず、その上に所作動作がなんとも言えず気品があれば、いうことはない。これぞまことの高貴な人と言うべきであろう。

二〇　本質的にあるのではなく、事後的に成立する

ＡとＢとの二つの品物があって、これらが同じ価値を持っている時、この二つの間に交換が成立する、と普通は考えられているが、マルクスは、そうではない、逆なのだ、二つの間に交換が成立するからＡとＢとが同じ価値を持っていることになるのである、と言っているようである。まずＡ、Ｂそれぞれに固定的な価値があり、それが等しいから交換が成立するのではないというのである。固定的な価値などありはしない。Ａ、Ｂそれぞれの価値は交換が成立することによって初めて生じるのだ、ということになる。

これは多くのことに利用できる極めて注目するべき考え方ではなかろうか。物品に固定的な価値はない、言い換えれば物事の価値はその物事に内在してあるのではな

い。他の物と交換が成立して初めてその交換が成立しうるだけの価値があるということになる、というのだから。ある作品が古典になるのはその作品がそれだけの価値を内在しているからではない、人々が読み続けるから古典になるだけの価値がある傑作だということになるというのと一緒だろう。実に面白い。一般の常識をひっくりかえす面白さがある。こういう考え方を取ればいろいろな場面でこれまで見えていなかったことが見えてくる可能性がある。

だが、私には疑問が残る。本当にそうなのだろうか。ものの価値はそのものに内在しないのだろうか。そのものに固定した価値はないのだろうか。交換によって価値は生じると。ではなぜ交換が成立するのか。AならAに一定の価値がまず初めになければBと交換さえ成立しないのではないか。そもそも交換とはまず一定の価値を想定できるからこそ成立するのではないか。まるきり価値の想定できないところに交換など生じるわけがない。古典たる値打ちがあるから古典になるのではなく、大勢が読むから古典になるのだと。本当にそうなのだろうか。そもそも多くの人が読むのは読むに値するから、つまりそれが初めから傑作に値する価値を持っているからなのではないか。ある作品が傑作なのは大勢が感心して読むからではなく、その作品が読むに値する内実を持っているからではないのか。それとも内実は大勢が読むことによって生まれ、出現するというのか。では、作品とはなんだろう。

このように考えれば、価値や意味は事後的に構成されるものだ、というのは、どこか同語反復的にみえる。交換はそのものに価値があるから成立するのであり、交換が成立したから価値が生じたというのは同じ事を逆の方向から述べただけのことではないのか。

もちろん、この場合、価値の精度に違いはある。初めの、価値が想定できるから交換が成立する、という時の価値は非常に幅広く漠然としているが、後者の交換が成り立った瞬間に立ち現れる価値は正確に明示される。そういう違いはある。

作品の値打ちはその鑑賞者との間に成立するもので、作品自体に内在する固定的な価値というのはない、という主張も同じ事である。作品に内在する固定的な価値はないというのも納得しがたい。作品自体が存在する以上、その作品独自の何かがあるだろう。一方、作品の価値は読者ごとに違うというのも事実だろう。そして、ここが重要なのだが、作品の価値というものは所詮、読者との関係、その読者がどう感じたかによってしか決まってこない、少なくとも明らかにならないのも確かである。こうなると価値とは何かという問題になる。読者との間に成立するものをこそ、それのみを価値とみなすことにしてもよい（つまり「その作品独自の何か」とはいったいなにかということになる。確かにそれはあるだろう。しかしあるとしてそれはなになのか。ほとんどカントの物自体のようなものと思える）。が、それなら次のような問題が生じる。もしそうなら批評とか作品の評価はいったいなになのか。作品には一定普遍的な価値、少なくとも標準的な価値があるとみなさなければ誰が他人の評価や批評、論評などを読むものか。一定普遍的な価値とは作品に内在する固定的な価値ではないか。それとも他人の批評、評論を人が読むのは作品が持つ値打ち、良さを教えてもらうためなどではなく、批評、評論自体の力、値打ちに触れたいがためか。

これは存在するとはどういう事かという問題につながるだろう。私がいる。その私には固定した、いや固定しないにしても大きく幅を取ったある範囲での個性、自己、価値、私性、私の本質というものがあると私は確信している。それが生きているということである。それなのに私の本質などはないというのか。私とは徹底して他人との間にのみ立ち現れるものだというのか。これは受け入れがたいのではないか。人は自分についてそのようには到底思えないからだ。人は誰でも自分は確固として存在している、その自分は他の誰とも違う、つまり自分固有の個性、特質、自分性、意味、価値を持っていると信じている。それらは他の誰かとの間で初めて立ち現れるものではなく、どのような他人であれ、他人が現れようと現れまいと関係なく存在する、私に初めから内在していると思っている。この思いは虚妄なのだろうか。そう思っているだけで実は幻想でしかなく、そのようなものは実在しないのだろうか。確かに日本人である私は応対する人によって私の様々な様相を現し、示すだろう。人によってはまるで違う自分を見せてしまうだろう。しかし、その根底では私は一貫して同じ私であり、私の個性も人柄も基本的には変わりはないと確信している。だから人は、ものにはその意味、価値、個性、特質が初めから内在的にあると考えやすいのだ。もし私に私というもの、私性があると想定できるなら、作品や品物にもそのもの独自のある価値、言い換えればそのものの性があるとみなさなければ一貫性がないではないか。

　これに対して、そんなものはない、対象との関係の中で構成的に成立するのだ、と言われれば、あ、そういう言い方も成り立つかとその耳新しさに感心することになる。例えば、鐘を考えよう。京都の知恩院の鐘、相国寺の鐘。これを撞き鳴らす。鐘は撞き方の強弱、剛柔によって鳴りかたが違ってこよう。確かに鐘の音はつねに鐘と撞き手との両者の間に生まれる音であることに違いない。だが、誰がどのように撞いても知恩院の鐘と相国寺の鐘とでは響き方、鳴り方に違いがでてこよう。ああ、今のは知恩院の鐘だ、と聞き分けられよう。なぜか。それぞれの鐘の持つ個性の違いである。例えばその鐘特有のある周波数の音波かもしれない。これはその鐘の特性、その鐘に内在する個性というべきものである。同じ鐘でも撞く人によって響きが違ってくることはある。ここは鐘と撞き人との間に構成的に成立する後天的なものだろう。だが、誰が撞いてもその鐘特有の、あるいはその鐘独特の響きがするというのならこれはその鐘に内在する特質のせいだ。さて、以上のことを文学作品に適用すればどういうことになるか。その作品に内在する何かが初めからあるとみなさざるをえないのではないか。読者によって作品は様々な感想を呼び起こすだろう。評価も違ってくるだろう。だが、その範囲は初めから限定されているのである。作品は結局鑑賞者との間に成立するものであるといっても、何でもありというわけではない。だれが読んでもドストエフスキーの作品とトルストイのそれとは歴然と違う。ドストエフスキーにはドストエフスキーらしさがはっきりとあるのだ。それを、そんなものはないのだと言い張るのは愚かである。


　さてこうして次の問題に移る。つまり人は自己というものがあると思っている。恒久的内在的な自分、自己があると。この思いは非常に強い。これと以上の問題とをつなげるとどういうことになるか。自己はあるのかないのか。あるとしてどこに生じるのか。

　音声と言葉ははっきりと分かれる。音声は要するに口で発せられる音だが、言葉は同じそれでも必ず指示対象をもっている。なにかを指さずに語られる言葉は絶対にない。つまり言語は一連の系統だった発生音とそれが指し示す対象の指示からなる。言い換えれば言葉は必ず対象をもつ。

　ところで「自己は幻想である」とはっきり断じる論者

がいる。実在しないというわけである。この場合、実在するということをどのように理解するのかという問題が生じる。実在とはどういうことをいうのか。質量と延長のあるものをのみを実在というのか。それなら心も精神も実在しない。物と物との間に生じる関係や構造も実在はしない。言葉としてある以上、実在はしないが対象としては存在することになる。幻想とはなにか。幽霊は幻想だとしよう。幻想は質量、延長として存在しないもの、目に見えないものを、しかし実在すると思うこと、つまり錯覚ということになる。自己もそうなのか。こころはどうか。目には見えないし、形も色もこれと特定できないし、ここにあるとも指定できないが、確かに存在すると考えた方がわかりやすく、いろいろなことが納得いく。そういうものを取ってきて人はこれを「こころ」と呼んだ。すると万人に通用し、非常に有効に便利に使えた。こうなれば、私たちがこころと呼ぶある対象が存在するとみなしてどこが悪いのか。関係や構造もそうである。順序もそう。時間も空間もそうだ。

そこで自己の問題になる。自己はどうなるのか。幻想なのだろうか。人は誰でも他人とは違う一人の人間として自分を理解している。その自分から自分を外部から区切る肉体を取り除いたもの、それが自己ではないか。自分は自分のこの肉体にくくりつけられているのではない。子どもの頃の自分と年老いた今の自分とは肉体としてはまるきり違うが、その違いを超えて一貫するものがある、それが自分であり私つまり自己であると思っている。それならこの身体とは別に私というものがいるとしか思えないが、それは幻想か。では構造や順序や関係や空間時間は幻想か。

結局、この問題は古くからある形か内容かという問題と同じことになる。形などいくら似せても意味がない、中身が問題なのだ、と一方が言えば、他方は形が本物と同じならそれは本物ということだ、という。中身がすべて派と形がすべて派の争いという大昔からあるあの馴染みの争いである。私というこの身体は実在する、それは疑えない。目に見え感じることができる。触れば手応えがある。すなわち形はその存在を疑いようがない。では中身はどうか。心はどうか。いや価値、意味はどうか。こちらは形のような実在性を持たない。にもかかわらず人は大昔から中身は存在する、内容というものはあると言い張ってきた。姿形より中身と言い、大事なのは本質だと言い言いしてきた。そこには中身や本質、事柄に内在する意味が実在することは当然であることは無論、物理的に存在が確かな形や姿よりも実在が確かではない本質や中身の方がより意味があるもの、大事なものであるとの思いがあったのだ。イデアが典型である。なぜか。

当然だろう。人々はそうしたものを自己と重ね合わせてきたのである。人は自己の実在性を疑わなかった。自分の価値とか意味とは実在が確かな身体ではない。身体とは別のなにか、目には見えないが自分と信じられるなにか、恒常的な自分そのものである。むしろ自分の身体、肉体としての自分などまあどうでもいいのだ。事故や怪我で片方の手を失い、目が潰れ、頭の毛がなくなっても、自分が変わった、自分でなくなったとは誰も思わない。事実そのとおりだろう。ではなにが自分は依然として同じ自分だ、そのままだと思わせているのか。ほかでもない、中身、自分が自分であるという意味、価値、自分性である。つまり、自分とは身体性ではなく中身、物理的な実在性を持たぬ私性こそ私だということになる。そちらの方が本物なのだ。人はそういう確信を抱いて生きている。それなら自分だけでなく、自分を離れて他人も、犬も植物も物も、同じように目に見える形だけでなく、その向こうにそのものの実質、本質、そのものの特有の値打ち、意味があるとみなすのは当然のことではなかろうか。だから人は昔から本質の実在を信じ、当然のこととし、形より中身、と呟いてきたのである。それを近年になって、常識を逆転させる形で、本質や意味、中身は本来的に事物に内在しているのではない、事後的に構成されるのだとみなし始めたのである。そうなってみると確かに本質や実質、価値や中身は目には見えない、物理的な実在性を持たないから、そんなものは先天的にあるものではない、すべては私たちが事後的に構成して初めてあるように見えるのだと言われれば、いかにも斬新に見えて、目から鱗が落ちるような気がしてくる。

しかし、本当にそうなのだろうか。実在しないのだろうか。事後的に構成されて初めて出てくる概念にすぎないのだろうか。私にはそうは思われない。構成説はいかににももっともらしい。鋭い見解のように思われる。だが、いもっともらしい。おそらく人は事後的な構成説ではやっていけないだろう。本質がないとか実在しないとか、中身とか価値とか言われるものは幻想にすぎないということでは人の生は成り立たないに違いない。なぜならそれでは私たちにはこの身体を離れた本質とか実質とか中身とか価値といったものは存在しないのだ、あると思うのは幻想にすぎない、と思うのと一緒だからである。私には私性はないのだということになる。そういうことでは人は生きていけまい。誰しも私は他の誰でもない私だと思っている。このかけがえのなさの思いを支えているのもが本質である。

もし本当にものにはそれ固有の価値つまり本質が内在せず、その都度、事後的に構成されるというのが本当であるならば、人は自分の本質にどれほどの確信が持てるだろう。自分の本質、本当の自分と思われるもの、自分性などというものが、事前に自分に内在しているとどれだけ信じることができるだろう。もし、ものには本来それに恒常的確定的な価値がないとしたら、そういうものは所詮はその都度対価になるものと出会って交換が成立するときに初めて構成されるその都度のものにすぎないのだとしたら、自分の自分性、価値や本質もそうでないとどうして言えるのか。少なくとも自分の本来性、自分性と思われるものに対する確信が少しずつ揺らいでいかないか。人が一番確信しているのは自分の他の誰でもないこの自分性である。これがあるからこそ人は生きていける。ヒトが人であるとは所詮はこの確信ではないか。自分は他の誰でもないこの自分だ、そしてそれは自分一人だ、唯一のものだという思い。これは他の動物にはないものである。チンパンジーにもゴリラにもないだろう。意識するということはそういうことだ。

それなら人は、ものには本質はない、内在する価値というものもない、という前提には馴染まぬだろう。やはりものにはそのものに固有の価値が内在するとどうしても思いたい。ここが大事なところである。イデアというものは人間に意識が生じたと同時に生まれたのである。イデアと意識の誕生はほとんど同時なのだ。

二一　資本主義はこうでなければならないのか、こうでしかありえないのか

平成二十三年冬の土曜日、京都駅まで出る。京都へ、つまり都会へ出るといつも思う。なんという賑わい、そして活気。これが閉塞状態にあり、不況で暗い、どちらかと言えば人々が不幸感にとらわれ、萎縮する心理状態で生きている時代、とマスコミで語られている時代なのだから驚き呆れる。呆れるというのはマスコミの診断のいい加減さ、途方もなさに、である。おそらくは政治的にためにする発言であったものが、いつか誰もが自分で考え診断せずに他人の発言を無反省に、オウム返しに述

べ、それが世間全体の気分になっているように見えるだけなのだろう。今の日本は決して不況でもなければ、世界的にへこんだ内向的な暗い、閉塞状態の時代などではありはしない。なんの、贅沢で豊かな、平和かつ暢気な時代である。試しに誰でも大都会の百貨店へ、大セールの店へ行ってみるがよい。どんな高価な、贅沢な品物が山と並び、それに人々が群がっているか。そんなもの一部の富裕層だけだというのなら、あの「オレオレ詐欺」の被害総額を考えてみるがよい。一般庶民、それも高齢者を主体とする庶民が簡単に詐欺にひっかかって、年間の被害総額がここ何年間か毎年数十億円になっているのである。一年に数十億円である。半端な被害額ではない。それだけみんな金を持っているのだ。いくら別居中の家族の嘆願（を装ったもの）であれ、金がなければ詐欺にひっかかりようがない。いとも簡単に金を出しているのだ。本当の貧困などここにはありようがない。一般庶民ではなく、少し金を持っている連中はさらに増やそうと欲にかられて、投資の誘いなど別の詐欺に引っかかって巨額の損失を蒙り、裁判を起こしている。その額も半端ではない。なにが閉塞状態の、不況、不幸な時代だろう。

いや、私がここで言いたいと思ったのはそのことではなかった。都会の百貨店、店々、駅に見る活気に満ちた様相である。京都駅を例に取るなら京都駅はここしばらくの間に駅の構内、通路の至る所に商店街を増設し、至る所に新しい店を出し、見違えるような賑わいぶりである。それらの店という店が贅を凝らし、飾を凝らし、見るからに美味そうなもの、良さそうな高価なものを並べて呼び立てている。そこを人々が立ち寄り、手に取り、少なくない人々がなにかしら購入している。活気あふれている。通路を行き交う人々はそれぞれこれ見よがしに奇抜な、エロチックな服装をし、急ぎ足に行き交い、私はなんと豊かな、とため息が出そうになる。

めまいを引き起こすにも似たこうした光景の中に私に次第に一つの確信が生まれる。この世の中は、これらすべてはたった一つの動機で動いていると。たった一つの動機――人々になんとかしてものを買わせようという動機。つまりこれらの情景、世の中の活気は、そのただひとつの動機によって引き起こされているのだと。とにかく財布の紐を緩めさせよう、金を使わせよう、それだけが狙いなのだ。そう思って立ち止まっていまの世の中の動きを見れば、すべてこの点から説明できることに気がつく。そのためだけに政治から経済から遊びからなにからすべてが動いているのだ。現代資本主義の正体はここに尽きる。金を目的としない行為は一つもないと言ってよい。こんにち世の中で行われていることはすべてこの視点から解釈すれば理解できる。どんな正義の装い、文化的装いをし、どんなきれいごとを言っていようとだ。これがこんにちの資本主義の正体である。

世の中の言動、世の中の行為はすべて、人々の財布の紐を緩めさせようとして行われているとみることができるというのは驚くべきことである。これが現代社会なのだ。そのように理解して、初めて私たちはこの罠から逃れられる。そんなものに誘われてはならない。人が生きていくにはもっともっと少ない品物で十分だ。欲望の喚起と増大を目指しての狡知きわまる戦略。脳科学から社会学、心理学、経済学、芸術、文学、マスコミその他まですべてそのために動員されている。逆に言えば、現代はこの視点から見さえすればすべて解ける（少なくとも七、八割は解釈できるし、説明できる）、はなはだわかりやすい時代だと言える。

吉本隆明氏は次のようなことを述べているそうである。「物事の少数派が段々増えていって五〇％を超えると、総じて世の中はがらっと変わってしまう。社会の雰囲気や気分や構造、制度が一変してしまうのだ」という趣旨のことを。五〇％という数字には異論もありえようが、おおよそのところでなるほどと思う。五〇％までの世の中と五〇％を越えてからの世の中は目に見えて違ってくるということは十分言えそうだ。少数派が少しずつ増えていったとしてもさしたる影響を世の中にもたらすことはないが、半数を超えて大半を制する状態になると世の中はそれまでの社会とは違ってしまう。世の中を成り立たせている前提ががらっと変わってしまうのである。

こんにち、現代を高度情報社会、高度消費社会と定義するのが一般である。高度情報社会は疑問もなかろうから置いておいてここでは高度消費社会というのを問題としたい。高度消費社会とはなにか。消費というものを考えてみれば、生きるために必要なものを消費する必需消費とそれ以外の、生存のために必要だからというのではなく見栄とか享楽のため、自己満足のための消費、ともいうべき浪費としての消費の二つに大別できよう。一般に動物を考えれば明らかなように生きものは必需消費がすべてである。猿やゴリラは一日中果実や葉っぱなどを摂取して、ほかの消費はほとんどしていない。浪費消費はゼロである。人間の暮らしも近代になるまでほとんどが必需消費が占めていた。暮らしに余裕ができてだんだんと浪費消費にまで手が回るようになったのは一般にはようやく二十世紀になってからだろう。すくなくとも日本では昭和二十年代までは圧倒的に必需消費が占めていた。三十年代に入ってから少しずつ浪費消費が増え、そして統計上、浪費消費が出費の五〇％を上回るようになったのが昭和五十年代前後であろう。このころに日本の社会はがらっと変わってしまったのである。すなわち高度消費社会が出現したのだ。このように日本の社会を読み解く論者がいるが、基本的に正しいと私も思う。そして当論者はいう、消費のための消費ともいうべき浪費が出費の半分を超えるようになったとはどういう意味か、それは収入が半分に減っても暮らしていくのに困らないほどの収入を人々が手にする世の中になったということであると。これもそのとおりというほかないだろう。

さてそこでである。必需消費以外の消費、消費のための消費が大半を占めるという状況である。これは何を意味するか。必需消費は動物の事例で明らかなようにどうしてもしなくてはならない消費、こころから欲する消費である。ゴリラたちはこの必需消費が満たされればあとは昼寝したりのんびり遊んだりしている。人間はどうか。消費のための消費に走る。本来必要のない消費である。言ってみれば人為的に、無理に、かき立てた欲望に基づく消費ということになる。人目を飾るためとか勢力や力を誇示するためとか、より楽しくより面白く過ごすためを楽に過ごすためとか、要するに余計な望みのため、架空の欲望のために掻き立てられる消費である。これを私なりに言い換えれば、必需消費は人体生理が必要とする消費、生存のための消費だが、消費のための消費は心理的欲望のための消費ということになる。

高度消費社会は消費の半分以上が心理的欲求のための消費からなる社会である。心理的欲求とはなんだろうか。必要がないのに必要であるように思わせられる欲求である。こちらに特徴的なのは際限がないということだ。生存のための欲求、肉体的欲求は満たされれば消える。しかるに心理的欲求はいわば欲とか見栄とか、具体的姿のないものが対象であるだけに際限がない。一つ満たされればもう一つ、さらに上と次から次に生じてきて大げさに言えばきりがない。ここをまず押さえておきたい。

ところで資本主義である。資本主義とは何か。現代社会を支配している思想であり、体制であり、制度であることは間違いない。その本質が何であるかは私の考え及ぶところではなく、専門家の知恵に待ちたいが、たった一つ大きな特質として私にもあげることができるのは、その増大志向、拡大志向、きりのない資本の拡充傾向である。資本主義とはかぎりなく資本の増大を求める経済体制のように思われる。この資本の増大欲求は資本主義に内在する必然なのか、つまり資本主義が資本主義である以上逃れられない運動なのか、それともある条件さえ整えばそこから離れられる事柄なのか。私には判定する力はないが、どうもこのことは資本主義が資本主義である所以と言える特質であるように思われる。そうだとすればなぜ資本主義の社会は心理的欲求に基づく消費が消費の大半を超えてなお増大する勢いにあるかがわかりやすくなる。両者は巧みに手を携えているのだ。資本主義社会は必然的に資本の、つまり儲けの増大のために人々の消費を喚起する必要がある。消費の必要がないところに消費したい気を起こさせるには心理的消費に頼る以外にない。うまくいけばこちらは限度がないからいくらでも消費したい気にさせることができる。高度消費社会で起こっていることはそういうことである。資本主義社会を豊かな社会だとして肯定する社会では消費は美徳になる。消費すればするほど世の中は豊かになるという信念が力を持つ。こうしていま現在展開されている光景が冒頭に記した都会のターミナルで私が目にした華美で豪華で欲求丸出しにした光景なのだ。目下、人々はあげて人の財布を開かせよう、金を出費させようとして、全力をあげている。おそろしいことだが、現代社会はそのほとんどのエネルギーを人々に金を使わせることに振り絞っている。広告は言うに及ばず、ありとあらゆる分野の学問から芸術から政治から社会運動に至るまですべてを動員して。これが現代社会だ。

私は高度消費社会という呼び名は不適切だと思う。高度消費社会ではなく過剰消費社会というべきだ。なぜか。これだけの商品の大量消費は必ず資源の大量消費に結びつかざるをえない。地球の資源に限りがあるとはっきりわかってきた以上、いつかは地球は枯渇する。いやもちろん枯渇する前に異常気象が発生したり、資源の奪い合いが生じたりして破滅的事態が生じるだろう。このままの成り行きを続ければ確実にそうなる。なにしろ資本主義は飲み込む欲望に限りがないのである。ありとあらゆる手を使って人々の欲望を掻き立て、消費を強要し、不必要なものを買わせようと知恵を絞って驀進し続ける。もし、その増大志向が資本主義に内在する論理であるなら資本主義の中からはこれを止める動きは出てこない。その結果、行くところまで行って引き返し不可能な大惨事に出会うまで、崖から海へ突っ込んでいくネズミの一種のように、自殺行為に走ることになるだろう。

ではどうするべきなのか。新しい、大いなる思想を打ち立てる以外にない。資本主義に勝る魅力のある思想を。心理的欲望を上手に手引きしうる思想を。本当は心理的欲望を制御できればいうことないのだがこれまでの人類の歴史をみれば夢物語というほかないだろう。望んで望み得ない儚い希望でしかあるまい。したがって心理的欲望を抑えるのではなく、別の水路へ上手に導くような物語がいい。私にもよい考えがあるわけではない。そんなものがそう簡単に見つかるならとっくの昔に誰かが唱導しているだろう。世の中には頭の驚くほどよい人間がいるのだから。

私にたったひとつヒントになりそうに思えるのは昔の暮らしである。農業と漁業、狩猟、山仕事がほとんどであった時代。具体的に言えば日本では昭和二十年代までの暮らし。そこでは生産や収入収穫は年ごとに違った。豊作の年もあれば不作の年もあった。年々右肩上がりの増益というのが当たり前などということはなかった。去年より今年、今年より来年と毎年より多く儲けるなどという考えはどこにもなかった。人々が餓死するというような大不況の年もあれば、予想以上に豊作で喜びにあふれる年もある。だから豊作だといって浪費せず不作の年に備えて消費を自制し、不作の年にはじっと我慢して耐えて過ごした。それが一般の普通の生活だった。そういう時代に後戻りするわけにはいかないかもしれない。しかし、本当のところそれ以外に手があるだろうか。要するに問題は心理的欲望に駆り立てられなくても心安らかに生きていける呪文を発見することである。後戻りするというのではなく、昔のような決定的な貧困はない状態で、しかも過剰消費にまで陥らないで満足できる心理的な物語を共有することはできないものだろうか。

言い換えればヘーゲルが気がついた他者の存在を克服する方途を見つけることではなかろうか。ヘーゲルの他者とは他人の認知を求めるこころのことである。人は他人に認められたい思いを抱く唯一の動物であるというのがヘーゲルの気がついたことだ（とその道の識者は教える）。それに代わる何かがないだろうか。ブッダやキリストに匹敵する物語を語れる人物が出てこないだろうか。

もう一歩進めて、これを人が何によってこころの安心を得るかという問題とみるのはどうだろう。ヘーゲル的考えでは人は他人に自分がどう映るかが勘所になるが、これを時間軸に移して一族の系列の中に自分を位置づけることで、自己確認を確保するという生き方がありえないだろうか。加地伸行氏の『家族の思想』に通じる生き方である。連綿と続いている一族の流れの中に自分もいる、いまは自分がその列を担っていて、やがて子孫が続いて担ってくれると考える。他者との比較による同時代の空間的安心の取り方ではなく、時間的な取り方。これは要するに自己の意味の取り方、自己満足をなにによって達成するかの問題と言い換えてもよい。他者との比較、見栄や名誉欲や支配欲に頼るのがヘーゲル的人間のやり方である。それはそれでも構わないのだが、しかしこれには限界がないという恐ろしい宿命がある。

　そこで私はここで方向を変えて、資本主義の正体、本質とみられるものを究明してみたい。人間の活動としての経済の持つ意味の問い直しである。経済を経済としてではなく、人間の欠くべからざる活動として捉えて、そこに疑いのない、ごまかしようない何が姿を現してくるか。

　言うまでもないが、人間は絶対に一人では存在しえないと言うしかない生き物である。人間であるということは即ち他人とともにいるということ。天変地異とかなにかでたまたま一人で生きていると仮定してみよう。そのとき彼のする生存活動は自給自足ということになるだろう。そして生きていけるだけの食糧を入手できるなら彼は生存していく。さて、そこへもう一人の人間が現れたとする。遅かれ早かれ現れざるをえない。でない限り人類は絶滅する。人類が人類として存続する限り他人がいることになる。すると何が生じるか。たった一人きりの時には自給自足ですんでいた。そこへもう一人来た。食糧が十分にあれば問題はない。お互いに自給自足すればよいだけである。が、二人のいるその場所では十分にない場合はどうなるか。奪い合いか分かち合いしかない。あるいはより広い範囲へ食糧確保の場を広げるかである。これを言ってみれば大きな意味での贈与関係ということができるだろう。力に差があり親密な関係が成立していない場合は一方の強奪、もう一方の権利の放棄が生じる。力の差には様々な度合いがある。親密度にも様々な度合いがありうる。それぞれの度合いの違いによって強奪から貰い受けまで、権利の放棄から分かち与えまで様々なパターンがありうる。以上のことを納得しようと思うなら、猿たちあるいはゴリラの場合を思い浮かべればよい。

ここまでがほとんどの動物たちの活動レベルだとみてよいだろう。ここから次の段階へ進めば、交換という行為が出現する。ある種の類人猿にも見られるようではあるが、ほぼ人類から始まる行為だとしてよい。贈与関係がまずあるのだが、そのうち一部の者が交換としてではなく、多分そう意識しているかどうか怪しいがお礼の意味をこめて自分の持つものを、欲しかったものを分かち与えてくれた者に与えることがありえよう。それはまだお礼という意味を持つ以前の段階、たんに自分が貰ってうれしい思いをした、それと同じような気持ちの良さを相手にも生じさせたいという無意識の願望に発する分かち与えかもしれない。そういう形でも分かち与えという行為は発生しえよう。まだまだ贈与関係の範疇に入る。あくまで交換ではない。しかしこれが重なると交換的な意味を持つ分かち与えが生じてくるだろう。Bのもつあるものが欲しいAがそれをなんとかして手に入れようとしてBの欲しがるなにかを渡す。Bは満足してAの欲しがっていたものを与える。この段階でのもののやり取りはまだ贈与だが、やがて初めから交換を狙ってのやり取りが生じてくる。こうして活動は贈与関係の一方、交換関係が生じてくる。

そして注目したいのだが、この時になって初めて価値、値打ちというものが明確に発生してくるのだ。もちろん、贈与関係のなかでも価値は発生している。総じて価値、値打ちというものは、欲する、欲しがる、欲求するということがあるところに、確実に生じる。価値やものの値打ちの成立基盤はそれを求めるものがいるというところにある。需要と供給によって決まるのではない。値段はなるほど需要と供給によって決まる。だが、ものの値打ちはそれ以前のものであって「欲する」ということだけで生じる。「欲しい」が値打ち、価値を生むのである。ここから交換ということが成立するならそのとき実質的な価値が生じる。

ではどこでいったい余剰、儲けというものは発生するのだろう。これによって貧富の差が生じるのだが。貧富の差が生じることによって人は余計に余剰に敏感になり儲けようとする。余剰とは投下資本と投下労力の結果手に入る生産物、製品が投下資本と投下労力の合計を上回る価値を生み出したとき、その上回った部分のことである。これはどうして生じるのか。農業であれば種と土地がその土壌の豊かさによって（土壌の豊かさを加えることによって）もたらしたということになるだろう。したがって土地の所有の有無、多寡や有効な労力の施行の有無、土壌の優秀さ、加えて種の質の良さによって余剰の差が出てくる。一度現れたこの差はたいてい持続し拡大する。これはほとんど法則のようなものである。しかしここまでのところは自然社会的現象として許容できるのではないか。人類史で言えば近世史までの社会である。

余剰はどこで生じるかの問題をいま少し続けたい。いやその前に価値はどこで生じるのか。もちろん、先に述べたように「欲する」「欲しい」があるところにに違いない。ある素材を元にこれに人が労力を加えると製品ができる。すると素材が一定の目的を持った製品に変わるとき、素材が持っていた以上の価値が加わってくることになる。単なる人手、言い換えれば投下エネルギーで換算されることもあろうが、匠の技という意味での質が問題視されることもある。要するに素材が製品に変換したとき、言い換えれば別の品物に変わったとき、変わったことに価値の変換も生じる。素材の時にあった「欲する」とは違う「欲する」が生まれてくる。もう少し言えば、余剰、つまり儲け＝富の蓄積は交換そのものの中では生じない。まず贈与がある。ついで交換が発生する。ここまでの段階では余剰は出てこない。ではどこで。やはり、素材に人手が加わって別の品物に変わるとき、その変換の中に新しい「欲する」を招来する価値、儲け分を含む価値が発生するとみるほかない。Aに人手が加わることによってBに作り替えられる。このAからBへの変換によってAのときとは別のBとしての需要が発生し、このAのときの需要とBのときの需要のギャップ分があらたな儲けとなる。生産過程ではおそらくはここにしか儲けは発生しない。ところでこの点に関して経済学者岩井克人氏の論考「遅れてきたマルクス」にこういう指摘がある。「人は自ら所有する原材料としての商品に自らの労働を加えることによってそれに新たな価値を加えることができる」、しかし、それは単なる付加価値であって余剰価値ではないと。確かにそのとおりである。付加価値という方が適切だろう。余剰価値などというものではない。あとは需要と供給の兼ね合いで価値（儲け分の多寡）が決まってくるだけである。経済学者安富歩氏の言う「関所」は供給を人為的に減らしたり滞らせたりして需給のギャップを拡大する手法全体を言っていると理解できる。

しかし交換のレベルでは儲けは生じない。交換はあくまで等価交換が基本である。等価交換である以上、儲けることはできない。では、儲けは本当のところどこで生じるのか。私は交換が交易に変わってからだと思う。商売は交易の一種である。交易は素材から商品を作る生産作業ではない。たんに遠方へ旅をしてその土地の物質・品物を交換によって手に入れ持ち帰る、そして故郷でそれを必要とする人間に彼の品物と交換するだけのことである（この二つの交換はいずれも原則として等価交換である。要するに交換はすべて原則として等価交換なのだ）。ここには生産作業は一切ないが、これで儲けが生じる。なぜか。交易人は一方の土地では有り余っているが別の土地では極めて不足している品物を移動させるのが仕事である。有り余っている土地では当然極めて安価である。彼はこれを安く手に入れて、不足している土地へ持って行く。ここでは不足しているだけ、高価でも売れていく。安く手に入れて高く売った分だけ儲けが出る。不要品を、必要としている人々のところへ持っていって喜ばれ、喜ばれた分だけ儲けになる勘定だ。もちろんそこに目を付けて苦労して旅をすることを厭わなかった人種が交易人である。交換から交易へ、ここに初めてはっきりと儲けというものが生じる。

もっとも交換ということでは次のことに注意をはらっておかなければならない。竹田青嗣氏によれば柄谷行人氏はこういう指摘を行っているようである。交換でも貨幣との交換はいささか趣が異なると。貨幣であれ交換は等価交換に違いない。だが、一方の交換対象が貨幣である場合に限って等価交換とは言い難いと。どういうことかというと貨幣は価値が同じならどんなものとも交換できる特殊な品物である。貨幣以外の品物はそうはいかない。それを必要としている人間に対してだけ交換可能になる。したがって等価交換つまり等価でありながら、貨幣の方が有利に立つというか品物として優秀なのだ。等価交換なのは見かけ上そうであるのにすぎず、実際は等価交換なのではない。貨幣を手に入れた方がずっと得をしている。品物よりもずっと安い値段で取引しているのと同じことになるのだ。貨幣を多く持った方が勝ち（得）なのである。

貨幣の特殊性については、さらにこういうことも指摘されなければなるまい。何度も言うが交換は原則（主観的には）等価交換である。そして物品の価値は交換が成立するその都度、姿を現す。つまり物品には固定的な価値が内在しているのではない。交換によって姿を現すのだ。ところが貨幣に限って価格つまり価値は固定的である。十円硬貨はいつでもどこでも十円の価値を表す。この点が品物との決定的な違いである。このことは何を意味するか。

以下、少々煩雑でややこしくなるが少しく貨幣論になる。

貨幣の登場によって交換される物品に質的な変化が起こる。どういう変化か。物品は本来それ自体の価値を持たず、交換の成立によって初めて価値を表すと述べた。それはそうだが、それ自体の価値をまったく内在させていないと考えることはできない。でないとそもそも交換されるはずがない。交換が成立するということは価値を持っているからだ。ただどれだけの価値かということは決まらないというだけのこと。しかるに貨幣の登場によって、この品物に内在する価値が浮上してくるのである。なぜなら、貨幣は唯一固定的な価値を明示し、変動しないものだから。交換相手がこのように価値を明確にしている以上、その交換相手の品物も価値を露わにせざるをえない。あるいは品物にもそれ自身の固定的な価値が（貨幣同様）付属しているという気がしてくる。かくて潜在的であったそのものの本来の価値が浮かび上がってくる。では、問題の潜在的価値、内在的価値はどのようなものか。工業生産物なら原材料費と使用エネルギー費と投下設備費と労働者と経営者の基礎的生活費を合計したものが潜在的価値ということになろう。これにいくら儲けを上乗せするか、あるいは赤字を覚悟で価格決定するかは市場の需要と供給で決まる。これが貨幣経済の登場で生じたことである。

ここのところ、いわゆる内在的価値と交換によって生まれ出る価値とについて補足しておく。この二つの価値はアダム・スミスのいう商品価値と交換価値に該当しよう。商品価値は商品自体が持つ価値であり、交換価値は貨幣価値つまり市場で実際に取引される価格である。さて商品価値とはなんであるか。先に「問題の潜在的価値、内在的価値はどのようなものか。工業生産物なら原材料費と使用エネルギー費と投下設備費と労働者と経営者の基礎的生活費を合計したものが潜在的価値である」と述べたようなものとみてよいだろう。しかし本当にそんな価値は存在するのか。言い換えよう。いったい物の価値とか意味とはなんであるか。価値は何かと交換されてあらわれるものであり、意味とはそれに対して人がある振るまいをして初めて姿を現すもの、いや価値は交換であり、意味は人がそれに対してする振るまいであると言ったほうがより正確だろう。つまり価値といい意味というのは概念にすぎないのである。それなのに価値を実体化するところにこの二つの価値が出現することになるのに違いない。少なくとも商品価値はその気配が濃い。概念にすぎないものを実体化するから商品価値などと面妖な物が出てくるのである。では概念としての価値とはなんであるか。何かしらの値打ち、物品が存在するのだから存在する以上あるであろう値打ち。ただしそれがなんであるかは明らかではない、姿もはっきりしない、あるであろうとしか言えないもの、実体はないがあるであろうとみなした方が便利なもの。だから概念なのだ。貨幣価値は交換自体だから実体である。だからこちらは実在する。問題はない。

そこで貨幣経済にあっては次のようなことが出てくる。物々交換では品物の価値は必然的に実際より低めに扱われやすい。仮に十円の価値を内在させている品物があるとする。取引の現場ではこのものはどうしても十円以下の価値しかないものとして扱われやすい。欲深い人間の本質からくる必然的な成り行きである。つまり物々交換では品物は実価値より低めに扱われることになる（相互にそうだから等価交換であることは変わらない）。ところが貨幣に関してはこういうことは起こらない。貨幣はいつでもどこでもそれが記載する価格で扱われる。こういう非対称性があるとき貨幣と物品の交換が生じると等価交換であるには違いないが、品物はいつでも平均して実価値より少ない貨幣と交換されることになる。ここでも貨幣の方が有利に立つ事情が明らかである。必然的に物々交換は貨幣経済へ移行する。ここにこんにちの貨幣経済の問題点というのか本質が存在する。また、これが物々交換経済から貨幣経済へ移行した理由でもある。人はよく貨幣のことをたんなる紙切れというがとんでもない話だ。貨幣には額面に記載されている価値の他にプラスアルファがあるのだ。このプラスアルファを加えての等価交換である。したがって貨幣の価格は品物の実価格より低い。実物よりも紙幣を持った方が得をする、したがって勝つのだ。こういう事情なら昔の農村で現金収入のあるものの方が農業一本槍の者より裕福になった理由がよくわかる。いやでも物々交換は貨幣経済に道を譲らざるをえない。以上、なぜ世の中から物々交換経済が姿を消し、貨幣経済に移行したかの理由である。

ここのところまではよいとしよう。問題はいったい儲けはどこで生じるのかということだった。儲けというのはマルクス的に言えば余剰価値だが、これはどこでどうして生じるのか。繰り返しになるが交換の中では生じない。そして経済は基本的に交換でしかない。ところが交換の場に貨幣が登場してくるといささか様相が変わってくる。交換は本来物と物との交換である。ここではすべて等価交換になる。貨幣経済の場合は物と交換されるのは貨幣になる。貨幣は物品と違ってそのもの自身の価値を表している。固定的な価値を持っている。ここが物々交換と決定的に違うところだが、これは何を意味しているのだろう。物々交換だとその都度の価値が成立する。貨幣経済だと一方の品物の方にのみその都度の価値が成立する。いまあるものAの価値がその場の需要と供給の関係によって百円だったとする。Aを百円で購入した男が他へ行ってこれを売る。するとここでの需要と供給の関係によってこれが百円以上の値がつくときもあれば百円にしかならないときもあり、百円以下の値にしかならないときもある。つまり、儲かるときもあれば損をするときもある。決めるのはその場での需要と供給である。ところがこれが物々交換である場合、そこでも価値を決めるのは需要と供給であるが、成立する交換は等価交換でしかない。物の価値はその都度新たに成立するのである。貨幣が介在する場合はそうではない。九十円や百十円で取引されることがありうるのだ。ここでも貨幣と品物との交換自体は等価交換として取引されている。だが、その場の需要と供給の関係によって貨幣の方は九十円にも百十円にもなり得るのだ。ここが貨幣が介在する交換と物々交換との違いである。言い換えれば貨幣経済の登場によって初めて余剰価値すなわち儲けが生じる可能性が出てきたのである。貨幣が体系的な固定価値をもっている（表現している）ゆえである。

もう一度言うが、たとえ貨幣と品物との交換であろうと、個々の交換で成立しているのは等価交換でしかない。物々交換の場合となんら変りはない。物々交換ではそれぞれの交換は独立して成立していて、他の交換からは自律している。それ単独で成立する。しかるに貨幣経済では個々の交換は自ずと一つの貨幣体系の中に組み込まれてしまって、それ独自に自立して成立するというものではない。物々交換と同じく貨幣交換もその都度新たに等価交換で価値が成立するのではあるが、こうして決まった値段は自ずと貨幣体系のなかに位置づけられる。これによって同一物の以前の取引で成立した価値との比較が成り立ち、儲けや損失ということが発生する。物々交換ではそういうことはない。個々の交換は他の交換とは無関係に成立している。いうまでもないが比較や序列にはすべて基準点が必要である。貨幣はそれになり得るし、またそれが貨幣体系という形なのであるが、物々交換にはそういうものはない。

以上が余剰価値すなわち儲けが生じる原因であり過程である。したがって貨幣経済下で交換をもくろむ者は需要と供給の状況をよく見て、その差が有利に大きい場と時での交換を実行することになる。儲けは（損失も）貨幣の登場によって初めて発生したのである。またここにしか余剰価値（儲け）を生み出す場はない。小室直樹によるとアダム・スミスからシュンペンターまで（もちろんマルクスも）経済学者の間で「余剰価値は生産過程で生じる」というのはほぼ一致しているという。しかしこれはおかしい。私は余剰価値は需要と供給の関係の中でしか生まれないと思う。そもそも品物には固定的な価値は内在していないという立場を私は取る。すると交換されて初めて価値は姿を現す以外にない。それならば生産過程の中で価値などあるはずがなく、余剰価値の生じようがない。できあがった製品は原材料費と減価償却費とエネルギー代に労働時間を足し合わせた価値を担っていることは確かだろう（これらを実際にはどのようにして算出するかは非常に難しいというか困難な作業だと思うが、いまそれは置いておこう）。これにいくらの値段を上乗せするかは、製品が市場へ出たときの需要と供給の関係で決まるのであって、生産過程の中で余剰価値の産出として出てくるのではない。もしそんなものが出てくるのだとしたら、どの過程でどうして出てくるのだろう。経済学者たちは物には固定的な価値が内在しているという前提で考えているから一見生産過程の中で余剰価値が生ずるように錯覚するのではないか（もっとも、貨幣経済下では物には固定的価値が内在していないという見方は妥当かどうか検討してみる余地はある。貨幣によって物にもそれの価値が固着してしまっているとみるのが現実的かもしれない）。

ところで、交易の本質はなんであろうか。物を安く手に入れて高く売ることにある。どのようにしてか。需給の地域格差を巧妙に利用することによって。もし交易の本質をそのようなものとみなすことができるなら商売も交易の範疇に入る。商売もその本質は物を安く手に入れて高く売ること（によって利潤を得ること）にある。交易と商売の違いは方法の違いである。交易は品物が動く。

商売は人（生産者と消費者）が動く。その違いがあるだけである。つまり、交易は供給が需要を大きく上回る場所から需要が供給を大きく上回る場所へ品物が（交易人とともに）移動する。これに対して人間が移動して品物を手に入れるのが商業である。言い換えれば交易のスケールを小さくして、居座ったままで交易所を構えたのが商店とみなしてよいだろう。言ってみれば時給の時間格差を利用するのである。商人はある品物が余っている人からそれを買い取り、保管展示しておいて必要とする人が現れれば彼に売る。こうして中世になって商店が現れ、やがて商店群からなる町ができたのだ。ここまでが十八世紀半ばまでの西欧の社会史だったとみなしうる。

都市が現れるのはやはり貨幣経済がスタートしてからだろう。もっとも中国や日本の場合は別かもしれないが［註］。貨幣経済が始まり、資本主義が勃発し都市が本格的に出現してから悲惨きわまりない貧困問題が出てきた。これは事実であって、それ故に一部の思想家からは資本主義が諸悪の根源として激しく攻撃された歴史がある。しかし本当に資本主義が貧困問題を引き起こしたのだろうか。私にはこの貧困問題は都市問題にすぎないのではないかと思われる。つまり群れ、群の問題である。資本主義の時代以前、例えば農村社会時代にも悲惨な貧乏人はいただろう。ただ、広い農村の中に、あるいはいまだそう人口も多くなかった町の中にポツンポツンと散らばっていたから目立たなかっただけではなかろうか。人口が急増し集中する都市では貧乏人も比例して増え、しかも彼らは必然的に集まる。したがっていやでも目につき、悲惨な状態が見えやすくなったというのが実態ではないか。農業時代であれ都市時代であれ、人口比にしてみれば貧乏人の数はそうは変わらないのではなかろうか。資本主義は人口の集中を要請する。資本主義は必然的に都市を生む。だから資本主義の時代になってから貧困問題は大きな問題となったのだ。

［註］日本の都市は政治都市と交易都市とからなるだろう。おそらくは中国も。してみると都市は資本主義によって初めて成立したとするのは間違い。初めに政治と交易のための都市ができた。商業都市である。資本主義によって出現した都市は工業都市だ。商業都市と工業都市では質的な差があるように思われる。まず規模の差がある。そしておそらくは都市ができるスピードの差によると思われるが、商業都市までは都市の中にちゃんとコミュニティーが成立していて人々の相互扶助が成立して

いた、したがって貧乏人もそうまで悲惨な状態に落ち込むことはなかったと考えられる。だが、工業都市はできあがるのが早く、コミュニティーができあがる余地がないまま巨大化して貧困層を救くい上げるいとまがなく膨大な階層ができあがってしまうのだろう。おまけに資本主義の社会では欲望がこれでもかといわんばかりに掻き立てられ、落ち零れた人々は心理的に敗北感にうちひしがれることになる。だから近代社会での都市貧困問題は悲惨な大きな問題となるのだろう。

いったい資本主義はどうして、なぜ、起こったのだろう。思うに利潤が肯定されるようになって、それゆえ大いに利潤を獲得する方法として。では、いったい資本主義とはなんであるか。学者たちの著書を読んでいると、本質とか機能とか制度とか歴史とかいろいろと数多く述べられている。が、どれも私の基本的な問いには答えてくれない。私が知りたいのは、こんにちまで資本主義は常に一貫して儲けることを目的としてきた、それも一貫してより多く、右肩上がりの儲けを。ここに資本主義の問題点のすべてがあると私には見えるが、いったいなぜ資本主義はそうなのか、これを問いたいのである。つまりは資本主義の正体、端的に言えば資本主義とはなんであるか。

ややこしいことを言う必要はない。資本主義が生じてきた現場を見ればよいのだろう。すればなぜ資本主義が生まれてきたのか、つまり必要とされたのかがわかるはずだ。

資本主義はそれ以前の経済体制とどう違うか。違いは端的に、生産方法、生産のあり方の違いになるはずだ。市場側ではない。それまでは生産は工業と言えるものであってもせいぜい家内工業的なものにすぎなかった。資本主義経済体制下にあってはそれが一転して大勢の労働者を集め、機械を使い、協業とまだわずかなものであれともかく分業方式によって製品を家内工業時代とは比較にならないぐらい大量に作り出し、これを需要の見込めるところへ集中的に持ち込んだのに違いない。これが資本主義が従来経済体制とは決定的に違うところだろう。これと当たりを付けた需要（潜在的需要）のある場へ大量の商品を投入したのだ。これによって従来では考えられない儲けを手に入れた。これが資本主義の神髄に違いない。またこういう事情以外に資本主義という新しい経済制度が生まれてくる理由がわからない。資本主義勃興期以前には、たとえ需要が見込めてもそれに応えうるだけの製品を作り出し提供することはできなかった。いわばどうしようもなかったのだ。家内工業であったし、たとえ人を集めても機械がなくて早く大量に製品を作り出すことができなかったから。そうだとすると、学説とは反対にやはり資本主義は蒸気機関や紡績機といった機械的な発明が起こって初めて可能だったということになる。たとえ、資本主義が機械の発明を促し引き出したのであっても。もちろんそうに決まっている。なんとか早く大量に、しかも簡単に製品を作れないかという強烈な欲求に応えて発明品は出てきたのだ。事態は、かなりの需要が確実に見込まれる時代相の中で、このように条件が整って大量生産が可能になり、それゆえに人々を集めて大量生産に邁進した、ということだったのではないか。十六、十七世紀イギリスの歴史を知れば知るほど時代は動いていたこと、ルネサンスから大航海時代それに商業革命・金融革命その他が引き続き、世の中の雰囲気が熱気を帯びていたことがわかる。上層階級のよりよい生活への夢と儲けへの熱が沸騰するようにわき始めていたのである。それなら資本主義は儲けの可能性を嗅ぎ取った一部先進的人間がより儲けるために、より多くの儲けを目標として編み出した制度ということになる。あのころの続発する発明はそういう事情の下でしか理解できない。作り出してみると見事に機能したのだ。ここに資本主義の真の姿があるとみたい。

繰り返しになるが、資本主義の根本はエネルギーと素材と労働力をかき集めて、製品を大量に生み出すこと、それも分業と協業によって個々の作業を単純化し、誰にでも間違いなく簡単に作業できる方式に従って均質で安価な商品を大量に産み出すことにある。なによりも、早く安価に大量の商品を生産することにある。それが一番儲けにつながるからだ。分業と協業による作業の簡潔化したがって作業の単純化はなにより早く大量にものを作り出す必要から作りあげられたもので、これによって労働者を大量に採用することができたというのはいわば副産物であろう。多くの労働者をかき集めなければならないが、いちいち仕事を仕込んでいては間に合わない。そこで仕事を分割し、一つ一つの仕事はごく単純なものにしてしまう。これによって農夫でも子どもでもすぐに仕事が可能になる。つまり大量の労働者の確保が至上命令だったことに応えられたのだ。おまけに分業にしてみれば思いがけず作業能率が著しく上がったという副産物まであった。のみならず無学文盲の農夫たちまで労働者として雇い入れると彼らは結果的に消費者になってくれた。新たな需要が生まれたわけである。

　機械の発明によって簡単に早く大量の生産が可能になった。元手をかき集めて設備と原料と人さえ集めれば、いくらでも製品を提供できるようになった。提供すればするほど儲かった。売れたのである。なぜだろう。人々は生活の快適さが見えてきて（可能となって）、より快適な暮らしを求め始めたということがなければならない。大量生産は供給の増大を招来し、必然的に値段が下がった。したがって人々がこれを求めやすくなったということがあるだろう。新たな需要が開拓され需要が増えたのである。そうとしか考えられない。いったんこの過程が確立すれば過程は循環し、循環は拡大循環となる。ではどうして人々にこの時代、快適な生活の可能性が見えてきたのだろう。ニワトリが先か卵が先かに似た問いになる気がするが、実際のところどういう事情があったのだろう。少なくとも資本を投入して懸命に大量生産に走った人々（資本家＝工場経営者）には、商品を作れば作るほど売れる、需要は確実に見込める、という確信があったことは確かだ。儲けよう、こんな確かな儲けの機会はないと。まず、ある程度の蓄えを持つ階層が少数ながら出現したと考えなければならない。おそらくはインドや西インド諸島その他の植民地化から社会全体に一定の富が蓄積されたのだろう。富の余剰が社会に発生していたのだ。さらにインド綿に対する憧れが顕著に見られた。資本家はこの熱い一部階層の欲求を感じ取って彼らを対象に最初はインド綿の供給を始めた。その結果、いまだ少ないながら確実に儲けが出てきた。儲けが出るからもっと生産することになり、生産の増加は値段の下落を呼び、あるいは呼ばなくても少し下の階層が見栄とより快適な生活を求めて消費者として参入してくる。値段の下落と新規購入者の登場は循環し、拡大する。その間に工場労働者として雇った連中が賃金を手にして新たな消費者として登場してくる。これを見て仲間の農夫やその他が労働者に加わり消費者に加わる一方、増えた労働者によって一層の大量生産が可能となり、商品の値段が下がる。下がった分だけ新規の消費者が参入してくる。こういう過程だったとみなせないか。よりよい暮らしをという願いは可能性が見えてひとたび火がつけば抑えがたいし、人の欲しがるものを見ると自分も欲しくなるというヘーゲルのいう〝自分の欲求は他人の欲求である〟という人間的事実の二つによって需要は確実に生じてくる。

資本主義社会はなぜ、絶えざる、限界のない拡大、儲けが必要なのか。確かに竹田青嗣氏の強調するように、人類は資本主義経済体制になって初めて決定的な貧困から抜け出すことができた［註］。人々は資本主義によって初めて豊かになった。資本主義こそ広く大衆に行き渡るだけの大量の製品を生み出すことができた。同じ品質の製品を十分大量に提供しえたからこそ需要と供給の関係で一般大衆もが手にすることができるほどの値段で品物が市場に出たのである。大衆消費社会は資本主義体制の下でのみ可能だったのだ。その功績は認めなければならない。

［註］資本主義がもたらした極端な貧富の差と悲惨な奴隷労働が資本主義の罪としていつも指弾される。だが、これらは本当に資本主義に必然的なものなのだろうか。貧富の差と言うが、一方で生活の底上げができているのも確かだ。昔のような絶対的な貧困はなくなった。問題は差だろう。一方の極端な豊かさが目につくがゆえに、そして不断に欲望を掻き立てられるがゆえに、比較的な貧しさは苦痛になる。心理的つらさの問題ではないか。もう一点の悲惨過酷な奴隷労働、こちらは私の思うに西洋社会の選民思想がかかわった一時的事態にすぎないのではないか。キリスト教徒と異教徒の違い、差別。キリスト教徒にとって異教徒はどうでもよい人間、いや撲滅しなければならない人間でさえある。豚や牛と一緒である。そんな彼らがどういう状態で生きようとどうでもよいというのが根本にあったのではないか。というのも資本主義が日本へ入ってきて、日本では一時的例外的な事例を除いて、そのような奴隷労働をさせはしなかったからだ。楽な労働ではなかったろうが、あくまで人間扱いをした。したがって資本主義に必然的なことではなく、西洋という限定された条件が強いた事柄だったのにすぎないのではないか。それだけではない。人類史はほぼどの段階をとっても極端な富の偏重を生みだしている。メソポタミア文明の大昔からこんにちまでほぼ一貫してそうだった。富の偏在のない時代というものはない。それに猿でさえボス猿とそれ以外のものの力関係は極端である。人類だけのことではない。

しかし資本主義はこれまでのところ、それだけには留まっていなかった。制御できない怪物性をあらわにした。儲けること、人々により多く消費させることに歯止めがかからなかった。いくら頑張っても教育や道徳での抑制は無力だろう。しかし、なぜ資本主義はかくも儲けに、より多く儲けることに邁進せざるをえないのだろう。

初めにも言ったように、人間の欲望には二種類ある。生理的本能的欲望と心理的欲望である。そして前者の欲望は満たされれば止まる。満腹すればそれ以上食べようとは思わない。が、後者の心理的欲望には限界がない。したがって、人々にさらに財布の紐を緩めさせようとする資本主義はこの後者の欲望に焦点を当てる。消費者の心理に働きかけて、ありもしない欲望を掻き立てるのである。作り出すのだ。全知全能を振り絞ってないところに欲望を掻き立てる。不必要なものを買わせようとする。ほんの少しの差異を強調し、事柄を大げさに言い立て、人々を焦りと見栄に追い込む。これがこんにち立ち至った資本主義社会の本質である（本当だろうか。むしろ大量消費社会の本質なのではないか。それとも大衆消費社会は資本主義の必然なのだろうか）。欲望の創出。したがってこの社会では人々は決して満足することをしない。つねに欠乏に悩まされ、追い立てられ、飢餓感に炒られて、焼けたトタン屋根の上の猫のように落ち着きなく、走っている。基本的に人は不幸である。不満である。まだ足りないものが有る、と永久に追い立てられている。今後ともそうだろう。これに歯止めがかかるのは唯一地球資源の枯渇という絶対的な事実に直面してでしかないだろう。どちらにしても破局が現実のものとなって初めて人間は立ち止まるだろう。それまではあまり期待できない。

しかし資本主義はどうしてそこまでして売らなければならないのだろうか。どうしてそれほどまでして儲けなければたちゆかないのか。問題はおそらくこの一点に絞られる。私に唯一理解できる理由は、拡大し儲け続けなければ競争に負けて没落するか、他社に乗っ取られ吸収合併されるという恐れである。国家が成立してみると、思いもよらず国家間の競争が始まり、他国に飲み込まれないように互いに頑張らなくてはならない事態に陥ったのと似ている。資本主義の下では競争に負けてはならないのだ。なぜだろうか。需要には限りがあると本能的にわかっているからだろうか。奪い合いになるのか。資本主義には共存共栄という考えはないようである。どうして自然を相手にするときのようにいい年もあれば悪い年もある、と考えられないのか。どうして右肩上がりの成長が当然という前提でやっていかなければならないのか。

毎年これぐらい儲かればいいや、という具合になぜいかないのか。結局のところ資本主義の問題はこの一点に尽きる。

答えは簡単かもしれない。つまり、資本主義はそもそも儲けるために考え出された制度だからである。プロテスタントの信仰（キリスト教の予定説）によって「儲けることこそ信仰の証拠である」ということになって、大手を振って儲けに走ることができるようになった。いや、儲けることがよいこととなった。そこで人々はいかに儲けるかに狂奔するようになった。その結果考え出されたのが資本主義である。つまり資本主義とは儲けること、より多く儲けることを使命とし、宿命づけられている制度なのだ。それなら儲けに走るのは当然ではないか。しかも制度はいったん成立すればそれ自身の存続という目的に特化するものである。言い換えれば資本主義自身の存続が自己目的化する。儲けることを使命として生まれた資本主義である。それが自己自身の存続を自己目的とするならば、儲けることが必然的に至上命令になるだろう。つまり儲けないことには存在理由がないことになる。それにプロテスタントの教義に習って儲けてみれば、富とはいいものだとつくづく知ることになる。なにしろ金を蓄えるのである。金はなににでも変わる。つまりなんでもできる。こんなにいいものならもっと儲けようとなるのは当然だ。歯止めのかかりようがない。そしておそらく儲けるには需要を増やすのが一番だということになったのだろう。需要はもともと限りがある。新たに創造するにしろ、要するに奪い合いにならざるをえない。ここに競争が生まれる。資本主義と競争は不可分である。競争を宿命づけられている（社会体制や経済体制でそんなものはほかにあるだろうか。しかし逆に言えば資本主義ほど活気に満ちた、バイタリティあふれた体制もないことになる）。こういうのが資本主義があれほど儲け主義に走り、拡大に走る理由だろう。

したがって資本主義の内部から競争や儲け主義に歯止めがかかる契機がない。資本主義の暴走を止めるには外部からの有無をいわせぬ力、あるいは資本主義の根幹を揺すぶる事態が生じないことには無理だろう。いくら倫理的道徳的な教えに頼っても無力である。いま思い浮かぶ唯一のことは何度も言うが地球資源の枯渇という事態である。これのみが効力を発揮するだろう。

しかしこんにち生じていることは資本主義とはあまり関係がないかもしれない。確かに企業は儲けを求めている。必死にと言ってよいぐらいに。多くの場合は右肩上がりの利益を当たり前としているように見える。この右肩上がりは私にはいまひとつ理解できないが、少なくともどの企業も一定以上の利益を強迫観念のように目標としている。しかしこれは私には必ずしも資本主義に結びつける必要はないのではないかと思われる。もとは資本主義に由来するものであろう。だが、いまや資本主義とはさして関係なく、人々は一定以上の利益を求める。なぜか。私にはこんにちの生活ではある程度以上の収入が絶対に必要だからだと思われる。現代生活はそのようになってしまっているのだ。ある程度の収入がなければ現代生活は送れない。食費にしろ衣にしろ住にしろ教育にしろ余暇にしろ、すべてこんにちの暮らしには一定以上の金がかかるようになっている。全世帯に一定以上の収入を可能にしようと思えば企業はある程度以上の儲けをどうしても必要とする。いまや社会制度がそういうようにできあがってしまっているのだ。そうである以上、企業は毎年一定以上に儲けなければならない。これが企業は毎年儲けなければならない事情である。暮らしというのが原因であって、いまや資本主義とは関係がないことなのかもしれない。

ただし、右肩上がりというのは上記のこととは関係がないように思われる。やはりこれは競争を宿命とする、食うか食われるかという資本主義の本質からくることとみなすべきかもしれない。

二二　貨幣論補足（セイの法則をめぐって　その他）

経済というのは物の移動である。より実態に即して言えば物のやり取りである。やり取りの仕方が贈与の形を取るか交換の形を取るか交易になるかの違いがあるだけで、ようは物と物とのやり取りであることに変わりはない。そこへ貨幣が登場してくる。するとこの経済の根幹である物と物とのやり取りに質的な変容が起こる。物の移動が一時的に滞るのである。貨幣は物ではない。人がそれを使って生存上必要な何かをするというものではない。物の代理あるいは象徴にすぎない。人は貨幣で物と交換をする。物を手放して貨幣を手に入れた人はそれで自分の必要とするほかのものを手に入れるとは限らない。多くの場合、そのまま貨幣として保管しておく。物を手放して貨幣を手に入れるとは、自らは物を供給して貨幣という信用ないし約束を手に入れるということである。

百円なら「これはいつでもどこでも百円として通用しますよ」という信用状あるいは約束である。したがって貨幣を入手した人はあまり時間をおかずに市場へ行って何かの物品を手に入れて代わりにこの貨幣を差し出さないことには需要は発生しない。彼がこうして貨幣と物とを交換したすなわち物を購入した場合には需要が生じたことになり、供給は需要を生んだと言える。だが、物々交換ではない貨幣が介入する交換では物と交換された貨幣はそのままタンスに貯蔵されることが十分ありうる。信用や約束は世の中が変わらぬ限り、古びることはないし、腐ることも変質することもない。時間経過に耐える。だからすぐに市場へ出て交換されなくても大丈夫なのだ。こうなると新たな需要が発生しない。少なくとも新たな需要の発生には時間的なずれが出る。ずれが短い場合は問題がないが、時に長時間になると、「供給はそれに見合う需要を産み出す、したがって需要と供給は均衡する」という経済学でいうセイの法則が成り立たなくなる。すなわち「神の見えざる手」が働かなくなる。岩井克人氏はこれがインフレやデフレという不均衡が常に生じる経済の実態であるという。こういうことは貨幣の登場によってのみ生じた貨幣経済の特殊性である。

そこでもしこの貨幣の信用が揺らぐかなくなればどうなるか。人は物を手渡して代わりに貨幣を受け取ることを躊躇するか拒否するようになるだろう。それでも受け取るときには必ずたいへんな額を要求するだろう。貨幣は値打ちを急落させる。たいへんなインフレになるか、でなければ流通が滞ることになる。物が動かなくなる。これが恐慌である。

さらに。貨幣の登場は交換や保存やの便宜のためではないという。貨幣の起源は一つには呪術的宗教的なものに求められると。これは一見面白い見解だが、我が日本古代の勾玉や子安貝の事例を思い出せば理解できる。もともとそういう（呪術的）効用があったものが貨幣としての効用も認められて、最初のいわば金塊として使われたのだろう。岩井氏は自然は建築屋ではなく修繕屋だという。予想外の事態に遭遇してあり合わせのものでとにかくしのぐのが自然のやり方だと動物学に習っていう。もう少し敷延して言えば、自然は思いもかけない事態に遭遇して、それに対処する手段を一から作り出すのではなく、（おそらくそんなことをしていては間に合わないから）あり合わせのもので応急処置的に対応するのだ。

その間に合わせの処置がそこそこうまくいくと、さらに進展して新たなとも見える機能を見事に獲得する場合があるのだ。同じことで貨幣ももともと勾玉のように呪術的に使われていたものが経済的必要に迫られて交換の便宜として準用されたところ、思いもよらず「交換の便宜」としての機能を十分以上に発揮した、よって交換用具として（つまり貨幣として）広く使われるようになった、ということだったのだろう。貨幣の起源は宗教的なものに、呪術にあるという意味はそういうことであろう。

二三　ある書簡——

N君、長い書簡、落掌しました。まず、ありがとう、と言いたい。ああは言って送ったが、小説などには多分興味を持たないだろう君のことだし、長いし、決して気軽に読み流せるものではないし、読んでくれるのは無理だろうな、読んでくれるとしても先のことだろうな、と思っていただけに感謝する。

というわけで早速にもお礼の手紙を書かなければと、こうして取りかかってはいるのだが、実のところ目下、風邪。どうもすっきりしない。だから、十分に意を尽くしたものが書けるか心もとない。しっかり語りかけたいと思うのだが。

あれこれと随分書いてくれて、ありがたい。けど、結局はNはN、昔とちっとも変わっていない、というのが、君の書いたものを読んでの私の感想になる。それがどういう意味を表すのかをこれから書き記していこうと思うのだが、うまくいくかどうか。

君のあの小説の読み方については、なにもいうことはない。小説というものを出して今回で二冊目になるが、前回のときに痛切に教えられたことがある。それは、人はいかに自分の人生（自分の世界、自分の体験）に照らして本を読むものであるか、いや、読書という行為はそのようでしかありえないものだ、ということだ。言葉もそうだろう。言葉はそれが置かれた文脈の中ではじめて意味が確定する。例えば京言葉の「おおきに」は、それが語られる文脈によって、感謝の言葉にもなるし、否定（拒絶）の意味にもなる。意味を決めるのはあくまで文脈である。同じことが読書にも言えるのであって、本の意味内容はそれを読む者の人生という文脈の中に置かれて初めて確定する。だから読む人間によって同じ小説が実に様々に読み取られるわけだ。どの読み方が正しくて、どれが悪いということはない。だから、君のそれについてもあれこれ言おうとは思わない。君の書いてくれたことの中には、あくまでNという人間が徹頭徹尾いるということ以外にない。あ、Nはそういうふうに読んでくれたのかと。いかにもNらしいと。

ただ、最後に君は、信仰者からみれば、こういうふうに小説を書いてそれが何になるんだろう、人生はむなしいと書いたとしてただそれで終わるだけでは何の意味があるんだろうと、言っている。この君の疑問には答えたいと思う。ここが多分、一番肝心なことだ。（この質問自体いかにも信仰の人Nらしい質問だと思うよ。しかし、いいことを尋ねてくれた。お蔭で、霧の向こうにぼんやりと見える具合に感じていたことを、本当はどういうことなんだと改めて考えさせてくれたのだから）。

私は結局あの小説で、この世で人が生きる姿をというか、人が生きるとはどういうことなのかを書いたつもりなのだ。いい加減な生のことではないよ。いい加減に生きる人間のことは私はあまり興味がない。そうではなく、何かをしようとか、何かをし遂げようとか、とにかくどんな意味でも一生懸命に生きる人間の人生のことだ。そういう人間にとってのみ、人生は問いかけるべきことの多い、不思議で、不合理で、豊かで、謎に満ちていて、理不尽な、言いたいことのいっぱいあるものとして立ち現れる（宗教も、芸術も、そこに成立する）。

ここまでで、実は数日、中断した。風邪がひどくなって寝込んだ。君があれだけ書いてくれたのだから、早く返事しなくてはと思うが、しっかりした返事をしたいし、休み休みということで少し時間がかかる。

さて、続きだ。

要するに人が生きるとはこういうことなのだという、そのありさま、姿を描いたと。そうだとして、そんなことになんの意味があるのかというのが、君の疑問だった。意味はおおありだな。どう説明したらよいだろう。

こう考えよう、神とか信仰とかいうものがあろうとなかろうと人が生きるということは、何かを望み、求め、達成しようとすることにほかならない。これは同意できるだろう？　しかし、自分と自分を取り巻く外界という条件の中でしか生きられない人間にとって、外界は常に思うようにはならない存在である。よって、何かを望み、求め、達成しようとする者は常に思うようにならない事態の中で生きることになる。言い換えれば、思うようにならない事態のなかで常になんとかしようと（度合いはさまざまだが）頑張る、それが人間の生の実相だとしてよいだろう。しかも人の世の理不尽さということになるだろうか、この世は人が強く求めれば求めるほど、障害が多く厳しい成り行きとなる。かくて一生、人は闘う次第だ。激しく望む人間の一生は激しい試練と闘いの連続で、だから英雄は早死にする。

繰り返すが、望み、求めるものがある以上、人は一生それを得るべく努め続け、闘って死んでいく。それがおよその人の生のありようだ。そのどこに救いがあるのか、そんなことをしても（信仰がなければ）虚しいだけではないかと、Nならいうのだろうか。救いなどない。というべきか、やれるだけのことはやったという満足感が救いというべきか。ともかくそんなところだろう。要するに、虚しかろうと、救いがなかろうと、生きるということは（丁度、カントにいわせれば、我々は時空間という枠組みの中でしか存在しえないのであるのと同じように）そういうありようでしかない以上、どうしようもないことだ。

ところで、Nはもし、どこかに自分と同じ問題に突き当たり、君と同じように、いやもっと苛烈に格闘して、勝算はないのに逃げずに生きている人間がいるとすれば、その男に非常な共感を覚えずにいないだろう？　場合によっては、彼の生き方に感動するかもしれないね。君だけではない、誰もがそういうものだろう。私も、人の生が上に述べたようなものだとして、懸命に生きた（生きている）人間を見ると、ああ、お前もかと、自分と同じように、逃れようのない人間の条件というか運命の中で、しかし懸命に生きている（生きた）人間に対する抑えようのない共感を覚える。それは、戦友とか同志に向ける感情に似ていると言ってよいだろう。人が仲間に覚える熱い、そのような抑えようのない共感というのは、いいものだ。それは誰か自分を理解して見てくれているものがあるということを意味するし、自分一人ではないということを意味するからだ。

私はあの小説で、どんな意味にせよ一生懸命に生きている人間たちを描いた。石川にせよ平井にせよ、上田、坂、おこよ、時忠、横山、その他主要な人物はみんな、悲劇に終わるにせよ喜劇になるにせよ、懸命に生きている人物たちだ。人が生きるとはこういうことだという姿をしっかりと造形できたと思っている。造形できた結果、私は彼らのその生きる姿に非常な共感を、憐れみの思いを寄せることができた。書き終わって、私はこの上ない充実感を覚えた。そうだ、人生はまさにこうしたものである、懸命に生きるものにとってはこうでしかありえないものである、と深く納得した。そのような人生を生きた彼らに人生の同志として深い深い共感を覚えた。とは、逆に私も彼らに深い共感を覚えてもらったに違いない。信仰なき人間にとって、この共感ということは唯一可能な人生の激励、救いではなかろうか。この世に未練を残してさまよう亡霊も、自分の心残りを聞いてもらえば納得して往生する。聞いてもらい、理解してもらうだけでも、人は納得するのだ。

Nのいう意味では信仰を持たないことになる私のような人間には、時に時空を越えて取り交わすこういう共感、共鳴、感動、思い入れは、人生の掛け値のない真正の報酬なのだと思う。時空を越えてお互いがそういうものを交わし合い、励まし合って生きているのだ。登場人物と彼らの生の軌跡をよく造形することによって、私はそういう戦友としてのエールの交換を行ったのだし、物語を読む読者にも同じ体験を与えるのだと思っている。人ができる最高のことの一つではなかろうか。それが創作の意味だし読書の意味だ。決して無意味な虚しいことではない。

ほぼ、以上のことになる。うまく説明できたかどうか。

今回はこれぐらいにしようか。ところで、小説だが面白く読めたかい？　読んでいるあいだ事柄の推移に引き入れられ、興味深く読めただろうか？　そこが一番知りたい。もし、そう思ってくれたのならあの小説はよく書けたということになる。あれだけ長いものを結構早く読み終ってくれたということは、読んでいる間、そう退屈とも現実味のない話とも感じずに読んでくれた証拠じゃないかと思いたいがどうだろう？

ところで、手紙を読んでいて、大学時代に農学部の食堂でよく議論した、あのころのNそのままの声を聞くような気がした。君の信仰ということを巡ってよく議論したな。私はいつも議論には勝ったと思ったが、すべての話の後で君が長々とした二人の論議が一切なかったように、「それでもぼくには信仰しかないな」と言うのにまいったものだ。あれから四十年経つ。いまも君は同じであるに違いない。そんな年季の入った信仰になにを言おうとも思わない。信仰ということは信じるか信じないか、どちらかで中間はない。この世のものはすべて相対の眼の下に眺めることができると思うが、たった二つ信仰と愛だけは相対主義では計れない。だから、そんなものを議論の対象にし、論理で処理しようとしたのが間違いだったのだ。信仰を学問することはできない。学術論文にも馴染まない。信仰に相応しいのは文学だ。ことに詩だ。詩の言葉か随想の形でしか信仰は語れないと私は思っている。もし、Nが信仰について語ろうと思うなら、論文や論争文の形にしては駄目だよ。君に詩を書く才能があるとは思えないから、エッセイにすることだな。それでは人を信仰の道に導けないというか？　そんなことはない。人が他の人間から、もし信仰に誘われることがあるとすれば、説得という方法によってではないよ。その人間が生きている姿そのものによってだ。その人間に感動することによってだ。エッセイというのは、筆者そのものをあり姿のままに示す一番いい表現方法だと思う。

こんなところに踏み込めば、また、昔のようにいろいろとNと議論したくなる。懐かしい限りだ。しかし、君の考えを聞かずにあまり一方的に語っても仕方がない。だから、今回はこんなところでということにしよう。また、機会があったらいろいろと教えてくれ。信仰のことだっていい。あれこれと議論したり話し合って、頭を使うのは楽しい……

二四　スケールの問題

動物学者本川達雄さんの『ゾウの時間ネズミの時間』を読んだとき非常に驚いたことがある。随分昔になるので細かい数字は忘れた。したがって数字は間違っているだろうが、おおよそこんなことが書いてあった。象の寿命は平均百年である。ネズミのそれはごく短い。話をわかりやすくするためにここでは仮に一日としておこう。しかしである。にもかかわらず象が一生の間に打つ心臓の鼓動とネズミが一生の間に打つ心臓の鼓動は同じ数だというのである。つまり象は非常にゆっくり鼓動を打つのに対してネズミは猛烈な早さで鼓動を打つことになる。これはどういうことを意味するか。象もネズミも時間的あるいは生理的には同じ長さの人生を送っていることになろう。時間的生理的に同じなら主観的には象もネズミも同じ長さの一生を送っていることになる。ネズミは決して短い一生を送っているとは思っていないはずだ。十分長い（少なくとも象と同じぐらい満足した長さの）生涯を送っていると思っているはずだ。本川さんに教えられて、そう思い至って、私は「うーん」と唸った。

ここに私たち人間がいる。いまや平均してほぼ百年に近い寿命である。子供時代、青年期、働き盛り、孫と過ごす老年期。その間には喜怒哀楽、友情あり恋愛あり、仕事があり、家族との一喜一憂がありして随分長い紆余曲折の人生を過ごすと感じ受け止めている。ところがここに私たちの十年が一日に相当するような生を生きている生き物がいるとしよう。私たちにとって十年過ぎたとき、その架空の生き物にとってはやっと一日過ぎたにすぎないのである。浦島太郎のようなものだ。彼にとっては、人間の一生はネズミのようになんと可哀想に短い一生だろう、ということになるだろう。しかし私たちは自分の一生を決してそんな短いものだとは思っていない。いろいろなことをさんざん経験できるに十分な長さの一生だと信じている。そして反対に私たちの目から見たら彼らの動きはほとんど動いていないような鈍さで見えるだろう。

以上のような思考実験は私にさまざまなことを考えさせる。スケールの問題である。宇宙と、量子クラスのミクロの世界、を理解するのに利用できるのではないか。こうしてこのとき初めて私にはニュートン力学が宇宙レベルでは適切とは言えない理由、相対性理論が必要となる理由がわかった。宇宙を理解するにはおそらく私たち人間の百年いや一万年が一日にすぎない生き物を想定して初めてリアルに理解できるのだ。その生き物の一日、どうかしたら一時間、が私たちの一万年に相当すると想定してみる。そのような生物。私たちが一万年経ったら彼にとってはやっと一時間が経ったことになる。彼の寿命は百年だとする。すると人間の時間では彼の一生は一〇〇×一万＝一〇〇万年になる。いや一万年が一時間であれば二四〇〇万年になる。この時間スケールはどんどん大きくしていくことができる。宇宙レベルを考えればそのような生き物を想定すると結構具体的にリアルに宇宙世界というものを考えることができ、イメージできる。こういう生き物にとってニュートン力学は無用のものになってもおかしくはない。彼にはまったく別の世界が見えているはずだ。人間レベルのこの世界とは全然違う世界が。そこでは、私たちの二四〇万年が彼にとっての（私たちが今感じている）一時間なのである。そういうスケールの世界を生きている生き物にして初めて見えてくるこの宇宙のパターンつまり法則がありうるだろう。そんなものはあっても私たち人類には決して知られない。そういう法則はアインシュタイン力学をニュートン力学同様に小範囲でのみ適用できる特殊力学扱いしてしまうかもしれない。おそらく宇宙とはそういうところであろう。

この逆を行けば量子の世界となる。スケールを思いっきり小さくするわけだ。ネズミの方向である。あの小さいネズミが象よりも何百倍も大きく見えるような生き物。彼にとっては分子や原子が巨大ガスタンクぐらいの大きさになるだろう。映画「ミクロの決死圏」の世界である。そうするとこれまで見えなかったものが見えてき、見えなかった動きが感じ取られてくるだろう。いまは位置と動きを同時に見ることはできないとされる量子の振るまいも目の当たりにすることができるだろう。そのとき分子や原子の正体が明確にわかるはずだ。いまはまだ知られていないパターン（法則）が浮き上がってくるかもしれない。以上を要するに、いまは奇っ怪なとしか思われない量子力学が、それが成立するわけがよくわかってくるだろう。

宇宙や量子の世界を理解しようと思えば、このようにスケールを思いきって拡大するか縮小するという手を使うことである。例として時間分野の拡大縮小をあげたが、空間分野の拡大縮小でも構わない。拡大すれば太陽やもっと大きい星がビー玉ぐらいにしか見えない巨大生物を考えることができる。このスケールはむろんどんどん拡大できる。そういう生き物にはいま私たちが見ている宇宙とは違う（対象は同じだが）宇宙の姿が見えるはずだ。私たち人間が未だ知らない物質の動き（パターン、法則）が見つかるだろう。

二五　創見の体感

中学三年の時のことである。もう卒業式に近い三学期のことだった。そのころ私は宿題として与えられたのでもないのに、自分で勝手にテーマを設けてレポートを書き、先生に提出することを思いついた。殊勝なことである。あれだけ勉強嫌いだった私が誰に言われたのでもないのにそんなことを思いついたのは、成長年齢から見て知的な活動をしたいという脳の衝動が生じたからだろう。私が選んだのは梅原先生という社会科の先生だった。テーマは産業革命について。どうやら産業革命についてなにごとか語りうることがあるような気がしたのだろう。梅原先生は三年生当時の私の社会科担当の先生だった。どうせ教科書とほかになにか若干の資料をもとに書いたに決まっている。内容など先生には退屈な代物だったはずである。レポートは何日かして返ってきた。先生はちゃんと読んでいた。それでさえ私には驚きだったが、レポートには評釈も添えられていた。

先生はこう書いていた。私の記述の一カ所「存在するものには理由がある」という部分を書き出して、横に赤ペンで傍点をつけ、「このことを自分一人で発見したのはたいしたものです。おおげさに言えばデカルトの『コギト　エルゴ　スム』(我思う　故に我あり)に匹敵する哲学的発見といってよいでしょう。君は学年で最も期待できる生徒の一人です。卒業後も頑張って下さい」

私はこの箇所を何度も読み返しながら思い出していた。あの瞬間を。レポートを書いていて、どこでだったか不意に「存在するものには理由がある」「すべて物事には原因がある。それがそうである理由がある」と気がついてそう書いたときのことを。そして私はそのとき確かに一つの気づきを、発見をしたと思った。同時に喜びを感じた。それはそれまでわからなかったことを見つけ出した喜びだった。しかしそのときはそのようにして多少の手応えを感じただけで、小さい喜びとしてすぐに忘れてしまった。先生の指摘でありありとそのときの感触を思い出したのである。あの見つけたという手応えとその手応えが呼び起こした喜びとを。そしてそれがそれほどにも大きな意味を持った発見だったことに驚いた。実際その後、成長していろいろと考え考察することが増えるにつれて、先生の言ってくれたことはまんざら嘘ではないこと、非常に有効な原理的な考えであることを確信したのである。世の中の出来事や事態を考察する時に実に役立った。

横道にそれるが、いま少しこの点を敷衍しておこう。世の中にあるもの、存在するものはすべて理由があってあるのだ、というのは一見当たり前のことで、平凡なことを言っているにように見える。確かに世の中の事態はそのとおりで、だから当たり前と言えば当たり前のことにすぎない。しかしデカルトの「我思う、故に我あり」だって当たり前のことであろう。当たり前のことだが、世の中のすべてをいったん疑うという混迷を体験した目で見れば「我思う、故に我あり」は存在についての実に新鮮な力強い支柱になる発見になるのである。当たり前どころではない、世の中全体が真新しい姿で立ち現れてくるのだ。同じ事である。この世に存在するもの、あるものはすべてそれがそうあるべき理由があって存在するのだというのは、それが事実であるゆえに当たり前のことである。だが、それをそうと本当に知っているのと言葉として一応知っているのとでは大きな違いがある。私が見てきた限りでは世の中のたいていの人は本当には「世の中にあるものはすべてそれがそうであるべき理由があって存在するのだ」とは知っていない。例をあげれば、世の中にはいろいろと具合の悪いことや、よくないこと、あってはならない事々がある。そういうものや事に対して人々はたいてい厳しい目を向け、腹を立て、軽蔑し、否定し、抹消しようとはかる。政治的にことにそうである。しかしそういう事々でもそれが存在するということは、それなりにそれが存在しなければならない理由があってのことなのだと考え、そういう目で物事を見るということをしない。問題となる事態が生じた理由をできれば大もとにまで遡って探り、そのうえで現状の可否を検討するという態度が私は大事だと思うが、人々はまずそんなことをしない。表に現れている現象を見てそれだけで是非を判断し現象の奥に潜んでいるものに思いをいたそうとはしない。「存在するものはすべてそれが存在するだけの理由を持っている」という目で世の中を見ると、そうでなかったときとは世の中は違って見えるのである。

先生はそういうことを私に明らかにしてくれたのだ。先生は偉かったと思う。普通の凡庸な先生ならこんなところに目をとめもせず、よく書けています、とかいう当たり障りのない感想を書き添えるだけでお茶を濁しただろう。梅原先生のお陰で私はレポートを書いていて自分が体験した出来事の意味がよくわかった。そう、あれは創見だったのだ。私が感じた喜びはほんものの創見に必ず伴う独特の喜びだったのだ。創見——新しい発見、真に自分の力で新しい見解を見つけること。それをし遂げたとき人は不思議な喜びを感じる。「あ、そうか！」とひらめいて、ひらめいた瞬間、ひそやかだが突き上げるような喜びを覚える。洞察の喜びと言ってもよい。私は先生の指摘のお陰でそれをそうだと知ったのである。それをそうだと知った意義は大きい。以来私は幾度も創見を体験した。体験できたと言ってもよい。あれがというかこれがそうだと知っていたからである。私は先生にはなによりもそれを感謝している。知っておればこそまたしても創見を体験することができたように思う。創見の楽しさ、喜びを求めて、考えることが好きになり、創見と思われることに行き当たったときは思いっきり喜び、知的な生活に親密感を覚えて生きてきた。

梅原先生はその後、私の生まれ故郷の市史編纂の中心人物としてりっぱな市史を作られた。

二六　間（あいだ）ということ

対象物とそれを見る者との間に意味も価値も成立する。つまり、物事の意味や価値は決してそのもの（対象物）に内在するのではない、という第二〇項に取り上げた命題は現代の思想のほとんど確定的な考え方だと言ってよい。私も概ねそう言ってよいと思う。だが、次のことを考慮すれば本当にそうなのだろうか、とも疑う。骨董を例に取ろう。骨董店で新入り店員の修業としてやらせるのはとにかく本物、それも第一級の本物を見ることだという。第一級の本物はどのようなものか知っておれば、二級品以下はすぐにわかるからだという。逆に二級品しか知らなければ、どれが第一級のものかわからないのだと。例外なくそう言われるのだから、これはそういうことなのだろう。そしてこのことはなにも骨董とは限るまい。絵でも小説でも演劇でも美的表現を競うスポーツでもなんでも言えることだろう。

さて、ではこのことが意味するものはなんだろうか。はっきりしている。ものにはちゃんとそのものの価値があるということだ。一級品には一級品の価値がある。まがい物にはまがい物の価値しかない。そういうことだ。では、価値はそのものに内在しているのではないか。そう言って間違いないだろう。しかし、ここが大事なところで、内在しているとも内在ということはありえないとも言いうる。例えば犬にとってはいかな超一級の骨董品でも小便をかけて通り過ぎる対象でしかない。人間的なものであっても火星人にはなんの値打ちもないかもしれない。これは丁度、黄金であってももし黄金がその辺の石ぐらいありふれておればおそらくは私たちにとっても無価値であるに違いないことと同じだろう。事実、日本の昔は黄金よりも銀の方が値打ちがあった。もし価値や意味は物自体に内在しているのが真実なら、時代によってものの価値順序が違うことはありえない。ものの量の多寡によって値打ちが違ってくるということは価値はそのものに内在しているのではないということにならざるをえない。

しかし一方、骨董品に見るように一級品と言われるものが厳然としてあると見られることも事実だ。小説の世界でも古典があり、傑作とか名作と言われる序列が大方動かしがたくある。厳密に言えば問題もあるが、ほぼ確実に第一級の作品と二級の作品とが区別されてある。もし作品の価値は絶対に作品自体に内在しないものならこういうことは生じない。ではこの不整合さをどう解釈すればよいのか。内在しないにもかかわらず、あたかも内在しているとみるほかないような事態。難しいことではない。こう考えればよいのだろう。作品自体は存在する。作品は読むごとに読者にある感興を呼び起こす。そしてこの時に平均的に呼び起こす感興の総計には作品によって違いが出てくる。平均的に評価の高いものと低いものとが明確に出てくる。どうしてこのようなことが生じるのかというと、人間にはほぼ誰にでも共通する感覚、感性、知性がある。それは人類が人類として基本的な生理として持つものであって、それゆえに共通性がある。類としての人類に共通するものである。これに叶うものは誰にでも受け入れられるだろう。人はひとりひとり違うからといってまったく違うことに感興を覚えるわけではない。人がひとりひとり違う違いはいわば微妙な点であって大筋では同じなのだ。同じ方向で、ただ細部での違いがあり、それを人はひとりひとり違うと言っているのだ。この大筋では同じ、その同じで快と受け止められるところが多い作品が傑作、名作なのである。あるいは人はここに文化による違いや傾性を強調する向きもあるかもしれないが、基本的には人類の類的共通性と同じことが言えるだろう。つまり、類としての人類の感性や感覚、知性に訴えるところの多い作品は誰にとっても快である可能性が大きいということになる。可能性が大きいとは要するに平均して、一般的にということだ。したがって決して作品自体に価値が内在しているのではないが、読めばそういう感興を呼び起こすものをその作品は持っているということになる。価値ではない。しかし、ここまでくればそれはそれだけの価値が作品に内在しているというのとどこが違ってくるのだろう。結局、同じことではないか。ある作品がある。それには作品のある一定の価値などというものは貼り付けられてはいない。だが、読めば多くの場合、人に一定の感興を呼び起こすような内容を備えている。そういう作品が傑作と言われ、古典と言われるのである。そう言われない作品と言われる作品とは厳然とした区別が成立している。価値は作品には決して内在しないからといって、恣意的な評価が常時生じるのではない。ここが大事なところだ。

したがってあまり意味や価値は物自体に内在するので

はないというべきではないだろう。その物自体にその物に固有の価値が内在しているとみてもそう間違いではないのだ。内在はしていないが、内在しているとみてもあまり変わりはない。むしろその方が通りがよいだろう。

言い直そう。価値は内在しない。しかし、それを読めば平均して多くの場合、大いに感興を呼び起こすような条件がその作品に備わっている、それが傑作であり、古典だと。もし作品にはなにも内在しないのだとすれば、作品ごとの違いもないことになろう。評価は一切恣意的なものとなろう。より多くの感興を呼び起こす作品とそうでない作品との違いもないことになろう。あっても無意味なものにすぎないことになろう。だが、この両者の違いは歴然としてあると言ってよい。ある以上は違いの寄ってくる理由もあるはずだ。それが作品が持つ価値である。そういう以外にないのではなかろうか。

これは根拠の問題にもなる。ある作品が古典であるという場合にはその根拠が必ずある。根拠が成立する場がある。なにかが作品に内在しなくては、あるいはあたかも内在するように見なさなければその場も成立しないだろう。意味や価値は作品Aと読者Bとの間に成立するものとする。AとBとの間に成立する評価は作品Cと読者Bとの間に成立する評価とはいつも違う。ということはAにはCとは違う何かがあるとみなす以外にないだろう。そういう固定的なものがAにはあるというほかない。内在否定説はこのAに固定的なものの存在をすら否定するように思われる。これはおかしい。なぜならそれが作品AとCとは別の作品だということの内実に違いないからである。

こうしてある作品とある作品が別の作品だということから、二つの作品はたいていいつも別の感興を呼び起こすということが生じる。このとき起こった感興の差がほぼいつも誰にでも価値的な差をもたらすということも当然のことと納得できる。ここに生じる価値的な差が平均的かつ一般的に序列固定的であるということも普通だろう。それはいわば人類が大枠で同じ種類の生きものである、つまりみんな人類であるということによる必然的出来事である。Bは細部ではそれぞれ違いがあるが大枠では同じであり、よっていろいろなBがAに対しても、両者の間に成立する価値にそう違いは生じないことになる。そこに一般的な評価、例えば古典というような評価が成立しうる。したがって、〝作品の価値は作品に内在するものではないのだから、作品Aを個々の違う読者が評価すればすべて違う評価になる、ある者は傑作だと言い、ある者は駄作だと言い、両者の評価は等価である。作品の価値は決まらないのだ、つまり作品の普遍的価値などというものは決まらないし、ないのだ〟ということにはならない。

以上を要するに、作品の価値は作品に内在しないという言い方には注意が必要ではないか。確かに内在しないというのが正しいだろう。だが、かといってなにもないのではないのである。その作品が他の作品と違う以上、当たり前すぎる話だがその作品にしかない何かが間違いなく存在する。そしてこれが読者との間にその作品しか喚起しない感興（価値）を呼び起こす。これは価値についてだけ言えるのではない。本文解釈についても同様のことが言える。作者がその作品に何を込めたのか、なにを言いたかったのか、という解釈でも同様のことが言える。固定的な意味が内在しているのではないというのが現代批評の一般的な傾向だが、本当にそうなのか、そのように言いきってしまってよいのだろうか。そうではあるまい。やはり作者が意図しようと思った意味はある。

ただ絶対的にそれ以外の意味解釈は許されないというものではなくて、作者が意図しなかった意味が読みとられうることだってあるのだ。なぜなら作者は行為者であって、彼の行動は外部から見れば彼の意識しなかったこと、思いもよらなかったことを表していると読み取りうることが十分あるからである。ということは行為者としての彼に見えていた文脈以外の文脈（第三者にしか見えない文脈）もありうるからだ。同一の行為であっても違う文脈の中で読み取られれば違う意味を持つ。その意味では解釈は一つではないというのはそのとおりなのだが、だからといって作者が意図した意味が無効になるわけではない。やはりそれはそれで厳然としてある。内在していると言ってよい。こういう事情について、もう少し謙虚に、詳細に見る必要があるだろう。

二七　移ろいと様式

「どうも作り物めいているからなあ」と私たちはときにいう。この言葉ほど私たち、というのは日本人の、美意識について的確に言い表している言葉はそうないと思う。そうなのだ、私たちは人工の匂いのするもの、わざとらしいもの、いかにも人間が作ったものであるという感じがするのが嫌いなのである。では、西洋人はどうだろうか。反対ではないか。彼らはいかに自分が作ったものであるか、それも超人的な技、力で作った、とわかる方をよしとするに違いない。だから茶碗でも皿でも人形でもなんでも左右対称の均整の完全に取れた形、きんきらきんの豪華絢爛な色彩をよしとする。踊りで言えばバレリーナのつま先立ちの、これ見よがしな不自然な超絶技巧に全力をあげる。比べて日本人はどうか。茶碗といえばはっきりしない中間色の、しかもどこやらいびつな形。踊りといえば何をしているのか少しもはっきりしない、どうかすると動いているのかいないのかさえ分明ではない少しの所作に終始する。こうしたことはありとあらゆる分野で言えることであろう。これをつづめて言えば、西洋人は子どもでさえわかる、これみよがしのあからさまな見事さに感応する傾向がある、ということができる。小説や演劇におけるリアリズムもそうである。西洋人はえてして誰にもわかりやすい見事さにしか反応しないのだろう。日本人はまるで違う。ごく自然なのを好む。いかにも巧みました、努力しましたと見えることを喜ばない。茶碗で言えば織部の水指の名品「破袋」など、できあがったものだが長い年月の間に崩れ、割れ、いまにも土塊に還りつつあるという感じである。自然そのもののように見えてくる。野の草々の間においておけば紛れて見えなくなると言ってよいかもしれない。踊りだって野原でやられればその辺りに住む動物たちの動きとかわりはするまい、というより何をしているのかさっぱりわかりはするまい。それぐらい身振りはゆっくりしているし、少ないし、微妙である。小説は堂々たる叙事詩になる代わりにいつの間にか身辺雑記を記した私小説や随想になってしまう。詩は短歌や俳句になってしまう。能や歌舞伎のあの反リアリズムはどう言えばよいのだろう。完全に様式化されて、どこにもリアリスティックなところはない。歌舞伎はともかく、能は野原でやっても野原の邪魔にはなるまい。武満徹は中国の民謡歌と比較して日本の木遣り音頭を、どこまでも自然の音例えば風の音に解消されてしまうほど自然音に近づいた音楽だと言っている。このように日本人の美意識ではすべてが自然そのものであること、自然に近いこと、つくりものめいたところがないことが好まれるのだ。

自然物は総じてなにもかもがはっきりしない。中間色であり、線は曲がり、形はどこかに揺らぎを持つ。とくに日本の自然はそうである。自然とは移ろうものである。つねにある状態から別の状態、次の状態へと移ろうとしている。移ろいが自然の姿、生命である。固定し、完結し、動かないもの、それは死である。
日本人は時間の経過を感じさせるものに感じやすい。仏像は古びている方がよい。寺だっていま建立したばかりといった新しさにはさして感銘を受けない。汁椀だって年月が経って、いろいろな経験を積んでいる感じの方がありがたい。移ろいは時間の経過にほかならない。そして自然の本質はおそらく時間にある。移り変わりにある。

ただ私が気になるのは、というか解決しなければならないと思うものは、人工物の排除と一方の様式化という日本人の美意識の問題である。日本人ほど放っておけば至る所で様式化を推し進めてしまう民族はいまい。相撲。祭り。歌舞伎。尾形光琳の装飾性。様式化というのは人工物そのものではないか。様式化することによって自然に近づけているのだろうか。そんなことはなさそうだ。私が一番感心するのは大相撲の土俵入りその他の所作である。あんな見事なスポーツの手振り身振り所作は世界広しと言えど滅多にあるまい。日本人の世界では放っておけばいつでもああいう儀式化、形式化、つまり特別に工夫された特別な所作動作が生まれる。呉善花さんの言い方に倣えば、日本人にあっては何もせずに放っておけばすべて自然に溶け込んでしまい、自然そのものになってなし崩しになりやすいので、あえて形式化して儀式化し、なし崩しに自然と見分けがたくなるのを防いでいるのが様式化の内実かもしれない。一定の心理的歯止めとして。

儀式化、様式化の一つの理由は確かに、物事を自然の流れのままにすっと本論へ入ってしまうのを一端止めて、いまからこれこれのことに入るのですよと心理的にも見た目にも宣言する、用意させる行為なのかもしれない。大相撲の諸所作はそう受け止めることができる。では、日本人はなぜそういうことが必要だったのだろう。そして尾形光琳はどうなるのだろうか、仏像は、運慶の仁王さんはどうなるのか。阿波踊りは。やはり考えられるのは日本にあっては放っておけばすべてなし崩しに自然に流れてしまう、そういうなし崩し、溶け込みを防ぐための歯止めとして様式化を必要としたと考えるのが一番納得しやすいのではないか。形式化は拘束を設けることだったのだ。せき止められ、拘束されるから、工夫も努力も生じてくる。そこに面白みも出てくる。自然の移ろいを移ろいのままに生かしながら、というより一層移ろいを生かすものとしてのせき止め、拘束だったのだ。しかもなぜかそういう作業に日本人は喜びを感じたのであろう。

西洋人は完結したもの、完成したもの、はっきりしたもの（原色）、そして見た目に凄さがわかりやすい超人的な技術・技巧、これ見よがしの技に心を奪われるようである。なんと単純なわかりやすい連中かと思う。もっともそれはそれなりに実に見事な域にまで達しているものがいっぱいあるのだが。ことにその一級品には心底感心させられる。超人的なところに惹かれるのはやはり絶対的な神のイメージが彼らの心の底深くに潜んでいるからかもしれない。だから彼らはああまで超人的なものに惹かれるのだと考えたい。

二八　人は商売になぜ一種の蔑みを感じてきたのか

哲学者の今村仁司は論著『交易する人間』のなかで「すべてものは個人的な所有物ではなく、神のもの、自然に属するものと古代人は考えていた」という趣旨のことを指摘している。したがって個人的所有と見えるものもすべては「一時的所有」なのである。いつかはもとへ、すなわち神の下へ返さなければならない。これが大昔の人間を支えていた世界観、自然観だったと。これはなかなか大きな意味を持つ指摘ではないだろうか。なんだか古代社会の神髄がわかるような。

ここはチンパンジーやゴリラの段階から類推していかなければなるまい。でないと大昔の人類が自然の中で食べていくことをどのように受け止めていたか想像できない。いうまでもなく昔、初期人類は自然の真っただ中で生きていた。さらに遡って例えばゴリラたちはどうだったろう。季節の推移に合わせて、おいしい葉っぱや果物の実るところへ移動し、したがっていつ頃どこにはなにが育ち実っているかを知っていてそこへ行く。行って実っているそれを取って食べる。年によりたくさん実る年、美味しく実る年がある。逆もある。そういう違いがあると彼らは知っていただろう。その違いをどう受け止めただろうか。ただ事実を事実として受け止めただけだろうか。なにも考えず、感想も抱かず。そんなことはあるまい。意識や思考はないにしても彼らの身体は感じるべきことは十分感じていたはずだ。たくさんあり、しかも美味しい年は「わっ」と喜びにあふれかえっただろう。夢中で食欲を満たした。満足した。逆の年にはただひたすら腹を満たすために必死で食べられるものを探し求めた。それだけであって不満を抱いたりしはしなかっただろう。身体は不満を覚えたかもしれないが、不満を感じている暇があれば食糧を探すのに懸命になったはずだ。さて、豊作で美味しい年にそのよく実ったいっぱいの果実に行き会って「わっ」と歓喜にあふれたときである。彼らゴリラたちの身体は「よかったー」という思いでいっぱいだったろう。ゴリラから一歩進んで、意識に近いものを持ち始めた初期人類はどうだったろう。彼らの身体は「ありがたい！」と思わなかったろうか。その結果満腹すればゴリラであろうと初期人類であろうと生理的に満足したことは間違いない。気は鎮まり、ゆったりと穏やかに落ち着き、眠くなったろう。「ありがたい！」は幾度もあったはずだ。不作の時も確実にあったのだから余計そうである。もう一つ想像を確実にするために鮭を例に取ろう。秋になれば彼らは川を遡ってくる。多い年も少ない年もある。しっかり大きくなった鮭がいっぱい川を遡ってくる年には熊たちは、したがって人間たちも大喜びしたはずである。こういう事態に直面して初期人類たちはどう感じただろう。「よかった！」「ありがたい！」。やがて人類は周囲の動向、成り行きをそれなりに理解しようとし始める。理解とは何か。こうなればこうなるという事態の移りゆきを知ることである。秋になれば鮭が遡ってくると知る。時間の順序、あるいは前後関係ないしパターンと言ってもよい。動物たちもそれぐらいのことは理解している。そうでなければ生きていけない。犬を例に取れば、飼い主がこういうことをすれば散歩に出るのだと知っていて喜ぶ。だとすれば初期人類がこうなればこうと知っていた、あるいは理解していたとしても不思議ではない。これぐらいの暖かさが続くようになれば鮭は遡ってくるという具合である。前後関係ともパターンの記憶とも言えるだろう。ここから因果関係の理解へはあと一歩である。よりよく生きるためには懸命にそうした前後関係を見つけようとしただろう。見つけたものの方が生き残る率は高くなった。そういう努力のうちには、こうなったらこうなるという法則のようなもの、パターンのようなものにも気がつくだろう。努力は加速される。

　こうした一連の流れのうちに人は自然に一種の因果関係的なものを、そういう法則を理解するに至る。理解するとき、納得しやすいようにこのとき人類が取った手は擬人化という手段だったのに違いない。自然を擬人化したとき、いろいろなこと（出来事）がそういうことかと納得いきやすかったはずだ。自然を擬人化すると神（もの凄い力を持つ人間的存在）になる。こうして、秋になれば鮭が遡ってくるのは神が恵んでくれるからだ、というふうに考える。考えれば事態をよく理解でき、受け入れやすかったのだろう。今年はなぜか（多分私たちの行いがよくて）神は機嫌良く大きな鮭をたくさん恵んでくれた、有り難い。今年はあんなことをしたから神様の機嫌を損ねたのに違いない、というわけだ。こうなれば、鮭は神々からの恵み、贈与ということになる。アイヌの熊祭りのようなものが発生するわけだ。

今村氏は自然（神）のものという考え方を古代社会に見ている。鮭も果実も神々からの恵みものである。ということは本来神々の所有品である。人類はそれらをいただいているのだ、という世界観。意識しようとしまいとそれは自然のものを借用して、口に入れ、生きていることを意味していた。自然から「ちょっとお借りしますよ」「いただきますよ」という感じだろうか。深層心理的にそうだったはずだ。だとすれば「すべては神のもの、自然のもの」と考えた、考えなくてもそのようなものとして扱っていたということは大いにありうる。そして動物レベルを超えて、心が生まれ、意識が誕生し、思考ということが生じるにつれて今村氏の言う自然に対する負い目あるいは感謝の思いが生じた。ここに神々が誕生する契機があったと言ってよいかもしれない。

このどんなものも神のもの、自然のもの、という深層心理はその後もずっと人間心理の底にあって、経済活動の根底になお横たわっている気配が感じられる。ものの所有ということの根底にあるのかもしれない。少なくともそう理解した方がよい側面がこんにちまであるように思う。今村氏は、昔は所有はすべて神々の所有であり、人間は神々から一時借用して共同所有しているというのが根底にあった感情だ。この感情に裏付けられた〝ものの移動〟が贈与である。ここからいつか一時借用という感情が抜け落ちて、私的所有が始まったとき交換が生じた。しかし根底には昔の一時借用という感情は完全には消えてしまわず残っていて、だからこの感情を無視したかのような交換経済（商売）には違和感があって、長い間どの国でも商売は蔑まれていたのだ、という。実際、商売にはどこか狡さが感じられる。鮮明なそれは不労所得という感情だが、その奥には本来一時借用しているにすぎないものを完全に私的所有物視して行い、儲ける商売は道を外れているという感情が残るのではないか。商業というものに対する人類一般のどうも払拭しきれない蔑視はそうとみなして初めて納得できる。

二九　オルテガは尋常な思想家ではない

オルテガは尋常な思想家ではない。凄みがある。こういう、「要するに、ここでは二つの異なる法的感覚が問題になっている。『領主』が領有を基礎づけていた『正当性』の質と、こんにち怠惰な資本家に利益を得させているたいへん問題の多い『正当性』の質を比較することはできない。百姓の『仕事』に対しては戦士の『力闘』があり、これらはともども高く評価されるべき、二つの型の汗の流し方である。百姓の手のまめと戦士の負傷は、共に意味に満ちた権利原則を表している」「土地の耕作はその仕事に従事する人々を前提とするものであり、したがってその人々の間に生じる社会関係や慣習や愛憎や争い事、おそらく犯罪をも予想させる。領地の一角で起こった犯罪を裁くのは誰なのか？　さまざまな監修を統括するのは、人間の集団を社会組織にまで持っていくのは誰なのか？　ゲルマンの領主に関心のあるのはこういうことである。すなわち土地の経済的所有権ではなく、権利権なのだ。それだから、このゲルマン人は実際には領地の所有者ではなく、むしろその『主』である。彼の精神は資本家に宿っているのとは根本的に反対なのだ。彼の欲しているのは儲けることでなく、支配し、判断し、家来を従えておくことである」「中世の気性ほど、現代の経済的なものの受け取りかたに対立するものは他に考えられない。……資本主義経済では富の問題は、主にいかにして儲けるかにあるが、中世経済の関心事はいかに消費するかにあった。……各人がどれだけ儲ける権利があるかが問われるのではなく、どれだけ消費する義務があるかが問われる。聖トマスによれば、人はそれぞれ身分相応の生活に必要な富の分け前に与る。それゆえ、労働は正しい稼ぎの尺度でなく、その条件である。貴族、司法官、高僧は自己の行為に職務、階級にふさわしい装飾、衣装をかぶせる義務がある。だから金は身分、権威に対応しなければならない。身分、権威はそれ自体はより高度の精神力の印である。人は、本当の意味では、それだけの働きをしたからそれだけ稼いだのではなく、それだけの値打ちがあるからそれだけ稼いだのだ」「さて、誰が支配しなければならないか？　ゲルマン人の答えは簡単きわまりない。支配できる人がである。これは、力によって権利の代わりをさせようとしているのでなく、他の人に自分を受け入れさせる能力の中に、他の人よりもその人の価値が高く、したがって命令する資格があるという争えない印を見て取らせようとしているのだ。……人間は生まれたとき、原則としてすでに十全な権利を持っているという、ローマ及び現代の考え方はゲルマン精神とは対照をなす。ゲルマン精神はよく言われるように、個人主義ではなく、人格主義である。彼らの感覚では、権利はその本質自体からして自分で手に入れなければならず、獲得した後は、それを護持しなければならない」

すべて彼の『無脊椎のスペイン』に見える一節である。どうだろう、現代の常識、当然視されている常識に真っ向から対立するではないか。こういう言説はたいていの日本人思想家は（しかし日本人に思想家などいるのだろうか）不得手である。まず考えつかないし、考えついてもひるんでしまって到底発展させることができまい。まして公表できはしない。しかし、実に興味深い見解ではないか。ことにルソー以降の西洋近代の前提となった権利は人に生まれつき備わっている、というのに全面的に反対しているのが凄い。こういう考え方もあるのだ。人権とか権利とかは一度こういうふうに相対化されてしかるべきだ。人間はすべて自由だとか平等であるべきだとか、基本的権利を持つとかいう言説は一度保留されて、違う考え方もあるという立場から人間社会を考察してみる必要がある。

それにしてもゲルマン人の考え方は実に面白い。近代西洋の考え方に真っ向から対立し、しかも完全に対等にその効用を主張しうる考えである。もう一度、ここに立ち返るか、その現代化を工夫してみるべきではないだろうか。資本主義にあれだけの疑惑が生じ、その有効性が疑わしくなっている以上、資本主義に代わるものとしてあるいは資本主義を修正するヒントとして考えに入れてみるべきではないだろうか。

三〇　それは正しさなのだろうか、たんに事実にすぎないのではないか

構造主義やポストモダン思想は旧来の哲学、そして形而上学を徹底的に批判する点に際だった特徴があるように思える。批判のポイントはそれらが真理や客観を前提

とすることにある。なぜ真理や客観が批判の対象になるかと言えば、それらは必ず普遍を打ち出し、それによって物事に序列を付け、唯一の正しさを言いつのり、これに反するものを排除するからである。こうした思考の延長線上にナチスが産まれ、全体主義が生じることになったとみる。二度とそうさせてはならない、という強いもっともな要請から、構造主義やポストモダンの思想は出てきたもののようだからだ。

しかし、ここにはある無理がある。総じて学問というものは〝正しさ〟を前提としなければ成り立たない。したがって彼がなんと言おうと学問である限り、彼はなんらかの正しさの上に立ってものを言っているのである。フーコーがなんと言おうとドルーズがなんと言おうと、彼らも自分の言っていること、自分の立論こそ正しいのだという前提でものを言っている。少なくとも〝より正しい〟と考えて。でなければ主張などできるはずがない。自分だけは自分の正しさを主張できるとするのは違反である。もし真に彼が一切の真理や特権的な言説はありえない、あってはならないと考えるのなら、自分の考えもそうだと思うべきだろう。

さてそうなら、彼らの言説は誠実なのかもしれない。なぜなら、彼らは旧来の哲学を批判するが、そして批判に成功したが、その代わり新しく何かを打ち立てることはできなかった、というのがこんにちの一般的な見解だからである。新しく建設的なことを打ち出せない、というのはそうあるべきではないか。打ち出せば必然的に新しい正しさを持ち出すことになるだろう。一切正しさはない、真理も客観的なるものもない、特権的な考えもない、という以上、彼は新しくなにも打ち出せない。

ではどうなるか。学問も思想も言論も、正しいもの、言い換えれば正解がどこかにある、という前提に立たないことには成立しない。しかし正解がある、この世にはどこかにあらかじめ真理が存在する、私たちの思いとは別にそれ自体のもの（真理）が客観的に存在する、という前提での思考は普遍という全体主義と結ばれているとする。ここの隘路をどう抜けるか。ここが問題となる。

しかも問題なのはこの正しさの存在は学問に限らないことである。学問どころか私たちの日常の暮らしを支えている。いや、生きものの生存を支えているものこそ正しさの存在である。犬が周囲のあるものをそれと認めること自体が正解があるということだ。正解でなければ犬は生きていけない。どうしてよいかわからない。生きものが生きていくのは、自分の周りのものをいつも自分が知っているそれ、あるものと認めるからである。あるものと認めるとは客観的なそれが存在することではないか。客観的なそれは言い換えれば真理である、正しい答えである。もっと日常的な生活言葉で言えば事実である。これが意味しているのは私たちは自分の周りに存在するもの、生じるものについて、一義的な答え、意味が存在すると思わなくては一瞬も生きていくことはできないということだ。それなら客観的世界、真理が存在すると考えるのは必然のことではないか。この意味での正しさはあるのだ、いやなくてはならないのだ。

それなのにそれを否定する、批判するのは、理由のあることだろう。無理があることになるはずだ。要するに私たちがこの世には正しいものがあり、真理がある、客観的普遍性は存在すると暗黙にと言いたいぐらいに、とかく信じるのは当然なのだ。そうでなければならないのだ。

私たちの生理的、生存的正しさと概念上の正しさをしっかり区別して、混同しないようにするべきなのか。が、両者はそうはっきりと区別できるのか。正しさというものがなくては生命はありえない。これは間違いない。しかしここが肝心なところである気がするが、それは正しさなのだろうか、たんに事実にすぎないのではあるまいか。ある事実を正しい、もっと言えば真理であるとするから問題が生じるのではないか。しかし、その一方で正しいがなければ学問は成り立たないのである。

三一　死ぬものは死なず

人は死ぬことをこわがる、いやがる。死は人生の一大問題である。一番の困った、厄介な、重大問題である。人はなんとかして死を逃れたい、死にたくない、避けたいと熱望する。古来、大富豪が、大王族が、最後に念じるのは不死である。なんとか永遠に生き延びること不老不死をこそ念じて、大金を投じ、どうかして不死を手に入れられないかと努力を尽くしてきた。それほど死は避けられるべきもの、あってはならないものだった。いまなお一点の揺らぎもなくそうである。

では、死はなぜそうも嫌がられるものなのか。なければよいのにと切望されるものなのか。人が死を避けたいと思う理由、嫌がる理由は大きく分けて二つあると思う。一つは、肉体的な理由、つまり死はたいていたいへんな苦痛と共にやってくるからである。死の前に味わう苦痛、厄介さ、これが嫌だということだ。もう一つは、そしてこちらの方がより大きな理由だと思われるが、心理的理由。つまり死ぬことは自分がいなくなること、自分の不在を意味するから。この私一人を除く他の一切はなおこの世に厳然とあり続けながら私だけを欠いたまま、私だけを置いてきぼりにしたまま存在し続ける。この不合理さに人は耐えられない。いま生きてこのようにある私はいろいろと希望し、思い、感じ、その結果としてこの世になんらかの影響を与えたいと思う。希望するように周りを、世界を動かしたい。人々に思いを述べ、自分の気持ちに応じてもらいたい。だが、いかに熱望し、思おうと死んでしまえば、なにひとつ影響力をふるうことはできない。私がいないままに世界は私を置き去りにして、私とは無関係に動いていく。子孫にああしてほしいこうしてほしいといくら思ってもなんにもならない。私の希望、思いは完全に無視される。これが死ぬことだと人は肌で感じる。この事実に耐えられないのである。だから人はなんとか永世を得たいと思い、それが叶わなければなんとか死後にも影響力を残したいと画策する。銅像を造ってみたり、本を出してみたり、歴史に名を残そうとしてみたり。だが、所詮は空しい。私は人が死ぬのを嫌がる理由、死にたくないと思う理由は以上に尽きると考える（いやそれ以前に、自分一人を残して、なおこの世が従前どおり続いてくという理不尽さに耐え難いものがあることは死の恐怖の根源にあるものとして認めなければならないだろうが）。

こういう恐怖を克服できれば死は恐ろしくもなんともないことになろう。少なくとも六、七割はなくなる。残りの三割ほどは右記に最後に記した〝自分一人を置いて、他の一切がなおこの世として続いていく理不尽さ〟に対する異議となるだろう。

二つの恐怖の内、肉体的恐怖は科学の進展のうちに解消される日がくるだろうと思われる。医学はそのうち苦痛を取り除いてくれるだろう。だから、こちらはあまり問題にする必要はない。残るのは心理的恐怖である。これに対処する方法があるだろうか。私はなんとかその方法らしきものを見つけたと思っている。少なくともそのとき以来、心理的恐怖感は大幅に消えた。よって誰にとっても参考にならないかと思い、以下、述べてみたい。

かなり前のことになる。道を歩いていて例によって死の恐怖、こわさについて考えていた。私も死ぬのはうれしくない。死を逃れる方法がないのだから死ぬのは仕方がない、私もそう遠くないいつか確実に死ぬ。逃れようがないが、残念なことである。どうこの残念な思い、できれば死にたくないという思いと和解しよう。この思いとうまく折り合いを付ける方法がないものだろうか、と考えていた。いったいこのできれば死にたくないという思いはなんだろう、どこからくるのだろう。その正体はなんだろうと考えていて、わかったのが先に述べた、死んだ後の自分の思いや期待、希望が一切力を持たないということに対する絶望ではないかということである。小さくは子どもたちが家のことで、あるいは孫のことで何かの決定をしようとする。それについて生きておれば私の考えがあって、これこれのようにした方がよいのではないかと参考意見を述べることができる。私の意図とまったく違うことを息子がしようとすれば牽制することもできる。だが、死んでおれば息子がどう私の意図に反することをしようとしていてもどうしようもない。小さくは家庭内のことから大きくはこの国の政治や国の成り行きのことにまで関してすべてで言えることである。私という人間を除いて世の中は続いてゆくのだ。私は私の希望や期待、思いに反してなんの力も振るえず、なんの影響も与えることができないのだ。そいう事態に対する恐怖、恐れ、理不尽さの思い、これこそが死に対する嫌悪感の正体ではないかとそのとき思い至ったのである。死んだ後に例えば魂のようなものが残っていて、天井やどこか天上から生者たちの世界を見守っていて、彼らがおかしなことをしようとしたり、馬鹿なことをしようとしたりすれば、目に見えぬ霊気のようなもので指図し、誘導することができるのなら、すなわちそのような形で死後も生者たちに影響力を振るえるのなら死はそう忌避されるべきものとはならないだろう。一切の苦や悲惨さのない状態であるだけむしろ喜んで死にたがることにもなりかねまい。

さて、死の恐怖、死にたくないという思いの正体が実はそのようなものであるとするなら、どうやらやり方が見つけられるのではないか。私はそう直観した。確かに前記の事態は恐ろしいことである。あってはならないことだ。しかしである。けしからんことであるということの本質は、こちらにそうしたいという思いや希望があるから、というところにあるのではないか。希望があるのにその希望を実現するなんの力をも発揮できないというところに理不尽さの根源がある。しかるに考えてみるがよい、死ぬとはその希望や思いや期待すら存在しなくなることである。死ねば人は一切の思い、感じ、感情、考えをも持たなくなる。いや世界自体がなくなるのだ。息子たちが何をしようとしているかということ自体がないのだ。望みのないところに悲観や絶望もありえない。もちろん理不尽さもない。そうか、死の恐怖とはこちらが生きているから、生きているときにのみ（死後のことを先取りして）感じるものなのか、とわかったのである。つまり少なくとも死後に生じる事態に対する嫌悪や恐怖、憤りは無意味なのだ。生きている間こそ想像できるし、想像して（死後に）起こるであろうことをあってはならないこととして忌避しているのが実態なのだ。もし私が死ねば私の思念も感情も思いも希望もなんにも生じない。ありはしない。それなら思うようにならないからといって、なんの影響力もこの世に振るえないからといって嘆き、憤ることも生じないはずである。生じるのはあくまで生きていて、死後のことを想像してである。それが実態であるのならどういうことになるか。死後の事態に嫌悪感を感じることも残念さや空しさを覚えることも、言ってみれば不必要なことにならないか。つまり死んだ後のことを憂えてみても仕方がないのである。無意味なのである。事柄はすべて生きている間のことなのだ。死後の心配も含めて。そうと理解すれば事柄ははっきりしてくる。

どうはっきりするか。無意味なことはしないがよい。死後に心配や恐ろしさはなにもないのだ。ありようがない。こう考えただけで死の恐ろしさの半分は消えるはずである。だがそうはならないのが難しいところだ。理由は二つある。一つは、そうは言っても人はできるだけ生前に、死後にも影響力を振るおう、と画策する。画策するためには死後のあれこれを想像する。そして打てる手のあまりにもの少なさ、実効性の薄さ（というより無さ）に絶望する。そしてやはり死ぬのは嫌だと思う。これが一つ。もう一つは、それにしても自分がいなくなっても世の中はあいかわらず続いていくということ事態を人はなんとしても理不尽と受け取るのである。それはないだろうという感情。では私という生きものにはなんの意味があるのだ、私がいなくても同じように続いていくのなら私はいてもいなくても同じではないか、ということに通じる感情。あらかじめ言っておくならこの後者の感情、死にまつわる恐ろしさは、対処のしようがない。これについての特効薬は私も持ち合わせていない。

では、前者については対処の仕方があるのだろうか。必ずしもないわけではないと考える。私たちが死を恐れる理由はそういうところにあるとはっきり知ることだ。もし死んでしまえば、その時どんな焦りもどんな憤りもどんな希望も私たちには生じない、したがって死後の事態はなにも感じないはずだ。ないことにはどんな意味も感情も生じようがない。安心してよい、ということになる（「あ、そうか。そうなんだ」と思ったとき私は半分気が楽になったことをはっきり覚えている）。もっとはっきり言えば、死後というものはないのである。人は死ぬ。死んだとたんに一切がなくなる。死後ということすらもないのである。何もかも一切ない。ないもののことを心配するのは無意味である。そう無意味。そしてほんとうに、掛け値なしに無意味なことは人はしないものだ。だからそうと、つまり死をふくめて死後のことをあれこれ気にするのは、嫌がることもふくめてまったく無意味なことだと悟ることである。

つづめて言えば、あることを願い希望するのにそれが叶わないとき人は感情を害し、憤り、絶望し、嘆く。だがそもそも願い希望するという主体がいなければ願いも希望も生じない。それなら感情を害することも、憤り、嘆くことも生じはしない。これが死後における事態の真相である。そうと思い至って、そのとき道を歩きながら私は死の恐怖、恐ろしさから解き放たれた。どれだけ楽になったか。少なくとも七割方楽になったと実感した。

では、生きている間に死後のことを想像してなんとか影響力を残しておきたいという思いが消えないときはどうするのか。ここまでくれば仏教の登場となるだろう。仏教ではこれを妄執という。妄執を去れば悩みは消える。妄執は無我の会得によって去る。我という「我」がなくなれば妄執はなくなる。こうして我というものはない、無我こそ真実である、と説くのが仏教のようである。しかしここが仏教の弱みなのだが、無我ということほど納得しにくいものはない。なにしろ私は存在する。その私がないというのは受け入れ難い。無我を説くやり方は巧妙かつ精密な論理の立て方の上に成り立っているのだが、それでもかなりの無理があって上手くいかないと思う。ではどういうやりかたがあるのか。結局仏教の考え方のなかの「諦める（明らめる＝知る）」というやり方が一番有効ではないか。物事の本当のあり方をそうだとことん知ること。掛け値なしに無意味なのだとはっきり「諦める」、つまり知ること。先にも述べたように私はこれだけで半分ほどは気が楽になったのだ。半分も楽になるというのは相当なことである。

問題は生きているときに、死後のことを想像して自分一人いない世界を思い描いてしまうことである。死後、自分だけがいなくてそれでもなお平然と展開していくこの世があると想像してしまう。だから生きている間に少しでも死後にも影響力の残るようにとあがき、画策することになる。可能な部分もあるのだから余計にそうなる。そういう望みはやむをえないところがある。それもし生きている間だけのこと、死ねばそういうこと全体がなくなる、無になる、とはっきり見て取っておれば抑制も効き、程度問題だとして対処できるだろう。

再度言えば、問題は私たちの望みや希望に反してこの世になにひとつ力を振るえないこと、望みがありながら何もできないというこのギャップに人は死の最大の難問(困惑)を見て取るのだ。だが実際にはギャップは存在しえないのである。ここがポイントである。

以上、必死に言い表そうとしてきたことを、非常に上手に述べている著書に出会った。定方晟『空と無我』である。「死はない」というのである。しかもそれは神秘思想などではなく、論理的確信だという。別の言い方をすれば「死ぬものは死なず」となる。こんなことをいう、「死について、もう一つひとは大きな誤解をしている。それは自分の死を、自分がふだん見慣れている光景から自分の姿だけをさしひいた形で想像することこれは大きな矛盾である。そのような光景を想像しうるのは、ひとが生きている限りにおいてである。生きていて自分の死を想像するのは矛盾である。

では自分の死をどう捉えたらよいのか。捉えようがないのである。そもそも世界から独立した自分があると思い込むことから、そのような難問が生じる。世界と自分が別々の存在だと考えるからこそ、自分のいない世界を想像するという矛盾したことをするのである」

これとてそうわかりやすい言い方ではないが、これはかつて私が前著『瓦松庵残稿』で「この宇宙は有限か無限か」という空間論の難問を解決したときのやり方を思い出せばわかりやすいと思う。

大事なのは「そもそも世界から独立した自分があると思い込むことから、そのような難問が生じる。世界と自分が別々の存在だと考えるからこそ、自分のいない世界を想像するという矛盾したことをするのである」というところである。とはいえ、ここもそうわかりやすくはない。「世界から独立した自分があると思い込む」のが間違いだというが、世界と自分は別々のものだ、自分の存在は世界とは別に独立してある、というのはほとんどの人間の常識であり、確信である。それが間違いだと言われても納得いくわけがない。しかし、ここがお釈迦さんの悟りのひとつの核心部分であったこともまた確かだ。つまり仏教がこの世の真理と見て取ったことである。そういう考え方が十分成立するのだ。ここを納得するかどうかに私が言わんとすることはかかっている。だが、仏教がいうとおりに理屈で「世界と自分は別々の存在なのではない」と言ってみたところで、腑に落ちるとは限らない。「世界と自分が別々の存在だと考える」のを仏教は分別として退ける。そして無我ということを持ち出す。我があると思うから他があることになる。我はないのだ。それなら我に対立する他、例えばこの世とか世界というものもない。無茶苦茶はしょってしまえばこういうのが仏教の説くことである（はしょってしまえば馬鹿馬鹿しいように聞こえるから、仏教には申し訳ないが。仏教自身の中では実に精妙に、巧みに、非常に論理的に説かれている）。

このことをわかりやすく現代の用語で語ってみよう。初めは動物の世界である。彼らといえど、敵と獲物を見分けなければならない以上この世界を判断している。分別している。哲学者市川浩氏の見事な造語をつかうならこれは「身分け」である。彼ら動物には意識はないとみなさざるをえないから無意識レベルの判断である。それを市川氏は身体による判断「身分け」だというのである。本能と言ってもよい。身体に埋め込まれた（おそらくは好悪による選り分けだけの）判断力による判断。これでほとんど間違うことはないのだ。人間の場合はなぜかこれに意識の世界が被さる。意識によって自覚的に意図的に判断する。意識が駆使する武器は言葉である。意識というのはほとんど言語と言っても同じだろう。したがって人は言語によって判断する。つまり「言分け」になる。人間の判断は分別となる。言語による物事とこの世界の把握、理解、判別が大きな部分を占める。もちろん人も「身分け」をする。無意識の世界がそれである。無意識に何かしている、というのはことごとく「身分け」による行動、動物たちと同じレベルでの行為である。そこへ「言分け」による判断が被さるのだ。注意するべきはこの「言分け」の場合、事物（世界）と人間という生きものの間に言語という余計なものが入ることである。「身分け」の場合は生きものと事物の間に何かが入るということはない。生きものは直接事物に向き合い身体で直に好悪を感じる。それが即判断になる。だからこの世と動物の間にはギャップがない。ところが「言分け」は間に言葉が入る。いわば言葉が世界事物を受け渡す役目を果たすから、受け渡しに当たってときにずれや思い違いが生じうる。

その一つが言葉の実体化である。言葉が指し示すものがそのまま骨肉のある世界事物だと思い込むようになることである。言葉はなるほどつねに何かを指し示している。だが、妙なものも指し示すのだ。実在しないものをも。初めそれらは意識の使用のために便利なように仮に設定されたものである。「前後」という言葉、「上下」「関係」「構造」などすべてそうである。実在はしないが、そういうものがあるとみなしてやっていった方が便利だというわけで。だが人はそうして使い始める内にあたかも言葉の指し示すものが実在すると思い始める。人間が仮に設定しただけであって実在はしないものを実在するものとみなして扱い始めるといろいろと妙なことが生じてくる。自他の分別もそうである。自分の外にある世界の実在もそうである。自分などというものは実在しない。まさかというか。実在するのは常になにかをしている、あるいは何かである自分であって、たんに自分というものはない。あるのは「自分」という言葉だけである。このあたりの事情を定方晟氏の『空と無我』は非常にうまく説明している。氏は、太郎という人間は実在しない、笑っている太郎、泣いている太郎……、つまり現実の、肉体のある太郎がいるだけだという説明の仕方をしていて説得的である。だが私たちは日常的に、笑っている太郎、怒っている太郎、走っている太郎と言っている内に太郎というものが、独自に自律した存在者として実在すると思い始める。同じことが自分というものにも言える。それ自体独立した自立的存在者としての自分などいない。だが、いるように錯覚してしまうのである。自分がいるのだから他者もいることになる。この世界だってそうだ。世界などというものはどこにもありはしない。わかりやすく言えば猿たちにとって世界などはない。人間が意識（言葉）によって便宜上設定した概念にすぎない。「身分け」の生きものには世界などないのである。あるのは身の回りに広がる諸事物だけだ。世界とは「言分け」られたもののことである。こうなれば自他の区別も自分の外に世界というものが自分と対立するようにしてあると思うのも一種の仮説であり、錯覚だとわかる。

　さてそれならどういうことになるか。自分と世界は別々にあるのではない。すなわち死後の世界を、世界から自分だけを差し引いたものとイメージするのは間違いだということになる。自他は分別されないし、世界と自分は一体である。ということは自分が死ねば世界もなくなるというほかない。ここであの宇宙空間の空間論の解決法（『瓦松庵残稿』に記した）を思い出したい。観察者（私）がある外部の視点、つまり神の視点からこの宇宙と宇宙の外側を見下ろしているというイメージを抱くから、宇宙には果てがあるのか、果てがあればその向こう側はどうなっているのかという難問にぶち当たる。だが、私たちはこの宇宙の内側にあって決して外へ出ることはできない。中から宇宙を考える限り空間はものとものが有るときの、そのものたちの間に生じる関係としてしか生じない。それ以外に空間はないのだ。一切ものが無いところ、そこにはまた空間もないのだと。同じことが言えないか。私がいなくなるとこの世界もなくなる。そんなことあるものか、お前が死んでも世界は厳然として残る。確かにそのとおりに違いない。しかしそれは私でも世界でもない第三者の、つまり客観的（神的）視点にたってものを見るときそうなるだけである。私たちが宇宙空間を決して出ることができないように、私たちの意識は決して私（私の肉体と言ってもよい）を出ることはできない。肉体と共に滅びる。意識が消えれば世界も消えるのだ。その存在を知られないものは仮に実在してもないのである、あるいはないのも同然である。ここのところをしっかり納得しよう。誰かが私に悪意を抱いていても私がそのことを知らない以上、そんな事実はないのである（いや、事実は厳然として存在するというのだが、その事実とはいったいなにか。事実が事実となるのはあくまでどんな形にしろ私に知られる限りである）。ニホンザルにとってアメリカ大陸は存在しない。同じことだ。知らないものはないのと一緒である。いや、だからないのである。

　さてここからが問題をややこしくするところになる。知らないものはないのと一緒だと。それはその当人にとっては言えることかもしれない。あ、知らないものは本当にないのかと言えば、科学の洗礼を受けている現代人は否定するだろう。現実にあることはあるのだ。私の未だ出会ったことがなく、聞いたこともない人であっても、生きている一人の人がいるなら彼は実在する。古代ギリシャ人はアメリカ大陸を知らなかっただろう。しかし当時からアメリカ大陸は存在していたはずである。こういうことを私たちは否定することはできない。私の存在如何に関わらず世界はあるだろう。これもまた疑うわけにはいかない。それなら私の死後の世界もあるではないか。

問題は「身分け」と、「言分け」の世界つまり意識の世界とのもつれということになる。身分けの世界では（動物の世界では）世界もないし、知られないものは存在しない。自他の区別も多分ない。だが、言分けの世界、意識界では厳然として存在する。意識が登場してくる途端に分別の世界が登場する。意識は言語である。言葉は物事を分ける。分けて一つ一つを何と指し示す。言語の役割はそれである。ということは意識が入り込むやいなや人は物事を分けて見、それとして（個物として）取り出す。そして意識を獲得してしまった人間は意識のない世界で暮らすことはできない。したがってどのようにしても、自分の死後にもおそらくは残るこの世を思い見ざるをえない。そして思い見ることは可能なのである、意識のお陰で。よって、いくら死と共にこの世も消える、君の思いも期待も望みもなくなる、だから死後の世界のことは一切気にすることはないと言われようと、生きている間は気にするのだ。この問題をどうするか。これが私が半分残った問題だというところである。

いったい身分けの生きものには死はないのである。これは了解できるだろう。犬も猫も死ぬとき、自分はいま死ぬのだなどと思うまい、知るまい。言分けの世界に生きる者にとっては死は存在する。生きていて生きているとはどういうことかを知っており、その状態のある人間がある状態に変化する（死ぬ）のを見て知っている。だからそれを「死ぬ」と称している。死というのはそういう状態であるものである。だが死ぬ当人にとってはどういうことになるか。死といわれる状態に変化した途端に一切の彼の意識は消える。世界も自他の区別も消える。消えるとしか言いようがない。ということは死も消えるのだ。死ということもないのだ。一切がなくなる。残っているのは神の目というか客観的目というか、そういう第三者の目に見える動かなくなった肉体だけである。当人にとっては一切がない。ないとすら言えない事態である。つづめて言えば「死」もないのである。だから見出しのとおり「死ぬものは死なない」のだ。生きている者にとってのみ「死」と考えられる事態があることになる。生きているとはほぼ意識のある状態と同じことである。意識の世界でのみ死はあるのだ。「死ぬものは死なない」のであるなら、死の恐怖、恐れ、理不尽さもない（屁理屈に聞こえるだろうか。私は屁理屈ではなく、単なる事実だと思うのだが）。ただし、生きている者にとっては厳然として死はある。だからその死に向かって人は恐怖し、嫌悪を感じ、忌避しようとあがくのだ。したがって、「死ぬものは死なず」を了解することによって半分は死の恐怖から逃れることができるにしても、残る半分の分として、生きているときに想像としてにしろ存在する死に対して生じる恐怖はなお残る。問題はここだが、これを克服する上手い手立ては今の私には先に記した「諦める＝明らめる」以外にまだない。心の整理という形でかなりなんとかなりそうに思えるが、そして仏教などの宗教はその方法論を打ち立てたものと理解できると思うが、こんにちどれだけの実効性をもっているだろうか。

ところで仏教には「死ぬものは死なず」と似たような言い方で「行くものは行かず」という言い方があるようである。これはどういう意味か。例えば「太郎は行く」「花子が行く」「犬が行く」「雲が空を行く」……という言い方を並べる。するとそこにあたかも「行く」ということが独立して、それ自体で在るように思われてくる。しかしよく考えてみてほしい。「行く」ことそれ自体はありえないのである。「行く」のは必ず太郎であり、花子であり、犬であり、雲である。太郎が行くのであり、花子が行くのであって、「行く」それ自体は存在しない。ここが肝心な所である。「行く」というのは概念にすぎず、実体ではないのに実体視してしまうから「行く」ということがそれ自体としてあると思ってしまいやすいのだ。

さて、以上のようなことだとすれば「行くものは行かず」になるだろう。「行く」のはあくまで「行く（ある）もの＝存在物」でしかない。言い換えれば「行く」という行為は「行く（ある）もの」にしかありえない。単独の「行く」は存在しない。ということは「行くものは行く」とは言えないことになる。「行く」という行為は（それ自体では）ありえないのである。したがって「行くものは行かず」とは「行くもの」が行く主体を表すのではなく、「行く」という概念を意味し、概念でしかない「行く」なら行きはしない、行くことはない、ということを述べているのだろう。それならいっそ「行くは行かず」としたらよさそうだが、さすがに「行くは行かず」ではは文にならないとして「行くものは行かず」となったのだろう。少しややこしいがそういうことなのに違いない。仏教のこの言語観つまり概念の実体化の厳しい排除はもっともっと注目されてよいように思われる。

　では、「行く」ということはないのか。そうではない。行くということ自体はないが、太郎や花子や犬がしているある行為をさして「あれは何か。何をしているのか」と訊けば「行くのだ」とか「行こうとしているのだ」という答えが返ってくる。具体的な行為者があっての「行く」行為だからである。そういうものとしての「行く」は実在する。ただ、あくまで「行く」ということだけが独自に対象として成立するということはない。「行く」は必ず主語を伴うのである。同じように「私」や「自己」は必ず肉体とともにあり、肉体は必ず環境（自然）と共にある。そういう具体的なものの形で考えなければならない。「人間」についても同様である。

三二　幸福ということについて

科学月刊誌「日経サイエンス」一九九六年七月号に、D・G・マイヤースとE・ディーナーというアメリカの学者の統計論文が紹介されていた。論文は、人間はどういうことに幸福感を覚えるかということに関する調査結果を報じるものである。これによると、

一、自分が幸福であると感じる人の割合は、高収入のグループでも低収入のグループでもほとんど変わりがなく、過去一〇年で収入が大きく増えた人のグループでも、そうでないグループとくらべてもほとんど差がない。

一、収入だけでなく、年齢、性別、人種、教育レベル、社会的地位、で分けてくらべても差がない。

一、「自分はとても幸福だ」と答える人は、自分自身が好きだ、主体的、楽観的、外向的の四つの特徴で共通している。

ということのようである。

　要するに、人の幸福は金持ちであるかどうか、社会的に地位が高いか高くないか、とは無関係である、ということだ。

　これは、極めて面白いと同時に、よく考えれば私たち

が生活の中で実感していることと合致する。というのも、普通、私たちは金があればあるほど幸せだと思い、地位が高ければ高いほど成功していて幸せだとみなしている。だからたいての人間が金持ちを羨み、出世する者を羨み、自分も是非そうありたいと念じる。しかし一方では、金を持ち、地位の高い多くの人間を見、そして自分自身の日常の気持ちの動きをよく見知っている者は、人が幸せと思うのはそういうこととはあまり関係なささそうだということを薄々知ってもいる。

確かに、金は多くあればあるほどよいように思われる。ことに自分の願いや欲望に比して足りないときは、痛切にそう思う。例えば、金があって大きな素晴らしい家に住む他人を見ては陋屋に住む者は、ああ、あんな家に住めたらどんなにいいだろう、そういう家を建てられる金が欲しい、と強く思う。しゃれたよい服も着たいし、旅もしたい。素晴らしいごちそうも食べたい。そういう思いに曖昧なところはない。

しかし、人間という生き物は不思議なものである。五感すべてに慣れというものを宿命づけられている。手に入れたばかりの大きな家には感激する。自らの幸せを満喫する。だが、やがてその大きな家は毎日毎日暮らすうちには当初の感激は薄れ、当たり前になってくる。当たり前になれば、そこに暮らすことにさしたる思いもなく、幸せでも不幸でもなくなってくる。以前の小さい家の時代と幸福感ということではなんの変わりもないことになる。金で獲得したものは、いかなるものであれ、それが常態となると、とくに喜びをもたらすものではなくなる。

それだけではない。金はいくら所有すれば、納得するというものではない。ある金額を溜め込めば、それでもう満足してそれ以上は欲しくならないというものではない。おそらくは、逆である。一億円手に入れた者は三億円欲しくなる。三億円獲得した者は一〇億円、一〇億円手に入れれば五〇億円欲しくなる、という調子で、金持ちはさらに金が欲しくなるに決まっている。貧乏人がもうちょっと金があったらと思うのとなんの変わりもない。いや、渇望はさらに激しいかもしれない。

以上、二点を考えれば、幸福感は金の有無とは関係がないことがはっきりしよう。

地位に関してもまったく同じことが言える。

さて、そうだとしてみると、最初に紹介したアメリカの学者たちの調査結果は、いかにもそうだろうと納得される。人は、一般に考えられているのとは違って、金があるから、あるいは出世したから、幸せだということにはならないのである。幸福と金や名誉とはあまり関係がない。人は自分を肯定的にみているか、人生を前向きに受け止められているか、そういった多分に生まれ育った気質、人柄に加えて、その人間が何に価値を置いているかが決め手になる。そして、先の調査結果は、金の有無に関わらず、社会的地位の高低に関わらず、そういう人間は、世の中に三〇パーセントか四〇パーセントか知らず、一定の割合でしかいないと告げている。このことは日々の暮らしの実感を謙虚に見返り、よりよく生きようとしている人間には秘かに感じ取られていることだろう。

　人生の機微ともいうべきこういう事情をを明確に意識することは、こんにちのような欲望が肥大した過剰消費社会で生きる者には、大きな発想の転換になりうるだろう。生き方が変わってくる可能性さえある。

　つまり、ここから出てくる結論としてこういうことが言える。人生で大事なことは、自分に興味のあること、心から面白いと思えることを、自分の仕事として、あるいはやむをえぬ事情から仕事にできないようなら大事な趣味として、生きてゆくことであると。納得いく生涯を送ろうとなら、それに尽きると私は思うのである。

三三　私とか自分とかはなんであるか

　自分とはなにか。どこにいるのか。私の考えでは結局記憶でしかない。私は私であるという記憶。だから記憶喪失者のように自分の記憶を完全になくしてしまえば、彼は彼ではないだろう。いや何者でもないだろう。ましてこの身体が私なのではない（ただし外部の者には私は私の身体でしか認識できないだろう。この事実は面白い）。したがってアンドロイドのように身体各所を機械に取って代わられ、顔まで変形してしまっても記憶がある以上彼は彼だと（すなわち自分だと）思っているだろう（無意識の記憶、すなわち身体がしている記憶というものがありえるから少しややこしくなるが）。

　したがって子どもが自分を自覚し始める（自分を自分だと思い始める。言い換えれば自我ができる）のは確実に記憶が成立する頃からである。そしてまた子どもが記憶し始めるのが二、三歳の頃というのはこの頃から（自分というものの）記憶ができるからだろう。したがって自分が、もう少し厳密に言えば自我ができるのもこの頃ということになる。

　自分とは記憶にほかならないとしよう。するとどうなるか。厄介なことになる。記憶とは人も知るごとく頼りないものである。薄れて消えてしまうことがある。変形することがある。間違って覚えてしまうこともある。いずれにしても記憶は絶対的に確かなものとは言いにくい。なのにその不確かなものが自分ないし自己の正体であるとはなんとしたことか。これはたいていの人が自覚している自己、自分とはいささか違うだろう。自分について人は絶対に確かなものという印象を持っている。自分は自分である。こんな確かなことはないと。自分とはなんであるかという設問には曖昧な答えしか出てこないかもしれないが、この自分が自分であるという確信には揺るぎがない。それなのに自分の本体は不確かな記憶だという。本当だろうか。それでいいのだろうか。だが、私の考えるにやはり自分というものの正体は記憶でしかない。そこ以外に自分がいる場所はないだろう。それなら自分というものについて私たちは考えを改めなければならない。人は自分は確固として存在する、実在物である、こんなに確かなものはないと思っている。が、そうではないのである。自分などどこにもいない。ひょっとしたら幻想でしかない。記憶の中にしかいない。しかもその記憶がその本性からして頼りないもの、不確かなものだとしたら、自分もそう確かなものとは言えなくなる。事実、自分についてこの肉体が、この顔をした生きものが自分であることは疑いないし揺るがないが、自分とはなにかどういう人間が自分だと言えるかという設問に向かい合えば確固としたことを答えられる人間がどれだけいるだろう。あるときはAといいあるときはBと答えてしまうことになりやすい。自分——神の目から（外から）見た自分は、確固として実在的に存在する、しかし自分の内側から見た自分は揺らぎでしか捉えられない量子のようにある揺らぎの範囲でしか捉えることができない。それでいて、ありようは人は自分について、自分が自分である、どういう人間であるかはともかくとして自分であることは疑いないと思っている。これほど確かなことはない。さらに言えば周囲の者たちも私を中野だとして扱う。自分が自分だという私が持っている記憶との整合性も十分である。こういうことだとすると、次のようになる。つまり記憶はなるほど不確かな面をもつ。しかし自分が自分だという記憶ほど確かなものはないのだ。たとえ外部との整合性が成り立たなくても（いきなり火星へワープしても）私は私だという記憶に揺らぎはまったく生じないであろう。

昔の貧しくて、鏡のようなものを持たなかった人々は自分が外見的に、肉体的にどのような存在（人間）かということをあまり知らなかったのではないかと思う。水を見たり、光るものを見たりする機会があってなんとなくこういう身体、こういう顔をしているとは知っていたにしても。したがって彼らにとって肉体的にこれが私だという感じは持っていなかったのではないか。それなら外側に見えるもの、そういうところを指して自分だとは言えないことになる。では、人が自分を自分だと思うのは何によってか。やはり私は私だという疑いようのない記憶によってでしかあるまい。持続の意識によってということになる。これが結論にならざるをえまい。

三四　鎮魂ということ

長い間私には、鎮魂とはどういうことなのか、本当にはわかっていなかったようである。鎮魂はもちろん魂を鎮める、である。この字面から私はずっと、鎮魂は魂を鎮めることと理解していたが、魂を鎮めるとは本当はどういうことなのかわかっていなかった。神社や家の仏壇に向かってお祈りをするのも鎮魂の行為の一つらしいとは知っていた。が、それ以上には出なかった。能では、旅の僧が現れ出た亡霊に祈りを捧げる、すると亡霊は鎮魂されて消えてゆく。祈りを捧げる、祈ってやる、それが鎮魂なのだというが、なぜ祈ってもらえば魂は鎮まるのか、それまでは魂はどういう状態にあったのか、それが鎮まるとはどういう意味なのか、が本当には理解できていなかった。

では、鎮魂とはなんであるのか。靖国神社を思い起こすのが一番わかりやすいだろう。靖国神社には誰が祀られているか。比較的近年に祀られた顕著な例で言えば、大東亜・太平洋戦争の日本人兵士の戦死者たちである。さらにその特徴的な霊をあげれば特攻隊の戦死者たちである。靖国神社はこういう霊たちを祀り、彼ら霊の追悼と鎮魂を目的とする神社である（祀られているのはもっと範囲の広い複雑な死者たちも含むのであるが）。

追悼というのは問題がない。これは誰にもよくわかる。私たちのために命を投げ出してくれたあなたたちのことは決して忘れません、命ある限り思い出して偲び感謝を捧げます、というものであろう。

では、鎮魂はどうなるのか。こういうことだろう。戦死者たちは例外なく大きな思いを抱いて死んでいった。

自分の命を犠牲にしても守りたいものがあって死んでいった。具体的に言えば親兄弟や妻子たち肉親、大きく言えば祖国日本の安全と繁栄であろう。それを守るためならここで自分たちが命を投げ出すことになるのもやむをえないと思って死んでいったのである。祖国日本の安全と繁栄、できれば栄耀、は命を引き替えにしての念願だったのだ。それなら彼らのその願いは達成されなければならない。生き残った私たちは彼らが命を賭けた願いを全力をあげて守り達成しなくてはならない。達成できたときこそ彼らの霊（魂）は納得できるだろう。自分が命を捧げただけのことはあったと。よかった、これで満足である、と思えば、死ぬときに極限状態で荒れた魂も気が収まり、鎮まるだろう。鎮まって安心して心おきなくあの世へ行くだろう。これが鎮魂であるのに違いない。「心おきなく」というところがポイントである。心おきなく――だから安心してあの世へ行くことができるのだ。

したがって私たちは神社へお参りするときは、「あなたたちの願いはきっと達成して見せます。安全で繁栄した素晴らしい日本を建設して見せます」と彼ら霊に約束しなければならない。そして約束達成のために全力をあげなければならない。そうでない限り先の大戦の霊たちは鎮まるまい。なんだ、話が違うではないか、と荒れて鎮まることはない。事実、こんにちの日本で起こっている事柄は彼らの魂が鎮められることなく怒って荒れ狂っている相と見えるのである。なぜならこんにちまでの日本の有様は到底彼らの魂が鎮められるような状態ではない、それどころか彼らの意図に反することが多過ぎるだろう。そういう世の中は不思議と、いや当然のことながらというべきか、彼らの魂が荒れているとしか思えない様相を呈してくるのだ。ここには神秘的なことを想定する必要はなにもない。生きている者たちが心の奥深くで彼らの願いを達成できていない、いや無視していると無意識に感じていてその後ろめたさというか落ち着きのなさが不穏な世の中を招いているとみることができるからである。不思議なことだがおそらくは人の世はそんなふうにできているのだろう。死者たちの魂が鎮まらないとは私たちのこころも鎮まっていないということであるらしい。先人の命に賭けて念じた事柄は後世は大事にしなければならない。そうでなければうまくいかないのだ。ここは大事なところである。

しかし、よく考えれば終戦からこんにちまでのこの国は必ずしも彼らの鎮魂に反することばかりだったとは言えまいとも思う。なるほど彼らは満足はしていないだろう。しかしまったく自分たちの意図に反しているとばかり思っているとも思えない。彼らの思いは、この国が他国の支配下に置かれ自分たちの大事な人間が奴隷になるようなことのないこと、日本が独立国として他に恥じることのない国になり、繁栄すること、できれば他国にうらやましがられるような誇りうる国になること、そういった事々にあったに違いない。そのために命を捨てたのに違いない。

彼らが自分の命を代償に念じたそれらのことは見方によってはとにもかくにも達成されていると言えるのではないか。なるほど戦後七年間ほどは占領下に置かれて、独立はおろか自由も奪われていた。占領下の悲惨な出来事も多く発生した。しかしともかく日本国がなくなったわけではなく、人々は奴隷状態におかれたわけでもなかった。それになによりも日本が日本である根幹ともいうべき天皇制も存続した。やがて占領状態が終わって、曲がりなりにも独立を回復したとき、日本人は懸命に働いて一時は世界一の経済力を誇るほど繁栄した。属国的気配は濃厚とはいえ、とにかく以来一貫して独立国ではあった。以上を見れば戦死者たちの願いはかなり達成されているとみてよいのではないだろうか。もちろん国の内実を見れば死者たちは決して満足できないだろう。不平不合理はいっぱあるし、隣国に必要以上に謝ってばかりだし、腐敗も不正義もいやほどある。不満はいっぱいあるだろう。第一、死者たちがそれに相応しく遇されているということはないし、独立といっても本当の独立に値するかどうか怪しいものだ。世相は半ば腐敗し、あまり誇るに値しそうにはない。しかし、とにかくここまでのところ半分以上彼らの願いどおりにいっていると評価してよいだろう。ここまでくれば、後は本当に安心できるところまでくる可能性は残っている。おそらくいま（平成二十三年）の民主党政権を経て初めて人々は占領下の洗脳から醒める。一度は左翼勢力に政権をゆだねてみないことには人々はいつまでも左翼思想に夢を抱かずにいられないだろう。大きい代償を払ってだが、一度はこういう経験をして占領政策の洗脳とその結果である戦後民主主義の迷妄を身に沁みておく必要がある。でないと、いつまでたっても卒業できまい。本当に死者たちが納得いく国になるのに百年はかかるとみて、あと三十～四十年は要するだろう。そのとき戦死者たちの魂はやっと安心し鎮まり、あの世へ行くだろう。そのとき私たち生者の心もやすらぎを得るだろう。鎮魂とは儀式ではないのである。神社へお参りして手を合わせて「こころ安らかに眠って下さい」とたんに祈ることではないのである。

ついでに「終戦」ということについて。

先の大戦を終戦ということに対して反対する人々がいる。あれは敗戦だと。一見理のあることのように見えるが、私は別に考える。なるほど日本は戦闘に負けた。戦闘していた軍は負けて降伏した。しかし国としては、私はやはりポツダム宣言を受けて、互いにそこに述べられていることを守るという条件をのんで戦争をやめることにしたのだ、したがって日本は戦争を終わらせたのだと考える。「終戦」で構わない。

三五　道徳の根底にあるのは

道徳の根底にあるのは、というか道徳を根底で支えているのは、間違いなく「善人はいつか必ず報われ、悪人は滅びる」という信念である。以前私は『瓦松庵残稿』で「神がいなくなったということは、人々からこの信念が信じられなくなったということだ」と述べた。それがニヒリズムの内容だと。間違ってはいない。しかし微妙な修正が必要だと思う。どういうことか。

もし本当にこの信念がなくなったのなら世の中から、ということは人間集団から道徳はなくなってしまうはずだが、そういうことにはならないからである。人が集団でいる限りはなんらかの道徳が必要であり、したがって必ず道徳は存在する。そして道徳が存在する以上、「いつかは善人は報われ、悪人は滅びる」という信念も必ず生きている。

なぜそうなるか。道徳とは要するに人々が集団で暮らす場合に、お互いに気持ちよく生きていく方法として出現するものだからである。多くの人間が一緒に暮らすとき、必ずストレスが生じ、厄介事も生じる。少しでもお互いに気持ちよく暮らしたいという思いは当然出てくる。その方が生きやすいし、楽しいのだから。こうして自然に暮らし方、人との接し方に工夫が生じる。そこに確立するのが作法であり、礼儀である。精神として、心の働きとしては、道徳である。

さてではこの道徳はなにを梃子に生じ、一つの形として確立するか。よいことは報われ、悪いことは罰せられるに違いない、という期待である。こういう期待がないところ、絶対に一つの規範になる行動や心のあり方の形は成立しない。こういう期待に裏打ちされて初めて人は一定の行為上の規範を受け入れ、従い、人にも要請するだろう。どんな行為も「よい」と「悪い」に判別しうる。それなら上記の期待軸に従って当の行為を実行する、しないの選択をしうる。人はどうしたらよいのか、どのようにするべきかの選択基準を手に入れるわけだ。選択が楽になる。期待は願い、いや信念と言い換えてもよいだろう。

　では、私が以前に述べた神の死によるこの信念の消滅をどう扱えばよいのか。簡単なことである。信念は神が死んでも、神の存在が信じられなくなっても、なくなりはしないのである。人々はこんにち、もはや神の実在をおそらく信じてはいない。にもかかわらず「よいことは報われ、悪いことは罰せられる」という信念は失ってはいない。では、私は以前、間違ったことを述べたのか。そうではない。やはり神が死んだということはこの信念が信じられなくなったということを意味する。意味せざるをえない。そう、論理的にそうなるということである。理屈で言えばそうでしかないし、実際また自然災害その他にみるように義人が悲惨な目に遭い、極悪人が最後までうまい汁を吸って生き延びることがある。そういうことがあってもやむをえないと思っている。神がない以上それを覚悟しなければならない。この世は――神のないこの世は――理不尽というしかないことがいっぱい生じるのである。にもかかわらず人はやはり「よいことは報われ、悪いことは罰せられる」とどこかで信じずにはおれない。それでなくては生きていけないのだ。道徳が成立していなくては人間集団は存続できないからである。人々と共に暮らしていく以上、道徳なくしてはやっていけない。道徳が生きて機能するためには、「よいことは報われ、悪いことは罰せられる」という期待、期待という以上に信念と言ってもよいものがなければならない。だからこの信念はなくならない。

　また実際のところ、この信念の意味するものは神を要請しなくても通用するのである。神の支えなくてもこの信念は間違いないものとして成立するのだ。なぜなら人々はやはり相対的にこの信念どおりに動くからだ。他人がするよいことには概ねよいことで応え、悪いことには悪いことで応える。好意を持たれれば好意で応え、憎まれれば憎み返す。なぜか。好意に対して好意で答えれば、再び好意を持って報われる確率が高いだろう。気持ちのよいことをしてもらえば気持ちがよい。それならこちらも気持ちのよいことをすれば相手も気持ちがよくなって、こちらに気持ちのよい行為で返す確率が高いはずだ。だからよいことにはよい報いがある確率が高いことになる。では憎悪に対してはどうか。憎しみに対しても好意で報いるなら、相手は気を和らげて好意的な行為で返してくることはありうる。だからそのようにする人間はいるだろう。しかし、それでも好意で返さない人間もいてついにはこちらも冷たくすることになりがちだし、憎まれれば面白くないからこちらも憎み返すということにもなりやすい。相対的に憎悪に対しては冷たい態度が返ってきやすい。「悪は罰せられる」のである。

以上でわかるように「よいことは報われ、悪いことは罰せられる」という期待（信念）は、神の支えがなくても人間集団自体の中でごく自然に平均的な成り行きとして成立するだろう。したがっていまもこの信念（期待）は通用する。人々は何があってもこの期待を放棄しないし、これにすがりついて生きてゆくだろう。またそうでしかあり得ない。我々も、多くの場合そうでないこともあるがしかし相対的に言って、「(この世では) よいことは報われ、悪いことは罰せられる」と信じて、これを支えにして生きていこう。おそらくはそれ以外に方法はないのである。

三六　記憶について

われわれは忘れる動物である。忘れなければ生きていけないのであるが、しかし忘れるといってもその忘れ方は尋常ではない。忘れるのではなく、実は思い出せないのだ。催眠術や夢や人が普通に体験する思い出すという経験や死ぬ前にはそれまでのすべてのことが走馬燈のように思い出されるという話などを参照すれば、われわれは忘れるのではなく、すべての体験を脳のどこかにどういう形にしろともかく保存していることが知られる。

数学者広中平祐氏はこの人間の記憶のあり方を氷山の一角という言い方で表現する。つまりわれわれは生まれてからただいま現在までのすべての出来事、すべての体験を、なにもかも、一切合切脳のどこかにしまって保存しているが、それらを記憶している、覚えているという言い方で言えるほどいつでも取り出せる状態でもっているのはほんの一部にすぎないというのである。そして彼はそのことを「人間の脳のゆとり」とみなす。いつでも使える記憶、知識の他に、莫大な記憶をともかくもっているというわけだ。それらが、いつ、どんな形で表面に浮かび上がって役立つかは、誰にも前もってはわからない。わからないが可能性はある。これがゆとりだと。

それはそのとおりだと言ってよいだろうし、脳に対する面白い見方だと思う。だがここではそのことではなく、私たちが生まれてからただいま現在までの一切合切をともかく脳のどこかに保存していることに焦点を当てよう。

これは驚くべきことではないか。一度経験したことは、おそらくその時の情景と共に脳のどこかにすべて記憶されいるらしいのである。しかし、これはどういうことだろう。どのようにしてそのようにも膨大な事柄が記憶されているのだろう。そしてそれらのたいていが忘れられてしまうような形になるのはどうしてだろう。これはほとんど膨大な無駄ではないだろうか。いや、一度経験したことはなぜとにかく記憶としてどんな形でか残るのだろう。

ダグラス・ホフスタッターは『ゲーデル、エッシャー、バッハ――あるいは不思議の環』のなかでシステムや知識の処理について何階層にも分かれるレベルという考え方を持ち込んで、記憶に関して次のようにいう。「人間がものを忘れるというのは、何らかの情報が削除あるいは破壊されたのではなく、高いレベルでの指標が失われたことを意味しているというのが、もっともありそうなことのように思われる」。続けて「入ってくる経験を貯えるやり方の痕跡を留めておくことがいかに大切であるかが、これによって浮かび上がってくる。なぜなら、貯えられているものをどういう情勢の下で、あるいはどのような角度から引き出すことが必要になるのか、あらかじめ知ることはできないからである」

私は一つの仮説を出したい。記憶に残るとして、その残るはどういう形でなのか。残るとは脳の働きとしてどんな働きなのか。残ると言えばなんとなく脳の中にある場所があってそこに保管されるというイメージを抱きがちだが、まずそんなことはあるまい。脳の中に記憶用の倉庫があってそこに保管されるなどということはあり得ない。なにしろ一生の記憶である。一生の日々の一刻一瞬の記憶である。そんな膨大な記憶が記憶という形で保管できるとは思えない。ではどのようにして。

脳科学に学べば脳には実に多数の神経細胞があって、一個一個の神経細胞からは数十本だか数千本だかの糸のようなものが伸びている。この糸同士が手をつなぐようにして連絡しあって、信号をやりとりしている。つまり糸によって連絡し合う神経細胞の筋道ができる。言ってみればグループができるわけである。億という膨大な数の神経細胞である。そのすべてから数十、数千の糸が出ていて、相互に手をつなぎあっているのだという。すると手をつなぐ組み合わせは天文学的な数になる。しかも組み合わせは二個の神経細胞とは限らない。数個、数十個、何百個、いやどれぐらいになるか。その結果、手をつなぐ神経細胞の組み合わせの総数は全宇宙に存在するであろう分子の数より多くなるというのだ。まあ、言ってみれば無限同然ということになる。

ところで人がなにかをするとする、経験するわけだ。するとその経験の都度、経験を担当した脳細胞群が活性化し、手をつなぐ糸が電気を通したようになる。もし電気が色を帯びているなら細胞群をつなげたその経験特有の編み目が例えば黄色に輝いて浮かび上がるだろう。こうして一度電気が通じた編み目のパターンにはいわば道ができて電気が通じやすくなるらしい。強い経験や何度も繰り返す経験の編み目パターンほど広い道ができて電気が通りやすくなり、活性化しやすい。活性化して、あるパターンの組み合わせが蘇り成立すると、かつてそのパターンが活性化した時の経験が蘇り、その記憶が再生されることになる。ある編み目パターンが活性化する度にそれが活性化したときのイメージが再現することになるだろう。これが記憶なのに違いない。とすれば記憶とは要するに一群の神経細胞の群れが手をつないで一斉に活性化する、イメージ化して言えばすべての錯綜した編み目群の中からある一つの編み目が光るようにして浮かび上がることと思われる。ちょうどフィルムに光を当てればいつでも同じ映像が浮かび出るようなものだ。先に述べたごとく神経細胞群をつなぐ編み目のパターンはほぼ無限にある。人の一生にすることを表現するぐらいの編み目の組み合わせは十分ある。なにしろ全宇宙の分子の数以上にあるのだ。無限の組み合わせの中からどれかの組み合わせが選ばれる、経験の内実は固定しておらず動いているのだから編み目のパターンも次々と移り変わり、次々と移り変わるイメージを再現するのだろう。記憶のための保管庫が必要なわけではない。そっくりおいてある記憶を取り出してくるわけではない。ただ無数にある編み目の組み合わせのある編み目が活性化する、すると昔それが活性化したときの映像や匂いや感情が再生されるだけである。これが記憶の正体だろう。なにかが刺激となってどれかの編み目が活性化する。マドレーヌの匂いを嗅いだら、マドレーヌの匂いに反応する編み目が目を覚ます。編み目はその昔、マドレーヌを食べたある朝の経験にまつわる編み目をも刺激し活性化する。かくて遠い昔のその朝の出来事が蘇るという次第だ。

記憶は間違うことがある。一部、ゆがむこともある。それもこの編み目の比喩から理解できる。活性化する編み目の糸の一部が、例えばたった一本が違ったところへつながってしまうのだろう。すると、その昔とまったく同じ編み目が目覚めることにはならない。微妙に違うだろう。たった一本の糸であろうと後続する波及効果は大きくなるかもしれない。記憶違いや変形が起こる理由である。

こうしたことが記憶であろう。少なくとも記憶について脳科学的に言えることだと考える。仮説にすぎないのだが、この仮説なら記憶についての多くの疑問に納得いく説明ができる。これ以上の説明はいまのところ私は聞いたことがないし、思いつきもしない。

三七　この間、テレビを見ていて

この間、テレビを見ていて深く考えさせられたことがある。番組はNHKの衛星放送だった。日本語もよくできる青年層と言ってよい若い在日外国人、それもイギリス、イタリア、アフリカ、ブラジル、アメリカ、中国といった世界各国の男女が十人ほど集まって、日本について語るという趣旨の番組であった。この日のテーマは「日本人のもてなし」。その是非を論じるというものだった。さまざまな実体験に基づいて、そのうえでたいていは「素晴らしい」となる内容である。中で私が一番驚いたというか印象的だったのは、アメリカ人の青年が旅に出てある土地で見知らぬ日本人家族の家に一夜を借りた経験を語ったときのこと。彼は、遠来の、紹介はないもののちゃんとした客として、日本人同士の顔見知りか、信頼できる紹介がある場合の客待遇と同じ待遇を受ける。寝室から、風呂、食事、その他、下へも置かぬもてなしである。明くる日にはお土産まで貰って帰る。かくて彼は「思いもかけないことだった。自分ではなにもする必要がなく、大名みたいな気分だった」と絶賛していた。何人もの出席者が同様の感想をもらした。が、そのうちイタリア人（女）が口を切ってこんなことを言い出した。「私はそんなもてなしをされたら不満である。家族の一員として、家族同様に受け入れ、扱われたい。それが本当の歓待だ。夜中に飲み物が欲しくなれば、冷蔵庫から勝手に飲みたいものを自由に取り出せてこそうれしい」。ほぼこんな趣旨である。続いて何人かが同調した。ブラジル人、それにイギリス人だったか。どれも私にいわせれば西洋人である。

さて、私はこれを聞いて深く感じるところがあったのである。西洋人あるいは白人と日本人の違い、それも決定的な違い。他人というかこの世で人と付き合っていく態度、考え方、人間というもののありようの驚くべき違いである。

西洋人の納得いかない日本人のもてなしは、実に明確な人付き合いの考え方を示している。他者と自分との間の違い、自他の違いを所詮ごまかしがたいものとして認めて、自分と他者の間に明確な線を引き、他者に自分の領域へは一歩も入れさせない。自分の領域ははっきりと守る。そのうえで、他者の気持ちを思いやり他者に即してできるだけのことをする。お客が気持ちよく過ごせるようにできるだけのことをする。はやく言えばこれが日本人の思っていることだろう。ところが西洋人はそうは思わないらしい。本当にもてなす気があるのなら家族の一員として家族同様に扱うべきだ。他人行儀は水くさい、と見るのである。多分、警戒して敬して遠ざけているととても受け取るのだろう。そのとおりである。しかし、心からもてなすのなら家族同様に扱うのが本当だ、というのは建前である。本当には見知らぬ人間に夜中に勝手に冷蔵庫を開けられてはたまらない。夜中ではなく昼間でもぞっとする。家族の冷蔵庫を他人にのぞかれるのは神経に障る。ということは西洋人はその神経に障る不愉快さを殺して、うわべにしろ友好的に振るまうべきだと考えていることになる。言い換えれば、西洋人の間ではそこまでしなければ友好的ではないという強迫観念があるのだろう。だからこんな無理な、神経に逆らってまで友好的である姿を見せなければならなかったのだろう。他人に対するおびえが潜在的にある社会が生んだ虚構の交際法なのだと思う。反して日本人は他人は他人とはっきりと自他の間に線を引き、引いて他人を自分の領域から閉め出したうえで、そうしたとは露骨に見えないように気を配って、そのうえで（そういう条件の中で）その他人が一番喜ぶように彼のことを考え、彼によかれと思って気を配る。これが日本人のやっていることだと言ってよい。

もうひとつ強く思い当たることは、西洋人の驚くべき自己中心性である。「自分がしたいようにさせてほしい」、だから下へも置かぬ持てなしをしてもらわなくてもいいから、その代わり自分がしたいことをしたいときに自由にさせてほしい、というような主張が出てくる。いかにのどが渇いたとはいえ夜中に勝手に台所へ入って冷蔵庫を開けるようなことをされてはどれほどその家の人が困惑するか、不愉快に感じるか、といったことはまったく考慮されていない。自分がしたいときにしたいことをする権利（自由）だけが頭にあって、それが家の人にどんな迷惑を与えるか、どんないやな気持ちにさせるかはまったく気にされていないのだ（もっとも、彼らの文化圏にあっては夜中に勝手に冷蔵庫を開けられることは、少しも不愉快なことではない社会風習ができあがっているには違いない。どうぞどうぞ、というわけでする方もされる方も互いにそんなものだと思っているのだろう。しかしこの場合でも、自己中心的であることには変わりない）。一方、日本人は相手のためを思って、すなわちひたすら相手によかれと思って、発想があくまで相手の立場に立ってもてなしが考えられている。自分中心なのは自他の線引きをしっかり引くところだけである。いったん引いた以上、あとはほぼひたすら今の自分の状況の中ではこうすれば相手は喜んでくれるだろうと、相手の立場に立って考える。

それにしても、あまり知らない人間をいきなり家族同然に迎え入れる、扱うなどということが本当にできるのか。いくらそういう社会だ、そういう風習なのだといってもそこには相当の無理があるのではないか。警戒心が働かないはずがない。受け入れる方だけでなく、迎えられる方にも遠慮というものがありそうに思う。要するに私にはそれは不自然なことであり、きわめて人工的、イデオロギー的な無理があると考える。それに比べれば、自他の区別をくっきりとし、ここからは踏み込ませないという線引きをしっかりしたうえで、相手をお客として扱い、その限りで精一杯相手のことを考え、相手が気持ちよく過ごせるように気を配る日本の方がよほど自然であり、洗練された人付き合いだと思う。この点は韓国人との比較でも言える。呉善花さんがいうところによれば韓国人は初対面とまではいわないが、付き合い始めてごく初期から実にべたべたとくっつき合い触れあい、本心をさらけ出す付き合い方なのだという。日本人はそうではない。かなり親しくなるまで、ある一線を堅く守って距離を保った付き合い方をする。これが韓国人には実に水くさい、冷たい付き合い方と映るのだそうだ。韓国人はすぐに大げさに親密さを示し合うわけである。これも私には彼らの人間関係は本当には決して心を許さず、常に警戒しているのであって、その後ろめたさがかえって異常な親密さを演出させるのではないかと見たい。それよりも日本人のように、自他の区別をしっかりと保ち、その間は互いに礼儀心に満ちて親密ではないにしても丁寧に付き合い、時間をかけて本当に心許すことができて初めて相手を自分の領域の中へ迎え入れるという、そういう人付き合いの方が遙かに自然であり、洗練されていると考える。要するに日本人は人間には自他の別があり、他人はなかなかわからないところがあるものであり、わからない間は自分の懐へ迎え入れるには無理がある、したがって本当に親密になるまでは心を解放はしないが、とにかく敬意を持って遇して、互いに不愉快になるのは避けよう。そうする内に人によっては気が合い、信頼でき、心許すことになることがあろう。そうなればそのときは自己を賭けて相手を信じ、相手を兄弟同然に、家族同然に扱うのだ、ということになるだろう。西洋人の場合は、深刻な互いの不信感の上に立って、それ故に擬似的な親密さを装う付き合い方を考え出したということに違いない。そのばあいでも、あくまで自分中心になる。家族同然はいいとして、だから自分がしたいように家族同然に、とくるのだから。こんなことをしたら（冷蔵庫を勝手に開けたりしたら）相手はどう感じるだろうという発想はまったくしないらしい。これが私には不思議である。

再度繰り返せば、日本人は基本的に自他を明確に区別しているのだと思う。他人は自分とは違う生きものであり、彼には彼の考えがあるがその内容は私にはわからないことだ。したがって他人は基本的に気を許せない存在であって、むやみに懐へ迎え入れるわけにはいかないが、かといって、初めから敵対することもない。こちらに害をすることは用心さえしておれば滅多にない。だから、用心しながら距離を置いての付き合いはしてもよいし、できる存在である。他人とはそういうものだが、中にはまったく信用でき、互いに気があって楽しく、協力し合える者もいる。だから距離を置いて用心しながら付き合いつつ、そのうち気が合い、信じることができる奴とわかれば、警戒心を解いて懐へ迎え入れ、互いに気持ちのよい付き合いをしたらよい。こう日本人は考えているのだ。

私にいわせれば、いかに西洋人であろうとあまり詳しくもない人間を迎え入れていきなり家族同様に扱う、あるいは韓国人のように知り合ってすぐに触れあい手を組み合い、本心を語り合う、というのはいかにも不自然である。思うに西洋人の場合、彼らはそうしても決して犯されない、あるいは壊れない自我があるという自信があるのだろう。（どうして西洋人はそこまで自分に自信が持てるのだろうと疑問に思う。持てるのではなく持たないことには生きていけないということではなかったか。自分を堅持し、押し出さなければ打ち倒されてしまう社会だったのではないか。そういう歴史の果てに自我を強烈に押し出す人間が生まれたと考えられる）。

日本人の場合は、そこのところが違う。言われるように日本人の自分は自他の間にあるのだとしたら自他がむやみに融合すれば自分が亡くなる不安があることになるだろう。踏み込まれてなお持ちこたえられる自分というものがある自信がないわけだ。自分が他人に取り込まれてしまうおびえがあるのに違いない。思うに日本列島は、そういう恐れがあるとき、逃げていく場所がどこにでもあったのだ。島国だから逃げ場所がないというのが通説だが違う。土地自体は大陸でいかに広くて限りなくても砂漠のような中近東ではオアシスを離れては生きていけない。そういう意味では大陸こそ逃げ場所の少ない狭い場所なのである。日本列島は違う。だから西洋のように無理をして生きていく必要はなかったのだ。逃げていく場所のない中近東や西洋では他人や異民族は絶滅ないし排除するか、でなければなんとしてでも共に生きていく方法を見つける他なかったのだ。無理が生じる。その無理を無理と見せかけない作法が彼らの社会ルールなのだろう。

同じようなことを大岡信氏の『車座社会に生きる日本人』を読んでいて感じた。彼は日本人における「合う」について論じている。相手の反応、動きに応じて動くのを日本人の行動原理とみなす論である。「合う」に「間をとる」「間合いをとる」を加えると一層よく納得がいく。「合う」も「間合いをとる」も、他者との間に一定の距離をとりその距離をはさんで相手の動きや心に応じて行動を選択していく日本人の原理を表している。長い付き合いの果てに懐に迎え入れるときは、間合いのはかり方がもはやほとんど無意識に行われる関係になっていることをいう。

この人付き合いの西洋人と日本人の違い。自他の区別の仕方の違い。それなのに柄谷行人氏は、日本人には他者がいないなどと執拗に言い張るが、とんでもないことである。見方によっては、日本人の方が他者をよほどよく自覚していると言ってよいだろう。他者の扱い方が違うだけではないか。

これは要するに他人を、自分の外にあるものを、操作することばかりを考えている西洋人ということにならないか（カントが、他人を手段としない、目的として扱え、と言ったのは、放っておけば必ず他人を、操作対象として、自分のための手段として、扱う西洋人の世界にいたからだろう）。日本人は基本的に他人を操作対象とは考えない。日本人は周囲の状況はすべて与件として受け止める。与件つまり与えられた絶対的な条件として。誰かが何かした、誰かがどこにいた、何があったか、そうしたことがすべて基本的に与えられた条件であると。それがそうであるという条件の中で身を処することを考える。すべては自分の思うようにはならないし、自分の思うようにはいかない、ということを前提に、その動かない周囲の中でどう生きるか、自分の回りに生じたことをまずそのまま受け入れて、それらが存在するという条件の中で一番よい方法を選択する、他人と共に楽しくやっていくにはどうすればよいかを考える、これが日本人なのであろう。革命などとんでもないのだ。

ところが西洋人にとっては周囲の物事は自然ではなく、パーツなのだ。自分の都合のよいように配置換えし、組み立てうる部品、道具。日本人とのこのなんという違い。日本人にとって周囲は有機的な自然（したがってすべてに相互関連し、全体として統一されていて自由に変えることなどできない）なのに対して西洋人にとっては無機的なパーツ、ちょうど機械のような部品からなっているものなのだ。彼らは自分用の、自分向きの舞台を作りあげるようとするのである。

三八　在る者である

聖書はこんなことを述べているという。「出エジプト記」。モーゼが初めて燃える茨の茂みの中に神の姿を見、神の声を聞く。このときモーゼは「あなたは誰ですか」と尋ねた。当然だろう。すると神はこう答えたのだといふ。「在る者」と。〝私は在る者だ〟というのである。これは凄い答えだ。いったい誰がこのような答えを予想できようか。そうではないか。通常は「私は〇〇である」と名前を期待する。あるいは問者との関係、役割としての肩書きで答える。だが、「私は在る者。存在者である」というのである。いったい「在る者」とはなにか。何者と捉えればよいのか。存在するもの、在る者は至る所にある。そこら中にあるのは、在る者である。しかしそれらは自らを、よし口がきけても、「在る者」「存在するもの」とはいわぬだろう。だが、このとき神が答えたのは「私は在る者、存在者だ」という答えである。

いったい、この「在る者」とはなにか。どういう意味か。まるで人をくったような答えではないか。もちろん神にはモーゼを愚弄する気などまったくない。では、どういうことか。考え得るのは、このとき神は自分が何者であるかを語るのに自分の本質をいうことでもって答えたということである。在る者、そこにいる者、すでに存在するもの――その意味内容を理解するには、妙な取り合わせだが仏陀の言葉を持ち出すのがよい。仏陀は、あるとき「生じるものは滅するものである」と述べた一人の弟子を「おまえこそ真理を悟った者だ」と誉めた。生じるものはまた滅び消える者である。では、生じないものはどうか。生じないものは消えたり、滅したり、滅んだりしない。当たり前である。生じないものにも二通りある。生じないからそもそも存在しないものがまず一つ。これは初めからないのだから滅しようがない。では、もう一つの生じないものとはなにか。初めから在る者がそうだろう。そもそもの初めから「在る者」、そんなものがもしあるとしたら、これも滅びることのないものと考えるほかない。なぜか。初めから「在る者」とはそもそも初めということがないものである。起源がない。そういう存在者は想像しにくいが、もしあるとすれば偏在するものというほかなく、ということは時間的空間的な枠組みを超えた存在という以外にない。そもそもあるとさえ言えるかどうか。そのようなものにも滅するとか消える、なくなるというようなことはないであろう。存在ですらない存在者。このように考えてみれば、神とはまさにそういう存在者と言えるではないか。神は気がついたときにはすでに在った者である。決して滅びることのない者。どこから、いつからということのないものである。すべてであるもの。いったいこれ以上に見事な神の定義があろうか。まさに神の本質を突いた定義である。だから だ、神が「あなたは誰ですか。何者ですか」と問われて「在る者。私は存在者だ」という答えは実に見事な、正確な答えなのだ。

　そこで思う、神は誰だと問われた場合の答えとして「私は在る者」というのを用意していたイスラエル人とはなんという民族だろうと。異常な、というか尋常ならざる民族である。彼らは神の本性について、超越とはなにかについて知り尽くしていたようだ。神のような超越的なものについてとことん考え抜いていたようだ。なんという悲劇的な民族だろう。なぜならそのような民族でなければ、超越的なものについてそこまで徹底的に考える必要を感じないはずだからである。彼らは必死だったのだ。それにしても神の特性をなによりまず「在ること」に見て取ったとは！　ほかにいろいろと神の特性はあげていくことはできようのに。驚くべき民族である。

三九　画家の観察と私たちの観察

　うろ覚えのことであるが、確か小林秀雄の文で読んだことである。彼は画家の観察力について述べていて、彼らの観察力は尋常ではなく、私たちのそれとは別格であると強調していたように思う。そして確か速水御舟の祇園一力の赤壁を描いた絵をあげて、私たちはこの絵を見るまでこの壁をこんなふうに見ることはない、御舟の絵によって初めて人は一力の壁をあのように見る見方を学ぶのだ、と言っていたように思う。小林秀雄は私たちはものを見るのでさえ画家から教えられるのだ、とする傍証として以上の例をあげていたように覚えている。

　たいへん印象的だったのだが、しかし実のところ「私たちはものの見方さえ画家から教えられるのだ」というのが、どういうことなのか、ただそんなものかという程度で腹の底からわかったのではなかった。本当か、そんなことはあるまいという思いが払拭できなかったのである。見ることぐらい誰にでもできる。人に教わるまでもないと。

　が、本日、古賀一男『知覚の正体』を読んでいて、こういう箇所に出会い、その意味をほぼ完璧に知った。なるほど画家の観察力は素人のそれとは全然違うのだ。著者が書いているのは自身の体験である。こういうことだ。小学校の時のこと。友人にたいへん絵の上手い子がいた。あるとき著者は友人と並んで風景を描いていた。セメントで作った高い煙突の絵である。やはり友人はうまい。まるで違う。どこが違うのかとよく見ていると、友人は煙突に色を塗るのに白、灰色、黒と三つの色を持ちだし、日の当たっている側とその反対側を塗り分けている。反して自分はといえば灰色単色で一本の煙突前面を塗りつぶしているだけ。見比べればどちらがより実物に近く見えるか一目瞭然だった。ああ、そういうことかと著者は納得したのである。しかも不思議なことに、そうとわかってみると初めて著者にも煙突は単純な灰色一色ではなく、光の当たり具合で微妙に色に移ろいがあるのが見えてきたのだという。ここが大事なところである。それまで著者は煙突を見ても光の当たる側とその反対側では色合いが違うことが見えていなかったのである。目は煙突に向かっているが、灰色一色としか見ていなかったのだ。

話はまだある。こうして著者は小学校の時、絵を描くのにはものをよく見ることの大事さを知ったはずなのに、今度は高校でこんな経験をする。美術部に所属して石膏のデッサンをしていた時のことである。もはや自信を持ってデッサンに取り組んでいた。ところが指導の教師は著者に「対象をよく見るように」という。見ているじゃないか、光の陰影もしっかり捉えている、どこがおかしいのか。教師は君は観察力が足りないと繰り返しいう。そして指摘されたのが、光は窓側から来るばかりではない。天井から来る反射光、石膏じたいの凹凸による相互の反射光、その他その他、光による陰影は実に多彩、複雑微妙にある。そう聞いて著者はそれらを見ていない、というのが答えだった。そう聞いて著者はそれまで抱いていた先輩連中のデッサンと自分のそれが何処か根本的に違うのはなぜかという疑問が解けた。原因はそういうところにあったのだ。

以上の話は驚くべきことではないか。そして私たちに見るということについて深刻な反省を迫る。著者は小学校の時の体験について、友人の真似をして以来「煙突の見え方が変わってきた」と述べている。同じ煙突なのに違ったふうに見え始めたのだ。つまり、なるほど外部からは誰にも同じ光の刺激が網膜に到着している。網膜には同じものが映っているはずだ。しかし、見るということは『瓦松庵残稿』で論じたように解釈することであって、解釈どおりにしか見えない。著者にとって初め煙突は単調な灰色一色のコンクリートの棒でしかなかった。友人によって、光の当たり具合によって微妙に部分によって色合いが違うのだと教えられ、それでやっと影によって丸みを帯びた煙突の姿がそのように見え始めたのだ。見るとはそういうことなのである。著者が子どもだったからだと思ってはならない。大人になっても人はそのようにしか見ていないのに違いない。いやむしろ大人になればなるほど自分で理解し、解釈しているとおりにしか見ていないのに違いない。

さて、事情が以上のようであるなら、小林秀雄が「私たちは見ることでさえ画家に教わるのである」と述べている理由がよくわかる。速水御舟の祇園一力の赤壁を見るまで私たちは一力の壁をあんな風には誰も見たことがなかったのである。あの壁はあんな言いようのない魅力的な色をした壁だとは誰も知らなかったのだ。御舟に教えられて初めて人はそうと知るのだ。

画家はよほど観察する。画家自身が後輩を教えるとき「よくものを見ろ」と言うようだが、それは以上のような意味なのだ。画家が見るということは私たちが見るのとはまるで違うのである。彼らに比べれば私たちはほとんどものを見ていないのだ。既成の解釈に乗っているだけなのだ。

ことは見ることだけではあるまい。小説でもそうだろう。小説家の文で私たちは初めて人の心の動きを深く理解する。人の悲しみ、喜びを教えられる。だから人はよい小説をたくさん読むべきなのだ。言葉の味わいを学ぶのも文学によってである。

四〇　言葉の誕生、そして人はどのようにして言葉を知り、覚えていくか

人はなぜ言葉を習得できるのか。どうして言葉を学べるのか。チョムスキーの問題ではない。彼は言語を統語法を持つ文として捉えていて、どのようにして人はちゃんとした文を持つ言語を習得できるのかと問うているが、私の問いはそうではない。もっと根源的になぜ人はある単語が当のその意味をもっているのかが理解できるのか、というのが私が真にわからないことである。「懐かしい」という語が、ほかならぬあの懐かしいという意味だとどうしてわかってくるのか。これはまことに不思議なことである。ウィトゲンシュタインの言語ゲームが近い解答になろうが、それでもなお非常に疑問が残る。なぜある言葉はほかならぬその言葉が担っている意味をもつ言葉だと誰にも理解できるのか。

ウィトゲンシュタインは言語ゲーム理論でおおよそ次のように考えているようだ（橋爪大三郎『はじめての言語ゲーム』に教えられて）。机というものを見たことも

聞いたこともない人間がいるとする。彼は机をまったく知らないわけだ。彼に机を教える。どうするか。幾つかそこらにある机を片っ端に示して、「これが机だ」というう。それだけで彼は机というものを理解するだろう。次にいままで見たのとは違う形、大きさ、色の机を示しても、それを机とすぐさま了解するだろう。これが人間が言葉を覚えるときに生じていることだというのだ。そして幾つかを見てたちどころに他のそれをも了解できるのが人間だ、とウィトゲンシュタインはいうのである。1、2、3、4、5……と示されただけで、次が6、7、8……と続くと理解する、そう続く法則からこの数の列は成り立っている、と理解できるのが、すなわち人間なのだと。

これはかなり上手い説明方法で、そのとおりらしいと受け止めてよいだろう。すべての言葉はそのようにして成り立っている。石もそうである。石は本来、一つ一つ違っている。同じ石などない。色、形、大きさ。みんな違っている。にもかかわらず私たちは（言葉を覚え始めて間もない子どもも）その一つ一つ違うものを指して石と言って過たない。

こういうとき脳内で起こっていることはなんだろう。視覚は部分部分に分かれて刺激を視覚野の細胞群ネットワークが受け取り、その後、一つに統合されて「なに」と認識されるのだという。統合されても過去に受け取ったパターンと厳密に一致しないと認識できないわけではないのだ。おおよそが、ある共通項が、認められさえすればいいのだ。そこに間違いも生じうるが、進化は間違いの可能性よりもおおよそにしろそれをそれと認識する方がよほど大事（有効）だと考えたのだろう。その先にプラトンのイデアという考えが出てくる。

問題はなぜそうなのか、そういうことが可能なのか、ということである。ウィトゲンシュタインはそれは説明できないという。が、私は仮説を立てることはできるように思える。一つはっきりしているのは、言葉がわかるのは言語以前の問題が大事だということだ。猿でもよい、犬でもよい、とにかく動物の時代からある仲間が何を考えているかという仲間の気持ちや意図を察する能力、これが基本だと思われる。人類も人類になりたての頃、言葉はもたないが仲間や敵が何を狙っているか、どうしようとしているかを敏感に感じ取っていただろう。ここに言葉の意味を理解する根源がある。人類が他に例を見ないほど社会的動物であるなら余計にそうである。言葉の根源には言語以前の察しの能力がある。そしてこの察しの能力は何を察するのかというと、一口で言えばパターンではないか。パターンを見抜く、捉える。時間的なパターンだけではなく、形、質、色、肌合い、クオリア…すべてにパターンは考えられる。パターンとして抽出されたものがイデアであろう。

もうひとつ。私にはいま間もなく二歳になろうかという孫があって彼を見ていると、赤ん坊は言葉を覚えるより遥か前に周囲の人が何をしているか、何を意図しているかを、ちゃんとわかっていることが知られる。まだほとんど言葉を言えないけれど、孫は実に多くのことを察している。彼にはいまだ意識も自分もないことは間違いあるまい。つまり動物レベルなのである。このことから人間も動物レベル段階ですでに言語記号によらずに理解交流を十分やっていたのだと考えたい。

彼がコミュニケーションをする様子、いやするようになっていく様子は実に実に興味深い。一番顕著な事例をあげれば、肯定と否定がある。彼はまだ言葉は喃語の段階である。ガヤガヤガヤガヤらしきことを複雑にたくさんしゃべる。何を言っているかはわからないが、本人は一生懸命に言いたいことがあって、音声を発しているという段階である。その彼がいつのころからか、自分の意に添うことに対してはしっかりと頷いて「うん」と言い、意に添わないことや嫌なことには、激しく首を振って「ううん」と言う。言語以前の意思表示として立派なものであり、極めて正確である。さて、肯定の「うん」である。彼は祖母とときどき電話をする。するとお祖母ちゃんが何か言うと、例えば「元気か」「面白かったか」などと言えば元気よく「うん」と応じる。あるいは祖母との応酬ではなく、階段を初めて下りなければならなくなったとき、彼は激しく首を振ってできないと親に訴えた。そこで親が「下りれないのか」と聞いてみたら、彼は「うん」と答えたのである。どうだろう。意味のある単語さえまだ発することのできない子どもだが、彼にはちゃんと相手が言っている言葉の意味がわかっていると思うほかない。そして事実わかっているのだろう。親が彼に向かってしゃべることに対する彼の反応を見ているとそうとしか思えない。いや、「ご飯食べようか」と言われれば彼専用の食卓用の椅子にさっさと座りに行く、「襁褓《おむつ》変えようか」と言われれば、とことこと襁褓を取りに行くようなことは一歳前後からやっているのだからもっともっと早くから始まっているのだ。ここに私は言葉が誕生する様子が見て取れるのである。言葉の誕生という言い方をすれば誤解を招きやすい。誕生ではなく、言葉が生成する（理解する）その現場を目の当たりにする気がするのである。ウィトゲンシュタインやチョムスキーを超える生き生きした現場を掴まえ得るように思う。

いったい言葉は一人の子どもにとってどのようにして理解され、誕生するのか。いや、人類にどのようにして誕生したのか。いずれ類人猿に見るようにうなり声的な音声の発声が身振りに伴うという形が最初だったのに決まっている。うなり声。「ホーホフート」と言われるゴリラやチンパンジーたちの発声。彼らは音声としてはそれだけで互いの意思疎通はできているのである。それも多分（彼らにとってではあるが）十分に。ではなにがその程度の発声で十分な意思疎通を可能にしているのか。状況の共有、そしてお互いの気持ちの（どちらも同じチンパンジーならチンパンジー、人類なら人類という類的）共同性しか考えられない。こういう状況、こういう時には誰もがほぼこういうことを考え、望み、感じているという確信。それが基底にあるが故にその程度の発声でも意思は十分通じるのである。発声はまださまざまな身振りその他による交信の補助的な役割しか果たしていないのだろうが。

さてこういうのが我々のコミュニケーションの基底に横たわっているのに決まっている。たまたま人類は喉頭の生理的構造から猿たちとは比較にならないぐらい多彩な音声を発することができた。呼吸の制御も可能で分節しての発声も可能だった。よって身振り手振り、表情以外に音声も多様に使い分けすることができて、これらすべての組み合わせを駆使することによって多彩な意思表示が可能となった。いや、目で見ることが怪しい大岩の向こうや遠方や夜や暗がりでは音声の威力に気づくことになっただろう。次第に音声に比重がかかってくる。すでに身振りや表情と音声の組み合わせの初期の頃から状況の共有や類的共同性に頼って十分な意思疎通はできていた。そこへ遠方や暗がりでの意思疎通の必要に押されての次第に増える音声の使用が加わるという形だったのに違いない。意思疎通の場の様態はそれ以前と同じことである。音声がなくてもだいたい何を伝えたいのかはわかっているのだ。音声は補助的に意味をだめ押しするのが最初の形だったろう。このようだったと考えて初めて子どもが言葉をしゃべれる前から、大人の言うことを理解し、ちゃんと親の意向に反応できる事情が推測できる。

初期人類と同じことなのだ。子どもたちは四六時中、親のすることを見、聞いて育つ。犬でさえ名前を呼ばれたら自分のことだとわかる。それほど繰り返される音声は一定の事柄と結びつき、意味を持つのだ。子どもだってある音声がどういうとき発声されるか、毎日毎日の四六時中の経験から音声と事柄あるいは状況とを結びつけるのだろう。まず自分の欲求、してほしいことがある。そういう強い思いがある時に聞こえてくる音声は必ずや自分の願い、欲求と結びつけて受け止められるだろう。音声と事柄は（物体だけではなく、自分の願いや気持ちといった無形のものとも）結びついて脳に入力されるだろう。その絶え間ない繰り返しの内に言葉は記憶され理解される。

おそらくは生理的な理由で、発声は遅れるのである。聞き取り理解する方が先立つのだ。その理由はこういうことだったかと推測する。初期人類。いまだ十分な言葉としての発声が確立していない時代にも、音声なしに、あるいはうなり声的なたどたどしい発声でも十分に意思疎通ができていた。つまり言葉としての確かな音声よりも状況の共有の中では身振りレベルの意思表示が先行していたのである。それでもコミュニケーションは十分なり立っていたのだ。したがって子どもであってもまず相手の意思表示の理解が先行し、自身の音声による意思表示、つまり発声は遅れて立ち上がる。

以上の説明で人がどのようにして言葉を理解するかは明らかになったと思うが、それにしても、人が一定のある音声が何を意味するかを理解する能力には驚くべきものがある。一つの単語を理解し覚える能力。例えば蝉やトンボという言葉を覚えるのはわかる。だが「懐かしい」とか「久しぶり」とか「さびしい」には感心するほかないではないか。言語は曖昧だと哲学者や言語学者は言いたがるが、決してそんなことはない。驚くほど正確である。まず過たない。この不思議さ。神秘的ですらある。正確な定義はできないのに意味は確実に伝わる。言葉の不思議さの最たるものだろう。

それにしても人はどのようにして言葉を理解していくのか。形のあるものについては問題はない。蝉やトンボの場合は目に見えるそのものを指して蝉と言いトンボと言う。音声と実物が照応している。いやでも一対一対応する形でそのものは「蝉」といい、これは「トンボ」ということになって、人は言葉を覚えていく。問題は形のないもの、目に見えないものである。それも感情として身体的に外に現れないものの場合だ。「悲しみ」なら悲しい様子をしているとき人には外部からもそれとわかる。だから、そういう様子をしているときに感じる激しい明確な感情があって、それを取り出した形で「悲しい」というのはまだわかる。感情ゆえ、蝉やトンボのように手にとって人に手渡せるというような物質的なものではないが、表情という形での姿があって、その姿をしているときに感じている感情が悲しみだと特定しやすい。けれども「懐かしい」となると、表面に特定の姿、形で現れるというわけにはいかない。ただ、二人の人間が何十年ぶりに出会ってまず感じる強い感情であると特定できるにすぎない。ある人間がそういう状況で「まあ、懐かしい」と言う。すると聞いた方は自分が今感じている普段は覚えのない感情を指して言っているのだな、とわかるという程度の特定があるだけだろう。けれども、そういう出会いの時に他人が覚えている感情はどのような感情であるかは、必ずしも明らかではない。一定の感情を必ず抱くとは限らない。複雑な事情があって、懐かしいなどと思っていないかもしれない。にもかかわらず人はそういう経験を幾度か積んで確実に「懐かしい」とはどういう感情であるか、どういうことかを知っていく。そしてその理解に曖昧なところ、不正確なところはまったくないのである。そのような言葉がどれだけたくさんあるか。不思議なことではないか。実際、人が言葉を覚えるとき、ほぼすべてを確実に理解し、過つことがない。驚くほど正確な理解が生じている。誰もが誰かに手をとられて「それはこうこうこういう意味だよ」と教えてもらうわけではない。ただ日頃、ごく普通に、まったく特別なことなく、話をし、話を聞いているだけである。会話があるだけだ。それでいて誰もが実に正確無比な意味を会得している。まったく不思議なことだ。それでいて「懐かしい」の正確な定義を述べてみろと言われて、答えることのできる者はいたとしてもごくごく少ないはずだ。多くは答えることはできまい。だが、それでも正確きわまる意味をちゃんと知っているのである。

こういうときの理解の仕方はどういうものなのだろう。子供時代に人が話しているのを聞いている。何度も何度も。それだけでわかるのである。言葉とはそういうもの、そういう成り立ちでできているのだ。ここが言語の最も不思議なところではないか。初期人類時代に会得した手振りや表情にうなり声を補助として使って意思疎通する方法の威力を推測するべきだろう。このころでもおそらくは相当な意思疎通はできたのだ。そういう基盤の上に言語が生じたのに違いない。最初は補助として。これがやがてその柔軟さ、便利さ故に主要な手段に躍り出たという成り行きだったのに違いない。

状況と、その状況の中での自分の思いと、伝えたい知りたいという双方の思いが共存した時、手振り身振り表情に加えて音声を以てすれば、心の思い、伝えたいと思う思いは伝わるのだ。心的共振あるいは共鳴とでもいうべきものが生じるのだろう。こうして形のないものであっても、それと理解できることになる。

孫を見ていると、この、人が人のことを理解する過程の不思議さ、面白さに感嘆する。いったい彼はどうやって肯定を「うん」と頭を上下させることで現しうると知ったのか。彼の生後一年半強の間にどれほどその所作を親たちはしたのだろうか。合計の回数はかなりになるかもしれないが、それにしても親がそうした所作をするとき、それが自分のあの気持ちの時に行われる所作だと回数を重ねればわかるものだろうか。二歳の頃には胸の前で両手を合わせて「頂戴」をするようになった。これは自分がものを欲しいと思っているとき、手を合わせる所作をして「頂戴」というのを何回か聞かされて覚えたようだが、自分がその気持ちでいるときに親がそうしてみせるからといってそれが〝ください〟を意味するのだ、だからそうすればかなえられるとどうしてわかるのだろう。

親たちがしている所作、振るまいを見て、それが何を意味しているかを彼はどうしてわかるのだろう。これが不思議で仕方がない。頂戴や「うん」「ううん」どころではない、彼はもっともっと複雑なことも理解している。これが不思議なのだ。なぜそんなことが起こりうるのだろう。ここに言語の大本、言語発生の土壌があることは間違いない。どうやら言語はここに生じてくるのであり、こういう土壌がなければ生じようがないのだろう。生成文法などは浅い考えにすぎまい。

ここに注目するべきなのは後期ウィトゲンシュタインの見解である。彼は言う、言葉を人はその使い方、言い換えればどういうときにどう使われるかという使われ方で知るのだと。これは見事だと思う。そのとおりに違いない。いちいち辞書的にそれはこういう意味だよと教えられるのではない。人々が使っている使い方を見、知って、自ずと理解するのだ。ある気持ちの時に「今日は寒いね」と口にされる。そのうちそれが何度も何度も繰り返される。「寒い」という音声が聞こえるとき、自分が感じていることはいつも一緒だとする。こうした繰り返しで人は「寒い」という言葉を覚えるのだ。そして不思議なことにこういう覚え方で（修正を重ねつつではあろうが）実に正確に覚えられるのである。ここに言語の本質があろう。

あまり不思議なので再説せずにおれない。ようやく言葉というより単語を言い始めた孫はいまやお菓子を指して「お菓子」という。それはいい。しかし「元気でね」と言われて彼は「元気でね」とかえす。たんにオウム返しにかえすのではなく、彼のそのときの使い方を見れば言葉の意味がわかっていて「元気でね」と言っているように見えるのだ。これは実に不思議なことである。どうして彼に元気という言葉の意味がわかるのか。目の前にしたお菓子を指しての「お菓子」とは違うのである。「元気」だけではない。「いやだ」「またね」「ごめんなさい」「おやすみ」みんなそうである。彼はウィトゲンシュタインの用語を使えばただその言葉が使われる場を見ている（体験している）だけである。どういうときに使われるか。それ以上では決してない。その程度のことだけでどうして言葉の意味が正確にわかるのだろう。誰も定義して教えてやりなどしない。いやそもそも教えさえしていないのだ。ただ大人たちが日常生活の必要から喋っているだけである。なのにたったそれだけのことで！

ここのところが大事なのでもう少し敷延しておこう。お菓子を目の前にして大人がお菓子を直接指さし「お菓子」と言う。これなら目の前の指さされたものが「お菓子」だと理解しておかしくはない。だが、朝起きて母親が身を縮めて「おお、寒む《さ》」と言う。外出の用意をして外へ出て、やはり「おお、寒む」と言う。この場合、本来何を指して母親が「おお、寒む」と言ったのかはわかりにくい。身を縮めることかもしれない。雪が降っているとしてその雪が降っていることを指しているのかもしれない。子どもには一義的にはわかるはずがない。しかし、こういう経験をヴァリエーションをふくんでいっぱい積むうちに「寒い」という言葉を覚える。どういう場面で使われるか。どういう状況で、どういうときに使われるか。子どもが知るのはそれだけである。子どもは多分それを真似る。言葉を理解するという言い方をしては誤解を招くだろう。理解するのではない。その言葉を使う状況を覚え、真似るのである。どういうときに使うのか。それが言葉を習得することの本質だろう。「いやだ」

「ごめんなさい」「またね」、こういった言葉もどういうときに使われるかを知っていくだけである。それ以外の学習は多分ない。それでいてほぼ確実に、正確に使い始めていくのだ。そしてそれが言葉の学習であり、習得なのである。

もう一つ事例をあげておこう。彼は「と」という言葉も使い始めた。「お祖母ちゃんとお祖父ちゃんと」という具合に。これも考えてみればまったく不思議なことである。「と」などという言葉をどうして理解し、使えるようになるのか。「と」などは具体的ななにも示しはしない。周囲の大人だってわざわざ「とは並列なんだよ」と教えたりしない。考えられるのはこうでしかあるまい。自分の中でいつか物事を一緒に一括りにして扱いたいという気持ちが湧いてきた（いつかは湧いてくるだろう）。Aというものがあり Bというものがある。A、Bを一つのものとして扱いたい。すると周囲で親たちがどうもそういうときにいつも「と」と言っている気がする。彼の無意識の記憶がそう告げる。「リンゴとバナナ」という具合に。そういう無意識の記憶が、彼がお祖母ちゃんとお祖父ちゃんを一緒に扱って述べたいときに幽かに動いて、思わず自然に「お祖母ちゃんとお祖父ちゃんと」といわせる。するとそれがちゃんとその意味で通用するのに気がつく。そういう経緯であって、人は言葉を覚えていくのに違いない。

問題はどうしてこういうことが可能なのかということである。ここにはある事態が想定される。つまり人は自分がそこでそのとき感じていること、思っている心の動き、それらが発話した他人とほぼ、というよりほとんど正確に一致しているとみなしうるという前提があるということである。もしそうでなければ言語は成立しない。ある人間が身を縮めて「おお、寒《さ》む」と言えば、彼は気温についてのある特徴を述べているのである。その場、そのときの気温上の特徴は側にいる人間も感じていて同じように何ごとか声に出して身を縮めたい思いをしているのである。二人ともその場そのとき同じことを強く感じているのだ。だから呟かれた「おお、寒《さ》む」は異国人同士にも通じるのだ。人間というのは（他の動物もかもしれない）極めて同質な生きものなのだ。この同質性、似た状況では似たようなことを感じ、考えるという基盤の上に言葉は成立したのだ。西研氏は『哲学的思考』のなかで、フッサールの方法に触れてこういう上手い言い方をしている。「（現象学の営みは）はじめからある程度の『主観の同型性』を前提し、そのうえで互いの体験を確かめ合う構図になっている」と。ここから「ある程度の」というのを取っ払ってしまえば、この件《くだり》はそのまま人間が言語を習得する場合の基本的な条件を述べていることになる。もしこの「主観の同型性」がなければ「懐かしい」などという言葉はほぼ絶対にわからない。こういう次第であれば「言語を通じて、人が他人の体験についてどのように『確信』するか。テキストを読みつつ、筆者の『言いたいこと』の確信をどのように形作るのか」は自ずと明かだろうし、「言語がそれを発するものにとってはみずからの『固有な』感触を伝えるものでありながら、言語自身はある『一般的なもの』としてしか存在せず、受け取る側もそれを通じて相手の固有な感触を知るしかない、といった『経験の固有性と言語の一般性』の問題」も解決することになるだろう。

ここまでのところは言葉のうちでも主として単語の部分、ある発音が指し示す事物、事態との関連についてのことになる。ここから先が驚くべきことになる。すなわち子どもはやがて単語のレベルから単語と単語をつなぐレベル、そして最後には文を述べるレベルにまで言葉を習得していく。問題はここである。単語と単語をつなぐ部分もそうであるが、文になると文を構成する規則、決まり（ウィトゲンシュタインの用語を使うならばルール）が生じてくる。さてこの規則である。規則なくして文は成り立たない。規則は文法と言ってもよいが、もっともっとさらに複雑微妙でやっかいである。一番簡単な例で言えば男言葉と女言葉の違い。数字の「1、2、3……」と「一つ、二つ、三つ……」「ひい、ふう、みい……」の使い分けの違いに始まって、副詞や形容詞の適切な位置、過去形や現在進行形の使い方、言葉の並べ方、その他その他に至るまで。そんなものは誰も子どもに教えはしない。しかし子どもは完璧に覚えてしまう。いったいどうやってそんなことが可能なのか。

もう一度言うが言葉の決まりやルールは誰もことあらたまって子どもに教えはしないのである。なぜなら（ウィトゲンシュタインの指摘だが）ルールは明示できないから。ルールはあるのに違いないが、これがそれだとはっきりと示すことは決してできないとウィトゲンシュタインは洞察した。「考えることはできない。見ることができるだけだ」というわけである。明示できない以上、教えることはできるはずがない。それなら子どもは誰からも教わらずに、自然に、大人たちの言葉を毎日浴びることによって、ただそれだけでいつのまにか覚えているのだ。子どもにももちろん覚えた規則をいうことはできない。にもかかわらず極めて正確にどの子どもも習得している。不思議というほかないではないか。いったいどのようにして。幾度も幾度も聞いている内になんとなく、こういうことだなとわかってくるのだ、とみるほかない。人間にはそういう素質が、能力が備わっているのだ。このことは言葉においてだけではない。生活のあらゆる分野にわたってそうである。すべて周囲の振るまいを何度も何度も見ているうちになんとなくわかってくるのだ。職人の技の習得も同じことである。生きていく流儀も種々のやり方もすべてそう。みんな私たちは周囲に取り巻かれて生きている内になんとなくわかってくるのだ。誰にも手取り足取り教えられたのではない。そしてここが肝心なことだと思うが、人間はそういう仕方で物事を知っていく、理解していくふうに進化の途上形成されてきたのだ。周囲の様子を見、自分でも参加しているうちに、その場で暗黙の内に人々が従っている規則、決まりがわかってくる。しかもそのわかり方は半端ではない。正確なのだ。それは人間の目分量というものが実に正確なのと同じである（ただし、ルールはすべて明示できないかというと、もちろんそうではない。橋爪大三郎氏の紹介しているハートだったかが見つけた一次ルール、二次ルールの違いを見てもそれは明らかである。一次ルールはいわば暗黙のルールであるのに対して、二次ルールは野球のルールブックのように文字に書かれて公認されたルールである。二次ルールは明示できるルールからなる）。

四一　人間の幸福は義務の甘受の中に

アンドレ・ジッドはサン＝テクジュペリの『夜間飛行』に寄せた序文の中でこう述べている。「人間の幸福は、自由の中に存在するのではなく、義務の甘受の中に存在するのだ」。これは人生について的を射た実にいい言葉だと思う。まことにそのとおりである。人はたいへんな拘束状態の中にあって苦しみ、解放を渇望している場合でなければ、自由であること自体に幸福を感じることはない。まして自由であることに生き甲斐を感じることはない。人が生き甲斐を感じ、生の充実した手応えを覚え、幸福感を感じるのは義務を遂行し、困難の中で責務をなし遂げたときである。まことに責任と義務の中にこそ幸福はある。これは不思議な人間の真理である。

いったいなぜ人は義務の遂行のうちに生き甲斐とやり甲斐を覚え、その成否はともかく、それに全力をあげているとき生きているという十全な感覚を味わうのだろう。すなわち義務の遂行の内に幸福を覚えるのだろう。

人間以外の動物には義務も責任もないように思われる。鳥やその他の動物も天敵がやってくれば子どもを守るために自分が前面に出て、威喝したり戦ったり、囮になったりして、子どもを守る。子どものために我が身を犠牲にするという義務を果たしているように見える。だが彼らには自分がそうしているという意識はないだろう。ほとんど自動的に行動しているだけだろう。やはり恐怖感に打ち震え、高揚した生理状態で行動しているには違いないが、責任とか義務感でそうしているのではあるまい。おそらくそれは本能によって強いられていることで彼らには選択の余地はないのだ。選択の余地のないところに生き甲斐も幸福感もあり得まい。人間だけは違う。彼は義務を果たすとき、選択の余地がある。果たさなくてもいい、逃げても構わないのだ。しかし、人間は責任と義務感からあえて困難な道を選ぶのである。何のために。

ここで他者というものが出てくる。他人のためという思いが、義務の根底を構成している。どのような困難にあろうと、それをすることが誰か他の人間を助けることになる、というのが義務の内容だ。それがなぜ幸福感を誘うのか。もし私がその他者であるなら、人からそのようにしてもらったら助かるだろう、うれしいだろう、と思う。いやそうではなく、人間のなすべきことだからだというか。義務は義務だと。だが、そのなすべきことを根底で構成しているのは他者の助けになる、他者が喜ぶからという他者の喜びではないか。ここには要するに想像力の問題がある。そして意識としての想像力を持つのは人間だけである。したがって義務を感じ果たすのは人間だけである。

ちなみに曾野綾子さんは『私の中の聖書』の中でこう言っている。人から何かをしてもらっている限り、不満が残る。しかし、人に何事かをしているときは、充足感が生じる、という趣旨のことを。名言というべきだろう。

「近代社会の根本理念は『自由の相互承認』にもとづく『普遍ルール社会』を目標とするところにあった。実際、近代国家は、決して十分とは言えないにせよ、成員の諸権利や享受の解放を徐徐にではあるが前進させてきた」。

そう竹田青嗣氏の『人間の未来』にある。

まずそうみてよい見解だろう。なにも問題のない文である。このとおりではある。

私はしかし人々の幸福感は千年前も五百年前もほとんど変わらないのではないかと考えている。日本で言えば、いまより信じられないぐらい貧しかった江戸時代、いやもっと昔の人々も、日々暮らしての満足感、充足感ではいまと変わらないか、もっと今より上だったのではないか。私はそう思えて仕方がない。いろいろな文献を読み、昔の人々の暮らしや心映えを見る限りそうとしか思えないのである。昔の人々だって今の人間と同じように胸を張って生きていたのだ。

とすれば改革や制度の変革に何の意味があるのだろう。「成員の諸権利や享受の解放を徐徐にではあるが前進させてきた」。そのとおりだろう。しかし、人々の幸福感、満足感にはさしたる「前進」はないのである。確かに、「徐徐にではあるが前進させてきた」当座はある程度の満足感はあっただろう。だが、やがてそれらすべては「当たり前」になってしまったのである。つまり喜びや満足感を呼び起こす力を失うのだ。何ごともそうである。

それなら、世の中を改革し、改良しようとする努力は空しいことにならないか。なると思う。この道では人々は幸せにはならない。社会はよくならない。違う方向を辿るべきではないか。つまり、解決を外に求めるのではなく、自分自身に、心のもちように求めた方がよいのではないか。昔からの日本の行き方の方が確かなのではないか。そのように方向転換するべきではないか。思想的にも。だから西洋の後追いばかりに精を出さずに日本古来の思想、行き方を再考しよう。

神庭重信『こころと体の対話』には第三章に極めて注目するべき記述がある。人々の幸福感についてである。二十世紀の八〇年代からの非常に広範囲な調査研究で、人間が幸福感を抱くのに学歴や裕福さ、出世、名誉、権力といったものはあまりというかほとんど関係がないことが明らかになったというのである。そういった外見的な喜びは確かに短期的には喜びをつまり幸福感をもたらす。しかし、そういったものは必ず慣れがくる。やがて、当たり前になり、際限なくさらに多く、さらに上を求める衝動に駆り立てられ、むしろ焦りや不幸感に襲われることになる。調査によれば、自分の現状に満足し、幸福感や充足感を感じている人間は社会的地位や成功不成功に関係なく、自分のことをまず幸せだと感じ、充足感を抱いて納得して生きているのだという。リンカーンの劇的な体験が紹介されている。若い日、リンカーンは故あって奴隷船に乗り合わせたことがあった。そこには悲惨な境遇にある黒人奴隷たちが過酷な条件の下に乗っていた。中には妻子から引き裂かれて売られていく奴隷もいた。が、彼らの多くは船客の中で最も陽気で、幸福感に満ちているように見えたのだという。楽しそうに歌い、楽器を弾き、到底うちひしがれている様子ではなかったと。

さて、以上のことは人間の今後について重要なことを教えてくれるように思われる。我々は金儲けや出世競争や社会的地位の獲得競争に血道をあげる行き方、そういうものに生き甲斐を感じる行き方から別れるべきなのではないか。こちらの道は修羅道である。競争には際限がない。満足して落ち着くということがどこまで行ってもない。ついに幸福と思える境地に至りつくことはないだろう。あったとしても再度いうが瞬間的なものである。短期間では「我勝てり」と思えよう。が、すぐに尻に火が付いて焦り、不幸感に襲われ、次なる闘いに駆り立てられる。おそらくこの道行きには果てしがない。いわば餓鬼道だ。

茂木健一郎『欲望する脳』にこんなことが書かれている。「現生人類に至る長い進化の歴史においては、自分の欲望が満たされることよりも、むしろ満たされないことの方が多かった。マルサスの『人口論』を引くまでもない。『食べたい』という生物として最も基本的な欲望でさえ満足できずに、死に瀕することは普通だったのである。私たちの脳は、欲望が必ずしも満たされないという条件の下で進化してきた。欲望を周囲の環境に合わせて調整する脳の仕組みがあることはむしろ当然のことである」

してみると、人間の脳は周囲を変えることで対処するのではなく、自分を変えることで周囲と折り合うようにできていると言えないだろうか。

ここはやがて展開する私の人生論にとって大事なところである。つまり、具合が悪いとき具合が悪いからといって周囲を、外部を変えようとするのではなく、自分自身を変える方がまだ可能性があるし、現実的であるという考え方に立つ人生論。

あの漢字学学者白川静氏は氏の娘婿にかって、「質素な生活が、豊かなものを産み出す基礎になるんです」と語ったと伝えられている。どういうことだろうか。おそらくはこういうことである。質素な生活とはこの場合、多くの人と付き合い、宴会や会合に出かけ、学会に顔を出す、有名人、羽振りのよい人間として表立ち、世間を広くする、そういうことを一切しない生活を指す。そんなことからは手を引き、地味に、なんの目立つこともなく暮らす。なぜか。自分のするべきこと、仕事に打ち込むためである。白川氏なら研究に専念するためである。そのためには外へ出て、表立ち、目立ち、活躍する時間などないはずだ。暮らしは自ずと質素と言えるものになる。外へ出ないから飾る必要もない。美食の機会もない。そういうことなのに違いない。こうして結果的に質素な生活をおくるものほど、仕事という点で精力的であり、没頭して幸せである。仕事は面白い。納得いくように上手くいけばなお面白い。かくて彼は内面では豊かである。幸福であり、人生は充実して楽しい。これが氏の言わんとすることであろう。

要するに基本的には外部に、他人に何かを期待することはしない生き方を選ぶほうが、賢いようである。人に何かを期待すれば、必ず不満が生じる。かつて紹介した村上兵衛の至言ではないが、もっとと思い始め、要求は際限がなくなり、結果として満足するということができない。これは不幸な暮らしではないか。

反して曾野綾子さんの言うように外部に期待しない生き方を選ぶ人間は、至る所で他人の協力に感謝することになる。人に期待しない人間は誰かが何かをしてくれるようなことに遭遇すると、思いもよらない手助けとしてそれを感謝する。うれしいことと感じる。

今日の新聞に生後五ヶ月の赤ん坊を殴り殺した二四歳の母親のことが載っていた。彼女は出産までは二三歳の父親とすべての妊産婦教室に出席していたそうである。出産に期待し、いい子を育てるつもりがあったのだ。だが、実際に生まれてみると予想以上に育児はたいへんであり（夜も眠れない）、加えて夫がさっぱり育児に参加してくれなかったのにイライラして子どもにあたったのだと自供しているという。つまり彼女は夫に育児の手伝いを大いに期待していたのだ。だが若い男は勝手なもので、彼女が期待したほど手伝おうとはしなかった。これがもし私の女房がかつてそうであったように、育児は女の務めと自然に思い、私になどなんの期待もしていなかったら、男の協力がなくてもさまで不満には思わなかっただろう。時に気まぐれで手伝いでもしてくれたら、実にうれしい思いをしただろう。そういうことだ。

私がこう言えば、女たちのあるものたちは「そう言ってうまいこと育児や家事を女に押しつけるのだ」と抗議するだろう。そう取られても仕方がない部分があると思う。だが、期待すればこそ不満が生じるのだし、まったく期待しないときにたまたま手伝ってくれることがあればうれしいものだというのも、また事実である。どちらを選ぶかはその当人の自由だ。Aという知人の嫁さんがこんなことを言ったことがある。私が退職していつも家にいることになって、だからせめて食事の後片付けぐらいはしてやろうと思い、後片付けは引き受けることにした。それは退職の前にあるイギリスのジェントルマンの話を読んだからである。彼は（多分、やはり家に毎日いることになってだったと思うが）奥さんが毎日食事を作ってくれるのに感謝して、せめて週に一度は楽をさせてやろうと、日曜ごとに自分の小遣いでディナーに招待することにしている、と書いていた。私はこれを読んでいたく感動し、食事をおごるほどの金はないからその代わり毎日、食後の後片付けをしてやろうと思ったのである。もう数年続いている。その話を何かのついでにA君にした。彼は彼の嫁さんに私の手伝いを話したらしい。するとと彼女はこう答えたというのである。「後片付けぐらいで家事を手伝っているなどと思われてはたまらない。女が引き受けている仕事はそれどころではない。いっぱいあるのだ」と。彼女が言いたかったことはよくわかる。要するに、女と同じように毎日家にいながらたかだか食事の後片付けをするからといって、家事を男女平等にやっている、自分も家事をやっているのだなどと思ってほしくないということだろう。やはりそこには家事は女という押しつけがある、その程度のことでごまかされたくはない、と。彼女のその理屈に間違いがあるとは思われない。しかし、私はその言葉を聞いて即座に、なんとA君の嫁さんは生き方の下手な人だろう、なんと不幸な人だろうと思った。私の女房は私の申し出を決してそんなふうには受け取らなかった。女房は家事は女の仕事と思い定め、したがって私の申し出を断った。それでも私が実行し始めると申し訳ながって、感謝し、喜んだ。その結果どうか。彼女は私の申し出を、自分を少しでも助けてやろうとしての親切心と受け止めて、その気持ちをありがたがった。とは彼女は幸福になった、幸せだと感じることができたということだ。一方、私はといえば女房が喜ぶのを見て、そんなに喜んでくれるのならと、もっといろいろと手助けしてやろうという気持ちになり、事実できるときは他にも手伝うようになった。そういうことである。A君とこと私のところとこの両者の喜びの上下の差は随分とあるのではないか。この違いはおそらく暮らしのすべての局面で出ているに違いない。だからA君の嫁さんは私にいわせれば生き方の下手な、損な生き方をしている人ということになる。彼女はだまされまい、馬鹿な思いはするまい、とばかり気を張って生きているのだ。

では、だまされてもいいのかと反論されそうだ。だまされまいと気を張る生き方は貧しい生き方であるのに違いない。だまされまいと頑張っている人間ほどかえってだまされやすいのに違いない。第一そういう人間は至る所にだましをかぎ取る。

A君の細君にいわせれば、家事は女の仕事だなどと考えているのは古い馬鹿な女にすぎず、それだから男女同権はいつまでたっても確立しないのだ、嘆かわしいということになるのだろう。しかし、後片付けをしてもらってもなんの喜びも感じず、感謝せず、したがって男にもっと手伝ってやろうという気持ちを呼び起こさせることもないのと、手伝ってもらったことに喜びを感じ、うれしくなり、さらに男にもっと手伝ってやろうという気持ちを自発的に起こさせ、したがって事実さらにいろいろと手伝ってくれるようになるのと、どちらが幸せか。これは生活全般にわたって言えることだろう。同じことをしても両者の喜び度というか幸せ度はかなり違うだろう。だまされまいとする生き方の貧困さを思い見るべきである。

これ、典型的に他人に期待する生き方の貧しさを物語っていよう。何かをするのはいつでも周り、外部であるべきである、という生き方と、外部に頼らず、期待せず、自分でやるべきことはすべてやって当たり前という生き方と。前者の生き方は補助金とりや援助、制度の改革に一生懸命になり、取れないと怒り、人が自分よりより多く取れば嫉妬し怒り、満足するということを知らない。

社会改革も外部を変えようとする典型である。だが、この道は苦難の道である。外部はこちらの思うようにはならないものと決まっている。だから改革はしんどいし、流血の揚げ句、達成できてもやがてすぐに当たり前になってしまって、次の不満が次々と出てくる。改革には果てしがない。それにくらべれば自分の気持ち、こころを変えることは（難しいことではあるが）いったん成功すればそのまま持続して、揺らがないのではなかろうか。

ヒルティが言っている。「幸福であるためには、自分で変えることが出来るものを変えようとすることだ。自分で変える、動かすことが出来るものは自分である。だが、自分の外にあるものは動かすことは出来ない」（『幸福論』）

四二　人間の本質としての無意識

言葉以前の世界、言葉のない世界を想像したい。私たちはもともと動物である。せいぜい叫び声を持つ猿的な世界から出てきたのだ。そこでは私たちは猿同様に餌を口にすること、生きて活動していけるだけの餌を摂取することを第一義として生きていた。そこから出て、餌をとる道具を作ることが入ってきた。採集経済には笊や籠などが必要となり、漁には網や棹、針が、狩猟には罠や槍、弓、縄が、農耕には鍬や籠その他多くのものが必要となる。人々は餌をとる一方、こうしたものを作るのにも日時をさいた。身内だけで固まって暮らしていくには、こうした生活では言葉がなくてもそう不自由はしなかっただろう。ほとんど言葉の発せられない暮らしだったと想定しても構うまい。猿同様の、動物一般と変わらない暮らしである。こういうとき人々は実に多くのことを無意識に行っていただろう。

行動。道具作り。手仕事。こういうものは言葉なくして手の手触りだけを頼りに行われたはずだ。意識は介入しなかっただろう。それでいて名人になれば見事な作品を作っていたはずだ。意識なしの仕事である。しかし、身体は、手は、対象を認識し、やり方を工夫し、つっかえてはやり直しをして、目的のものを見事に作っていたはずだ。言葉なしで。黙って。縄文時代の名人である。

精神分析家の岸田秀氏だったかは人間は本能の壊れた動物だと述べていたが、私の考えではとんでもないことで、なにも壊れてはいない。ただ、人間の場合は本能の上に意識が被さっているだけである。被さって、本能のいうことを点検し、修正したり、再考させたりしているだけであって、そのためにあたかも意識が人間を統治し、人間を御しているかのように思わせているだけである。

本能の命じる部分は無意識部分というか意識以前の部分である。本能部分のみならず意識以前の部分をすべて（気づいていることに気づいていない状態も含めて）私は無意識部分と呼びたい。そうすると人間のほとんどは無意識によって構成されていることになるだろう。動物とあまり変わらないわけである。

さてこういう次第で私は人間はほとんどが無意識で成り立っていて、意識はたかだか人間全体の三分の一ぐらいを担っているにすぎないだろうという人間観を抱く。意識は人間のほとんどを占めていると一般に考えられているが、実際は意識部分は人間のほんの一部にすぎない。こうした人間観をまず基礎に置いておこう。

以前に『瓦松庵残稿』で、アメリカの脳科学者ベンジャミン・リベットの研究報告、「人はなんであれ、あることを意識するその〇・五秒前に関連する脳細胞が発火している」というのを取り上げた。不思議な話で、それなら人が何かをしようとするとき、誰がそれをしようと決めるのか、私とはいったい何だろう、という疑問にさらされた。

リベットの実験研究は、被験者の腕に微細な電気刺激をあたえ、被験者が刺激に気づいたら「(刺激が) あった」と報告するものである。すると被験者が刺激に気づいて報告する〇・五秒前に脳では報告する箇所の神経細胞が発火していることが判明したのである。つまり脳がそれをしようとして活動を開始してから〇・五秒後に初めて人はそれをしようと思うのだという。言い換えれば、脳が活動を始めて活動が〇・五秒間続けばそのときやっと意識にのぼり、それをしようと思うことになる。これは随分奇妙なことで、人は普通誰でも何かをするときは自分がそれをしようと思ってするのだと思っている。だがそうではないことになる。すべては無意識のうちに起こっているのだ。行動を起こす根源は「私」ではないのである。「私」というのは意識された自分のことだから。はっきりした自分が決断して行う、だから責任も負う。普通はそう考えられている。リベットが突き止めたことはそうではないということだ。私が何をしようといわば自分の深部で自分にあらざるものがそれを実行しようと決めているのだ。そんなことがあり得るのだろうか。もし意識しない自分が何をするかを決めているのであれば、誰がどこで何を根拠に決めているのだろう。それが人の行動なのであるなら、何をしようとその人間に責任があるとどうして言えるのだろう。そんな疑問が次々と湧く。

だが実験結果を今のところは否定しようがない。では、どうなるか。こう考えれば説明がつくだろう。説明してみたい。河野哲也『「意識」は実在しない』にこんなことが説かれていた。サラリーマンが昼休み時間に外へ出て蕎麦を食うことにした。蕎麦を食うという決定はどうして起こるのだろうか。そのとき心の中で生じていることを子細に検討すれば例えばこうだろう。難しい堅苦しい言い方になるが氏の文を引用すれば「私たちの意図が形成されるのは、『昼休み』や『鶴亀庵は一番近い蕎麦屋だ』『かつおだしのにおいがする』といった情報が私たちを動機づけているからであり」「もし、意図がこのように形成されるのだとしたら、いわゆる『決意』というものは、ある行為を引き起こす動機を突然に心の中に発生させるものではないことがわかるであろう。ある決意を行うためには、私たちはある環境の中ですでに動機づけられていなければならない」と言うのである。こういう次第だとすれば確かに脳は意識されるよりも前に当該部署を活性化させていると考え得るだろう。つまり私たちは何かをするとき、しようと意識する以前にすでにそれをするための脳の活動を開始しているのは、ありそうな話だし、あって当然だと思われる。そして、それもほかでもないその人間の肉体、身体が行うことである以上、その人間の行為だというほかない。一見妙な話だと思えるが、意識を持たないで見事に種々行動している動物のことを思えばあり得ない話ではない。

こうして人間観は大きく変わってくる。人のすることの大雑把に言って七割は無意識に行う行為ではないかと私は見積もる。人間も動物から出てきたのであり、のちにその上にかぶせるようにして意識を生じさせたのである以上、そう理解した方が納得がいく。

以上のことが示すのは、要は人が何かをするとき意識はどういう役割を果たしているのか、無意識をどのようなものと受け取ればよいのかという問題になる。意識は人の行動のほんの一部を担っているのにすぎない。広大な無意識の部分もその人の行動に違いなく、その人間の身体が選択し、決意しているのだ。無意識の部分をその人間から除外したり、その人間の責任範囲から外したりしてはならない。動物がそうであるように人間もほとんどは無意識の部分で考え、選び、行動しているのである。つまり後から出てきた「こころ」の部分だけを人間だと考えるのが間違っている。意識とか精神とか理性とかそういう部分だけを取り上げ、その部分が人間にほかならないと私たちは（私たち近代人は）永らく考えてきた。だがこれは間違っているのだ。意識の働き、意識の役目はおそらくほんの一部である。迷ったとき最後に決める、それも多分追認という形で無意識（身体）の決定を認めるのが意識の役割に違いない。それなのにそのたった一部の働きにしか過ぎない意識が私たちのすべてであるように錯覚されるのは、意識は意識しているときしか意識されないという意識自体の特性のせいである。自覚されないからないことになる。結局意識している時間、意識状態の時しかないことになる。これがあれほど意識が人間観を占領してしまう理由だ。

　意識は選択に迷ったときに幾つかの選択肢を認め、どれにするか決定するのが役目だと私は見る。そのときですら決定の大筋は無意識が脳の基底核の意向を受けて情動に基づいてすでに決まっているのだ。したがって大筋は決まっている中で意識はあたかもなにもかも自分が決めたように錯覚して選択するのだ。ほとんどが追認である。意識の役割は言ってみれば自己納得のための理由付けを考えるだけと言ってよいだろう。しかも意識はすべては自分＝意識が行っていると思っている。したがって意識は自分の決定と思えることにその決定を納得するためのもっともらしい理屈を与える。自分の正しさを偽装する。これが意識の本質である。意識は間違わないのだ。なぜなら意識はその出自からして正しい選択をするために存在しているのだから。たとえ間違っても言いつくろう。

　このように考えれば意識が生じる五〇〇ミリ秒前に早くも脳細胞が活性化していても少しも不思議ではない。当然のことである。そのときでさえ無意識の脳細胞はその人の過去の歴史や特有の経験、気質その他によってその人間独特の反応をしている。したがって個々の個性も一人一人違ってくる。無意識が行うのだからといって無個性的に行われるのではない。やはりどこまでもその人間らしい行為、選択になる。なんといってもその人間の脳細胞のネットワークは彼のたどってきた人生経験によって作りあげられているのである。彼の脳の構造は彼独自のものなのだ。その彼独自の脳構造によって産み出される無意識は当然彼独自のものになるだろう。

　もう一度言えば、リベットが突き止めたことは、人が意識する（気づく）よりも脳は五〇〇ミリ秒も前に当該部署の脳細胞を活性化させている。そして、何かをしようと意識してから実際にそのための筋肉が動き始めるまでには一五〇ミリから二〇〇ミリ秒の時間がかかる、という二点である。この二つの点は揺るがないように思われる。あとはこれをどう見るか、解釈するかの問題があるだけだ。意識はこの後者、意識してから実際の当該運動が生じるまでに一五〇ミリから二〇〇ミリ秒の間があり、この間に意識は運動を実行するか、あるいは修正するかなどの決定をする。それだけが意識の働き、意識の分野だとみられるということになる。意識が（つまり気づきが）、生じるまでに人は人体内外の事情から何ごとかをしようと動き始める（これが脳の自発的な活性化である）。それはいわば身体が動き始めるのだ。意識以前の出来事である。だから当人もそれ（その始動）を知らない。気がついてはいないが身体はちゃんと始めているのだ。情動が動き始めている。それはすべての動物がそうであるのと同じである。そのうえで五〇〇ミリ秒たって意識が始動し、選択の点検その他の役割を果たす。それもその必要がある場合に限って。ないときは（ほとんどがそうだが）意識なしで、意識の介入なしですまされる。

意識と、無意識あるいは意識以前と、を比喩的に言えば次のようになるだろう。人間の男と女。生物学者の福岡伸一氏によれば、男は女の補助製品、ないし二次的副産物にすぎない。人類の本質は発生生物学的に言えば女であって、男は添え物といって悪ければ二次的な存在である。だから実際、生き延びる力、生存力は女の方がそうとうに強い。病気にも強いし、平均生存率も女の方が長い。にもかかわらず知られる限りの歴史上、常に男がこの世を支配してきた。男が主人顔をしてきた。なぜか。おそらくは腕力の差からである。男はその発生の理由からして力を武器として登場してきた。力によって女子どもを守り、食糧を確保する、そのための存在として登場してきた。つまり女よりも強力な力を持つことを存在理由として、後から登場してきたのである。性的な役割を除けばおそらくはそれだけが男の存在理由だ。ところが男はこの力を女との関係の中でも使い始めた。こうして男は女を力で押さえつけ、女を支配し始めたのである。そしていつか男はこの世の中は初めから男が支配する世の中であると当然のように見なし始め、そのように社会を組み立てた。したがって一見この世の中は男が支配し牛耳っているように見える。しかし根底ではやはり女が支えているのであり、女がいなければ男の社会は動かないのである。女こそ基本なのだ。これが人類の二十一世紀に至るまでの歴史である。これと同じように後からできた意識が人間を乗っ取ったのである。人間ももともとは他の動物と同じように無意識だけの世界で生きていた。ところが、その種としての虚弱性からやむをえず、つまり環境を選んでなどおれず、様々な多彩な環境の中へ進出することになり、未知の状況、異質な初めての事情に出くわすようになり、行動の選択に迷う機会が増えた。このため、どうしたらよいか検討する機会が自ずと増し、その逡巡がおそらくはいつか意識を生みだした。こうして意識は無意識から二次的、補足的に産み出された産物、後発物である。ところが意識の特性である意識が意識する、自己を対象化するという特性と、行動を最終的に決定するようにみえる役割のおかげで、自分を誇大に見なし始めた。最終決定者である自分こそ主人であると。最終決定というがその実態は、意識以前が多分大脳基底核で決めた情動に基本的には決められて、その枠内で自身が納得いく選びとりをすることにある。要するに意識の機能は自身がこれからやる行動を是認すること、あるいは是認できる行動を選び取ることである。選び取るということは選んだ行為を是認することである。是認するとはそれでよいのだ正しいのだとを認めることである。だから、意識はいつでも自身の判断に整合性を求め、少なくとも整合性を認め、認めにくくてもでっちあげこじつけてでも是認することになる。選択をよしとする理由を見つける。どうしても見つける。これが意識の特性であり、存在理由であり本質である。いずれにしても意識は最終決定をやる形になる。だから自分（意識）が一番偉いのだと思い込むことになっても不思議ではない。しかも意識とは気づきである。気づきのないときは、なんであれないのと一緒である。少なくともないのとあるけれども気づかないのとの区別はつかない。こうなると人間にとってあるのは意識状態だけだと錯覚される。意識以前、つまり無意識状態はないことになる、ないし無視される。このようにして意識状態が人間そのもの、人間とは意識であるとみなされることになった次第だ。

というわけで、人間もいかに多く、というより広大な部分を無意識が占めているかということをここで強調しておきたい。くどいようだが、真実予想以上に無意識が支配しているのが実態だからである。一例をあげれば思考。考えること。人はこれを当然意識がする行為、意識的行為だとみなしていないか。考えるのだから意識的に行う、あるいは意識がある状態で行う行為に決まっていると。だが、よくよく考えるという行為を反省してみるとそうとばかりは言えないことに気づく。もっともこういうことは「意識」や「思考」をどう定義するかによる。が、そこはごく一般的に意識ということ思考ということを理解して、考えてみることにしておこう。すなわち「意識」は気づくこと、「思考」は条件をあれこれ比べ検討して最終的にあることを選ぶこと、そしてその過程も含むとしておこう。さてそうすると、私たちはいくらでも無意識に（無意識状態で）考えている場合があるだろう。なにげなく考えていて、そのうちふと考えていることに気づいて、今度はその意識の下で考え続ける。多くの場合、私たちの思考はこのように進行する。たいていは考えるともなく考え始めている。ある程度進行して初めて考えていること、いま問題になっていることに気づくのだ。意識を気づきだと定義する以上、そうとしか言えない。してみると普通、最も人間的な行為だと思われている考えるという場合にすら私たちはそのかなりの部分を無意識状態で行っていることになる。それぐらい人間に無意識が占める割合は大きい。驚くべきことではないか。

ところで私が、私の考えだ、私の意図だ、したがってこれが私だ、私の行為だと言えるのは意識上の私のしたことだけである。それ以外の私（の身体）が行ったことは私がしたには違いないにしても、私が意図して、つまり私の決断としてしたのではない、したがって私に責任を押しつけられても困惑するだけである。この事情は重大である。意識というものの本質ないし正体を考えるとき重要である。なぜ人は意識的行為（それをすると気づいていた行為）だけを自分の行為だと確信するのだろう。理に合わない話ではないか。しかし意識というものの正体を知ってみれば当然ということになる。意識の正体は気づきである。なんのために気づくのか。気づくことによって、行為の選択の可否を検討するためだ。気づくとは相手を対象化することである。対象化するとは相手の存在をそれと認めることである。認めれば存在がわかる。認めがなければ存在しない（と同然である）。したがって意識するときだけ（意識対象となったものが）存在する。かくて意識的行為は当然存在することになるが、意識に上らない行為は存在しないも同然になる。意識的行為だけが存在することになる。だから、私たちは意識的行為だけを自分の行為だと認めるのだ。それ以外は認めないし、認めがたい。

四二の二　日本人にとっての無心、無私あるいは日本人の無意識の方法

日本人はことにあたって多くの場合というかすぐに、無心になること、自我（私）を捨てること、無私になることの大事さをいう。一方、西洋人は無私とか自我を捨

てる放棄することは狂気になることと受け取って、拒否反応を起こす。どうやら彼らにあっては自我を捨てることとは「放心する」こととしか思えぬらしい。放心でなければ気が違うことに。日本人にとっては絶対にそうとは考えられない。この違いはどこからくるのだろう。

ここからが大事なところになる。西洋人の自我（私）は神に抱き留められてあるものだったのだろう。神に抱き留められているからこそ、あるいは神という後ろ盾があるからこそ安んじて自我を礼賛し強調し、自己を大事にできるのだろう。しかし近代になるにつれて神は実体のない観念にすぎないことがわかってきた。神は死んだのである。かくて西洋人は彼らを支えていた神を失い、自我が裸で、何の支えもなく、孤立してあることになった。必然的に自我は肥大化せざるをえない。彼らがあれだけ空白を恐れ、饒舌にしゃべるのは孤立していて何の支えもない自我と向き合うこと、自我のそういう状態と向き合うことが恐ろしいからではないか。自己を放棄すればその向こうには何にもないのである。無があるだけ。これでは恐ろしくて自己を放棄することなど到底できない。西洋人はいかに自己が不安でも自己にしがみついているほかない（自己を放棄したらあとには無以外なにもないという恐ろしい事態がおそらくはニヒリズム、虚無の正体なのである）。したがって西洋人の自我は巨大化するのは当然なのだ。自我にしがみついているのだ。自我にしがみつくとは意識にしがみつくことである。彼らは意識にしがみついている。あの人間を構成している広大な無意識の世界を知らないし、それを無視しているのだから彼らの世界は狭い。だからこそまたあれほどの哲学的、竹田青嗣氏に言わせればスコラ哲学的な少しの違いを巡って煩瑣なくだくだしい論理的思考を巡らすことになってしまうのだ。なぜなら意識のみによって、というか意識を意識のみのよって支えなければならないからである。自分を自分でのみ支えようとするなら自己言及的な袋小路に入ってしまい、自分で自分の手足を食べるややこしいことになってしまいやすい。あるいはこう言おう、自己を自己で証明することはできない、そこを無理に証明しようとなればああいう精緻だが無理な、強引な論理展開を重ねるほかないことになると。

さてでは、日本人にあってはどうなのか。日本人の私、自我は何にくるまれているのか。自然にである。そして日本人にあっては自然＝神なのだ。自然は実体がある。自然という実体に裏付けられたものが日本人の神なのだ。だから日本人は無私になること、自己を放棄すること、無心になることを少しも恐れない。自分を捨てても自然が受け止めてくれる。大自然の中に自分を投げ捨てること、自己放棄は大自然に身をゆだねることにほかならない。自己よりも遙かに大きいものに身をゆだねることになる。こんな安心なことがあるだろうか。こうして日本人は我が身を超えること、試練や工夫や難問に直面したときには自分を投げ捨てて、大自然にゆだね、まかせることになんの躊躇《ためら》いも感じない。自然の教えることに待とうとする。

この自然に身をゆだねるとはすなわち無意識の言うところを聞こうということになるのだ。無意識の発動に期待するのである。無意識は自然のいうことに非常によく耳を傾ける。意識よりも幅広く、柔軟性もあり、深い工夫もする。かくて意識の到底及ばない感覚と知恵を発揮する。

日本人の無心とか無我という工夫はそういう次第で無意識に聞き、無意識領域に碇を下ろし、その言うところに従って意識を発動させ、さらにこういう事態を通じて無意識そのものをも変えようとする工夫なのである。日本人はそういうやり方を古来覚えて、やってきたのだ。無意識が大きくかかわるから言葉にはなりにくかったが。しかし相手は無意識だから言葉を使わなくても身分けがあるから大丈夫だった。無意識に聞くとは、例えば直観がそうである。直観は明らかに無意識が行う。無意識の発動があって、それが意識世界に顔をのぞかせた瞬間が直観（直感）なのだ。

日本人は無意識の世界にこそ本当のことはあると考えて生きてきたのだと思う。ただし日本人はそれを無意識とは言わなかった。無意識の代わりに『自然』とか『身体』とか『無心』とか『無私』と言ってきたのだ。意志世界など真剣に相手にするには値しないと考えてきた。自分の意志や心でできることなどたかがしれていると。したがって日本人が工夫してきたのは無意識を拡充し深め、できれば変えることだった。無意識部分に働きかけて無意識を変えること、そのことに日本人は古来精力を傾注し、集中し、工夫を凝らし、努力してきたのだ。日本人の仕事とは無意識の世界での切磋琢磨だった。無意識とは要するに自分でコントロールできないもの、自分を超えた世界のことである。日本人は自分を超えたものでも無心になって参入すればその力を借りることができると信じてきた。また事実そうだった。これまで無心とか無私とか自然とか私たちが言ってきたことを無意識と読み替えればどういうことであるかがよくわかるのではないか。私たちの心の中にある広大な無意識部分。身体。意識されないからないのと同然のものながらこれを変える方法、それが日本人が古来、意を用いてきた修業方法であり、生き方なのだ。そんなものを変えるにはああいう方法しかなかったのだ。

西洋人はこれと違って自分の自由にできることを重視してきた。操作可能性である。操作可能であるためには対象を対象として把握することが前提となる。つまりそれをそれとして認めること。無意識世界は意識されないのだから認めることはできない、したがってないのも一緒、存在しないこととしか思えない。ないものはどうしようもない。よって彼らは意識世界のみを、意識できるもののみを相手にしてきた。その結果が科学なのだから馬鹿にはできない。しかし科学はいいが、こういう物質世界を離れて心の世界に至れば彼らのやっていることはいかにも浅薄だと思える。しかしその西洋でも時代によっては無意識部分に近づいたときはあった。私の見るにロマン主義の時代である。ギリシャ時代にもバッカス信仰があった。つづめて言えば理性の時代ではない時代、反理性的な雰囲気が強かった時代がそうだ。いずれも理性によるコントロールに疑問符がついた時代、あるいは人々。これが西洋の歴史でどちらかと言えば無意識が浮上した時代だろう。そう思って西洋史を読み直すこと（読み替え）が可能である。

意識がそういうものだとしたら、日本古来の物事のやり方について考え直す必要がある。職人の仕事でも諸芸の道でも、いやどんなことでも精進して行うことには日本人は「無心になる」とか「私を去る」とか「私を無くす」とか言ってきた。宮本武蔵は剣道において「無になる」「私を捨てて無心になる」という意味のことを言った。ドイツ人哲学者オイゲン・ヘリゲルが弓道で習ったのも「自己を捨て無になる」ということに尽きた。職人も究極の仕事においては無心に仕事をすることを強調した。邪心を捨てるともいう。いずれにしても己、自己を強調し、署名を大事にする西洋人の考え方とは正反対である。この日本人の「無になる」「自己を捨てる」「自分にとらわれない」という一見自己蔑視と見える考え方は西欧的な主体の視点から考えては間違うだろう。日本人が多くの局面で言う「無私」は自分を放棄する馬鹿げたことでは決してない。

そうではなく、ここは意識の問題として扱うべきなのだ。事を行うにあたって放棄するべき私、自己とは意識的な自己、意識で捉えられている自己のことである。あるいは無私という場合の「私」は「意識」のこととみなしてよい。日本人はそういう意識レベルの自分にとらわれず、意識領域を越えて無意識レベルの自分に向かうのをよしとしたのだ。意識レベルの自分など狭い、機能する範囲も狭いと仕事をする長年の努力のうちに知っていたのだ。もっと広い、人体生理に近い深いところの自分を鍛えてこそ本当の技、少々のことでは揺るがない、つまり肉体に刻み込まれた技を会得できる、それこそ本物の技だと考えたのだ。このように科学の言語で「無」とか「無心」「私を捨てる」という日本の行動哲学を述べれば現代人にもそれらの意味と有効性が納得しやすいだろう。日本人が盛んに言ってきた「無心の哲学」の意味はそういうことなのである。自分を捨ててしまうのではない。意識レベルからもっと深いレベルの自己にまで降りて、もっと深いところで技を獲得することを意味したのだ。いわば無意識（自然）まで巻き込んだレベルで。自然こそ神々の世界、よって自然にまかせるとは神々にまかせることになると受け取って納得していたのだ。無意識の自己とは動物レベルの自己である。動物は自然と一体になったものである。自然の一部、自然そのものである。という論理から日本人は自らを神々にゆだねて（ゆだねる形で）一心に働いたのだ。結果としてもの凄い技を会得した。

ただ、無私を無意識と言い換えるとわかりやすくはあるが、意味が痩せてくる。ニュアンスが消える。科学の用語が持つ弱みである。意味は明確になるが、多くのニュアンスをそぎ落としてしまうことになる。したがってこうなる。「無私」ということには大きな事実ないし実質があり、馬鹿げたことではなく、意識的に考え目的を持って計画に従ってやるよりももっと多くの深い地点にまで達することができると確信してよいと。

四二の三　無意識を変える

無意識という以上、私たちはそれを認識することはできず、それと知らないものについてはどうすることもできないと思いがちだがそうではない。ここが大事なところで、私は声を大にして言いたいが、無意識もまた私たちは変えることができるのである。どのようにしてか。

　二つの方法がある。大きく言えばひとつかもしれない。一つは宗教的な修業のようなもの。ヨーガもそうかもしれない。宗教者や武芸者はある絶対的な修業によってとんでもない境地に至る。信じがたい境地に。彼はそれを意識を超えて無心というか理を超えた境地で獲得する。同じようなことだが、スポーツ選手も意識を超えた世界で技術を技を獲得する。そう超人的なことをいわなくても、一般の人間でも自転車に乗ることに見るように初めは意識的に練習を始め、やがて技を習得すればわざわざ意識しなくてもやってのけられるようになるように、いったん会得してしまい、習慣になってしまえば自動的に行うようになるのは日常茶飯事にある。意識的行為が習慣化することによって自動化し、無意識の領域へ追いやられることは常習的にあるわけだ（脳科学的に言えば、脳のネットワークがそれように形成される。脳に痕跡が強力に残る、となる）。それなら私たちは多くのことを自動的になるまで習得して無意識の領域へ送り込むことができることになる。かくて私たちは本来触ることのできない無意識の領域をも変えていったり、方向を転じたりできるはずだ。間接的な操作であるにしても、私たちは無意識の領域をどうにもできないのではない。ここは重要なところである。無意識の世界を放置はできない。結局私たちは無意識の自分、無意識の世界も意識的な自分が作りあげているのだ。そのことを知らないだけである。

四二の四　意識はメタ無意識

　脳科学者茂木健一郎を読んでいて無意識について重要なヒントを得たと思う（『脳科学講義』）。彼は意識のことをほとんどクオリアと同義に使う。そして、脳という物質からクオリア（質感）のような主観的なある経験が立ち上がるのはなぜかというのを、脳科学の最大の疑問と位置づける。

　彼は「脳の中に神の視点のようなものが存在するのだ」と新しいホムンクルス説を提唱する。むろんホムンクルス説は無限後退という罠に陥るということは百も承知である。だからこの罠には陥らない新しいホムンクルス説を唱えるのである。どういうことか。無限後退に陥るのはホムンクルス説は脳の中に見る対象と見るものという主体とを設定するからだとする。したがって主体を見る主体が要請されざるをえなくなる。しかし脳の中で本当に生じていることはそんなことではないというのである。主体として言い表されうる「主観性の構造は前頭葉を中心とした神経活動によって生み出されている」が、客体と言い表されるクオリアは後頭葉を中心に生み出されている。別々の部署ではあるが、いずれも同じ脳の活動であることには変わりない。だから無限後退には陥りようがないというのである。彼は「同じ脳の活動」というのがポイントである。「メタ認知的ホムンクルス」という言い方をする。ここの「メタ認知」がなかなかいいと思う。

メタ認知は認知だが一段階層を上がって、上空から自分自身を見る認知を言う。自己言及がそうである。ある文章が文章自身について述べられる文であるときメタ言及文と言われる。自分自身を認識する認識はメタ認識である。同じことではないか。自分自身を意識する意識は自意識である。自意識はメタ意識と言い換えても構わない。では無意識にそういう事態はあり得ないか。そんなことはないだろう。メタ無意識があり得る。そしてそのメタ無意識が意識のことである。意識とはメタ無意識なのだ。つまり意識とは脳が脳自身を（脳の活動を）見るとき生じるメタ脳活動（無意識）なのではないか、ということになる。

脳が脳自身の活動を眺めるということがありうるだろう。そういうことが生じたらそれはメタと呼ばれる活動になる。これを意識の正体とみなしたい。傍証はある。まず意識とは私の定義では必ず自意識である理由がこれで納得がいく。意識は脳活動が〇・五秒持続して初めて発生するというのも、メタは自分自身を見る、見下ろすことだからそれだけ時間がかかる――まず自分が成立し、その後でなければ自分自身を見ることはできない――ということで納得がいく。自他内外からの刺激を受けて脳細胞が活動を始める（腹が減っている。あ、蕎麦のうまそうな匂いがする）、だがすぐ行動へ移るべきところでいつもと違う状況に直面しているとする（財布が今日は心細い）、ではいつもと同じように反応していいのか大丈夫なのか迷いが起こるだろう、迷いは目の前の事態と実行するはずの自分の行為を等分に対象化して見渡し是非を検討することになる（蕎麦屋へ入るか入るまいか）、必然的に複数の行為の候補を比較検討することになろう、嫌でも比較するために行為の候補を見渡たす形になる。要するに対象化するわけだが、それは上空からの神の目の形になってということになるだろう。これがメタの発生する動機であり、メカニズムである。そうなのだ、意識は（クオリアは）脳のメタ活動なのだ。そう考えて初めて意識が脳の中で成立することが説明できる。あとはメタという事態が脳の中でだけでなく文においてもその他においても、それがなんであれ一定の状況に立ち入れば必然的にこの世の中で生じる不思議さが問題になるだけだろう。

　かくて目下のところは脳のメタ活動説が、不都合をどこにも生じない意識の誕生説になると私は見なす。もう一つ問題になるとすれば、メタなるものに必ず生じるパラドックスである。もし意識が脳のメタ活動なのであるとすれば意識もパラドックスを必然的にはらむはずであり、パラドックスから逃れられない。

四三　子どもは言葉を振るまいとして覚えていく

　私の孫が一歳半から二歳半にかけて――このころは文字どおり男の子が言葉を喋り始める時期である――言葉を発し始めて特徴的だったことを記してみる。田圃へ連れていって、とんぼを見せて私が「トンボ」と何度も言うと彼は「ト」と言った（私の思うに彼はあくまで「トンボ」と言ったつもりに違いない）。女房に言わせると、似たことは他の言葉でもあったようだ。リンゴで「ゴ」と言うように。これが一歳半のころ。二歳半になって、お風呂へ入れて上がる前に親が「1、2、3…10」と数えると彼は「6、7、8、9、10」あるいは「8、9、10」と言うという。親たちは「6、7…」あるいは「8、9、10」のほうがリズムがあって言いやすいのかな、などと言っている。私は違うと思う。なぜか。ある日、親子で大きな水車のある川へ行き、見ていると水飛沫がかかった。親は「冷たーい」と言って後じさる。孫も「たーい」と言って下がったのだという。

　これを見てもわかることは子どもは親のいうことをほとんどオウム返しに喋っているのだ。そうやって言葉を覚えていくのである。数《かず》数えで後の方の数だけを口ずさむのもオウム返しなのである。言いやすいからとかリズム感があるからなどではない。オウム返しにいう場合、後半の数の方が覚えているからだ。初めの方の「1、2、3……」は忘れてしまうのである。「冷たーい」を「たーい」というのも同じことだ。ではトンボの「ト」はどうか。短い単語であり、最初の力を入れて発音される「ト」

だけが耳につきやすいのだろう。

というわけで私は子どもは言葉をオウム返しにいうことによって覚えていく、習得していくのだという仮説を立てたい。オウム返しということは親が発音したときの状況がまだ持続していて、状況を共有している可能性が大きい。そこでオウム返しに言えば、こういう状況のときにはこう発語するのだという形になりやすい。親の振るまい（この場合は発語）をそっくり真似る、なぞることになる。心理学者の浜田寿美男氏は「意味がわかるとはそのものに対する振るまい方がわかっていることである」と述べている。これは上手い定義だと思うが、言葉についても同じことが言えよう。親と同じ振るまい（発語）ができるということは意味がわかっているということ、意味（理解）とはそういうことだということだ。橋爪大三郎『はじめての言語ゲーム』にはこんな下りがある。「言葉はなぜ、意味を持つのか。言語はなぜ、世界の中の事物を指し示すことができるのか。それは、言葉が、言語ゲームのなかで、ルールによって事物と結びつけられているからである。そのことは、どうやって保証されているのか。そのことがそれ以上、保証されることはない。人々がルールを理解し、ルールに従って振るまっていること。強いて言えば、それだけが保証である」

さて、というわけで私は次のような大胆な仮説を立てたい。ひょっとしたら大発見かもしれない。つまり言葉も私たちは振るまいの一つとして習得するだけかもしれない、ということである。私たちは親の振るまいを見てそれをそっくり真似て、いろいろなことを学んで育つ。立って歩くことがそうである。ものを持って動かすこと、見ること、おそらくほとんどのことがそうであろう。もちろん本能的なこともある。お乳を吸うこと、寝返りを打つこと、腹ばいになること、這うこと。なんでもまずは口に持っていって調べること。こうした事々は明らかに親の振りを見て真似るのではない。だが生後わずかな赤ん坊でも親が舌を出せば出す、笑えば笑う、片目をつむれば片目をつむるように、親の所作、振るまいを真似るのは本能的なほど赤ん坊に必然的なことなのだ。で、赤ん坊は親の振るまいを見て真似て習得する。言葉の習得も同じことではないか。たまたま言葉はその発声が少し難しく、ある程度成長しなければできないから遅れるだけで、さまざまな所作、振るまいを真似て習得するのと同じように言葉も、親たちのそれを振るまいの一つとして真似て習得していくのであろう。どういうときにどういう発声をするか。多くの動作や所作、振るまいを習得していくのと同じことなのではないか。チョムスキーのように生成文法などと難しいことをいうことはない。言葉も振るまいのひとつなのだ。そう理解してよい。チンパンジーが親の振るまいを見て育つのと同じことだ。チンパンジーは生理的事情から発声が限られ、かつ呼吸コントロールが難しいので言葉にはならないが、チンパンジーにはチンパンジー独特のコミュニケーション方法があってそれを彼らは親の振るまいを真似て習得するのに違いない。人間はそのコミュニケーションの方法がたまたま言葉という形で可能になっただけで、意味はチンパンジーのコミュニケーション方法と同じことのはずである。それならやはり言葉も親の振るまいを見てその振るまいを真似るという範疇での習得なのに違いない。言葉だけを特別視することはないのだ。身振り手振りを習得するのと同じことである。

　このように考える理由の一つに、赤ん坊が言葉を覚える、というより発する前の事態を指摘したい。孫の事例で明らかなように子どもは言葉を発するかなり前から他人の言っていること、つまり言葉を立派に理解しているのである。言葉の理解は発語よりも相当先行するのだ。ということは言葉も彼にとっては（発育という生理的な事情で発語できないのではあろうが）親のする手振り身振り、表情、目つきなどと同じレベルのものの一つとして捉えられているのに違いない。発語によるコミュニケーションの基底にはそういう理解、言葉によるのではない理解がしっかりと横たわっているのだ。人間はそういう驚くほどの同一性、同型性があるのである。同じ状況の中では誰もが同じようなことを感じ、考えるのだ。寒いときは誰もが寒いと感じる。そういう地盤の上に言葉は生じ、機能する。そしてもう一度繰り返すが、子どもは言葉を親の目つき、手振り、表情と同じレベルのものとして、オウム返しに真似て身につけていく。言葉として特別な学習をするのではない。表情や目つき、身振り手つきをなぞって自分もするようになっていくのと同じことだ。チンパンジーもその辺までのコミュニケーションはできるのだろう。その上に言葉というものの独特の能力、機能が人間には許されていて、文明までを作ったということだろう。

　ここは大事なところなので敷衍しておこう。要するに言葉の習得も手振りや動作の習得と同じなのである。子どもは走る、跳ぶ、片足で立つ、手をかざす、うなずく、遠くにものを言うとき手をラッパ状に口を囲む、ともかくほとんどすべての所作を真似て学ぶ。いやいやそもそも立つこと、立って歩くことすら大人のするのを真似て始めるのだろう。インドだったかのオオカミ少女の事例を見ればよくわかる。オオカミに育てられた彼女は四つ足で素早く走ったが、二本足で立って歩くことはできなかった。この所作、動作の習得で行われていることとまったく同じことが言葉においても生じているのだ。真似である。どういうときにどういう音声を出すか。みんな真似で知り、覚えていくのである。意味を理解することから始まるのではない。身振りの真似と言葉の習得はまったく同じことなのだ。

補足する。言葉の習得には人間の幅広い同一性、同型性があるのではないかと先に述べた。しかしよく考えれば言葉の基盤にあるのはそれだけではない。犬を考えたい。ここに「太郎」と名付けられた犬がいる。彼は自分の名が太郎であることを知っている。少なくとも太郎というのが自分を指すことを理解している。だけではない。「お手」「待て」「行ってくるからちゃんと留守番をしているんだよ」といったことも理解している。彼はこれらをどのようにして理解するに至ったのか。おそらくはパブロフのベルと同じことだろう。彼にとって人間の音声（言葉）はベルの音となんの変わりもない。つまり記号にすぎまい。ある音はAを指し、ある別の音はBの事態を指す。そう了解されているのに違いない（そう了解されることを可能にするのは同じ状況の中で犬も人間も同じようなことを受け止めているということがあってのことに違いない。当たり前の話だが、ここは大事なところだ）。人間の子どもの場合も基本的には同じことだろうが、ある音声が何を指すかの理解に人間の心性や感覚の同一性、同型性が大きく働くということではないか。そのうえで考えるべきことは、人間の発声（言葉）は単なる記号とどこが違うのか、ということだろう。なにが違うのか。どういう強みがあるのか。微妙多彩な差異を示しうるということではないか。ソシュールは言語の本質を「差異の体系」としたというが、さすがだと思う。確かにその他の手段による記号に比べて音声は実に多彩かつ微妙それでいて明確な区別による差異によって無限と言ってよい多くのことを表示できる。ここが他の動物の置かれた事情と違うところではないか。

四四　文字なき社会は共時的多元的

ハンガリーの日本文学研究家ツベタナ・クリステワは『心づくしの日本語』でこんなことを言っている。無文字社会についての一節でだが、「音声言語社会では時間は共時的であり、多元的である」という趣旨のことを。この指摘は重要だと思う。なるほど文字を知らない時代、あるいは文字を知らない社会では人々の時間観念は過去、現在、未来と直線的に進行するのではなく、過去も未来も現在も同時併存する社会だろう。同時併存するという言い方がそもそも過去、現在、未来と直線的に進行するのを前提にした言い方なので適切ではない。過去も現在も未来もないのである。したがって前も後もない。今は同時に過去であり未来であり前であり後であり、右は左であり、左は右である。物事は一つに固定されはしない。ここのところをよく理解するには私は金谷武洋氏の巧みな比喩、「虫の目」を思い浮かべるとよいと思う。這い進む虫は自分の目に映る光景しか意識しない。進行につれて変化していく光景とその中に存在している自分だけが現実なのだ。今がすべてである。ということは今の中に過去も未来もすべて含まれているというかあるとみなすほかない。いま自分の心の中に生じたことは過去のことであろうと将来のことであろうといまそれが心の中に生じているという形でしか存在しない。現在であると同時に過去であり、未来であるというあり方しかあり得ないだろう。

同じことがあらゆるものに言える。固定した暗さとかいうものもない。暗さは見る視点によって明るさでもあり得る。子どもは大人でもある。いや両者、大人と子どもの境界はくっきりと分かれてはいない。どこからが子どもでどこからが大人か曖昧そのものであろう。なにものも固定的に確定はしていないのだ。したがって中沢新一氏が力説したように熊は同時に人間でもある。いや両者はいくらでも入れ替わりうるのだ。

こうしたことは書き言葉、文字の世界ではあり得ないだろう。なによりも文字世界では整合性こそが命になるからである。第一に音声と違って文字は姿を持つことによって物質同然のものとなる。固定的な姿を現存させ、いつまでもそこに存在する。これによって整合性がより厳しく問われることになる。第二に文字言語を担保するものは整合性しかない。なにしろ目の前に現物を持たないのである。その真実性あるいは信憑性は前後に矛盾がないこと、首尾一貫していることにしかない。文字言語が伝達の機能を発揮できるのは整合性がある限りにおいてである。それゆえに文字言語の世界においてはなにより普遍性が大事になり、その世界は一元的通時的な、一枚の紙に書かれたようなわかりやすい秩序世界となる。

もう一点。なぜ文字世界では概念、ことに抽象概念が生まれるのか。要するに文字はその場にいない人間をも対象とする言葉の世界だからである。話し言葉は必ずその場で発せられる、聞く者は状況をともにしている。だから十分に表現されなくてもよく理解できる。だが、状況をともにしない者に伝える場合には、その場の様子、それまでの経緯、雰囲気、話し手の表情、声の調子、その他その他が語るものをも文字言葉だけで伝えなければならない。この圧倒的なハンディキャップがおそらくは概念を、ことに抽象概念を生み出したのだろう。ものAとものBがある。その場で目にしている者同士ならこの二つのものの間にある、ある関係について指させば十分わかるが、その場にいない人間にAとBとのことを伝えようとすれば「AとBとの『関係』」とでも表現しなければ伝わらない。こうして文字言語では「関係」という抽象概念が必要となる。文字言語では言葉が増えるわけだ。

四五　天皇について

過日の新聞で八木秀次氏がこんなことを紹介していた。氏の知り合いの韓国人記者が東北大震災の後、現地へ取材に行った。そしてそこで災害の実態をつぶさに見てこんな感想を抱いたという。我々半島の人間は古来ずっと外からの（この場合、大陸と日本ということになる）侵略に立ち向かってきた。しかし日本人は違う。彼らは異民族からの攻撃に対してではなく、自然の様々な災害に対して立ち向かって生きてきたのだ。そのことがよくわかった、と述べたのだという。そして彼は天皇というものの存在意義が了解できたと付け加えたのだそうだ。この新聞記者は凄いと思う。非常に優秀な男である。

このような見方を私は初めて教わった。外からの目か複数の国の実情を見つめた者でなければ思い浮かばない診断だと思う。なるほどと思う。確かに日本人が古来取り組んできたのは外国人との勢力争いではなく、もっぱらとんでもない力を及ぼし、甚大な被害を与える各種の自然災害だったろう。噴火、大水、台風、地震、日照り……どう防ぎようもない途方もない災害に遭遇したときどう対処するか、どう復旧に取り組むか、そのことに精力を傾注して生きてきたのに違いない。要するにいかにして自然の猛威をしのいでいくかに、もっぱら取り組む暮らしをしてきたのに違いない。それ以外のことにはそんなに必死にならなくても生きていける風土だったと思う。

さて、一方では異民族の侵略にいかに備え、対処していくかに全精力を傾注した民族と他方には異民族に悩まされたこともなくただただ自然の猛威に対処することに意を注いできた民族と。この両者のリーダーというものがたいへん違った者になるのは当然だろう。侵略してくる異民族との戦いに全精力を傾けざるをえない民族は当然のことながら強力なリーダーを必要とする。みんなの先頭に立って、みんなを鼓舞し、勇気づけ、よき戦術を考案し、勝利へと導く力と能力を持つ者。こういうものを人々は熱望する。王である。しかし、日本のような自然災害と立ち向かうのをもっぱらとする民族が求めるリーダーは違うだろう。人々の先頭に立ってみんなを引っ張っていく強くて統率力のあるタイプである必要はない。むしろ祈りにおいて能力のあると思われる人物、自然をなだめる霊力があると思われる人物こそが求められる。災害後の復興においては日本のような風土では、必ずしも一致団結して復旧作業にあたるよりも災害地を離れ、別のところに暮らしをたてることで十分対処できただろう（こういう時に私が主として思い浮かべているのは一万数千年に及ぶ縄文時代・弥生時代である）。こういう民族でのリーダーは自ずと天皇のような者となって不思議はない。天皇は決して王ではない、つまりリーダーではないのである。

かの韓国人の記者はこうしたこと、つまり天皇の本質が現地を見て直感的に理解できたのだからたいしたものである。彼は日本の天皇を王とみなしては間違うと述べているのである。

四六　文化はなぜ多様なのか。すなわち地方色について

国によって（国の中でも地方によって）人々の気質も風俗風習も考え方も違ってくる。いわゆる地方色が出る。大きく言えば文化が違ってくるのである。なぜだろうか。なぜかくも多様な文化の違いが生じるのだろうか。どの国、どの地方でも人々はいかにすれば経済的で楽しい、快適な暮らしができるかを長年にわたって追及してきた

のに決まっている。狙いや目的は一つなのに、それでいて結果するところには、これだけの違いが出てくるのは不思議議と言えば不思議ではないだろうか。

実際、国内はもとよりどの国へ行ってもお国ぶりというものはあって、国や地方地方によって実に様々な特徴がある。考え方や暮らし方、所作動作、風俗習慣、言葉、その他ありとあらゆることが、土地ごとに独特の色合いを見せて、昔はことに異なり、それぞれに味わいがあった。なぜそんなふうに違ってくるのか。普通は伝統の違い、民族の違いなどに帰せられる。だが、私はそうではないと考えている。では、なぜか。いかにも唐突だが、それは進化論を適用すれば納得いくと私は考えるのである。

ある島にAという鳥がいるとする。が、もとは同じ鳥であるのに、島の四方でひどく違う嘴を持つに至っているという事例があると動物学者たちは教えてくれる。元々は同じかたちの嘴を持っていたに違いないのに、こんにちでは島の東西南北ごとに違うかたちの嘴を持ち、したがって場合によってはAから別れた別の鳥として分類されてもおかしくない鳥になってしまったようだというのである。この疑問に対する答えが、Aが住むことになった場所の違いにあるとするのがダーウィンの考えである。住むことになった場所にある食べ物（おそらくは木の実や小さな虫）の違いによって、それに適応して変わってきたと。

人間の場合も同じことだろう。人々が住むことにした土地土地の気候風土、寒暖、景観、産する食糧、その他があって、それに適応して生き方を工夫した。人はたまたま住むことになった土地に合わせるほかない。もちろん、その地へ来るまでに人々が伝えてきた伝統も習慣もあるだろう。それを基に新しく住むことになった土地の強み弱みに合わせて、より生きやすいように何代にもわたって工夫を重ねた。その結果は土地あるいは風土への適応というほかなく、土地が違えば違う風俗風習、暮らし方、儀礼から祭礼までが生じてくることになろう。それぞれの違いはそれがその土地で一番経済的で快適な暮らし方、生き方の型になっているのだ。方言もそうなのに決まっている。したがってローカル色というのは大事なのである。

こう考えれば文化とは何か、文明との違いはどこにあるのかがよくわかる。文化というのは、人が暮らしているその土地土地の暮らし方をいう。カルチャーしたがって土地を耕すというのは正確な言葉なのである。だから文化はその土地土地の暮らしに密着している。よって土地土地によって、地方地方によって文化は違う。文化は多様なのだ。では文明とはなにか。こちらを支えているのは普遍性である。科学である。技術である。都市である。地方地方の違いを超えて普遍的にどこにでもだれにでも通じるもの、適用できる暮らし方、暮らしの方法、それが文明なのだ。文化においてその土地土地の気候風土に当たるものが文明においては人工環境になる。ある地方を越えて広い多くの地表に通用する暮らしの方法、やり方、道路で言えば曲がりくねった田舎道ではなく、山を削り丘をならし池を埋めどこまでも一直線に進む高速道路が文明なのだ。文明の究極の願いはグローバリズムになる。だから〝文明は衝突する〟。必然的に衝突する。文化は衝突しない。共存ないし併存する。言いきってしまえば文化は自然物である、文明は人工物である。だから文化は多様なのであり、文明は画一的なのだ。

したがって地方色は大事にしなければならないと私は思う。土地の誇りであり続けなければならない。地方地方が都市化すればするほど画一的になるのは必然的であるだろう。なぜなら都市は人工物だからだ。人工物は効率化を至上命令とする。効率化を至上命令とするなら科学や技術に頼り、結局は同じやり方、同じ様相になるのは目に見えている。これが都市がどこもかしこも（こんにちでは。なぜなら江戸時代の城下町は実に個性的で、城下町ごとの文化を持っていたからだ）同じになってしまう原因である。しかし地方の都会化には限度があるゆえ、その進み行きには無理があり、画一化は地方を衰退させるものでしかないだろう。

四七　文化と文明について

オルテガの代表作『大衆の反逆』にこういう趣旨の一節がある。ギリシャ、ローマに都市ができたことの意味を鋭く指摘した箇所である。歴史的にはどのようにして都市が生じたのか不明だが、都市の出現は画期的なことだと述べる。都市は空き地から出発している。それは「牧舎や家のように、外気から身を守り子どもを産むといった個人的、家庭的な必要性のために作られたのではなく、社会的なことを論じ合うために作られたのである。これはとりもなおさず、アインシュタインの空間よりもはるかに新しい種類の空間の発明を意味している点に注意していただきたい。それ以前は、たった一つの空間、つまり原野が存在していただけだった。そして人間は、原野という空間の中で、それが人間存在にもたらすあらゆる結果と共に生きていた。農夫はまだ植物的な存在だった。……しかしギリシャ・ローマの人間は原野から、『自然』から、地質・植物的な宇宙から分離する決心をしたのだ。どうしてそういうことが可能だったのか？　……答えはしごく簡単である。原野の一部を壁で囲み、無定型で無限の空間に対して閉鎖された有限の空間を作ればよいのだ。こうして広場ができあがる。……したがって、それはまったく新しい空間であり、その中で人間は植物や動物とのあらゆる結びつきから自己を解放し、動植物を外に出し、純粋に人間的な別世界を創造したのである」「アレクサンダー大王とシーザーに至るまでのギリシャとローマの歴史は、そうした二つの空間、つまり合理的な都市と植物的な原野、法律家と農夫、法と農の絶えざる闘争であった」「都市とは超・住居、つまり家とか人間以下の動物の巣の超克であり、家族的な家以上に抽象的で高度な集合体である」

たいへんな洞察力に満ちた考察というべきである。私にはことに二つの点で興味深い。一つはオルテガ的視点に立てば日本には本来的に都市がなかったという点、もう一つはここから出てくるのだが、したがって日本には文明はなかったという点だ（ハンチントンはせっかく日本を世界の八大文明の一つに入れてくれたのだが）。もっとも唯一難点かもしれないのは、壁で囲った理由が他民族や他部族からの攻撃に対する防御からとみなしていない点である。ではなぜかという点も明らかではないが、どうやら別の必要、もっと抽象的に原野から原野を閉め出すため、閉め出して自分たちで集まって討論するため、という風なことをオルテガは想定しているようである。

前者からいこう。周知のように日本にも都市らしきものはありはしたが、城壁で囲ったものはどこにもなかった。藤原京、長岡京、平安京その他その他。が、これらは例外として、もともと日本の集落、住居の集まりは、別のところでも述べたように、山の中腹か山麓の丘陵地か盆地の高台にできた。規模は小さく、他の住居集落とは山や谷や川や森で遮られ、広さの恐怖心に襲われることはなく、他からの襲撃の心配もそうはなかった。ヨーロッパのように山もなくただ平野がどこまでも続いているところでは隣接する民族との間にどうしても境界線を設定せざるをえない。なにかではっきりと区切って防御せざるをえまい。だが日本の風土では自然が自ずからなる境界を設けてくれている。隣接部族の住居集落は山や谷に遮られて目にも入らない。自ずと母親の胎内にいるような安心感と安らぎにくるまれて暮らしていける。狭い谷間の村なら何家族か（それは分家などが集まった一族としてよい）がまとまって生きていくに丁度の広さで、その人数ならその谷間でとれる植物、小動物、魚、鳥、などでまずまず暮らしていけたのだ。他へ遠征して収奪しなければならないということもなかった。山々の尾根、そして山から流れ落ちる河川が天然の城壁を形作っていた。平安京も北と東、西は山並みに囲まれ、南は巨椋池を擁して天然の要塞になっていて、城壁を設ける必要はなかった。こういうようなのがこの日本の住居形態だったのである。都市といっても西洋の都市とは決定的に違ったのだ。いや、都市ではなかった。大きな集落、村だったのだ。原野から原野を閉め出すために壁を作るというようなことは生じようがなかった。そのようなところで、オルテガの言い方に照らせば、人々はあくまで植物的に生きていた。私にいわせればむしろ動物と同じように。その土地土地に適応して風景の一部になりきって。そこに生じたその土地に一番適した生き方、暮らし方、生の形式が文化なのである。土地土地で独自の色合いと形を持った多様な文化が生まれたのは当然である。

だが、ギリシャ・ローマの原野を閉め出して成立した都市は、原野を閉め出したという点で明らかなように自然を閉め出した人間の集まりである。植物も動物も閉め出して、自然から独立した人間たちだけで暮らしを立てる工夫の基になった住居空間が彼らの都市だ。自然を閉め出したのだから自然に適応することによって生じる独特の生き方、暮らしの形態というものは成立しない。ではどうなったか。環境に適応するという色合いが薄れただけ、代わりには合理性が、便利さや効率というようなことが前面に出て来ざるをえない。こうして物事は抽象的になり、人工的になった。ここに生まれた生き方、生の形式は自ずと土地色豊かな文化とは違って普遍的人工的なものとなった。これが文明というものである。その土地ごとの色合いは薄れ、どこであっても適合する普遍性が表に出る。

ギリシャ・ローマ文明とはいっても日本文明とは言いづらい。日本には多彩な文化がいっぱい生まれたというほかない。それでもその総体をとって他の文明の側に置いてみれば歴然と違う、独特の色合いがあるというほかないスタイルを認めざるをえないということが日本文明という言い方の生まれる所以だろう。すなわち中国文明とかヨーロッパ文明、インド文明とは明確に違う、少なくともそのどれにも当てはまらないという意味でもう一つ文明を建てる方が適切な生き方、暮らし方のスタイルが見て取れるということだろう。

文化と文明、と対比していった場合、両者の区別のポイントになるのは「自然」である。自然に適応して成立したのが文化、自然を閉め出した人工環境に適応して成立したのが文明である。したがって他の動物にも文化はありうるが文明はない。例えばチンパンジーや日本猿の文化は考え得るが、チンパンジーの文明というものはない。

猿にも文化はあると。猿の文化という場合、私たちは何を指して文化というか。猿がその生存している環境の中で行っている生き方、暮らし方、その方法やスタイルを指していう。なにをどうして採集し食べているか、子孫をどのようにして産み、育てているか。一日をどうして過ごしているか。どのような遊びをしているか。こうした事々がかれらの文化を形成している。そのいずれもが彼らが生存する環境に最も適応して成立しているのに決まっている。したがって猿であっても土地土地の独特の暮らし方、生き方を持っており、土地ごとの文化があるということになるだろう。人間にあってもそのようなものが文化である。

四八　言葉の限界が世界の限界

鬼界彰夫『ウィトゲンシュタインはこう考えた』に刺激されて。

この中にベルベットモンキー語について書かれたところがある。ベルベットモンキーは虎、蛇、鷲が天敵で、これらの接近を仲間に警告する別々の叫び声を持っていることで知られる。つまり虎を見たとき発する音声、蛇を見たとき出す音声、鷲の時に出す音声がそれぞれ固定した違った音声なのである。虎を意味する音声が発せられると仲間は遠くを見る。蛇の場合は地上を、鷲は上空を見る、という形になる。人間に翻訳すると「虎だ、逃げろ」あるいは「注意！　虎」と言っていることになる。さて、鬼界氏によれば、ウィトゲンシュタインはここで実に面白いことを言う。「虎だ、逃げろ」「蛇だ、逃げろ」「鷲だ、逃げろ」という文にはこれ以上に広がる発展性がない。なぜならここには、ここから「ではない」「かつ」「または」「もし……ならば」の論理定項によって論理展開する余地がないからである。仮にいま、虎が来たら蛇は来ないという一般的事実があるとする。それを表現するのは「虎だ、逃げろ。もし虎なら蛇はいない。虎だ、よって蛇はいない。虎だけに注意して逃げろ」という流れになるのに、ベルベットモンキーにはこの形式の文がないのである。ベルベットモンキーには、今後いくら単語が増えても、したがって虎や蛇、鷲、以外に何十何百の動物の区別と名付けができ、語彙が増えていこうとも、表現の世界は単一の文の世界に終わって、それ以上に広がらない、というのだ。

これは非常に面白い見解だと思う。もし本当だとすると言葉についていろいろなことを考えさせる。だが、疑問も湧く。第一に本当だろうか、ベルベットモンキーたちはいつまで経ってもこの形式の叫びしかできないで終わるのだろうか、いつかこれを超えてさまざまな文を展開できるようにならないのだろうかという疑問。ついで、もしならないのだとして、ではなぜそうなのだろう、なぜ彼らはここに留まってそれ以上に進まないのだろうか、という疑問である。第一の問いに対しては、おそらくベルベットモンキーたちは永久にそれ以上の表現展開を獲得することはないだろう、と私も直観的に思う。なぜか。一つは、生理的に彼らにはそれ以上の多彩な音声を発する仕組みがないからであり、次いでは彼らには現状以上の表現を展開する必要性がないだろうからだ。実情は、できないから必要性を感じる機会もないということかもしれないが。できることなら、彼らだとてもっと多くの場合にさまざまな表現（伝達）がしあえた方がよいかもしれないではないか。もっと便利だろう。だが、その必要を彼らは感じないのである。これはそうできているのだから仕方がない。

ベルベットモンキーの場合はそのようであるとして、では人間はなぜここを超えて多彩な表現を獲得したのか。ここが一番大事なところだと思う。人類にもベルベットモンキー語の段階が一度はあったはずである。人類はここを越えたのだ。なぜか。どうやってだろう。一つは、当然、多彩な発声が可能だったということがあげられる。いろいろと発音できたのである。多彩な発声ができたという事実の上に立って、いろいろなことを言いたい、伝えたいという強い欲求に駆りたてられたのではないか。あるいは多彩な発声（の可能性）自体がそのような欲求を生んだ、そのような欲求に駆り立てたというべきか。さらにここに脳の複雑化、発達ということが生じていなければなるまい。どういう淘汰圧によるのか、どういう事情によるのかわからないが、同時進行かいささか早い時期に脳が複雑化して、様々な神経細胞ネットワークの成立が可能となっていた。これによって、前にはなかった欲求や願い、意欲を持つようになり、工夫も可能となった。こうしたことが渾然一体となって、気がつけばベルベットモンキー語の段階を越えていたのではないか。「虎だ、逃げろ」と「蛇、逃げろ」の間に論理定項（連言、否定、選言、条件）が成立し、かくて命題（文）と命題が一定の規則でつながり、論理展開できるようになったという成り行きではないだろうか。いまのところは現在の脳科学や人類学を以てしてもこの程度の推理しかできまい。

もう一つウィトゲンシュタインの見解で注目されるのは、表現の限界が心の限界であり、世界の限界であるという指摘である。これもベルベットモンキー語から出てくる言語の実相である。ベルベットモンキーたちには「虎だ、逃げろ」という形式の単独レベルの文（命題）しかない。つまり連言や否定、選言、条件などの論理定項のないベルベットモンキー語では、文と文の意味のある連結はできない。ということは彼らには論理展開をすることができない。ただできないのではなく、する、したいという気持ちも生じないに違いないのである。そういう世界（論理でつながっている世界）がそもそも彼らにはないのだ。論理定項を持たない言語では論理展開はできないし、できないだけでなく、しようという気も起こらない。そもそも論理の世界そのものが、そういう言語世界（ベルベットモンキー語の世界）には存在しないのである。擬人的にいうなら、ベルベットモンキー語にとらわれている彼らのこころには、そもそも論理というものがないのである。これだからこう、という因果関係がなりたたない世界である。このことを一括りにしていうならば、言語の（表現の）限界がこころの限界になる、と言ってよかろう。逆でも成り立つような気がする、というよりこころと表現の世界は一体なのだ（人間は言語によらずともイメージや図形や音で考えることもするというが、間違いである。ソシュールを思い起こせばわかる。そもそも事物をそれと分かつのは言語の働きである。イメージを構成しているもの、イメージを根底で支えているものも、もとはと言えば言語によって〝言分け〟られた事物なのだ。人間はおそらくそれ以外のものを持つこと、表現することはできないだろう。ここは大事なところである)。

ここから敷延すると、言語の限界がその動物にとっての世界の限界にもなるはずだ。すなわち言語が世界を作るのである。ベルベットモンキーにとっての世界はベルベットモンキー語によって表現できる（言分けられる）世界以上のものではない。「虎だ。だから蛇はいない」という世界は彼らにはないのである。「虎だ」「蛇だ」という世界があるだけなのだ。彼らにとってこの世の中はそのように見えている。これが言語の限界がすなわち世界の限界だという意味である。ゴキブリの世界、ダニの世界、蛙の世界、みんなそうだ。

ところで人間は論理を持っており、これによって文と文をつなぎ合わせて、いわばいくらでも多彩に表現できる。人間の言語で表現できる世界が人間の世界なのである。したがって、ウィトゲンシュタインが「言語によってこの世界のすべてのことが表現できる」というのは、間違いではない。そのとおりなのだ。ただし、これは同語反復と同じだが。なぜなら言語で表しうる世界がすなわちこの世界なのだから。言語で表現できるのが世界のすべてなのだから、世界は言語によって構成されていると言っても同じである。それなら前記のウィトゲンシュタインの言葉はそのとおりというしかない。何ものにとっても、いかなる生きものにとっても彼の言語（表現）で現すものが彼にとっての世界なのだから。別の言い方をすれば、人間とは違う言語（表現）をもつ異星人がいるとして、彼らの世界は人間の見ているこの世界とはまるで違う世界であろう。言語とは、この世界を表現するものである。言語によって世界は出現する。

いまひとつ。ウィトゲンシュタインの言語観で私が極めて面白いと思うのは、言葉は論理を内蔵し、論理によって成り立っている、そして世界は論理によって構成されている、という見解である。鬼界彰夫氏によれば、ウィトゲンシュタインは少なくとも『論理哲学論考』の時代、言葉と世界をそのように見ているようである。

これはまったくそのとおりではないかと思う。論理は論理として独立したものがあるように考えがちだが、それは形式論理であって、論理というものを本来的に考えればもっと幅広く、事柄の成り立ちを支えるもの、そして事柄と事柄をつなぐものと言えるだろう。命題（文）

は主語（ウィトゲンシュタインのいう名。「何」）と述語（どうである）で成り立っているが、この成り立ちそのものが論理に支えられて初めて可能なのである。文（命題）が成立するということそのものがそもそも論理によって可能なのだ。「人は死ぬ」というのはたんに叙述であって論理ではないというか。私はそうは思わない。「人」という名にすでに「死ぬ」がくっつきうる、くっついておかしくはない、という判断が働いている。この判断は論理と言えないか。経験的事実にすぎないだろうか。経験的事実とはなにか。経験から帰納された判断ではないか。帰納判断とは論理ではないか。かくの如く単位命題すら論理によって支えられている。まして単位命題と単位命題を結ぶものは論理以外の何ものでもない。論理が働かなければ命題と命題は関係を持てない。推論も展開もできない。要するに言葉は論理に支えられているのである。統語法は言葉を支える論理展開の規則、あるいは枠組みにほかならない。

　さてそうであるなら、言葉によって捉えられ現される世界はやはり論理によって支えられているというほかないだろう。そしてこの私たちが知っている世界は「身分け」と「言分け」によって私たちに関知されている世界なのである。「身分け」といい「言分け」といい、「分け」つまり分けることはほかならぬ論理である。以上のようなのがウィトゲンシュタインが洞察した言葉と世界の姿であるだろう。そして事実、これが言葉と世界の一番奥底にある本質だと私は見なす。

　ウィトゲンシュタインは以上のような考えの下に言葉は論理によって築かれているというのだが、そうした全体、言葉世界全体を「論理空間」と呼んでいる。そしてなんであれある一つの命題はこの論理空間の中の一つの格子とみなしうると。その命題が意味を持ちうるのは論理空間の中の一つの格子だからこそだと。ここまでが彼の『論理哲学論考』時代の言い方である。この『論考』を否定したとされる後期の『哲学探究』時代に彼が言う「世界像」は、私には「論理空間」の言い換えとみえる。つまり、この言葉の本源としての「論理空間」という捉え方にはなんの変化もないのである。

　それにしても、言語は「論理空間」という大海に浮かんでいるのだ、という指摘ほど言語に本質的、かつ根源的なことはないように思われる。たった一つの言明（命題）であっても、それは広大な、全言語を統べている論理の世界とつながっており、孤立しているものではない。

論理空間という全体の中で初めて存在するのであり、意味を持ちうるのだ、ということほど言語にとって本質的なことはないだろう。同じことを別のウィトゲンシュタインの言葉で言えば、言語は制度であり、制度内で制度に沿って使用されるときにのみ意味を持つ、ということになるだろう。当たり前のことのようにみえるが、このことをそれと意識するのはなかなかのことである。

四九　日本人には規範がないのか

山本七平の『静かなる細き声』は氏の最後の著書のようであるが、今後、山本七平論や七平研究を志すものにとって必読の、第一級の史料扱いされるものだと思う。氏の思想遍歴、氏の心理的自伝と言っていいものだからである。自分がどのようにキリスト教に触れ、これを足場にどのように内的な促しに導かれて勉強し、一世を風靡した山本学とでもいうべき思想と研鑽を深めていったかを記している。

この著の中で彼は実に興味深いことを述べている。日本人についてである。一口に言えば、「日本人には絶対的な規範がない。日本人がやっていることは徹頭徹尾便宜主義であって、その場そのときに便利で好ましいと思えることを取り入れて生活を快適に、楽にすることだ」ということである。こういう言い方で氏は日本の外国との付き合い方を裁断する。その昔の中国文明の取り入れ方、近代の西洋文明との付き合い方を見ればまったくそのとおりというほかない。キリスト教国に見られるような明確な規範がないから、暮らしにあるいは西洋との付き合いに便利そうなものはなんでも取り入れることができ、取り入れてしまう。融通無碍なのである。私自身に即して言っても神々との付き合い方で典型的にそうだと考える。私の家は仏教である。一方で私は日本の神々をなんとなく認めている。神道でもある。普段は神道信者としてはほとんど何にもしていない。神様など無視して暮らしている。だが、なにかの折、苦しいとき、弱ったとき、助けてほしいとき、そういう折々には神頼みをする。手を合わせる。仏教に対しても同様である。仏教が助けや力添えに役立ちそうなときには仏教に目を向ける。まったくもって便宜的というほかない。しかも、そう自覚するがそれで後ろめたい思いをするわけでもない。そのときそのときの都合で宗教を利用しているにすぎない。それでうまく暮らしを乗りきっていけるのである。

いいことではないか。それでこそ日々向上する、よりよい暮らしが手に入るだろう。そして事実日本人が有史以来、いやおそらく縄文時代以来やってきたことはそういうことなのに違いない。たちまち中国文明に追いついたのも、西洋文明に追いつき、こんにちの世界最高の快適な暮らしを手に入れたのもおそらくそのせいである。

しかしこういう人間は端からどう見えるだろう。私の周りに誰かそういう人間がいたとする。彼は融通無碍にいいことをどんどん取り入れ、便利と思える人間関係をどんどん作っていく。彼の行動規範は、あるとすれば便宜主義である。出来する事態にたいしてよいと思われることを積極的にやっていく、取り入れていく。この男と付き合えば得をするだろうとみれば友達になり、あの男と付き合えばよいと思えば昨日までの敵ともにこにこと付き合う。しかしこういう人間は結局は誰からも相手にされなくなりはしまいか。所詮はすべて便宜主義のその場そのときの行動である。信念があっての行動ではなく、相手を認めて信じての付き合いではない。よければ積極的に接近していくが、具合が悪いとみればさっさと背を向けるだろう。そういう人間。

もちろん以上は戯画である。極端なわかりやすい事例として描いた。このような見え見えの馬鹿なことは人はするものではない。しかし、規範がないということはどういうことかを明らかに示そうとすればそういうことになるのだ。人のあり方についての理想像がない、正しい生き方とはどういうものかという理想像がない。規範がないということはそういうことをいうのだが、規範がないものはでは何を指針として生きていくのか。そのときそのときの自利、つまり自分にとって得になる、楽できる、そんな欲に従って動くほかないはずだ。それなら他人は彼の行動や決定を予測することが難しい。なにしろ融通無碍な便宜主義なのである。なにが彼にとっての便宜になるかはわかりにくい。きちっとした規範を持つ人間と比較してみれば事態はよくわかる。よい規範であれ悪い規範であれ、規範を持つ人間の行動は予測できる。規範に沿って決定されるのだから。しかし便宜主義に生きるものの決定は文字どおり融通無碍で予測がきわめてつきにくい。今日右でも明日は左かもしれない。しかも昨日右で今日は左になった理由が他人にはわからない。規範に生きるものはきょう右なら明日も右であると決まっている。規範に従うのだから。彼の決定はこちらが賛成できようとできまいと理由がよくわかる。だから賛成にしろ反対にしろ対応が可能である。だが、たんに便宜主義だけで生きるものについては、彼が次にどう出るかわからないし、彼のやることを合理的に理解し、納得するのも難しい。今日ああ出たから明日もこう出るだろうと安心しているととんでもない目に遭う。なにしろ融通無碍なのである。一貫したものがないということが一貫しているだけなのだから。

おそらくはこのようなのが西洋人から見た日本人なのだろう。西洋人というのはキリスト教という一神教徒のことである。彼らは唯一絶対神の下にその神が与えた規範を信じ、これを頼りとし、これに従って生きている。だから彼らは日本人を信用しないのだし、なにか気味悪がり、不気味に思うのだ。無理もないと思う。こんな人間は私だって信用できない。相手にしようとは思わない。

しかしである。三度しかし。日本人には本当に規範がないのだろうか。単なる便宜主義なのだろうか。一般に日本人についてこれまで論じられるときには決まってそう見なされていた。いまもって大方の人はそう見ているだろう。しかし、私はそうは思わないのである。本当にそうだろうかと。よく考えてほしい。日本人の多くは信用できる。むしろどこの人間よりは信用できると言ってよいぐらいである。約束は守るし、勝手な行動もどこかの人間に比べれば驚くほど少ない。明治開国以来の日本の外交を詳細に振り返ってみても実に真摯に誠実に身を処してきた。融通無碍に勝手な言い分を通そうとしてきたことはほとんど一度もない。だからこそ当時世界一の大帝国だったイギリスが日英同盟を結び長らく破棄しようとはしなかったのである。フランスの外交官で大詩人のポール・クローデルが「世界でもしたったひとつ残ってほしい民族があるとすれば、それは日本民族である」と言ったのは嘘ではない。これだけの例をあげただけでも日本人が信用できない、得手勝手な、そのときそのときの便宜だけで生きているのではないことは明らかである。

ではどうなるのだろう。日本人には規範がない。これは確かだ。とすれば、問題は規範であろう。規範をどう見るか。西洋的な、キリスト教的な規範（カノン）のみを規範とするのが妥当なのか。どんな人間であれなにひとつある目標、ある理想像、言い換えれば身を処する原則を持たずに生きているなどということはあり得ない。それは意識を持ち、明日という時間感覚を持つ人間に必至のことである。

規範というのは要するに人の振るまいを内側から規制するものとみなしてよいだろう。しかしこの定義とて日本人的理解であって西欧人にとってはぜんぜんしっくりしない定義なのかもしれない。彼らにとっては規範とはもっともっと厳しい、自分の内側から発するものなどではなく外から（絶対的なものから）命じられた生き方、暮らしの指針（というよりほとんど命令）といったものという気配が濃いようである。したがって〝人の振るまいを内側から規制するもの〟とはよりわかりやすいイメージとしては人生の理想像のこととしておきたい。人がそれを理想として目指す生き方ないし人間像。

さて、もし規範を「人の振るまいを内側から規制するもの、言い換えれば人生の理想像」という受け取り方でよいとするなら、日本人には規範がないなどとは到底言えまい。どんな民族にも他者と一緒に暮らす以上、暗黙にしろ振るまい方のある作法、一定のスタイル、流れというものはある。日本人にももちろんある。それはなんだろう。ここを明確に体系づけ、さらにそれを支える理論的な裏付けをもって述べるのは難しい。なにしろ日本人には絶対正義としての神がいないのである。いや、絶対正義という考え自体がない。日本人にあったのはほとんどは顔見知りの仲間や知り合いと折り合いをつけて暮らしていく一生だったのである。人々を超えた超越的な正義、絶対正義など割り込んでくる隙はなかった。顔をつきあわせる人と人の間を円滑にし、憎み合わずに共生していくのが大事だった。そこで日本人が自分の振るまいを規制するものとして頼みにしたのが「汚いことをしない」であった。汚いとは汚物である。人誰もが嫌悪感を覚え、顔を背けるもの。嫌がるもの。人がそういう思いをするようなことはしない。これが日本人の規範だったのだ。そう私は思う。

きれいと汚い――これが日本人の振るまいを分ける基準だった。きれいとは立ち居振るまいがきれいであり、生き方がきれいということである。汚いは卑怯であり、ずるいことであり、未練なことをいう。こういうのが日本人の規範だと言えばそんなに驚くほどのことになるのだろうか。これも立派な規範ではなかろうか。きれいでありさえすれば、言い換えればきたなくない限りどういう行動、どういう選択をしようと問題にはならない。いいと思うものはどんどん取り入れ、学んで己のものとして暮らしをよくするのになんの遠慮があろう。きれいと汚いが判断の分かれ道であるとき罪というものは出てこない。罪は外部から命じられ、それを守ると約束したするべきことあるべきことに背いたときに出てくる感情である。約束違反が罪の感情の根底にあるものである。きれい・汚いによって引き起こされる感情は胸を張れるすがすがしさと恥ずかしさだろう。

西洋人にとってこの日本人の規範が問題なのは「きれいと汚い」が彼らにとってわかりにくいことだろう。西欧人にとってきわめてあいまいな基準、基準たり得ない基準とみえるのだろう。日本人にとってはきわめてはっきりした、よくわかる基準なのだが。思うに、きれいも汚いも西欧人は個人的な感覚に基づく主観にすぎないと理解するのだろう。個人的な感覚なら他人にはわからないし、また人それぞれによって違ってくる。そんなものを人間の規範、人間である限り守るべき規範とすることは不可能である。そう西欧人は思うのだろう。つまりそれは規範なのではないというわけだ。個人的な感覚、誇張して言えば好悪の感情に従う生き方はどっちにしろそのときそのときの事情に合わせた都合のよい生き方の選択と見えるのだろう。便宜主義というわけである。よく言えば融通無碍。しかしそんな人間をまともに相手にするわけにはいかないではないか。いつどんな変わり身にあうかわからない。信用できはしない。こういうのがキリスト教徒から見た日本人の生き方になるのだろう。

しかし「きれい」と「汚い」は日本人にとっては言語表現としては明確にはできないとしてもここの場でどれが、あるいはどういうのがきれいでどういうのが汚いのかはきわめてはっきりしているのである。個人的な主観などというものではない。きれい汚いの判断の下で日本人は古来身を慎み、相互に憎しみ合わずに助け合って、社会秩序をきちんと保って生きてきたのだ。世界を見回しても千年以上にわたってさしたる混乱もなく世の中を保ってきた民族はごくわずかしかいない。他の民族から軽蔑されてきたという記憶も少ない。こういう民族に規範がないなどということはあり得ない。キリスト教徒である西欧人も、日本人は汚いことはまずしないと思って、そのうえで付き合ってくれればいいのだ。ただし汚くはない以上、日本人はなんでもやってしまう、融通無碍に。自由自在に。こちらに害を与えないと思われる限り、他国のよいやり方、他国人が楽しんでいること、面白そうにしていることはどんどん取り入れてしまう。その自在さはあきれるぐらいなのかもしれない。むしろその融通無碍さは彼らには羨ましいぐらいなのだろう。自分たちもあんなことができたらどんなにいいだろうと。だが絶対的な神から命じられた規範の下に生きる彼らにはしたくてもできないのである。ねたむのも無理はない。だから彼らはお前たちには規範がない、などと難癖をつけるのではあるまいか。ゲスの勘ぐりかもしれないが。

五〇　地獄も輪廻転生もある

仏教について宗教社会学者の橋爪大三郎氏がこんなことを言っている。世界的宗教の中で仏教のみが神や迷信や不思議、そして超越的なものを持ち出さず、それらに頼らない宗教であると。言い換えれば仏教は唯一いわば科学的な宗教と言ってよいことになる。言われてみればそのとおりだと思い、なるほどと指摘に感心する。そして、そういうことであってみれば仏教で説くことのなかでも、確かに事実とみなすことができることの上にのみ立って誰もが認めざるをえない論理展開だけでどれだけのことが言えるか、以下やってみようと思う。

確かに仏教は神というような超越的なもの、神秘的なもの、実証されないものを持ち出さない。そういうものなしで教義を説く宗教である。教義というがお釈迦さんの説いたところは、人には四苦（生老病死）がある、人間である限りこれは絶対に避けられない、避けるためには六道から解脱し、六道以外のもの、覚者（仏）になるほかない、覚者とはこの世の真実を悟ったもののことである、覚者になるにはどうしたらよいか、私が教えることはその方法である——ほぼ以上のことである。仏教の教えとは畢竟するにこのことと言ってよい。

こうして仏陀はこの世の真実というか実相を教える。例えば「縁起」。「縁起」というのはすなわち因果関係である。「これがあるからあれがある」「これがなければあれはない」という教え。釈迦はそれがこの世の実相であり、それを確かに知ることが悟り（解脱）の方法であるというのだ。すなわちこの世のすべてはそれぞれ互いに関係し合って縦横に因果関係で結ばれているというのが実態である、そういう事実をよくよく知りなさいというわけだ。これは確かに疑いのない事実、科学的に言ってもそうとしか言えないこの世界の実態ではないか。仏陀はそれ以上のことを言っていないのである。それ故に釈迦は神などというものを持ち出す必要はなかった。仏教には神はない。ただ覚（醒）者＝仏があるだけである。問題はなぜ覚醒者になれば六道輪廻から脱することができるのかがうまく説かれていないこと、説明できていないし、保証もできていないことだろう（ここは見解の相違ということがあるだろう。私は〝うまく説かれていないし、説明できていない〟と思うが、真の仏教徒ははっきりと説かれている、十二因縁説がそれだとみるだろう）。この点には神秘的なもの、超越的なものが仏教にも厳として存在すると言ってよい。

さて、それで釈迦はなにを言いたかったのか、何を説こうとしたのか。釈迦の目にはこの世の生きとし生けるものは、六道輪廻を永遠に経巡っている。ものはすべて幾度も幾度も死んではなにものかに生き変わり生まれ変わりして、永遠にこの循環から逃れる術はない、と観じられていた。幾度生きて死んでも終わりがないのだ。しかしこの運命から逃れる方法がたった一つある。それが、この世の実相をよくよく見知って（観照して）、その実相に即した方法（私＝釈迦の見つけ出した方法）でこころを整えること、それによってのみ六道輪廻を転生することから脱することができる（解脱）、そして仏となってある種の永遠を獲得する、と説いたのである。輪廻転生する存在から仏という質を異にする別の存在になるのだと。仏は神ではない。神とはまったく違う存在をいう。生きものの一つだが、この世の実相を見極めて覚者となって輪廻転生から脱したもののことである。問題はこの仏というものがどういうものなのかもう一つわかりにくい点である。そこだけになにやら神秘的なものが残る。

私たち現代人に納得いかないのはもう一点、輪廻転生という考え方だろう。この世だけでなく、前世や来世などいろいろな世があり、人は死んでもあの世へ生まれ変わる、このとき生まれ変わるのは人間にとは限らずゴキブリかもしれず、トンボやヘビにかもしれない。こうして永遠に生まれては死に、死んでは何かに生まれ変わる、というのが輪廻転生の考えである。釈迦はこれを人生最大の不幸、苦しみとみて、人はどうかしてこの運命から脱しなければならないと考えた。これが彼の教えの前提だが、現代人にはこれは到底受け入れられない荒唐無稽な話に思える。ではどういうことになるのか。釈迦の教えはまったく無意味、無駄ということになるのか。

私にはそうは思えないのである。ではどうだというのか。人間は永遠に六道を輪廻転生することを運命づけられている存在だというのは、もともと古代インドに信じられていた民間信仰（バラモン教）、あるいは人間観だと言われる。釈迦もこの古代の一般信仰を背景になんとかその運命から逃れる方法はないものかと考えたのだとされる。

そういう側面があったかもしれないが、私にはそれよりむしろ彼の現実観察からくる科学的結論とみた方が実態に即しているのではないかと思われる。釈迦はこの世、この現実世界の実態を「縁起」とみた。物事はすべて相互に縦横に関係し合い、因果関係の網の目の中に支えられている、というのである。「あれがあるからこれがある」、つまりものは単独ではありえない、存在しないというのだ。これは真実だろう。どんなものでも、どんなことでもそれ自体のみではありえない、存在しない。これは現代でも、言い換えれば科学的観点からでも認めるほかない。今という時も私も、今だけでは、私だけでは、絶対に存在しないのである。ものはなに一つ単独ではあり得ない。ではこれを拡大し広げて一つの時代や一つの社会に適応してみればどうなるか。同じことだろう。この世だって当然この世だけで単独にあると考えることはできないことになろう。それなら死後のあの世や前世があって当然ということになろう。前世やあの世があるからこの世（現生）があることになるはずである。

こうしてこの世界、今の生はこの世しかなく、浄土とかあの世とか次の世とかはあり得ないとする、いま常識と考えられている世界観は疑わしいことになる。科学的見地からは当然死後の世界はないとみられている。だが本当にそうなのかどうかは確証の限りではない。死後の世界があるという科学的証拠はもちろんないが、さりとて死後世界はないという証拠もない。それなら、先ほど論じた仕方で前世や死後の世界であるあの世があるとしたっておかしいことにはなるまい。いやむしろこの世のすべては因果関係で結ばれているとするならあの世や前世があるとした方が論理矛盾しないことになろう。

輪廻転生も同様に考えることができる。私はいまこの世でこうして存在している。これがただそれだけで単独にあるわけでないとしたら、今いるこれにもそれ相当の理由がなければならぬ。今のもととなった前があるはず、前の私がいたはず。加えて言えばこの世でのどうにも理解できない諸矛盾、不可解なこと、例えば義人が不幸に会い、悪人が栄えるといった理解できない事柄がどうして生じるかを納得するには前世の因果というのは実に理にかなっている。現世だけではないということの傍証とも見なせよう。

こうして生まれ変わり生き変わる輪廻転生が出てくる。

六道というのはなぜ六つなのかはわからないが、要はいろいろなものに生まれ変わるということだろう。それが、つまり幾度も幾度も死んでは生まれして永遠に繰り返すことが、なぜ釈迦が受け取ったように絶対に逃れたい嫌なことなのかは私にはわからない。構わないではないかという気もする。しかし、永遠にそうして苦労や哀しみを（喜びや楽しみもだが）繰り返す、進歩もなくどこまで行っても終わりもなくというのは非常に嫌なことなのかもしれないとは思うが。

さて以上のようだとすれば、あの世や前世があり、人は六道を永遠に転生するというのは、釈迦が現実をよく観察した結果の結論だった、神や神秘や奇跡といった超自然なことに頼らずこの世の実相を見て取った実態だったのだという結論になる。釈迦が悟りの一番の前提としたこの世の正確な観照の結果だったのにほかならない。どこにも無理なことはない。不自然なことも、超越的なこともない。仏教は最も科学的な教えだと言ってもおかしくはないことになろう。

仏教についていま少し続ける。大乗仏教の中心的思想の一つに「みんなを助ける」というのがある。自分一人だけ助かればよいとするのではなく、できるだけ多くの人できれば全員を助ける力になりたいと。菩薩に至っては「すべての人間が助かり、救われるのでなくては私は仏にはならない」と誓いさえする。これは不思議といえば不思議な考えである。どうしてそんな考えが仏教の大事な思想になるのか私にはわからなかったが、こういうことかと思われる。仏教思想の根底にあるのは、先にも述べたようにこの世のすべては縁起の法の下にある、因果関係で結ばれての相互関係にあるという存在観である。ところで釈迦は人々を苦しみから救いたいというのを説法の根本動機とした。もっと突き詰めて自分一人を苦しみから抜け出させたいと念じたとしてもよい。さてその自分である。彼は当然すべての存在との相互作用、相互関係という網の中にいる。とすれば自分が助かるためにはまわり全部が助からなければならないことになろう。この理屈の果てには人間だけでなく山川草木、森羅万象一切が仏にならなくてはならないというところに至る。したがって、釈迦の考えを推し進めれば大乗仏教の考えは必然的に出てくるし、さらには阿弥陀仏のすべての人々の救済の願いということも出てくる。論理的な結論ということになる。

五一　歴史の見方

日本人は、戦後しばしば「負い目」ということを語る。「負い目」というのは、先の戦争、大東亜・太平洋戦争で日本は他国へ侵略し、占領などしてたいへん迷惑をかけた、他の国に悪いことをした、という自分を悪とみなす結果出てくる自己否定と反省の感情のことである。

だが、私にはわからないのだ、この「負い目」というやつが。初めから、戦後の最初から、ということはそういう事々を考え始めた中学生の頃から、わからないのである。いったい何が負い目なのか。どこに負い目を感じなければならないところがあるのか。それが皆目わからない。

当然のことながら私にも、負い目を口にする者たちがどういうことを負い目にしているか、なにを負い目に感じると称しているのか、したがって彼らはなにに自責の念を感じているのかは、わかっている。少なくともわかっていると思っている。だが、彼らが自責の念を覚えずにはいられないと述べ、負い目を感じざるをえないと言っているその同じこと、つまり歴史上にあったことを私はまったく彼らのようには受け取らないのである。なにが負い目かと思う。

例えば、朝鮮半島に対して明治のいつからだったか併合し、日本の領土に繰り入れてしまった。いわゆる韓国併合である。人によっては半島の植民地化という。また、先の戦争で言えば中国やフィリピンなどに攻め込み、占領し、さまざまなことをした。これらが典型的な負い目になる行為なのだろう。だが、ここがわからないのだ。私はそうした行為があったこと、歴史的事実を否定する気はさらさらない。個々の事実と称されるものについては、さらなる検証を要するもの、つまり保留するべきものがいろいろあると思っているが、それはともかくすべてあったこととしてもよい。にもかかわらず私は朝鮮半島にも中国にも東南アジアの諸国にもなんの負い目も感じない。感じているのに負けまいがために強引に感じないと言い張っているのではなく、事実なんの心の痛みも感じたことがないのである。

理由を述べる。ここにあるのは要するに力の違いがあったということにすぎないと思うのだ。日本が強かったのである。朝鮮半島人は弱かったのだ。その結果、生じた事態にすぎない。確かにこころある朝鮮人は悔しかっただろう。日本を恨んだだろう。しかし、弱くてそういう事態になるのをどうしようもなかったのだから仕方がない。弱いということはそういうことである。将来、日本が弱くなり、朝鮮が強くなって日本を支配し、併合することがあるかもしれない。そのときにも日本人は悔しがっても、朝鮮を道徳的に批判することはできない。弱いから負けて、そうなったのだから。そんな女々しい批判をする暇があったら、密かに力を蓄え、朝鮮の支配を覆してしまえばよいのだ。

しかしここにはこういう批判があり得るだろう。そうか、では強い者は何をしても良いのかと。原則としては、「よい」とか「悪い」ではなく仕方がない、しょうがないのだ。やられてしまってから何を言っても意味がない。それはそうだが、日本人の美意識にとって、強いからやったというのでは潔いとか爽やかということにはならないだろう。だから、当時の日本はただ強いから朝鮮を併合してしまったのではない。ここが肝心な所である。もし、当時の朝鮮が弱いなりに独立できる力と手腕を持っていたのなら、日本は朝鮮を放っておくか、あるいは裏で支えただろう。何も抱え込む必要はないのである。じっと見ておればよいのだ。しかるに、当時の朝鮮は放っておけば確実にロシアに占領され、ロシア化されていた。こうなれば日本としては国の存亡に関わる事態となる。それはなんとしても防がねばならなかった。だからこちらから手を出したのである。併合してしまったのだ。もし朝鮮にロシアの侵略を防ぎ、独立を厳守するだけの力があったなら手出しはしなかったはずである。それどころかできることならそんな危ないことはしたくはなかった。国論だって二分してすんなりと朝鮮を抱え込むことになだれ込んだのではない。そうするほうがまだましだろうということでの併合だった。

そして大事なことだが、この日本の選択は当時の国際社会ら是認されたのである。国際社会の非難を浴びながら、強引にやったのではないのだ。国際社会が認めたということは、多くの国が日本の選択をやむをえないことと認めたということだ。なぜ認めたかというと、その選択は当時の国際常識にかなっていたからである。どこの国だって同じ立場に立ち、同じような力をもっておれば自分たちもやることだと認めたのだ。決して、強いからといって、力任せに強引に、道理も常識も国際正義も無視してやったことではない。

もし事柄がそうである以上、どこに負い目を感じなければならないところがあるのか。再度いうが、世界史上のすべての動きと同じように、あれは基本的にはあのとき日本が強くて朝鮮が弱かったという事実の反映であるにすぎない。悔しかったら朝鮮は力を付けて日本を併合してしまい、好きなようにしたらよいのだ。それだけのことで、道義的にとかなんとか女々しい非難はやめにしたがよい。恥の上塗りになるだけである。

なのに日本人で半島や戦争のことに負い目を感じる者たちは、いつか事柄が反対になって日本が弱体化し、何処かの国に占領され、併合されるようなことが生じることがありうることなど信じないのだろう。日本が弱体化することはありうるとしても、その日本を弱さにつけ込んで占領し、併合するなどということはしてはならないことだし、道義に、正義に、正しさに反することだからどの国もするはずがない、と彼らは考えるのだ。私は違う、十分あり得るし、そのときそのことに文句を言っても仕方がないと考える。私たちは弱かったのだ。で、再起へ向けて密かに立ち上がるほかない。負い目を感じている者たちは、いつかはそういうことがあり得る、そのとき日本を併合した国は負い目など全然感じない、それどころか未来永劫に日本を自国領土としようとするだろう、などということは想像もできないのだろう。私は十分あり得ると考える。それぐらいの覚悟はある。歴史に照らせば歴然としている。同じことで、ひっくり返して日本は朝鮮の併合、日本国化をまったく反省する必要などない。ヨーロッパ各国がアジアの植民地化をまったく反省しないように、私たちもそれが冷厳な歴史的事実なのだと思っておればよいのだ。いつかは私たちが同じような目に遭う可能性を覚悟に入れて。

五二　脳と色について

脳内の神経細胞は分担制を取っているという。例えば、縦の線だけに反応する細胞、斜めの線だけに反応する細胞という具合に。したがって、なにかが視野に入り、網膜に映るとする。それがなにと見えるまでに脳の中では、網膜に映った視覚刺激が次々と視覚に関係する神経細胞を伝わって最終的に「リンゴ」として見える、という手順を取る。このとき、先に述べたように各神経細胞はそれぞれ特異的に反応する性質を持っていて、ある細胞は斜めの線に、ある細胞は色に反応する。色に反応する細胞群の中でも赤い色に反応するもの、青に反応するもの、黒に反応するものとそれぞれ役割を分担しているという。

さて、リンゴである。いま目の前にリンゴがある。リンゴの赤い色は赤を担当する神経細胞を特異的に活性化するだろう。赤を識別する細胞は赤の波長に接して、「あ、○○ミクロンの波長がある」と反応を示す。そこにあるのは○○ミクロンの波長に出会ってある細胞が活性化したという現象だけであって、ここには「赤い色」というものはないはずだ。この細胞の活性化が形に特異的に反応する形細胞の反応と出会ったとき、はじめて「赤」は生じるだろう。私はそう思う。

なぜか。色は必ずものの属性として存在する。色自体というものは理念的に考えられるとしても、現実には存在しない。色は常に何かの色なのだ。その何かがないとき色はありえまい。

それなら、ある波長の光波にのみ特異的に反応する神経細胞が反応を示していても、それだけでは脳の反応としての色は生じないだろう。必ず形を示すほかの神経細胞の反応と出会って、その形の「色」として発現するはずだ。色のクオリアはその時初めて出現する（こういう言い方をすればクオリアとは何かが、つまりクオリアの正体がなんであるかよくわかるではないか）。それまでは色はない（逆も言えるかもしれない。色のない形はない。それなら形は光波に対応する神経細胞の反応と出会って初めて出現することになろう）。

ここは大事なところだ。クオリアとはなにか。また、脳はどのように「私」として統合されるのかというホムンクルス問題に回答を与える可能性があることに思えるからだ。

以上のことは、科学的に検証してみることが可能である（が、実際には倫理的な問題で不可能であるが）。神経細胞のそれぞれを特異的に破壊して、実際に色や形が立ち上がるか立ち上がらないかを調べてみればよい。例えば猿の、色に特異的に反応する細胞と形に反応する細胞との連結を断ってみる。それでも猿は色を感じるかどうか。しかし、このやり方では難しいだろう。猿が確かに色のクオリアを感じているかどうかを我々は知りようがないのだから。神経細胞の反応があってもそれはたんに波長に反応しているだけであって、色を感じているのかどうかは判別しようがないだろう。そこを確かに知るためには、被実験者の「ああ、赤い色が見える」という証言がいる。したがって人間で確かめる以外にないように思えるが、そんな実験は許されない。したがって実験的確証は難しい。唯一、可能性があるのは、いつか事故か脳出血のような病気で偶然関連の神経細胞を犯された患者に巡り会うことであろう。いつのことかはわからないが、絶対にないとは言えない。

このように言えば、オリバー・サックス『火星の人類学者』の読者は「あれがある」ときっというだろう。I氏として登場する色を失った画家の一章。I氏は事故による脳の怪我で色を見る能力を失った。黒と白、そしてその中間の灰色、つまり程度のある黒と白以外の色がまったく見えなくなったのである。言い換えれば明暗を感じ取ることができるだけに。それでもなんとか日常生活をし、以前とはまるで違う絵だが絵を描き続けてもいる。つまり彼には依然として形が存在するのだ。これは私の色彩がなければ形もないはずだという仮説に反するように見える。

反するのだろうか。私はそうは思わない。いったい色とはなんであるのか。黒や白は、ましてこれらの中間にあるさまざまな灰色は、色ではないのか。やはり色だろう。白も黒も色の一種だ。明暗にすぎないとの主張もあり得るだろうが、明るい赤も暗い赤も赤には違いない。パレットにちゃんと黒も白も絵の具としてあり、明るい黒や暗い黒があり得る。黒も白もやはり色の一種というほかあるまい。で、I氏は白と黒以外の色を一切失ってしまったのである。そうすると氏に世界はどのように見えるか。氏の視界を擬似的に現した風景写真が添えられているが、まるでモノクロ写真そのものの世界である。同じ光景をカラーで撮った写真が並べてある。両者を見比べれば違いは歴然としている。モノクロ写真の方は多くのものが見えない。形が黒色の中に潰れてしまって物と物の区別がつかない。夜私たちは外へ出て周りの光景を見る。多くのものが同じ暗色の中に沈みとけ込んで、物と物の区別がつかず、ものの識別は困難である。これは何を意味するか。色が付かないことによって形が形作られず（視覚的に。というのは手で触れれば個別のものはやはり個別と区別できるだろう）、したがってものを構成しないのである。かろうじて黒と白のみが付くものが形を獲得し、それとしてのクオリアを立ち上げる世界と言ってよい。色との統合がなければ形は立ち上がらず、形と統合しなければ色は出てこない、ということの立派な傍証ではないか。

とはいえ『火星の人類学者』には、私の解釈に真っ向から反することがあげられていないわけではない。それを無視しては公平ではないだろう。サックスは色覚関連細胞として第一次視覚野と第四次視覚野をあげる。第一次視覚野にある神経細胞は光の波長に特異的に反応する。ある細胞は長い波長に、あるものは中間的波長に、さらに別のものは短い波長に、というふうに。そしてこの情報が第四次視覚野に送られ、ここで第一次視覚野で検出された波長が比較され、比較の結果、一定の色が(確定する形で?)知覚されるのだと。要するに色を検出する脳部位は第四次視覚野だというのである。これだと、形を検出する細胞活動との統合によって色が(そのクオリアが)出現するのではないことになる。あくまでも第四次視覚野での波長相互の比較作業によって波長から色が読み出される、あるいは解釈されて出てくることになるようである。それが証拠に、この第四次視覚野を弱電気によって刺激すると、「色の輪とそのまわりの暈が〝見える〟」という。色の幻覚だとされる。ものの形に添う色ではないわけだ。ただ、色だけがものの支えなしに現れるのであるらしい。これは私の仮説に対する強烈な反証足りうる。もっとも、この第四次視覚野を刺激して得られる色はどんな色なのか、オリバー・サックスはなにも書いていない。そもそも色なのだろうか。というのもそれは、私が目をつむって瞼の上を強く押すなどしたとき目の裏に出る一種の明かり、時に緑がかったような、時に白熱化したような色であったりする、あの体験に似ているのではないかと思われるからだ。あれは色なのだろうか。したがって、第四次視覚野に加える刺激を微妙に変えたら(刺激の強度、時間、場所)違う色が次々と見えるのか、知りたいと思う。もし、刺激によって赤や青や紫や黄色が次々と出てくるなら(どういう形で出てくるのか知らないが)、色は形によらず第四次視覚野での神経細胞の活動によって自動的に立ち上がるのだということになろう。私の仮説は潰える。

とはいえ、サックスも色については、とくに色彩のクオリアはどうして出現するのかはまったくわからないという。それに第四次視覚野が本当に色を出現させているのか、ほかの脳部署が関連していないかもわからないと言っている。要するに現時点(二一世紀初め)での脳神経学では確かなことはわかっていないのである(もっとも、私の仮説を検証するのは比較的簡単である。第四次視覚野と形を識別するニューロン群の間の連結を妨害してみればよいのだ)。[補]

ところでそもそも、第四次視覚野で送られてきた波長が相互比較され、これによって何色かが出てくるというが、波長相互の比較がどうして色に変わるのか。比較の結果、A波長とB波長の差が七であると出たとして、それがなぜ「赤」なら「赤」つまり私たちの知っているあの赤として現れるのか、言い換えればある波長の差をほかの方法で（ほかの表現で）現さずに、なぜあの赤い色という形で、つまり色で現れるのか、これがわからない。メカニズムはわからないものの、ある波長がある波長として検出されたとして、これが形と合体して、その時初めて色として立ち上がるのだという仮説は私には非常に魅力的なのだが。第四次視覚野で識別された波長差が形の知覚と合体したとき、一挙に色として出現する――なぜそうなるのかのメカニズムは不明ながら、これはいかにもそのようであろう、ありそうな話だと納得いく。

［補］オリバー・サックスは、I氏の事例は第四次視覚野が損傷を蒙っていて、第一次視覚野が可能な色彩感覚だけで見ているのだ、としている。〝第一次視覚野の生の像を見ているのだ〟と。

五三　「源氏物語」一考

①ものに触発されて動く人の心の動きを、つまりは「もののあわれ」を描いた②あの昔に、日本人にとって何が大事か、を描いた。つまり一例をあげれば「若菜」の巻の、源氏の祝賀の項にみるように、祝賀の日の様々な仕立て、家具調度、衣装、庭や空の光景、人々の所作、儀式、そういった美につらなるさまざまな事々こそが、日本人にとっては大事な関心事であり、興味の対象であることを、まざまざと示した作品。あのようなことを、あれほどこまごまと、しかもきよらをつくして、詳細に描いた、古い作品が他の民族のどこにあるだろうか。かような古典作品はどこの国にもないはずである。ここに私は日本人の先天的な感性を、特質をみる。

ついでながら。私には世界の中で「源氏物語」と「失われた時を求めて」の二つが二大文学作品だと思われる。この二作ほど人間と人間世界のあらゆることを深い洞察力を持って詳細に精密に手応え豊かに書き尽くしたものはないように思うのだ。

だから私はもし死ぬまでにもういちど読みたい作品、つまり好きな作品を五つあげよとなら、まずこの二冊をあげる。

それなら後の三冊は、ということになる。まず、「枕草子」。そして（作品ではなく筆者になるが）小林秀雄、福原麟太郎の両氏。「枕草子」は私が愛してやまないエッセイ。彼女の感性は素晴らしい。小林秀雄はよく研いだ鉈で切り込む鋭さと気っ風の良さがあって見事。余計なものをすててまっすぐ本質に突入してごまかしがない。若い日に出合って強烈に魅せられ、以来生涯私淑してきた。福原さんは小林秀雄とスタイルがまるで違う。冬に迷い込んだ小春日和のような穏やかさとぬくもりがある。深さをそうと感じさせない深い深い人生知がある。小林秀雄と福原麟太郎、剛と柔の代表としてよいだろう。青年時代に小林秀雄に出会い、そして七〇歳を越えて福原麟太郎に巡り会ったのは私の生涯の幸せであると思っている。

五四　呉善花さんは面白いことを言う、例えば

呉善花さんは実に面白いことを言う。日本語に特徴的な言い方として「嫁はんに逃げられた」とか「泥棒に入られた」という言い方をあげ、一般に世界的にはこういう言い方はしない、日本人に特有の受け身の言い方だ、という。日本の中にだけいては、そして日本語だけを話していてはこういうことには気づかない。アジアだけで見ても極めて不思議な言い方なのだそうである。ふつうは「嫁が出て行った」とか「泥棒が入った」というというのだ。彼女は〝ここには人間の力を超えたある自然の作用が働いた〟とするものの考え方があると推測する。そして日本人の根底に逆らえない自然の力を見て取るのである。

これ自体私はたいへん面白いと思う。大いにありうるだろう。だが、それだけではないと考える。受け身というばかりではなく、もう一つ、何を主体に、つまりどういう視点でものを、この世を見るかという問題があるかと考える。いったいこの世を見るのには、二つの見方がある。一つは神の視点に立つ見方、つまり自分の外に出て自分を含めての広い世界を外から見る見方。もう一つは、あくまで自分自身の視点からのみ世界を見る見方である。

神の視点からものを見るとは客観的にものを見る見方と言ってもよい。どうやら世界的にはこちらが一般的であるらしい。「嫁が出て行った」とか「泥棒が入った」という言い方は、自分も含めて嫁をも取り込んだ一つの場面としてみて、そこで起こった事態を述べる言い方である。客観的叙述である。だから行為者が主体で、主体

のした行為を述べている。が、日本人の言い方は、あくまで自分の目から見た事態を述べる言い方である。人はあくまで自分一身の個体からしかものを見はしない。現実世界において誰もが実際には自分の目からしかものを見ていないわけで、したがって世界はあくまで私個人の視点からしか見られはしない。たとえ神の視点に立とうと、それはただ想念でしかなく、いわば仮説的にそうしているだけで、実際にはすべて私という個的な視点からしか人はこの世を見はしない。日本人はこの視点に立ってものを考え、述べているだけのことである。私の立場、私の視点から言えばあくまで「嫁はんに逃げられた」「泥棒に入られた」としかならない。

しかし、これは何を意味しているのだろう。私がいて、それ以外は他者である、もっと言えば自然である、ということにならないか。つまり私の外にあるものは、私の思うようにはならないのである。私のコントロールの及ばないところだ。私がどうにもできないところに責任を押しつけられるだろうか。たとえ相手が泥棒であっても盗った泥棒に責任をおしつけるのではなく、やられた自分を問題とする、という考え方。泥棒を悪い奴だと言ってみても仕方がない、そんなことは決まりきったことである、それよりもやられた自分が馬鹿だったとする方がまだ被害に遭わない可能性があったと思える。なんとかする方法があるということになる。外部のもの、他者には自分の力が及ばない。それには手を触れようがない、という思い。日本人は根底で世界をそう受け取っているのではなかろうか。だから社会制度を変えるとか革命を起こすとかいう考えは出てきにくかったのではないか。

こういうのはどうだろう。「イノシシにタケノコをやられた」「水が出て、家財道具一切を持っていかれた」。こういうときイノシシや水を主体にしないのは、理解しやすくないか。イノシシや水に意思を想定しにくいと。つまり相手は自然であって、そこに生じる事態は自然現象なのである。

西洋的な理性に立つ考えに対して日本人は違和感を持つ。どこかそうはいくものかという思いを持つ。なぜだろうか。そう考えるとき非常に参考になるのが前記の呉善花さんの考えである（『「脱亜超欧」へ向けて』）。日本人は心底では自分以外のもの、いやどうかすると自分自身でさえ思うようにならないもの、コントロールすることができないものと考えている。人間の力を超えた何ものかの存在を信じている。では、そのなにものとはなにか。結局は自然の力であろう。例えば日本人はよく「なるようになる」という。神のようなものの働きというより、なにごとも自ずからなる、意志や力ではどうしようもない成り行きにしたがって動いていく、というニュアンスであると。

これは非常に洞察力に満ちた指摘だと思う。外から見る目にしか見えない事柄である。言われてみて私もまったくそのとおりだろうと考える。日本人が受け身的に表現し、なるようになる、未来のことはわからないというところを韓国人は、いや日本人以外は、自分の意思と力で絶対にかくかくこうこうしてみせる、する、というのだという。日本人の場合は、自分以外のもの、自分ではないものを、こちらの思うようにすることに対する絶望がある。他人や外部の出来事、環境は到底コントロールできないと考えている。外国人がなにがなんでも自分の意思を通すぞと主張するのとは大違いである。大事なことだが、かといって日本人が初めから諦めているのでも、だから努力しないのでもない。むしろ日本人の方が努力を尽くすぐらいだろう。歴史を見ればそうだ。だが、努力の結果に対して、甲斐のないことを覚悟しているのである。自分にできることはする、その結果招来することは天にまかせるほかないと。天命を待つ、だ。不思議なことにだからむしろ余計に頑張れるのだ。

しかし、日本人はたんに自分以外のもののコントロールできなさを知っているだけではない。自分の外にあるものどころか自分自身でさえなかなかコントロールできないとも思っている。なるようになるのは自分自身を含めた状況全体なのだし、自分の思いだってコントロールできない部分がある。これが日本人の思いなのだ。思いだけではない。自分の力だってそうである。だから、職人も芸術家も自分にできる限りの努力をするが、そのあとのことは天にまかせる、天か神の力が加わって、あるいは助けがあってこんな凄い作品ができあがると考える。呉善花さんはいう、「表記が同じというだけでなく、日本人には『おのずから』と『みずから』が矛盾しない一つのものとしてあるような気持ちをもちたがっているようだ」「自分の主体の働きと自然の働き（運命）とが矛盾しないこと、一致すること、それがどうやら日本人にとっては理想なのではないだろうか」「樹木が育って枝を伸ばすのは、その樹木の『生命的な意志』の働きであるけれども、それはまた土や水や空気や太陽などの周囲の環境＝自然の作用を受けての働きである。日本人にはそういうレベルで自己（の理想）が考えられているのではないか。これを『おのずから』と『みずから』の一致した自分と考えることができると思う」。この樹木の比喩はうまいと思う。このとおりだろう。私たちはどこかで自分自身のことでさえ、なにか私たちを超えた力（良い方も悪い方もある）、神とまで限定しない目に見えぬなにかの力の差配下にあると思っている。何ごとも自分ひとりではならない、というのは日本人が究極に思い至る考えである。これ以上のリアリズムはないと思う。

総じて以上のことは日本人が自然に向かい合っている姿そのものではないか。日本人にとって自然は親しい、よく観察するべきものであるが、また到底思うようにはならないものでもある。どうしようもない力を発揮することもある、こうなってほしいといくら思っても雨は降らないこともある。降らないときは祈る以外どうしようもない。毎日の天気さえ思うようにはならないのだ。受け入れるほかない。その日その日の天候に合わせて一番よいことをやる以外にない。死も事故も災難も天気と同じなのである。生じてしまえば、その事態に合わせてなんとかしのぐ、事態を受け入れてそれに身を添わせてそこで一番よい対処法を考える以外にない。だれを責めようもない、というわけである。このようにして日本人は自然と付き合ってきた。人間も含めてこの世全体は自然なのである。事件も出来事も死もみんな自然現象なのだ。自然現象に対したように対しているのだ。自然の推移の中で自然に合わせながらその中でできる最善のことを精一杯やる。西洋人は制度や社会の改革に望みをかけるが、日本人はそんなことにはあまり期待しない。私は日本人の方が遙かにリアリストだと思う。西洋人は主体的なのでも意志が強いのでもない。たんに我がままなのだと思う。自分の周りを自分の思うように、とは自分の都合がよいように変えようとし、それが可能だと思い、本気で期待することだ。だから思うようにならないときはあれほど怒り狂うのである。革命も断頭台もそう。連中は無茶苦茶だ。

のみならず日本人にとっては自分自身が自然そのもの、あるいは自然の一つなのだ。他人を含めて自分を取り巻く周囲が自然であるばかりではなく、そこにいる自分自身も自然なのだ。そうすれば自然である自分も自分のコントロールできないものであることになるのは当然である。そう考えると事態がよく飲み込める。日本人は自分というものをすら天気と同じことと捉えているのだ。少なくとも自分というものをどこかでそのように捉えている。例えば、これも呉善花さんがあげている例だが、彼女の日本人の友だちが飼い猫の爪を切ってやろうとして抱えた猫に逃げられた、するとその友人は「ああ、逃げられちゃった」と言ったというので、呉善花さんは驚く。自分なら「ああ、逃げた」というに決まっていると。この受け身表現も私には自分を自然の中の景物の一つとして対象化してみているところから出てくる表現だと思われる。彼女にとって、猫に「逃げられた」女がいるのだ。自分を主体にするから出てくる受け身表現とは思われない。その場の状況全体が一つの自然の景観として映り、そこにいる女（自分）が猫に逃げられたのだ。要するに日本人にとって自分も含めた自然の姿がいつだって見えているという形になるのではないか。天上から神のように見るのではなく自分自身の目に。

さらに呉善花さんは日本人が連発する「ありがとう」「おかげさまで」にも、日本人が目に見えない何か、大きな自然の力を感じて生きているのを見て取っている。これはかなり正確な観察であろう。ありがたい、というとき、私たちは必ずしも特定の人間だけをさして言っているのではない。特定の人間であっても彼を含むあるいは彼の背後にある大きな自然の計らいというようなものを含めて、それにたいして「ありがたい」と言っているとみた方が正確であろう。「おかげさまで」はことにそうだろう。「このごろどうですか」「はい、おかげさまで」。いったい誰のおかげなのか。誰でもない、特定の誰かがいるわけではない。天然自然のようなもの、運のようなものの計らいに対してなのだ。お天道様やご先祖様のおかげなのだ。これに対して韓国人など外国人は自分の力で、自分の意志で努力してこういう幸福な状態にいるのだと主張することになるようである。すべて自分の力なのである。自分の意思と能力と努力で自分が切り開いていくと考えるのだから、感心するが、驚きでもある。よくもそんな偉そうなことが思えるなあと。その強靱な自力の考え、自己確立には感心するが、それではいかにもしんどいだろうなと思う。そこまですべて自分がやる、自分の責任であると考えるのは、なんだか悲壮な気がするではないか。西洋には悲劇が好まれたはずである。いかにも悲劇が生じそうである。

しかしその日本人が基本的に悲哀を秘めて生きている

のは驚くほどである。当然のことか。なにしろ周囲はすべて思うようにならず、生じたこと、やってくることを受け入れて、なんであろうとそれに合わせて身を処する以外にないのだから。したがって「悲しみを抱きしめて」生きることになるのである。山本健吉が編集した『句歌歳時記』などを読んでいると、「さびしも」とか「かなしも」などという言葉が頻発する。驚くほどである。

ところで呉善花さんはこうしたことを受けて、日本人は「主体と客体を区別しない世界にずっとこだわり続けて」きたのだろうと述べている。そうなのだろうか。私には主体と客体を区別しないというよりは、自他とか主体客体といった区別がそもそも生じない世界に生きているといった方が適切なのではないかと思われる。区別しないという以上、区別はまずあるわけだ。だが日本人の世界には区別自体がないか希薄なのだ。自他の区別のない世界。自分（意識、こころ）にとって自分自身（この私、身体）も自然の一つであって、そうなればあるのは自然だけということになる。私の運命も生も、私の歩みもすべて自然の移りゆきの中にあり、自然の成り行きの一つである。他人の生が自然の中にあるのと同じことだ。そういう意味では日本人は自分自身の目からと第三者的な神の目からという複眼でものを見ていることになるのかもしれない。じつにリアルなものの見方だと思う。反して西洋のなんというイデオロギッシュな見方だろうか（イデオロギーの対立語はリアリティだと確か西尾幹二氏だかが述べているのは上手いと思う）。ここは西洋の人格神と日本の八百万の神つまり自然神との違いをも思わせる。もちろん自然神の方がはるかにリアリティがある神観念である。

少なくとも日本人にとって自分があって他者があるのではないようだ。自分がありこれとは違う他者がある、という感じではない。他者がいるように自分もある。自分も他者も対等であって、等しく自然の景物の一つであると真実意識されているとみなすのが適切のように思われる。

五五　現実世界と概念

いうまでもないことだが人間にとってのこの世界はすべて時空間の中にある。つまりすべてのことは時空間とともにある。状況と共にある。しかるに概念はその状況や場を切り捨てて、対象だけを取りだして、これを相手とする。ということは物事の現実のありようから、いわば実験室的に特別な状態に仮に置き換えて物事を扱っていることになるだろう。過去、ギリシャ以来西欧で行われてきた哲学の歴史はすべてこのような思考であったとみなせる。現実の人間のありようとは大きく異なったことを人間の実際だとみなして、大まじめに考察してきたのだと言ってよいように思う。だから、あのように異なった見解が次々と生まれてくることができたのだろう。

人がなにかをするべく意欲するとき、人は己の内なる欲求と外の状況から導き出されて意欲する。例えば〝腹が減った。ところで自分のいまいるところにあるものは？（腹を満たしうる何かがあるだろうか？）〟という状況観察によって意欲、意志が決まってくる。つまり、人が何かをする、行為するというのはその状況からである。状況を離れては行動はあり得ない。思考もあり得ない。したがって（かつ現実に）人も存在しない。状況は人がいるから存在する、人は状況があるから存在する（この言い方は本当は下手くそである。そうではない、人が存在するということは必ず状況とともにいるということだ。人のありようはそれ以外にありえない）。それは丁度、観察者がいて初めて宇宙が存在することになるようなものである。

言葉はすべて概念であると言ってよい。しかし、言葉の生まれる本当の現場を見れば言葉は決して概念ではあり得ない。なぜなら、本来言葉は徹底してその場の状況に依存して使われるものである。言葉の使われる一番始めは必ず状況依存状態で使われたに決まっている。さて、こうして徹底的な状況依存下で使われるとき、言葉はまったく具体的であるはずで、それを発する方も聞く方も音声（言葉）は事柄や物に密着している。例え「石」という言葉であってもそれは目の前の「この石」である。決して石一般でもなければ、あの石でもなければこの石でもないのでもない。つまり決して「石」のイデアではない。目の前の白と灰の斑の三センチぐらいの長方形のこの石なのだ。ここには石一般を指したり、石のイデアを指すようなものは何もない。これが言葉を一番始めに使い始めた人類が立ち至っていた言葉の状況であるに違いない。

それが次第に少しずつ状況依存性の薄い状況でも使われ始める。少し離れた場所にいる人間、そのことが起こった時から遅れてきた人間に語られるということが生じる。さらにこれが拡大し、異なる状況でも話されることになる。こうして「石」は目の前のこの石ではなく今とは違う時と場所にあった石のことになる。ここにいたって、石は石のイデアとして伝えられることになろう。いま、ここ、という具体性を離れることによって、言葉は嫌でも概念化する。しないことには伝わらない。

　こうして言語は具体物から離れ、イデアとして概念だけでそのもの一般を指すようになる。個々の具体性を失う。失うことによって通用性を獲得する。「普遍性を獲得する」ということはそういうことである。それなのに私たちは言葉がいまも具体性を失っていないと、言い換えれば概念にしかすぎない言葉が具体的な物を指し示し意味していると錯覚している。あるいは混同している。ここに言葉をめぐる混迷、概念の実体化という混迷が生じる。

五六　学び

　私が毎日散歩するコースに住宅街の児童公園がある。やっと巡ってきた春の午後、そこで三つか四つの一人の男の子がブランコを漕いでいた。近くに彼の父親らしい男がいたが、男の子の方は見ずに別の方を眺めていて、だから男の子はたった一人、無心にと見える姿で漕いでいた。小さい幼い子ども。しかし彼は、足と、手と腰の反動を巧みに使い、勢いよく弾むように漕いでいて、ブランコがいかにも楽しそうだった。こんな小さい子が。そうなのだ。こんな小さい子どもでもブランコの漕ぎかたをいったん覚えたら、すぐに上達し、あとはその面白さに夢中になるのだ。

　だが、彼はどうやって覚えたのか。決まっている。公園で大きな子どもが漕いでいるのを見てだ。誰もそんなものは手取り足取り教えなどしない。他の子どもが遊んでいるのを見て、面白そうだと思い、自分もやってみただけのことだ。初めはうまくいかなかったことだろう。後ろから人に押してもらったかもしれない。だが、やがて誰が教えなくても、彼は見よう見まねでコツ（足と、手と腰の反動を巧みに使う使い方）を会得するのだ。

　私は自分の子どもの頃を思い出す。随分いろいろなことをして遊んだ。竹ヒゴを使って飛行機を作り、竹でスキー板を作り、水鉄砲を作った。藁で縄をない、コマを回し、泳ぐことを覚えた。そのどれも、直接手を取って誰かに教えてもらったということがない。当時の子どもは誰もがそうだった。日々の遊びの中で、年上の友だちがしているのを見ながら自分であれこれ工夫して覚えていったのである。

いったい、人が何かを覚える、学んでいくのはそのようにしてではないか。赤ん坊が起きあがり、やがて危なっかしく立ち、ついで歩き始める。言葉をしゃべり、語彙を増やしていく。みんなそうだ。すべて見よう見まねである。見よう見まねで自分なりに工夫して会得していくのだ。そうでないものなど一つもない。まことに学ぶとは真似ぶである。真似る以外に、見よう見まねで覚える以外に、学びようなどないのだ。手取り足取りとはいうが、本当にはそんなことをしても、なにも教えられないことは真実に物事を成した者、自分で工夫して新しいことをし遂げた者、いやいやすべてその道のプロなら誰も知っていること。だからだ、昔の職人は住み込みでしか弟子を育てなかったのは。学習とは真似び、そして学んだことをおさらいをし、自分なりに工夫をすることである。

知識、いわゆる学問も同じではないだろうか。教室で、先生の前で、先生の学問を、その学の方法を、私たちは見よう見まねで真似ることから始めているのではないか。教育は、あれも本当は見よう見まねにすぎないのではないか。学習といい、授業というが、その神髄は見よう見まねと知っておくべきである。それ以上のことを期待してはならないのだ。自分で学ぶほかないのである。盗み取って、真似て、ひととおりのやり方を覚えてから、もっとうまくできるように自分なりの工夫を人はするのだ。それを古来西欧では「学問に王道なし」という。人が教えることができるのは所詮は形だけである。

五七　資本主義について——仕組みと特徴、その他

もううんざりするようなテーマかもしれないが、それでも現代社会を見通すためにはやはり一度ちゃんと納得しておく必要がある。こういうテーマは、馬鹿げているように見えても素朴に基礎から検討しなおしてみるのが一番ではないか。以下、経済学の素人と笑うなかれ。資本主義とはどういう要件からなり、いかなる仕組みを持ち、いかなる特徴をもつ制度なのか。

資本主義はいかにして発生したか。

資本主義が姿を現すまでの社会は、洋の東西を問わず概ねは自給自足と家内工業から成る社会だった。ものは

需要者と供給者との直接取引か定期的な市場で、物々交換の形で取り引きされていた。もちろん商人もいたが基本的には以上の様態が長い間の経済社会の実態だったに違いない。この段階では儲けというものは、そんなに人々の間で重きを置かれなかったはずである。やがて十七〜十八世紀だろうか、蒸気機関の発明や機械の発達に基づく産業革命が生じた。革命というのは機械によって、もののの効率的な大量生産が可能になったことを指す。ここでは同一品質の品物を短時間で大量に作り出すことが可能となる。人力に機械を加えることによって、人力だけの場合を大きく上回る量の品物を生産することができることになった。家内工業による職人芸より品質は劣るが短時間に大量に生産できるならば、生産者は家内工業より価格を下げても大量販売の道を取ることによって利益は対等ないし対等以上に得ることができるだろう。こうして、産業革命によって機械を設置し、労働者を集め、大量生産し、広く不特定多数者に大量に販売する道を選ぶ者がでてくる。機械を設置するためには広い敷地が必要だし、少なくない機械もいる、人も集めなければならない。これらのためには相当の金が要る。すなわち金を投入し、工場を建て、ものの大量生産に踏みきる者が資本家である。

こうしてみれば、資本主義の登場によって経済の様態はまるきり変わったことが鮮明になる。人々の大量集中が生じ、生産者と不特定多数の購買者の間を取り持つ商人が輩出し、取引は貨幣経済へと移行し、消費者という者が出現し、原材料供給者と生産者（資本家と労働者）と商人と消費者という分業が確立する。商人の輩出と資本家の登場によって金儲けということが大きなテーマとなり、金儲けをなによりの目的とする人生観が生まれてくる。貧富の差が拡大する。昔は階層の差は貧富によるのではなく、階級つまり生まれや人倫の差によったのだが。

では、資本主義という制度はどういう仕組みで成り立ちどういう特徴を持っているのか。

社会学者橋爪大三郎氏は資本のことを「生産のための装置＝機械」と定義している。もう少し広くつまりは元手のことと受け取ってよいだろう。生産を始めるための元手である。これを使って資本家は工場用の土地を取得し、「生産のための装置＝機械」を用意する。人と生産のための原材料を集める。こうして、ものを生産する。生産したものを売りに出す。これが資本家のすることだろう。

さてそうだとして、このものづくりでそれまでの社会と大きく違うのは①大量生産であること②生産が一箇所に集まった多くの人間によって行われること。したがって、防衛や市場という機能に基づくのではない新しい町（都市）があちこちに出現すること、すなわち新しい都市の時代が生まれることであろう。ここに見られる特徴はなんといっても「量」である。資本主義を特徴づけるものは量と効率の増大に尽きる。

なぜ資本主義は量の問題に特徴づけられるのか。これを考えるのには、なぜ資本家は右記したような、旧来とは異なる新しい形態の生産業を開始するのだろう、と問うてみなければならない。どこにメリットがあるのか。

資本家はどこで儲けるのかというと、いうまでもなくものの売価による。売価は投下資本の減価償却と資本家と労働者の労力（多分、彼の一日の生活費に換算される）から割り出される価格に幾分か労働報酬的なものが加算され、かつ市場の需要量に合わせて決定される。儲けは当然、労働報酬的なものの部分に生じる。資本家はこれを自分と労働者に（理想的には）均等に割り振る。この際、話をわかりやすくするために、もの一個につき生じる労働報酬を、資本家は労働者全員と自分とに（その比率はいろいろあり得るとして）分けるのだとしよう（大なり小なり事実はそうであろう）。

もしそうだとするならば、資本家はものを多く作り多く売ればそれだけ彼個人の収入はふくらむことになる（一人一人の労働者の収入は以上の事態の中では資本家ほどには増えない）。こうして資本家はより多くの収入を得るためにはより多く生産し、より多く売ることを必要とすることになる。競争相手があればより多く売るには、同じ品質での競争と仮定する場合、より安い値段を付けなければならない。より安い値段を付けてなおかつより儲けるためには、もとへ戻ってより多く生産することになるだろう。なぜなら、安値によって個々の生産物（商品）の儲けは少なくとも多量に売れれば、個々の商品からあがる少ない儲けが合算によって多くの儲けになる勘定だからだ。

かくて、どちらにせよ資本家はより多く生産する羽目に追い込まれる。より多くの生産をするためには、より多くの生産装置を設置し、より多くの人と原材料を入手する必要があるだろう。そのためには新たな元手を必要とする。新たな元手はどこからやってくるか。通常は資本家自身が貯える儲けから、ということになるだろう。つまり儲けを資本に投入するのである。こうして資本家はいやでもおうでもより多くの儲けを必要とする。

資本家が儲けを増やす方法には二つの道がある。一つは上に述べた生産物を増やし、より多く売ることで達成される。これ以外にもう一つの方法がある。それは個々の生産物がはらむ労働報酬的部分をいじる方法である。つまり、この部分は資本家と労働者双方の労働報酬からなっており、両者で分けるのだが、この分割比率を変えるのである。労働者の取り分をより低く押さえて、資本家へ回る比率を増やす。こうすれば確実に資本に回す元手は増える。その際の口実は「設備を増やしてより多く作りより多く売れれば、全体の儲けが増える。全体の儲けが増えれば君たちの取り分も増える」というのが一つ。もう一つは競争相手の存在を持ちだし、「競争に負ければ倒産する。君たちも損をする。競争に勝つためには良い品物を作り安く売らなければならない。そのためにはより多く生産しなければならない。より多く生産するためには資本を増やし、設備の増強に回さなければならない。資本の充実が大事なのだ。そのためには儲けの一部を将来の設備投資のために取り除けておく必要がある」とでもなるだろう。

資本家は端的に言えばこの二つの方法で、より多く儲け、より多く生産することによって生き抜くことになる。ここにはほとんど選択の可能性はない。そうなら、資本家はいやでも制度的にこの二つの方法で儲けを追求せざるをえない人間だと言ってよい。制度的に、なのであるならば資本家が利潤追求に邁進するのは彼の個人的な心映えの問題でも倫理の問題でもないことになるだろう。それこそ資本主義の必然ということになる。資本家の人間性が問題となるのはもっぱら、個々の生産物に含まれる労働報酬分の配分比例をどうするか、の一点に集約される。労働者はいくら資本家の人間性に信頼を置いても、それにもかかわらず資本家のおかれた制約を念頭に置いて、ここに目を光らせ「資本家の搾取」を排除しようとはかるのは当然のことというほかない。

ここに、資本家と労働者のありうるいかなる善意とも無関係に、資本主義の宿命がある。問題はだからといっていまのところ資本主義に変わる、より効率的かつ効果的な生産と消費の市場が予想できないことである。

五七の二　資本主義その二——道具と機械

資本主義は労働者に過酷であると評判が悪い（もっとも、ガルブレイスのように、それは近代の視点から見るからそうなのであって、資本主義が成立する以前の人々の暮らしからみれば、暮らしの向上だったのだ、とみる考え方もある。ガルブレイスはそれ以前の人々はもっと貧しく、田舎で孤独に暮らしていたのだ、という——『経済学の歴史』）。

その理由を考えてみる。一つ明確にわかることは、工場労働は機械を使う労働だということだ。資本主義は一定の場所に機械を大量に据え付け、それに見合う多数の労働者を採用して、機械を使い一斉に大量にものを生産する制度である。

機械とはどういう特徴を持ったものか。まず機械と道具の違いを考えてみよう。鉋でも鑿でも道具は人間の延長と考えて良い。人がそれを使いこなすことによって、自分の身体の一部同然となる。自分の手の内で、大げさに言えばどのようにも使用可能である。どようにも役立たせることができる。あくまで人間が主で道具が従と言ってよい。機械はどうか。機械はその目的に作られた以外のことはできない。人はその目的のために動かす以外に機械を動かす（使う）ことはできない。ここでは、どう考えても機械が主で人間が従とみなすほかない。これが、機械に関して注目するべき第一点。では、その人間に対する主の位置を張る機械の特徴はなんであるか。機械とはなんのために作られるものかといえば、普通の人間であれば誰でも（その操作の習得も日々の操作も）無理なく同じ効率で同じものを生産することができるように作られた装置と言ってよいだろう。この場合機械は定まったあるひとつのことしかできないという特徴がある。一つのことをのみするということは必然的に同じことを繰り返すばかりということになる。単調に同一のことを同じ速度で繰り返す以外に能がない。するとどうなるか。機械に対して従の立場でしかない人間は機械にしたがって、同一のことを同じ速度で繰り返すという単調なことをやる以外にないということになる。

これを比喩的に言い換えれば、そこでは人間の機械化が生じる、ということになる。肉体的にもそうだが、心理的にも人間は仕事にあたってなにも考える必要がなく、ただただ機械に合わせて単調に黙々と手を動かしておればよい。機械の一部になるのである。うまくできたという喜びもなく、責任を感じての悲しみや緊張感もない。人は部品となり、ロボットとなり、人間性を奪われる。人間疎外が生じる。しかも、それが嫌だといっても、長年の修業が必要な手仕事と違ってもともと誰でも簡単に操作できる仕事なので、彼に取って代わることのできる人間はいっぱいいる。労働力の需要と供給の比率は供給側が弱みを持っていることになる。

これが資本主義世界での労働者のおかれる立場の極端に特化し単純化し、戯画化した実態なのだ。

反資本主義的な思想の流れは、右記のことから「だから資本主義は打倒ないし克服されなければならない」と主張するのだが、右記の見方の妥当性には多くの保留が必要だろう。まず第一に資本主義は制度的にある程度人間疎外を招来する制度だとしても、人間はただ事態に受け身に対処するだけの生き物ではないという点を強調しなければならない。機械の部品化の圧力はあってもこれに抗して、人間性を確保しようと努力する。仕事の余暇に仲間と遊び、趣味を見つけようとする。機械相手の仕事自体にも機械の改良を検討したり、仕事の流れの効率をよりよいように検討したり、機械に名前を付けて機械の側を人間化したり、あれこれとやってみる。無抵抗に機械化に巻き込まれるだけではないのだ。この人間の適応能力を馬鹿にしてはいけない。そして資本主義の歴史は、実際に、反資本主義による抗議と反抗に直面しながら、資本主義の内部からもこうした人間の側の懸命の人間性保持の努力を受け入れ、両者の両立を目指して改良されてきた歴史であろう。

五八　個の確立について

もう多くの人は忘れたかもしれないが、戦後の日本で最もやかましく言われたことの一つに「個の確立」ということがある。「これまで日本人はいつも集団に埋没して、自分というものを持たずに生きていた。だから太平洋戦争などという馬鹿なことを防ぐことができなかったのだ。これからの日本人はなにより個を確立し、自分の意見を持ち、個性を磨いて生きていかなければならない。それが近代的な、民主主義にふさわしい、大人の生き方である」といった具合だ。学校で、社会で、至る所で言われ、唱えられ続けてきた。「西洋人はだれもが個性的で、自我が確立していて、個として生きている」という調子である。

さて、で、日本人に個は確立したか。どうも疑わしいようである。私なども、そういう教えをまともに受け取って、「そうか」と思ってきた部類だが、実を言えばこの間ずっとその「個の確立」とか「個」ということで指し示されていることの内容がよくわからないできた。「個」とはなんだろう。私には私というものの自覚はあるし、その日まで生きてきた私の記憶もあって、だから私とは何かがわかるといえばわかっている。それなのに、それ以外に必要な「個の自覚」とはなんだろう、と思うのである。

いまから思えば、私たちにやかましく「自我を確立し、個性的に生きなければ駄目だ。日本人は個の確立がなさすぎる」と説いていた者たち（教師や識者、指導者たち）自身、そう言いながら「個」や「個の確立」とは、実際のところなにを意味しているのかわかっていなかったに違いない。いまでも大方の日本人はわかっていないはずだ。よく突き詰めて考えもせずに、鸚鵡返しに「個の確立が大事だ（なぜなら西洋人はそうだから）」と唱えていたにすぎまい。

言葉を手がかりに常識的に考えてみれば、「個」とは、一つということである。個人は一人の人間だ。一人の人間とは要するに何の誰兵衛である。何の誰兵衛は他の誰でもない何の誰兵衛である。つまり「個」で意味されている人とは、他の誰でもないその人間をいうのであろう。したがって、個が確立されているとはその者が他の誰でもないまさにその人間であること、他の誰でもない一人のその人間として成立していること、と受け取って良いだろう。事実、西欧人の場合はAならAという人間はA以外の何ものでもなく、したがってどこでもいつでもAである、というあり方をしているようである。AにはAの世界があり、考えがあり、生き方がある。これは当然のことだ。したがってAがいつでもどこでもAでしかあり得ないという以上、Aは誰の前に出ても、どういう状況にあってもほぼ自分の考えを貫き、自分の生き方を貫くことになるだろう。

ここが日本人と大きく違うところである。日本人は誰の前でも同じAであるというあり方はしない。それは馬鹿のすることである。対面する相手、直面する状況に応じて、言うことを変え、振るまいを変える。息子に対しては父親として、母親に対しては子どもとして、先生に対しては生徒として。場合によっては人格まで変わるように思われる。なぜかというと日本人は自分が立ち会うその場その場の気分や雰囲気に合わせることを何より大事なことと考えるからである。そのために、その場その場に合う言動、心情を展開する。常に変わらぬAなどというものは大事にしない（どころかそんなものがあるとも思っていない）。これを、いったんAという個を確立したら常にAである（らしい）西欧人のあり方と較べれば、あまりの違いに驚くことになる。そしてもし、Aならいつでもどこででも A以外のなにものでもない人間のあり方を、そうあるべき人間のあり方、それをこそ大人というものだという人間観に立つならば、日本人のそれは頼りない、ふやけた、未熟な、信用できないあり方、一体どれがその人間だと言ってよいのかさっぱりわからないあり方ということになるだろう。どころかその場そのときの相手にあわせる卑屈な人間ということにさえなりかねない。

しかし、この両者のあり方のうちどちらがよりまともな、正しいあり方なのかと問えば、そのような比較はできない、どちらもどちらだ、という他はないと私は考える。それぞれに長短のあることであり、それぞれに強みも弱みもあることである。

したがって問題は、この違いはどこから出てきたのかということになる。西欧人はなぜ個を確立したのだろう。あるいはできたのだろう。私には二つしか思いつかない。一つはキリストという唯一絶対神をもったこと、一つは異民族のせめぎ合いが激しかったこと。

キリスト教では信者は神と「私はあなた以外に神を認めません」と一対一で契約を結ぶ。その契約こそ信仰なのであると聞いている。一対一の契約であるから、神はAならAという人間を、他の誰でもないAとして認めて抱き取ってくれることになる（のであろう）。かくて契約ができれば、以後彼Aは一番大事な神が自分を支えてくれている、という思いで生きてゆくことができる。神と契約を結んだのはAという人間、A以外のなにものでもない人間にほかならない。それなら、以後Aはその場その場に、つまりそのときの周囲の状況に受け入れられることによってすくい取られる必要はない。常時、神という支えの下に生きてゆくことができるからである。自分とは何者かといえば、いつでも「あのときああして神と約束したAだ。神の前にAとして出頭したAだ」と自答できる。そういう自己確認を持って、ということはそういうアイデンティティをしっかりと抱いてということにもなろうが、生きていける。

もう一点の異民族とのせめぎ合いも「個の確立」を促

進した大きな理由であるだろう。西欧人は痩せた土地にひしめき合うようにして様々な民族が生きていたようだ（会田雄次が『合理主義――ヨーロッパと日本』その他で遠慮なくそのことを指摘している）。侵略と強奪、競争がひっきりなしだったようだ。そのように異民族が混在し、競合するとき、人は自分が何者であるかを自分自身にいやでも明確にしておかなければならなかったであろう。でなければ自分が何者であるかわからなくなったに違いない。お前は誰だと聞かれて、「ゴート族の誰々だ」と胸を張って言えなければ、強く生きていけなかっただろう。そう言えないほど弱い立場であったとしても、心の中で「私はお前の民族ではない。ゴート族の娘だ」と自らに言い聞かせて、そこに誇りを持って生きてゆくことになっただろう。ある学者［註］が「自明な与件としての自―他の区別が崩壊するという危機に瀕した者は、なんらかの形でセルフ・アイデンティティを確立しようとするだろう。同様に、システムの複雑性が高まり、システム自体の確かさが崩壊の危機にさらされると、システムは『自己遡及的』に自らの意味を確定し、境界を生み出そうとする。こうしてシステムはその維持を図るのである」と述べているが、これは右記の事情を学問的な用語で的確に論じた文だ。

「自我」という言葉もよくわからぬ言葉である。戦後長い間よく使われた言葉だが、最近ではあまり流行らなくなった。流行らなくなったのはおそらく「個」に取って代わられたからだろう。少なくとも「個」に近い意味だったに相違ない。最近では「アイデンティティ」と盛んに言われるが、これが意味しているものも「個」や「自我」に近いであろう。どれもこれも、わかったようでもうひとつはっきりしないまま使われている言葉である。少なくとも私にとってはそうだ。

しかし、アイデンティティを自己同一性と訳し、自分が自分であること、いつもそうである自分、自分の居場所というふうに受け取るならば、前に書いたように昔の日本人なら「新庄の仁兵衛とこの二男」というのが、日本人にとってのアイデンティティであったろう。

［註］佐伯啓思（『自己組織性とポスト・モダン』）

五九　わかった！

この夏、というのは平成一八年のことであるが、私は面白い体験をし、その結果一つの大発見をすることになった。この年の夏は妙な夏で、七月の間は雨が降り続き気温が低く、八月に入って突如、たいへんな暑さが続き（一〇日間ほど連日三五度以上、一、二日おいてまた連日三五度以上）、そのためであろう、私は生まれて初めて体中に妙なかゆみを覚えることになった。手足には蚊に噛まれたようなブツが次々とでき、ブツはやがて背中にも及んだ。背中のあちこちにでき、痒くてたまらないことになった。原因はわからないが、場所からいって多分汗疹《あせも》ではなかろうか。なんであれ、痒みはいったん意識されると抑制しがたいほどになる。しかも日を追って広がるようなので、薬を塗ることになって、竹から抽出した「竹酢」が身体にもいいというのでこれを塗ることにした。これが実にいいのである。身体にやさしく作用する感じでありながら、痒みの元であるブツのところではしっかりと浸み、その浸みる感覚は気持ちがよいのだ。もうたまらず「あっ、あっ」と声が出て、身体をよじるぐらいに気持ちがよく、次の大きなブツのところへ竹酢をしませた脱脂綿を持って行くべく、夢中で背中をうごめかせ、うまい具合に行き当たれば「あ、そこ、そこ」と声をあげることになる。

こういう体験を続けるうちに私は「そうか」と思い当たったのである。勘の良い人は私が何について語ろうとしているか察したであろう。そう、これはまさに女たちの性感そのものに違いない。

いったい、私たち男には女の性の歓びぐらい不可思議で理解しがたいものはない。男のそれはよくわかっている。単純なものである。あの箇所への接触、摩擦と精を放出する一瞬の気持ちよさは確かにたいへんなものだが、それでも女のように堪えきれずに声を出すというほどのことはない。これに比べたら女たちの歓びようはどうだろう。みっともないとかはしたない、あるいは恥ずかしいという気があって抑えたいと思っていても、その抑制心を突き破って快感の叫び声が迸る。少なくともそのようである。のみならず身体はよじれ、いわばのたうつ。男にしてみればどうしてあんなに気持ちがいいのだろう、どうも我々男とはまるで感じているものが違うようだ、となる。しかも実に不公平なことに、女は男のあの箇所に相当する小さい蕾を持っている。男のものはその小さい蕾が進化上大きくなったものにすぎない。つまり大小の差はあるものの同じもので、だから女は、精の放出の瞬間を除く男と同一の快感をも感じていることになる。それに加えての女だけのあの気持ちよさの箇所を持っているのである。その快感は男にはない。したがってその実態、内実を男は知りようがない。ただ、女たちの奔放な喜びようから、どうやら我々男のそれよりも遙かに、自制心を失わせるぐらいに非常に気持ちがよいらしい、と想像できるだけである。いったい、どんなに気持ちがよいのだろう、と私はただただうらやましく想像するのだった。多くの男たちも同じだろう。どんなに多くの女と付き合ってきた男でも女のその感情を絶対に体験することはできない。したがって、それがどんな感情なのか知らないはずである。永遠にわからないはずである。

ところが、私にはこの夏わかったのだ。あの背中の痒みの箇所に竹酢を塗ったとき。あれは確かに、気持ちの良さのあまり声に出さずにいられなかった。私は間違いなく「あっ、あっ」と、いわば絶叫した。塗ってほしいところへ、夢中で我を忘れて身体を持っていかざるをえなかった。そして丁度その箇所へいったとき「そこ、そこ」と思わずも声を出さずにいられなかった。これ、すべて同じことではないか。しかもまだある。痒みは普段まったく感じないのである。だが、どういうわけかある時に不意に痒くなるのだ。そしていったん痒みを感じ始めると、もう我慢できなくなる。一度、竹酢を塗る気持ちよさを覚えてからは、もう矢も楯もたまらず、なにがなんでも塗ってほしくなる。そして、ひとたびおさまると完全にケロッとしてまったくその気がなくなる。痒みも快感を欲する気も毛ほどもなくなる。こういう成り行きもまったく同じではないか。女たちはその気にならないと、自ら欲することはない。男がことあるごとに、ほとんどいい女を見るたびに気をそそられ勃起し始める、しかし我を忘れるほど抑制できないわけではないのとは大違いである。

つまり私はこう考えるのだ。生物の進化はまったく異質なことをするのではない。自然は結構、経済的にできていて、一つの機能を様々に利用しているのだ。かゆみを呼び起こすブツ、これはそれ（痒みの感覚）によって問題の箇所を教え、そこに注意を向けさせるために生じたものだろう。なぜ注意を向けさせる必要があるか。その部分は肩のこりのようになにかの原因で血行がとどこおり、したがって生理的に不良な状態になっている。掻けば痒みの元となった血液の凝固は解け、拡散し、かくてふたたび血行が良くなり治る。つまり痒みの箇所はそこがどこであるかを知らせ、滞った血液循環を直す必要がある。そのためには、まず痒みによって問題の箇所を明示し、次に快感という報酬によって人をして掻く行為へと導かなければならない。こうしてブツを掻くのは快感をもたらすのである。

男たちに不可思議な女の性における歓びは、これがそっくり持ち込まれたものなのに違いない。女壺のなかの生理的構造、皮膚部分はブツに相当するものが生じるようになっているのに違いない。私の背中がそうであったように普段は無感覚である。なにも感じない。しかし、ひとたび意識が、あるいは無意識にしろ気持ちがそちらへ向き、受け入れ態勢が始動し始めると、おそらくは多くの血流が始まり、すると目に見えないほどの大きさなのであろうがブツのようなものが内部表面にいっぱい生じるのだ。ブツ的なものなので、私の背中がそうであったように掻いてほしくてたまらなくなる。かくて、この「掻く」に相当する行為が加えられれば、身もだえするほどの気持ちよさを覚えることになる。声も抑えきれずに出る。おそらくそういうことなのであろう。それは、男のあの「なりあまれるもの」が感じる刺激とはまるきり違う。男のそれは要するに、溜まりに溜まったものを迸り出したいという強烈な欲望に基づく熱望とそれが達成される快感である。一直線であり、一過性であり、出てしまえばすっきりしておさまる。しかし、私の体験した背中の痒みはそこら辺中痒くて、竹酢を次々と塗っていく間、次から次の箇所が気持ちよく、またもとへ戻って再度、再度となり、幾度も幾度も刺激を求めて、うめき、身もだえすることになるのだ。ひとしきり大騒ぎをして、そのうちやっと、もうこれでいい、となる。

だから、どうだというのだ。どうというのではない。ただ、私にはつねに女は男のそれを実感できて知っているのに、加えて男の知らない強烈な歓びを感じるのは不公平だという思いがあった。いったい女たちのあの歓びはどのようなものなのだろう、とねたましく不思議なものに思いつつも、男には知りようがないらしいのを残念なことに思ってきた。ところがわかったのである。そうかこれかと。当たらずといえども遠からずであろう。納得いくと同時に、私にも彼女たちの歓びに等しいものを感じることができたのをうれしく思うのである。「わかる」ということはたいしたことで、もう、気持ちは落ち着き、心悩ますこともねたましく思うこともない。一つ疑問が解消して悩ましさが消えた——というだけの話。失礼致しました。

六〇　人生について

生まれてきたということは、自分の持つ潜在力を発現して力の限り何かに立ち向かい、何かを成し遂げる、そして、そのことによる歓びや感動、満足感（自己肯定感）を味わう機会を与えられたということ、と私は自分の数十年の人生を振り返って結論的に思う。それも一回限りである。それなら、せっかくの機会だ、その歓びをなんとしてでも味わわなくては、ということになる。

そのためには人はとにかく、まずは何事にも一生懸命に立ち向かい、こうして自分にはどんな潜在能力があるのか、何に面白さを感じるのかを知らなければならない。それが第一だ。若いときから人はまずは自分の興味に従ってあれこれやってみることである。そうすれば自分が何に興味を感じ何を面白いと思うか、だいたい知れるだろう。それほどのものが見つからないとしても、とにかくほかのことよりも面白い、好きだと思えるものは誰にでもあるはずである。だからそういうものに出合えばとにかくそれに取り組んでみることである。面白いと思うこと、興味のあることだから、おそらくは意欲的にやれるし、努力が続くだろう。やがて自分にはその分野の力がないと思い知らされて挫折するかもしれない。しかしそのときはもうそれに対する興味も面白さも失せているはずである。それに代わる興味の対象、本当に面白いと思う対象を探すことになる。次から次と移り気に対象を変えていくのは問題だが、それは多分、余計なこと、違うことを考えているのだ。もっと楽で格好のよいことをしたいとか、あっちの方が儲かりそうだとか。ごらんのようにそれは見栄えがよいとか儲かりそうだとかが主になっていて、心から面白いと思うとか興味を感じるとかが内容にはなっていない。それをやっても儲かりそうにはないし、有名になりそうにもないが、とにかくそれをやり続ければ面白いだろうな、と思えるもの、そういうものに行き当たりたい。

もし自分は何を本当に面白いと思うか、何に興味を感じるのかが明らかにわかるということがない者は何かに向かうとき自分はあれこれ工夫をしてみるか、努力をして努力をすることがあまり嫌ではないかどうかで判断してみるとよいと思う。次々といろいろ工夫がわき出てきてやってみる、そしてその工夫を伴う努力が持続して飽きないなら、それはあなたはそれに興味を感じ、たずさわることに自覚はなくてもこころの奥深くで面白みを感じているということである。

さて、こうして人は本当にやってみたいことに行き当たる。だからやがてそれに何らかの形で取り組むことになるだろう。取り組んでそれが仕事となればはなはだ都合がよいが、事情がいろいろあって仕事とするわけにはいかなければ趣味として大事にすればよい。今できなければ、一線を退くか子育てが終わったときにやろうと夢を持ち、材料を集めたり細々とでも実行しながらいまを過ごしていけばよい。

要するに私はそういう人生こそがその人らしい人生であり、充実であろうと信ずる。その人にとって人生は大げさに言えば日々進歩であり、手応え確かなものがあるであろう。金や名誉はついてくるに越したことはないが、まあ二の次のことである。自分の中の使われたがっている潜在能力がきれいごとを言えば伸びやかにエネルギーを発散されて気分よくなる、その快の情動がおそらく一番確かな幸せである。だから人は自分の好きなことを、面白いと思うことをやっていくことだと思う。

ここで問題となるのは、好きなこと面白いと思うことが、ギャンブルだったり、遊蕩だったりすればどうなるのかということだろう。そのときはそのときで仕方がないと私は思う。これではいけないという自制心が働かない人にいうべき言葉を私は持たない。好きなことをして、その果てにくるものを受けるほかない。それもまた人生である。だがこういう人は少ないであろう。たいていはもう少し自分とその人生を大事にする。大事にする以上、食べていける方途を考えながら、自分の潜在能力を生かす方向へ歩むだろう。うまくいかない人もあるだろうが、それもまた人生。老年にまで生きて死を視野に入れるころには自らの来し方に幾分か納得いく思いを抱くであろう。私はそう思う。

六一　書き言葉はなぜ膨大な言語を必要とするか

私たちが日常使っている話し言葉の言語はせいぜい二～三千、多くて数千文字だとされる。だが、辞書に登録されている言語はどの国の辞書にせよ万を超える。漢字のように数万という言語すらある。とにかく一般的に言って話し言葉の数倍の書き言葉がいつも存在することになる。話し言葉より書き言葉の方がどの言語においても遙かに多いのである。なぜだろうか。

簡単なことである。一つは、書かれる言語には話し言葉が持つ肉体性と状況が欠けるということがある。話し言葉は語り手と聞き手がその場にいて、聞き手は話し手のイントネーションから言葉の強調、緩急、付属して表現される表情、身振り、そしてその場の状況、例えば話題になっているものを目の前にしているといった状況の中で語られる。言葉だけで意思疎通や情報の伝達がなされるのではない。反して書き言葉はこれらのもの、言葉を取り巻く背景を一切持たない。この持たない部分を言語だけで築きあげ、言語だけで話し言葉が伝えるのと同じ情報量のものを伝えなければならない。話し言葉が持つ声音や緩急、強調といった色合いから話し手の身振りや表情、周囲の状況をすべて言語だけで築きあげ、伝えなければならない。ここに説明のための新しい言葉が要請されてくる。

しばしばそれは概念語になる。書き言葉が増える第二の大きな理由である。概念語とは目に見え、手に取ることができる外在する物質、それと指さすことのできるもの以外を現す言葉と一般的に言ってよいだろう。例えば物と物との間に成立する関係やある一定のものの集まり、集合といったものは目には見えない。しかしそこに成立する関係とか集合が作りあげるものはある。また、時間的な経過によってまとめられるひとまとまりの経過といったものも存在する。家族とか樹木や旅、季節などがそうだろう。家族も樹木も旅も季節も概念語である。

さて、これら概念語を表現するのにどのような手があるだろうか。なにしろ「これ」と指し示そうにも目に見えて存在する単一の対象物はない。家族を指し示すには何人かの人物群をひとまとめに手を振って「彼らが家族である」といわねばならない。話し言葉の場合でさえだ。目の前に当該家族がいない書き言葉で家族のことを表現するにはどのようにしたらよいのか。譬えるほかないだろう。私たちがよく知っているもので、それに似たなにか、を言い連ねて近似的に語るほかない。比喩とも隠喩とも暗喩ともいうが、要するに譬えるのだ。譬えるうちには、喩えが重なり、遠く譬えられ近く譬えられ、新しい言葉の連合が生まれ、新語が生じる。こうして一つの概念語が生まれ、それが増えてくる。

ひとたび物と物との間には有意味な関係が生じ、物と物の集合は単独のそのものとは違った機能や意味があると気づいたり、ひとまとまりの時間経過の間に行われる事柄はそれだけで一つの事柄を果たしうると知ったりした人間は、どんどんそのようなものを発見する。かくて動物たちが知らない「関係」「構造」「時間的空間的なひとまとまりのもの、例えば一週間とか一月、東、西、上下」といった新しい意味、機能を人間は発見し、使い始める。ここに言葉によって人間は動物たちとは飛躍的に、いや次元を異にすると言ってよい世界を我がものにし始める。

私たちは普通、書き言葉はたんに話し言葉を書き写したものだ、という程度に考えている。だが、二つはまるで違うのである。話し言葉は徹底的に状況依存性がある。したがってなにより具体的で抽象性に欠け、話した後から後から消えていく。書き言葉は、書かれることによって目の前にものとして存在するようになる。話した当人とは別のもう一つの存在物となって、中性化、対象化される。検討の対象となる。対象となることによって物事を分離し、ものをそこに現存化させ、話され書かれた時と場所から離れて、体系化構造化される。なによりも驚くのは、こうしたことの結果、書き言葉は何万語と存在することである。書き言葉はいかにこの世の多くのものに関係を見いだし（作り出し）、存在しないものに形を与えたか、つまり言葉がいかに多くのものを作り出したかよくわかる。

最初の人々は単語ないし単語的なもののみでコミュニケーションしていた。単語さえわかれば話し言葉の世界では十分意志疎通ができる。なにしろ目の前の状況に合わせてしゃべっているのだ。手振り身振りでもほぼ確実にわかるのだから、これに加えて単語のみによる片言言葉で十分意志疎通できるだろう。

では、なぜ人は（あるいは言語は）この段階にとどまらず、原始的文法を持ち、ついには今見るような統語法を持つ言語になったのか。一つには確実に、自分の感情や意図を他人に伝えうる言葉の力を知った人類はそれをいまここにいる人間だけでなく、後から来た者、後に出会った誰か、といったより多くの人間に伝えたい衝動に駆られたことがあるだろう。例えばびっくりするようなことに出会ったとき、驚いたこと、珍しいことを体験したとき、これをどうしても誰彼なしに他人に話したい思いに駆られる。話したくて話したくてたまらない。この衝動は不思議である。類人猿を初めとする動物にはこういう心の動きはないようだ。彼らは伝えようとしてもその手段がなくてできないからその欲求も起こらないのかもしれないが。不可能なことはする気さえ起こらないという原則があるようである。

ともかく人間には、以上のように状況依存性の少ない状態でも意を伝えたいと思う強い衝動を感じるケースが多く生じた。ということは、状況に依存しないでも意とするところが確実に伝わるよう言葉に一定の約束を設けなければならないわけである。ピジン語を話す者たちの子どもたちの間で誰が指導するともなく自然に原始文法的な規則のはしりが誕生してできるクレオール語のことを考えても、そうしたことはごく自然に生じたであろう。それこそ必要という圧力の下、自ずと生じるのだ。このようにして、ひとたび規則の力（有効性）を知った人々はどんどん文法を作りあげていくだろう。

ロシアの研究家ルリアは、読み書きのできない農民たちを対象とした実験から、「批判的」思考の特徴を抽出していった。彼は、被験者たちが形式的な演繹論理を用いていないと結論づけた。これは、彼らが考えていないというのではないし、論理的に秩序だった仕方で考えていないということを意味しているのでもない。そうではなく、彼らが純粋に論理的な形式を扱うことができなかったということを意味している。「……彼は現実世界そのもののなかへ出ていったのである。そこが唯一の世界なのであり、答えを探すべき唯一の場所なのである。その農夫は、自分の頭のなかに空想世界を構成することができない。……口承文化では、実際の現実世界の経験に代わるものは単に存在しないのである」

このように述べ、さらに彼らには自己という概念もない、つまり「個人化された意識は識字世界のなかでのみ形成される」と述べている。敷衍して「自己が誕生するためには、ホラティウスが識字の特徴として観察したものが必要である。『書かれた単語は残る』。言葉は、残って初めて、見直すことができる。自己は常に内省的自己であり、内省によって個別化された意識を獲得していくとしている。さらに「彼らは、完全に自分たちの感覚世界に生きていた。……カテゴリー名は彼らにとってなんの実用価値もなかった。『木』という概念は存在しない。しかし、あの木はあそこに立っていて、木陰を作ってくれるし実も落とす。識字を獲得する前または識字者ではない人々は、状況に深く埋め込まれていて、経験に向かって歩み、それをつかむことによって経験に立ち向かっている」とも。

以上の事例はどれぐらい普遍性を持つ事実なのか知らないが、もし普遍的な事実であるのなら、実に不思議なことではないか。不思議で、かつ重要きわまることである。例えば「自分の頭の中に空想世界を構成することができない」というのは私には実に面白い。想像力というものがどこに生じるのか教えてくれる。文字を知らない段階の人類も動物一般同様に、いま、ここ、にしか生きていないことになる。昨日や明日は存在するだろうが、少なくとも非常に希薄でしかないのだろう。信じがたいことだが、そうと思うほかない。

　書き言葉の意義はそれぐらい大きいのだ。

六二　日本人の美的感覚について

　プルーストの研究家で舞踏評論家でもある佐々木涼子さん（東京女子大教授）は、先にローザンヌ国際バレエ・コンクールで優勝した高校生菅井円加さんに関連してこういうことを述べている。「そのような状況の中に日本のバレエを置けば、技術水準が高い評価を受け、さらに日本人特有の感性や美意識が新鮮に見えるのも決してふしぎなことではない」としたうえで、「日本人が踊るバレエはとても清楚で折り目正しく、強靭であっても柔和で繊細だ。また抑制された表現には心地よい静けさがあり、何より清潔な空気感は他では見られないものだ」というのである。なるほどと思う。このように日本の美の特質を言われると私は、例えば陶芸の楠部弥一、富本憲吉、日本画の（私の大好きな）菱田春草、小林古徑などを思い浮かべて、確かにそのとおりだ、彼らの作品にはそのとおりの特質があると思う。彼らの作品を前にして私がなにより感じ、それ故に実によい作品だとして高く評価するのは、それらがいずれも「清楚で折り目正しく」「強靭であっても柔和で繊細」であるからであり「また抑制された表現には心地よい静けさがあり、何より清潔な空気感」を感じ取るからである。これ見よがしの超人技を見せびらかし、豪華絢爛たることを誇示することに精力を傾ける西欧の美意識とはなんという違いだろう。西欧のそれは技としては確かにたいしたものだが、すべてあくまで現世のものとしての見事さを表すのに対して日本のそれはなにか現実的でないもの、現実を超えたもの、現実から一切の誇張や自己誇示、力といったものをそぎ落としていった果てに出てくる清楚さというしかないものを表現しようとする。

　こうしたことは生活や人生の一切に言えるのではないだろうか。そしてこれが日本人なのではないだろうか。美というものをこういうところにまで追い詰めないと落ち着かない、どの国の人間とも違う日本人！

佐々木さんは同じ文でこんなことも言っている。「なべて修練は積み重ねるほどに精神が自由になる。そして本物の自分が外に顕れ出る」と。（続けて「日本のバレエも西洋生まれの技術を吸収し、自らを磨けば磨くほどに自身を表現することが楽になっていった。逆説のようだが真実である」）。つまりこうした結果、日本人ダンサーは日本的な美意識に貫かれた踊りを自由に表現できる域にまで達した。優勝はその結果である、というのだ。

六三　本を読む

私は一生の間、本を読んできた。本を読むことについてもプロというものがあるとすれば、私はプロを自認しても構わないと思う。それぐらい少年時代から六十年間近くずっと読み続けてきた。だが、十年程前、その読書をめぐって驚きあきれたことがある。思いもよらないことで心底驚いた。読んだはずだが読んだことにならないことが多過ぎることを知ったのである。十年前、私は定年退職でサラリーマン生活を止めた。で、これで一日中本が読めると勇躍して書棚をあさり、読む本の選定に入った。そして驚いたのである。以前から、多くの本は読んだ内容を忘れていることがあるとは気づいていた。題名を見ても、何が書いてあった、ことにどういう大事なことが書いてあったかを思い出せない。やはり、本は読んだだけでは忘れるものだ、と嘆息するほかなかった。が、ここまでは予想されたことだからいいとしよう。中身の具体的なことまでは思い出せないとしても、何について書いた本であるかぐらいは覚えているのだから。ところが、全然読んだ記憶がない本なのに、題名に引かれてなかを開けるとあちこちに線が引いてある。しかもその線の引き方は間違いなく私の仕業だと教えてくれる。線を見、活字を追ってみる。本を閉じて題名を眺める。が、かつてそれを読んだという記憶がどこからも出てこない。手にした覚えさえないのだ。もちろん自分の蔵書としてかつて手に入れたという記憶もない。愕然とせざるをえない。読んだけれど中身は忘れているというのはよい。だが、読んだこと自体を、一度は手にしたということ自体を、そこまでを忘れているとはどういうことか。

つまり読書はそういうものである。よく考えれば当たり前のことなのだ。人と話していると、人はよく私にこう言う。「あ、それは読んだ」「誰それ。彼は読んだ」と。

私の読書体験に照らして、私はとある難解で知られる思想家の代表作を読んだ、したがって知っているというらしいその男の顔を黙って見る。いったいこの男は何を読んだのか。読んで今なお何をわかっているというのか。だから私は彼が読んだということをそのままには受け取らない。読むということは理解した、理解して自分の言語体系、思索体系の中に入っていて、いつでも自分の言葉で説明できる、応用もできるということだが、そんなことのできるはずがない。第一彼の言論にそんな気配を感じたことがない。ということは彼の言う読んだというのは活字に目を通したということにすぎぬだろう、と考える。

しかし、あるいは人は言うかもしれない。それはあんたが阿呆なだけではないのか、記憶力が悪いのではないか。そうかもしれないなどという謙虚さは私にはない。私の記憶力も理解力も確実に平均以上のはずである。ではなぜか。ここには記憶ということに関する興味深い特殊性があると思う。以下、そのことについてである。

私たちには記憶しやすいものとしにくいものがある。どういうものならごく自然に覚えているかと考えると、イメージできるもの、つまり映像的なものであることに気がつく。だいたいが私たちが何ごとかをわかるというのは、鮮明な映像として受け取れるとき、映像化して受け入れることができることだと気がつく。宇宙の膨張や収縮というのは見たことがないが理解できる。その像を浮かべることができるからである。が、宇宙に果てがないというのは理解できない。そんな像は思い浮かべることもできないからだ。数なら果てがないなどということはイメージ化できないことはない。1、2、3、4…と果てもなく数字が続いていく様子を思い浮かべることができる。ずっと数が続いていて向こうに霞んで見えなくなってもまだ続いている、という様子が。だが、宇宙の場合はこれが想像できない。どうにもイメージ化できない。だから宇宙には果てがない可能性があると言われてもどういうことなのか本当のところはよくわからない思いがするのである。このようにしてわかるということ、理解できるということをよく反省してみるとほとんどはイメージ化できる、映像化できるということだと気づくのである。私の考えではわかる、理解できるという場合の八割から九割がイメージ化できることだと思ってよかろう。いや、わかったとはイメージ化できたということだと思って間違いない。

もちろん、わかる、理解できるのは、イメージ化できないものについてもある。抽象的考えや概念、論理などがそうだ。しかし私たちはそうしたものでさえも、できるだけイメージ化して理解しようとしている。例えば「関係」という概念、あるいは言葉。これ自体は極めて抽象的な、対象を指し示しにくい言葉である。それでも私たちは「関係」と聞いたとき、とっさになにか物と物（たいていはとっさに思い浮かぶ手近な具体的な何か）の間に生じる状況のようなものを思い浮かべている。では、そうした代替的イメージさえ思い浮かべることのできない概念や完全に抽象的な事柄はどうか。苦労してなんとか理解することになる。この場合の理解は、おそらく論理に支えられてこうしかなりようがないという整合性を納得するということになるのだろう。しかるべき論理的手続きを丁寧に踏んで、理屈として承伏させられるという形になるのだろう。

このようにして、理解する、わかるには二つの形態があることになる。そして、私たちがよく記憶するのは前者の理解の場合なのだ。イメージ化して理解したもの、図像化して取り入れたことは、覚えやすいし、記憶していやすい。反して、イメージ化できず、理論的論理的に納得する形で理解したものは忘れやすい。いや、本当に理解したことになっているのかどうか疑わしい場合が多いというべきなのかもしれない。以上の事実（と思う）は動物学的にも納得がいく。もともと人類は言葉もまして文字も持たなかった時代が圧倒的である。人類の脳もその長い長い時代に適応的にできていた。言葉、そして概念語を駆使する文字を持ってからの年月はほんの一瞬である。脳がイメージで物事を捉え、概念で捉えるのに不適合であるのは当然ではないか。抽象記号は生物の進化上、人類のせいぜいここ数千年前に論理としてできあがったものである。

そういうことなのである。自分の読書体験に関して愕然としたのは以上の事柄なのだ。忘れていた本はみんな学術書とか論理的な内容の本である。あなたは、自分は本を読んでも読んだことを忘れるようなことはない、いや何が書かれていたかもたいてい覚えている、中野君は頭が少々悪いのではないかというだろう。だが、あなたのいう読書はなんであったか思い出してほしい。たいていは小説の類に決まっている。文学作品はイメージ化して中身を受け取ることがしやすいのである。場面場面や登場人物を具体像として理解していくのだ。それが文学作品の読書である。だから、あの本はどんな話が書いてあったか、いつまでたってもかなりよく覚えているのだ。私だって小説は全部と言ってよいほどどういう話であったか覚えている。題名をあげてもらえば、読んでおればほぼ確実にどういう小説であるかを言うことができる。少なくとも「読んだ覚えがある」ことになる。が、論理的な本、論考や論争の本で、中身をイメージ化して受け取りにくい本の場合は、よほど感銘を受けてか影響を受けたかしたものでないと数十年も立つうちには読んだ記憶さえなくなっていることがあるのだ。恐ろしいことである。なんという勿体ないことを。費やした時間と労力を思えば愕然とする。

以来、私はその手の本は読み方を変えた。昔はできるだけたくさんの本を読まなければという強迫観念に駆られてできるだけ早読みをし、読み終わればすぐに次の本に取りかかっていた。だが、それこそ時間の無駄だと知って、読んでみてこれは重要な本だ、これはたいへん参考になる、と思った本は、一月以内に再読することにしたのである。二度読みなど無駄な時間に思える。だが、心理学者の和田秀樹氏によれば記憶するには方法があるという。受験勉強で言えば前の晩に読んだものは明くる朝ざっと復習し、そして一月以内に再読（再学習）するのが、人間の記憶という機能にとって一番いいのだという。脳科学の成果が明らかにしたことだと。記憶力に刻みつけるわけであろうと理解して（イメージ化して）そういうことにしたのだ。それだけ読む本の数は少なくなるが、苦労して読んでもまったく読んでいないのと同じことになるよりはましだろう。

六四　確かな喜びを

私たちのこの世界はいまもなおマルクスの呪縛の下におかれていると私は思う。マルクスの呪縛あるいは影響ということで私が言おうとしていることは数の力を頼んで自分たちの思いや意思を通そうという考えである（自分たちを被害者と認定したうえで、という限定があってもよいかもしれない）。労働組合に典型的なやり方である。マルクスがこの方法を提案して以来（ここに多数決という民主主義の考え方も加わって）、人間社会は至る所で数を頼みに思いを遂げようとする考えがしみ通ってしまった。だが、そういうやり方で人は本当に幸せになれるのだろうか。生き甲斐や喜びを感じるのだろうか。私はたいへん疑問に思う。なるほど要求が通り、思いどおりになれば一時的には満足であり、うれしくもあるだろう。だが、それは到底本当の満足であり喜びであるとは思えない。なぜそう言えるか。彼らが一致して自分たちの要求を突きつけ要求を勝ち取ろうと頑張るのは、それらが当然の権利だと思えるからである。自分たちが本来持っているべき権利だと。それが侵害されていると感じるから、胸を張って堂々と要求できるのだ。さてそうなら、要求と闘争の結果それらを勝ち取ったとしても、それはいわばマイナスのものでしかないものをやっと勝ち取り補ったということになろう。すくなくともプラスへ持ち込んだことにはならない。それが「当然の権利」を勝ち取ったということの意味するところだ。当たり前のことを当たり前という水準に戻したというにすぎない。それなら真の喜びになるはずがない。むしろ喜びなどしてはいけないのだ。

そういう生き方に対して、職人の生き方がある。日々、同じ生業にいそしみ、少しずつ技を身につけていく。数を頼んだり団結して集団で願いを獲得しようなどとまったくしない。いつも一人で自分の技、技量を磨くことだけを念じている。こちらは金を大量に儲けるとか、楽をするとかいうこととはまず無縁である。とりわけ「楽をする」という発想はない［補］。通常は、個人で、たった一人で、日々ひたすら仕事に向かう。一挙に名声が上がるわけでもない。しんどい思いをせずとも楽をして金が入ってくるわけでもない。だが、彼の日々は手応えに満ちているだろう。工夫と努力で充実しているだろう。少しずつでも上達が実感できれば暮らしに納得がいくだろうし、うれしいだろう。つまり彼は毎日生き甲斐を感じていられるはずである。これは右記のマルクス的な喜びとはまるで違う生き方である。マルクス的な喜びは私には希薄な喜び、偽物に近い喜び、そしてなにより一時的な喜びにすぎないと思われる。こういう生き方の中では本当に自分を感じること、つまり充実した生の感触は得られまい。こう考えれば、日本の江戸時代というのは真に民度の高い、本物の暮らしがあった時代だと思う。

［補］大幾何学者のドナルド・コクセターに次のような言葉がある。「私の経験によれば、するに値することで楽なことなど一つもない」

今後目指すべき社会、目指すべき暮らしは後者の暮らしである。その意味では古来の日本人的生き方は見直されるべきだ。日本人的生き方とは結局日々の仕事のうちに自己研鑽を見つける生き方である。仕事をするのは金儲けのためではない。なるほど仕事をするのはもともとは食っていくため、仕事によって日々の食糧を手に入れるだけの金を稼ぐために違いない。だが、食っていくだけの金が入ってくれれば十分であって、それぐらいの金は普通に仕事をしておればほぼ誰にでも入ってくる。彼は安心して後は金のためではなく、自分の気持ちの納得のために、自己肯定のために働く。よりよい仕事をと（さらに言えば人に喜んでもらうためにというのも加わる）。ここには金のためというのは考慮に入ってこない。ただ自分のため、もっとよい仕事をしたと思えるためにの工夫と努力に満ちた仕事があるだけだ。そこにこそ生き甲斐があり、充実感も喜びも手応えもあると確信できる生き方になる。ここに至ると金は後からついてくるだけのものということになる（したがって、たいへんな名人なのに家は貧乏暮らしという場合が少なくないことになる）。

日々の仕事とは自分の仕事である。女なら家の中を暮らしやすいように整頓し、炊事洗濯をし、子どもを育てること、先祖や老人の世話をすることである。男なら生活費を得るために選んだ仕事（多くの場合、職業）を遂行することである。それを日々、毎日毎日やっていくのが、同時に本人にその自覚があろうとなかろうと自己研鑽になる、なっているという生き方。これが本来の日本人の生き方であったと思う（もっとも日本人とのみは限らない。どこの民族であろうと堅実に健康に生きている者は皆そうして生きているはずである）。毎日のことである、概ねは同じことの繰り返しにすぎない。しかしその中で日本人は、ことに男たちは日々、よりよく、より上手にと工夫を重ね努力することを苦にしなかったのだ。むしろ自己満足と区別のつかないそうした努力のうちに少しずつ上達し、顧客に満足してもらえる仕事ができるようになる、そこに喜びと自信と誇りを覚えて、より工夫と努力を重ねるのを好んできた。家事を一手に引き受ける女たちもそうである。女たちにも工夫と努力の余地はいくらでもあり、そうでなくても人に喜ばれればうれしかった。こうした生き方のうちには他人との比較や嫉妬、妬み、社会的比較といった要素が入り込む余地は少なかった。相手は自分である。昨日よりもう一段上達していれば納得である、今日もみんなに喜んでもらえれば満足である。こういうのが生き甲斐になり、自己納得になり、誇りになる人生。これこそ本物の人生ではないだろうか。そういうことで十分自信と誇りを持ってやっていける人生を取り戻そう。きれいごとのかけ声のようにもみえるかもしれないが、実際にやってみればそこには本当に納得いく日々があるとわかるだろう。

六五　入会儀礼

世界中の民族や社会をみるに至る所で入会儀式や成人式、カタカナ語で言えばイニシエーションが行われているのに一種の不思議な思いと感銘を受ける。どのような民族、どのような地域でもほぼ例外なく行われている。近代に至ってもある団体に入るときには昔ほど厳格かつ厳しいものではないかもしれないがイニシエーションが行われている場合が多い。イニシエーションとはなんであるか。かほど人類に一般的普遍的なものとはなんであろうか。

私が面白いと思うのはイニシエーションを行うのはどこでもほぼ確実に男たちだという事実だ。女にはイニシエーションは見られないか、あるとしてもイニシエーション性の希薄な、イニシエーション的な、あるいは疑似イニシエーションとでもいうほかないような儀礼のように見受けられる。

イニシエーションとはごく簡単に言えば、一つの団体への入会、あるいは人生の一つの段階へ入る（進む）にあたって必要な資格としてあり、それはほぼ日常とは異質特異な体験をさせることである。異質な体験が要請するものは乱暴に言えば、従前の自分をいったん放棄させ、一種の死を体験させて、従前の自分とは違う人間として再生させることにある。さてそうだとすると、人類はどうやらそういうことは男にのみ必要なこととみなしたらしい。つまり男というものは自然に成長するままに放っておいても大丈夫なものではなく、自然な成長をいったん中断させて異質な体験をさせて変身する必要があると考えられたのだ。女にはその必要は認められなかった。ほとんどすべての民族でそうだということは、男という生きものと女との決定的な違いを人々は認めていたのである。ではなにがこの違いを将来したのだろう。女は放っておいても自然に立派に女として成長すると考えられたのだ。生理の出現に代表される出産可能性がそれだと考えられたのか。

しかし男は放っておくだけでは一人前の男にならない

と考えられたのである。男はなにか足らないのだ。したがっていわば無理矢理男にしなければならない生き物なのである。

　思うに男は戦う生きものである。他部族との縄張りをめぐっての、あるいは女をめぐっての、さらに言えば食糧確保のための他の動物との闘い。闘いには団結し、協力することが必要である。強い仲間が多い方が勝つ。そういう仲間は信頼関係と絶対的な忠誠心で結ばれていなければならない。それも生半可な忠誠心や信頼ではなく、絶対的な強力な信頼関係こそが重要である。だから男たちは強い信頼関係で結ばれる仲間、強い忠誠心が期待できる人間を選抜した。これが結社である。信頼関係の証として、さらには忠誠心の証として、異質特異な体験を必要とするのだろう。従前の日常的な私をいったん捨て、従前とは違った人間として再生するとはその結社員として強い信頼関係に入ること、それに値する人間になったこと、を意味する。いったん死んで信じられる仲間として再生する場合だけ忠誠心を信じられたのだろう。

　特異な団体、イニシエーションを経て資格を獲得する結社は排除を原理とする団体である。自分たち以外のものを排除する。イニシエーショには、そして結社は、排除の原理で成り立っているというのは重要である。

　こうしてみれば男とは闘いが基本であり、闘いとはそれ自体が他のものを排除する（殺傷する）行為であるばかりではなく、闘いを効果的に遂行するためにつくる結社においても排除を原理とする生きものなのだとわかる。男の原理は排除の原理であり、排除の原理で成り立っているものは闘いである。したがって男の本性は闘いにあるということになろう。

　では女の本性は何か。私は育むことだと思う。生むよりも育てる、育む方が先行する。なぜなら育むのは誰の子どもであっても、植物や動物であっても対象となるからである。自分の子どもとは限らないのだ。育むが本性だとすれば必然的に受け入れ、包み込むのが、したがって排除ではなく受け入れるのが原理となる。受け入れ育むのには排除の原理は必要ない。だから女たちにはイニシエーションは不要なのだ。

　儀礼の発生。なぜ、どのようにして。例えば最初は闘いの前に集まって闘志をかき立てるためになにかをしようとしただろう。ここから発生しないか。儀礼は心を、河合隼雄に習えば心のエネルギーをとにかく一つに集め、集まったそれをある一つの方向に流れるようにするための儀式、方法、行動ということになるようだが。

六六　決定的なのは文字である

動物と人間はどこが違うのか。また違うとすればなぜか。これが私はどうも気になる。

そもそも動物と人間はそれ程違うのだろうか。遺伝子的違いはチンパンジーとだと一％ほどしかないという。それにサル学者たちにいわせればゴリラやチンパンジーは人類の親戚であり、動物と人間を分ける最も決定的なものと思われる言語でさえ、ある程度理解するのだという。こうなると少なくとも類人猿は限りなく人間に近いということになる。しかし一方、人間が達成した文明その他を見れば人類と類人猿とでさえ決定的に違う。次元が違うというほど違う。この違いを軽視して、ゴリラやチンパンジーと人間はほとんど変わらない、などというのは我が学問可愛いさの強弁というほかないだろう。

しかし本当のところ、いったい人間は他の動物と決定的に違うのだろうか。それとも違うように見えるのは見かけの違いにすぎないのだろうか。どちらであっても、その理由はなんだろうか。

まず動物と人間は本当に違うのかどうかを検討してみたい。犬（なぜならその実体を私が最もよく知っている動物だから）。犬は人間の気持ちをかなりよく知り分ける。言葉の点でも名前を呼ばれると、それが自分のことであると知っている。簡単な文なら何度も何度も言われたことなら意味を理解するようでもある。投げたボールの落下地点へ素早く走り、落ちてくるそれを飛び上がって巧みに咥えて主人のところへ持ち帰る。これを見れば、予測も、計算も、思考も、理解もできるらしい。犬同士のじゃれ合いや敵対の様子を見れば、こうなれば次はこうなると因果関係的なものも理解できるようである。以上を要するに思考も意識もこころも彼らなりにあるとするほかないようだ。おそらく言語的なものも彼らなりにあるのだろう。こうなると人間と本質的にどこが違うのかということになってくる。違いとみえるものはそれぞれの動物に固有の生理的な制約によるとみてはいけないか。確かに犬は人間のようにしゃべれない。しかしそれは口腔内部の構造のせいで彼らは人間のように多彩な音声を発声できないし、呼吸を自在にコントロールできないからであろう。その分彼らはほかの方法で意思疎通を図っているのに違いない。匂いによってとか。言い換えれば、すべて動物はそれ固有の生理的制約の中で生きていくために必要なことはすべてやってのけているのである。そのやり方が人類のそれと違うからといって、できないことにはならないだろう。犬でさえこのように言えるならましてチンパンジーやゴリラは。

ひとまずはこのようなこととしておこう。しかし、だから人間と動物は本質的な違いはないのだ、というのは躊躇《ためら》われる。事実として人間は動物たちとまったく違う暮らしをしている。人間が達成した文明のことを思えば、人間とその他の動物との違いには決定的なものがある。いったいこの違いはなにによるのだろうか。思考も意識もこころにも本質的な違いがないとすれば、どこからこの違いは来ているのだろう。あれこれ考えてみるのにやはり言語を持つかどうかにしか思い当たらない。言語というかコミュニケーションはどの動物もそれぞれの種に固有の制約の範囲で支障なくこなしているに決まっている。しかし、音声言語に限って言えば人間に固有というほかない手段と言ってよいだろう。とはいえ音声言語は他の動物がもっているであろうコミュニケーション能力とどこがどう違うのだろうか。この世界の区分け、指示、区分けの共同所有、意思疎通、こうした事々がコミュニケーションの内容だが、それはどの動物の方法（例えば匂い）であれちゃんと機能しているであろう。程度の違いであって本質的な違いはないように思われる。この点は人類の無文字社会を思い巡らせば納得いくだろう。アフリカやオーストラリア、南米などのいわゆる未開民族の暮らしはことごとく何千年とあまり変わらず、動物たちと同じような暮らしである。文明などというものは生まれなかった。宗教も芸術もあったし、槍その他の道具も使っているが、人工的な環境、文明と言えるようなものはなかった。どうみても動物たちの暮らしとそうは違わない。

ではどうなるのか。決定的な違いは、私は文字によって生じたのだと考える。文字と音声言語との違い。これが実に大きいのではないか。そこで文字言語と音声言語との違いを検討してみなければならない。音声言語は届く範囲がごく限られているうえ、すぐに消える。消えて、発声した者と聞いた者の記憶にしか残らない。これが文字言語との違いの第一である。第二に、音声言語は音に表情がある、すなわち声の調子、大小、長短、抑揚がある。のみならず、音声は必ず表情や身振りと共にある。発声するとき人はある表情と共にし、身振り手振りもまじえる。それらの助けを必ず伴う。発声だけでは成立しないのである。第三に、音声言語は必ず状況を共有する中で発声される。具体的な状況、事情がある中で発声される。文字言語は音声言語のこれら第二第三の特徴をまったく欠いている。その代わり、ものの形で現存し、誰にでもどこででもいつまでも同じ形で存在する。そういう意味での決定的な普遍性を持つ。

さてでは、この文字言語の特徴が何を、音声言語と違う何をもたらすだろうか。音声言語は状況の中に埋め込まれている。文字言語は客観的に外部に存在する存在物である。したがって永続して存在する。ここが音声言語と決定的に違う。声が聞こえないところにいる人間、時間的にも永久にと言ってよいほど先の、未来の人間にまで届く。どこででも同じ文として届く。一方で、音声言語の持つ音の表情や発声されるときの手振り身振り表情、それに発声場所の状況、事情がまったく欠けている。音声言語にあったそれらに変わるものを文字言語の中に埋め込まなければならない。音声言語がトータルとして持っていた表現力を文字列の中だけで持たせなければならない。それには音声言語とは違う表現方法を見つけなければならない。

考えてもみてほしい。まったく状況を共有しない人、それどころか全然違う状況の中にいる人に、思うこと伝えたいことを伝えるのである。言葉、それも一切の表情を欠いた言葉だけで。どうやって例えば音声には乗る激した感情の強弱を表すか。暖かさや柔らかさを表すか。こうしてこころとか気持ちとか精神とか感情とかいう言葉が生まれてきた。実物が見せられない以上はものとものとの間に見て取れる秩序を言葉だけで現さなければならない。それならものとものとの関係を言い表さなければならない。敵とか味方とか仲間だとか一族だとか時間だとか空間だとか。五感で感じ取れること以外のことは伝えられないとなると、ほとんど言いたいことを文字に乗せることはできないと人々は切実に感じたはずである。目に見えない現象もどうかして伝えたい。おそらくはこうして概念や抽象的思考、そして厳密な文法が出現した。そのもっともよい事例を旧ソ連の学者ルリアがコーカサス地方の僻地で行った現地調査に見ることができる。ルリアは調査地の読み書きできない人々を調査した。同じ土地の多少とも文字を学んだ者との比較も行った。その結果、驚くべき事実を突き止めた。読み書きできない人々は抽象的なことをまったく理解できなかったのである。それだけでなく彼らは自己とか自分という意識も希薄だった。物事を必ず具体的なもので受け止め、具体的なもので理解した。一方、多少とも文字を学んだ者は抽象的なことを理解できたし、抽象的な考え方もできた。この違いは驚くべきことではないか。

私たちがいま当たり前のこととして使用し、考えている抽象的な言葉や思考は文字言語ができてから出現したものだということになる。少し考えればわかるが、抽象的な言葉は至る所に顔を出す。いまや抽象的な言葉、概念なくしては、話すことも考えることもできはしない。これら全部が文字が生まれてから初めて出てきたものなのである。音声言語がもっていた音の表情、発声に伴う手振り身振り表情、そして話される場の状況様子事情、それら一切を欠いた文字言語だけで意思を通じようとすれば、抽象的な言葉と文法を編み出さなければならなかった。

さてそのことが人類に何をもたらしたか。抽象的な思考をもたらした。そして、時間的空間的人種的相違を超えて、いつでもどこででも偏在しうる表現をもたらした。人の知恵や経験を保存し、制限のないほど多くの人に同じ意味表現を、つまりは記録を分かち合うことができるようになった。人々は非常な広範囲に（原則としてそれは制限がない）同じ記録、同じ知恵、同じ工夫、同じ体験を共有することができることとなった。一つの言語記録の上に新しい工夫、新しい知恵を加えることもできるようになった。つづめて言えば記録と保存、共有、加工、修正が可能になったのである。これは音声言語だけの時代から決定的に違う事態を招いた。もちろん音声言語の時代にも語り部があり、歌や朗唱があり、人々は記録の保存、共有にそれなりに努力し、成果も得てきた。だが、文字言語は飛躍的に、次元が違うほどにそれらを可能にしたのだ。人類は知恵を積み重ねること、ひねり回して工夫することができることになった。だから、人類社会は無文字社会から大きく離陸して巨大な文明を産み出すに至ったのである。知られる限り、歴史的にも王権ができ、国家が出現したのも文字言語が現れてからであるようである。真に人類が人間として動物たちから大きく離れたのは文字の出現によってなのである。言語の出現によってではない。以上の指摘は驚くべき発見ではないだろうか。

六七　女という奴は！　と男はつぶやく

人工知能の研究者である黒川伊保子さんは「女には自我があるが、男には自我はない。自我ができるのは四〇代以降である」（『恋愛脳』）という。男としてはすぐには受け入れがたい見解だが、次のような考えを見れば、なるほどと思う。彼女は、女は小さいときから自分を見つめて育つ、男はそうではないという。小学校時代からすでにして女の判断はすべて「好きか嫌いか」で行われるが、男の子はすでにして「正しいか正しくないか」で決めていく。これは彼女の息子の観察や自身の体験からいうのである。そう言われればそうかもしれないと私も思う。そしてこのことは基本的にはほぼ男女の生涯を一貫する、と彼女はみるのである。その意味するところは次のようになるだろう。すなわち女は少女の時から常に自分の好み、好きか嫌いかで物事を判断する。好きか嫌いかは自分自身の思いである。したがって女の子は常に自分の心、自分の思いに見入っている、ことになる。自分自身が判断の基準になる。ところが男子は「正しいか正しくないか」を判断の基準にしている。「正しいか正しくないか」は自分の気持ちでも、自分の中にあるものでもない。外にある誰かの、あるいは社会の基準である。それを取り入れて、それをもとに判断していることになる。判断の基準は自分にはなく、自分以外の何か、公に認められた規則、決まりに従っていることになる。そういう男には自分とか自我などあるはずがない。あるいは少なくとも希薄である。したがって、そういう外にある社会的基準に自分を合わせることに精力を尽くすことに気迫や気力をなくしてくる四〇代以降になって、ようやく自分の判断に従うようになり、自分ができてくる。こう黒川さんは見るのである。

なるほどと思う。だから、女は暮らしの快適さ、楽しさをなにより大事にする、とも彼女は指摘する。男の場合は、暮らしの快適さよりも抽象的な正しさ、普遍性みたいなものが優先してしまうのだ。彼女はこんな例をあげている。都市計画でとある公園を設ける検討会をつくった。そのとき男たちはどこに噴水を設けて、どこに芝生をつくりベンチを置き、と公園という概念にふさわしい（つまり正しい）全体構想に熱中した。ところが女の委員たちは噴水一つをとっても、どんな噴水が自分たちにとって楽しい快い噴水かということに熱中して、その形状、水の出方、噴水まわりの様相といったことをえんえんと議論し始めた。公園の全体構想とか配置とかはそっちのけになってしまったという。男にとっては自分たちにとってどうということより、公園という概念にとっていかに相応しいか、公園というものはどうあるべきかに興味が集中してしまったのである。しかし女たちにとっては実際に自分たちがあるいは自分の子どもたちが利用するとき、どうあれば楽しい利用する気になる公園になるかが気になって、全体構想や公園として正しいか公園らしいか適切かなどは二の次になってしまったのだ。

要約すれば黒川さんは、男は自分の外にあるもの（普遍的な基準）に自分を合わせようとするが、女は常に自分の好き嫌い、つまり自分の心の思い、自分自身の思いに従って生きようとする、だから小さいときから女は自分というものを見つめ、自分の判断（好悪の判断）をもちそれを押し立てる、かくて自己をもっているということになるという。自分自身の思いではなく、自分の外にあるものを判断の基準にしている男には自己などというものはないことになると。自己とか自我をそんなものに限定してしまうことに反感を抱く者もいるだろうが、そういう用語にとらわれなければここに述べられていることは概ね認めてよいだろう。

ではなぜそうなるのか。この男女の違いは何に由来するのか。彼女はそれは男女の脳の違いによるという。ここからが彼女の印象的観察に終わらず、脳科学者らしい科学的論証になる。脳科学が明らかにしたところによると、男と女では左右の脳をつなぐ脳梁の太さが違うのだという。男より女の方が太いのだ。太ければどうだというのか。例えば視覚。私たちの目は左右で少しずつ違う角度から対象を見ている。ゆえに左右にずれが生じ、そのずれによって奥行き感が生まれる。すなわちものに立体感が生じ、奥行きが感じられるのはこのずれのせいである。ところで左右の脳をつなぐ脳梁が太いということは左右の連結がより確かであるということ、つまりずれの差が少なくなるということだろう。細ければ連結力が十分ではなく、差がより際立つ。際立てば奥行き感や立体感が余計感じ取れるだろう。だから、と黒川さんはいう、男は女よりも空間的感覚に優れており、空間を三次元的に捉えるのだと。反して女の空間把握は二次元的で、世界を写真のように平面上にあるものとして捉えると。だから女は冷蔵庫の中のものを見つけるのが上手いが男はまったく駄目なのだともいう。地理を思い浮かべてもこのことは裏付けられると思う。男はどこへ行くにも地図を思い浮かべる。全体的な図を描き、右へ行き左へ行って、と。女はそんなことはしない。あそこのスーパーを右に行って、三角屋根のあの家のところをまた右に行って、とあくまで具体的なものを指標に考える。写真で見る光景的に見ていくのである。二次元的に。私事になるが、この空間把握はまったくそのとおりだと思う。なぜかといえば私の場合、車を運転していて女房と私の仕方がまったく違うからである。先に分子生物学者福岡伸一氏に教わったマップラバーとマップヘイターという用語をあげた。マップラバーは地図偏愛家すなわち地図を大いに頼りにするがマップヘイターは地図嫌いで地図を頼りにはしない。私は車を運転していてどこかへ行く場合いつでも「あそこで右へ行って次の角へ来ると東へ行って」と考えるが、女房は決してそうは発想しない。かならず「靴屋の看板のところで曲がって郵便局のところを左へ行って」となる。彼女がそういう場合私はその靴屋も郵便局も一切知らないのに驚く。彼女は東も北もわかりはしない。つまり二人の発想の仕方、物事の捉え方、理解の仕方のあまりにもの違いにいつも驚く。まったく黒川さんの言うとおりである。

三次元的な空間把握、鳥の目的な空間把握はどうしても抽象的あるいは構造的になるだろう。上空から全体を見下ろすような。反して虫の目的な二次元的空間把握はどうしても目の前にあるものに密着してものを見ることになる傾向があるだろう。

さて、こうして黒川さんは「正しいか正しくないか」という自分の外にある普遍的なもの、上空的な位置からの視点に判断基準を置いて物事を進めるという男のやり方で事を進めてきたのが二十世紀だという。男のこのやり方が二十世紀のあのもの凄い科学的進歩や社会的制度の前進を生んだのだが、同時に大惨事も生んだ。そうした反省を踏まえてみれば二一世紀は「楽しいか楽しくないか」「好きか嫌いか」という、〝生き方や暮らしの快適さ〟に基準を置く女のやり方が世を統べる世紀にならなければなるまいと考える。事実またそうなるだろうと。この時代相の判断は面白い。なるほどこれからはそういう生き方をする方が良さそうに思える。二一世紀は女の時代になるわけだ。少なくとも行き過ぎた男脳のやり方を中和する女脳のやり方を取り入れた方法論で行くことになると思われる。

さて、ここからは私の憶測というか仮説になる。いったいなぜ男女の脳梁にはこんな違いができたのか。男の脳梁は細く、したがって奥行きをよく捉えるが、女の脳梁は太く、全体的な立体的俯瞰には弱いが目の前の平面的な些細な区別を見分けるのは強い、と。おそらくはこういうことであろう。男は狩りに出なければならない。遠くまで出かけて獣を追い、仕留めてこなければならない。女、子どもが待っている。そのためには景観や獲物の方向と距離を測り、彼らを追っていかなければならない。この景観の中で獲物がどこにどういうふうにいるか、逃げるとすればどこへどのぐらいの速さで逃げるか、といったことを判断しなければならない。そのためには景観の全体像が見え、その構造がわからなければならない。何がどこにあるか、土地はどうなっているか。その中にあの獲物がいるとはどういうことになるか。それらを測り、わかる視力が必要である。とりわけ奥行き感は重要だろう。土地を含めての全体的な構造と奥行きの計測の正確さは絶対に必要なことだったろう。少なくともそういうことに長けた雄の方が獲物を捕るのに上手かっただろう。だから雌にもてただろう。よって男はそういう能力を獲得する方向に進化した。脳梁が女より細くなり、左右の目の視野や視覚のずれが際立つようになった。一方、雌の何より大事な仕事は子どもを生んで無事育てることだった。多分、雌の役割としてこれ以上に大事なことはなかったはずだ。そのためには女には産んだ子どもの些細な観察が大事だった。子どもの様子が普段と少しでも違えば、それなりの手を打たなければならない。医術にまだ見るべきものが無かった時代には母親の詳細な観察力の多寡が子どもの生存率には大きく響いただろう。勢い子どもの顔や全身の様子に些細な視線を走らすことになる。遠方の景観の奥行きなどどうでもよい。目の前の子どもの様子を子細に観察し、異常をいち早く見つける能力こそ必要である。こうして雌は太い脳梁を獲得し、両目の連携が正確に行われるように発達した（もっとも黒川さんによれば、どうももともと太かった脳梁が多くのテストステロンすなわち男性ホルモンを浴びることによって細くなるという成り行きのようである。つまり人類はというか哺乳類はもともとある太さの脳梁を持っていたが、男になる脳だけが細くなって、奥行き感を敏感に感じやすく、世界を三次元的に捉えるように変化したということになる）。以上はすべて話をわかりやすくするための図式化だと私は思う。したがって特徴的に平均化してあり、はみ出るものはいっぱいあるだろう。だが、なるほどと納得いくところが大きい。

そして最初に戻っていうなら、男が自分の外に正しさの基準を求める理由も納得がいく。上空からの鳥の目でものを見るということは自分の外に、上空高くに視点(基準)を置くということである。そこから見るということだ。視点はあくまで自分の外に、遙か上空にある。同じことがすべてで生じる。だから男は幼いときからすでに自分の好悪に頼ること少なく、正しさという外部に設定される基準に従うよう自分を育てるのであろう。

六八　道徳をこそ

ニヒリズムの世界では道徳は何の力もないように思える。第一、すべてが価値相対的では、どれが道徳としての説得ある効力を生むか疑わしく、誰もこれが守るべき道徳だと力強く主張することもできないように扱われる。が、道徳こそこんにち一番大事な、再建されるべきものではないかと私は考える。

人の倫理、道徳を考える場合、一番確かな基礎となるのは人類はなにより社会的動物であるという事実であろう。毛のない裸の生き物であるということと一つとっても明らかなように人類は仲間との協力、助け合いがなければ絶対に生き残ることはできなかった動物である。だから、ホッブスのいうような、自然のままの人類は戦争状態、つまり万人は万人の敵であるというような共食いの無法状態に陥るというのは、嘘である。放っておいても人類は縄張りを設けるかなにかして共存できるうえ、いざというときには助け合える状態を作り出すに決まっている。むしろこれが人類の自然な状態であるに違いない。少なくとも私には初期人類同士は出会って互いに猜疑心に満ちて警戒し合うにしても、やがて害のないことが知れれば無視するか協力し合う段階に入ったと思う。いつまでも警戒し敵対し合うばかりではなかったに違いない。なにせ人類は裸になった時点で弱者を助ける心が芽生えていたのである。互いの協力は結構人類の基本的な生存の姿勢であったはずである。

協力、共存が基本的基礎的生態であるとするならば、それならそこには必ず一定の約束事、決まりごとができあがる。これが倫理、道徳の一番根底にあるものであり、したがって人間が一番求めているものは周囲の好意的な評価と断定してよいように思われる。もし人間を社会的動物と定義できるなら必ずそうであるはずだ。赤ん坊時代に母親から肯定的に評価されることが人間の成長にいかに必要かということを考えてもそうであろう。

確かに人の中には周囲から嫌われることや嫌がられることをわざとやってばかりいる者もいる。が、彼はいわばそういうやり方で周囲からの好意的な評価を引き出そうとしているのだ。あるいは好意的な評価をしてくれない周囲に抗議しているのだ。

というわけでもし「人は基本的に周囲の好意的評価を求めている」生き物だ、すなわち社会的動物だと言えるなら、必ず道徳は必要だし、道徳が要請されるそのことの中に道徳の内容、中身が必然的に現れる。卑怯なことをしない、勇気、いたわり、誠実といった項目は状況、状況の中で、なにがそれであるかは必然的に決まってきて、どんなときにでも求められる道徳項目ということになる。

六九 取り集めて前に置く

われわれが物事を認識するのは言葉によってであるという。言葉が出現するまではいわばこの世は混沌であり、カオスであった。言葉によって初めて物は物となり、分類され、それとして、その物として捉えられることになった。物が物になったのは言葉によってである。そのようにみなす考えがある。一見、物事の隠れた真相をえぐった真理であるように見える。いや、一見なのではなく事実本当のことと言ってよいであろう。

先学たちの力ある考究によれば、ロゴス（＝理性あるいは言葉）は語源的に「取り集めて前に置く」意味だという。これは実にいい「言葉」の意味だと思われる。つまり、ロゴスが発動されるまでこの世は言ってみれば混沌の世界、初めて赤ん坊がこの世を見るのとほとんど同じ世界なのであろう。物と物の区別はなく、区切りもなく、奥行きも前も後ろもない。色彩は混じり合い、大小もなく、物も影もない。ロゴスすなわち言葉は、こういう世界の中であるものとあるものの間に共通点を見いだし、それらを一つのものとしてまとめる。つまり「取り集めて前へ置く」のである。これが言葉の最も根本的な働きだと、少なくともそのひとつだと確かに言ってもよいように思われる。

ロゴスによって初めてこの世にものが登場する。いわば混沌とした一色の世界に区別や区切りが生じ、世界が生まれる。リズムと似た働きである。胎児は母親の胎内でさまざまな音を聞いている。その中で母親の心臓の音は一定の正確な間隔で同じ高さの音を刻む。それに気づくことによって初めて、混沌たる雑音的な音の洪水の中から、母親の心臓の鼓動がそれとしてくっきりと姿を現す。同じようにして、混沌たる区別のない物の洪水の中から、ある共通項に気づき、それを拾い出すことによって一つの物が姿を現す。この「気づいて拾い出す」ということをするのが言葉（ロゴス）であり、言葉の働きなのだ。つまり、ここが大事なところだが、混沌たる区別のない物の洪水の中から、ある共通項に気づくことが生じるのは、たんにそれに気づくからなのではなく、気づくということが言葉によって、言葉の働きによって生じるのでもあることなのに違いない。

ただし急いで言っておかなければならないが、以上の記述の仕方は非常に誤解を招きやすい。言葉が出現する前の世界はいうまでもなく混沌などでありえない。「物と物との区別はなく、奥行きも前も後ろもない。色彩は混じり合い……」というのはまったくの間違いである。そんなわけがない。なぜなら言葉が出現する前の人類を考えてみるがよい。彼らにとってこの世は混沌だったのか、一切形なく、区別なく、物がその物ではなかったのか。そのようなことはあり得ない。言葉を獲得する以前にも食べられるものとそうでないもの、敵と味方などの区別はちゃんと付いていただろう。木々もいろいろと区別され、利用できるものは利用し、できない木や草は無視しただろう。人類だけではない。チンパンジーだってゴリラだって猿や犬でも彼らには彼らなりの仕方でこの世界は分類されているはずである。確かに言語は「言（事）分け」する。現在、人類は言葉によって世界を認識し、構成し、分類しているように見える。しかし、言語以前にも哲学者市川浩氏の造語を使うなら「身（見）分け」をやっていたのである。身体感覚によってこの世を分けていた、認識していた。言語による「言分け」は「身分け」の基盤の上に成立したのに違いない。犬にだってゴキブリにだって世界は混沌でありはしない。アメーバにさえ世界はきちんと区別されている。ただそれをそれと言葉で認識できないだけである。身分けだけされてそれ以上の区分けのない世界をここでは、言葉による区分けと区別するために下手な言い方ではあるが混沌と表現しただけのことである。

再度言えばこうなる。言葉以前にも「身（見）分け」はあった。が、物がその物として立ち現れてくるのはやはり言葉によって初めてである。そして、その立ち現れ方は「取り集めて前に置く」という方法によってにほかならない。やはり世界は人間の認識にとって言葉によって成立しているというほかない。

「身分け」世界の中に後になって言語が出現した。出現してみるとその便利さ、融通性に人類は大いにこれを活用することになった。あまりの便利さに夢中になって言語に頼っている内に「身分け」のことなどあらかた忘れてしまった。これが起こった実態であろう。だから私たちの心は言葉によって作られているとも主張され、事実その側面が大いにあろう。しかし言葉の及ばない地点、言葉の向こうで、無意識の領域でやはり私たちは「身分け」を行っているのである。言語はこの「身分け」の世界に支えられてある。そのことを失念してはなるまい。

七〇　火の使用

おそらくそう言って間違いないと思うが、今日現在でも火を扱う動物は人類だけだろう。これは実に驚くべきことである。すべての動物がこわがって、扱いかね、たいていは逃げる。その火をほとんど自在にコントロールし、扱い、利用する——こういうことを人間はいつから、どのようにしてやり始めたのか。不思議というほかない。火を人間はいったいどのようにして使い始めたのだろう。いや、それ以前にどのようにして火に馴染み始めたのか。恐怖心を克服し始めたのか。

いったい火の使用をまだ人類が知らなかった時代、自然の中で火はどのようにして発生しただろうか。落雷、噴火。それ以外には乾いた森林や林、草原、枯れ葉や枯れ草があるところに樹木が風に激しく揺すられて、摩擦熱を起こし、これが枯れ葉や草を燃え上がらせたというのが考えられる発火事例ではなかろうか。これ以外には考えにくい。発火が生じ、そのときその場の条件でさまざまな火事が生じた。小さい、小火みたいな火ですぐに消えてしまう火事もあれば、狭い範囲に燃え広がって鎮火した火もあろう。山火事になったものもあろう。

火の使用にはまず火への接近がなくてはならない。すべての動物と違ってなぜ人類だけは火に近づいたのか。火に近づくためには、火がなんらかの効用を持っていなければなるまい。火が人類にとって役立ったと思われる点はこんなところか。①暖かい②明りになる③調理に役立つ④猛獣除けになる。大きく分けてほぼこの四つになるだろう。では、このどれが最初に人類を火に接近させる動機となり得ただろう。④ではあるまい。猛獣どころかまず人類自身が火はやはりこわかったろう。近づくなどとんでもない。猛獣除けになると気がついてそのために火を利用し始めたのは、火を使用し始めての結果としてに違いない。②もまず考えられない。人類は他の動物たちと同じように夜になればただ眠っていたにすぎまい。火への恐怖心を抑えてまで夜を明るくする必要は感じなかったはずである。火を使ってみれば、明るくて夜でもものが見えて便利だと気がつき、次第に夜にも利用し始めたという成り行きだっただろう。

③はあり得そうだ。山火事があって火が消え、熱さも消えた跡へ入ってみた人類は、それまでから食糧にしていた動物の死骸を見つけることがあっただろう。もしその物体がかねて食べていた動物の死骸だと気がつけば食べてみようとしなかっただろうか。他の動物、例えば鳥が食べているのを目にしたかもしれない。それならとこちらも恐る恐る食べてみる。もう冷えきり固くなっていただろうが、それまで食べていた肉や内臓の味と違うことを知っただろう。あるいは果実や樹木の場合、一層違うと知ったのではないか。味だけではない、これまでは食べにくかったり、食べられなかったものが食べられると気づいたかもしれない。だが、それでもこういうことが直接火に近づく、つまり火そのものに馴染む理由となっただろうか。やはり火は怖いものであり続けただろう。

私は結局①が一番ありそうだと考える。動物たちの中でたった一種類というように近いほど珍しい裸になった人類は寒さという大敵に直面していたはずである。このとき山火事など火に出会った人類は火の暖かさにいやでも気づいたはずである。季節的に、あるいは夜になって、または氷河期に入って寒さを感じていた人類は思わず火に近づかなかっただろうか。火が熱いことは火の近くにおればいやでも知る。小さい火ならその焼け跡へ行けば地面はぬくもっており、灰はまだ微かにぬくもりを残している。思わず手をかざす。こうして寒さという難問を抱えていた人類は火に接近したであろう。そのうち焼け跡の中に動物の死骸も見つけた、という経緯ではなかっただろうか。かくて火は必ずしも他の動物たちのようにそこから逃げなくてはならないもの、遠ざかるほかないと決まったものではなくなった。場合によっては、むしろ近づき、手をかざすとよいものになった。いや、どうかすると、親しい、うれしいもの、喜ばしいものとなった。

ここから、火をコントロールするに至る道行きは必然的ではなかろうか。

　寒さ対策に利用し始めた火ではあるが、やがてこれに止まらず、なにより彼らは食用としての火の効用を知っただろう。火によって従来にないほど多くの種類の食べ物を手にすることができた。安全も手に入れた。火をたいてさえおれば、夜でも見えるし安心して休むことができる。これは大きかったに違いない。食糧と安全。こうして人類は一挙に大きな体格と長寿を手に入れたのではないか。火によって北方へも進出していくことができた。シベリヤまでも。住居範囲が一挙に広がったのである。

七一　後からやってきた者である

　近代哲学上の難問のほとんどは私はこの「私たちはこの世に後からやってきた者である」という事実をまともに捉えれば解決すると考える。ところがなぜか哲学者はこの生物的事実にまったく目を向けようとしない。ひたすら思念的な、形而上学的な考察ばかりに走り、もつれた糸に足を取られる具合にこんぐらがってひっくりかえっているように見える。私にいわせればほとんど馬鹿馬鹿しいに近い。

「後からやってきた者」だと。どういうことか。なんでもない、当たり前のことである。私たち人間は誰しもが、なんにもわからない赤ん坊としてこの世に登場し、親に育てられて一人前の人間になっていく。原則としてすべての人間がそういう経過を辿る。つまり私が登場する前にすでに世界はあり、さまざまな文化制度も約束事もできあがっていて、私たちはそれらを受け入れ、それに合わせて成長するのだ。ここになんの疑いもない。現に私たちは周囲に赤ん坊が次々登場し、育てられて大きくなっていく様を見ている。確かに赤ん坊はすでに存在するここ、この世界の中に後からやってくるのである。それなら自分（私）もそうなのに決まっている。私より前に、私とは別にこの世はあり、そこには言葉を初めとするさまざまな制度ができあがっている。そこへ私が登場する。だとするなら私とは別に客観的世界が実在するのかといった認識論的難問は無意味な問いということになるだろう。あったのに決まっているからである。言語論的難問も、主観と客観の問題もすべて問題として成立しない。

　しかし、あなたは言うかもしれない。「本当か。私たちはすべて後からやってきた者にすぎないのか。本当にそうだと言えるのか。悪い悪魔にたぶらかされてそう思わせられているだけではないか。あるいは周囲で赤ん坊が次々生まれて大きくなっていくという夢を見ているだけではないのか。そうではないとどうして証明できるのか」

なるほど。あなたの言うこと（そういう想定）はまったく可能性がないとは私にも言えない。例えば「そういう夢を見ているのではない。現実であり、事実である」ということを私は証明できない。しかし、あなたもまた「それは夢である」ということを証明することはできないだろう。「夢ではない」という証明ができないからといって「だから夢である」とは言えない。可能性を盾にする反問は少なくともなんらかの蓋然性に基づかなければ無意味だと私は思う。すなわち、あなたが私にそれが夢である可能性を盾にそれが（夢であることを）否定できるかと問い詰めるのであれば、あなたはそれが夢である可能性を具体的に指摘しなければならない。それなしにただたんに「夢である可能性がある」と言うだけでは、いちゃもんを言いつのっているだけということになるだろう。

悪い悪魔が操作しているのではないかという疑いに対しては、こちらもその疑いが成立する可能性を明示してもらいたいと思うが、それよりもそういう疑いはいったんやり始めるときりがなくなるという理由で無視したい。そんな理由で疑い始めたらどこまでいってもすべてを疑えることになる。とめどがなくなる。ということは無意味だということである。それよりも、そもそも「私たちはすべて後からやってきた者である」と想定して具合が悪いことがなにかあるのだろうか。あるとは思えない。それならともかくそういう前提の下に暮らしていって構わないのだ。

こうして、私たちはすべてこの世界に後からやってきた者だということは疑いないことにしよう。とりあえずそういう想定の上に立ってことを始めていこうではないか。そのうえでいろいろなことを検討すればよいだろう。それで具合が悪くなるまではとにかくこの前提の下にやっていくのである。これまで哲学上の難問とされてきたものもたいていはこれで納得いく説明ができることになろうと私は確信する。

例えば西研『哲学的思考』にはこんな文がある。「しかしフッサールが指摘するのは、こうした〈意識しようとしまいと関係なくそれ自体として存在する現実がある〉ということ、これ自体が意識の中で成立している一つの確信、一つの信念である、ということだ。意識を『超越』した現実がある、ということ自体が、意識の中で信じられている。そう考えたときはじめて、次のことを〝問う〟ことができるようになる。〈ではこの『意識を超越した現実がある』という確信は、どのようにして各自の意識の中で信じられ、再生産されているのか〉と。」

こういう問いに対しても、「後からやってきた者」という立場の確認は揺るぎのない回答を与えるだろう。

元へ戻って、私たちはことごとく「後からきた者」にすぎないということを確証する補強をしておきたい。同じ西研氏の著書には、フッサールが外的現実の実在を私たちが確信する理由の一つとして、外延を持つ物体の認識と幾何学的定理の二つをあげて、その結果私たちは客観的現実の実在を確信するのではないかとしている。外延を持つ事物についてはこういうことである。机がある。私たちが見るのはその全部ではない（裏側は見えない）。一部であり、かつそれを私の主観的思い込みと違って自由に変更したり動かしたりできない。こうして私たちは私とは別にそれが存在すると確信する。幾何学的公理についても同様である。公理が認められる認め方は私の恣意とはまったく別である。こうした事々から私たちは、私たちとは別にこの世界は存在すると思うようになるのだと西研氏はいう。そのとおりだろうが、こういう事実と私たちが「後からやってきた者」という事実とは調和する。調和することによってこの世界の実在性は補強される。あなたの言う「夢ではないと言えるのか。悪魔にたぶらかされているのではないか」という疑いにはそのような疑い以外にそれを補強する調和物がない。決定的な弱みだろう。

七二　日本人の美意識

美と対になるのはいうまでもなく醜である。美醜だ。

ところで日本人はどうも人が自分の欲望を抑制せずにむき出しにすることをひどく醜いことだと考えてきたようだ。生きたいという欲、所有欲、物欲、名誉欲、権力欲、勝ち負けでの勝とうとする欲、その他その他。こういうものを強く出すこと、あるいは抑制しないことを醜いこととみなしてきた。これは世界的に見て特異なことと思われる。どの民族を見てもそういういわば生きる欲望、生き延びて勝つ欲望の発現に対して否定的な視線を浴びせることはあまりないようである。いや、むしろそれらの発現は当然のこととされて、よりよく、より強く発現することが奨励されているようでさえある。私の知る限り日本人的な、その抑制をよしとする美意識をもったのは他には唯一全盛期のイギリス人それもジェントルマン階級以上のイギリス人かと思われる。彼らもまた、そうした欲望を否定しないまでもむき出しにするのは洗練されていないことだとみなしたようだ（私はこのことを慶応大学英文学教授だった池田潔氏のパブリック・スクールや大学生活ものの一連のエッセイで知った。氏の書くそれらはすばらしいエッセイだと思う）。

確かに自己保存と自己拡張の欲望は人間のほとんど自然の欲望だと言ってよいだろう。いざというときに自分一人でもよいから生き延びたいという欲、物事にあってどうしても勝ちたいという思い、より多くものを持ちたい、他人よりよい目を見たいという思い、こうしたものは人間のいわば自然である。私たち日本人はどうしてこういう欲を醜いものとみなすようになったのか。

私たちには確かにそこまでして欲を遂げようとするかと嫌になってしまう。オリンピックの柔道を見ていても、そうまでして勝とうとするかと外国人の柔道に不愉快になり、醜いと感じる。そんなことをして勝つぐらいなら、潔くきれいに正々堂々と戦って破れる方がましだと。こういう思いは生活全般に及ぶだろう。そこまでして得をするぐらいなら、損をして窮乏した方がましだと。あるいは誰かが自分の望みを遂げるために卑怯な手を使っているのを見るとする。嫉妬心もあるだろうが、それをひどく醜いことだと受け止める。

これを、どんな手を使ってでもとにかく勝とうと執念を燃やす人種と較べるとその差に驚く。しかしまた、どうしても勝つのだとありとあらゆる工夫に燃える人種のその執念に感心しもさせられる。それはそれで、理解できる。

私たちはなぜこんな感受性を養ったのだろうか。なぜ欲望を野放図に発現することを醜いことだとみなすようになったのだろうか。ここには日本人論の一つの核心をなすものがあるのではないかと私は思う。

一つ考えられることは日本人は共存共栄をよしとすることだ。おそらくはその昔、というのは私は一万年を超える縄文時代を想定しているのだが、日本のこの国土は未だ人口少なく、豊かな自然で、隣り合ったもの同志殺し合いをせずとも、そんならもう少し奥へ、向こうへ移り住もう、と移動することでいくらでもしのげたのだろう。これが砂漠なら、人口が増えたから、今住んでいるところの隣へ、奥へ移り住んだからといって生きていけることになるわけがない。いまいる、多少水もあるこの地を死守しなければ自分も一族も死んでしまう。こうなれば、いまいる水のあるところ、多少の食糧を確保できるところを殺し合ってでも確保しなければならない。日本ではそうではなかった。互いにいまいるところで場所の確保に争いが生じれば、殺し合いをするよりはとその隣へ、奥へ移り住めばよかった。殺し合いは避けられただろう。そしていまいる場所では一族が互いに助け合ってやっていけば、生活はより楽に、楽しく、余裕を持ってやっていくことができたのだろう。

こういうところでは他人を押しのけて、一人だけ得をする生き方は人々に忌避されることになったとしてもおかしくない。見ていて不愉快になる醜いことと。いかにも醜いことである。感じが悪すぎる。それに較べれば誰かがきれいに諦めて身を引いてしまうとしたとき、人々は感動しただろう。それを良しとすると同時に哀れんだだろう。根底にはそういう古い古い大昔からの民族感情があるのではなかろうか。我が国一古い語り伝えのなかにオトタチバナヒメのような哀れにも美しい話が語り伝えられていたのもそういう心情的伝統があったからではないか。うがち過ぎの見方だとも思えるが、私にはなにか日本人の潔いこと、清いことを良しとする感受性に照らして納得がいくのである。

七三　無限に関して

無限には二つの種類があるようだ。実無限と形而上的無限と。実無限というのは、私の理解に間違いがなければ、自然数のようなものである。1、2、3…とどこまでも続いていく数。これが無限にあることはよくわかる。実際、無限だろう。ところで、この自然数の群れをひっくくって一つのまとまりと捉えるとする。こうしてできるひとまとまりをある一つの集まり、集団と捉えよう。そうするとこの集団は一つの要素（単体）とみなしうる。これが数学でいうところの「集合」である。言ってみれば世界中の日本人の集まりを考えることができて、この塊を一つの要素と考えるようなものである。自然数の集まりからなる集合。そしてこれを一つの要素とみなす。

すると、次にはこのような要素ばかりの集まりからなるもう一つの集合というものが考えられる。さらにはこのようにしてできた集合を要素とみなすことも可能だ。こうして構成される要素は無限に考え得る。無限に集まった要素群もまた無限にありうるだろう。カントールが考え出し、対象とした無限数学はこういう無限の世界である。こちらを形而上的無限という。そしてこれを対象としてカントールは「見れど信じることあたわず」と言って、気が狂ったのだ。だが、これは（カントールが気が狂ったのは）当たり前ではないだろうか。

だいたいが、形而上的無限というがそんなものは存在しないのだ。実無限は存在する。自然数はどこまでも大きくすることができるだろう。限界はないだろう。ということはこの無限は実在する。しかし、自然数という実在する無限を一つのまとまり、群れとしてくることはできるのだろうか。自然数の無限を一つの集まりとして扱えるのか。そんなことは不可能だろう。無限のものをひとまとまりとして扱うことはできまい。できるのならそれは無限ではない。確かに一つの円があるとしてその円の中に置きうる点は無限である。これをひとまとまりとみなすことはできるだろう。だが、自然数のような無限は一つのまとまりとみなすことはできないと私は思う。まとめようにも必ずはみでるものがある。括りようがないはずである。それをひとまとまりとみなすのは思考的に言葉の上だけで可能なアクロバット的なことでしかない。仮にそれに「ひとまとまり」という記号、言葉を与えておくだけだ。言葉のうえだけのことである。だから形而上的無限という。つまりこちらの場合の無限には実体がない。しかるにカントールの無限の数学は、この実体のない無限を使ってあたかも実体がある数字（自然数）と同じように扱って展開しようという数学だ。だから、奇妙奇天烈なパラドックスが頻出するのである。多くの哲学的用語が実体を持たないのに実体化されて使われ、これによってパラドックスを生じるのと同じことである。言葉だけで生じ、言葉だけで存在する用語、概念には気をつけなければならない。

この例によって言葉の世界の恐ろしさがよくわかる。言葉上だけで存在するものの世界の恐ろしさ、難しさはここにある。言葉上だけで存在するものは整合性以外に拘束するものがないから自在に言語的アクロバットを演じ、至る所でパラドックスを招く。哲学的思考の難解きわまる展開、限りなく詳細な細部分析、一つ一つの論理的展開は正しいのにいたり着く結論の奇怪さ。こうした言語の罠はすべてこの言語上だけで生じる世界の奇怪さに由来する。自然数のすべての集まりを一つの塊扱いにし、これを一つの要素とみなそうと言えばもっともらしく聞こえる。あり得そうに思える。だからつい想定してしまう。だが、よくよく考えてほしい。いったい無限にある自然数をどうやってひとまとめにできるのか。自然数は実体を持つ。紙に数字を書き出せばそこに自然数が並ぶ。だが限りがないのだ。纏めようとしても必ず包みきれない数字が出てくるはず。それなのに自然数を自然数というひとまとまりとして扱おうというのは想念上だけ、言葉のうえだけのことである。想念上でならそういうことにすることは可能だろう。いわば記号を与えるようなものだ。「自然数全体をXとする」というようなものである。記号上だけで可能なことで、実際の自然数全体をひとかたまりに纏めることなどできない。纏めるためにはどこかで切らなければならない、あるいは切れるところがなければならないが、無限を相手にはそれは不可能だ。要するに「自然数全体」と述べることはできる。きりがないけれど自然数というものがある以上、その全体というものはあるのだろう。全体の姿、正体はわからないけれど。さてその正体のわからないものにここでは仮に「自然数全体」という記号を与えておくのである。ここまでは実体があるということになるだろう。そしてこの「自然数全体」という言葉のうえだけではともかく可能な概念を記号「X」と置く。Xは無限に続く自然数ではなく、「自然数全体」という概念が現している「無限」を、言い換えれば概念を体現する。かくて実体を持たない記号にすぎないXを使ってこれを数字扱いして展開する。するとX＋X＝Xであり、X×X＝Xになると言って、「見れど信じること能わず」とカントールは気が狂ってしまったのだが、こういう奇妙奇天烈なことになるのも言葉の上だけで存在して、実体を持たない言葉（記号）を相手にするからである。

集合という言葉は便利である。便利すぎる。便利すぎるものには気をつけなければいけない。

ところでしかし無限というものは本当にあるのだろうか。ある囲いを思い見る。その中に点は無限にありうる、どんな小さな○の中にも点は無限にあるという。このことをよくよく考えてみたい。いったいどういうことなのか。そもそも点自体が大きさの決まらないもの、あるいは大きさのないもの、どうにでもなるものだという点が問題だが、そのせいでどんな小さな◯の中にも点が無限に存在しうる、と言えることになる。しかしほんとうにそうなのだろうか。数も無限にある。n＋1から構成される自然数は無限に続きうる。が、これも本当にそうなのか。想定できる限りではそうだとしか思えない、あるいは考えようがない。だが、誰もそれを見たものはなく、確かめた者もいない。◯の中の点についても同様である。誰も確かにそうだと確かめた者はいない。ただ、そう考えるほかない、そのように想定するほかないということにすぎない。

これが無限の正体である。では、どうなるか。無限という実体はない、というのが確かに言える一点ではないか。理論的に論理的に想定されるもの。人間の力では、数やある種のものはそれを追い詰めていくと数限りなく、無数に、見極められることがないほどあるとみなすほかない、ということだ。したがって無限というものは存在（実在）するかどうか確証しようがない。事柄のある状態に対して、あくまで状態に対してそうであろうと述べているだけのこと。無限というものは誰も見たことがない、確かめたことがない、ということは何度確認しても足りることはない。何度でも確認しよう。

ついでに言えば0はブラックホールのようなものである。これに触れるすべてのものを飲み込んでしまう。0×無限でさえ0である。0も実在はしない。2×3が2＋2＋2を意味するなら、0×無限は0を無限回足すことを意味する。無限回足してもやはり0だというのは、もし0が実体物ならありえない。なにもない、ものがない、という状態に対して与えた言葉、概念である。ない、という状態を0というのだから、ないものを無限回足してもないものはないのだ。こうして0とはものやことのある種の状態を0と呼んでいるにすぎないことになる。

0は0（ない）なのに0といった途端に0という一つのものが存在することになる、0（ない）ではない、という矛盾も0を実体視するときに生じる。

しかし、0は本当に実在しないのだろうか。実在しないのにこれに触れるものをすべて0に引き込んでしまうなどということがありえるだろうか。ブラックホールが実在するように0も実在するのではないか。実在しないものが例えば5を5×0＝0と0にしてしまうこと、つまり変換してしまうことができるのだろうか。たんなるものや事柄の状態を呼ぶ名前にしか過ぎないなら、そんなこと（ものを変えてしまうこと）をできる力を持つとは思えない。しかし5×0はたんに5はない、と言っているにすぎないのではないか。5が一つでもあれば5×1である。5×0は「5はない」ということの別の表現にすぎない、と考えることができる。それなら0が5に働きかけて0にした（変換した）というわけではない。5÷0はどうか。÷は分割である。5÷1は5を一つに分割することであろう。それなら5だ。では5をなしに分割する（あるいはまったく分割しない、だろうか）というのはどうなるか。「なしに分割する」なら、つまりは5をなくすることだから0だ。かくて割り算の場合もやはり5÷0は「5をなしにする」の別言になる。

こうしてみるとやはり0は実体がない。ものやことのある状態を呼ぶ便宜上の言葉、概念にすぎない。にもかかわらず、これを実体視、実体化して扱うときに無限と同じように奇妙なことが生じるように見えてくる。また実体ではないからこそ5＋0は5になって、ここでは0は5を飲み込みはしないのだ。もし実体であるなら飲み込んでしまってここでも0になるはずである。5＋0は、5にさらになにもない状態を足すこと、をいう。何もない状態を足しても5は5で変わらない、ということにすぎない。この場合は、なにもない状態を足すとは「5になにも足さない、なにも加えない」ということの別の表現ということができる。

七四　主観と客観を巡って

哲学者竹田青嗣氏は『現象学は〈思考の原理〉である』のなかでこんなことを述べている。人間は誰でも基本的に二つの観点を持っている。「自分からの観点」と「客観的な観点」であると。自分からの観点はよくわかる。現にいま自分が自分の立場から自分の周りに見、感じているそれである。これは疑うことはできない。仮にそれが幻視であろうといまそれを感じ見ていることは疑いない。しかし、もう一つの観点、自分を離れ、上空からあるいは遠くから自分をも含めてこの世を見渡す第三者の視点からの観察（それが「客観的な観点」である）はどうか。そういうものを確かに人は持つ、あるいは持っていると思っている。その観点から見れば自分も見られる対象の一つとなる。したがってこの時、世の中には私と私以外の諸事物があることとなる。私が実在することは自分のことだから私自身によって保証できる。しかし自分以外の目に見える諸物の実在性はどうだろう。何によってそれは幻覚でも幻想でもない、実在するのだと保証されるのか。

私の外に、私とは独立して存在していると思われる世界、事物の存在、これは「自分からの観点」では問われることはないが、すなわちそんなものは出てこないが、「客観的な観点」に立つときには立ち現れ、その存在の確かさが問題になってくる。これらは何によって確かに存在していると保証されるのだろう。そして仮にそういう世界があるとしていかにして私たちはその存在を知ることができるのか。この疑わしさをめぐっての思考が西洋哲学の認識論である。客観的観点に支えられた世界、私たちとは別に存在する（とはいえ私をもその中の一点景として存在させている）全体世界は実在するのか、実在するとしてどのようにしてそれを確かめられるのか、ということをめぐっての考察である。そしてよくよく考えれば、そういう世界の実在は前提とすることはできない、原理的な根拠を持つことができないとみなし始めたのが近代哲学だ。

私たち人間には否応なく個々の自分を離れて第三者の目でこの世を見る視点、客観的視点が備わっていることは確かである。自分をも含めた今現在の場を外から一つの場面として見る視点。したがってこの視点では当然自分を離れて世界が存在するということが前提となっている。この視点は自己を離れて、自分の外から自分をも含めて事態や世界を見るのだから、自己反省を本質的特徴とする意識の働きに違いない。人は自己を離れ、自分の外に出ることは絶対にできないのに、あたかも自分の外側から、第三者として自分をもふくめた事態を見るというのは不合理な話だが、そういう芸当が当たり前のようにして誰にも自然に成立しているのである。「客観的な観点」というものはそういうことだ。この当たり前を哲学者は疑問にし、いったいどういうことだろうと追求し、揚げ句は自己を離れた客観世界の実在性を疑うに至ったというのが認識論の流れである。実在を保証する確固とした根拠が見つからないから、というのである。

しかし馬鹿げてはいないだろうか。よく考えてみるとよい。先に述べたように、私たちは全員が後からこの世にやってきたのである。私たちが登場する以前からこの世は存在していた。私たちは誰しもが、この世にそれまでいなかった赤ん坊が生まれ大きくなって哲学などをやる成り行きを見ている。さらに、次々と死んでいくことも。それなら自分もすでに存在するこの世界に後から登場した存在である。ということはこの世界は私とは独立に存在するのであることになる。客観的な世界や事物は実在するとみなすほかない。そしてここが大事なところだが、私自身は客観世界とは別に独自に存在するのではない。世界の方は私がいなくても独立に存在しているが、私の方はそうではない。世界があっての、世界の中の構成物の一つとして存在しているのである。私は世界と一体なのだ。後から登場したものである以上、そうとみなすほかない。一方、世界は私と一体ではない。私を含みこんではいるが、私がいなくても成立するものである。それなのになぜ私は世界を対象化できるのか、客観的世界を認識できるのか。まともに考えるなら不思議というほかない。多分こういうことだろう。第一に私は世界と一体であるからであり、第二に客観的観点なるものも客観的と言いながらその実やはり主観的観点の一つにほかならないからである。

そこで問題はそれならその客観的世界と思われるものは、私が見て感じているものとあなたが見て感じ取っているそれとが同じとはどうして言えるのかということになろうか。これも馬鹿げているだろうか。私とは別に、独立したものが存在するなら、それは独自に自立して存在するに決まっているから、私なら私の視点によって変わってくることはあり得ない、ということになろう。そういうものは基本的には一つでしかない。人によって変わるものではない。それが独立しているという意味なのだから。

よろしい、それは認めよう。しかしそれなら、その一つのものを見るとき、見る側が一人一人違う人間であるなら同じものを見ても、それぞれが別様に見えていても不思議ではないではないか。確かにそのはずである。だが、ほぼ確実に同じように、同じものとして見ているのである。なぜだろう。それこそ「主観の同型性」のゆえにである。私たち人間は一人一人違うように見えて、その実同じ人類として同一の状況ではほぼ同じことを感じ同じことを思っている。そういう事実の上に言葉は生まれ発達したのだ。言葉が生きて作用する場はそこにしかない。したがって論点先取りみたいな言い方になるが、現に言葉が通用して、生きて使われているということは私たちがはっきりと「主観の同型性」の下に生きているということである。一見主観ほど互いに違うものはないようであるが、意外なことに驚くほど私たちは主観においてさえも似ているのである。同じ時に同じようなことを感じているのである。

　問題は主観的同型性があることは疑えないにしても、一方、私たちの主観は個々に違う点もまた確かに存在することである。そして人間の生き難さはほぼ確実にこの主観の違いから生じる。それならどれは同型性で処理できるか、どれは主観の違いということになるのか、この区分けがたいへん重大になってくるに違いないのだがこれが難しい。ここから主観と客観の一致の問題も出てくる。こんにち主観が敵意を持ってみられるのは、主観は対立し、したがってすべての争いのもとになる、しかも終始のつかない争いの元になるとみなされるからである。主観のこの問題、人は主観の同型性に頼る存在（事実）、頼らざるをえない存在（必然）だが、同時にまた主観は、ことに価値評価を含む主観は人ごとに異なり、対立し、際限のない争いを生む。主観の本来的に持つこの性質こそが最後まで残る問題となるのではないだろうか。そしてまた主観が人ごとによって違うなら主観に彩られたものは普遍性を持たないことにもなる。ある人の主観を他人に強要することはできない。それはあなたが感じ信じているだけのことだということになる。軽視されて当然だろう。だが、当人にとっては主観としての感じや考えは確信と同じことであって、軽視されても良いというようなものではない。ここのギャップがもめ事の根源にある。

　人が赤ん坊から子どもになり大きくなっていく過程でどのようにして人はこの世界を理解し、取り込んでいくか。赤ん坊はこの世に後からやって来る。赤ん坊はこの世界を既定のもの、自分がそこで生きていかねばならないものとして受けとる。自分の全存在をこの世界に合わせる。それは端的に言って脳細胞をこの世界に適合的に作りあげることである。言い換えればこの世界に取り込まれるわけだ。自分と対立する外部としての世界があるわけではない。自分はこの世界の一部であり、この世界の構成体の一つなのだ。ということは主観と客観の対立などそもそもないのである。主観、客観は一体なのだ。しかし、外と内の区別はあるではないか、自他の別も厳然としてあるではないか。多分、それは一人の人間にも右と左、前と後ろの区別があるようなものだろう。自分に対立するものとしての外界、世界ではないだろう。だから主観と客観の対立という問題などは本来ないのである。同様にして私たちはどのようにして外界を知ることができるのかという問題も生じないことになる。先に『瓦松庵残稿』で述べたように、私たちは生まれてきていつか自分というものに気づくが、それは外界の存在に気づくのと同時にである。自分に気がつくのは自分の外、周りの環境に気づくのと同時である。ということは自分と自分以外の周りのものとは一体なのである（地があるから図があるのと同じである）。そうだとすれば自他の区別はこの世界の中でのことになる。所詮、私はこの世界の一部なのであって、世界の他に、世界とは別に独立して私があるわけではない。私が死んでもこの世界は残るのは私から私の細胞の一つがはがれて落ちていくようなものだろう。一片の細胞が落ちていっても私は私に変わりない。一片の細胞とは垢にほかならない。

現代思想は客観的存在は主観の中に存在する、客観といっても実は主観にすぎないという。そういうふうに言えぬことはないだろうが、私は事実は逆だと思う。客観があればこその主観である、主観は客観という広大な土壌の上に初めて出現するものであるが、客観は主観がなくても存在すると。

例えば、近代思想は次のようにいう。「世界は客観的にそれ自体として存在するものなのか、それとも、世界は私にとって存在するものでしかないのか、これをどう考えればよいのか。……この謎はデカルトに始まり、ロック、バークリ、ヒュームのイギリス経験論、さらにカントへ至る〝意識に定位する哲学〟のなかで、はっきりと自覚されてきたものだった」（西研『哲学的思考』）。これにたいして西研氏はこう大事なことを述べる。「しかし学問以前の日常生活のなかでは、主観（実存的世界）と客観（客観的世界）とは完全に切り離されてはいない。そこでの客観的世界は、色や匂いを伴った『知覚可能な客観的世界』であって、私も他人も触って確かめられる点で主観とのつながりをもっているからである。もちろんそれは主観としてそれなりの〝独立性〟をもっているが、それは『それ自体として』存在していると同時に、『私にとって』存在している世界でもある」。このほかに科学の進展によって素粒子や電磁波の「物理学的客観世界」も考えられることになった。これは色も匂いも存在しない世界で、主観の認識からはまったく切り離された秩序である。つまり客観世界に二つあることになる。「知覚可能な客観世界」とは「生活世界」であって他人と共有された世界である。しかるに「物理学的客観世界」は主観とはまったく関係のない世界であって、それ自体独立しているとみなされ、かつこちらのみが真理だとされる。

かくて主観は単なる主観にすぎないと貶められ、主観と客観の対立ということが生じてくる成り行きとなると西氏は指摘する。さらに西氏によればフッサールはこういう考えだったようである――「客観は主観と無関係なのではなく、主観の働きの中で客観『として』確信されている、というふうに考えるのである」

ではなぜ人によって違う主観が生じるのかということが今度は疑問になってくる。身体を見ても、人が置かれている状況を見ても、それぞれが違う。この違いが元になって生じる違い、主観の違いがあるのではないか。類としての基本的な同一性は非常に大きな部分にわたってある。だが、意識を持った人は意識の関与する部分でそれぞれ違ってくる。しかしその違いは私たちが遅れてやってきたこの世界に様々なものがある、父がいれば母がいる、犬がおれば魚もいるというようなものにすぎないのではないか。自分の手は私が動かそうと思えば動く、ほぼ思いどおりに動く。だが、自分の外にあるもの、他人の手は動かそうと念じても動かない。そういう意味での自他の区別ははっきりとあるだろう。だが共にこの世界の中の手なのだ。

もう一つ。赤ん坊が登場するこの世界は細部にわたるまで同一ということはない。大きな世界の中に一人一人の赤ん坊に接して存在する父母が違う。したがって生後に彼が体験する生活体験が違ってくる。こうした微妙な違いの集積が主観の違いをもたらす。一人の赤ん坊が登場する以前からこの世界はあり、したがって世界は赤ん坊の存在とは独立にあるが、いったん生まれてきた以上赤ん坊はこの世界を構成する一要素、この世界の存在物となる。そうではあるが赤ん坊一人一人にとってこの世界は微妙に多くの要素で違いがある。以上が、主観は同じ大きな客観の土壌の上に育つものであるが、それぞれ違いも生じる理由であろう。

ところで主観は先ほども述べたように現代社会ではひどく貶められていると思う。二つ理由があると思う。①主観は個人的な知覚、思い、感情などと一緒に見られ、ひどい場合は恣意的なものと同一視される。普遍性がなく、他人と共有できない。したがって価値がない、と考えられている。②こうして主観は一人一人違う。違うことによって対立が起こる。人間の諍いの大半の理由がこの主観の相違に起因する。したがってあまり主観に寄りかかり、主観に価値を置くとろくなことがない、とみなされている。だいたいこんなところが主観が退けられ、忌み嫌われている理由であろう。

　ではいったい以上二つの理由はそれぞれ根拠があるのだろうか。正当な、もっともな理由なのだろうか。そうでもありそうでもないと思う。①について。私は先に、主観というのは広大な客観という土壌の上に花咲くものだ、と述べた。主観というが主観は恣意的ということでもなく、個々別々ということでもない。土壌を同じくするのである。違いは細部によるのだ。ということは主観といえどその根底というか大部分のところでは大枠共通する。絶対に恣意的ということではない。主観といえどその理由を尋ねるならば誰にもわかる（納得できる）筋道があると言ってよいだろう。主観を生み出す、あるいは支える微細な事象に違いがあるだけである。その事象に思い至れば、相手の主観（主張）もわからぬではないということになる。それでも争いが起こるのは「わかりたくない」という思いからだ。意地、感情のためである。主観のせいではない。ただし、楽観はできない。「その事象に思い至れば、相手の主観（主張）もわからぬではないということになる」と簡単に言うが、「その事象に思い至」るということが、なかなか簡単なことではない。いや、多くの場合は思い至りなどできないし、したくないのだ。なぜ「したくない」のか。自分を、自分の思いを守るためである。相手の事象に思い至ることはしばしば自分の立場、自分の思いを揺るがせる、動揺させ危うくさせることになりかねない。したがって相手の事象に思い至り、理解することを人は拒否し、受け付けようとしない場合が多く出てくる。相互の調和より自分の思いの方が大事なのだ。こうして諍いが起こる。それになにより、相手の事情をわかること、理解することは難しい。なんといっても私は私であってあなたではないのだ。ほとんど原理的に無理だと言ってよい。必然的に「相手の主観（主張）もわからぬではないということになる」とはならない。この自己死守と妬みと羨み、この三つがある限り人間は一致できない。諍いを続ける。そしてこの三つはいかな教育によってもなくすることはできまい。人間はそんなにできがよくはないのである。この点は諦めて、集団としての人間とはそういうものだとしたうえで、今後は人間について考えていくほうが現実的だろう。

七五　希望の体系を

オルテガは文明史について非常に洞察力に満ちた指摘をしているようだ。即ち、有史以来の文明には二度の大きな危機があった。一度目は紀元一世紀から四世紀にかけて。ギリシャローマの古典文明世界が崩壊し、キリスト教文明に取って代わられた頃。二度目の危機はキリスト教文明が力を失い、近代文明が生じた一四、五世紀に至る数百年、つまり一〇世紀から一五世紀までの頃。そう押さえたうえで、現代は第三の危機に遭遇している時代だという。そして、危機はどれもそれぞれの時代を担っていた人々の信念の体系が揺らぎ、信じられなくなり、次の信念体系ができあがる過渡期に生じている、と指摘しているようだ（ようだというのは以上のことは色摩力夫氏の『オルテガ』で知っただけのことだからである）。

これはよく納得いく話である。で、問題は現在の危機である。現代はどうして危機の時代なのか。オルテガを待つまでもなく、こんにちの世界が危機状況にあることは疑いえぬことだろう。キリスト教文明に取って代わった近代文明は、キリスト教信仰という人々の信念体系、もっと言えば安心体系がもはや信じられなくなったとき、理性による進歩という新しい信念体系によって人々を安心させた。科学の裏付けによる進歩の観念、つまり人間も人間社会も理性による追求によってどこまでも進歩しうる、生活は日々よくなるということが信じられたのが近代文明である。そう信じられたから人々はもはや信じられない宗教的信仰を捨て、近代文明を信じて日々努力を重ねてきたのだ。

だが、その果てに私たちが見たものはなんであったか。資本主義市場による人間疎外と恐るべき富裕と貧困の併存、第二次大戦に典型的に見られる大災害と悲惨、理想が引き起こすジェノサイド、挙げ句の果ての地球的環境破壊と原子爆弾による人類の滅亡の危機である。理性による進歩を信じた果てがこうだ。昨日より今日、今日より明日がよくなるという進歩などもう信じられない。理性にも安心しての期待はできない。こうしたことを私たちは思い知ったのである。かくて近代文明を支えていた信念が揺らぎ、これに頼ることができなくなった。では、これに変わる別の信念体系が生まれているかというと、まるでない。底が抜けてしまった状態で私たちを真に支えるものはなにもない。遺伝子学や宇宙旅行その他の科学的成果に目を奪われて、一縷の望みを科学に託している、科学に託してごまかしているというのが実情だろう。

つまり現代は頼るものがなにもないように思える時代なのである。こんにちの日本といわず、世界中に蔓延している混迷はここに起因する。現代はこういう時代なのだ。そうと知ったうえで、私たちは新しい世界観を、新しい安心体系を、言い換えれば新しい物語を構築しなければならない。

焦る必要はない。オルテガの考察では、危機の時代はいつも数百年続いている。近代文明の危機はたかだかまだ百年ほど続いているだけである。もっとも、地球環境問題を考慮に入れれば、そう悠長にもしておれないことも確かだが。

右記の安心体系というのは希望の体系と言い直した方がより適切かもしれない。キリスト教文明の時代、人々は神によって救われるという希望を持っていた。正義はいつか報われるし、善行を積めば神がすくい取ってくれる。そういう希望を持つことができた。それによって人々も社会も前向きに生きてゆくことができた。近代文明の時代には進歩が信じられ、それが人々や社会全体の希望になった。理性と知性に基づく科学と技術、人間の知恵に信頼がおけ、それゆえに昨日よりは今日、今日よりは明日、よりよくなっていくだろう、世の中は辛抱し努力すれば少しずつよくなっていくだろう、という思いが人々を支えた。希望と期待がある以上、人間は元気よく生きていける。虚無にも退廃にも至らない。

だが、こんにち、人々はもはや進歩を以前のようには信じていない。科学技術の日々の革新、改良改善で、なお淡い期待を抱き続けてはいるが、もはや全面的に信じることなどできないと感じている。社会改革もそうである。あまり期待できないという思いがある。根底で揺いでいる。これが、現代の一番の問題だろう。未来は今よりもよくなる、頑張れば酬いられるという進歩の観念が信じられなくなった以上、これに変わる希望と期待を私たちは必要とする。それはなんだろう。

かつて人々を支えていた宗教に代わって、近代では人間にだけ許されている合理的精神が期待と希望を託されるものとなった。宗教と近代的合理精神はまるきり違うものである。そのように進歩の観念に代わって新しく私たち現代人の期待と希望を担うのはいまのところ誰も思いつかない何かであろう。

ギリシャ・ローマの古典文明時代に人々を支えていた希望と期待はどのようなものであったのか。あるいは東洋のそれは何であったのか。いやそもそもいったい昔の日本に進歩の観念などあったのだろうか。どうもないような気がしてしかたがない。ということは、人類社会は進歩の観念がなくても立派に存続しうるのではないか。何に支えられて？　本当に昔の日本人にあったのは何だったのだろう？

農耕と狩猟漁労で暮らしていた日本人にとってこの世は進歩というような一直線に進むものではなかった。年々の気候によってよい年も悪い年もあった。不作も豊作もその年の巡り合わせによるものでどうしようもない。この世の生業とはそういうものだと思って、生じたことに合わせて生きていた。拡大とか勢力伸長とかいうことにとらわれず、自分と家族、仲間たちがなんとか食べてゆけたらよいとして。辛抱すればよい年もある、ぐらいの希望を持って。しかし逆にどうしようもない悪い年もあるのだから、今年豊年であったとしてもある程度で欲望を抑えて蓄えを残し、驕らず、放埒にならずにやっていくという暮らし方を続けてきた。こういうのが基本であったはずだ（そこにも都会だとか一部では、さらに蓄え、さらに増やし、こうして勢力を拡大することに走った者もいたが、これはなぜだろう。なぜ彼らは欲にかられたのか）。ここには進歩の観念など発生する余地がない。いや、そういうのとは無縁だったろう。進歩の観念とは無縁の暮らし、行き方に注目したい。

一方、では進歩の観念はどこから生じたのか。キリスト教から、と答えたいところだが、そうではないだろう。おそらくはキリスト教以前の、「この世には正しいものがある」という「正しさ」の観念からに違いない。正しいもの、つまり真理があるとする。それならそれに近づくという事態が考えられる。真理へ向かってまっすぐ、一直線に真理へむけての道筋が想定できる。狩猟採集、漁猟、農耕のように、よい年もあれば悪い年もある、そのことはいつまで経っても変わらない、どちらになるかは運である、という考えと、この真理へむけての、まっすぐか時に曲がっているかは知らないが、とにかく方向は決まっていて試行錯誤があろうともいつかはそちらへ行くだろう、近づくだろう、という考えとはまるで違う。この世には正解がある、答えがある、という考え。そして、正解などない、答えなどない、とする考えと。現代が直面しているのは①正解などないという考えになってきたという事態か②答えはあるのかもしれないが、人間はそこへ至る力がない、人間の条件としてそういう能力は持っていない、とする考えか、どちらかなのだろう。

こうして無限の進歩という考えが人々や社会を支える力を失ってきた。

日本人は場当たり的な、対処療法でやってきた。いま目の前にある障害をどうにかして取り除く。そのことだけでしのいできたのであり、長い目標を立ててそれに向かってあれこれ方策を練るというやり方をとらなかった。農や狩、漁のどれでも、長い年月にわたる計画を練りようがない。来る年がどのような天候の年になるか前もって計りようがないのだから。その年になってみないことにはわからない。対処療法になるほかない。年々少しずつよい年になる保証などどこにもない。それなら進歩とか毎年少しずつよくなるだろうという希望をもつことなどできはしない。季節の方をこちらの思いどおりにしようなどという発想は起こりようがなかった。

その代わり今の状況である対象をよく見る、観察するようになった。なにしろそれに合わせて、つまり現状に合わせて工夫する、よりよく生きることが大事なのだから。あるいはすべてなのだから。いまと次の瞬間の予測に全力をあげることになる。非常な観察者にならざるをえない。今現在と次の瞬間の自然をいかによく生かすか、より上手に扱うかにすべてはかかっている。より上手にとは、自然の持ち味をさらに引き出し、自然の持つ力をもっと生かすことである。これが日本の諸工芸であり、料理であり、暮らし方なのだ。日本人の工夫はこの方面に集中されたのである。呉善花さんの言い方を借りるなら「人間の側から対象に働きかけて行使される技術というよりは、自然の素材のあり方を細やかに受け取っていく感受性の豊かさを磨き、これをもって技術を発達させていく」。自然の素材の持つ力、特質、味わい、を引き出し、より磨きあげるという方向に動いたのだ。日本人にとって自然はそれだけの素晴らしい潜在能力を秘めているものだったのである。そのもっともわかりやすい例は建築物や料理に見られるだろう。この地球との付き合い方をいつかはそちらの方に持って行くほかないのではなかろうか。多分、環境の方を、地球を、あるいは宇宙を、できる限りは人間の欲望に合うように変えていく努力も、それが挫折するまでは続けざるをえまい。西洋近代文明の力によって、その有効性が確認された以上、当分はこの道を放棄することなど人類にできはするまい。それはそうだが……

七六　世界が編み上がり立ち上がる

私の孫はいま三歳四月になる。男の子で言葉が少々遅い気配がある。因みに彼より一歳ほど年下の近所の女の子はもう一人前によく喋る。言葉の発育に関する男と女の違いには畏れ入るが、多分、男の子は女の子が言語機能を脳で発達させている間に、別の機能を、例えば動くものに対する関心とかをせっせと育てているのだろう。そうとしか思えない。

それはともかく話を戻すと、先日、彼の祖母と彼（孫は遠方にいる）と電話で話していて、その日したことととして両親と公園へ行ったという話になったそうだ。なかで彼はこう言ったという、「アリさん、食べた」。婆さんは「え、なにを」と聞く。こうしてやがて、孫が公園でお昼ご飯に食べていたパンのパン屑が落ちた、それで拾おうとして下を見たら早くもアリが食べていた、という経緯であったことがわかった。

言葉を習得する途中でないとこういうことはわからない。私は実に面白いと思った。おそらくもっと早い時期、単語しか喋らない時期ならここは「食べた」とだけいうところだろう。それがいまは「アリさん、食べた」と少なくとも文になっているのである。さて、私は何を面白いと思ったのか。「食べた」が「アリさん、食べた」となる。婆さんは「何を」と聞く。孫は「パン」と答える。「え、パンを。どうしてアリさんが」「落ちた」「あ、落としたのね」。こうして、誰が落としたのか、どうしてそこでパンを食べていたのか、といったことが次々とわかってくる。

以上の経過は言葉がどういう働きをするかということを実にありありと教えてくれるではないか。はじめにあるのは「食べた」ということである。ここでは食べるという漠然としたイメージが食べる主体をなにかわからない暗いものが食べている姿のようなものとして浮かび上がるだけである。次に「アリさんが」となってアリが食べているイメージが浮かび上がる。なにをか。パンを。どういうパンか。落としたパン。誰が落としたのか。僕が。どうして落としたのか。食べていて、パン屑が落ちた。こうして、たんになにか知らない何者かが「食べた」というだけの漠然、混沌とした世界にアリが登場し、パンが登場し、落ちるパン屑が登場し、僕が登場し、僕が食べているパンが出現し、そのパン屑が落ちる。拾おうとしてみるとアリがそれを食べている。どうだろう、アリやパンや僕が次々と登場して、その都度、世界が立体化していく様に注目していただきたい。たんに立体化するだけではない。立体化し、そこに登場するそれぞれの間に関連ができる、つながりができる。つまり因果関係が編み上がるのである。こうしてできあがった世界、浮かび上がった世界は立派に彼を取り巻く世界になっているのだ。いやこれこそが彼の世界なのだ。

さて以上のようだとすると言葉は見事に世界を編みあげる。いや世界は言葉によって編みあげられる、と言ってよいだろう。その様が以上に展開した描写はよく現している。

思うに「食べた」だけの発言の段階でも、すでに生じた事態全体のイメージは彼にあっただろう。でなければ、やり取りの結果、全体の事態がわかるということは生じない。だが、「事態全体のイメージは彼にあった」ということの内実はどうであっただろう。どのようにあったのか。彼には全体的な関連は（記憶として見えてはいても）把握できていなかったのではないだろうか。つまり意味としてはなり立ってはいなかったように思われる。婆さんが「なにが」「何を」「だれが」「どうして」と次々尋ねていくにつれて、それぞれの要素がくっきりと立ち上がり、相互の関連がついてきて全体が編み上がる。因果関係ができあがってきてそれぞれと全体の意味が確立する、という経過だったのではないか。言葉で明示されるまではそうしたことはない、というのが事柄の内実だったと思われる。世界の立体化、構造化、編みあげは言葉によるのである。

例えば蟻。犬のような動物にはどう見えるのだろう。黒い小さい動くゴミみたいなものとして見えるのではないか。蟻がアリとしてみえるのは「アリ」と呼んで初めて、つまり言葉によって初めてなのではないか。それまでは犬にとってそうであるのと同じように小さい黒い動く点かゴミのようなものでしかないのではなかろうか。そう思えば言葉というものは誠に不思議なものである。

七七　「最近の若者はなっとらん」

古代ローマ時代の落書きに「最近の若い奴らはなっとらん。なんでこんなに堕落しているのか。レベルが下がっているのか」というのがあるというのは有名な話である。年寄りが若者の生態を嘆くのは二千年以上昔からのことだ、という笑い話になる。このことからして、昔変わらぬ老人の繰り言だ、年寄りは昔からそう言いたがるものと決まっている、相手にする必要はない、ととかく人は言いたがる。実際に若い世代はレベルが下がっているのでも堕落しているのでもない、年寄りの愚痴にすぎない、問題にするまでもないというわけである。年寄りの中にも、だから自分はそんな年寄り臭いことはいうまい、と考えるものも居る。

だが、私はそれは間違いだと思う。やはり若い世代は何時の時代でも確実に堕落しているのだ、レベルが下がっているのだ。年寄りの目から見たらそうなのに決まっている。それが時代が推移していくということだ。よって年寄りは痛烈に若い世代を批判するべきである。それによって若い世代は強烈に反発すればよいのだ。反発して自分たちの文化を、スタイルを作っていけばよいのだ。

年寄りは若い者たちにものわかりの良さを見せてはならない。ものわかりのよい大人たちの前では若い者たちは手応えのなさに意気阻喪するだろう。彼らは自分たちのエネルギーの発散場所がなくて困るだろう。老人は頑固でなければならない。頑固で若者たちを怒らせ、奮起させ、反抗にエネルギーを発散させなければならない。手応えある大人たちを前に若者は考え、工夫し、馬鹿にし、自分たちの強力な文化を創造するだろう。

総じて理想の喧嘩相手、理想の敵は「敵ながらあっぱれ」と密かに思える相手である。のちのち敬意を払える相手である。そういう敵と闘ったという記憶ほど誇りになるものはない。再三肝を冷やされた相手、そういう相手は闘っているときは必死で憎しみにまみれ、どうかして打ち倒してやろうと燃えるが、後になっては懐かしい、尊敬の念さえ起こってくるいわば戦友のような存在となる。年寄りはそうでなければならぬ。ものわかりのよい年寄りは若い者たちに腹の底では軽蔑されるだけだろう。

七八　とある春の一日、私はある田舎の

とある春の一日、私はある田舎の鉄道駅のプラットホームの端に立っていた。まだ列車が入ってくるまでには時間のある頃合い。列車の先頭に乗るべく、プラットホームを端まで歩いていった私は、なにげなく振り向いて列車の入ってくるであろう、たったいま自分がやって来た方向を眺めた。プラットホーム全体、したがって駅全体を眺めることになった私は、そのときそうやって見ることになった駅の様子に見入った。なぜか気に入って

しまったのである。そこには私が絵にしたいような光景、いい絵の構図になる光景があったのだ。そこから何かが語りかけてくるのだ。しばらくそうやって駅全体を眺めていた私は、やがて自ずと「人はなぜ絵を描くのだろう」という問いに誘われることとなった。一体人はなぜ絵を描くのか。絵で何を描いているのか。そもそも絵とはなんであるのか。

小学生上級生か中学一年の頃、私は学校の宿題でもなんでもないのに、一人で画板を持ち出して家の周りや家の二階から、目に見える光景の絵を描いていたことがある。なんとなく、目にするある光景を描きたくなったからだが、いまその時のことを思い出すと、絵を描くとはどういうことかが微かにわかる気がする。画家がある風景に向かってキャンバスをたてる。立てて絵を描こうとする。そのとき彼がそれを描こうとするのは、目にする光景が彼に何かを囁くからだ。ある光景を見て、彼は何かを感じる。感じるからこそその光景を描きたいと思うのだ。思わなければキャンバスを立てるわけがない。何を感じるのか。なんでもいいように思われる。きれいだな。なんとなく懐かしい気がするな。ほほえみかけているようだな。なんでもいい。こころにひとつの感情が湧くのだ。そうに違いない。そこで、その感情、思い、風景が語りかけるもの、そういったものを絵に描き表し、定着したい、あるいは創造したい、そのように思うのだ。これが画家が描く原初の、最も素朴な動機であろう。

風景ばかりではない。犬や猫といった動物、あるいは植物でも一緒だ。一匹の犬がいる。みれば、ある表情をして画家を見上げる犬の顔、ことにその目の表情には、言うに言われぬかわいらしさ、いやこちらの深読みかもしれないけれど、なにか人の心に食い込む愛らしさというほかないものがある。それを表現したい、定着したい。そういう思いに誘われる。

あるいはこうも言えるだろう。目の前に見る光景、もの、それが何かを訴えかける。何かしら心を打つ。しきりに気をひかれる。なぜなのか、なにがこうも心に訴えかけるものを持つのか、不思議でならない。それが何なのかを確かめたいと思う。この心を打つものの正体を明らかにしたいと思う。こうして、人は絵筆を持つのだと。

なぜなら、そのとき文字あるいは言葉という手段によって、それを表すことは不可能だと思われるからである。目に見えていて、視覚が受け取っているものを言葉では表現することが難しく、一生懸命言語表現で納得しようとするが、どうも隔靴掻痒の気配があって、腑に落ちたという気がしない。他に方法がないのだろうか。では、目に見えているそのままを表現したらどうだろう。形としてあるものが、このように快い、強い語りかけをこちらにしかけてきて、その正体を見極めたいというのだから、とりあえず目に見えているままを表してみるのはどうだろう。実際は、それを表すことは至難の業なのだが、事柄はまことに自然にそういうふうに転がる。だからキャンバスに向かうことになる。それが絵なのであろう。

対象（犬）が、画家の心に呼び起こすもの、快い感じを快いがゆえに定着し、見るたびにその快さを、なにゆえにそうなのか、なにがそういう思いを誘うのか、そういったことを確かめたい。確認したい。確認できれば、それを再体験することも可能だろう。いつでも同じことを、同じ思いを体験することができるだろう。その時は、またその快さを多くの人と分かち合う事もできることとなるだろう。

つまりそういうことではないだろうか。そう思えば、絵を描くということが私にもわかる。もっともこんにちの画家たちのやっていることを実際に見れば、絵を描くということは右記の動機に基づくケースばかりではない。抽象画や歴史画などの事例を考えれば、それは明らかだ。けれども人が絵を描く根本の動機の一つは右記のようなことであるのに違いない。

七九　概念について

哲学者竹田青嗣氏が『プラトン入門』で述べている次の指摘は考えるという作業をするとき、常に頭に置いておくべき極めて重要な指摘だと思う。彼はゼノンのあのパラドックス「アキレスは決して亀を追い越せない」に関してこういうのである。この文をパラドックスにしているのは、ひとえに無限は有限より大である、つまり有限は無限を越えることはできないという前提に立って考えるからである。しかし、有限と言い無限と言うがそれは実体ではなく、いつでもある観点に立つ限りでの概念なのにすぎない。それが証拠に無限といえど有限の中に収まる場合がいくらでもある。直径一センチの円の中に点は無限に存在する。ミカン箱は有限な大きさのものだが、その中に直径一センチの円は入ってしまう。大きさという観点を取れば無限は有限のミカン箱より小さいのである。それならアキレスが亀を追い越してもなんの不思議でもないと。あらかた以上のようなことを述べて氏は付言する。「これらの抽象概念の本質は、それらがそのつどある観点を提示することにある。ところが人はこれらの概念を、その内実を厳密に規定できる数学的な実体概念のように考え、そのように使用する。／たとえば、『無限』や『有限』という概念は、〝量〟や〝長さ〟などについての〝大きさ〟を表示しているのではまったくない。それはただ、その都度ある対象のある側面をある観点から把握し、これを『有限』とか『無限』とかして表示するにすぎない。／描かれた円の内側は〝領域〟という観点からは『有限』であるが、そこに存在しうる任意の点の所在という観点からは、『無限』だということができる。何らかの長さをもつものは、これを半分に分割してゆける可能性としては、『無限』だが、長さの〝大いさ〟としては、『有限』である。『無限』や『有限』はこのように、なんら実体的な〝大いさ〟、特定の量、長さ、広さなどを意味しない。いくら小さなものでも、観点の取り方で、そのうちにいくらでも無限なものを見いだすことができるのである。／ところが人間の観念の世界は、概念を扱う場合にも必ず何かのイメージを媒介とする性質を持っている。そのため私たちは、あたかも、砂糖壺の中に樽を入れることはできないとでもいうように、『有限なもの』の中に『無限なもの』は入らない、と表徴するのである。……／ともあれ、いま見てきたような理由で、この『概念の実体化』の錯誤は、物語をやめて抽象概念の使用を原則とした哲学の思考にとって、本質的な陥穽となった。スコラ哲学におけるいわゆるスコラ論議は、この概念を実体化する論理使用が極端にまで行き着くことで現れた〝思考の廃墟〟というべきものだし、初期仏教哲学における、存在、無、空、中道の諸論議においても、この傾向は強い。さらに、近代哲学に入っても、スピノザ、ライプニッツを初めとして、概念実体化の論理はそう簡単に消えない」

確かに。哲学上の舌のもつれのような難解な問題の多くはここに由来する。抽象概念とは何を指すかという問いに対して、ある観点を提示することによって成立するもの、とするのはたいへん適切な定義だと思われる。一般に言葉が指し示すものは観点に左右されない。どんな観点から見ても木は木、石は石である。違う方向から見れば木や石ではない何かになるということはない。しかるに抽象概念は一つの観点が提示されることによって成り立つ。関係も秩序も一定の観点から見るとき初めて成立するものである。他の観点に立てばそんなものはどこにもないことになる。ということは実体ではないということになる。ではいったい抽象概念とはなんであろうか。秩序とか関係とはなにか。一定の観点を設定したとき、物と物との間に想定できるつながりというほかないだろう。「想定できる」なのだ。実在しない、すなわちありはしないが、あると想定した方が物が新しい意味をまとって姿を現す、言い換えれば新しい機能を持つ物となる、ということである。そういう効用のために持ち出され使われる言葉にすぎないと知ろう。

さて、この抽象概念の実体化である。これが私にはもうひとつピンとこない。したがって知らず知らずにやっている可能性が大きいようである。竹田氏の記述で参考になりそうなのは「〝概念を実体的なイメージにしたがって操作すること〟」という件《くだり》だ。だいたいが私たちは考えるときほとんどをイメージ化して考えている。考えるとはイメージ化することと言ってもよいぐらいである。だが、抽象概念の場合、イメージ化するとはどういうことか。もし抽象概念が右記したようなものであるならば、これをイメージ化することは不可能である。それなのにイメージ化するとはどういうことか。決まっているる。比喩的にイメージ化することである。私たちは実体のないものでもそれを理解するためには、それに近いもの（実体）に喩えて理解してしまう。そうしていながら私たちは抽象概念自体を思い浮かべていると思ってしまう。このとき「抽象概念の実体化」が生じているのだろう。

大事なことなので、言い方を変えて再考してみよう。アフォーダンスという考えを提案したアメリカの心理学者ギブソンは人間を生態学的人間観でみるべきことを主張する。生態学的人間観とはあらっぽく言えば、人間をなによりまず生き身の肉体を持つ存在として捉える人間観である。身体を抜きに人間を扱ってみてもしょうがない。そして身体をいうなら身体というのは必ず周囲の環境と共にあるものだ。環境抜きの身体などありえない。とすれば人間は環境の中にある身体的なものとみなすほかない。そういう存在として人間のことを考えよう。骨子だけを粗っぽく言えばそういうことになるようである。

これはまったくそのとおりと言ってよいだろう。確かに周囲の環境を抜きにした人体などあり得ない。そしてまた肉体を抜きにした誰かの人間というものもありえない。人間は必ず人体という形を取って存在し、人体は必ずどこかの場所に存在する。それ以外のありようはない。

それなら私たちが「こころ」とか「私」とかいうものは、それ自体で存在するということはありえないことになろう。「私」は必ず人体の形を取って環境の中に存在する。それ以外に「私」というものはないはずだ。それなのに私たちは「私」とか「自分」「自己」という場合、身体のことや身体が存在する場所のことなど考慮に入れていない。ことにも、哲学的思弁的に「私とは何か」「自己はどこにあるか」などと考える場合、抽象的な私、抽象的な自己をのみ思い浮かべて、身体と一体になった私、自己、を忘れている。つまりそこで扱っているのは概念の自己、概念の私でしかない。「本当の私」「自分そのもの」などといって考えているのは概念としての私や自己でしかない。言い換えれば、本当は環境の中にある一個の身体である「私」を、身体から切り離して身体をもたない、したがってある環境中にあるのでもない、いわば真空中の透明な概念でしかない「私」「こころ」を私、こころとして扱っているのだ。姿も形もないものを対象とすれば、対象物は曖昧だし、境界もない、生物的物理的その他の制約もない、したがってどんな形にもなる。四角い丸にだってなれる。どんな議論だってやれる。パラドックスも生じる。そういうことだ。人間の実際のありようのように、ある環境に取り巻かれた一個の肉体という形の人間の問題としてものを考えるなら、推理や答えは具体的な動きとして出てくる。前に本稿で述べたように歩くのは常に「誰々（何々）が」歩く、でしかない。それと同じように「私」というものはつねに「誰々」でしかない。

これが概念の実体化ということの正体だろう。

では、なぜ概念は生じるのか。便利だからである。ものとものとの間にある関係を見るとき、ある概念を設定すれば実にわかりやすい。関係の内実が見えやすい。だからだ、いわば説明のために設けるのであるが、説明のために設けただけのものがあまりの便利さに目を眩まされて、実体のように、実在するもののように思われてしまうのである。

そう、概念は説明である。全部ではないだろうが、概念とは説明語だと定義することができよう。どういうことか。言葉は本来、指示である。あるものが何であるかを命名する。石を石というのは説明ではない。山も同じことである。より厳密に言えば山を山というのは説明ではなく、たんに同語反復でしかない。では、親あるいは子というのはどうか。親も子も説明語である、よってどちらも概念である。AとBとがいる。Aは親であるというとき、親とはBに対するAの立場を、すなわち二人はどういう関係にあるかを説明した言葉である。AとBとの間には親子という関係があり、AはBの親であると。右というのはある地点を軸にどちらがどちらであるかを説明した言葉である。

言葉は本来すべて指示語だったはずだ。実体のあるものについた。そのうちあるものとある別のものの間に見て取ることのできる特別な関係を表現したくなった。この要請に基づいて出てきたのが概念語であるに違いない。ある関係を指示していると言ってもよいが、ものAともののBとの間に見て取ることができる関係を説明した言葉、つまりその言葉によって初めて成立する関係を述べた言葉が概念語である。指示語は言葉以前にすでに存在しているものを指し示す。概念語はないものをその言葉によって成立させる。言葉によって成立するもの、それが概念である。説明なのだから当然ながら実体はない。

八〇　真理の代わりに普遍を持ち出す

呉善花さんに「共生」と「共存」の巧みな、興味深い使い分けが見られる。彼女はいう、共生というのは「個々別々な人々が相互の自立を認め合って共存するというよりは、お互いにお互いを必要とし合うことで共同社会の生活が可能となる」というような意味だ、が一方、「共存がテーマになるのは、個々の間に対立があり、そのままでは相互に大きな被害を出さなくてはならないような場合である。本当は相手を潰してしまいたいのだけれども、それではこちらも危なくなるから、いったん矛を収めて共存をはかる。だから、共存といっても対立は終わったわけではなく、常に牽制しながらチャンスをうかがうことになる」。これは共生と共存の見事な定義だと思う。

さて、以上を画面の地模様として色塗りしておいて、以下のことを論じてみたい。西洋と日本の社会の相違のことである。くどいようだが、私にはどうしても西洋と日本の違いが気にかかる。思えば日本は西洋に大きな顔をされ続けてきた。それがしゃくに障ってならないのだ。いうまでもなく科学をはぐくんだ西洋の偉大さを十分に認めたうえでだが。

竹田青嗣氏や西研氏たちはヘーゲルやフッサールに学

んで「真理」という代わりに「普遍」ということを盛んに持ち出してくる。真理は絶対的正義に通じ、全体主義の土壌になる。ゆえに持ち出すわけにはいかない。真理の代わりに普遍を担ぎ出そう、というわけである。普遍というのは各人が考えを持ち寄り、付き合わせて、共通に納得いくと了解できる言葉、あるいは観念とでもおさえておけば彼らの意図に合うだろう。真理のようにあらかじめ客観的に存在していて、固定しているものではなく、人々が相互に検討し合って見つけ出していくもの、あるいは作りあげていくものというニュアンスがある。

それでも私は普遍にも真理と同じ働きがあると思う。初めから外部に決まったものとしてあるのではなくても、大勢の人間が知恵を持ち寄って検討し合って一番納得がいく見解として普遍が出てくるのであっても、やはりそれは真理同様の、いや真理に近い有無をいわせぬ強制力として機能するだろう。みんながそれがいちばんいいと決めたのだ、お前はそれに異議を唱えるのか、馬鹿か、という気味合いが必ず出てくる。真理を引っ込めて代わりに普遍を出してきても結局は同じことだろう。いや、この場合の普遍性にはみんなが合議して決めたという原点がある以上、合議によって匡し、訂正する可能性がある。真理とはまったく違う、という反論がありうる。そのとおりというほかないが、現実にはそれは建前にすぎないだろう。真理が恐ろしいものなら普遍もやはり恐ろしい。普遍だから全体主義的ではないというのは建前である。真理であろうと普遍であろうと有無をいわさぬものは力（暴力）と同じように恐ろしい。

真理ではなく普遍を持ち出すのは共存のためと思われる。双方が傷を負わずに、あるいは共倒れにならずに生きていくために話し合いと共通理解を持とうというのだが、ここにはお互いは敵である、あるいは利害を異にする者であるという前提がある。そういう者同士が激しい憎しみと殺し合いの反省の上に立ってお互い生きていく方法として出してきたものだろう。しかし日本人は共生するのである。共存ではない。一緒に助け合い、協力し合って生きていくのだ。そこにあるのは相互信頼であって普遍ではない。一人一人はお互いに心情も考えも違う違う者同士だが、信頼があるのだ。信頼のない、基本的に敵対する社会をとにもかくにも纏めるものは要するにある種の力であるのだろう。むき出しの力は殺し合いに至る。物理的暴力に替わるまだしも耐えうる力（しかし結局は暴力）として真理が持ち出され、さらにはもっと穏やかな普遍が持ち出されたという経緯だと推察される。だから日本人にとっては真理も普遍もどちらもこころからは馴染みがたい。真理や普遍を盾にとって迫られるのは水くさいし冷たいこと、ぬくもりの感じられないことに思われる。真理を普遍といってみても変わりはないのである。普遍の前にすぐさま頭をたれるのは保留しよう。普遍に頼るのではなく、相互信頼をこそめざそう。信頼に基づく社会の建設を語る物語をこそ築きあげたい。

八一　遊び、芸術、そしてスポーツ

　人間の文化には暮らし方や生き方というのとはやや色合いが違うものに文学や演劇やをふくむ芸術がある。これもりっぱな文化そのもの、いや狭義に文化といった場合はこれらこそ文化とみなしてしまいやすいほどである。しかるに猿たちを初めとする動物には芸術がない。

　そう猿たちは芸術を持たない。彼らにあって人間の芸術に相当するものはなんだろうか。いや芸術に相当するものはあるのだろうか。あると思う。遊びである。猿たちもとくに子猿たちはさまざまな遊びを繰り広げて日を過ごしている。遊びは子孫の繁殖にも食糧の獲得にも寄与しないが、こころとからだの悦びのために自ずから行う行為、楽しみのため悦びのために行う行為である。人間が展開する芸術は文学も演劇もみんな同様である。人が展開する芸術は動物たちに移してみれば遊びというほかない。生産にも繁殖にも食糧確保にも寄与しない行為だ。

　確かに遊びと芸術の間には質的なと言ってよい違いがある。芸術ということで具体的に意味するのは歌、リズム、踊り、演劇、絵、彫刻、文学（詩）としておいてよいだろう。これらは遊びに限りなく近いが、絶対に遊びではない。動物が決してやらないという一点を取ってもそれは確かだ。では、遊びと芸術はどこが違うのか。私の思うに起源が違う、動機が違う。芸術の起源は私のみるところ神、つまり大いなるこの世の、自然の脅威への対策にある。夜の闇は怖い。大風も怖い。巨大な猛獣も怖い。大雨も日照りも怖い。大岩も土の中にいる目に見えない黴菌（昔の人は黴菌など知らなかったが、とにかく土の何かだ）も怖い。毒蛇も大発生する蝗《いなご》も怖い。至る所恐ろしいものだらけである。天狗も怖ければそれらの親玉である神々はもっと怖い。こういうものをなんとかコントロールしたい。彼らの災いを避け、あるいは彼らの力を借りて何かの脅威に対抗したい。こういう切実な願いを形にしたものが芸術の起源である。歌や踊り、リズムは脅威の気を鎮めるため、彼らの心を宥めあるいはご機嫌を取るため、そして絵や劇（演技）は強力な力を持つものを模倣し、それらになりきることによってそれらの持つ力を己のものにし、彼らの力を借りようとするものであろう。刺青や装飾は猛獣の模倣である。染色も染織家の前田雨城さんが洞察したように薬草の霊を身につけて害虫や中毒や怪我から身を守ろうとする模倣行為である。要するに芸術の起源にはすべて呪術的要素があるのだ。

では、遊びと芸術とはなんのつながりがあるのか。呪術的行為を発現しようとして利用するのが遊びで得た様々な行為なのだと私は思う。神々に祈る、あるいは訴える、讃える、機嫌を取る、何かを模倣する、そういうとき祈りにしろ讃えるにしろある形にして表さなければならない。表すということは形にするということだ。そういう現しの形は繁殖行為や食糧確保行為の中からは出てくるまい。それらは目的に合うように、つまり合目的的に特化し過ぎている。ではなにに頼るべきか。心と体の喜びに促されて固定的な形にとらわれず、自由に様々に展開する遊びの内に獲得した動きを使うことになっただろう。つまり遊びに神への祈り、恐れ、鎮魂、魔除けといった要素が入り込んだものが芸術なのである。芸術の主要要素に模倣を強くあげるべきだと思うが、模倣は遊びの中にあったはずである。またここにしかなかっただろう。したがって芸術には遊びの要素と呪術的要素が根底にある。芸術を芸術たらしめているのはこの二つである。

では遊びとはなんであるか。遊びを遊びたらしめているものはなにか。生存のための基本的本能、つまり食欲と生殖欲に直結しない行為であること、そしてグループとしての動物集団内に確立している制度とはいったん切れて、暗黙ないし明示的な約束事の上に出現するものであること、言い換えればすべては約束事に縛られ、約束事の上に成立するものであること、したがってそこに参加するものは身分制など社会的制度にとらわれず対等の資格を持つ者として加わるのであること、こういった事々で定義できるだろう。

遊び、そして芸術の親戚にスポーツがある。自由な動きとスポーツとは明らかに区別される。区別はどこにあるか。ルールに違いない。スポーツをスポーツたらしめているのはルールである。ルールに従って身体能力の優劣を競い合う。ルールとは何か。拘束条件である。動きを拘束するもの。サッカーなら手を使わない。ラグビーならボールを前に投げない。相撲なら土俵から出てはいけない。そしてここで注目するべきなのは、そのスポーツの面白さ、醍醐味はいつにかかってこの拘束条件にあることだ。拘束条件に抗して技は磨かれる。その不自由さの中でいかに自由を獲得するか。もし、そのスポーツ独特の拘束条件つまりルールがなければスポーツはまったく面白くはないだろう。不自由だから努力が生まれるのだし、妙技も生まれる、面白さも生じる。一定の拘束条件の中で身体能力を競い合うもの、これがスポーツの定義である。一人でするスポーツはあくまで遊びでしかない。

八二　事物を対象化することの意味

　精神分析など心理療法のポイントに「気づかせる」「自覚させる」というのがあるそうだ。彼本人はそれまでそんなこととは知らずにいたが、実は彼は昔からある理由があってあること（仮に事柄Aとしよう）をこわがっている、あるいは恐れている、とする。したがって彼の行動にはとかくAから逃げよう、遠ざかろうとして生じる行動があるだろう。しかし当人はそのことに無自覚である。自分がAから逃げようとしてそういうことをしているのだとは知らないし、思っていない。第三者つまり外部の目からは明らかだが、当人はそうとは思っていないから、いつでも彼は特徴的なそういうある反応をする。彼がとる特徴的な行動を直させようとして精神分析家は、彼に実は彼はその昔のある理由があってAをこわがっているのだ、ということに思い至らせようとするということがひとつの治療法としてある。夢を分析したり、自由連想を使っているうちに、心理療法家にも患者にもわからなかった、患者の中に伏在していたAへの恐怖心が浮かび上がってくる。患者もそれに気づく。そして、「ああ、それで」とうなずく。これが治療の第一歩だというのだ。

　ここは重要なポイントになる。いったいなぜ「それに気づく」こと、「自覚する」ことが治療の第一歩になるのだろうか。気づくとか自覚するというのは、対象化するということだろう。「その昔、あることがあって、それゆえに私は事柄Aを怖がっているのだ」と気がつくとは、その事態を対象化することである。なぜ対象化することが大事なのか、治療の第一歩になるのか。気がつけばそのことに向きあえるからである。立ち向かえるからである。立ち向かえるとは、対処する、あるいは対処しうるということだ。自覚しないでいる間は無意識なのだから対処しようがない（だから、いつまでもただひたすらそれからそれと知らずに逃げているばかり、ということになる）。いつまでもそれが続くことになる。あるいは無自覚に、情動ないし身体が適切とは言えない対処を必死でやってしまうということにもなろう。無意識は無意識世界だけでなんとか対処しようと無意識に努力しているわけだ。身体が必死で反応するわけである。無意識だから適切な反応にはならないことも多いだろう。かえって深みにはまってしまうこともありえよう。

そこで、何より大事なことは事態を、いわば自分の正体に気づくようにそれと正確に気づくことになる。隠れていた事態の正体を正確に知れば、それに対する適切な対処の仕方も浮かんでくる。したがって、事柄はつねにそれと知って、つまり正確に対象化することが基本となる。

対象化とはものを（事柄を）それとして取り出し、存在させること。対象化するまでは、それはそれとして存在しない。存在しないものを扱うことはできない。したがって、それに対処しようにもしようがない。そう、対象化は存在させることである。ものは、事柄も、対象化によって初めてそれとして存在することになる。ただし、ここがややこしいところになるが、身体的対象化というものはある。意識は知らないが身体が勝手に周囲の何かを対象化しているという事態である。でなければ非意識の動きはあり得ない。

無意識と非意識を区別したい。厳密にできるだろう。非意識は意識にあらざるもののこと、無意識は意識の世界のものだがいまは意識がない事態、とみなしうる。動物たちは非意識によって（意識ならざる情動によって、あるいは情動的身体の欲求によって）動いているとしてよい。すなわち彼らには無意識はない。意識のないものには無意識もない。人間の無意識に相当するものは彼らにあってはあくまで非意識である。非意識――意識ではない、しかしある実在物。いま一歳になる私の孫がそうだ。彼の行動は非意識に促されて、自分でも何故そうしたいのか、そうするのか知らずに（知らないとも知らずに）動いている。例えば襖を開けようとする。母親のところへ行こうとする。孫自身はそうしたいと知っていない。ただ彼の身体が知っている。欲している。（非意識状態の活動しかできない）脳が知っているのである。

ここから無意識（あるいは非意識）の内実について考えていくのは一つの手だろう。

八三　おお、正義の人

知人は新聞社にいて、相当なしかるべき地位に就いている。ＮＨＫが司馬遼太郎の『坂の上の雲』第一部を放映した後のある日のこと。ＮＨＫの京都放送局で公聴会を催した。最近の番組に関する公聴会のようなものだったかと思う。知人はどういう役割でか知らない招待されて出席した。するとその場で彼が見たのはＮＨＫのつるし上げだったのだという。どういうことかというと、おそらくは動員がかけられていたのだろう、参加者のほとんどが声をそろえて「『坂の上の雲』のような侵略戦争に荷担した者たちをヒーロー扱いにするような番組をつくるのはけしからん」という趣旨の抗議を繰り返したのだという。「まるで糾弾会でした」と知人は言った。私はすぐに「で、君は黙っていたのか。いや、あれは私も見たが、貧しい中、苦しい中、歯を食いしばって国作りに奔走した若い日本人たちを描いて、久しぶりに私たち国民を奮い立たせるもののあるいい番組だった。久しぶりに日本ていいなと思えたよい番組だった、とＮＨＫをバックアップしなかったのか」と問い詰めた。「そんなー」と彼は滅相もないという口調で否定した。そんなことを言おうものなら、どのような目に遭うか、こっちがひどいつるし上げに遭うのは確実、到底そのようなことを言える雰囲気ではなかった、と。私は、それでは連中の主張を黙認したことになる、それは駄目だ、多分いうことによって生じるもめ事がいやだったのだろうが、それなら君にはナチスドイツの成立に手を貸したと批判される当時のドイツ人と同じなんだ、彼らを批判することはできないぞと押したが、そのとき私は、なるほど確かに「次のファシズムはファシズム反対の旗をたててやってくるのだ」とあらためて思い知った。

この「次のファシズムはファシズム反対の旗を押し立ててやって来る」というのは、私が『瓦松庵残稿』で取り上げた現代の名言である。ナチスやムッソリーニのファシズムで痛い目にあった私たちはもうファシズムはこりごりだと思っている。よって、なにがなんでもファシズムには断固反対である。だが、それでもいつかはファシズムが再来するだろう。そのときにやって来るファシズムは「ファシズム反対」の旗を掲げてやって来るに違いない、というのがこの洞察力に満ちた名言の意味するところである。

だが、「ファシズム反対」をいうのは素直に受け取ればファシズムに反対しているのだから、ファシズム陣営であるはずがない。良い者と悪者という考え方を取れば、良い者、良い方に決まっている。それなのに「ファシズム反対」を叫んで実はまさにファシズムを展開しようとするとはどういうことか。嫌みか。

そうではない。「ファシズム反対」を心底唱えながら実はファシズムでしかないことをやっているということはあるのだ。名言は正確なことを述べているのである。ここにその具体的な例が先のＮＨＫでの糾弾会である。ここに動員されて集まってきた人々は「侵略戦争の片棒を担いだ人間を称揚するようなことはあってはいけないことだ」と主張する以上、彼らの主観では明治以降の日本を侵略戦争をやった悪い国、全体主義の悪い国ということになっているはずである。彼らはそういう悪に反対して、二度とこの国に全体主義、ファシズムを展開させまいと頑張っているつもりになのに違いない。ところが。知人が言った状況に見えることは、自分たちに反対する見解をつるし上げ、数を頼んだ糾弾によって封じることである。反対意見の発言を認めない。自らの信じる思想信条を述べる自由を許さない。これはファシズムのでもないではないか。ここにあるのはまさに「ファシズム反対」の旗を掲げてやってきた新たなファシズムである。あの名言はやはり確実に正しいのだ。

もう一つ思い出すことがある。ジェンダーフリーの主張が猖獗《しょうけつ》を極めていたもう十数年前のことになる。ある雑誌でこんなことを読んだ。性差別撤廃運動を進めていた闘士と言ってよいある有名な女が自分のブログに書いていた内容の紹介である。なんでも彼女はあるときある列車、新幹線だったかで乗り合わせた中年男について猛烈に罵っていたのだという。向かい合わせの座席だったか隣り合わせだったか。どうもごく普通の、ということは典型的な日本人中年男、おそらくは四十代後半から六十歳ぐらいまでの男、彼女たちの用語で言えば「おじん」と言われる男だったろう。これに対しておそらく三十代から四十代前半ぐらいかと思われるジェンダーフリー主義者は、どうやらこの中年男に生理的嫌悪感まで抱いたらしい。汚い、汚らわしい、むさ苦しい、ださい、外へ出てくるな、ぐらいはよいとして、こういう奴が生きているから性差別が生じるのだ、排除されてしかるべきである、生きている権利がない、死ね、ごみ、蛆虫、ゴキブリと罵り、抹殺されなければならない、存在するべきではない、云々と書いていたそうだ。

私は読んで、ジェンダーフリーの運動の正体見たり、の思いを深くした。誰でもそれを読めばすぐにどこかで聞いた言辞だと感じるだろう。ここにある「中年男」の語句を「ユダヤ人」と置き換えてみればよい。そう、ナチスドイツによって至る所で声高に述べられたユダヤ人排斥の言論とまったく同じなのである。ということはジェンダーフリー者の主張、運動はまぎれもなくファシズムそのものだということだ。ここでも「次のファシズム」は「ファシズム反対」の旗を、つまり正義の旗を掲げてやってきているのだ。

性差別反対を主張するのはよい。あるいは暴力反対、侵略戦争反対をとなえるのはよい。が、これがファシズムにまで至る、ほとんど必然的に至るのは、無視しえない問題である。なぜそんなことになるのだろう。なぜファシズムにまでいたってしまうのか。答えははっきりしている。恨み、妬み、不平不満のせいである。根底にこれらがあって、しかもそうとは自覚されずに運動がそれらの情念によって強く動かされるとき、ほとんど必ずファシズムに至る。なにかに深い恨みや妬み、不平不満をもつとき、そのはけ口としてなにか正義を見つけると人はそこへ向けて猛然と走る。晴らされるべき情念は格好な口実を見つけて、正義の装いの下に大手を振って、立派な行為として噴出する。これがファシズムである。でなければ、対象を、標的を、「抹殺する」とか「ごみ、蛆虫、死ね」とまで罵り、言いきることはない。いま少し理性的に、つまり殺し合いではなく検討や討論やで問題の解決を図ろうとするだろう。だが、ファシズムに至る道にはそういう可能性がないのである。なぜか。彼らは正義を行っているから。正しいこと、たんに正しいのではなく絶対的に正しいことをやっているのだから。他の選択の余地はないのである。正義は恐ろしい。

八四　言語ワールド

言語は言語自身によって成り立ちうる、自立すると私は強調するが、いったい言語は言語自身によって成り立つとはどういう意味か。言葉だけで一つの統一した世界を形成しうるということにほかならない。言葉によって、言葉だけで一つの世界を作りうるということ。なぜなら、言語は「整合性」あるいは「無矛盾性」さえ達成しておれば、言語だけで現実のこの世界とは違うもう一つの世界、「言語世界」と言いうる全体的な統一体を形成できるからである。言語が動きがとれない事態に陥るのは、整合性がとれないとき、矛盾が生じるときだけと言ってよい。それさえなければ言語は一切物理的な抵抗を受けないからどんなことでもどのようにでも構築しうる。人間は動物としての、あるいは生きものとしての生理的、物理的制約があり、物質には物理的な法則、時間空間という絶対的な制約があるのに比して自由自在である。これが言語の強みだ。物事のいかなる組み合わせも、どのような組み合わせ方も可能で、物質世界とは違うもう一つの世界、言語世界を完璧に形成しうる。不可能ということはない。それゆえに言語は無限というものに接するのだし、現実世界では不可能な、ありえない精緻な分析、議論も可能となる。どんなアクロバット的理屈も成立する。またそれゆえに言語は曖昧であり、どうとでも解釈できることにもなる。ここに言語の大きな問題が生じる。整合性以外の抵抗を受けないというのがすべてである。ここをしっかりと押さえておかなければ私たちは言語の便利さに翻弄されてしまうことになる。

ところで言葉についてはもう少し詰めて考察するべきことがありそうだ。というのは言葉には二通りあると言ってよいからだ。実体を持つ言葉と概念語、言い換えれば話し言葉と書き言葉と。実体を持つとは具体物を指し示す名詞がその典型である。ミカンには柑橘類としての具体的に指摘できるブツがある。こういう物事を相手にしている限り言葉は現物の制約を受ける。現物がもっている拘束を言葉も受ける。無視するわけにはいかない。ここでは言葉は自由ではない。が、概念語、つまり実体を持たない言葉は違う。こうした言葉はそれが指し示すものは言葉によってのみ存在するのだから、言葉が成立する限りどんなにでも姿形をとりうる。言葉が成立する限りとは言葉のつらなりが不合理不整合でない限りということである。そうである限りどんな使用にでも耐える。ここに自己言及のパラドックスも無限後退無限遡及の不条理もきりのない分析分解も生じうることになる。

概念語ないし具体的な実体を持たない言葉（が指し示

すもの）は端的に言えば言葉のみによって初めて姿を現す。言葉以前には存在しない。それが生まれるのは言葉によってなのだ。言語の世界のみの住人なのだ。だから言葉の世界でどうにでもなるし、どうにでも姿を変えられる。言葉は言葉のみによって自立するとはそういう意味である。

ところでこの言葉によって初めて生み出されたものはきわめて多いのである。概念語と限らない。物事の意味や解釈もそうである。ある樹木にある意味があるとして、それは言葉が生まれる前には存在しない。赤ん坊がかわいいとしても、赤ん坊がかわいいのは言葉が誕生してからのことである。犬でも馬でも生まれたばかりの子どもを親はなめてなめて育てる、かわいがる。しかしそれはかわいいからではないだろう。あるいはかわいいと思ってそうするのではないだろう。ではなぜか。なにか身体の奥から生じる促しによって。そのうながしは彼になにがしかの快感のようなもの、ほんわかと心地よい感じをあたえているだろう。その感じが誘い出す誘い（これを本能というのだろう）に従ってなめているのだ。かわいいという感情は言葉が生まれて、身体の生理的感覚にかわいいという名前を付してから姿を現したものである。

しかしここは難しい。同じ質量のないものといっても「関係」にはそれが指す実体がない、関係という言葉が登場して初めてものAとものBとの間に関係ができるのに対して、かわいいにはそれが指し示すある感じが前もって存在する。ある漠然とした生理的感覚がある、それに「かわいい」という名前を付すことによってそれが明確な形を取るに至るという形になる。したがって「関係」と違って「かわいい」は言葉を使うとき元のある感じという現物があって動かしがたい抵抗を示し、自在に使えるというわけにはいかない。ここが実体を持つ言葉の大事なところ、実体を持たない言葉の危ないところである。言論において混迷事態が生じているときはこういうことが原因となっていないか顧みる癖をつけておくと余計なエネルギーの消耗を避けられるように思う。

八五　錯視について

以前に前著『瓦松庵残稿』で地平線上の太陽や月がなぜ大きく見えるのかについて論じたとき、某氏から異論をいただいた。氏は「遠くのものは大きく見えるのではないか」と述べて異論を立てていた。私は、不思議なことをいうものだ、遠くのものは近くのものより小さく見えるとは私たちが毎日実感している事実ではないかと思ったからそう述べて自説を擁護した。だが、本日次のような錯視の事例に出会った。錯視の研究家北岡明佳立命大教授が京都新聞平成二十四年十月三日の朝刊に紹介している事例である。野原に延びている一本道に自動車が前後に二台ある写真である。手前の自動車に比べて向こうにある自動車、すなわち遠方に位置する車はずいぶんと大きい。ところが実は奥の車は手前の自動車をコピーしたものでまったく同じ大きさなのだという。そう言われても向こうの車の方がずっと大きい感じは変わらない。そこで杓子を持ち出して測ってみることになる。すると確かに両方の車はまったく同じ大きさ、同じ車だということがわかる。が、写真の見えはやはり奥の車の方が遥かに大きい。

これはどういうことだろうと考える。こういうことだろう。私たちは日常的に（写真や図ではなく）現実においては遠くのものは近くのものより小さく見えるという体験をしている。同じ大きさの壺があるとして、向こうの壺は手前の壺より小さく見える。これが私たちが日常体験し、知っている物体に対する事実である。写真や図版を前にしても私たちは同じ予測で向かう。写真の中の物体も奥の方に写っているものは手前にあるものより小さく見えるはずだと視覚は思う。したがって手前と奥にあるものが同じ大きさなら、奥にあるものは現実には手前のものより大きいはずだと解釈する。解釈にあわせて見えが生じる。これが、この場合に起こっている錯視なのに違いない。

ということであれば写真や図版の場合は確かに遠くにあるものの方が大きく見えると言えるのだろう。つまり某氏はそのことをどこかで学んで知っていて「遠くのものの方が大きく見える」と主張したのだろう。この場合錯視が生じるのはあくまで写真や図版、つまり二次元でのことだ。現実の地平線上に昇ってくる、あるいは沈んでいく太陽や月には当てはめられない。やはり地平線上の太陽や月は地球上のもの視されて、真上の太陽や月よりはるかに近いところにあるものと解釈されて見られているのだろう。

北岡教授の記事には他に二点の遠近に関する錯視の事例が紹介されている。一点は林の中に敷かれたレールの上を向こうへ進行していく電車の写真である。同じ写真が左右に並べて置かれている。同じ写真だというのに、一方の写真（掲載では左側の写真）の線路の方が他方より傾斜角度がきつい。すなわち奥行きが出ているのである。おかしくはないか。同じ写真だというのだから。しかしどう見ても線路の走り方が違う。これはどういうことだろう。思うに、同じ写真を横に並べるということはないだろう、すなわち無意味である、と私たちは無意識に判断しているのではないか。きっと走っている電車を写しているのだろうと。そうなら電車はどちらかがさらに向こうへか手前へか進行している写真のはずであると考える。電車はすぐ側にある電信柱の横を走っている。したがって電車はいわば電信柱に縛り付けられていて電車の位置を変えるわけにはいかない。ではどうして奥行き感を変えるか。方法は一つしかない。線路の傾き角度を変えるのである。一方の線路を他方の写真より傾ければそれだけ長く（つまり遠く）見え、電車が他方よりより長い距離走っているように見える。すなわち二枚の写真に電車の進行状況の違いが現れることになる。これがこの錯視の理由であろう。もし三枚並べたらどうなるのだろう。さすがに全部同じと見えるのか、それとも両側の写真が同じように線路の角度を変えるのか。

もう一枚は道路脇に置いた物体の写真である。仮にゴミ箱としよう。同じ型のゴミ箱がかなりの距離離して前後に置いてある。手前をA、向こうをBとしよう。その上で写真のAとBとの間に手前からX、Y、Zという三つの地点をもうける。X、Y、Zのどの地点がAとBとの丁度の中間点かというのである。誰が見ても真ん中のYがそれだと見える。だが、写真の舞台となった現実の道路ではY地点よりかなり手前に見えるX地点が真ん中なのだという。つまり真ん中はYだと錯視されているのである。これも遠くのものは手前のものより（写真の場合）大きく見える（錯視される）という事例である。つまり現実には丁度真ん中であるX地点から向こう、XとBまでがXとAまでよりだいぶん大きく、ということは長くみえるのだ。写真での見えが同じにしようと思えば中間点をYの地点まで奥へやらなければ釣り合いがとれないのである。

以上確かに写真や図版ではものは遠くのものほど大きく見える（錯視される）というのは正しい。すべて見るとは解釈である、ということの何より動かぬ証拠である。

八六　排除の思想

「そういう者を排除できない生態系は生態系そのものが崩壊する」

　排除の思想の冷厳さそして真実性。引用文は安冨歩『経済学の船出』に出てくる一節である。この前の文を記載すれば「おのおのは自らの生存のために活動しているが、自らが生存をはかるためには、経済社会生態系に適合し、かつそれに働きかけていかねばならない。この活動を通じて、その生成発展に貢献せざるをえない。それができない者は、容赦なく排除される」とある。

　意味は一目瞭然だろう。世には、排除の思想を厳しく退ける考えばかり蔓延している。しかし、事実はこうなのだ。甘い優しいことばかり言っていては世の中の秩序は崩壊するのである。優しいばかりではみんなが地獄へ陥ってしまうことになる。

八七　人はおそらく、たんに何かを一生懸命やっているだけである

　山田邦男大阪府立大教授の『生きる意味への問い』は『夜と霧』のヴィクトール・フランクルに寄り添って、生きる意味を問う書だが、中にこういう趣旨のことがある。人には唯一性がある。それ故に唯一性から出てくる責任性もある。こうして出てくる責任によって人は生きなければと思い、それをめがけ、励みにして生きるのだと。唯一性から出てくるのは唯一の、独自な責任、他と換えようのない責任、彼しか果たせない責任であると。この責任性の考えは私には非常に面白く思える。

　責任はアンドレ・ジッドのいう義務でもある。人は義務を果たすことによって幸せ感を抱く。自由によって幸せと感じるのではない。自分のためではなく、人のために何かをするとき、納得し、満足感を覚えるのだとジッドは言っている。自分のためにする、自分ひとりのために何かをするのは、そのときは自分の欲望を満たすのだから満足するかもしれないが、しかしやがて空しくなる。所詮は空しい。義務を果たしたとき、責任を果たしたとき人は空しさは覚えない。これは不思議な事実である。

　フランクルは責任という言葉を「答える、応答する」を原義とする使い方をしているようだ。これも凄い。まさしく責任の根本義は「応答する」だろう。社会的動物の人間の本義に根ざすことだ。

もう一つ山田氏を読んでいて強く思うこと。山田氏だけではなくて、宗教や道徳や哲学の本を読んでいると、しょっちゅう出てくることで、だから哲学は寝言だと多くの者がいうのであるが。どういうことかといえば、例えばこの種の著書にはよく「人は真に自己であるためには、自己を捨てなければならない」「真に自由であるのは自己を放棄したときだけである」といった文言が出てくる。この言い方が私には変な言い方だと思えるのである。事柄を逆に捉えている。確かに自己が真に自己であるのは、逆説的だが自己放棄した時であるだろう。しかしそれは結果として自己放棄が生じているのであって、真の自己実現をしようとして自己を放棄したのではない。人がなにかをしていて偶然それが真の自己を実現したと言いうる状態になっていることがあるとする。そのときの状態を説明しようとすれば、自己を放棄している状態だ、とでもいうほかない、そのようにいうのが一番的確な説明だというのにすぎない。それなのに人は自己実現について語るとき、あたかも自己実現するためには自己放棄する必要がある、という言い方をする。自己実現は結果にすぎない。人はそのときおそらく、たんに何かを一生懸命やっているだけである。自己実現を目指して事柄をするということはない。たんにある現実的具体的な目標を目指して努力しているだけで、自己実現というような漠然としたものを目指してことを行っているのではない。事柄をしたその時の状態の意味を言えば自己実現が成立していたといった言い方ができるだけのことだ。そしてその自己実現ができていたのはなぜかを整理して説明しようとすれば、自己放棄が成立していたからだ、というような言い方になるだけのことである。この辺の混同が哲学や宗教書、思索書をたいへん退屈なもの、屁理屈をくだくだと述べるものと思わせる。よくよく注意しなければならない。難しげな哲学的表現の誘惑に陥らないことだ。

　同じことだが、要するに一種の論点先取りが生じているのである。ある人がある事柄を一生懸命にやってある成果と言えるものに到達した。その意味を言えば見事な自己達成、自己実現と言えると考える。そこでその見事な自己実現が達成された状態をなぜか、どうしてそんな見事な成果が達成できたのかと考えると、そういうとき人はほぼ必ず自己を放棄したと言ってよい状態、自己を忘れている、自己滅却している、と言ってよい状態にあると気がつく。それなら自己実現は自己滅却によって達成されているということになる。したがって真の自己実現のためには自己を忘れる、滅却することだ、という結論が導かれることになりやすい。

で、自己を滅却すればよいのだ、少なくとも自己滅却の努力をすればよい、と説きやすい。ところがこうして説かれる自己滅却、自己放棄とはどういうことか。自己を放棄するとはどういうことか。はなはだ曖昧な、不分明なことである。当たり前だ。たんに自己を放棄すると言われて、実際にどうすれば自己を放棄したことになるのか、自己放棄ができるのか、誰に明確にわかるだろう。わかりはしない。したがって勢い自己放棄とは何か、どういうことか、どうすれば自己を放棄したことになるのかといったことについて、えんえんと抽象的なことが考察され、述べられることになる。話は逆なのである。実際にあることが達成され、これによって見事な自己実現がなされたと意識されるときに行われていることは、自己滅却でも自己放棄でもない。ただたんにある目標に向かって成果を得るべく具体的な仕事、懸命の努力がなされただけなのである。その果てにある達成が生じ、その満足感の中で達成されたことに意味を考えれば真の自己実現が生じていた、と言いうるのである。なにも自己滅却や自己放棄をしようとしてしたのではない。真の自己実現というような希有なことが生じた理由を普遍的な形、一般的な形で表現しようとすれば、その時の状態は自己滅却、自己放棄されていたからだ、と言いうるだけのことである。やったことはあくまである目標に向かっての具体的な作業にすぎない。にもかかわらず、自己放棄こそ真の自己実現のための必須の条件である、といった言い方をすれば論点先取りになってしまう。つまり結果でしかないものを最初の前提にしてしまうのだ。結果としてしか生じていないものを最初の目標に設定してしまう。しかも結果をたいへん抽象的に表現して。だから具体性がない一般的な表現になり、それを説くのに持って回ったややこしい言い方になってしまう。

これがたいていの宗教書、ことに仏教の悟りについて説かれる啓蒙書などに生じていることである。格好を付けただけの論述、わかったようでさっぱりわからない論述、持ってまわった意味ありげなしかし何を言っているのかよくわからない論述になる理由である。その種の本が多過ぎる。哲学書や人生論や宗教書を誰も相手にしなくなる理由である。再度いうが、論じ方、説き方を変えなければならない。

八八　私は唯脳論の立場を取らない

茂木健一郎氏は瀬名秀明氏の対談集『科学の最前線で研究者は何を見ているのか』でこんなことを述べている。瀬名氏が、小説を書くときパソコンに打ち込んで初めて、ああ、ここはこんな感じ、とわかる、ロボットの脳にメタコグニションをあたえるときでも、ただコンピューターの中でぐるぐる回しているのではなく、ロボットがいったん外界に発した表現をフィードバックさせないと……と述べたのを受けて、それは非常に重要なことだ、「生物の脳の中でも感覚野、運動野は互いに情報のやり取りがないという凄く不思議な構造になっています。手足を動かす『運動』という出力の結果は、実際に手足を動かしたという事実を視覚や聴覚などの感覚の経路から改めて入れないと、脳の中でループとして閉じないのです。外界というインターフェイスを通して初めて、脳の領域間のコミュニケーションが可能になるという妙な構造をしているのです」「なぜ身体性か、なぜ環境が重要なのか、本当のところはまだわからない。ただ、人間の脳は外界とのコミュニケーションを前提に進化してきたわけですから……」

ここは極めて注目するべきところではないか。認知科学者信原幸弘氏だったかは、脳は周囲の環境と一体となって成立している、という趣旨のことを述べている。

ところで、なぜ手足を動かすという運動は実際に手足を動かすのを自分の目で見ないと動かしたと認められない仕組みになっているのか。明らかなことだと思われる。脳の中だけで完結しているなら、手足を動かしたと思うだけで実際には動かしていないことがありうるだろう（夢がそうだ）。その危険性を排除するために視覚や聴覚などによって、外界の事実として認めて初めて確認する、という経路を取ったのに違いない。

前記の茂木健一郎氏の傍線を付した部分は、もう一度言うが極めて重要である。つまり脳は脳単独では成立しないのだ。身体や外部環境とセットになって機能するように進化している。脳単独というものはないのだと考えてよい。言い換えれば、脳は脳内部器官と脳に刺激を送る身体や外部環境とで構成されている（したがって非常な可塑性、適応性がある）器官と考えてよい。だから人間の脳は五本の手指に対応するニューロンネットワークになっていて、アシカの脳はアシカの六本指に対応するニューロンネットワークになっているのだ。もし唯脳論が成立するならば、脳は手指の数の如何に関わらず十本でも二十本でもの指に対応するニューロンネットワークになっていてもよいはずである。

脳というのはその外部とセットで初めて機能する。脳単独では脳ではない、それは脳の部分でしかないというのは大事なところである。もともと脳の成立が腸の働き（動き）の調整のために始まったというのが進化的、発生学的な事実であるなら（そのようである）、当然そうなる。腸があっての脳だと。

ここから身体が人にとって、人の意識、こころ、つまりは脳の働きにとって非常に重要だということ、人のこころの基本は身体だという演出家竹内敏晴氏の主張は正鵠を得ていることがはっきりする。私たち近代以降の現代人はとかく人間のことを理性中心主義的に、知性中心的に考えやすいがそうではないのだ。

八九　自分を視認するから自分がある

河野哲也『意識は実在しない』から。

自閉症者の事例から河野氏はこんなことを述べている。人は手を動かす、手を上げる、など何かをしても、それが自分がしたのだ、自分の行為であると確信できなければ、自分というものを立ち上げることはできない、自分を確信できないと。

面白い話だが、そんなことがあるのだろうか。なにかしながらそれが自分がしたのだということが信じられない、確信できないというようなことがあるのだろか。あるらしいのである。自閉症者は自己の行為のフィードバックに著しく支障をきたすらしい。人がなにかをする。すると、したことによる感覚的自己確認が必ず生じる。しかし自閉症者はフィードバックで帰ってくる自己感覚がその周辺の多彩な諸感覚とごっちゃになってしまって、どれが自己の行為の結果になる感覚なのか見分けることが難しいのだという。結果として自己のした行為の感覚的自己確認が成り立たないことになる。ということはそういうした行為の自己感がないのと一緒ということになろう。自分のしたことが自分のしたことだという確信ができないのだという。なるほどそういうことなら、ありそうなことに思われる。なんとある行為をしておきながらそれをしたという感覚も感じもないのだという信じがたいことになるのだ。

この辺の事情を述べている箇所を同書から引用してお

こう。

「さらに綾屋（中野註・人名）は、意図の形成にとって極めて重要な指摘を行う。これまで述べたように、綾屋においては、必要な情報とそうでない情報の選り分けがゆっくりしている。……『こうして私の場合、発声運動もボールのドリブル運動も、一つの運動を繰り出したことに対して、バラバラで過剰なインプット情報が戻ってくる。ゆえに次の運動を繰り出すために参照するフィードバックとして、どの情報を採用してよいのかわからなくなる。そのため、いつまでも不確実性にさらされることになり、〝こうすればこうなる〟というような安定した自らの動きを作りあげることができない。結果的にそれは、自分という存在の輪郭をおぼろげなものにしてしまう』」「綾屋はデカルトのように〝私はある〟と音声で発話することによっては自己の存在の確実性を実感することはできなかった。自分の音声がうまくフィードバックしなかったからである。その代わりに、パソコンで文字を打ち、視覚的にそれをフィードバックすることで、確かな自己存在感を得ることができたのである。綾屋の経験は、コギトが、自己の行為を自己に帰属させるというフィードバックによって成立していることを示している」

以上のことは通常ではわからないことである。ある種の、特殊な脳障害者の示す特異な事例が、普通なら人間はそのようにできているとはわからないことを明るみに出してくれるということがある。だからしばしば脳障害のような特異な病例は貴重な事例だということがある。それと同じことである。自閉症者という特異な事例によって初めてわかること、それまでは隠れていた人の仕組みがわかるということがあるのではないか。すると先ほどのことは次のようになる。つまり、人の自己とか自己感は、自分がやった行為だけでは成立しない。自分がしたうえで、それが確かに自分がした行為であると確信できなければ、人には自己というものは認めることができないのだと。人は何かをするだけでは駄目なのである。したことが自分の行為だとわからなければ、自分というものは感じられず、成立しないのだ。

だから河野氏はいう。デカルトの「我思う、故に我在り」はそれを言明する（いう）だけでは成立しない。つまり、それだけでは真ではないと。「我思う、故に我在り」と口に出して言い、言ったことを耳で聞いて初めて成立する文であるにすぎないと。普通は口に出して言えば当然自分の耳にも聞こえる。だからここには問題はない。いつでも真として成立する。しかし、普通ではない事態もあり得るのだ。自己の成立ということを考えるとき重要なことがここには伏在している。つまりここでいう自己は意識される自己のことにほかならない。自己とは意識のことにほかならない。綾屋さんにも意識以前の自己はあるだろう。その自己は彼女がパソコンを使用する以前からあった。でなければ彼女は生きていたはずがない。犬でも考えると同じように無意識的に人も考えるのである。それが動物的な生だ。もし、「私」というものが意識でしか捉えられないもののことなら、綾屋さんは確かにパソコンで文字を打つようになって初めて自己を確かに感じ取ることができたのだろう。そして私たちが一般に自己と考えているものは明らかにこの意識の自分、意識領域内に取らえられている自分のことである。私たちが自分すなわち自己として考えているものは意識領域内の自分にすぎないのだ。だが、自分はそんな狭いものではない。もっともっと広大な無意識の世界にも住んでいる。意識世界に上ってくる自分はそのほんの氷山の一角でしかない。そんな一部にすぎないものを掴まえて私たちはそれが自分のすべてだと思い込んでいるのだ。ことに西洋人はそのようである。なぜなら彼らにとって人間は、いやこの世界は操作対象でしかないのだから。操作するとは意識行為である。したがって彼らは意識のみを、あるいは意識世界のみを、実在するものと考えている気配が濃厚にあるのではないか。

九〇　自己実現ということ

　人はよく自己実現ということをいう。しかし自己実現とはいったいどういうことなのか。自己を実現するとはどういうことか。ことにこの場合の自己、実現する自己とはなにか。自己というものがどこかにあるということが前提になった言い方であるが、その自己とはいったい何か。これがよくわからない。この点が曖昧なまま自己実現などと言っているから、典型的なわかったようなわからない言葉となる。

　しかし何も難しいことではない。おそらく自己実現とは、自分がこうなりたいという目標、あるいはこうしたいという希望を達成することと押さえればよいのではないか。人は誰にも人生のイメージがある。こうありたいと。それをどれだけ達成したかで自己実現の度合いは決まるとしておいてよいだろう。

もっともっと卑近な日常の、ああしたい、こうしたいという程度の願い、希望、目標でも同じことだ。これらすべてが自己実現である。その集積こそがと言ってよい。一日の目標を立て、それを実践する、したときある種の達成感がある、ここに充実感が生まれる。この充実感、納得の感情、これが自己実現の情緒的心理内実だろう。

そしてこのことから人間は大きな物語（人生にはなんの意味があるのかという哲学的な大問題に対する哲学的な高尚な解答）を持たなくても日々の充足という小さな物語だけでも十分人生に意味を見つけて生きていけるのである。

自己実現というからわからないので、「自分を実現する」と言えば、まだなんとなくわかってくるのではないか。自分を実現するとは、自分の思いを実現することだろう（自分とは、この身体とこの身体が願い、思い、行動する総体、のこと）。こうしたい、ああしたいと思うことを達成する。そのこうしたい、ああしたいは、壮大なことから、その日一日のささやかな思いまでありうる。短期から長期までの目標がある。

この「自己実現」ということ、自己実現とはどういうことかについて、ひとつの良い事例というか説明が西研『ヘーゲル・大人のなりかた』にある。ヘーゲルは、人間の行為を「自分の内的なものを外に表して客観化することだ」としているようである。「行為の結果としてつくりだされた客観物を、ヘーゲルは『作品』という。作品の中に個人は〈自己〉を認めることができるだろう」。さらに「彼の考えでは、行為の意義は自分の素質を発揮することにある。だれもがその人なりの『根源的な一定の自然』——生まれつきの素質・才能・個性——を持っている。可能性の闇に眠る潜在的な能力を顕在化すること以外に行為の意義は存在しない、と彼は考えている」

これは「自己実現」の意味内容（本質）をよく捉えていると思う。もっとも、私の考えるそれよりは随分と狭く捉えているが。こういう内容を基調にもっともっと幅広く、日常的に普通に人が生きていること、そこでしていることすべてを含めて自己実現と言った方がより実態に近いだろう。

西研氏によればヘーゲルはまたこういう言い方もしているようだ。「労働は自分を物に刻みつける行為である」。これも自己実現ということだろう。すべての労働をそう捉えることができる。そう受け取れば西欧的な労働観に彩られた〝労働は無駄な、辛いだけの、ない方がよい行為〟ということにはならない。

そしてもしそう捉えるならば、行為は行為すること自体に意味があるのであり、結果は副産物としてやってくるとみなしてよいかもしれない。何処かに書いてあったと思うが、それならシジフォスの神話も無意味な行為とはならない。すること自体に意味があるのだから。した結果が同じだから何にもならないように見える、空しい無意味な行為と見える。が、それは結果で計ろうとするからだ。大岩を汗かいて丘の上へあげる。と、岩は必ず下へころがり落ちることになっている。よってシジフォスはまた岩を苦労して丘の上まであげなければならないという永遠にやむときがない行為であっても、それをすること自体に意味があるなら空しい行為ということにはならないだろう。このシジフォスの神話の解釈は見事である。カミュに聞かせたい（ただし、この必ずころがり落ちる大岩を丘の上へ永遠にあげ続けなければならないという行為が、それをすることに意味を見いだせる行為になるだろうかという疑問は残る。たとえそれをすることと自体に意味があるのだと思い込もうとしても思えるだろうか。その繰り返しに自分を刻みつけることになると思えるだろうか。自分のした行為になにほどかの意味を見つけられなければ、到底そうは思えまい）。

九一　昔、個人的な悩みや悲しみはなかった

ユダヤ教でもキリスト教でも仏教でも世界の大宗教と呼ばれるものを学んでいると、これらは人生を、生きるということを、非常な苦難として捉えていることに気がつく。人間は、そして人間の暮らしは過酷であり、悲惨であり、苦しみに満ちている。そのような人生観が顕著である。これら宗教が生まれ、広がっていった時代から私たちは遠くへ来た。こんにち先進国と呼ばれる一部の文明国では私たちの生や生きるということをそのように捉えることには現実味がない。もっともっと私たちは幸せに生きている。苦しみより楽しいことの方が多いぐらいではないか。それがこんにちの私たちの暮らしの実態だろう。いやそんなことはない。死や病は相変わらずあるし、別れの辛さもある。場合によっては貧の苦しさも現存すると力説する人もいるに違いない。それはそうだが、昔に比べればどれも大幅に減っているだろう。それなのに相変わらず人生は過酷である、人間は悲惨である、

と言い張るのは、昔の大宗教が教えた人生観に引きずられているのだと私には思われる。宗教的な色眼鏡で見るからだ。素直に見れば、こんにち私たちはいうほど悲惨ではない。結構幸せだ、あるいは幸せだとみなすことができる。

おそらくだからである。こんにち、宗教がほとんど力を持たないのは。説得力がない。魅力がない。私たちはもし必要なら別の物語を持たなくてはならない。人生を悲惨、人間を罪にまみれたものとみなす物語とは別の物語を。こんにちの人間現実に根ざした語りを。さてしかし私たち人間はそのような物語をいま必要としているのだろうか。もちろんである。私たちはいまもなお「われわれは何者か。どこから来てどこへ行くのか」という問いには身ぐるみまとわりつかれているはずである。この問いに答える物語はやはり必要だろう。

なぜそのような問いにまとわりつかれているのか。人生の意味と価値を求めてである。私たちはせいぜい百年程度で誰もが死ぬ。死んでこの世からいなくなる。この事実を前に私たちはいったいなんのために生まれてきたのか、私たちの人生はなんであるのか、と問わずにいられない。哲学者はそれらは原理的に答えのない問いだという。論理的な答え、理性による答えとしては確かにそうかもしれない。だが、そうとわかってだからといって人はこの問いを問わなくなったりはしないのである。そして、私は考えるのだが論理的な、理性的な答えではなく、もっと別の形の答えなら人は受け入れるのではないだろうか。多分、大きな物語の形で。心情的に納得できるという形で。

再度言おう。死を持ち死を知る人間という生きものはどうしても自分の人生に、生きていることに意味を見つけざるをえない。自分も自分の人生も生きていることも無意味だとしたら気力が萎えてしまう。何をするにしても人間はその意味を、それをすることに意味があると思わなくては何もできない。これが人間存在の事実だ。そうであるなら「原理的に不可能であろうがなかろうが」自分は何者か、人生にはなんの意味があるのかと問わずにいられないだろう。この問いは人が意識を持ったことの代償である。

ところで宗教。確かに昔の暮らしは過酷だった、悲惨だった、苦しみに満ちていた。この苦しみの中から宗教は誕生したのである。苦しみや苦悩のないところ人は救いを求めはしない。宗教も必要ではない。しかし人は一生のうちのいつか「助けてくれ」と思うときを迎える。辛くて悲しくて、寂しくて、どうにもならないと思えるときがある。人は心の底から助けを求める。そのとき大きな慰めとなり、実際にまた助けにもなるものがあるとすれば、人はそのものにすがるだろう。ここに宗教の発生する基盤がある。だからキリスト教が世界的な広がりを見せるのも納得がいくではないか。キリスト教ほど弱者のための、悲惨な目にあっているもののための、身の不運を痛感し、嘆いているものの側に身を置いた宗教はないからである。

　思うのだが、本当に大昔、私たちには個人的な苦しみ、悩みはほとんどなかったのではないか。大昔というのは人間がまだ自然と一体となって暮らしていた頃のことである。中沢新一氏の用語を使うならば人間がまだ自然と対称性を保っていた時代。そのころ人々は自分を自然と一体視していて、自分というものを持っていなかった。苦しみも悩みも自分のものではなく、自然と一体となった全体のもの、自然のものとみなされたに違いない。そのころにも確かに自分の親や子どもの死はあり、そのとき人は嘆き悲しんだだろう。だが、それでも人はそれを自分の個人的悲しみ、自分の悲しみとは受け取らなかったのではないか。周りの人間たちも自分のことのように悲しんだ。真実悲しんだ。つまりその悲しみは個人的な悲しみに収斂してしまわず、周りと一体になった悲しみになったのではないか。

　そしてこういうとき人々が感じた苦しみへの対処法は自然崇拝、自然への恐れ、畏怖だったのに違いない。このレベルが神道的宗教なのだろう。やがて、人々は自然との対称性を失い、失うと同時に自分を意識し始める。こうして個人的な苦難、悩み、苦しみが生じてくる。個人的に助けてくれというときを持つ。この個人の一番の弱みをついて出てきた宗教がキリスト教や仏教であろう（その前に民族を対象としたユダヤ教があるのだが）。その意味ではいまだに神道的な宗教に非常な親和性を感じ続けている日本人は個人として生きている側面が（自ら顧みてそう思われるとおり）やや薄いのであろう。少なくとも日本人である私は今なお西洋人より遙かに自然にくるまれていると感じる。私に降りかかる悲しみや苦しみもなんだかその根は自然につながっていて、それを感じているのは私なのだとでもいったふうに思われるのである。

九二　単位で考察する

「『複雑な現象は素過程に分解して理解せよ』という教えは正しいのですが、この教えは決して『細胞を知るためには分子を知らなければならない』と言っているわけではないのです。細胞の構造や機能を知るためには、分子の知識が大きく役に立ちますが、それらを部品とする細胞そのものを知るためには、むしろ細胞をそれ以上分解してはならないのです。なぜなら、細胞は〝単位〟なのですから。〝アミノ酸〟という分子（分子レベルの単位）の性質を知りたい場合に、アミノ酸を炭素や水素に分解してはならないのと同じように、始原生殖細胞（細胞レベルの単位）を理解するためには、始原生殖細胞をありのままに観察しなければならないのです。／たとえば、猫を理解しようとするときに、その毛の成分を分析し、筋肉と関節と猫の動きの関係を調べ、目の構造を観察すれば、猫の成り立ちについて多くの知見を手に入れることができます。しかし、この見方では、猫の可愛らしさ、猫の精悍な野生の動き、人に迎合しない猫の気高さなど、一つの全体としての猫のダイナミズムは理解できません。ふつう私たちは、全体としての猫を理解したうえで、次の興味として、『猫のあのしなやかさはどうして生まれるのか』と考えて、猫の筋肉と関節のつながり方を調べようと考えるのです」

以上は細胞の研究家団まりなさんが『細胞の意思』の中で述べていることである。

単位は単位として理解しなければならない、ということの考えは重要である。おそらくこういうことだろう。要素と要素が集まって上位レベルのものを構成しているとする。すると要素と要素のある集合は、元の要素に備わっていた機能とは別のもっともっと複雑な、高級な機能をしばしば持つようになる。創発現象が生じているのである。なぜだかはわからない。わからないがある元の要素にはない飛躍的な機能が生じている。こういうことが至る所である。単位を単位自体として理解するのがたいへん重要だというのはこういうところからきているのだと思われる。以上の創発現象を考えに入れないで、単位を要素に分解してその要素をいくら詳しく理解しても、創発現象によって生じたものや事柄は理解できない。要素のレベルでは創発現象は存在していないのだから当然である。

同じことが人間についても言えるだろう。人間も人間自体が単位なのだから、これを理解するには人間をそれ以上分解するのには十分気をつけなければならない。すなわち、脳や神経や内臓を取り上げて、これを深く調べ、わかったことを以て人間がわかるなどと考えてはならない。命や心についても同様である。いくら脳の生理的構造や神経を詳しく調べても命や心の発生、その正体について納得いく「わかり」はできないだろう。心は心自体をよくよく観察し、考察することが何より大事なのではないか。

人間の理解には人間自身をよく観察することが第一である。近年の知的動向はこの点を間違えている。なにか勘違いしているのだと思う。

同じようなことだが、次のような証言も引いておこう。「脳の機能を解明すれば人間の心の問題はすべてわかる、という考えが生じてくるが、これが誤っていることは明らかだ。例えば、人が恋しているときも脳も含めて身体にどのような変化が生じているか、ということは医学的に追跡できる。しかし恋とはどのような経験なのか、ということは、恋の経験そのものに向かってそのことを問い尋ね、確かめる以外の方法はない。また、善悪の価値観をなぜ人は抱くのか、その本質はなんであり、どのようにして形成されていくのか、というような問題は、脳をいくら探っても出てくるはずがない。価値や規範、情緒や気分等々の本質を深く知るためには、意識体験に向かって問いかける以外にない」（西研）

さらに加える。創発の中身まで含む重要な指摘かと考える。本日（平成二二・四・一三）の産経新聞で「群盲、象を撫でる」の諺について渡部昇一氏がこんなことを述べている。「群盲撫象というお経の言葉です。昔ある王様が、大勢の目の見えない人に象を撫でさせて応えさせた。牙を撫でた人は角のようなものだといい、尾を撫でた人は鞭のようなものだといい、腹をなでた人は太鼓みたいなものだと言ったという話ですね。これは全部事実なんですけど、象とは言えない。……しかしその確信を主張すればするほど、象自体から遠ざかる……それよりは、象に触れたことはなくても、遠くから見て大まかなスケッチでも描けば、象の形はわかります」

ここにも物事を個々の要素としてみるのではなく、ひとまとまりの単位としてみることの重要性が見て取れる。「群盲撫象」は人間を究明すると称して脳や神経や内臓をとことん調べるのに似ている。彼らは盲人ではないから全体も見えている。したがって必ずしも脳なら脳だけを扱っているわけではないが、しかし、脳科学者の言うところを聞けば、牙だけを撫でた盲人が「角のようだ」と言っている図が浮かぶ。人間を知るには人間という単位に立ち返って、人間の全体を観察することこそ肝心なことだ。

それにこの群盲撫象は創発現象がどこから起こるか、どのようにして生じるか、をよく教えてくれるようにも見える。牙がある、腹がある、尾がある。いろいろとある。その各部分はそれぞれの機能を持っている。しかし、そのそれぞれは個々にはそれ固有の機能しか発揮しない。牙は牙でしかなく象ではない。全体が集まって初めて象になる。それまでは決して象ではない。これが創発現象ではなかろうか。要素に分解すれば、個々の要素の集まりでしかない。これが一体となって初めて違う――レベルの違う機能を発揮し始める。人間の脳も脳だけでは脳の機能しか発揮しない、というよりは脳だけでは、前の方で述べたように、脳の機能も発揮できない。身体や周りの環境があって初めて脳に入力があり、脳は反応し始める。脳が脳であるためには身体全体（と外部状況）が必要である。セットになって初めて創発的に脳の働きが生まれる。よくよく心に据えておかなければならないことだと思う。

九三 「鴉は黒い」は証明できるか

哲学者西研氏はその著『哲学的思考』で、現象学の方法は「体験の反省的記述という方法」だと述べている。体験を反省的に記述する、とは要するに、私たち人間が現に生きている実態に即して考える、あらかじめ設定した公理や理念に照らして考えるのではなく、人間が日々生きて暮らしているそのままの姿に即して考える、ということだろう。ある場合に私たちはあることを感じる、考える。それはどういうことか、なぜか、と問い、そこから物事を考えていく。立派な理論から、あるいは真理とみなされるそれからではなく、私たちが生きている実態から考えていくこと。みんながそうすることによって、ある共通項が出てくるだろう。共通項は共通項である以上、誰もが共通に納得いく事柄だろう。それならそれらは共有できるはずだ。こうした共有できる共通項を集め、これらの上にさまざまな各人の思い、信念を付き合わせていくならば、相互検討や議論が可能となるだろう。まあ、こういうのが現象学が目指すことのようである。

また同書にはこんな箇所もある。「私たちはふつう、光波や音波といった科学的な言語と数学で語られる世界のほうを『客観的』で『真なる』ものだとみなし、それに比べれば私たちが具体的に経験し知覚する事柄すらも単なる主観的現象にすぎないと考えている」「考えている」――まったくそのとおりだと思う。私たちが通常思い感じていることは概ねそのとおりに違いない。しかし事実はそうではないのだというのが西氏の言おうとしていることである。私が受け取った限りでは、ここが現象学ひいてはフッサールのポイントになる。ごくかいつまんで言ってしまえば、客観的世界、客観なるものも人間の中に設定されるある視点から見られることによって初めて出現するのだ、ということになるだろう。「主観から独立したそれ自体として存在する世界（自然、社会、歴史）とされるものも、主観の中のある種の視線に対して与えられるほかない」と。したがって、通説とは違って「〈客観的世界〉が主観の視線を前提にしているとすれば、〈実存的世界〉のほうが〈客観的世界〉よりも根本的だということになるだろう」。根本的とはここでは、客観的世界は主観的世界＝実存的世界の中に含まれる、その一部である、ということになるかと思われる（ここで大事なことは、フッサールはこれを「ということになる」とせずに、「ということになるという信念はどうのようにして成立するのか」と問うというかたちで、信念として捉えていることのようである）。西氏の言葉で言えば「〈意識されようがされまいが関係なくそれ自体として存在する〉ということ自身が、じつは意識の中で成立している！」となる。あるいは「〝私が意識しようとしまいと客観的に存在すること〟自体が意識の働きのなかで確信されている……客観は主観と無関係なのではなく、主観の働きのなかで客観『として』確信されている、というふうに考えるのである」

要するに客観なるものは主観によって客観として確信されている以上のものではないと。さすが洞察力に富んだ面白い考えで、なーるほどと思えるが、しかし本当にそうなのだろうか。客観的実在は意識のなかでそうと確信されているだけなのだろうか。確信されていなければ存在しないのか。そうではないように私は思うのである。ただ、存在するかしないかを確かめようがないというのが本当のところではないか。そして、確かめようがないから確信でしかない、というのは（私にはそう言っているようにみえるのだが）無理があるように思える。

そもそも私たちはいったい何を以て客観物と言っているのだろうか。

そう問題はここだと私は思う。君はどうやったら客観物の存在が証明されたということにするのか。客観物が確かに人間とは関係なく存在するということが証明されるためには、どういうことが必要だと君はいうのか。まずそれを明らかにしてほしいと思う。そういう条件を明確にしてくれない限り、客観物の存在の証明など問題にしようがないではないか。私が直接間接に手を触れずにいは私の意図するように動かすこともできず、私がいないときにもあるように見え、第三者も同じものがあると明言する、といったことではなお客観物の存在の証明にはならないのだろうか。ならないと君はいうのだが、それ以上のいったい何が必要なのか。どうしたら、どのような条件がそろえば君もその存在を認めてもよいと考えるのか。それをまず明らかにしてもらいたい。

さらに言えば、ここでの確かめについても言いたいことがある。どうしたら確かめたことになるのか。有名な例にポパーのいう無限証明の不可能性がある。「鴉は黒い。白い鴉はいない」ということは証明できない、というのである。白い鴉がもしどこかで一羽でも見つかれば右の定義は間違いだということになる。しかるに全世界のあらゆる時間にわたっての捜索は（無限を対象にするのに等しいことになるから）できない。だから、どこまでいっても「いない」ということは証明できない、したがって「いない」とは絶対に言えない、というのである。

それは一応理屈の上ではそのとおりというほかないだろう。しかし、この論のもって行き方も屁理屈か詭弁に聞こえる。実際はこうなのであろう。「鴉は黒いと決まっている。例えば白い鴉はいない」という主張は、もちろん彼がいまだ時間的空間的にどこでも白い鴉がいたことを見たことも聞いたこともないからたてているのである。それを聞いた対立者も白い鴉は知らない。それなら、実際に何処かで白い鴉が見つかるまでは「白い鴉はいない」というのを前提としてやっていってよいのだ（ここにそう前提して何も不都合が生じない以上、と付け加えるべきだが）。例えば、いまだ白い鴉は見つかっていないにしても、白い鴉は絶対にいないと前提して物事を考えていくとどこかにおかしいところ、不整合や説明しにくいことが出てくる場合は、その前提を疑ってみなければならない）。

そういうことだと思う。無限証明の不可能性を盾に立論を認めない主張に対しては、それは無意味だ、そういう例外がなお見つからない以上、見つかるまでは例外はないものとして物事を考えるのが現実的ではないか。もしいつか例外が見つかればそのとき定義を変更すればすむ話である。そのように考えていけばよいだけのことではないだろうか。

以上、というわけでもちろん客観的存在物は実在する。現象学やフッサールの主張に反して、たんに主観の中で客観として考えられているだけ、ではないのである。

九四　勝ったと思えぬ怨念

戦後六十年たって、なおかつ中国と韓国の（北を入れて朝鮮半島の）執拗な戦争謝罪の要求。

ではなぜこの両国だけなのか。ようするところ、この二つの国は内心では日本に勝ったと思えないでいるのだろう。中国はあの戦争中、日本軍に大陸の奥深くまで攻め込まれ、戦争の末期に一部で八路軍が局地的に戦闘に勝った場面もあったが所詮は攻め込まれたまま、戦争終結に至っただけのことで、日本がアメリカとの戦いに敗れたから日本は戦いを止めた、したがって形の上でアメリカの側について戦った中国も形の上で戦勝国になっただけのこと。よって戦勝国の一つということになってはいるが、心理的に本当に日本と戦って勝ったという思いはないのに違いない。形の上では勝ったことになっているが、内心では負けていた、少なくとも押し込まれていたという思いが払拭できずにいるに違いない。日清戦争から続いて言えば、日本にはついに勝った記憶がないことになる。しかし、彼らは戦勝国であり、勝ったはずなのだ。勝った国としてやっつけた国に実際にも、それが無理なら心理的にしろ君臨したい。そういう思いがともすればわき上がってくるに違いない。しかるに現実にも相手は負けたはずなのに世界第二位の（平成の初めごろまでの話）経済大国になって自分たちよりも遙かに豊かで、こんなおかしなことはなく、自分たちが勝ったのだと改めて言い聞かせたいが、心の奥底深くではどうも本当に勝ったという気がしない、うまい利を占めたにすぎないとしか思えない。

これは屈折した心理である。よって中国はことあるごとに「我々は勝者なのだ。お前は敗者なのだ」と目に見える形で納得せずにはいられないのであろう。これが、いまになっても執拗にことあるごとに、謝罪を要求し、居丈高になる理由だろう。つまり、日本から謝罪を引き出すことによって、やっと「我々は勝者なのだ」という思いを自分に納得させているのだ。そうでなければ、自分が勝者であることが信用できず、不安で仕方がないのである。

これに反してアメリカはむろんオランダもフランスもイギリスも、しつこい謝罪や賠償要求など一切しないのは、彼らは戦争に勝ったと思っており（オランダやイギリスは、戦闘で勝った記憶はないはずでこの点は中国と変わりないが、彼らは白人の傲慢さで勝っていなくてもあの黄色い奴らには勝ったと容易に思えるのであろう）、心理的に気がおさまっているからに違いない。彼らは十分勝ったという気がしているのだ。もっともオランダやイギリスの一部の元捕虜たちは戦後も死ぬまで日本に対する憎しみを絶やさず、復讐を叫び続けた者もいる。彼らには、実際に戦闘に勝ったという思いが薄い上、あの〝ちいさい、黄色い、出っ歯の連中〟に、一時的にしろ捕虜にされ、屈辱的な目に合わされた、という恨みが骨髄に達しているのだろう。

さて朝鮮半島についてはもういう必要はない。彼らはもっと酷い状態にある。彼らは勝者だとは思いようがない。日本と戦いもしていないのだから。かの国ではドゴールのフランスのように擬似亡命政権が存在して独立闘争もあったとする信じがたい自国史を展開しているそうだが、それにしても半島人が日本と戦いこれに勝利したと言える状況はまったくない。日本に勝ったとは嘘にも言えない。ただアメリカの勝利に便乗して、敗戦後の手足を縛られた日本に偉そうに振るまっただけのことである。こうした経緯のどこに自国の誇りを持つことができるだろう。歴史上かつて日本に対して自分たちの方が師匠だと勝手に思っていた一時期があったことしかない。だが、これは自分たちの思いこみにすぎず、日本人はそんなことをほとんど認めない。そうだとすると、戦勝国の虎の威を借りて、一緒になって（というよりその尻尾の陰から）「お前は敗戦国なのだ。道義的にも悪いことをした国なのだ。大きな顔をできないのだ」というほかあるまい。そうすることによって、自分たちも勝者の一人なのだという幻想にくるまれる以外にない。したがって、かの国人は実際に国力が日本を上回ったと実感できる日が来るまで、戦争と日韓併合の非を馴らし、謝罪を求め続けるだろう。だいたいが戦争中、あの民族は日本人だったのだから勝つも負けるもないのだが。

九五　言葉の不思議さ、面白さ、そして偉大さ

黒川伊保子さんを読んでいるとこんな箇所にぶつかった。彼女が長男を出産するときのこと。彼女はこれが初産だった。お産の時の痛み苦しみについて医者がこう言ったという。犬はなんということもなく子どもを生む。これをどう思うか。ちなみに犬も産道の細さは人間とあまり変わらないのだという。多分犬もだろうが、人間の場合、陣痛というのは時間をおいて定期的にやってくる。その陣痛と陣痛との間はまったく痛みはない。以上の事実を聞いて彼女は「あっ」と思ったのだという。「言葉が人間のお産をあれだけ苦しいものにしているのだ」「言葉を知らない犬は平然と子どもを産む。

どういうことだろうか。黒川さんはこう考えたのである。言葉によって記憶力を持った人間は陣痛がきたときの苦しみを反芻し、次にまたくる陣痛にそなえる。次はどんな痛みだろうと備え、覚悟する。こうして痛みを反芻し、再現し、先取りし、幻覚にしろ痛みを覚え続け、疲労する。胎児の方も母親の神経と疲労を感じて疲れ、力を使い、余力をなくし、かくて双方が影響し合って陣痛は長引く。犬にはこうしたことは起こらない。陣痛が去れば平然として体力を温存もする。だから楽なのだと。そこで彼女は陣痛が去ればあえて一切陣痛のことは考えずに、またこれからくるだろう痛みのことも思い煩わず、楽にして大好きなスイカを食べたりして過ごしたのだという。その結果、初産にしては驚くほど楽に出産したと。私にはよく納得できた。私の女房は三男を産んだとき、実に楽にあっという間に終わっていたとよく言い、言いしているが、これもきっと黒川さんの言う事実に負うのであろう。三度目にもなればお産がだいたいわかっていて、もう妙に恐れることも怖がることもないのである。陣痛というものもわかっている。痛いときは痛いが過ぎてしまえばなんということはないと知っている。気持ち的に余裕があり、だから犬のように楽に出産できたのであろう。

読んでいて私もまた「あっ」と思った。そうか、言葉か。直観したのはなにも記憶力だけではない。人類が他の動物と非常に違う点として類人猿学者たちがあげる想像力も言葉のせいなのに違いない。ゴリラ学者たちは人間がゴリラと違って臆病だったり、憂えたりするのを、人間は想像力があるからだと述べる。人間はいま、ここ、だけには生きていない。したがって人間はいま現在のことの他に先のことやさまざまな事例が思い描かれ、いろい

ろと思い煩うことになる。いまここにしか生きていない動物、いまここしかない動物、例えば人間に最も近いというゴリラたちは、いまここに対処するだけですむ。彼らはノイローゼにも鬱にもならない（もっとも上野動物園にいたチンパンジーのボスは仲間の統制に悩んでノイローゼになったという）。そのときそのとき直接に目の前の事態で対処するだけですんでいるからだ。人間はそれ以外に予想されるあれこれにも心を向けざるをえない。予想されるあれこれは原理的に無数にある。疲れるしノイローゼにもなるはずだ。

このいまここだけにいないというのが人間の他の動物との大きな違いである。いまここにだけいるのではないとはどういうことか。いまここにないものを想像するとは言葉によって、言葉が担うイメージによって目の前にはない事々を紡ぎ出すことだろう。それ以外に眼前にないものを思い浮かべる手立てはないように思われる。脳細胞がいま見ている事柄の直接の連続する読みとして短時間の次を予測することはあろう。脳細胞の反応の続きの刺激反応として。だが、いまに接続しない先、もっともっと時間的な先の予測はしないしできないはずだ。それができるのは言葉によって言葉が指し示すイメージを再構成できて初めてだろう。記憶も同じことである。過ぎたことを思い返すのは言葉（が紡ぎ出すイメージ）によって可能なことなのだろう。チンパンジーだって子どもが事故で死んだとか自分が何かで痛い目にあったとかしたとき、その記憶は残しているように思われる。でないと危険物は避けるといった学習は成立しない。しかしそれは反射刺激的記憶であって、意図的に思い出すということはできまい。危ない目にあった場所へ来ると反射的に避けるという具合で、彼になぜ自分はいま避けたのかわかっているかどうか。言葉をもっていると脳細胞は危険を察知すれば言葉でそれを告げるのであろう。言葉が浮かんでくれば言葉の担っているイメージも浮かんでくる。世界というか事態が立ち上がる。言葉は自在に構成される。組み立てられもする。応じてさまざまにイメージが変容される。これが想像だろう。また微妙な記憶の変容の理由でもあろう。

人間は予想される事態を言葉によって構成し、こうして予想される種々な事態にあらかじめ備えて手を打っておくことが可能になった。これによって生き延びる可能性がうんと増えた。これが人類が繁栄する強力な強みになったのだ。が、事態の予想には当然ながら悪い予想もある。あれこれ心配になる。憂えることにもなる。ノイローゼも生じる次第だ。

九六　物語と論理

竹田青嗣氏のいうところによれば、言葉によって人々を統合する方法あるいは世界を説明する方法には突き詰めれば二つある。一つは物語、一つは論理。一方は宗教の方法であり、他方は哲学の方法ということになる。こう規定したうえで、私が下手に理解したのではない限り氏は、物語はある地域、ある共同体にしか通用しない方法であるが、論理は誰が考えてもそうとしか思えない考えを基礎にし、したがってどこででも誰にでも通用する普遍性を持つ方法だとする。さらに言えば物語という方法をとる宗教は語り手や話の主人公の権威に支えられて成り立つもので、故にその権威を受け入れる人々にしか通じない。論理という手段に基礎をおく哲学の方法は、誰もが平等に参加でき、議論によって原理を鍛えていく方法であって、だから普遍性を持つとして、哲学の方法に軍配を上げる。実に明確で、しっかりした見解だと思える。しかし、私はこの明快な主張にそう簡単に肩入れしようとは思わないのである。そうだろうか、そうと言いきってしまっていいのだろうか、と思うのだ。

一つの引用から始めたい。「たとえば、日本の『自然宗教』では、人は死ねば、一定期間子孫の祭祀を受けることによって『ご先祖』になることができるし、その『ご先祖』は、やがて孫や子となって生まれ代わってくるとか、いつの日にか神となって、かわいい子孫を守護するようになるといったことが信じられています。また、人は死んでも遠くへ行かず、血肉を分けた子孫を『草葉の陰』から見守っており、正月や盆にはこの世へ還ってくるものと信じられています」。阿満利麿氏の『人はなぜ宗教を必要とするのか』からだが、特にこの著から引かなければならないほどの内容ではない。日本の民俗や文化、習俗、宗教について書かれたものにはよく出てくる内容である。そのこと自体を問題にしたくて取り出したのではない。たまたま読んでいて、私は改めてそのリアルさに驚いたのである。若いときから同様のことを何度か読んできた。その都度、違和感なく受け入れてきたには違いないが、今回ことさら感じるところがあったのは、私の年のせいだろうか。そう言ってしまえば説得力を欠くことになるから言いたくはないが、幾分かはそうかもしれない。ともかく読んでいて実によくわかると思ったのである。いかにもこのとおりだと。荒唐無稽なこととも年寄りの言いそうなことだとも思わない。とにかく実に生き生きと実感されたのだ。阿満氏がいうように、年中行事として子どもの時から行ってきたうちに身体の感覚として皮膚で覚え取ってしまったからなのだろう。それはそうだろうが、一方ではこれらの考えがいかにもこの国の風土に合い、馴染んでいるからに違いない。常時煙っているような山々に見下ろされた盆地を風土とするこの国では、このような考えはいかにもありそうなこととして実感されることなのである。これこそ文化というものだろう。

私には文化というものがありありとわかる。生きものがその住むことになった土地の気候風土地形に合うように形態のみならず生態を変えていく。自ずと土地ごとにそこにのみこそっと入り込むような適合性ができあがる。よその土地のものから見ればいかに妙なものであろうが、その土地に住むものにとっては一番快適かつ経済的な生態ができあがる。こうしてできたものが文化である。このことは以前に述べた。

文化と文明はまったく違う。ここもすでに論じたところだが、文明はその土地土地の特性に合わせたものではまったくなく、土地の特性を超えてどこででも通用する普遍性を目指すものである。そんなことが可能なのは人工環境を人間は作り出したからである。人工物は基本的にどこででも同じである。養老孟司氏に言わせれば人工物とは意識の作り出したもの、一方は自然が作り出したもの。意識の作り出したものは、例えば情報はいつでもどこでも変わらないのを特性とする。だから普遍的たりえるのだ。

さて、話はここから竹田青嗣氏の言う物語と論理（議論）へと移る。物語はその物語を受け入れ信じるものにだけ通用するが、信じない人々には通用しない、説得力を持たない。論理は誰もがそれを受け入れざるをえないものであって、派閥や地域性をこえて普遍的に説得力を持つと氏は言う。だから私は物語にではなく論理にこそ期待する、と言うのだ。物語には限界があり過ぎると。一見そのようである。私たちは物語に依存している以上、違う物語を持つ者同士が相手に違和感を抱き、時に反目しあい争いから逃れることはできないだろう。争いから逃れるためには論理に依存するほかないと氏は言うのである。

確かに氏の言うとおりの側面があるだろう。しかしそれによって、だから物語は駄目だということになるだろうか。私はそうは思わないのである。なぜかを以下説明したい。先ほどの話しに戻れば、物語は文化なのである。どの民族が持つ神話でも物語でもその土地土地の気候、風土、景観が自然に産んだその土地の暮らしに適合した話なのだ。身に合う下着のようにぴたっと合う生き方、考え方、発想、気分の下に生まれた話なのだ。いかに傍目には不合理、奇妙な話であろうとも、その土地人にとっては実に納得のいく、よくわかる話、リアルな話なのだ。

私が初めにあげた阿満氏からの引用文、あれもそうである。私たちの風土に合う、それゆえこの日本に住む私たちの心情、情感、気分、思考に適合しきった内容なのである。だから私にあの引用内容は驚くほどリアルなのだ。そのとおりそのとおりと納得がいくのである。

物語というものがそういうものだとすると、物語を排除し、論理をこそと言い張るのは難しいのではないか。論理には論理の強みがある。同様に物語には物語の強みがある。どちらか一つ、というやり方は無理があることにならないか。西洋人はとかく一つないし二元論という整理されたくっきりした考えに統一したがる。彼らの単純な気候風土の世界ではそれでいいように思えるのだろう。だが、万物が見分けがたく入り乱れ混交している熱帯雨林や靄がかっている湿潤な地方では万物はそのようには見えない。日本の神仏混合のように併存が通常だという考えもある。論理の力はよくわかる。しかし物語の力も認めよう。それなら〝論理の力に支えられた物語〟を構想しようという発想があってもよい。これこそが今後の世界を救う思想ではないか。付け加えれば、論理に寄りかかって物語を排除するのは文明のみに価値を認めて文化をないがしろにするのと同じことになるだろう。近代は文明にばかり価値を認めて文化を無視し、押しつぶす思潮が圧倒的だったが、ようやくこんにちになって文化を守ろうとうする風潮が出てきた。そのように考えるならば、あまりに普遍性に重きを置いた思考方法には保留が必要だと思い至るだろう。今後とも文明と文化のせめぎ合いは続くだろう。同じように物語の復権も始まるだろう。そういう視点から物語を、ことにその強みを見直してみたいと思うのである。

九七　自分こそ他者である

オルテガは『個人と社会――人と人びと』の中で次のように言っている、「他者、純粋の他者、未知の人間はまさに他者であるが故にあるいは私に対する彼の振るまいがどのようなものになるかを私は知らないがゆえに、私が彼に近づくときには最悪の事態に備え……」と。すなわち、他者とは〝私に対する振るまいがどのようになるか私にわからないもの〟のことをいうと。ところで、では私は私にとって次に何をするかわかっている存在だろうか。自分が何かに出会って、あるいは遭遇して、それも極端なことではなくごくありきたりな日常的なことに出会って、真実どうするかわかると言えるだろうか。多くの鈍感な人間は、わかる、自分のことはわかるというかもしれないが、それは間違いだ。ドストエフスキーを読んでみるがよい。次の瞬間に自分が何をするかわかっていない人間がいっぱい出てくる。そして私たちはそれを読んで不自然だとは思わない。ある種の人々は自分で自分が本当には次の瞬間何をするかわからない、少なくともいつもわかっているとは限らない、思いもよらないことをする自分を発見して驚くことがよくあるというだろう。

そう、人間は自分自身の他者でもあるのだ。自分の中には思いもよらない人間がいるのだ。人は広大な無意識の世界に生きている。意識はその一部を知っているだけである。意識が把握しない、コントロールしない広大な自分がある。その部分から立ち上がってくる自分は思いもよらない自分であり得る。意識としての自分にとってはこの部分もまた他者である。だから理性的に制度を作れば理性的な社会が出現するだろうと考えるのは適切ではない。理性とは意識でコントロールできる世界のことであるが、この部分はごく狭いのだ。（こうやってみれば意識とは〝知っていること〟だとはっきりわかる。自分がわかっている、どういう者であるかわかっている、というのは意識としての自分が自分のことをわかっていることであるのにすぎない。しかし生物としての自分は意識と無意識を含めた自分のことである。そしてここから実に大きな問題、自分とは何か、何が本当の自分なのか、無意識の自分つまり身体としての自分こそが真相の、本当の自分と言えるのか、という問題が出てくる）。人間ほど訳のわからない生き物はないのもこの理由からである。犬や猿が訳のわからない行動を取ることはないだろう。彼らの訳のわからないと見える行動はたいてい恐怖、恐れという要素を入れるだけで理解できるのである。

九八　進歩の観念

十八世紀の科学革命とそれが招来した産業革命や近代医学の成立以来、文明国に住む人間にはある決定的な潜在意識、暗黙の前提が生じた。進歩の観念である。人類は確実に進歩するという観念。事実、多くの事柄において顕著に改良革新が見られ、事態は目に見えて改善されていくように実感された。その結果、人々は昨日より今日、今日より明日と暮らしはよくなっていくと期待するようになった。過去は顧みられなくなったのである。「古い」というのは最大の軽蔑語になった。古いだけで捨てられる。

かくて生じたことは、過去を、人類の経験を、経験から来た学びや知恵を無視することである。日本の戦後の育児や食事などをみれば事態がよくわかる。日本だけではない。世界中至る所、ことに文明国を自認する先進国で昔ながらの子育てや生活習慣がどんどん忘れられ、捨てられていっているのではないか。文明ということはおそろしい。自分たちの考えるやり方にたいへんな自信があり、昔の人の忠告を聞かない。自分たちでどんどん考えて自分たちのやり方をやっていこうとする。進歩の観念ゆえである。科学が次々と新しい成果を上げ、新しいやり方暮らし方を生みだしてゆく。それがすべて「進歩」だとして肯定的に受け取られる。よってその新しいことに対応して暮らし方も次々と新しい試みが出てくる。

考えてみれば、昔の人間は進歩などという観念は持っていなかったはずだ。昔より今はよりよいし、これからも事態はさらによくなるだろう、などとは考えていなかった。キリスト信仰の世界では時間は直線的に流れ、やがてキリストによる救済の時が来る、最後の審判の時が来てすべては上々になると考えられてきたようだから、未来の方が明るく、よりよくなるという期待が根底にあったかもしれない。だが、その西洋にも「失われた楽園」のイメージがあったことを思えば、必ずしも進歩が中世信じられていたわけではあるまい。まして仏教では輪廻転生自体は繰り返すことだし、一方この世は時が経つにつれて末法になっていくと観念されていた。事態は悪くなっていくのである。中国でも古代には理想的社会があったということになっている。要するにどう考えても進歩の思想、昔より自分たちの方が偉いのだ、よくなっているのだ、という考えは、近代が始まるまではこの世の中には一般的ではなかった。人々はそんな考えとは無縁な時間感覚の中に生きていた。西尾幹二氏のエッセイ「日本人と時間」の中ではこう述べられている。「当時の日本人の中には、少なくとも指導層を除く民衆生活の中には、発展とか目的とかいう意識が欠けていたのではなかろうか。時間は一瞬一瞬それ自体において完結し、充実していて、必ずしも過去から未来へかけて流れていく直線の形式をとっていなかった。四季が周期するように、過去と同一の生活が未来永劫に循環し続けるのである」。このとおりに違いない。ことに「発展とか目的とかいう意識に欠けていた」というところに注目したい。

私がこの国の昔、大きく言えば昭和三十年代まで、もっと詰めて言えば江戸時代までの暮らしの実態を考えると き、常に思い浮かべるのは田舎のこんにちでは過疎化しているような、山々に囲まれた谷間の村々である。そこに人々は生まれ、成長し、ほとんど村から出ることもなく、田植えをし、草を刈り、畑作物を育て、日の出と共に起き出し日の暮れるまで土に向かって腰をかがめて働いて死んでいった。そのような暮らしから成り立っている人生。土地の生み出す作物によって食べていくことだけはできた。慢心せず、悲観もせず、淡々と、あえて言えば周りの野山にいる鹿や猿、イノシシ、鳥たちと見分けの付かぬ、自然そのままの暮らしを続けてきた。そんな暮らし方で谷間の自然が許す人口で推移していったのに違いない。こういう世界に「発展」とか「目的」という意識のあろうはずがない。それでも人々は周りの獣たちと同じようにそれなりに納得して生き、死んでいったのである。とり分けて不満もなく。楽しいこともあれば悲しいこともあった。思い出せばまずまずの人生だった。そのように静に微笑して死んでいった。

科学がすべてを変えた。科学自体が過去の業績の上に立脚でき、積み重ねていくことで成り立っているもので、したがって過ぎた過去の科学を常識にし、修正し、訂正し、否定して別のものに取り替えることによって成り立っている。過去に学ぶことは（学ぶ前に当たり前になっているのだから）必要ではなく、過去が呼び起こされるときは批判され否定されるものとしてでしかない。こうした科学とその考えを材料として産業革命という社会システムと暮らし方の大変革が生じ、医学革命が起こり、暮らしが目に見えてよくなっていった。人口が急増していった。昨日より今日が確実によい暮らしになり、幸せになり、今日よりは明日にも同様のことが起こる期待が持てた。短期的には人々は確実に自信を深め、希望をもって生きていくことができた。しかもその前に伏流として、科学の力を目のあたりにしたヨーロッパの人々は最後の審判に向かって進むという挑戦的な明るい時間感覚をもっていた故に、ここに楽天的な進歩の観念を事実として感じ取ることができた。十八世紀以来、実に過去を軽視し、自分たちが歴史の最先端にいる、自分たちが一番進歩しているのだ、人類の最高峰にいるのだという考えを当然のものとした。

再度言うが、しかしこれは人類普遍の考えではない。やっと近代になって科学の力に幻惑されて信じるようになった考えにすぎない。したがって事実でも真実でもない。私の文化と文明の定義に従えば、文明に適用できることにすぎない。文化的には進歩の観念は不適当であり、無用である。

実際にも私は昔より今の方がよくなっているとは思えない。西尾幹二流に言えば「時間は一瞬一瞬それ自体において完結し、充実して」いたはずである。確かに、一番わかりやすい例として例えば医学をとってもペニシリンの発見、各種の手術の開発はかつてなら諦めざるをえなかった障害や病気から人を救い出した。その結果、平均生存率は昔の倍以上に延びた。普通に言えばこれは目出度いことだし、多くの人間を幸せな思いにしただろう。近視眼的に言えばである。だが、本当にこれは進歩なのだろうか。日本の高齢社会の実情を見れば、人は長生きをすればよいというものではない。病院でチューブにつながれて何ヶ月か何年か長生きしたとして本当にそれが昔のように家で横になって寝込んで四〜五十代でなくなっていったよりも幸せなのか。職業の選択をとっても親に決められ社会から規制されて自分で選べなかった昔に比べ、いまはかなり自由に選択できる。だが、それが本当に天職にぶつかる確率を高め、人々を仕事において満足させているのか。結婚でもそうである。親が決めたり仲人の紹介でたった一度の見合いで結婚していた昔に比べていまの婚姻の事情は幸せなのだろうか。幸せな者もいるだろう。だが、そうでないものもいるのだ。一人一人ではなく、多くの、国民全体という観点から見れば、昔と今とどちらがよりよいなどとは到底言えないのではないか。それではお前は喰うものにも事欠いた昔の方がよかったというのか。よかったかどうかはともかく、今の方が確実によいとはいう気にはならない。喰うのに事欠くのは確かに辛かろう。しかし、その時代には周囲みんなそうだったのである。暮らすとは、生きていくことはそういう事態の中で辛抱し工夫して生きていくことだったのだ。周りみながそうだとはそれが当たり前のことだったということだ。特別に情けない、辛いことだったはずがない。当時に比べればいまは飽食の時代である。で、私たちは満足しているか。いや、もっとおいしいものがある、それを食べたいという欲望に突き動かされ、周りと比較してそんなに満足しているわけではない。暮らしも欲望も慣れというものがある。当たり前になれば格別うれしいわけではない。欲はさらなる欲を生む。

以上は一例にすぎない。要するに人間の幸福感は周りとの比較、そして鮮度によって成り立っているのである。それなら過去との比較にはたいした意味はない。幸福感については進歩ということは成り立たないのだ。こんにちの貧しいアフリカの貧民の子どもたちのあの生き生きした顔を見るがいい。東南アジアの、日本から見れば不便な、汚い、痩せた子どもたちを見るがいい。なんと元気はつらつとしていて、自分の将来に向かって希望に満ちているか。あの彼らの目、あの表情。反して日本の子どもたちのなんという無表情な顔、死んだ目、精気のない、無気力な様子（ただしこれは平成の初期の話。その後、すくなくとも現在平成二十五年時点の日本の子どもたちは多く元気な生き生きした顔をしている）。幸福な思いは豊かさや便利さ、金のあるなしとはあまり関係がないのである。

もしそうなら進歩ということになんの意味があるのか。せいぜい、過去を軽蔑して己を誇りいい気になる効用がある程度ということにならないか。

とはいえ進歩の観念には人々にとって、猫にマタタビのごとき、強烈な魅惑がある。希望を呼び起こすのである。人生は、そして世の中は、次第によくなる、この先は今よりもよくなるという思いを呼び起こす。進歩とはそういうことではないか。昨日より今日、今日より明日がよくなる、――これほど人を勇気づけ、励ますことはない。そう思えれば人は今がどんなに苦しくても我慢する、我慢してよりよい日のために努力する。そしてこれほど生き甲斐になることはないのだ。進歩の観念にはそういう希望が伏在している。したがって人類は進歩の観念をひとたび手に入れればこれだとばかりすがりつき、容易なことではまず手放さない。ひたすら信じようとし、信じたがる。これを否定することなどできるものではない。

　また事実、科学は（その派生物である産業革命と近代医学は）具体的な成果という形で進歩を実感させてきた。大量生産によって安価に多くの人々に生活必需品を提供し、飢えと貧困の撲滅に役立ってきたし、衣食住におおいなる向上をもたらした。人々の暮らしぶりは格段によくなった。近代医学は多くのどうしようもなかった疫病を退治し、手術は人体の回復に驚異的な力を発揮し、人々の社会復帰を成功させた。寿命も大幅に延びた。人類は空へも進出し、時間と空間とを大幅に縮めた。それらの一つ一つが人々のこうありたいという願いに答えたもので、達成される度に人々は驚嘆し歓喜し、暮らしと生きることが以前よりよくなったことを実感した。こうした科学の進歩は留まることがないように見え、進歩の観念は確かで、どこまでも信用できるもののように思えた。人々は胸を張って意気揚々と生き始めた。

　こういう事実がある以上、人々が直線的な時間観念に添って進歩の観念を当然の前提として生き始めたのは無理もない。こんな希望を持たせることは、したがって気持ちのよいことはないのである。だから、古いことは旧式で使い物にならないのであり駄目なのであり、何かを否定するとき人が口にする言葉が「それもう古い」であっても仕方がないのだ。古いものは過ぎ去った時代のものである、無用のものである。こうなると年寄りにはなんの権威もなくなる。過去を振り返るのも必要ではなくなる。なにしろ「古い」のだ。

　だが、本当にそうなのか。そうなのだろうか。こうした動かしがたい進歩の趨勢の中でも、しかし進歩に疑問が生じてきた。これが二十世紀である。二度にわたる世界大戦と全体主義の政治的体験が科学に対する疑念を初めて生じさせた。あの人類に限界のない改良改革をもたらすかに見えた科学は必ずしもよいことばかりでなく、また恐ろしい厄災をもたらしもする。科学の巨大な力はマイナスの方向にも発揮されうるのだ。科学的思考を根底にした社会制度の改善もナチズムやスターリン主義体制に見るように恐るべき残酷さと不幸をもたらしうる。医学はまたクローンその他遺伝子操作という計り知れない力を人間にもたらした。善悪どちらにも転ぶだろう。よいことばかりではない。科学は自然の猛威と比定すべき恐るべき力を発揮する。人間のコントロールの及ぶところではないだろう。いや、仮に自然よりまだコントロールできるとしても、結果するところはマルサスの『人口論』である。私の理解する限りこの世の動物はその食糧の許す範囲でしか生体個数を確保できないというのは鉄則である。リスにしろマグロにしろ熊にしろ蟻にしろ蝶々にしろ、その個数は彼らの食糧の量によって制限されている。もしいまチーターの足の速さがさらに早く最高速度の持続時間がもっと長くなれば、彼らは確実にいまよりももっと楽にカリオカとかシマウマとか彼らの食糧になるものを取ることができるだろう。それならチーターはもっと猛獣の王者として繁栄するだろうか。しはしない。彼らの生体個数はいまとあまり変わらないだろう。なぜならそれだけ楽々と獲物を捕らえられるが故に獲物、すなわち彼らの食糧は個数を減らすからだ。食糧がなければいくら強力な武器を持っていても、彼らを待っているのは飢えであって、チーター族の繁栄、個数増加にはつながらない。結局、せっかく獲得したさらなるスピードと持久力という強力な武器にもかかわらず、いまと同じか、もっと少ない数しか生存できないであろう。つまり生きものの生態数には絶対的な上限があるのである。人間も動物の一種にほかならない。天敵こそいないように見えるが、地球という自然はその許す範囲でしか人類を生かしはしないだろう。科学がさまざまな障害を取り除き、人口を増やしていってきりがないように見えるのはつかの間でしかあるまい。科学的な対策によってどんどん人口は増えていくが、それは科学が可能にする環境の許す限りでしかあるまい。確かに科学は人類の食糧に新しい分野を切り開き、どんどん食糧を増やしていく。それはそのとおりだが、結果はその増産分に見合っただけ人口が増えていくことでしかない。それが証拠に人類はここ数世紀で驚異的に人口を増やしていった。日本で言えば江戸時代の六千万人から倍の一億二千万人にまで増えた。それだけのことで、一人一人の口に入る食糧の質量が統計学的にならして言えば増えたわけではあるまい。増えたように見えるのは食物連鎖と生体個数の変化の過程で一時的に、過渡的に増えた形になるにすぎまい。やがて自然は必ず平衡状態に戻す。可能な食糧が許す範囲でしか人口は安定しないだろう。この科学が可能性を広げ、それにつれて人口が増え、一人一人に口に入る食糧の量はならしてみれば結局大昔と変わらないというシーソーゲームには果てしがない。そしていつかは限界にくる。病気か神経症か天災かどの形になるかは知らず、必ずいつか破局がくる。そのときの地球自然が許容する範囲でしか人類は生存できまい。つまり進歩の観念は幻想でしかないのである。人間社会は永遠に進歩するだろうという幻想の下にここ二、三世紀というもの人類が生存してきた。だが、これは幻想でしかない、進歩というのは非常に限定してしか考えられないのだとわかった以上、進歩を前提にして人間社会の将来を考えることはできない。

かくして、私たちは進歩の観念に代わる思想を手に入れなければならない。それはどこかで、暗黙の内にしろ人類の何割かを切って捨てる思想にならざるをえまい。こんなに理想的で感傷的になった人類はいまさらそれに耐えられるだろうか。耐えなければならない。それ以外に人類が生き残ることはできない事態が確実にくる。

後戻りはできないのだろうか。例えば江戸時代の日本のような。例えば人間も動物の一つという視点に立つことによって。私たちはかくて今一度大いなる物語を必要としているのである。人類を救うのは思想や理論によるものとは思われない。そんなもので人々は——全人類的な人々は動きはするまい。

九九　学ぶことはできない

先の戦争中から戦後数十年の日本の歴史、とりわけ知識人の動向を見ていると強く思うことがある。なんと多くの知識人や文化人、あるいはエリート層が時代の中で賢く生きようとしてあがいていることか。戦前には時代に乗って勇ましい愛国的、軍国的言動に走り、その同じ人間の多くが戦後には自分は始終一貫して平和主義者で弱者の味方で社会主義者であったと主張してやまなかった。ソ連を賞賛し、毛沢東中国や金日成朝鮮を礼賛してやまなかった。例えば竹山道雄がいくら現地を見、体験者の幾多の証言に基づいて、ソ連も東ドイツも中国も素晴らしい国どころではない、悲惨な国だと報告しても、彼らは決してその報告を認めようとはせず、かえって竹山道雄を扇動的な危険な思想家だとして否定し、罵詈雑言を投げつけた。葬り去ろうとさえした。戦後六十年以上たってみれば竹山道雄が言っていたことこそが本当で、竹山道雄を否定し、批判し、悪口雑言を投げつけていた平和主義者、進歩的と称する知識人文化人たちこそ間違っていたのだと白日の下にさらされた。彼らはいまではかつてそんなことを言ったかな、というふうつきで口をぬぐっている。つまりこのようにして彼らは上手に生きようとその時々で勢力のある立場に立って、威張って世を渡っていっていたのである。彼らは彼らなりにそのときそのとき一番正しいことをやっていると信じ胸を張って生きたわけだ。戦前に愛国心に駆られて「うちてしやまん」と勇ましく唱え、言動したのもそれこそが当然の、正しいことだと信じたからであり、戦後になってみてそれがすべてだまされていた結果であったと知り、もう二度とだまされまいとした結果、平和主義者になり、共産圏礼賛者となり、竹山道雄的路線を全否定するのに懸命だったのだ。二度とだまされまいとしてかえって見事に再度だまされた次第である。なんと愚かな、と言いたいところだが、そうはいかないのが現実である。以下、そのことを進歩の観念に即して述べてみたい。

右記の人々の動向をみれば戦前から戦後にまたがる大方の知識人、エリートたちの姿は浅ましさと愚かさの限りと言いたいが、なにも彼らがことに馬鹿だったわけではない。それどころか彼らは概ねたいへんな秀才であり、いつだって自分は正しいことをしている、模範的な行き方をしているのだと信じ、自信と誇りを持って生きてきた者たちである。彼らは一度だまされた、というか一度誤った、という痛切な反省から、二度と間違うまいとした結果、また間違ってしまったのである。無残な話だが、私たちはその成り行きをこうして知っている。それなら私たちは同じ轍を踏まないだろうか。彼らに学んでもう少し賢明に生きるだろうか。そう期待されるが決してそうはいかないのである。

事柄を明らかにするためにもう一例をあげる。ヒトラーの台頭にまつわる時代の流れ。彼が登場し、次々と挑戦的冒険的世界政策を実施したとき、チェンバレンを筆頭とする世界の指導者たちは平和を重んじ平和を求めて譲歩し、妥協し、戦争になるのを避けようとした。そのことが第二次大戦を招いたとして平和主義必ずしも平和をもたらさないとこんにちでは歴史上の痛切な反省になっている。また、ヒトラーが政権を取るに至る過程での人々の身の処し方、ことに知識人たちの対応の仕方で多くの反省がなされている。我々は愚かであり、弱かったと。すべて大きな犠牲を払って学んだことであり、二度とあんな失敗はするまいと深く誓った。こうした事々に疑いはない。私たちは確かに学んだのだ。それなら、私たちはもはやあのような間違い、あのような愚かしさからは遠くにいるだろうか。二度ととあんな馬鹿げたことはしないか。

私にはそうは思えないのである。戦前に周囲の勢いに巻き込まれてうっかり、軍国主義の旗を振った。実に恥ずかしい。私はなんにも知らず、正しいことをしていると思い込んで、戦争の道を走った。二度とあのような馬鹿な、戦争の道はたどるまいと痛切な反省をした。多くの人間がそうだった。だから私たちは戦後ひたすら平和への道を邁進した。平和を妨げるものには怒りを覚えずにはいなかった。竹山道雄などは悪魔か邪悪な敵のようにしか見えなかった。ソ連や毛沢東中国や東ドイツこそ希望であり、正義であると信じた。しかし今となってみるといろいろな真相が明らかになってみるとみんな間違っていたと知れた。世の中はそんなものである。ここでも私たちは大きな授業料を払って大事なことを学んだのだ。いまこんにちの私たちはそういう学習の上にたって生きている。私たちは先人の無残さに学んだ。だからもうそういうへまはしない。何しろ学んだのだ。同じ情けない間違いを犯すはずがないと考える。ここには間違いなく進歩の思想がある。人間は過去の失敗から学ぶ。それ故に過去のごとき失敗は犯すまい。過去よりよい、賢い社会を作りあげるだろう。そう考える。

だが、私には、再度言うが、そうは思えないのである。昔の人は愚かだったのか。我々より馬鹿だったのか。私たちには見えていることが見えていなかったことや私たちには明らかなことに気がついていなかったことを考えればそうとも思える。何でそんなことがわからなかったのかと。だが、昔の人が愚かだったわけではない。昔の人が力一杯知恵を絞って考えなかったわけではない。今の私たちと同じようにそのときその事情の中で精一杯考えたのである。その時代の人々の中の賢い人々が最善と信じたことを考え、やったのである。いま私たちが最善の資料の下に最善の判断を下していると思っているのと同じように彼らもそうしているつもりだったのだ。彼らだって先代の行き方に学んでよりよい行き方を選び取ったと信じていたのである。いやいや戦後の事例に問うならば私たちは彼ら左翼理想派の陥った（戦後の）二度目の間違いも知っている、彼らの間違いに学んでいる、だからそれと同じ間違いはしない、するわけがない。そう信じ、自信している。社会は日々賢くなっていくと。

だがいうまでもなくそんなことはまずないと内奥のこころがささやく。実際そうではないか。もし人々が日々に学ぶ、進化向上していくものならチグリス・ユーフラテス以来の数千年の歴史の内に人類は倫理的に社会制度的に大進歩を遂げていなければならないはずである。遂げているではないかと主張するものもいるかもしれない。しかし進化、進歩とは私には見えないのである。変化では確かにある。だがよくなったのか。倫理的、人倫的、道徳的に昔より立派になったのか。見方にもよるだろうが、きわめて疑わしいのである。

科学的、物理的には前の時代を土台にして、その上に次々と継ぎ足していくようにして着実に上昇していくことはある。学問はそういう種類のものである。だが人知は。人格的な向上は。これらは科学的知識と違って継ぎ足しはできない。人はみんなが一から学んでいくほかないものである。他者の失敗はやはり私のする失敗である。残念ながら学びなどできない事柄なのだ。ヒトラーの野望に対してチェンバレンの犯した寛容や譲歩という失敗は後代も性懲りなく犯すだろう。二度とあのような愚かしい選択はしないといくら希望してもまたしても犯すだろう。犯さないにしてもそれはたまたまのことであって、学習した結果の賢い決断のせいなどではあるまい。

私には人がよくよく考えて選んでした失敗は他の人間も同じように犯しやすく、また実際に犯さずにはいない失敗だと考える。私たちが他の人間より図抜けて賢いわけがない。残念ながら似たようなものだ。同じような状況に置かれたら人間はたいてい似たようなことを考える、する。ここには進歩というものは基本的にはないのである。偉そうには思うまい。あーあ、と思うが、どうやらそれ故に歴史は性懲りもなくダイナミックに躍動して続くのであろう。そうとでも観念しておくほかない。

一〇〇　どうしようもない人間

犬養道子さんの『旧約聖書物語』を読んでいて強く思うことが二つある。

一つは人間の度し難さである。人間というのがいいのか人間の集団、集まりというのがいいのか。つまり一人一人の人間ではなく集団となったときの人間にのみ生じることなのかどうか判別は難しいが、そういう意味を含めての人間の度し難さ。どういうことかというと、旧約聖書に出てくる事態は人間たちの集団、この場合ユダヤ民族ということになるが、それがどんなに神に誓い、約束し、規則に拘束されていても、安楽な、平和な時が長く続けば確実に神を忘れ、無視して、いうなれば堕落しあた暮らしに走る。いくら神が怒り、人々を教え諭し、あるいは強く罰しても反省するのはそのときだけで、幸せなよい時が続けば確実にそうなる。その成り行きは恐ろしいぐらい正確である。精神に緊張感を欠く時代が続けば堕落するのは鉄則のようである。神の必死さを思えば馬鹿馬鹿しいほどの人間の弱さだ。楽をしたい、無理なことはしたくない、楽しくやりたいという希望のなんという強さ。これは、人間とはそういうものだと思うほかない。それ以上のことを人間に期待するのは無理なのだろう。したがって、どのような人間社会の考察であってても人間は所詮その程度のものだ、という前提で考えるべきだと思う。しかるにほとんどすべての哲学的著書、ロックもミルもホッブスもヒュームもデカルトもカントもモンテスキューもみんな、人間に向上し精進し節制する能力がある、そして実際できるという前提で、人々に努力を要請する考察を展開している。無理というものである。だから彼らがいくら立派な論を立ててもさっぱり有効ではないのだ。

もう一つは、ユダヤ人の神つまりヤハウェの性格である。性格というのか本質というのか。彼は自らを「我は妬みの神である」と定義する［註］。そしてまったくそのとおりなのだ。なんという神だろう。ヤハウェは人々に、契約を交わしたユダヤ民族に、私だけを崇敬するように、ただひたすら私だけを信じ、私だけに従うようにと命じる。もし、この命令に反すればたちまち猛烈な罰を下す。それもただごとではない悲惨さを与えるのだ。ひどいものである。一体全体、「妬みの神」などというものがあるものだろうか。それも少々の妬みの度合いではない。ちょっとヤハウェのことを忘れる、無視する、そしてちょっと他の神を拝む、その程度でも許せなくて、猛烈な悲惨な目に人々を遭わせる。これは異常である。こういう神を作り出し、信じた民族の心の奥深くの謎(はっきり言えばトラウマ)を知りたい。日本の神々もいろいろと不合理なことを行うが彼らはそれを妬みからやるのではない。たんなる気まぐれからとでもいうほかない。

［註］なお、最近の共同訳聖書では「妬み」に変えて「情熱」としているようである。いくらなんでも「妬み」では布教に具合が悪いということだろう。しかし、聖書が日本で翻訳されて最初は、そして長くは「妬み」となっていたということは聖書原文の意味は確実に「妬み」なのに違いない。キリスト教徒は原初から現代に至るごく最近まで、自分たちの信奉する神は「妬みの神」である

と信じていたのだし、それでなにもおかしいとも感じなかったのだ。おかしいどころかなるほどそうに違いないと考えていたのだ。やはり、私たち日本人とは感受性も感性もまったく違う、異常な人種というほかない。そして付け加えて言えば、布教のために言葉を換えるのは卑怯である。

一〇一　数学手帳——数の理解

まったく馬鹿げたほど基礎的なことである。数の計算方法を、そのやり方を暗記するのではなく、その数と計算は何を意味するのかを私なりにくっきりと理解したいというのが目的である。何しろ私は典型的な数学音痴だったのだから、そういう願いが強いのである。どうしてあれほど私は数学に弱かったのだろうと。

かけ算とはどういう計算なのか。

2×2＝4が2を二回加えることを意味するとは、よくわかる。一般にA×2＝A＋Aであって、すなわち「×B」はB個集める（Aという集まりをB個集める）という意味である。もしBが3ならAを三個集めること、したがってAを2とするならA×Bは、2を三つ集めることと、ゆえに2＋2＋2＝6を意味する。よって2×3は6となる。つまり×はBをB個＋＋＋…で書いていく面倒を一つにまとめるために案出された記号である。BをB回書く代わりに一回だけ書いてすませる方法なのである。もちろんただ書くことだけでなく、九九で暗記しておいて計算も簡単にするわけだ。これでかけ算とは何かがよくわかる。

わり算のイメージはもっと簡単だ。あるものの集まり（集合）があるとする。これを幾つかに分けようとするときに登場するのが、わり算である。二個ずつの塊に分ける（あるいは全体を二つに分ける）のが「÷2」、三個ずつの集まりに分けようとする（あるいは全体を三つに分ける）のが「÷3」だ。（括弧内と括弧外とどちらがわり算の本当の意味なんだろう？）

では2の2乗はなんであろうか。2^2は2×2だが、2ではかけ算と同じになって2乗の意味がわかりにくい。3でやる。3^2は3×3、すなわち3＋3＋3である。これをAの2乗で考える。するとAをA個加えることであることがわかる。すなわちAをA個集めること（加えること）を2乗という。そしてAをA個集めたものをさらにA個集めることがAの3乗である（と思う）。

一般に数をわかりやすくイメージしようとすれば直線を持ち出せばよい。一本の直線を引く。その線のある一点を0と定める。すると実数と虚数はこの線上におさまる点として現すことができる（もっとも、実数と虚数は同一線上には乗らない。実数と虚数と別々の線を引くことになる）。ただし無理数、つまり無限に割りきれない分数、あるいは無限循環する分数は理屈としては直線上のどこかに位置するはずだが、実際問題として直線上に一点として現すことができるのだろうか。おかしなことだが、これは無理なのに違いない（それが無限というものの奇妙さである）。

複素数は実数の直線と虚数の乗る直線が直角に交わる平面上の点として表すことができる。ただし、それはそうだがこれが何を表すのか、どういうものを意味するのかは、私にはイメージできない。

すべての数は分数で書き表すことができる。ところで、分数とはなんであるか。ある数とある数の比をあらわすものである。すなわち分母の数（例えばA）を1としたとき分子に位置する数は幾つになるかを。

ところで、そもそも数とは何であるのか。数学とは何であると受け止めれば、すんなりと気持ちの中に入ってくるのか。結局のところ、数学あるいは数はこの世（現実）を（抽象化して）表現するもの、というのが一番わかりやすい。現実のありさまを現すもの——石が三個ある、今年はミカンが四つ採れた、ある家族に嫁が来て同居家族が五人になった、というように。基本的にはそういうものだと受け止めたら、数学も受け入れやすい。そして事実数学の本質はそういうものなのであろう。

ただ、困ってしまうのは、実数はいいが、虚数となると、一体何を表しているのかさっぱりわからないことである。$X^2+1=0$ の解として、虚数が誕生したという事情はよくわかる。そういう数をこしらえないことには、この式における解答がないことになるのだから。しかしこうしてこしらえた数に、現実に対応するものがなにかあるのだろうか。あるいはそのようにしてしか表現できない現実の事態（様相）が、なにかあるのだろうか（これがまた数学の不思議なところだが、あるに決まっているのである。虚数によって表現できるもの、虚数があるがゆえに表現できる現実が必ずあるのだ）。

ところで、こうしてこしらえた虚数を使えば現実のなにかが実に巧妙に解ける（表現できる）らしいのは、実に奇妙なことというほかない。例えば、虚数があるがゆえに複素数が生じ、複素数があるがゆえに量子力学で捉えたこの世界の現実を表現できる。これは（複素数が、現実を観察した結果ではなく、ひたすら数学上の必要に迫られて人間が作り出したものだという視点に立てば）不思議というほかない（しかし、必要に迫られて作り出したというが、その実態は人工なのではなく、必要に迫られるということそのことが事柄の必然性を示しているように、実は自然数が誕生したときから複素数を含むすべての数が自然数の中に潜在的な形で含まれていたのだ、とみることもできる）。それなら虚数も現実の何かを実に巧妙に表現している数字なのかもしれない。

数学という学問は本当に不思議な学問だ。ただ、目の前に見えるものを数えるために案出したにすぎない数が、使い始めてみると思いも寄らない規則性や対称性や展開力を示し（フィボナッチ数列の妙！　や超越数のすごさ）、物事に回答を与え、それ自身で成長し、この世界の現実を恐ろしい深度と範囲で表現することができるところまでいくのだから。

この複素数に似た数学の不思議さを追加しておきたい。虚数が $X^2+1=0$ の解として設けられた数であって、当初はもちろんある現実を表現する数として出現したのではないにもかかわらず、実数と合体して複素数となり、複素数となってみるとやがて量子力学の世界を見事に表現する数字であることが判明する、というのは不思議な数の力というほかないが、同じことが非ユークリッド幾何学にも言える。非ユークリッド幾何学はユークリッド幾何学からその公理や証明の進展として見つけられたものである。したがって、これまた現実の何かを表す数学として出現したものではない。まったく数学上の必要性から現れたものにすぎない。当初はこれが何に役立つのかまったくわからなかった。にもかかわらず、非ユークリッド幾何学が現れてから五十年もたって、相対性理論に基づく宇宙規模の事柄を表現するにはこれが非常に役立つこと、いや非ユークリッド幾何学でなければ宇宙は表現もできなければ理解もしにくいことがわかってくる。まったく非実用性の数学として出現したものが、やがて新しい未知の世界を理解し表現する強力な力を持っていることがわかる、というのは実に不思議なことではないか（しかし、事柄の実態は逆なのかもしれない。実は、新しい数学、新しい数字があって初めて新しい世界をこじあけることができたのだと。新しい数学を武器にすることによって、初めて世界の新しい構造、それまで未知であった側面が見えるようになってきたのだと）。

数学の世界で生じていることはそのようなことばかりのように思われる。これは、この世界の成り立ち、構造について、一つのことを明示していることにならないのだろうか。即ちキース・デブリンがいうように「数学とはパターンの科学である」とするなら、「この世界は基本的にパターンによって成り立っている」と。

数とはまた位置情報である。二次元の紙面上、どの場所に位置するかを表す。実数と虚数は一本の直線上のどこかにかならず位置する。複素数はガウス平面上のどこかに位置する。したがって数は直線ないしガウス平面上の位置を示すものと定義できる。あるいはそれが数の正体（より正確には一次元的正体、表面上の正体）である。もっと言えば、実数と虚数は二次元（一次元）の位置情報、複素数は三次元（二次元）の位置情報とも言えよう。

数のもっとも基本的な働き、したがってそもそも数が生まれた最初は、明らかに「数量の数え上げ」ということにあるだろう。現実のものと対応して、あるものがいくらあるか、それを示すもの（驚くべきことにすでに三万年前のトナカイの骨に刻んだ、刻み目が見つかっている）。つまり基数としての働きから数は生まれたのであるはずである。

そして、いったんこのようにして、現実のものと対応してものを数え上げるものとして数を生み出してみると、数はたんにものの量を指し示すだけに終わらず、やがてはものとものとの関係（大小）をも示すことに気がついた（順序数の誕生）。初めにものの量を現すために作ったときには、思いも及ばなかった数の働きである。

こうして順序数的な働きに気がつくと、ものを大小の順番に並べる、さらには大きいものからある一定の数だけ取り除くと幾つになるか（引き算）という計算が始まる。ここにものとの対応を離れて、数だけでの計算が生じる。概念の操作が可能になったということである。いったん可能になった、数だけでの操作（計算）は、ついに複素数の計算にまで至りつく。

実際、そもそもは、ものを数える、いくらあるか知るための記号として考え出した数だが、その数がものとの対応を離れ、数字同士の関係を現しもすることに気づいてみると、三角数や正方形数といったものにも気がつくに至る。たんに大小の関係だけでなく、数字独特の見事な関係が見つかりもする。２で割りきれる偶数というものがあり、割りきれない奇数がある、素数というものもみつかる、という具合である。

　これはしかしいくら考えても実に不思議なことだ。数とはなにであるか。実在するものなのか（実在ということで言えば、人類がいない遙か遠くの星の世界で、人間とは違う生き物がいて、そこでも数が見つかり、この地球でと同じように作用し、機能しているとするなら、数は人間とは関係なく存在している、人類の観念的な生産物にすぎないとは言えないことになるだろう。すなわち、そのとき数は実在するというほかない）。人間が見つける以前から存在していたのか。なぜ数えるということのうちには、このような多様な規則が潜んでいるのか。なぜ、かくもこの世の現実に対応できるのか。宇宙の法則や運動までも表現するのであるか。$X^3+1=0$ の解として案出された複素数が、驚くべきことに量子力学を現す波動関数を現す数字でもある、などということが一体どうしてあり得るのか。

ルート２の場合。直角三角形の各辺を底辺とする正方形の面積について、斜辺を底辺とする面積は他の二辺を底辺とする正方形を合わせたものに等しい、ということが知られている。したがって５、４、３の各二乗の間に次の式が成立する。$5^2=3^2+4^2$　。それなら縦横の二辺がそれぞれ１の直角三角形の斜辺はいくらになるか。$X^2=1^2+1^2$ で求められるXが答えだが、二乗して２になるような数は自然数にはない。そこで二つのものに対応する数字として２を考えついたように、二乗して２になる数字がなければならぬのだから（それがなにであるかは知らないが、なにであれ現実に存在する、あるいはしなければならないのだから）これを$\sqrt{2}$と表記することに決めた。決めたことによって数として$\sqrt{2}$が存在することとなった。$\sqrt{2}$が存在するなら$\sqrt{1}$も$\sqrt{3}$も……存在する。こうしてできたルートの数字群がその数字があることによって現実の何かを新しく表現する、いや表現できることにもなった。こういうことが、数字の出現によってこれまで知られなかった現実の関係の発見や表現が可能になることの内実である。

　もう一つ、数学の不思議さの例をあげる。二辺の長さが１と２からなる長方形の対角線Xを求めるとXは1^2

と2^2を足したものを2でわったもの、すなわち$\sqrt{5}$になる。さてこの二辺と対角線をはずしてつないで一つの線にする。そして、$\sqrt{5}+1$の部分と2の部分の境目に点を記すことにする。こうしてできた線の分割の比率をΦ（ファイ）で表す。するとこのΦは超越数になり、かつ人が見てもっとも気持ちよく感じる黄金分割を表すのだという。これもまことに不思議なことではないか。このようにして人がたまたま見つけた一つの数が、人体の一器官（視覚）がそれをみればいつでも必ず快く感じる線分や図形を表しているというのは。こういう事例にぶつかるといったい数とはなんであるのかとつくづく思う（またなぜ人体はそのような決まった比例を快く感じるようにできているのか、それは人類の進化上どういう利点があったのか、なぜそのような生理が生じたのかとも）。

新しい数は現実の表現や数式の解として必要性に迫られて出現する。出現した数は同類を引き出し、数字群を形成し、これがまた新しい現実を表現可能にする。この数と現実認識の関係、相互作用が不思議でもあれば面白い。

一〇二　アラン

アラン『プロポ　1』（山崎庸一郎訳）から。

「まず自分自身を信頼しないなら、ことを企てるとは明らかに狂気の沙汰である。自分に意欲する力があると信じることなく、自分自身に固く誓うことなく意欲するのは、意欲することではない。自分が弱く変わりやすい人間だと予測する人間は、すでに弱く変わりやすい人間である。ここでは経験を頼りにすることはできない。堅固な意志を持つか揺らぎがちな意志を持つかで、景観は変わってくるからだ。信念を持てば道が開かれるということは確かではないが、まず信念を持たなければすべての道は閉ざされてしまうことは確かだ……信念は希望がなければ先にはすすめない。登山家がエヴェレストの最初の斜面をながめたとき、すべては障害だった。通路を発見したのは、すすむことによってである」

「だがわたしは、自分自身、役に立ちうるのは賞賛だけだと実感しているので、教訓を垂れることはあまり好きではない。それにまた、賞賛というものも、ものを企てる勇気は与えるとしても、その手段はまったく与えないということも言っておく必要がある」

アランはむずかしい。短い文で深い意味内容を述べようとするからしばしば暗示や示唆、隠喩ですませてしまう。だから本当には何を言おうとしているのかわかりにくいことが多過ぎる。アランを読んで、「アランはいい」という人間を私はその読解力に見る頭の良さに感心するが、一方で本当かいな、ほんまに理解できているのかいなと疑う。それぐらい私にはわかりにくいことがしばしばだ。右に引いたのはそんな私にもよく理解できて、深く共感できた洞察力に満ちた一節である。どれも見事なものだが、前者がとりわけ気に入っている。ことにも「登山家がエヴェレストの最初の斜面をながめたとき、すべては障害だった。通路を発見したのは、すすむことによってである」。この文を読んで以来、私はいつも自分に言い聞かせている。誠にこのとおりである。この世には「それはどうだろう。難しいな。絶対できそうにないな」と思えることがいくらでもある。事態を見通してどう考えても到底やれそうには思えない。で、あきらめる。ところが事態に直面すると、不思議にどうしたらよいのかわかってくる。あるいは工夫の方向がわかってくる。やってみれば、前にはあんなにどうしたらよいのか途方にくれたことが、前進し、多くは解決がつく。おそらく事態に直面することによって、問題の問題である中身が（どこが問題なのかが）明確にわかり、したがってどこを突破すればよいのかがわかり、それがわかれば対処する手がかりやヒントが向こうから明らかになってくるからであろう。問題のポイントが明確になるのだ。

一〇三　アメリカ人に教えられる

やきもの研究家ロバート・イエリン（アメリカ人）の言葉。

「アメリカから入ってきた食文化をはじめ、早くて、便利といったものが、日本の中で増えています。……便利という言葉には落とし穴があると思っています。……例えば、いまは一〇〇円ショップがどこにでもある。……しかし、安物だからと大事に使わないなら、実は自分の心までも安いものにすることになるんです。逆に、五〇〇〇円払って、作家の湯飲みを買ったとしましょう。最初は高いと思うかもしれない。だけど、いい物は大事にするし、作家の気持ちを感じながら使える。そして自分だけでなく次の世代の人へ渡し、五〇年でも一〇〇年でも使うことができる。お金のことを含め、簡単、便利ということばかりを考えていたら、こころの中がおかしくなってしまいます」（産経新聞平成二四年二月二四日夕刊「関西笑談」）。イエリン氏は日本の陶芸に魅せられ「日本の陶芸の伝道師」とあだ名されている異邦人である。

一〇四　切実な中世、あるいは中世の切実さ

阿満利麿氏は私と同じ年に同じ大学へ入学した同い年の人物で、浄土真宗の末寺に長男として生まれ、しかし教団を離れて独自に浄土宗を研究し、法然に帰依している人である。彼の書くものはレベルの高いものであり、私は教えられるところが多い。その彼に学んでいうのだが、十二世紀半ばから十三世紀半ばごろの日本は疑いもなくたいへんな変動期の時代だったに違いない。平安時代が終わって中世を迎えた時代である。当時の人々にとっては慣れ親しんだ平安貴族の律令制に基づく時代が至る所で矛盾を抱え、きしみを立て、天変地異も頻発し、田舎の農民上がりともいうべき武士たちがのし上がって武家の世の中を作りあげ始めた時代。それまで人々がなんの疑いもなく従っていた考えや暮らし方が権威も力も失い、武士的な無骨野蛮野卑とみなされていたものが力を持ち始めた時代である。もっと言えば何もかもが以前のようには信じられなくなり、なにを頼りとして生きていったらよいのかわからなくなった心細い時代である。長い迷いと試行錯誤の結果ここをくぐり抜けてやがて中世武家社会が成立する。成立した新社会はほぼ関ヶ原の戦いまで四百年続く。それぐらいやってきた新しい社会は時代の真相に適合し、前代の平安貴族社会とはまるきり違う社会だった。

十二世紀半ばからの百年間にわたる時代は、その違う社会へ移り変わろうとする動きの真っただ中にあった時代である。過渡期の動揺、不安、生きにくさはたいへんなものだったのに違いない。そう思えるのは鎌倉新仏教の誕生という日本歴史上画期的な事態が認められるからである。法然、親鸞、道元、日蓮、一遍その他その他。どれも日本思想史上まれに見ると言える革新的な仏教徒で、誰もが新しい仏教宗派を創設したといってよいほどの創見に満ちた教義を産み出し、影響力を振るった。こんなことは日本史上このとき一度きりである。なぜこの時に、一斉に、だろう。答えは時代が必要としたから、というほかあるまい。それぐらいこの時代は人々が動揺

し困惑した時代だったのだ。

ことにそう思うのは阿満氏の『法然入門』に教えられてである。ここで氏は法然の中心的弟子に関東武者が何人かいたことを指摘する。また『平家物語』には平重盛の弟平重衡が法然に教えを請うた事例が出てくる。彼らはいずれも寺院を焼き払ったり、戦闘で多くの人間を殺めたことにおののき、こんな罪作りな自分でも救われることがあるのだろうか、と法然のところへやって来たのだという。

私はこういう中世人を凄いと思う。彼らは時代の要請の中で悪いとは知りながらやむことをえず人殺しを重ねてきた連中である。一方で中世では世の中はこの世だけではなく、あの世や前世というものがあり、この世の行いによってあの世では地獄へ堕ちたり浄土へ迎えられたりすると固く信じられていた。来生という恐怖は疑いようがなかったのである。この恐怖感の前に人々は罪作りな自分の姿に恐れおののいた。おののきつつも罪作りな悪行を繰り返さざるをえなかった。こんな自分でもなんとか救われたいと切実に願った。これが鎌倉新仏教の創始者たちの前にいた人間たちだった。

地獄への恐怖にもかかわらずのやむをえぬ悪行。この二律背反の前での中世人の悩みはすさまじく深いものだったろう。その深みは到底現代人の及ぶところではあるまい。現代人の悩みはせいぜい金が欲しいとか出世したいとかあいつには勝ちたいとか自己の欲望が達成できないという程度の浅薄な悩みである。それに比べれば中世人のこんな自分でもどうかして助かりたいという深刻、切実な悩みはどれほどの精神的深みを持っていることかと考える。彼らの苦悩は高貴である。容易に退けうるものではない。鎌倉新仏教の始祖たちはその切実な願いに答えて生まれてきた。助けてくれという心からの叫びが彼らの耳には満ちていたのである。そこに生まれた仏教は深みのある、真実の宗教だったはずである。

にもかかわらず現代の私たちは鎌倉新仏教をまともには相手にしようとしない。中世人が精神的深みにおいて現代人を遙かに超えていた、だから彼らに学ぶべきものがあるなどとは考えもしない。なぜだろうか。中世人の悩みをまともな悩みとは思わないからである。はなから彼らを馬鹿にしている。無知だとみなし、われわれは彼らの悩みを乗り越えていると思っている。なぜかとならば、中世人を遅れているとか迷信に囚われ無意味なことに囚われた、可哀想な哀れむべき連中だと無意識に見下しているからである。第一、彼らは科学を知らない。したがってこの宇宙がどのようにしてできているか知らない、地球は太陽系の一部であり、やがては太陽に飲み込まれて溶解してしまう。あの世というものも地獄もありはしない。そんなことさえ知らないで、迷信的世界観に囚われて悩んでも意味がない。哀れな連中だ。これが大方の、中世人、昔の人間に対する現代人の態度であろう。だから彼らのほうが遙かに深みのある精神世界に住んでおり、意味のある人生を送っていたなどとは夢にも思わない。

だが、もし仏教が説くようにものはすべて単独で存在しているのではないというのが真実であるなら、前世やあの世がないとどうして言えるのか。あの世がありえるなら地獄だってあるかもしれない。もしそうなら人は誰だって地獄ではなく浄土へ行きたいと念じるだろう。であるなら中世人の悩みは馬鹿にはできないし、彼らが確信した救済の道も馬鹿にはできないだろう。中世人が信じた救済の物語は私には現代人にも有効であると思われる。

それに自分は地獄へ堕ちるほかない人間だという自覚ほど人をして精神的な深みを与えるものはないだろう。地獄が信じがたいのなら自己否定の自覚と言い換えよう。自己愛や自尊の誇りにもかかわらず自分は駄目な人間だという痛烈な自己否定の思い。これほど人をして考えさせ、前進への願いを掻き立てるものはないし、自己をめぐる思いに沈潜させるものはない。精神の襞は深くなり多くなり、かくして人は深みのある人間になる。

『平家物語』という軍記物の大傑作が生まれたのもあの時代である。栄耀栄華に酔った平家一族でさえあっという間に滅んでしまった。実に多くの人々が無残無念に死んでしまった。多くの罪が犯され、多くの人が地獄へ堕ちたであろう。彼らの荒ぶる魂を慰め恨みを鎮めたい。そういう思いから語られ言い継がれた物語。

ひょっとするとこのときほど人々の精神的深みが深かった時代はないかもしれない。日本史上もっとも注目してしかるべき時代、尋ね明かすに値する時代かもしれない。そうでなければ平安貴族社会から鎌倉武士の中世へと時代があんなに変わってしまうわけがない。しかも私の知る限り、それが明治維新や昭和の戦争戦後のように、外からの力、外圧によって生じたのではなく、日本国内から自ずから生じた変化だったのは、国内の人々の事情がよほどのことだったのに違いない。

もう一点強調したい。宗教家の力説にもかかわらず、おそらく「凡夫」の自覚ほど難しいものはない。単なる自覚でさえ難しい。人は誰でもすぐに自分はたいしたものだとか、いいところもあるとか、とにかく自己肯定しなければ生きてはいけない存在である。まして徹底的な凡夫の自覚、絶望などまずできはしない。煩悩というが煩悩の最たるものこそがこの自己愛、自己肯定だろう。院政後期から中世初期にかけては、人々が真摯に自己に向かい、凡夫の自覚に駆られた唯一の時代だったのに違いない。人々は大真面目だったのだ。この時代がたった一つ。後代になればもうそのような自覚よりも自己愛と中途半端さが覆う時代となり、だから浄土宗も浄土真宗信徒も本願誇りや見栄や念仏競争に走ったりして分派ができ、堕落していった。人はすぐに自惚れに走り、凡夫の自覚は難しい。煩悩は尽きるところがない。

しかしいったい人が自己否定に等しい凡夫の自覚を持つのはどういう事情によってか。疑いなく一つには強烈に救いを求めるときだ。救われるためには通常はたいへんな努力を必要とする。苦行や精進や勉学や善根を積むなどに力を尽くさなければならない。そういうどの努力も役に立たなかった、あるいは自分には無理だったと痛切に思わなければならない。懸命の努力と、にもかかわらずの自分の至らなさ、己の不完全さの思い、それらがきわまったとき人は自分に絶望する。痛切に自分は凡夫でしかないことを思い知る。自分には自分の力では救われるだけの資格がない、と痛烈に自覚し、しかしどうしても救われたいと思う、そういうとき法然の教えは出てくるのだ。だが普通は人はそこまで至らない。よほど切羽つまる事情がなければならない。時代相というものがあるのだろう。一つには地獄のリアルさというものがあっただろう。当時の人々にとって地獄の存在は信じられたのだし、地獄の恐ろしさは身に迫るものがあったろう。恐ろしいのなんの。したがってできることならその責め苦から逃れたいという思いには実に切実なものがあった。死が見えてくるにつれて、どうかして助かる方法がないものかと夜中に目覚めてまんじりともしなかったこともあっただろう。だから必死に仏の教えにすがろうとする動機が働いたはず。凡夫の嘆きはきつかったとしても必ずしも不思議ではない。現代と違って人々はひたむきに生きていたのだ。

そういう事情があったにもかかわらず、しかし凡夫の自覚は矢張り難しいことだったには違いない。なぜなら、法然も親鸞も多くの人々の疑問にさらされているし、彼らの死後すぐに浄土宗も浄土真宗も異端に苦しめられているからである。分派が幾つもできた。阿弥陀仏の本願を信じての専修念仏一筋にやっていける人間はいつの時代にも少なかったのである。それほど凡夫の自覚は難しい。あだやおろそかな自覚では到底宗祖レベルの阿弥陀仏信仰には至らない。かといってそれほどにも凡夫を自覚できる人間はたいした人間で専修念仏に拠らなくても救われる人間なのだ。このパラドックスもまた解きがたい。

中世の初め、十三世紀の初頭、法然、親鸞時代からおよそ三百年たって信長の時代となる。信長は比叡山を焼き討ちした人物として知られる。一向宗も攻めた。つまり信長には地獄の恐ろしさなど毛ほどもなかったのだ。死ねば地獄、の思いはなんにもなかった。時代はそれ程変わっていたのである。

一〇五　人の思考には枠組みがある

ヴィゴツキーそしてメルロ＝ポンティがともに「人は言葉によって考える。まず思考があって、それを言葉で表現するのではない。発語がすなわち考えることである。内的にであれ外的にであれ言葉を語ることによって人は考えているのだ」という趣旨のことを力説している。そのとおりだと思う。

が、そうだとすると、人類が思考し始めたのは言葉をもつことによってだということになる。犬も考える。そういう意味では人も言葉以前の思考はしていた。だが、気づきとしての思考、意識であるいは意識的に行う思考は明らかに言葉を獲得してからだろう。いわば人が本当に考え始めたのは言葉をもってからだ。それなら思考は言葉によって拘束されているはずである。このことは思考というものの本質、思考の姿に決定的な性質をあたえているだろう。だから言葉について考えるのは大事なのだ。

例えばここに河本英夫『臨床するオートポイエーシス』にあるこんな一節をおけばどうなるか。「ところが、言語に写し取られた事態は、言語に内在する論理、すなわち前提―帰結、方法―応用展開、本体―属性、意味するもの―意味されるもの、意味―理解、原理―派生のようなカテゴリー的論理に翻訳されてしまう」（ちなみに原著では、続いて「この翻訳可能性が、通常理解可能に

置き換えられる」とある）

そうだと思う。言葉はなにより物事を裁断し、限定し、規定し、分ける、分類する。カテゴリー化する。それに時間に沿ってしか展開できない、つまりデジタル的にしか進行しない。一つが終わって初めて次が展開する。言葉をもった私たちの思考は当然この枠組みに囚われてしかありえない。動物の思考はそのようなことはないはずだ。もっと流動的で全体的でアナログ的であろう。ものに直接対峙しているであろう。

一〇六　雑草と腹八分目

草引きをする。畑の中で雑草ばかりを選んで引き抜いていると、「君たちはいいなあ、引き抜かれないで。俺たちばかり引き抜かれる」という雑草の声が聞こえる。すぐそばのほうれん草やタマネギやイチゴが「そうかな」という顔をしている。

畑作りを始めて雑草引きをし始めた頃は、意地になってみんな、完璧に引き抜いて、二度と生えてこない畑にしてやろうと思った。だが、すぐにそんなことは不可能なことがわかった。雑草というのは凄い。ほんの少しの髭のような根、草の切れ端、一粒の種、それさえあればちゃんと生えてくるのだ。中には地中深く入り込んで、いくら根こそぎにしようと思って引き抜いても一番下の根はどうしても切れて残るやつがある。なにしろコンクリート舗装のところでも、長年の間には舗装の亀裂からちゃんと生えてくるのだ。それぐらい根は生命力があって、いつまででも機会がくるのを待っているのだから、日光と水に恵まれた畑では必ず生えてくる。

それに、作物や草と来る年も来る年も付き合っていると、雑草にもそれなりに効果があるのかもしれないとわかってくる。例えば、畑の隣が道や溝になっているとする。斜面に生えた雑草は土をしっかりと掴んで、溝や道の方へ土が流れていくのを防いでいる。

このごろ気がついたことだが、一つの雑草を取り除くとする。すると、その側に生えていた他の雑草が（勢力争いする敵がいなくなったので）伸びやかに育ち始める。ある雑草を取り除くということは、その雑草によって頭を抑えられていた他の雑草のために機会を与えてやるということにすぎないのだ。その揚げ句（ここからが肝心のことになるのだが）、人間にとって引き抜きやすい雑草、つまり人間にとって優しい、付き合いやすい雑草が除去されて、引き抜きにくい、始末に負えない雑草ばかりが大きな顔をして生き残り、はびこるということになる。

これは重大なことを示唆している。いつか『瓦松庵残稿』で、〝一匹の悪魔を追い出したところ七匹の悪魔が裏口から入ってきた〟という聖書の話を引いたことがある。たった一匹の悪魔の存在も許すことができず追い払うと、その途端に裏口から他の悪魔が七匹も入ってくる、という英知に満ちた教えだ。このことを私は、現代日本人に見る清潔願望に関して河合隼雄が述べた指摘、「あまりにも清潔にしておきたいという生き方は、免疫力を弱めてかえって少しの病原菌にやられる人間を作るのではないか」に、合わせて持ち出したのだった。

雑草の教えと同じことではないか。雑草でも完璧に取り除いてやろうとする執念が、かえって手に負えない雑草ばかりをはびこらせることになる。もしここで、ある程度の雑草の存在を許容し、生えてくればその都度作物の生長の邪魔にならない程度に取り除いて畑をきれいにすればよい、ぐらいの考えで引き抜いていくことにすれば、あるいは性悪な雑草に焦点を当てて主に引き抜いていくというやり方をすれば、手のつけられない雑草群ばかりになるということにはならないだろう。引き抜きやすい雑草なら少々生えてもどうということはないのだ。どう猛ではない雑草、大した害のない雑草なら、目の敵にするほどのことなく、ある程度認めてやるのである。そういう雑草は目に付くほど生えてきたら適度に引き抜くのは簡単である。そして、彼らを人間に優しい雑草と呼ぶなら、彼ら人間に優しい雑草がはびこることによってどう猛な雑草の侵入繁殖を防いでくれるのである。雑草の世界には雑草の世界の強弱があって、これは人間に対してどう猛かどうかという強さ弱さとは違うようで、人間に優しい雑草であっても雑草の世界では強い場合もあるらしく、とにかくある雑草が地面を占めると他の雑草の侵入はほぼ防げるのである。したがって、根絶などという極端なことを考えず、雑草との賢い共存方法を見つけることである。その辺に生えている、しかも人間に優しい雑草を根絶するほどの勢いではなく、目障りさが無くなる程度に抑えて引き抜くのだ。これだと彼らはやがてまた生えてきて、性悪な雑草の侵入を防ぎながら、また簡単に抜かれるだろう。

つまり、雑草との賢い付き合い方である。根絶を目指すのは、理想としては見事なものだが、現実には下手なやり方なのだ。黴菌ともそうだ。病気になる程度ですむ黴菌との共存は、かえって致死率の高い凶悪な黴菌の侵入を防いでくれるだろう。

さてここで、私は人生の大きな知恵に気づく。「腹八分目」という教訓。なにごとも完全、完璧を目指してはならないのだ。欲張ってはいけないのである。瘤取り爺さんの話にいうのもそのことである。

私は布団干しに力を入れている。ことに厳冬期、太陽が出る日は布団を干す。うまく干すことができた日は、冬なのに布団がほかほかと暖かく気持ちがよい。この気持ちよさを覚えると、布団干しに情熱を燃やさざるをえない。だが、冬の空ほど変わりやすいものはない。したがって雲行きを眺め、上手にしまうことがポイントになる。弱い日の光だし、日は短いので、照っている限り少しでも長く干しておきたいと思う。だから、いつ取り入れるかが大問題となる。幾度もの経験の果て、ここでも完璧を目指し完璧を目指してはならない、理想の八分目で辛抱するべききだと知った。てはならない、完璧を目指せばかえって失敗する。もう少し、と欲が出るところを抑えて取り入れるのが一番賢い。

人生では（人間の世界では）こういうことばかりではないか。事例はいっぱいある。どのような美食でもむやみに出てきてはありがたみが薄れる。例え相手が気の合う人間であっても（恋人でも）、その人間の何もかも所有しようとすれば、ほぼ確実に相手を失うであろう。何もかもを手に入れようとするものは、何もかもを失うであろう（そういうことを上手に語った昔話があった）。運動のし過ぎはかえって体に悪い。あまりの大勝は亡国の元、六分から八分の勝利がいいのだと戦史は教える。個人的にも人をあまりに追いつめるのは下手だ。どんな人間でもとことん追いつめられれば死にものぐるいで反撃する。逃げ道を作ってやって矛を収めるのが賢明なのだ。完璧な文章を狙って推敲に推敲を重ねては、むしろ窮屈な、リズム感のない文章になろう。株にしたって値上がりの頂上で売りさばこうとする欲が、売る時期を失わせる。人に必要とされている間に引退するのがよい。欲を出してさらに、というのが人を失敗させる元なのである。

国家や社会、組織のようなものでも、同じような人間、同じ考え方をする人間ばかりの集団ほど強そうで脆いものはないとは歴史と組織論の教えるところだ。なぜそうなのかは、かなりはっきりしている。免疫学の明らかにしたところによると、外部から侵入する異分子にとりついてこれを殺す抗体は、あらかじめ無数といってよいほどの多様な種類が存在する。これによって侵入異分子がどんな変わり種であろうと、ほとんど即座にどれかの抗体が対応できるわけである。もし、強力なしかし一種類しかない抗体であれば、これまで存在しなかったような侵入異分子には対応する術がないだろう。無駄な膨大な数の精子もそうである。侵入した子宮環境に変異があってもどれかの精子が生き延びることができるようにと膨大な数の精子が放たれるのだ。人間の組織にも同じことが言える。異分子のいない同族集団は普段は強い。一致団結して集中的に力を発揮する。しかし、対応するべき事態が変わったら、こういう集団は脆くも崩壊してしまうだろう。それを防ぐためには、全体の強力な害にならない程度の、つまり集団内に緊張感がいつも一定程度生じているぐらいの異分子＝反対勢力は抱えておく方がいいのである。江戸時代のやくざや任侠のように、彼らの存在を黙認的公認にすることによって、彼らがそれ以上の悪が生じ、はびこるのを防いでくれるのである。悪によって悪を制するというところである。悪を制するのは悪の専門家である悪がいいのだ。

知の世界にしても典型的にそうである。カントの示したアンチノミーも、さまざまなパラドックスもそう。ともに、「すべて」や「完全」という世界で生じる。論理は「すべて」「必ず」に捉えられると、それ自身を否定し成り立たなくさせる。

不思議な話だ。「完全」「完璧」「なにもかも」「すべて」を目指す試みはこの世では、必ず失敗する、失敗するどころか手に負えない事態を招く。つまり、なにごとであれ、「もう少し（欲しい、良ければよいのに）」というところで止めておくのがいいのだ。

問題は、その八分目を、どうやって見分けるか、どこで踏みとどまるか、である。これが難しい。はや惰性に入っているのに勢いのあるときは、まだもう少し頑張れる、もう少しいい思いができる、もっと手に入る、と思えるものである。そして、事実そうなのであろう。だからこそ思いきれないのだが、そこをきれいさっぱりと思い諦めないと何もかもを失うのだ。たとえ十のものが手にはいることが確実であっても、八で諦める。そういう主義を貫けばその人生は多分一番豊かで賢明であろう。

さて、八の見分け方。私の思うに、それは「ふっと、気が緩んだとき」ということになる。ふと、気が緩むから、「ああ、あと少し欲しいな。手に入れようと思えば手にはいるな」と思ったりもするのだ。あることを目指して夢中で突き進んでいる、すると必ずある時点で、ふと立ち止まるときがある。そして、「もう少し」と欲の出るときがある。その時が八分目なのに違いない。これは人生経験が教えるところである。

一〇七　矛盾なのか

矛盾ということについて次のような事実は極めて注目に値すると思う。レヴィ＝ストロースの命名になるらしいニワトリの「つつき序列」である。A、B、C、Dの四羽のニワトリがいる。AはBをつつく。つまりAはBより優位に立つ強いニワトリということになる。BはCをつつく。するとCはDをつつく。ではDはどうかといえばAをつつくとしよう。すると妙なことになる。一番強いはずのAが同時に一番弱いことになる。このような事例は確かにあり得るらしい。中沢新一氏はメビュウスの環形式と呼ぶ。表のはずがいつの間にか裏になっている永久循環の輪である。AからDまでのニワトリのつつき序列は矛盾をはらんでいる、矛盾しているというほかないだろう。

だが、ここであの福岡伸一氏のいうマップラバーとマップヘイターのことを思い起こせば、さらに神の目と虫の目のことを思い起こせば矛盾でもなんでもなくなるのではないか。AとB、BとC、CとD、DとAのそれぞれの関係をマップヘイターの視点からみればそれぞれ当然のことしか生じていない。個々のそれぞれの関係にはなんの矛盾もない。これを全体的視野から、つまりマップラバーの視点から見ればそのとき初めてこの全体の構造はおかしいではないか、矛盾しているではないか、ということになる。矛盾はそこに生じる。このことは矛盾というものの正体を知るのに重要ではなかろうか。つまりこの世に、厳密に言えばこの世の自然に生じていることはすべて矛盾ではない。ある一点ある視点から全体を俯瞰するとき初めて矛盾は生じるのではないか。そして論理というものは常にある視点から物事を見ることではないか。そうみなせば論理の万能性は消えるだろう。

一〇八　理論の倒錯

国語学者がよく言うことに日本語の非論理性というの

がある。しばしば文法にあわないというのである。典型的なものとしてよくあげられるのに「僕はウナギだ」がある。食べ物屋でみんなで食べ物を注文するとき言う言葉である。それなのにこれを僕＝うなぎ、という発話ととって馬鹿な発言だというのである。文法にあわない非文法的発言だと。

さてここである。文法とはいったい何か。現実に使われ通用している言葉から一定の約束事を見つけて、これを法則、規則として整理したものである。言葉の規則である。それなのに、国語学者は「その言い方は文法に反している。非文法的で間違いである」などと言う。おかしいではないか。もう一度言うが、文法とは現実に話されている言葉から一定の約束事、法則を見つけてきて、規則として整理したものである。その逆ではない。すなわち、まず初めに文法があって、この文法に則して言葉があるのではない。文法と現実に話されている言葉が違えば、非は文法の方にあるのに決まっている。文法の方が使われている言葉から規則を取り出してくるとき、失敗しているか不適切な抽出をしているのに決まっている。

だが、ひとたび理論として文法を定立するなら、理論が正しくて現実に使われ通用している言葉の方を間違っているとするのである。文法は現実の言葉の子どもなのに、親だとみなしてしまうのだ。

ことは言葉に限らない。理論というものはすべてそうである。まず私たちが生きている現実があって、この現実の中から一定の法則とみられるものを見つけ出してきて、これを整理したものである。現実の解釈にすぎない。解釈というものはすべて現実のひとつの整理だと言ってよい。複雑でどう見てよいか、どう受け取ってよいかわかりにくい現実を整理したもの、わかりやすく整えたもの、単純化したもの、比喩化したものだ。あくまで初めにあるのは現実である。理論はこの現実から生まれてきたもの、子どもにすぎない。だが、理論はひとたび生まれてくれれば、現実を自分に従わせようとする。理論と現実との間に齟齬が生まれれば間違っているのは現実だと思いたがる。したがって現実を理論に従わせようとする。現実理解の手段、現実を操作するための手段として生じた理論なのに目的となってしまうのだ。

ここのところを私たちはよくよく心得ておかなければならない。正しいのはいつも現実である。間違うのはいつも理論（意識）の側である。無意識こそ正しい。

一〇九　私

私がなぜ人と付き合うのが苦手か考えると、結局、人と出会い話をしているとき、私は私の心の中に生じてくる様々な感情、心の波立ち、思いを扱いかねるからだということに思い至る。詳しく言えば、相手との比較、上下、沸き上がる嫉妬心、距離のはかり方、相手への軽蔑心、その他諸々わき起こってくる思い、感情に、その処理に手こずるのだ。だからそんなしんどい思いはしたくない、それぐらいなら一人で本を読んでいろいろ考えている方がよほど楽だというところがある。要するに自分の心を扱いかねるのである。私の心は随分と厄介なのである。結局他人というより自分自身の心を扱いかねてなのだ。

一一〇　姿のない精神が姿を現すとき

すべては脳で行われる、脳がすべてだという。脳科学者は多くそのように考えるようである。脳細胞に生じないことは一切存在しない、ないことと同じだという科学的事実を毎日見せつけられていての結論のようである。人がするどんなことでもそれに対応する脳細胞の反応つまり活性化がある。活性化が認められてからすべては動き出す。そうであるなら脳が一切を裁量しているとみなしても不思議ではない。

ところで河野哲也氏は著書『意識は実在しない』の中でこんな事例をあげている。坂道。かなり急勾配の坂道を思い浮かべた方がわかりやすい。そこへさしかかった者は自ずと身体を反らし、速い足運びで降りることになるだろう。河野氏はこれを重力の作用で身体がやむをえず反応したのであって、別に脳が身体を反らし足早に歩けと指令したわけではない。すなわち脳が指図した行為ではないという（しかし視覚をここへ持ち出せば、これは怪しくなる。坂道に至れば視覚によってそうと知った脳はただちに坂道用の指令を出しているかもしれない。が、ここはそのへんは曖昧にしておいて河野氏の言うように、重力と地形による生理的な自動反応が起こったのだとしておこう。例えば、生まれて初めて坂道に出合ったとして、そういう人間はなんの予備知識なしに自ずと身体を反らし、足早になってしまうだろう）。なるほどありそうなことである。それなら重力に引っ張られて生理的な自然の成り行きで、坂道では足早になってしまう。脳が指令する以前に。足早への移行は脳の指令によるのではない。地形が強いただけのこと。言い換えれば脳ではなく地形に拘束されて生じた事態であるにすぎない。もちろん次の瞬間には脳は間違いなくその地形に添った指令を出しているに決まっているが。

「地形に拘束されて」というところが重要である。人間はなにかに拘束されて行動するのだ。もっともここでは「拘束」というのをもう少し幅広く受け止めた方がいい。脳が下り坂に気づいて発火する以前のみならず、気づいて発火し坂道モードに歩行を切り替えるよう指令を出すところまでを含めて拘束するとみなそう。下り坂という条件が人の行動の選択を決定する。そういう拘束がなければ決してそのような（坂道モードの）歩き方の選択は生じない。拘束は決定的なのだ。

さらにこういう事例をあげればはっきりするだろう。ある種の自閉症者。彼が他人とコミュニケーションをとりにくいのは、外部刺激の選択が困難だからだという。彼を取り巻いて刺激は無限に多様に始終入ってくる。自閉症者はどの刺激も同じ比重で受け止められるのだという（本当だろうか）。したがって、どの刺激をそれと受け止めてそれに反応したらよいのかがわからなくなる。外界に対する態度決定がいわば不可能になるのだ。だから自閉症者は反応を保留する。コミュニケーションが取れなくなるわけだ。河野氏はこのことから、人は行動を決定するには拘束を受けなければならないという。人がことを選択するには拘束が必要なのである。なんでも自由に、というのでは人は選ぶことができない。拘束や制限、縛りがあるから選ぶことができる。

これはまったくそのとおりだと思う。私たちは自由ということをどうやら思い違いしているらしい。自由がいいのだと。自由を確保し、守ることが何より大事だと。ことに西洋近代以降そうである。しかし右記したことを考えに入れるならむしろ拘束こそが大事なのではないか。自由というのはさまざまな拘束があったうえでの選択の可能性という程度のことにすぎまい。西欧人のように他人を、外部を操作することばかりを考えているから不自由を痛感し、かくて自由、自由とあえぐことになるのだろう。昔の日本人のように外部を与件として、与えられたそれに身を添わせる生き方をとっておればそんなに自由自由と渇望することもない。外にいかに上手に適応するかが生き方ならそうも不満は生じないはずである。

拘束ということはもっともっと幅広く捉えるべきように思われる。アランの「エベレストを望み見たとき到底登坂できそうにはないと思われた難所を突破できたのは現場へ行ってである」というのは私がいつも思い見、頼りにする名言だが、彼はいうのだ、遙か思い見たとき到底解決できないとみえた難題が実際にそれに直面して初めて解決できる方法が見つかったと。あるいは見つかるものだと。私はこれは至言だと思う。人生での事態はすべてそうである。解決法のないと思える難題でも事態に直面すれば不思議と解決法が見つかる。なぜだろう。私はそれは事態がはっきりするからだと思う。事態がはっきりするとは、その場でできないこと、不可能なことがはっきりすることだ。余計な選択肢が排除されることによって、可能なこと、できることが見えてくる。そうすればできることをいかにやるかということに問題は絞られてくる。すればあとは可能なことを具体的に考えればよいだけのことになる。現場をよく見てできることを具体的に探すことになる。エベレスト登頂なら目の前の岩場をよくよく検討し、手がかりになる岩、足場を探す。もし登れるものなら必ずその方法は見つかるだろう。それは遙か下方から望み見てあれこれ推測していただけではほぼ絶対に見つからない。揚げ句に無理だとあきらめることになる。突破できたのは現場へ行ってその場で検討したからだ。アランの言っていることはそういうことだが、山登りや運動のことばかりではない。頭を使うことだって同じである。まず、とにかくおそれずに事態に直面すること。そうすれば解決法も出てくる。なぜか。余計な状景や空想が去り、事態の意味がはっきりするからである。何が問題で、何が隘路で、何が可能なのか、何が使えるのかがはっきりする。別の言い方をすれば自由が減る。できないこと、しては駄目なことがしっかりと見えるからである。拘束こそが解決法、自由を産むのだ。

精神はそれ自体では一切姿を持たない。ただ、拘束条件の中に初めて姿を現す。拘束条件に抗していかに己を実現するかと苦闘する、そこに精神が立ち現れ、自分がいかなるものであるかをおのれ自身が知ることになる。精神はそこにしか、精神を自由にさせまいとする拘束との戦い、すなわち不自由の中にしか姿を現さない。

一一　全部偶然である

池谷裕二『脳はなにかと言い訳する』には私の脳や意識に関しての自説を補強するような新知見が述べられて

いる。第一線の脳科学者の見解だから実に心強い。

氏はベンジャミン・リベットの発見した意識に関する例の事実を当然の前提として話を展開する。したがって「人間に自由意志はない」とする。なにしろ何をするにしてもそれをしようと思う〇・五秒前には脳がすでに活性化している（それをするべく行動している）のだから。では、人間は何をしても責任はないのか。何をしても自分がそうしようと思ってしたことにはならないのか。そうではないという。なぜかならば、人は行動へ向けて脳を活性化しても、実際に行動するまでにはさらに何秒かの時間があり、その間に脳の活性化で自動的に始まったその行為を実行するかどうかを選択する余裕があって止めることもできるからである。すなわち池谷氏はいう「人には自由意志はないが、自由否定はある」と。わかりにくい言い方だが、「人間には止めようと思えば止められる自由がある」ということである。なるほど行動の最初の起点は意識以前の脳の活性化にある。したがって何かをするときそれをしようと思うことは止めることができない。だが、実行に際しては実行するかどうかの選択は意識の範疇のこととしてできるのだ。したがってあることをした以上、それをすることを選択したのは彼（意識としての彼）であり、実行責任があることになる。

もっとも私は意識の働きは否定することにのみあるとするのはいささか範囲が狭いように思う。否定というより、「やらない」という選択のほか、実行方法の選択（やり方——強烈にするか穏やかにするか。正攻法にするか婉曲なやり方にするかなど）も意識の仕事だと思う。科学論学者でオートポイエーシスの研究家である河本英夫氏は意識の機能を遅延調整能力という呼び方をしている。ほぼ同じようなことを別の言い方をしているとみてよいだろう。行動への決定を遅らせてその間にさまざまの選択肢を開き、そこから一つを選ばせるのが意識の働きだというのである。いずれにしても意識は自分がした、決めたと思うだろう。自分が主人公だと思うのも無理がない。だからご苦労なことに人は自分が行った行為について、いつでもそれを正当化しようとし、正当化できる理由を（後付けででも）無理矢理理屈を合わせてでも考えつくのだ。

ところで問題は脳の行う最初の活性化の発現である。これはどうして、どのように起こるのか。わからないというほかないだろう。ダマシオのいうように身体内外の環境（より子細に言えば刺激）の変化に応じて神経細胞とそのネットワークの状態が変化する。この変化が行動につながる脳部位を活性化させるという経過だろう。すべて無意識レベルで生じることである。ここで池谷氏は面白い脳科学の成果を教えてくれる。神経細胞とそのネットワークが変化し、これによってある脳部位を活性化するというのだが、どの部位をどう変化させるかはたまたまそのときの当該神経細胞の揺らぎ状態が決定する、というのである。神経細胞は常時一定の揺らぎを見せている。何故そうなのかはわからないが、どうやらこの宇宙に存在するものはすべて揺らいでいるようである。当然かもしれない。一切の揺らぎがなく固定しているとは死の世界である（絶対ゼロ度の世界）。エントロピーが飽和状態で熱死している状態でしかないだろう。それ以外は固定し固まってはいないはず。微細に揺らいでいるのだ。その揺らぎはもちろん人間が察知できない。したがってコントロールもできない。

もう一度繰り返せば、体内外の刺激の諸変化が脳細胞に届く。届いたとき当該の脳細胞がどのような揺らぎの状態にあったかによって、脳の活性化の様子は違ってくる。当然だろう。そして活性化が当人の行動の始原であるなら、このたまたま当該脳細胞がどのような揺らぎ状態にあったかが、彼の行動の誘発内容ないし方向を決めることになる。であるならまったくの偶然にゆだねられているというほかない。こうしてやはり人間には自由意志はない、とみなすべきだ。いかに気にくわなくてもおそらくはこういうのが人間の実態なのである。

しかし偶然にゆだねられていることをそう不安がる必要もない。なぜなら人間のもとは動物であり、動物一般は右記のことから意識を取り除いた状態で生きているからである。しかも十分大丈夫に。だから人間だって本来、身体の内部で生じるほとんど自動的と言ってよい脳細胞の活性化に身をゆだねて安心して生きていてよいのだ。その上に意識というのものが付け加わった。もちろんその方がよりよかったからである。盲目の（というのがそもそも間違いなのだが。盲目などでは決してない）自動的本能的反応に終わらず、体力の増加、身体の大型化の助けがあって余裕ができて、事態をよく観察しその上で選択肢を多く持ち、最良のものを選択するという生き方が可能になったのだ。そのための道具、手段が意識である。かくて意識の登場によって人類は気候、地形、病気その他の障害を克服し、全世界に進出することが可能になった。

さて、以前にも指摘したことだが、日本人の無私、私を放棄し私を忘れていわば自然に、神に身をゆだねるという生き方は、この後から付け加わった意識に頼らず、意識以前のレベルを信頼する生き方ということになる。動物たちが生きている自然そのものの世界に身をゆだねようという生き方。そこで獲得できる技こそ本物だという信念ないし確信が日本人にはあるのだ。自然に対する大いなる信頼と言ってよい。そして確かにそこで獲得できる技は意識レベルの技を遙かに超えたもの凄いものだったのだ。なぜだろう。意識のできることはせいぜいそれぐらいのレベルのことというほかない。第一、意識に頼っていては時間がかかる。なにしろ意識に従おうとすればその都度すべての局面で〇・五秒かかるのである。だからだろうか。私たちは意識的に行おうとすればいつでもぶざまなことになる。歩くこと一つをとっても次は右足を出してと意識していては歩行はままならない。そして多分意識の肉体に働きかける経路は間接的なものであるにすぎないのではないか。間接的というのは例えば手袋をはめてものに触るような感触である。微細な感覚の区分けなどできない。意識よりもっと生に直結している生きるための本能レベルの方が必死さが違い、習得できる技の内容も違ってくるということでもあろう。

もう一つ、池谷氏は〝人間が何かをしたとき、それをするという選択をしたのはなぜか、その根拠を問い詰めても答えなど出てこない〟と述べている。なぜなら、究極のところ当該神経細胞の揺らぎ状態が決めているとしか言えない以上、どうしようもないからである（大きく言えば無意識レベルでの決定だから、となる）。しかるに私たちはなぜ自分の行為を自分の考えで決定したと思っているのか。そしてその理由もちゃんとあげ得るのか。意識にはどのような選択も最終的には自分（意識自身）が選び決定したように見えるからと考えるほかない。そうである以上、自分（意識）が納得いく選択の理由がなければならない。それゆえ意識はいつでもその気になれば理由を考えつく。いや事実考えついている。したがって当人（意識）はそう思っていないが、人がなにかをしたときそれをした理由は常に後で設けられた理由、いわばでっち上げられた理由にすぎない。後付け理由である。踏み込んで言えば意識の機能はこの理由の提示、自分に得心のいく理由を見つけることに尽きると言ってもよいぐらいではないか。なんのために。安心するため、逡巡し迷った果ての決断だったがそれで間違いなかったのだと安心するために。自分で自分の選択を納得したいのだ。行為の選択自身は多分無意識レベルの自分が行っている。だが、その選択でよいのだ、あるいはよかったのだと肯定的な評価を下すのが意識の機能ではないか。選択を保証する役目である。このとき意識には、ただそれだけの役目ではなく、選択そのものも自分がこれがいいと思ったから選んだのだという形で自分が行ったことであるように見え、思えるのであろう。

ところでここは面白いことにリベットの〝時間の遡り〟と同じことになるように思われる。リベットは彼の実験での「刺激があった後、〇・五秒たって刺激があったと感じたはずだが、被験者はいつでも目で見た刺激時に刺激を感じたと言い張る」事実を次のように解釈している。被験者の主観的体験に嘘はない。実際に被験者は目で見たときと同時に刺激を感じたと実感しているのだろう。ということは視覚体験が時間を遡って触覚体験と同時に起こったと感じるのだろう。視覚体験の時間的遡りが生じているのだと。一方、意識は理由なくあるいは少なくとも理由を知らずに行った選択に対して、これこれの理由でその行為を自分（意識）が選択したと言い張る。実行の後で考えついたことなのに、実行の前に考えてその考えに基づいて実行したのだと思い込んでいる。後付けの行為を初めに、起点へ持って行っている。同じことで、リベットの実験では視覚刺激の時点を触覚刺激のあった時点へ持って行っていることになる。これはあくまで時間の遡りなどということではなく、意識による解釈、理由付け（刺激されたから痛みがあったのだという）なのではないか。確かに主観的には見たことと痛みの感覚は同時に起こっているが、そこにはやはり意識が痛みの感触の生じた理由付けをしているのであろう。到底そんな時間がたっているとは思えないが、〇・五秒の時間が生じているのだろう。なぜなら「痛い」という意識はやはり〇・五秒の経過がなければ生じないし、視覚刺激との同時性もやはり意識されてのことである以上、〇・五秒の経過は必要だからだ。〝時間の遡り〟といっても物理的時間ではなく、主観的時間の遡りということになる。それなら納得がいく。

一一二　シニシズムを現実主義と勘違いするな

まず、一つの引用。

「生存競争の中で、個人も、組織も、国家も自己の優位を求めているだけだというシニシズム（冷笑主義）も存在する。これを現実主義と考える人も多いが、私はこれを現実主義とは考えない。人間には、自己の名誉はもとより、生命を賭してまでも追求するより高い価値があるという現実を、私はソ連崩壊前後の大激動の中で見てきたので、現実主義をシニシズムと同一視することはできないと確信している」

佐藤優氏がある講演会で述べたと、その著書『国家の自縛』の中で紹介している言葉である。いいところを突いていると私は思う。

私たちはとかくシニシズムを現実主義と取り違える。私も長い間そうだった。人はすべて所詮は自己中心的なものだ、自分の命の保全と安楽を求めて動いていると主張して、感傷を排して厳然たる現実を見つめていると信じていた。だがそれこそもう一つの感傷だったといまでは思う。佐藤氏の言うように人は命も捨てて顧みないような価値をしばしば持つ。人間には己の命よりも大事なものに巡り会うことがある。これこそがとまではいわないが、これもまた確かに間違いのない人の現実である。

いったい冷笑主義は何を生むだろう。おそらくは軽い憎しみ以外になにも生みはしない。そこからは人を行動に駆り立てるものはなにも出てこない。無責任な傍観者の立場を取らせるばかりである。これに反して現実主義は何を生むだろうか。現実主義は人を踵をつけた行動へ向かわせる。場合によっては燃え立たせる。鼓舞さえする。

ところで佐藤氏の用語による「命を賭してまで追求するより高い価値」とはなんだろう。人によってまちまちであろう。が、人はそのものの前では自分の名誉と誇りを賭けるのである。

一一三　宇宙は亀の背中に

素晴らしい話を一つ記しておきたい。中村桂子『自己創出する生命』に報告されている話である。

「ホーキンスの宇宙論の本にとても印象的なエピソードがのっていた」と中村さんは書いている。「有名な物理学者が一般向けに行った宇宙論の講演後、熱心に聞いていた聴衆の中から一人の老婦人が近づいてきて『でも、宇宙は大きな亀の上に乗っているんですのよ』と言ったというのである。その場面が目に見えるようだ。この老婦人は、ゆったりと、安心して暮らしているに違いない。自分の居場所がわかっているのだから」と彼女（中村桂子さん）は結んでいる。

フォン・ノイマンとかハイゼンベルグとかオッペンハイマーとかいった堅そうな大学者の講演会とみなしたい。ホーキングが見聞したのだから場所はイギリスだろう。で、イギリスの白髪の柔和な顔をした老婦人を想像したい。講演の後、品のよい老女がゆっくりと講演者の側へ歩み寄って、ほほえみながら穏やかな落ち着いた声で語りかける様子が目に見える。講演者もほほえみ返すほかなかっただろう。なんとよい光景か。明らかに老婆の勝ちである。というより人生はいつでもこのような老婆の方にほほえみかけているものである。

一一四　リーダーはいないが完璧である

脳は身体や環境と一体になっているというのは当然の前提としておいたうえで言うのだが、脳は完全に自立し、自己完結していて誰からの指示も受けずにそれ自体で活動している。それでいて脳の中にはホムンクルス（もう一人の人間、小さい人間）はいない。中央司令塔もない。命令者もいない。にもかかわらず統制のとれた働きをやってのけているのが不思議とよく人はいう。確かに不思議といえば不思議ではあるが、おそらくは次のことのようであるだろう。これで解決するはずだがどうだろう。

まず脳に関する明らかになっている事柄（事実）を押さえておこう。①脳には何十億という数のニューロン（神経細胞）がある②その個々の神経細胞はどれも数千単位にも上る触手を持っていて他の細胞に手を伸ばしつながっている③ニューロンはこうしてもの凄い数と組み合わせで互いにつながるネットワークを形成している④このネットワークによって脳はその都度活動している。したがって個々の活動はネットワークの違いによる。

さて、近年の研究によって明らかになってきた脳の活動、脳細胞の活動の実態は次のようであるらしい。脳細胞の活動というのは脳の活性化であるが、これは言ってみれば電気が灯るようなもので電気が灯って初めて活動する。ニューロンは活性化して初めて活動する。ではどのようにして神経細胞は活性化するのか。言い換えればどうすればニューロンは電気が灯るのか。神経細胞は他の神経細胞から刺激（電気パルス）をもらわなければ目覚めない。刺激はもちろん相互につなぎあっている触手部分（シナプス）を通じてもらう。一つのニューロンには何万だか何千だかという触手がつながっている。で、刺激はシナプスにほぼ同時にすくなくとも何百かの触手刺激が入ってこなければ駄目なのだという。つまりニューロンの活性化のための閾値があって刺激が閾値を超えなければ神経細胞は目覚めないのだ。ここが一番大事なところである。例えばAという神経細胞があってある行動のためにはある一つのネットワークの中でAが活性化しなければならないのだとする。このときA活性化のための閾値が四三一だとする。四三一のA細胞シナプスが同時に刺激を受け取ればAは発火するのである。すると、いくらAニューロンに他のニューロンから「それ発火しろ」「それ目覚めろ」と刺激を送ってきても、送ってくる神経細胞が四三〇までであれば発火はしない。Aは活性化しない。あるいは四三一を越えるシナプスによる送信があっても時間的にずれがあって「同時に四三一」ということにならなければAは発火しない。沈黙したまま、眠ったままである。これが神経細胞の、言い換えれば脳の正体なのだという。この事実がすべてを説明すると私は思う。

以上のことが何万何億とある脳内神経細胞のすべてにいちいち生じるのである。何万何億という神経細胞は一つ一つが何千という触手を互いに伸ばしている。莫大複雑なネットワークを形成している。それらがみんな一定の閾値を持って相互の刺激入力によって活性化したりしなかったりしているのだ。あるニューロンの沈黙によってあるネットワークは沈黙したままだろう。あるニューロンが発火したことによってそれまで静まりかえっていたネットワークが一気に発火することもあろう。発火によって新しい事態が生じる。逆の場合は生じない。事柄はこのようにしてコントロールされるのではないか。中央司令塔的に誰かが中心にいて指令しなくも、事柄の発生と消滅は神経細胞同士の活動で生じてしまう。不思議なことだが、事態は（別の言い方をすれば）すべて自動的なのだ。誰がなんの意図をも持たないのに自ずと展開していくのだ。あたかも意図あるがごとくに。こうみてくれば人間を初めとする生き物もすべては自動展開、物理的現象にすぎないと言ってよい。

ここは大事なところである。脳の活動もすべては物理法則に支配される物理現象であるとみなしうるのだ（もちろん当然そうでなければなるまい）。ただし本当にそうだとみなすにしては何億というニューロンの何千という触手が一斉に繰り広げる発火明滅の光景、膨大複雑なネットワークのその都度の成立消滅の織りなす移りゆきの実態は生きているとしか言いようも見ようもないだろう。想像の外である。

いや途方もないところへきたがここで一番強調したかったのは、脳には司令塔はないし誰も指揮官はいないということ、それでいて脳は一切の見事な活動を統制がとれた形で行っているということの確認である。なぜそんなことができるのか。その理由の明示と承認である。脳にはそれができるのだ。そして事実やっているのだ。不思議なことであるが、以上のように見なせば不思議でも何でもない。十分あり得るし、そしてこれが唯一の理解できる、ありえる実際（説明）であろう。

のみならず次のことも確かなことであろう。脳には何万何億というニューロンがあるがおそらくはその間に階級的な差はない。上位の脳細胞も下位の脳細胞もない。みんな同じ機能をもっているのであってその都度上位になり下位になり、刺激しあって命じたり命じられたりしているのに違いない。すべてはその都度その都度なのだ。これが脳細胞の世界である。

付け加えておこう。その都度その都度行われる神経細胞のこれらの刺激と発火とのネッツワーク形成は必ずや多人数協力体制によるパズル制作時におけるマップへイターたちのやり方に沿うものであるはずである。個々のニューロン同士は自分たちが何をしたがっているのか、何をしようとしているのか知ってはいない。しかも全体的な目配りもまったくしていない。ただただ身体細胞がそうであるように前後左右隣の細胞を見ているだけである。見るというのは触手によってつながっている細胞からの刺激入力を見ているということである。それを超えてある行動を起こすためのネットワークを作ろうなどとはこれっぽちも考えてはいない。ただただつながりあった、その意味では隣り合ったニューロンの動向にのみ反応しているにすぎない。そんなことでありながら全体の統制がとれているのだから驚きである。入力刺激の閾値を超えれば発火する、超えなければ発火しない。原理はただそれだけなのだ。こんな簡単単純な原理だけで脳のあのすべての活動がある。心も意識も生じるのである。驚かずにいられようか。

もう一度いうが、ニューロン群の中にはリーダーはいない。ここが肝心なところである。それなのになぜ統制がとれるのか。ニューロン群の働きというか動き方は一つしかない。ある一つのニューロンを取り上げよう。Xとしよう。Xニューロンがある。Xには自身から出している触手、他のニューロンから受け取っている触手がそれぞれ数千個から数万個ある。それら触手は多くは近傍のニューロンとつながっているだろうが、そうでなく遠方のニューロンとつながっている触手も結構あるらしい。ともあれXはそういう状態でいまここにある。目下は眠っている。眠り状態のXに各ニューロンから次々と刺激が入ってくる。閾値に達しないからXは眠ったままである。刺激は次々と入る。さてこのとき刺激をXに送る側のニューロンである。彼はいま刺激を送ればXは目覚めるとかいや無理だろうとかはまったく知らない。わかるわけがない。なにしろ刺激が閾値に達するには周囲からの刺激がほぼ同時にある数以上入ってこなければならないのである。自分の送る刺激が閾値に達するものたり得るかどうかなど個々の各ニューロンに知れるわけがない。彼はそんなことには関係なく自分が興奮したから刺激を送り出しているだけである。すべての神経細胞がそうである。つまりどの細胞にとっても意図して（指示して）Xを覚醒させることなど不可能なのだ。リーダーたり得るわけがない。要するにどれかの細胞が（仮にリーダー細胞のようなものがあるとして）どれかの細胞群に指図しようとしてもできるわけがないのだ。ましてネットワークには。だからどれかのネットワークを励起させようとしてどれかのニューロンが働きかけるというようなこともあり得ない。これが脳細胞群、脳の中で起こっていることの正体であろう。細胞たちが他の細胞からの刺激入力の多寡によってただただ機械的に、自動的に反応しているだけだ。ここにあるのはおそらく厳密な物理法則に添った反応だけである。それでいてちゃんとコントロールされているのだ。自己組織化にならっていえば自己制御が生じているのだ。

自己制御はいったいどういう形で行われているのか。神経細胞はほぼ同時にある数以上に、ひょっとすると数千にも上るシナプス入力を受けなければ活性化しないというやり方で。

以上はいいとしよう。多分いいはずである。しかしわからないのは、最後まで残るのはやはりそういう形で脳細胞は動くのにしろ、そうした動きのなかからどうして心が生まれてくるのか、どうして意識や精神が立ち上がってくるのか、ということである。ある閾値があってたまたま閾値を超えれば意識や精神が立ち上がってくるというだけのことなのだろうか。閾値と閾値の設定はたまたまであり、さらに閾値を超えた場合に生じることも何者かの意図したことではなくたんに越えてみればこんなことが生じたというだけのことだろうか。その可能性は結構あると思うがいまひとつ腑に落ちたという気がしないのが気にかかる。

一一五　群れ、群衆について

群れにあっては個人は考える必要、選択し決断する必要がない。したがって、また責任を感じる必要も、とる必要もなくなる。これが群れの特性の一番だろう。群れでは隣のもののすることをそのままなぞればよいだけである。そして隣のものは何かのきっかけで、ふとした気の迷いで、あるいは気まぐれで、勝手な自分独自の行動につく。恐ろしいことにそれが群衆全体を大きく突き動かすことがある。鳥の群れがたった一羽の方向変化によって一斉に向きを変えるようなものだ。群衆の原理はこれである。

一一六　名こそ惜しけれ

山崎正和氏の著書にこんなことが紹介されている。氏は日本文学や日本文化を教えるためにアメリカの大学で教鞭を執っていたことがあった。『平家物語』を初めとする中世文学を教材としていたのであろう。日本人の無常観が話題となったようである。この世は無常である、栄枯盛衰は世の習い、と日本文学は至る所で述べている。それはいいとしよう。そういう見方もできるからである。しかし、ここで西洋人、この場合はアメリカ人たちは大きな疑問にとらわれた。「人生は無常、常なし。人は皆、やがて死ぬと日本の文学は強調する。それでいてどの物語でも、人々は元気はつらつとして生き抜いているのはどうしたわけですか。普通なら、人間はいずれ死ぬ、何をしても所詮空しいと思えばニヒリズムに陥るはずだが」と彼らは問い尋ねてきた、というのである。

なるほどと思う。確かにそうである。「祇園精舎の鐘の声、諸行無常の響きあり」とくれば、人生は空しいとなっても不思議はない。人生は空しいものであれば後にくるのはニヒリズムであって当然である。だが、人も知るように『平家物語』に出てくる人物たちは「人生は空しい」などと弱音を吐かない。どころか颯爽と生きている、あるいは颯爽と死んでいく。悲しみや苦しみを訴えはする。だからとて人生は空しいなどとは観じない。信長は「人生わずか五十年、化天の内に比べれば夢幻のごとくなり」と謡って、敢然と行動に打って出ているのである。人生無常の思いが人を萎えさせはしないのである。人々は元気いっぱい、思いっきり生きている。ニヒリズムの恐怖と背中合わせに生きている西洋人にしてみれば不思議としか思われないのも無理もない。いったいどういうことなのだろう。

西洋人にとっても人生無常の思いは無縁ではないだろう。彼らはその代わり神を持った。この世を創造した唯一絶対神を。絶対的な正しさを体現している神がいる、この世は、そして人間は、その神がよき意図を持って作りだしたものである。それなら自己の存在や人生が空しいわけがない。仮に私たち人間には理解不可能でも必ず立派な意味、目的があるに決まっている。彼らはそう信じ、ニヒリズムに陥らないですんできた。けれども近代以来、信仰が揺らぎ、果ては人によっては神はいなくなってしまった。彼らを支えていた神が信じられなくなって、彼らは人生無常、諸行無常に直面することになった。こうして彼らはニヒリズムの荒野に踏み迷うことになった。無気力か享楽か自けかやけくそか。荒野に広がっているのはそんなところである。

ところが日本人はニヒリズムに落ち込むことはなかったようなのである。人生無常、諸行無常とよくよく知りながら、なおも快活に、元気よく、颯爽と前向きに生きていったのである。なぜそんなことがあり得たのか。西洋人ではなくても、ニヒリズムに同じように犯されている側面の否定できない現代日本人もそう考える。

彼らは、この諸行無常の世の中に何を見ていたのだろう。そう思って当時の書き物を読むと、彼ら中世人は「名」を残すことにたいへん執着していることに気がつく。戦場に出ては「やあやあ、我こそは武蔵野は相模の住人、何の誰兵衛の次男、何々である。近くは目にも見よ、遠くにありて音にも聞け」である。そして彼は華々しく戦う。戦って死んでも構わないのである。世の中は空しい、何をしても無意味である、と信じている人間のすることではない。むしろ人生に積極的な意味を見いだしている人間のすることである。たとえ死しても彼はどういう風にして死んだか、卑怯な振るまいを見せず弱さも見せず、あっぱれ見事に戦い、そして武運つたなく死んだ、と言い伝えられればよいのである。後世に名を残す、それも誉の名を残すことが一番の大事であったのだ。そのために武将たちは合戦に臨んで出で立ち姿に気を配った。もっとも目立つ晴れやかな甲冑に身を包み、あっぱれ武者ぶりの出で立ちで馬にまたがった。『平家物語』の語り手が出陣する武将たちの出で立ちにどれだけ丁寧な筆をふるったか。物語のテンポを遅らせても、鎧直垂から鉢巻きの色、布、はいた太刀の格好、乗った駒の品質、姿その他に至るまでどんなに丁寧に述べているか。それは驚くべきほどである。なぜ物語の語り手はそんなことに気を配ったのか。物語の筋にとってはさして必要なこととは思われない。勝負の行方や決め手とは関係がない。語らなくても話はわかる。けれども彼らはそうは思わなかったのだ。それは是非にも語っておかなければならないことだった。名を残すこと。彼はこういう風にして死んでいったと語り伝えること。したがって語り伝えられること。それが一番大事だったのだ。

さて、これはどういうことであるか。思うに彼らにとっては人生は空しいどころの騒ぎではなかったのである。空しいどころか人生は晴れの舞台であったのだ。そこで己を目立たせ際立たせる大舞台だったのだ。生き甲斐いっぱいだ。戦場ならぬ日々の日常の暮らしは晴れ舞台へ出る準備の、研鑽の日々であったのであろう。人生無常や諸行無常が、見て取った日々の実際であったとしても、「残る名」は信じられたのだ。先人のそれを現に自分が見て、聞いて、知っているからである。いったん定まった名はいつまでも残る。名が残ることは信じられたのだ。とするなら問題はどのような名を残すかに絞られる。それへ向かって武士たちは生きたのである。ニヒリズムなどまず生じようがない。

話は武士たちとのみは限るまい。彼らの周りに生きた女たち、家人、芸人、百姓、職人たち。彼らにとっても同じく人生は無常、諸行も無常であったが、後に残る名は信じられたに違いない。残るほどの名が立つかどうかは別のことである。が、その人間の「誰それ」という呼び名に付随しての評価、噂は暫時であってもやはりなにほどか残るだろう。そのときその内容を良いものにしたいという思いが自ずと付随するはずである。われわれの暮らしの後には名と名に付随する評判が残るということは信じられた。故に貴人、庶民を問わず人々はよき評価の残るよう生き方を無意識にも自制していたのに違いない。私は日本人にあったのはそれだと思う。人生は無常だというのは事実である。いま悪くともいつまでも続くとは限らない。いま権勢盛んで思うところかなわぬはなしの状態でも明日は何が起こるかわからない。そう覚悟したうえで自分の名についてくる評価評判をできるだけ良いものとして残したい。心の奥深くで人々はそう念じて生きていた。

繰り返せば、西洋人は絶対神を信じて生きていた。神の目の下に生きていたと言ってもよい。神に見られ、最後には神に救い取られうると信じて。だが、その神が人が作り出した虚構にすぎないと近世わかってきて、寄りかかることができなくなり、そうすると代わりのものがなくなって彼らの前にはニヒリズムの荒野が広がることになった。日本人が信じていたのは「残る名」である。残る名とは他人の下す評価評判である。いわば日本人は神の目ならぬ人の目の下に生きていたのである。人の目とはいうが恣意的なそれではない。自ずと生じるそれである。自ずと生じるという点でそれは神の目に近い。だが唯一絶対神のような虚構ではなく、夢幻でもなく、押しとどめようとしても押しとどめようのない自ずと生じて広まる評価評判である。日本人はその下に生きたのだ。なんならそれを恥の文化と言ってもよい。

事柄が以上のようであるなら、人生を無常、夢幻のごとしと思っても、無気力にならず絶望もせず、投げやりにもならず、なお意欲的に、明るく、積極的に生きていったのは不思議でも何でもないだろう。ニヒリズムに蝕まれることはなかったのである。かのアメリカ人学生たちの疑問はこれで解けると私は考えるのだが、どうだろう。いまもって日本人は比較的にニヒリズムからは遠いのではないか。

一一七　時間と空間

前にも言ったことだが、この世の始まりがわからないように、物事のそもそもの始まりはわからない。一番最初の動きはわからない。が、ともかくいつかどこかで何かが動き、それによってある場の状況が変わり、変わった状況によってそれまで安定していた物事のどれかが不安定になって、安定を得ようとして動く。それによってまたまたその場の状況が変わり、状況が変わったことの影響を受けてそれまでの安定を得ていたものの中に不安定に落ち込むものが出て、これが新たな安定を得ようとして動く。以下、動きは次々と周辺に波及し、広がり、大きくなり、止むときは永久にこない。

かくて空間は常時変化する。次の瞬間には別の空間に変わっていて、空間は同じであることは決してない。その空間の変化が時間なのだ。時間とは空間の移り変わりであり、空間の属性である。時間というのもが独立してあるのではない。よく考えてみるとよい、時間といわれるものは、ある事柄（というよりは場の全体、より正確に言えば世界＝空間全体）が変化することを指すのである以外ではない。実際にも時間の存在はあるものの変化によって、つまり移動によってしか測られない。時計の針がどれぐらい動いたか、振り子が何回往復したか、月がどのぐらい欠けたか、太陽がどの位置にいるか。これらのことを指して私たちは時間と呼んでいるのである。それ以外には時間というものは認められない。

とすると、これはなんであるか。物質の変化、物質の移動以外のものではないだろう。物質の変化も移動も空間の出来事、空間の事柄である。とするなら、時間とは空間の特性ないし属性のひとつにあたえられた名前というほかない。時間というものはそれ自体として独立に実在するものではない。したがって、時間は空間と同時に生まれるもので、空間のないところに時間はない。空間に始まりも終わりもないのなら、時間にも始まりも終わりもない。

時間は独立に実在するものではなく、空間の一特性を指すものにほかならない、というこの説を補強するものとして次元の問題を追加しよう。いうまでもなく、通常は時間はひとつの次元を構成するものと考えられ、三次元の空間に時間を加えてこの世界は四次元から成り立っているとされる。だが私はこれに反対である。

次元の定義として、自由度を表すもの、というのがある。一次元というのは言ってみれば点のようなものだが点には移動の自由はない。これが二次元になると平面上を左右前後に移動する自由を獲得する。三次元になると、これに奥行きが加わって上下にも移動することができる。このように次元は自由度の増減で定義できるというのである。つまり次元の増加は自由度の増加にほかならない。しかるに時間には自由はない。過去へさかのぼることはできないし、未来を好きなように今獲得することもできない。人間には時間的な自由はまったくない。ということは時間は次元としての資格を持たないことになろう。時間は次元ではないのだ。それなら三次元の空間に時間を加えて、この世界を四次元の世界、とするのは適切ではないだろう。再度言う、時間の正体は空間の変化にすぎない。

一一八　生きてみるほかに答えはない

若いときに人はしばしば人生にはなんの意味があるのかと問う。この種の問いには論理的な答えはない。ただ、実際に生きてみるほか答えは出てこない。生きてみて初めて答えが出てくるというほかない問いであり、そして答えがわかったときは多分もう死ぬ前なのだ。そういう問いである。

人生の多くのことは、この種のことに満ちている。多くのことはやってみないことには答えはわからない。それなのに若いとき人はとかくやる前に、「それにいったい何の意味があるのだ」と問う。意味を納得してからでないと、やる気がしないというわけだ。意味がわかりもしないのに、つまりやる値打ちがわかりもしないのにやってみても仕方がないではないか。そう考えるが故に問うのであるが、実態は「意味なんかないのではないか」と言っているのである。だが、意味があるかないかさえやってみないとわからないのである。

この事実は重要である。実際にそれをやってみる以外に答えの見つからない問い。そういう問いが人生にはある。ただあるというのではなく、ほとんどがそうであるということ。それなのに人はせっかちに答えを見つけようとする。やってみて無意味とわかってはたまらないと。そんな損な馬鹿げたことはできないと。損が見込まれそうなことはできないというわけだ。自分はもっと賢い生き方をしたいと。

もっとも、それなら経験ずみで答えのわかっている先人、先行者の大人たちがちゃんと自得した答えを出しておいてくれなくてはならぬ、という若い者たちの要請がありうる。無理もない要請だろう。大人たちは答えを用意できているだろうか。だが、ここが問題で、この種の問いは他人が用意した答えは意味をなさないのである。一通りの答えは提示できるだろう。しかしそれが答えになるかどうかは別の話である。この種の問いに対する、概念でつまり言葉で示される答えがどれだけ人を納得させ動かすものか。通り一遍の言葉としか受け取れないのが一般である。本人が実際に実行して、つまり生きてみて、あるいはやってみて、自分で感じ、自分で自得するのでなければ答えにならないのである。自分がやってみて、自分で納得する以外にないという種類の問題なのだ。私はそう思う。

では意味を問うことは意味がないのだろか。ただ、生きてみるほかない、やってみるほかないのだろうか。そうではないだろう。やってみて、なんとなく自得される状態と思われるときになって意味を問う、それなら意味は見つかるだろう。いわば自ずと知られてくるのである。それを意識的にやるということがありうる。私たちが若い頃焦って先人の言葉に学ぼうとしたのはその種の答えだが、先に強調したように実際は自分で生きてみるほかないのである。生きてみて自得する答えだけが答えなのだ。妙な言い方になるが、いわば身体が得心する答えとでもいうほかない答えなのかもしれない。さらに言えば、若い者たちはがっかりするかもしれないが、生きてみる意外に答えはないというのが生きてみて知った答えなのかもしれないのである。

一一九　恥じてなにが悪い

なぜ科学が唯一西欧でのみ誕生したか。多くの識者はキリスト教のせいだという。キリスト教のような迷信的非科学的な教えと科学といったいなんの関係があるのだろう、というのがまず出てくる疑問だが、こういうことのようである。キリスト教は唯一絶対神を信じる信仰である。唯一絶対神を認めるということは、この世には絶対的な正しさがあると信じることと一緒である。それならそれを求めたり、絶対的な正しさがあると信じて生きていくことはごく自然なことになろう。では、そうではない世界、例えば日本のような八百万の神々がいる世界ではどうなるか。絶対に正しいものがあるなどとはまるで思わない。唯一間違いのないものがあるとは思いもよらない人々ばかりいる世界。そういうものを思い見てみなければならない。一方には、この世の中には疑いようのない正しいもの、唯一確かなものが何処かにある、どんなものの中にもそのものの本質というか正しいあり方、正体というものがある、と信じる人々のいる世界がある。この両者の違いをよくよく思い見てみなければならない。そうすることによって初めて日本人社会のあり方がわかるだろう。それほどこんにちでは唯一絶対に正しいものを前提としない社会のあり方を想像するのは難しい。しかし昔（仏教が入ってくる以前）の日本はそうだったのだ。どんなことにもたった一つの絶対的な正しさがあるのだなどとは思わないで生きている世界。それはどんな世界だろう。正しさというのを正解と置き換えてみればわかりやすいかもしれない。あるいは普遍的な法則に置き換えてみる。

もっとも、唯一絶対的なものがあると信じるのは一神教のせいだけではない。ギリシャを考えればわかる。彼らは多神教の世界に生きていた。にもかかわらずユークリッド幾何学を持った。幾何学からきたに違いない論理学をも持った。幾何学は正しい答え、絶対的に唯一の答えがあるとする学問である。なぜギリシャで。おそらくはナイルの氾濫による測量から幾何学を修得したエジプト人に学び、ギリシャ人も幾何学を知ったのだろう。幾何学を知ればそこから論理学を発見するのはそう難しいことではないかもしれない。かくて彼らは論理学を作りあげた。幾何学と論理学、この二つからこの世には正しいがある、正解があると考える世界観を持つに至るだろう。日本の古代にこのいずれもがなかった。

さてそこで私が知りたいのは、この絶対的正しさというものがこの世にはあるということを知らない人間、もっと言えば唯一正しい正解というものを必要としない人間たちの世界はどんなものかということである。唯一正しい正解があるとは知らないとは確乎とした骨格がこの世にはあるとは思わないということになるだろう。そういうとき人は何に導かれて生きていくのだろう。正しさを目標にはしない人がある行動を選択するとき指針となるのはなんだろう。そういう人間たちも他人と共に暮らしている。それならば他人に排斥されない生き方を選択することになるだろう。他人に嫌われ排斥されるより、好まれ受け入れられる方が生きやすいし、生き残れる可能性も大きい。他人に嫌われないというのはどういうことか。狡いことをしない。卑怯なことをしない。そういうことに尽きるのではないか。言い換えれば、恥ずかしいことをしない、あるいは汚いことをしない、となる。これはつまり日本人が古来自分を戒めてきた徳目ではないか。恥の文化である。これらのことは正しさや正しいことがなくても成立する。あるいは正しさとは無関係に成立する徳目である。そうするのが正しいからするのではなく、その方が他人から好意的に評価されるから、その方が自他共に気持ちよく生きていけるからするのである。それで何が悪いのか。確かにそういう生き方は馬鹿をみることがあろう。中国人や韓国人を相手にした場合、上手いこと利用され、損をすることが多いだろう。短期的な付き合いしかない場合には食い逃げみたいに騙される可能性が大きいだろう。しかし、もし人間が長期にわたって付き合うのが常態であれば信用を大事にする生き方の方が得をすることは明らかである。短期的な付き合いしか想定されないときでも、損得勘定で言えば汚い生き方で目先の得をするのときれいな生き方をして時に損をするのとではどちらがより得をするかは五分五分ではなかろうか。つきまとう評価というものがある。

以上のように考えれば恥の文化は決して低く評価される必要はない。人間として恥ずかしい、というのは普遍的なことではないか。神の子としてとなると正しいことをしなければ、となる。神道のあきらけく清いはそれ自身まっとうな強調されてよい徳目である。「恥ずかしい」は「顔向けができない」である。つまり、共に生きていくことができない、だ。

一二〇 雨の王はなぜ贅沢三昧なのか

このごろ散歩をしていると、多くの者たちが同じく散歩をするようになった。夫婦者もたくさんいる。するとその多くが女が先立って歩き、男があとから威勢の上がらぬ様子でついて行く。中には男が年を取り、腰が曲がり、弱っていて、先だって歩く力もないようなのがいて、これは構わない。が、夫婦とも同じような元気さに見える仲で、女の方が先立って当然のように歩いているのをしばしば見る。その度に私は男をどやしつけてやりたくなる。そして女に対してはその浅知恵を、いや無考えをなじりたくなる。

人は言うだろう。なんと封建的な、古くさい男尊女卑の考えかと。だから私は浅知恵だというのである。無考えだというのである。私はなにも男尊女卑の考えに立って、女は男を先立たせて歩くべきだと言っているのではない。男が女よりも尊い存在だから、などというつもりはない。そんなことではないのだ。そうではなく、そのようにして例えば一緒に歩くときは男を先立たせておかなくては、いざというときに役立つ男にはならないからである。男尊女卑と思うのは浅知恵である。昔のこの国の女たちは賢かったのだ。女は卑しく、男は偉い存在だなどとはさらさら考えなかった。ただ、男というものは不断からたてておかないといざというときに役に立たない、と知っていたのである。いざというときとはどういうときか、命を賭してでも家族や一族を守るべく立ち上がるとき、である。つまり闘うときだ。

女にとって男の役目とは何か。私にいわせれば第一に子種を提供すること、そして子どもを含む家族を守ること。余分なものをそぎ落としてぎりぎり切りつめて言えば、この二つ以外には女にとって男はいてもいなくてもよい存在であろう。家族を守るという一点を取り上げれば、男はいわば「雨の王」なのだ。フレイザーが「金枝篇」で非常に多くの採集例をあげているように、アフリカにいた各部族の雨の王は、部族の中から選ばれて王になり、日照り続きの時に雨を降らせる呪術的存在として、大事にされている。王である彼は王に相応しく、働く必要はなく、毎日部族全員から大事にされて美食を提供されて暮らしている。よいことづくめのようだが、彼には一つだけたいへんな役目がある。日照り続きの時、彼の祈りで雨を降らせなければならないことである。もし、失敗すれば彼は殺される。つまり命を雨の神様に提供しなければならないのである。彼があれほど部族全体から大事にされ、祭り上げられていたのは、いざというときに彼は命を提供するからだ。そういう代償を払って大事にされていたのだ。同じことである。昔の日本の女たちはなぜ男をたて、大事していたか、いばらせていたか。いざというときに、彼らに命を捨ててでも家族を守ってもらうためである。男は威張っていた。美味いものを喰い、よい場所に寝、一見家族を指揮しているように見えた。それもこれも男は自分の命を捨ててでも家族と子どもを守るという責務を負っていたからである。男にこの家族のためには死んでもよいと思わせるように、日頃たてているのだ。大事にし、威張らせるのは、命の見返りなのだ。

さてそうなるとどういうことになるか。男だからといって女より先にするのは男尊女卑の考えでおかしい、といって、まったくの対等に扱うとしよう。そうして扱われた男たちがいざというときに家族のために真に立ち上がるだろうか。命を捨ててでもよい覚悟で闘うだろうか。私は疑わしいと思う。日頃の自分の扱われようとは関係なく、闘う男もいるだろう。だが、多くはそうはなるまい。すくなくとも日頃大事に扱われてきた男とそうでない男とを比較すれば、闘いに立ち上がるときの心構えが違ってくるだろう。つまり、歩くときにも男女平等だからといって男を先立たせることになどに気を遣わず、それどころか女の方が先導するような家族では、男はいざというときに役に立たないに違いない。初めにも言ったように、女にとって男の役目は子種の提供と家族を守るべき時に闘うことに尽きる。それなのに、いざというときにちゃんと役に立たない男ではどうしようもないではないか。そんな男はいなくても構わないのだ。いや、不用なのだ。

だから私はいうのである。男女平等だといって、男を女と対等に扱うことにばかり力を入れている女たちは浅はかだと。ないしは無考え過ぎると。平和な時代が続けば女たちはそういうところに気を向けないものだが、よくよく考えるべきだ。目先だけの浅はかな知恵に振り回されることのないように。

さらに言えば、以上は家族の、つまり個人単位の話だが、国単位でも言えることである。一国の社会が男優先で成り立っているとしても、その理由は以上のことで納得されるだろう。雨の王のように特権的に大事されることがないようでは、誰が雨の王の役を引き受けたりするものか。男を大事にし、男に誇りを持たせないような社会は早晩衰退し、他国に占領されるだろう。そのときになって女たちが自分たちの浅知恵を後悔しても遅いのだ。

要するに、唐突になるが子どもの育て方の基本ははっきりしている。女はよき母親になるように、男はよき戦士になるように育てる。ここさえおさえておけば間違いはない。

ついでながら闘いについて。

男が闘う相手は他民族、他部族だけではない。仲間の男たちもだ。ここは動物の世界を見ればよくわかる。動物が闘うのは天敵や食糧にたいする狩りでばかりではない。いや、ここには捕食者と被捕食者の関係があるばかりで真の闘いはない。では動物たちはどこで闘うのか。仲間の雄同士で闘うのである。雌の獲得合戦を通じて闘うのだ。実際動物の世界を知れば知るほど雄同士の闘いが動物の世界の真の、恒常的な闘いだとわかる。それも壮絶な闘いである。それぐらい子孫を残すためには雄は雌を闘い取らなければならないのだ。人間だとて基本的には変わらない。いや人間には意識というものがあるだけ闘いは複雑微妙なものになるという違いがあるだけだ。

一二 行為者と観察者

行為する者は同時に観察者ではあり得ない、観察者は同時に行為者ではあり得ない、というのはたいへん大事なことだと思う。

というのは、人間がとかく人間中心的にこの世を見るのは、人間が観察者であるからだ。多分、人間のみが観察者であり得る。観察者は一人高みにのぼって、その他の者たち全体を俯瞰するように見おろし、観察する。これは、世界レベルで言えばいわば神の位置に立つことである。事実は人間は決してそのような位置に立つことはできないし、そのような位置に居もしない。にもかかわらず彼は想念の中で、この世界全体の観察者であるように振るまう。

しかしこれは自己言及のパラドックスもしくは自己例外化の誤謬に該当する事柄だというべきである。人間自身は一つ上のレベルの位置にいるわけではない。他の生命体と同じレベル、他の動物たちと同じこの地上に縛り付けられた生き物でしかない。にもかかわらず彼は観察者としてすべての生き物の生存圏から一段と高い高見にたって、そこから全体を俯瞰するようにこの世を見渡す、観察する。そして、この世について、生き物の世界について、ああだこうだという。いう対象に人間自身も入っていなければならないし、事実は入っているのだが、その入っている人間自身をも含めて彼は見おろし（本来不可能なことである）、あれこれ評価する。このパターンは明らかに自己言及文のパターンであろう。それなら自己言及文が必ずはらむパラドックスが生じていなければならない。

よって我々がこの世を見渡し、見通して述べ論じることには必ずパラドックスが生じているであろう。あるいは図に乗っていると生じるであろう。そう思って人間の思念を検討することである。

一二二　意識と記憶

私は夜寝ていてよく夢を見る。なぜそれがわかるかというと、私は睡眠中に一般よりも多く、数回小便に起きるからである。そのたびに直前まで夢を見ていたことがわかる。ところでこの夢である。便所へ行って、たったいままで夢を見ていたなと思い、その夢を思い出そうとする。と、よほど印象深い強烈な夢の場合を除いて、思い出そうとするその傍らから消えていく。思い出そうと努力しようとする端からそれこそ目に見えるようにすーっと消えていく。いったん消えてしまえば、もうどんなに努力しても片鱗さえ蘇らない。その夢を忘れる早さは驚くべきものがある。

さて、これはどういうことだろう。夢は人の記憶についてなにを教えてくれるのだろう。夢は記憶に残らない。

直後にさえ残らない。何の夢だったか、とにかく夢を見たという思いしかない。

　ところで心理学の分野ではワーキングメモリ（作業記憶）という概念を設定する。記憶には長期記憶と短期記憶がある。この短期記憶に相当するもののようで、要するにいま、あるいはこれからなにかをしようというときに、そのなにかを行うためだけに必要な記憶。したがって当該仕事をし終わると、その記憶はなくなっても構わない。だから、事実ほとんどは忘れられてしまう。例えば誰かに手紙を書くとき、誰それに手紙を書く、ということを記憶しておかなければならない。その記憶という思いによって手紙を書く手続きを行うわけである。書いて出してしまえば、もうそのことは覚えておく必要はない。

　ワーキングメモリが働くとき、おそらく私たちはほぼ確実にワーキングメモリの対象となっているものを意識している。いや、ワーキングメモリと限らず、記憶は意識と深い関係があるように思われる。記憶するのは意識した事柄だけではないか。あるいは少なくとも、意識しなかったことはほとんど記憶しない。スポーツで無意識に身体が動いているという場合、私たちが覚えているのは実際の身体の動きではなく、驚くべき動きを勝手にやっていたという記憶とそれに驚いたという記憶だけで、実際に行った動きは記憶していないのではないか。百歩譲って驚きに基づいて、時間的に遡及する形でたったいま行ったことを残像として、あるいは残像から復元する形でイメージとして再現するのではないか（ここのところをより詳しく言えばこうなるだろう。驚くということはある行為をしてその結果が予想を超えたと判断した時に生じる心の動きである。驚いたとき、私たちはたいてい、その驚きを瞬時に再確認する。再確認するためにたったいま行ったこと、たった今生じたことを心中再現し再認する。その結果、私たちはそのとき何をしたか、どういう行為を行ったかを記憶する、ということが生じる。したがって、無意識に行った運動行為であっても、直後に行うこの行為によって私たちは記憶するということがあり得る）。

　夢にはそのワーキングメモリもないことになる。短期記憶すら夢には生じないのだ。私たちは夢を見ているとき、夢のなかで思いも記憶も持っている、もちろん夢のなかの人物としていろいろな意識を持つ。反省したり、もくろんだり、覚醒時と同じ心理的体験をする。しかし、いうまでもないことだが夢を見ているとき私たちはなんにもしていない、ただ横たわっているだけである。横たわって眠っていて、おそらくはただ脳細胞の幾つかが活性化しているだけ。それも感覚刺激（体外からのそれ、体内からのそれの両方がある）を受容してそれを認識し、認識した内容に応じて新たなニューロン対応を繰り出しているだけであって、ニューロンへの刺激は運動神経の方へは行っていない。体を動かす運動神経への神経伝達は睡眠中だということで遮られているのだろう。したがって、身体は当然何の作業も行っていないし行わない。であればワーキングメモリの出番はなく、活動もしない。つまり、夢を見ているときはいくら夢を見、夢のなかで忙しく動いていようと、作業記憶（短期記憶）は一切反応していないことになる。

おそらく、これが夢が多くの場合、記憶に残らない理由であろう。

もう一つもし記憶と意識との間に深い関係があるとするなら、夢を見ているときの意識とはなにかと問うことができる。私たちは夢を見ているとき、もし意識がある、意識をしているとするならば、いったい何を意識しているのだろう。夢のなかに登場している私は確かにいろいろなことを意識している。怖いとかうれしいとかはっきりと感じて（意識して）、それに応じて逃げるとか抱き合って喜ぶとかする。しかし、これをもって夢を見ている私（夢のなかの登場人物としての私ではなく、夢を見ている、つまり夢の当事者としての私）が意識しているとか意識があると言えるだろうか。夢を見ているとき、夢を見ている私が意識していると言えるのは「これは夢だ。いま私は夢を見ているのだ」と思うときだけだろう。あるいは、「いま、夢を見ていた」と思うときだけだろう。それなら夢を見ながらそれを意識することはまずないと考えてよい。夢を見ながら意識するとは夢を見ていると気がついていること、夢を見ていると知っていること以外のなにものでもない。夢に意識はないのである。これも、夢が記憶に残りにくい理由だろう。

では、夢とは何だろう。ニューロンが発火していることは間違いない。寝ているとき私たちは意識していなくとも、外界からの刺激を受容している。音や匂い、空気の流れなどは寝ていようと目覚めていようと関係なく私たちに届き、感覚を刺激している。受容した感覚刺激は脳細胞に届き、関係するニューロンを刺激して活性化するだろう。外部刺激だけではない。体内の様々な変化や状態（消化状態、しびれ、寝姿の偏りによる血流の状態その他）も、ダマシオによれば血液経由の化学変化と神経経由の電気変化によって常時脳に伝えられている。こうして、寝ているときも私たちの内外からさまざまの刺激が送られているのである。脳は刺激に応じてニューロンの活性化を呼び起こす。ニューロンが活性化すれば、刺激の識別や識別した刺激に対してどう反応するべきかなどが決定される。ただし、寝ているときは運動神経系統のニューロンは閉鎖されている。おそらくは端末神経系統の運動ニューロンへの連絡は遮断されているのだろう、あるいはそれこそ休止状態にあるのだろう。したがって、感覚刺激から入った刺激によっていくらニューロンの活性化があっても、運動は起こらない。やはり寝たままである。寝たままで、ただ脳のなかでさまざまにニューロンが発火し、刺激を解釈し、解釈した結果に応じてどうするかを検討し決め、体は動かないままニューロンは（身体が動いたと解釈して）次々と発火し続け、受け取る刺激を納得いく範囲で解釈し続けるのだろう。おそらくこれが夢の内容であり、夢の実態であろう。だから、あれだけ時に奇怪な、不合理な、妙なストーリーになるのだ。

大事なところだ。つまり、寝ているときは活性化したニューロン網の刺激によってさまざまな反応（イメージ）が生じるが、これが運動神経につながらず、したがって運動は生じないから端末運動神経や体性感覚神経からの応答がない。ということはこれらからくるべき制限や拘束が一切起こらない。だからなんでもありになってしまう。これが夢の荒唐無稽さ、夢の中でしかあり得ないことが展開する理由であろう。ということは私たちは日頃、覚醒中には身体からの応答つまりフィードバックによって、現に身体がやっていることと生理的条件に拘束されて、その条件の中で脳がさまざまな指示を出しているのであることがわかる。

一二三　認知ということは本当はどういうことか

例えば、ある男と出会ってAだと認める。このとき脳内で生じていることはどんなことだろうか。

Aと出会う。視覚感覚が視覚情報を入手する。視神経の様々なところが刺激を受ける。色、形、動き、肌理など、視覚神経細胞は要素ごとに刺激を受け取って、それぞれをこれと認め、その後に一挙に統合する。これをニューロンの実際の動きで言えば、視神経細胞で受け取ったすべての刺激を統合した結果、ある一つの人間の顔として成立するニューロンネットワークが昂奮する。その昂奮したネットワークはＡの顔が浮かぶ場合に昂奮するネットワークである、ということだろう。言い換えるなら、そのとき昂奮したネットワークは、ほかならぬＡの顔を思い浮かべるときに昂奮するネットワークである、ということだろう。そのネットワークは一瞬にしてつながってネットワーク全体が一挙に昂奮する。これが昂奮すれば、そのときの視覚対象はＡとなっているわけだ。だから、いま目にした顔はＡの顔だ。「よお、Ａ！」ということになる。

これがあるものをそれと視覚で認める行為の全部だと思われる。このことはほかの感覚、五感すべてで言えるはずだ。だけではない、認知行為のすべてで言えるのではないか。数字であれ、知識であれ、なにかが何かであるという認めはすべてこういう経路をたどっているはずである。

一二四　我が儘なのである

人間の集団があるとする。あらざるをえない。すると必ず、集団の中で勝ち抜くか、それとも親和的に協力して生きていくか、のどちらかが選ばれることになる。いうまでもなく西欧は勝ち抜く生き方であり、日本は協力してやっていく生き方を選ぶことになる。どちらがいいだろう。どちらもそれぞれの生き方というしかないだろうが、はっきりしているのは競争して勝ち抜く生き方の方が遙かにストレスがかかるということだ。ストレスという一点に限れば明らかにストレスは西欧の生き方に必然的である。

戦いが基本である西欧的生き方の根底には私の見るところ自我がある。自分をたてる生き方が根底にある。例えば、神と契約する私＝個人は自分を確保しなければならない。自分は自分であらねばならない。そういう自分同士が集まれば自分確保の努力、言い換えれば戦いが必要である。これが西欧の人間のあり方であろう。したがって他人とは違う自分、つまり個性がいやでも際立たなければならない。自分は他人とは違う、だからこの自分を大事にし、重視し、守らなければならない、となる。

一方、日本ではそんな争いをするより仲良く助け合ってやっていった方が楽だし楽しいという思いがある。ストレスが少ない（西洋人は、日本人は自己を殺さなければならないからたいへんストレスがかかる、と多分言うだろうが）。必死になって自分を主張し、自分を押し立てなければやっていけないという集団状況ではない。大昔、環境にそれだけの余裕があったのだろう。個々人が他人に勝たなければ生きていけないというのではなく、むしろ他人と仲良く一緒に力を合わせてやっていった方が楽に、具合よくやっていける生活環境だったのだろう。他人と親和的であるとき人は個性とか固定的な自我とかをあまり実感しない。他人との違いを実感することも、そしてその違いを重視することもないのではないか。自分は他人との親和的な付き合いの中に溶けてしまう。言い換えれば、親和的な社会では個人に強い核とか芯になるようなもの、動かしがたい独自の欲求などはないほうがよく、そして事実ないというか少ないのだと思う。したがって日本人は西洋人が憂えてくれるほど集団のなかにあって自己を殺すストレスを感じてはいないのである。

だが、一方で人々がそれぞれ特徴を持っていることは強みになる。それぞれに異なる強みを持つものたちが、あつまってそれぞれの強みを生かし合うとき、全体としては素晴らしい集団になる。瞬発力のあるもの、爆発的な力はなくても持続力のあるもの、細かいことができるもの、人の世話が好きなもの、それぞれがそれぞれの強みをそれが必要なときに発揮し、互いの弱みを補い合って仕事をしていけば大事業ができる。だから人がみんな同じではなく、それぞれが異なっていて特徴があるのは大事なことである。そういう個人の違いと、自我の強さ、自己主張というのは別のことだ。したがって求められ認められるのは個性ではない。なんだろう。癖とか人柄と言ってはいけないか。一人一人が違うことは当たり前である。違うのが自然の本性である。違えばこそ補い合って大きなことができる。さてそうなると、西欧の個人主義とどこがどう違うのか。集団の人々がある大きな仕事をしようとするときには、自ずとそれぞれの強みを発揮しあい、弱みを補い合うことになる。これはそうならざるをえない。このとき人々の違い、癖の違い、能力の違い、性格の違いはむしろ有効に働く。日本人集団にあってもそうだ。人々の間の違いは全体の親和性に逆らわないのだ（そこにはストレスは生じない）。問題は自我というものだろう。

西欧人の自己主張は欲の拡張ではないか。癖や特徴の発揮ではなくて、たんに自分の欲望の主張ではないか。強い自己主張もその人の癖であるか。西欧文化はそういう癖のある文化であるか。そう考えれば西欧文化――いや文明というべきであろう――は欲望をむき出しにする、大義名分に隠れて己の欲望を遂げようとする文明なのではないか、それが正体なのではないかと疑う。その人間が自分勝手であるなら親和的な社会は彼にとって確かにストレスになるだろう。

一二五　頭の良さに酔う

西洋の見つけた論理学の方法は①公理つまり疑い得ない事実を設定する、もしくは見つける②この公理をもとに無矛盾な論理展開を行う③以上の結果出てくる結論（結果）は正しいと受け取る、というものである。知的な西洋人の思考はすべてこの手順で行われ、こうして手に入る結論を自信を持って押しつけてくる。したがってながらく私たち非西洋人は抗しようがなかった。ところが現代つまり二十世紀後半にいたって公理ははたして公理なのかという疑問が出てきた。結論として、公理とされるものは実は公理ではなく一つの仮説にすぎないことがわかってきた。仮説なら間違っていることだってありうる。間違った前提から出発すればどんなに論理的展開が正しく、無矛盾であろうとも結論は間違っているか正しいとは言えないことになる。

例えば、アダム・スミス以来の経済学がそうである。彼らの前提とする「経済人」は実在の人間とはほど遠い架空の純粋人である。現実の人間とはほとんど似てはいない。その架空人間を前提にして立てられる学説は現実を反映しないことになるのは当然だろう。だが、前提を疑わず無矛盾な論理展開をやってきた学者たちは出てきた結論を正しいものとして主張してきた。現実と理論があわなければ現実の方が間違っているとさえ述べて。経済学が後知恵でしかなく、近年の我が国経済に見るように予想・予言の学としてはてんで役に立たないのも当然だろう。この点は渡部昇一氏が『アングロサクソンと日本人』で述べているヒュームの話が面白い。氏によれば、ヒュームは因果関係の成立しなさを指摘して、その原因は理性の弱さにあるとした。この伝統を受けて英国ではあまりに理論的に筋が通っていることは疑わしいとする。理屈に合いすぎるのは現実とはかけ離れているからではないかと。理性が信用できないものである以上、あまりに理性で上手く説明できるのはそれが間違っているからに違いない、と疑ってみるのである。これは実に健全な考え方ではないか。ところが多くの頭の良い人間は己の頭の良さ——直観と論理の胸のすくようなひらめきと筋の通りの良さ——に酔ってしまって、のめり込んでしまうのだ。自惚れて、待てよとは思えなくなってしまう。うまくいきすぎるのは怖いのだが、どうも話がうますぎるとは思えなくなるようである。

一二六　リベット問題

リベット問題というのは私の勝手な命名で、学問の世界でそんな名前の問題が認められているわけではない。とはいえ無意味な命名ではない。どういう問題なのか以下少し説明する。

いまから十年ほど前になるだろうか。アメリカの脳神経学者ベンジャミン・リベットは次のような驚くべき事実を発見した。すなわち、人が何かをしようとするとき、例えば立ち上がるとき立ち上がろうと思う〇・五秒前にすでに脳の当該神経細胞は活性化している、言い換えれば人が何かをしようと決意するとき、その五〇〇ミリ秒前にすでに脳内では開始の活動が始まっている、というのである。それなら人には自由意志などあるのか。人が何かをするときそれは誰がすると言えるのか、という当然の疑問が生じる。これがリベット問題である。

リベットの発見以来、人々はこれをどう解釈したらよいのか大いに戸惑い、議論してきた。ひょっとしたらわれわれは誰かの操り人形ではないだろうかというわけである。私もまた『瓦松庵残稿』でいろいろと考えてみたが、腑に落ちる解釈には至らなかった。だが、今になってこう受け止めればいいのではないかという解釈に行き当たったと思う。それを述べてみたい。

ポイントは意識をどう見るかというところにある。これまで私が種々考察したように人間は大部分が無意識というか意識以前の状態で生きている。動物一般と同じである。その上に人間に至って意識が生じた。意識以前という大海の中にごく一部に意識という島が生じたようなものである。それなのに意識は意識の本性（気づき、自分に気づく）に従って意識しているときがすべてで、無意識などないと思っている。懐中電灯が照らすところだけが見えていて、それ以外のところはない、存在しないと懐中電灯は思い込んでいるようなものである。

例えば人が立ち上がるとする。立ち上がるときに活性化する特定の脳細胞群がある。すると立ち上がろうと思う五〇〇ミリ秒前に当該脳細胞群は活性化し始める。そして五〇〇ミリ秒経過したとき彼は初めて立ち上がろうと思う（意識する）のである。リベットが精緻な実験によって明らかにしたところによるとそういうことになる。ここである。立ち上がることを意識する（決意する）のは脳の活性化五〇〇ミリ秒後だというのは間違いない。要するに彼が意識したとき、すなわち立ち上がろうと思ったとき脳はすでに五〇〇ミリ秒間活性化しているのだ。さてこの五〇〇ミリ秒間をどう見るかである。ここには自分がいないとみるかどうか。いないとみるのは意識ある自分、意識下の自分のみを自分すなわち自己と考えているからである。だが、自分の大部分は意識以前、無意識下にあるのが実相だとみるなら話は違ってくる。自分は無意識下の大海の中にあって、ほんの一部、気づきのときだけ意識化にあるとするなら、脳が活性化しはじめたときに、実は「立とうと思い始めた」のであり、思った故に立つための脳部署が活性化し始めたことになる。そして活性化が五〇〇ミリ秒経過したら、「立とう」が意識に上ることになる。意識に上ったがために「立とうと思う」ことになったのである。事柄の経過がこういうことだとすると彼が「立とう」と思ったのはやはり当該脳部署が活性化し始めた時なのであり、彼が「立とう」と思ったと通常見なしている「決意した」ときは意識が（意識下の彼が）そう思った時だということになる。つまり意識はしていないが自分が「立とう」と思ったから当該脳部署は活性化し始めたのである。五〇〇ミリ秒経過してやっと彼は自分が「立とう」と思っていることに気がついた。それが彼をして「立とう」と思わしめ決意させた、言い換えれば意識に意識自身が決心したと錯覚させたというのが実態だということになろう。リベットのいう五〇〇ミリ秒というのはそういうことなのだと思う。そう受け取れば何の不思議もない。やはり人は脳が活性化した時点で当該行為をしようと思ったのである。思ったが、そうとはまだ気づいていないだけのことなのだ。

自分は自分で完全にコントロールできていると思うのが間違っているのである。気づき、つまり意識は確かに自分をコントロールするために生じたものだろう。コントロールするためというより「コントロールしていると思うため」に。早く言えばこれは一種の錯覚である。意識はそういう錯覚を起こすようにできている。意識の本性としてそういう錯覚を起こしてしまうのだ。丁度懐中電灯に意識があるなら彼の照らす範囲はいつでも明るい故にこの世の中はいつでもどこも明るい世界だと思い込むのと同じである。懐中電灯には自分が照らしている外側にいっぱい照らされていない場所があるとは思いもよらない。だって彼の向かうところいつもどこも明るくて物が見えるところばかりだから。しかし懐中電灯のいるところは彼が照らすところを含めて、その外側の広大な世界の中なのである。この広大な世界が人間である。意識はその中の一部にすぎない。

この懐中電灯の比喩はなかなかいい。懐中電灯は目覚めているときと眠っているときがあるとみなすことができる。灯っているときは目覚めているときである。とするなら懐中電灯は目覚めているときしか機能していない。彼が機能しているときは灯っている。つまり目覚めているとき常に彼の世界は明るい。彼の見るところはすべて明るく、ものが見える。彼には暗いところや照らしているところ以外の場所は存在しない。これが意識の世界である。意識にとっても自分が意識していて気がついている所、時しかこの世には存在しない。ところがあに図らんや、意識はこの世にあとから登場してきたものでしかない。生物の世界に初めにあったのは意識以前の世界、無意識の世界である。そこに何万年前か何千年前かしらないがに、意識が登場してきたのだ。丁度、大海の中に大地震があって海底が隆起して島が浮かび上がるように。大海の中のちっぽけな島だ。その島が懐中電灯のような（ものを明るみに出す）役割を果たすのがその機能であって、それゆえに自分しかこの世の中には存在しないと錯覚し、自分の思いだけがこの世のすべてだと思うのである。島にすぎない自分がすべてで、島以外の広大な海があろうとは、自分はその中に浮かんだほんの一部にすぎないとは彼にはわからないし、思いもよらない。これが意識について言える大部分だろう。

次に問題としたいのは「思う」とはいかなることか、いや人が思うときそれはどういう経過で思うのかということである。ここに問題解決の糸口がある。例えば「立とうと思う」とする。「立とうと思う」のは意識行為であり、決意である。立とうと思って（立とうと思うから）立つのに違いない。しかしここをよく見るなら「立とうと思う」のはなぜか、と設問することができる。何かをしようと思って、あるいは何かをするために立つのだろう。便所へ行くためだとすれば、彼はその前に尿意を催していたに違いない。すると尿意を覚える（意識する）前にアントニオ・ダマシオのいう情動レベルで身体は尿意を感じ始めていただろう。意識に上る前の段階であろうと尿意を身体が感じたならば排尿するための脳活動が始まっていただろう。脳の活性化である。始まって五〇〇ミリ秒経過して尿意は意識に上り、「あ、小便したい」と思う（自覚する）、と同時に便所へ行くべく立ち上がる。こういうのがこの場合の「立ち上がる」行為の経過だろう。「立とうと思う」そして立ち上がるのがそういうことだとすると、立ち上がる、あるいは「立とうと思う」五〇〇ミリ秒前にすでに脳の中では立ち上がるための脳の活性化が起こっているのはごく当然のことになる。意識するのはある時点で起こることであるが、その意識されることはもっと早く少なくとも五〇〇ミリ秒以前にすでに生じているのだ。気づいたのが「思った」時、決意したときだ、ということなのだろう。尿意というのはわかりやすくするために取り上げたのにすぎず、ほかのどんな行為や動機についてでも同じことが生じているだろう。このように考えるならばリベットの突き止めたことはなんら不思議なことではない。

さてそうなると意識は何であるかがはっきりする。意識の本質とその機能が。意識は脳細胞が五〇〇ミリ秒以上活動を継続して初めて出てくるもの。ところですべて物事は何であれある一定以上の活動継続によって初めて自分自身の存在に気づくことができるというのはよくわかる話だ。「気づき」である。自分自身に気づくことができるのだ。自分自身とは自分の活動に、ということでもある。なぜ気づかねばならないのか。自分が何をしているのかわかる、知る、ということは、対象化することである。ものは対象化されて初めてそれを検討することができる。いまやろうとしていることはそれでよいのか。続行してよいのか。ほかのことをした方がよいのではないか。自分自身がしようとしていることに気づくことは自ずとそういう検討をさせることを意味する。つまり「気づき」が意識の本質であり、その働き＝機能は検討することである。「気づかれなければ」対象化はされない。ないのと一緒である。

さてここで私が問題にしたいことが現れる。唐突になるが、西洋の知についてである。西洋の思考、あのヘーゲルやフッサールに代表される思考である。竹田青嗣氏や西研氏の助けを借りて理解する彼ら西洋の一流の哲学者の思考は実に強力であり、精緻きわまりなくただ感心するほかない。しかし右に記したことを検討したうえで言うなら、彼らの思考には致命的な弱みがあるように思われる。そう、彼らが取り扱っているのは意識世界だけであることだ。彼らは意識に写る範囲だけが世界だ、すべてだと思っている気配である。それはそれで意味のあることである。意識部分はくまなく探索され、意識とはどういうものであるかが究明される。見事なものである。しかしそれは人間のほんの一部が究明されたことになるのにすぎないのではないだろうか。人間が動物一般と同様に広大な無意識世界に生きていて、その上に被さるように出現した意識に頼って生きているのが人間の実態だとしたら意識世界をいくら精緻に究明してもそれは人間のごく一部を明らかにしたというのにすぎまい。しかし彼らは意識部分の究明だけですべてが究明されたと思っているように思われる。

どうして西洋人はかくも意識に、意識部分にとらわれるのだろうか。かなりはっきりしていると私は思う。彼らはこの世とこの人生をすべてコントロールしたいという潜在的欲望をもっているからだ。自分も含めてこの世のすべてを無意識のうちに操作対象視しているのであろう。彼らはこの世で自分が主人である、自分が主体でありうると思っているのに違いない。

一二七　素晴らしきかな人生

若くして会社を立ち上げて成功し、その後同社を追い出され、と早くから山あり谷ありの波乱の人生を歩んできたある産業人がこんなことを述べている。成功者として新聞のインタビューに応じて述べたものである。

「五七歳の今になって初めて言えることがある。それは間違ったかなと思うようなことでも、全部ふくめて人生に必要でないことは何もないということ。失敗したということも後になってみれば意味があると思えるようになる。自信を持ってそう言えるようになりました」

もちろんこれは現時点で成功者だから言える言葉である。うまくいっているとき人はなんとでも言える。なんとでも自賛できる。それはそうだが、やはり私はこれは本当のことだと思う。少なくともそう思って不都合なことはない。それどころか人を大いに励ますだろう。

なぜ人生は素晴らしいのか。何回も何回も敗者復活戦があるからである。死ぬそのときまですべてをひっくり返すことが可能である。期待できるということだ。人生をそうだと受け取れば、人生とは素晴らしいものではないか。最後まで希望を持って頑張り抜くことができる。私より後から来る人々よ、そういうことだ。だまされたと思ってやり抜いてほしい。では、元気で。

「致り得て　帰り来れば別事なし　廬山は煙雨　浙江は潮」（蘇東坡）

中野武志

昭和14年、京都府綾部市生まれ。京都大学文学部仏文科卒。
京都新聞社に入社、平成11年退職。自称書斎「瓦松庵」の庵主。

著書　詩集『悲哀の仕事』（中野棗・名義。行路社）
　　　小説『季節よ城よ』（行路社）、『さて、月の澄みて候』（同）、
　　　　『アイルランドの梟』（竹林館）、文庫版『さて、月の澄みて候』（竹林館）
　　　エッセイ『瓦松庵残稿』（竹林館）

瓦松庵余稿

2015年2月1日　第1刷発行
著　者　中野武志
装　幀　工房＊エピュイ
発行人　左子真由美
発行所　㈱竹林館
　　　〒530-0044　大阪市北区東天満2-9-4　千代田ビル東館7階FG
　　　Tel　06-4801-6111　Fax　06-4801-6112
　　　郵便振替　00980-9-44593　URL http://www.chikurinkan.co.jp
印刷・製本　㈱国際印刷出版研究所
　　　〒551-0002　大阪市大正区三軒家東3-11-34

ISBN978-4-86000-292-3　C0095

定価はカバーに表示しています。落丁・乱丁はお取り替えいたします。